KB260714

애사

한 국 의 번 안 소 설 · 8

우보 민태원 번안 소설

애사

편 자 박진영
펴낸곳 현실문화연구
펴낸이 김수기

편 집 좌세훈 강진홍
디자인 권 경
마케팅 오주형
제 작 이명혜

첫 번째 찍은 날 2008년 5월 20일
등록번호 제22-1533호
등록일자 1999년 4월 23일
주소 서울시 서대문구 충정로 2가 190-11 반석빌딩 4층
전화 02)393-1125
팩스 02)393-1128
전자우편 hyunsilbook@paran.com
값 14,500원
ISBN 978-89-92214-49-0 04810
        978-89-92214-13-1(세트)

ⓒ 2008 박진영

* 이 도서의 국립중앙도서관 출판시도서목록(CIP)은 e-CIP 홈페이지
(http://www.nl.go.kr/cip.php)에서 이용하실 수 있습니다. (CIP제어번호:
CIP2008001006)

한국의 번안 소설 · 8
근대의 한국과 한국인 그리고 한국어의 역사적 연원

애사

우보 민태원 번안 소설

박진영 편

현실
문화

한국 문학사에 이름을 남기지 못한
삼대 전문 번안 작가에게 이 책을 바친다.

일재(一齋) 조중환(趙重桓)
하몽(何夢) 이상협(李相協)
우보(牛步) 민태원(閔泰瑗)

그들은 '순 한글의 한국어 문장'으로
지금 우리 시대의 근대 소설을 향한 첫발을 내디뎠다.

추천의 글

김영민(연세대학교 국어국문학과 교수)

문화는 전통적 기반 위에 외래적 영향이 더해지면서 변화하고 발전한다. 따라서 한 나라의 문화를 올바로 이해하기 위해서는 전통의 계승과 외래의 영향이라는 두 측면을 모두 살펴보아야 한다. 번안 소설의 출현은 외래문화의 영향을 대표적으로 보여 주는 현상이다.

과거의 근대 문학 및 문화 연구에 비해 오늘날의 연구가 상대적으로 더 큰 주목을 받는 이유는 그것이 폭넓은 자료에 근거를 둔 연구이기 때문이다. 폭넓은 자료에 근거를 둔 연구는, 선입견을 바탕으로 목소리만 높이는 연구와는 근본적으로 구별된다. 선입견을 바탕으로 한 연구는 특정한 작가, 특정한 작품에 대한 논의만을 반복한다. 십여 년 전, 한국 근대 문학 혹은 문화에 대한 연구는 이제 일단락되었다는 것이 이른바 이 분야 전문가들의 견해였다. 이미 중요한 작가와 작품에 대한 논의는 대개 이루어졌고, 그것들의 문학사적 가치에 대한 결론 역시 합의에 도달했다는 것이 이들의 판단이었다. 이러한 합의는 새로운 시각의 연구를 불가능하게 만들었고, 한동안 한국 문학 및 문화 연구의 길을 가로막고 있었다.

출구가 없어 보이던 근대 문학 연구의 새 길을 연 것은 새로운 세대의 연구자들이었다. 이들이 새 길을 여는 데 결정적인 역할을 한 것은 새로운 영역의 자료들이다. 새로운 자료들을 한국 근대 문학 연구에 끌어들여 공감대를 형성해 나간 것이야말로, 의미 있는 새 작업을 위한 출발 신호가 아닐 수 없었다.

한국 근대 문학사에서 번안 소설이 차지하는 위치에 대해서는 아직 본격적으로 정리된 바가 없다. 다른 분야의 연구에 비한다면 이 분야에 대한 한국 학계의 반응과 연구의 진전 속도는 참으로 이해하기 힘든 것이 아닐 수 없다. 번안 소설에 대한 연구는 번역 소설에 대한 연구와도 영역이 구별된다. 번안은 창작의 요소가 중요하게 작용하는 작업이기 때문이다.

번안 소설은 번역 소설과 창작 소설의 특성을 함께 지니면서, 출현 당시에는 창작 소설과 경쟁하던 문학 양식이었다. 한국 근대 문학사에서 번안 소설의 출현은 '신소설'과의 경쟁 관계 속에서 이루어졌다. 1910년대의 유일한 중앙지였던 〈매일신보〉는 소설을 통해 대중 독자를 확보하는 일에 큰 관심을 보였다. 〈매일신보〉는 신소설을 대중들의 문자인 순 한글로 연재하면서 1면 중앙에 배치했고, 이들 작품의 연재를 광고를 통해 알렸다. 한 신문에 두 편의 소설을 연재한 점 등은 당시 〈매일신보〉가 지닌 소설에 대한 관심의 크기를 짐작하게 한다. 1912년 7월, 조중환이 번안 소설 《쌍옥루》의 연재를 시작할 무렵까지 한국 근대 문학사에서 가장 대중적 인기를 누리던 작가는 이해조였다. 이해조는 〈매일신보〉에 연재한 〈화세계〉, 〈월하가인〉, 〈구의산〉, 〈봉선화〉 등의 작품을 통해 커다란 대중적 인기를 얻었다.

그러나 조중환의 등장과 번안 소설의 성행으로 인해 이해조의 시대는 막을 내리게 된다. 〈매일신보〉가 번안 소설 《쌍옥루》를 1면에 배치하고, 이해조의 작품에 붙어 다니던 '신소설'이라는 표기를 삭제한 것은 우연한 일이 아니다. 〈매일신보〉에서 '신소설'이라는 용어는 독자들의 관심을 끌기 위한 수사(修辭)로 사용되던 것이었다. 〈매일신보〉의 편집자가 이해조의 소설에서 이러한 수사를 삭제한 것은 곧 편집진의 관심이 신소설에서 번안 소설로 옮겨 가고 있음을 보여 준 것이다. 〈매일신보〉는 《쌍옥루》를 연재하면서 이것이 독자들의 일시적 소일거리를 위한 가벼운 소설이 아니라 실제 사회를 다룬 것이며, 따라서 일반 사회의 풍속을 개량할 만한 좋은 매개체가 될 것이라고 주장한다.

이른바 한국 최초의 신소설 작가로 불리던 이인직의 퇴진 역시 번안 소설의 성행과 관련이 있다. 〈혈의루〉와 〈귀의성〉 그리고 〈은세계〉 등 일련의 작품으로 주목 받던 작가 이인식은 한일 병합과 더불어 창작 활동을 일시 중단한다. 그가 다시 작품 활동을 시작하게 되는 것은 1912년 3월 〈매일신보〉에 단편 〈빈선랑의 일미인〉을 발표하고, 이어서 1913년 2월 장편 〈모란봉〉을 연재하면서부터다. 이인직이 〈모란봉〉을 통해 추구했던 것은 대중적 흥미였다. 〈모란봉〉이 남녀의 삼각관계를 바탕으로 한 염정 소설류의 구성을 취하고 있는 것은 이 때문이다. 그러나 〈모란봉〉은 외형만 삼각관계를 취하고 있을 뿐 실제 등장인물 사이의 갈등 구조를 드러내는 일에는 실패한다. 〈모란봉〉이 대중들에게 외면당하고 있을 때 등장한 것이 조중환의 또 다른 번안 소설 《장한몽》이었다. 《장한몽》은 삼각관계의 소설이 어떠한 구성법을 취해야 하며 등장인물들 사이의 갈등 구조가 무엇인가 하는 점을 전형적으로 보여 주게 된다. 결국 《장한몽》의 성공은 〈모란봉〉의 연재 중단이라는 결과를 가져오게 되고, 이는 곧 이인직의 퇴진으로 이어진다.

한국 근대 소설사에서 번안 소설이 지니는 의미는 다양하다. 그것은 아직 장형 소설에 익숙하지 않은 당시의 작가와 독자들에게 긴 호흡의 소설에 대한 새로운 인식을 심어 주었다. 이를 통해 새로운 문화 창조의 기운이 생겨나고, 창작의 기법에 대한 이해가 넓어진 것도 사실이다. 그런가 하면 번안 소설의 성행이 근대 문학의 통속화를 부추겼다는 주장도 무시할 수 없다. 그러나 번안 소설에 대해 어떠한 입장을 취하건 이에 대한 객관적이고 종합적인 정리가 필요하다는 점에 대해서는 누구나 동의할 것으로 믿는다. '한국의 번안 소설' 간행을 매우 의미 있는 일로 생각하는 가장 큰 이유가 여기에 있다.

이른바 자료 작업의 어려움은 직접 해 보지 않은 사람은 알기 어렵다. 한국 근대 문학 관련 자료들은 여기저기 분산되어 있고, 열람의 절차도 까다로운 경우가 많다. 영인본의 상태도 그리 좋지 않아서 제대로 읽어 내는 일이 쉽지가 않다. 결국 대부분의 자료 작업은 영인본을 바탕으로 하면서 원본과의 보완 대조 작업을 거치게 마련인데, 이런 번거로운 절차는 상당한 시간과 노력을 필요로 한다. '한국의 번안 소설' 간행은 박진영 선생의 오랜 자료 작업의 성과물이다. '한국의 번안 소설' 간행을 통해 한국 근대 문학 및 문화에 대한 이해의 범위가 크게 확산될 수 있을 것이며, 근대 문학 연구의 영역 또한 확장될 수 있을 것이다. 박진영 선생의 이 작업에 감탄하며 아울러 반가운 마음을 표한다.

'한국의 번안 소설'을 펴내며

　　근대 문학 초창기의 번안 소설 가운데 수작을 가려 뽑아 '한국의 번안 소설'을 펴낸다. 지금 우리 시대의 장편 양식을 처음으로 맛보고 향유하기 시작한 것은 〈매일신보〉의 전문 번안 작가 일재 조중환, 하몽 이상협, 우보 민태원을 통해서였다. 그들은 '순 한글의 한국어 문장'으로 된 소설을 쓴다는 것과 읽는다는 것이 어떤 의미를 지니는지 투철하게 의식하고 있었다. 따라서 '한국의 번안 소설'은 일간지 연재 당시의 형질과 감각을 살리기 위해 각별히 힘을 쏟았다.

　　당대 최고의 인기 소설이었을 뿐만 아니라 그 뒤로도 오랫동안 대중의 정서를 대표해 온 번안 소설은 아직 객관적이고 공정하게 평가받지 못했으며 번안 작가의 이름 역시 말뜻 그대로 말끔히 지워져 있었다. 이를테면《혈의 누》는 이인직의《혈의 누》이고《무정》은 이광수의《무정》이되,《장한몽》은 오자키 고요의《장한몽》이거나《곤지키야샤》의《장한몽》인 식이다. 순수한 창작이 아니기 때문이라면 그나마 다행이라 하겠지만 식민지 점령 당국의 기관지에 연재되어 한국인의 감성을 오도하고 민족정신을 훼손시킨 싸구려 읽을거리라는 그릇된 선입판이 너무나도 강하게 자리 잡고 있었기 때문이다. 이런저런 이유로 주체로서도 주류로서도 인정받을 수 없었던 셈이다.

　　초창기의 전문 번안 작가들은 일본이나 서구의 소설을 번역하는 것이 아니라 번안함으로써만 자신들의 시대에 맞닥뜨린 문화적 동요와 새로운 질서 수립의 역로를 드러낼 수 있다고 믿었다. 창조적인 상상력을 발판으로 근대의 한국과 한국인 그리고 한국어의 전망을 제시

하는 것이야말로 그들에게 부여된 역사적 소명이었다. 실제로 그들이 펼쳐 보인 상상력의 지평은 결코 빈약하거나 초라하지 않았으며 그 나름의 고유한 가치와 시선을 무기로 삼고 있었다. 그래서 십여 년에 걸쳐 이어진 번안 소설의 시대는 명실상부한 번안의 시대이자 소설의 시대였다.

번안 소설을 다시 읽는다는 것은 근대 한국, 한국인, 한국어의 길지도 깊지도 않은 역사적 연원을 생생하게 드러내 줄 것이다. 그것은 통쾌할 수도 씁쓸할 수도 있으며 가지런하고 갈피가 설 수도 혹은 모순투성이일 수도 있다. 어느 쪽이냐는 그리 중요하지 않다. 다만 지금 이곳에서 펼쳐지는 우리의 삶과 언어를 되짚어볼 수 있다면 그보다 더 가치 있는 일은 없을 것이다. 엄격한 교열과 방대한 낱말 풀이를 덧붙인 비평적 정본이어야 하는 것은 그래서다. 이 원칙이 같으면서도 다른 두 시대의 독자들이 가장 행복하게 만날 수 있는 지름길이라는 점을 강조해 두고 싶다.

매일 아침 설레는 마음으로 신문을 펼쳐 들고 주인공이 밟는 길을 따라 나란히 걸으며 울고 웃는 독자들의 모습을 그려 본다. 바로 그런 장면을 떠올리면서 '한국의 번안 소설'을 펴낸다. 마지막으로 삼대 전문 번안 작가 일재, 하몽, 우보의 이름을 거듭 새겨 둔다. 잊혀 버린 그들의 자취를 비롯하여 숱한 한국 문학 번역가들의 고투와 공적이 지금 우리 시대의 말과 글에 스며 있다는 역사적 사실이 기억되기를 바란다.

이 책을 펴내는 데에는 겉에 드러나지 않는 많은 분들의 값진 품이 숨어 있다. 자료의 조사와 수집부터 사진 촬영에 이르기까지 갖은 도움을 아끼지 않은 여러 대학 도서관의 담당자 분들께 가장 먼저 감사의 뜻을 전한다. 특히 연세대학교 중앙 도서관 국학 자료실의 협조가 아니었다면 정교한 판본 비교와 삽화 수록이 대단히 어려웠을 것이다.

또한 편자가 오랫동안 공을 들일 수 있는 여력과 기회를 마련해 준 각
종의 사회적 지원은 물론 '한국의 번안 소설'이 지닌 문화적 · 학술적
가치가 비로소 빛을 발할 수 있도록 힘을 한데 묶어 낸 현실문화연구
에도 거듭 사의를 표한다.

2008년 5월
편자 박진영

차례

일러두기

- 《애사》는 1918년 7월 28일부터 1919년 2월 8일까지 총 152회에 걸쳐 〈매일신보〉 4면에 연재되었다.
- 이 책은 교열(校閱)과 이본 조합(異本照合)을 거친 '결정판' 이자 '비평적 정본' 으로서 〈매일신보〉에 연재된 최초의 판본을 저본으로 삼았다.
- 표기법과 띄어쓰기는 지금의 한글 맞춤법 및 표준어 규정에 맞게 바로잡았다.
- 옛말, 의성어와 의태어, 센말과 여린말 등은 될 수 있는 대로 살려서 원문의 어투와 어감을 잘 드러낼 수 있도록 하였다.
- 외래어는 지금의 외래어 표기법 규정에 맞게 고쳤다.
- 분명한 오류와 오식은 바로잡았으며, 그렇지 않은 경우에는 몇 종의 우리말 사전들을 참고하여 정확한 본딧말을 확인하고 이를 '낱말 풀이' 에서 밝혔다.
- 말뜻의 풀이는 그 낱말의 어근만을 풀이하였다.
- 구두점과 문장 부호, 행갈이 등은 신문 연재본과 단행본을 두루 참고하여 결정하였으며, 특별한 경우가 아니라면 신문에 연재된 상태를 그대로 따랐다. 다만 큰따옴표와 작은따옴표로 처리된 대화, 속생각 등은 모두 독립된 문단으로 처리하였다.
- 한자 표기는 원문에 괄호 처리되어 있는 것을 그대로 따랐으며, 명백하게 잘못 표기된 경우에만 바로잡았다. 그 밖의 경우에는 모두 '낱말 풀이' 에서 밝혀 주었다.
- 〈매일신보〉에 연재될 때 16회, 40회, 135회에는 에밀 바야르의 판화 가운데 세 장이 실렸으나 이 책에는 따로 싣지 않았다.

1. 한 명의 행인

불린시의 동남 편 시골에 디뉴라 하는 조그마한 도회가 있다.

별로 유명한 곳은 아니나 일천팔백십오년 삼월 일일에 저 사자 왕이라는 별명을 듣는 나폴레옹이 엘바 섬을 빠져나와서 파리를 향하고 올라갈 때에 이튿날 밤을 지내던 데도 여기며 그의 충신 베르트랑 장군이 새 임금 등극한 뒤의 나라 형편을 살피기 위하여 몇 차례 상륙하였던 곳도 여기일다.

그 외에 이 지방을 세상이 알게 된 까닭은 덕망이 한없이 높은 미리엘 선생이 십여 년 동안이나 이 지방의 교회를 관리하는 일이다.

***

나폴레옹 황제가 지나가던 해의 시월 초승이라. 어느 날 승석 때쯤 되어서 무거운 다리를 절절 끌며 이곳에 당도한 한 행인이 있었다.

볕에 걸어 검붉은 얼굴은 다 떨어진 낡은 모자로 반쯤 가렸으나 나이는 사십육칠 세 되어 보이고 키는 그리 크지 않으나 몸은 대단히 튼튼하여 보인다. 등에는 배낭을 지고 손에는 굵은 지팡이를 들었으며 입 벌린 병정 구두, 무릎 뚫어진 양복바지, 휘휘 감기는 속옷에 명색만 걸린 저고리. 의복도 남루하거니와 풍채조차 험상스러워 보는 사람은 무서운 생각이 앞을 서서 길을 피할 지경이다. 이 사람은 아주 기운이 시진한 모양인지 동구 앞을 들어오다가 진땀을 이리저리 쓱쓱 씻으며 찬물을 떠서 한숨에 켜고 또 얼마 가지 못하여서 우물물을 떠먹었다. 대체 이 사람은 어디로서 왔으며 어디로 가는 어떠한 사람인가. 오기는 남쪽으로서 왔으며 가는 곳은 시청(市廳) 근처일다.

미구에 그 사람은 시청으로 들어갔다. 시청은 벌써 파사된 뒤인데 숙직을 만나 보았는지 대개 반 시간이나 지난 뒤에 나오더라. 아아, 이만하면 알겠다. 이 사람은 어떤 감옥에서 징역을 하다가 요사이 놓여나와서 다른 지방으로 가는 사람이며 가는 곳마다 그 지방 관청에 들어가 누른빛의 통행권을 보이고 도장을 맡지 아니하면 다시 감옥서 구경을 하게 된 사람이다. 법률상 '요시찰인'으로 인정되어 어디를 가든지 주목 받는 놈일다.

시청에서 나온 뒤에 이 집 저 집 기웃거리며 거리로 쏘다니는 것은 인제 시장기를 참다못하여서 어떻게 하든지 요기할 음식과 잠잘 주인을 얻고자 하는 모양이다. 그리하다가 필경 고래관이라는, 이 지방에서 첫째가는 여관 앞을 당도하였다. 대문간에서 바로 들여다보이는 그 집 부엌에서는 숯불을 이글이글 피워 놓고 그 위에 얹힌 석쇠와 냄비에서는 고기 굽는 냄새가 난다, 기름 튀는 소리가 들린다. 가뜩이나 시장한 판에 비위가 동하여서 그대로 지나갈 수는 없게 되었다. 지남철에 끌리는 모양으로 비쓸비쓸 쫓아 들어갔다.

여관 주인은 한참 바삐 음식 차리는 감독을 하다가 손님 들어온 기척을 듣고

"어서 옵시오. 무얼 시키시렵니까"

하고 물었다.

"오늘 밤 자고 갈 터이니 저녁을 어서 차려 주오"

"그리합시오"

하고 그제야 고개를 들어 손의 주제를 보더니 별안간 눈살을 찌푸리며

"에—, 돈만 내시면"

하고 한마디를 보탠다. 손을 지갑을 꺼내면서

"돈은 있소"

"그러면 얼마든지 드리지요"

하고 주인의 허락이 떨어졌다.

손은 그만 마음을 놓고 맥이 풀려서 등에 졌던 배낭과 꺼내 들었던 지갑과 지팡이를 옆에 놓았다. 그사이에 주인은 주머니에서 연필을 꺼내어 신문 끄트러기에다 무엇을 쓰더니 눈짓으로 옆에 있던 아이놈을 불러서 두서너 마디 귓속말을 한 뒤에 그 종이쪽을 내준즉 아이놈은 눈치를 채고 바깥으로 부리나케 달아 나간다.

시월 초승이 되었은즉 밤이 되면 추울 때이며 더구나 이곳은 높기로 유명한 알프스 산 밑이 되어서 사시에 끊일 새 없는 상상봉의 눈바람이 쌀쌀하게 불어온다. 아까까지 땀을 흘리던 그 행인도 인제는 불 생각이 나서 화로에 손을 쪼이며 주인의 한 일은 도무지 눈치 채지 못하고 다만 먹기만 급하여서

"저녁이 곧 되겠소"

하고 재촉을 한다. 주인은

"좀 참으시오. 곧 됩니다"

하고 대답하는 계제에 아이놈이 돌아와서 답장인 듯한 종이쪽을 주인에게 수었다. 주인은 이것을 받아 보고 눈살을 찌푸리며 한참 생각을 히디니 좀 있다가 무슨 생각인지 잠착히 하고 있는 손의 옆으로 가서

"우리 집에서는 영감을 재울 수 없소"

하고 딴소리를 한다. 손은 고개를 번쩍 들며

"응, 무엇이오. 돈을 못 받을까 봐 그러오. 내 선돈을 내리다. 돈은 있다니까"

“아니요, 방이 마침 없어요”

손은 일어설 생각을 아니 하고 또 말을 한다.

“방이 없으면 마구간이라도 상관없소”

“마구에는 말이 그뜩 찼어요”

“그러면 어떤 구석이든지 상관없소. 짚이나 한 뭇 깔면 자지요. 저녁이나 먹고 그렇게 차려 봅시다”

“저녁도 마침 없는걸이요”

이 말에는 깜짝 놀라서 벌떡 일어서며

“에에, 그럴 리가 있소. 나는 지금 배가 고파 죽을 지경이오. 식전부터 걷기 시작하여서 일백이십 리나 걸었소. 돈은 염려 없이 낼 터이니 저녁이나 먹여 주오”

“먹을 것이 없어요”

손은 허허 웃었다. 아주 기막힌 웃음일다. 그리고 부엌을 가리키며

“먹을 것이 없다니. 저것은 무엇이오”

“저것은 다 먼저 시키신 음식이오”

“누가”

“먼저 온 손님이”

“손님이 몇 분이오”

“저—, 열— 두 사람이여요”

“열두 사람. 저기 보아 놓은 것이 열두 상만 되오”

하고 다시 자리를 잡아 앉으며

“여기는 여관이 아니오. 나는 배고픈 행인이오. 저녁 좀 먹읍시다”

주인은 영업 터에서 큰소리 내기를 좋아하지 않는다. 손의 귀에다 입을 대고

“어서 나가오”

아주 내쫓는 수작일다. 손은 돌려다 보며 무슨 말을 하려 하나 주인

은 그럴 틈도 없이 또 말을 한다.

"말없이 나갑시다. 댁 성명도 내가 알았소. 댁이 장팔찬이 아니오"

장팔찬이라는 괴상한 이름을 듣더니 손은 깜짝 놀란다.

2. 기웃거리기 시작하였다

여관 주인은 더욱 그 편지 쪽을 손의 눈앞에다 들이대며 말을 한다.

"장팔찬이가 어떤 사람인지도 다 알고 있소. 큰 소리로 이야기를 좀 하리까. 자—, 말하기 전에 나가시오. 아까 벌써 보기에도 수상하기에 경찰서에 사람을 보내 보았더니 이런 답장이 왔소. 볼 줄 알거든 당신 눈으로 좀 보오"

손은 한번 흘끔 보았다. 주인은 조금 있다가 또 말을 한다.

"나는 누구에게든지 박하게 하지는 않는 성미요, 자—, 어서 나가 시오"

인제는 할 수 없이 되었다. 손은 고개를 수그린 채 옆에 놓았던 배낭과 지팡이를 걷어들고 풀기 없이 밖으로 나간다. 참 불쌍한 신세일다.

밖으로 나간 그 사람은 남의 집 처마 밑으로 으쓱으쓱 정처 없이 걸어간다. 고개는 여전히 푹 숙이고 뒤도 한 번 돌아보지 않는다. 만일 한 번만 돌아보았으면 시금 여관 문 앞에서 주인과 여러 손들이 자기를 가리키며 이야기하는 광경을 보았을 것이요 따라서 장팔찬이라 하는 무서운 위인이 이 지방에 들어섰다는 소문이 반 시간도 채 되기 전에 이 좁은 바닥에 자자히 퍼질 줄을 알았을 것이다.

그는 이런 꼴을 보지 않는다. 그와 같이 낙담된 사람은 자기 등 뒤를 돌아보는 법이 없다. 보지 않아도 불행한 운수가 따라다니는 줄을 잘 아는 까닭이다.

그는 슬픈 마음과 기막힌 생각이 앞을 서서 배가 고픈 줄도 모르고 정신없이 한참을 걸어갔다. 그러는 동안에 해는 저물어지고 배고픈 생각이 다시 난다. 어디든지 주인을 잡아야 하겠는데 그런 집이 없는가 하고 고개를 들어 둘러본다. 좋은 여관에서는 재워 주지 아니한즉 인제는 하등 여관이나 찾을 수밖에 없다. 이와 같이 생각하는 즈음에 마침 사호 여관이라는, 명색은 여관이나 실상은 누추한 보행객주가 눈에 띄었다. 인제는 살았다고 부리나케 대문 앞까지 걸어갔으나 차마 들어서지는 못하였다. 이 집에서도 역시 구수한 음식 내가 나며 음식상 머리에서 이야기하는 소리가 지껄지껄 들린다. 그는 옆으로 돌아가 협문을 열고 들어섰다. 반가이 맞아들이는 주인.

"마침 잘 오셨습니다. 저녁 진지요, 네, 곧 됩니다. 위선 추운데 불이나 쪼이시지요"

인제는 아주 마음을 놓고 털썩 주저앉아서 짐을 벗어 옆에 놓았다.

먼저 왔던 손들은 이야기를 뚝 그치고 새로 온 손을 살펴보는데 그 중의 한 사람은 마침 아까 고래관에를 갔다가 이 손이 쫓겨 나오는 것을 보고 여러 사람과 같이 손가락질을 하던 한 사람이다. 그는 새로 온 손을 물끄러미 쳐다보더니 이 집 주인을 손짓으로 불러 가지고 그 귀에다 속살속살 이야기하였다.

"이놈일세. 장팔찬이라는 요시찰인이 이놈이야. 어떻든지 대단히 위험한 놈이라는걸"

이같이 이야기할 동안에 새로 온 손은 잠시 얼굴을 들어 쳐다보는데 그 얼굴에는 슬픈 기색이 가득한 중에 지금 겨우 안심을 한 모양이다. 번듯한 얼굴에다 뼈가 솟은 눈 언덕, 관골이 옆으로 퍼져서 결심도 있고 기운차기도 하며 얼핏 보기에는 순한 듯한 얼굴이 자세히 보면 무섭기도 하고 더욱이 그 눈이 찌부러진 눈썹 아래에서 반짝거리는 모양은 풀 속에서 타오르는 불빛 같아서 무섭게 보인다.

　주인은 이야기를 다 들은 뒤에 바로 손의 옆으로 오더니 그 어깨에 손을 짚고 흔들흔들하면서

　"여기 있지 말고 다른 데로 가오"

　손은 인제 말대답할 기운도 없다. 다 죽어 가는 목 안의 소리로

　"여기서도 알았소"

　"알았소"

　"다른 여관에서도 쫓겨났는데"

　"그러기에 여기서도 가란 말이오"

　"그럼 어디로 가란 말이오"

　"어디든지 마음대로 가구려"

　이 손은 또 짐을 찾아 들고 기운 없이 밖으로 나갔다. 밖에는 아까 고래관 근처에서부터 뒤를 따라온 아이놈들이 그 사람 가는 등 뒤로서 돌멩이질을 한다. 그는 그제야 돌아서며 지팡이를 둘러메었다. 아이들은 거미 새끼 헤어지듯 흩어져 간다.

　그는 이 지방 감옥서 앞을 당도하였다. 인제는 여기밖에 그 사람 잘 곳이 없다. 그대로 문에 달린 설렁줄을 치니 문지기는 문을 열었다. 그는 모자를 벗고 경례를 한 뒤에

　"여봅시오, 저를 하룻밤만 옥 속에서 재워 줍시오"

　여북 궁하면 이러할까. 대답 소리가 곧 들린다.

　"여기는 여관이 아니야. 포승을 지고 오너라. 그러면 재워 줄 터이니"

　그 말만 하고 문을 탁 닫친다.

　인제는 어디로 갈까. 갈 곳은 없으나 안 갈 수도 없다. 그는 어떤 골목길로 들어섰다. 이곳에는 터전 너른 집이 많고 그중에는 나지막한 생나무 울을 둘러서 뛰어넘으려면 넘을 만한 집도 있다. 그는 이 집 저

집 기웃거리는 중에 등불이 반하게 비치는 집 하나가 있었다. 그는 아까 보행객주 집을 들여다보듯이 기웃이 들여다보았다.

3. 승정과 전파자

그 집을 엿본즉 매우 재미가 있어 보이는 가정일다. 주인인 듯한 남자는 무릎 위에 아이를 안았고 그 앞에는 젊은 여자가 어린아이 젖을 먹이고 앉았는데 식구마다 그 얼굴에는 웃음을 띠었다. 이같이 재미로운 모양을 보고 그 행인은 어떠한 생각이 났는지 그는 다른 사람의 알바가 아니나 필경 그 행인의 생각에는 이 집에서는 나를 맞아들이려니, 이다지 재미롭게 사는 사람은 남보다 인정이 많으려니 생각한 모양이다. 그래서 그 문을 슬쩍 좀 두드려 보았다. 두 번째 두드릴 때에 안에서 여자의 목소리로

“여보, 서방님, 밖에 누가 왔나 보오”

그제야 주인이 나와서

“누구시오”

하고 묻는다.

“여봅시오, 저는 길을 가다가 날이 저물어서 고생하는 사람입니다. 제발 하룻밤만 재워 주십시오. 돈은 드리겠고 방이 없으면 헛간 구석이라도 상관없습니다”

“큰길에 나가면 고래관이라는 여관이 있는데”

“예, 거기도 가 보았습니다마는 방이 없다고 하여요”

“그럴 리가 있다고. 그러면 사호 여관이라는 보행객주가 있는걸”

“그 집에서도 들이지 않아요”

그 말대답에 주인은 무슨 생각이 난 듯이 급히 행인의 외양을 위아래로 훑어보다가 깜짝 놀라면서

"에그, 이 사람이 아까 말하던 그 사람이로구면"

하고 소리를 지른다. 그러면 위험한 사람이라는 소문이 벌써 이 한적한 집에까지 전파된 모양이다. 주인의 놀라는 말에 여자도 알아듣고 한 팔에 한 아이씩 두 아이를 안고 일어나서 주인의 등 뒤에 가 몸을 숨으면서

"어서 쫓아내셔요"

하고 재촉을 한다. 주인은 벽에 걸렸던 사냥총을 떼어 들며

"나가거라, 이놈아"

하고 호령을 한다.

행인은 기가 막혀서

"그러면 물이나 한 그릇 주십시오"

주인은 총을 들먹들먹하면서

"물을 주느니 콩이나 주마"

하고 문을 닫쳐 버렸다. 어디를 가든지 다 일반이다. 행인은 다시 그 문 앞을 떠나서 길로 나섰으나 시장기와 추위가 한꺼번에 닥쳐온다. 하다못해 한 가지라도 면하여 볼까 하고 오히려 둘레둘레 사방을 둘러보면서 한참 가노란즉 어떤 집 뜰 안에 납작하게 지어 놓은 헛가게 같은 집이 있다. 필경 연장이나 넣어 두는 의지간인가 보다. 그 속에 들어 자면 바람과 서리는 피하겠다고 곧 생나무 울을 뛰어넘어 안으로 들어갔다. 그 헛가게는 문이 대단히 좁으나 억지로 기어 들어간즉 그 안에는 짚 검불이 깔려 있어 제법 훗훗하게 되었다. 그 안에 들어앉아 배낭을 끄르고 잘 채비를 차리려고 할 때에 문밖에서 무슨 이상한 소리가 들리는데 어두운 중에서 비추어 본즉 바로 문밖에는 큰 개가 서 있다. 아아, 이 집은 개집일다. 어름어름하다가는 무슨 봉변을 할는지 모른다고

지팡이를 들어 개를 막으며 겨우 그 집을 빠져나왔다.

인제는 아주 갈 곳이 없다. 아아, 개짐승도 집이 있는데.

"내 신세는 개만도 못하구나"

하고 탄식을 하였다. 인제는 들에나 산에 가서 나무 그늘에나 의지할 수밖에 없다고 다시 비쓸비쓸 걸어서 동리 밖으로 나갔다. 이때는 하늘이 흐린 데다 마침 땅거미 때가 되어서 정말 밤중보다도 휘휘하고 무서운 때일다. 동리 밖을 빠져 나서 사면을 둘러본즉 하늘에는 검정 구름이 덮이고 들 밖에는 먼 산이 검정 장막같이 둘리어 모든 경치가 무섭고 슬프고 엎어누르는 것같이 보인다. 그는 이러한 경치를 바라보고 한참 섰다가 진저리를 치고 돌아섰다. 이러한 때에는 사람뿐 아니라 경치까지도 사람을 괄시한다.

그는 할 수 없이 인가 근처로 돌아왔다. 이곳저곳 정처 없이 다니다가 어떤 교회당 앞에 나섰다. 이런 처지에는 하느님도 소용없고 교회당도 보기 싫다. 그는 주먹을 쥐어 그 지붕을 바라보며 훔쳐때리는 시늉을 하였다. 그러고 나서 다시 걸어 보려 하였으나 인제는 발을 때 놓을 기운도 없어 교회당 문 앞 댓돌에 가 걸어앉았다.

마침 그때에 교회당 안에서 한 늙은 부인이 나왔다. 부인은 어두운 중에서 사람의 그림자를 보고

"여보, 거기서 무엇을 하시오"

하고 물었다. 그 행인은 도리어 역정스러운 목소리로

"참 다정한 부인네로고. 보시는 바와 같이 여기서 잡니다"

부인은 과연 다정한 부인이었다.

"에그, 이 돌 위에서"

행인은 자기 몸을 조롱하는 모양으로

"나는 열아홉 해 동안을 마루방에서 잤는데 오늘은 돌 위에서 자게 되었습니다"

"그러면 병대로 있었소"

그는 부인의 입을 따라서

"예, 병대였었습니다"

"여관을 찾아갔으면 좋지요"

그는 인제 여관에서 쫓겨난 말을 아니 한다.

"돈이 없어요"

부인은 지갑을 얼이 보고

"에그, 이를 어찌하나. 겨우 사 전밖에 없는데"

"그거라도 주시오"

하고 행인은 그대로 받아 들었다. 그 부인은 다시 입을 열어

"그러나 그까짓 것쯤이야 가지나 마나 하지. 어디 여관에나 가시겠소. 필경 시장도 하고 춥기도 할 터인데 누구 하룻밤 재워 줄 사람이 없나"

"없어요"

"물어는 보셨소"

"될 듯한 집은 다 가 보았습니다마는 다 못 한대요"

부인은 행인의 어깨에다 손을 얹으며

"저기 저 집도 가 보셨소"

하고 길 건너 납작한 집 하나를 가리킨다.

"아니요"

"그러면 가 보시오"

'그러면 가보시오' 라는 말 한마디가 추후로 생각하면 참 이상한 인연이 되었다.

그는 부인의 지시대로 그 집에 가 찾았더니 안에서는

"들어오시오"

하는 정다운 대답이 들린다.

이 집은 뉘 집인가. 덕망이 한없이 높다는 미리엘 승정의 저택일다. 아아, 승정과 전과자. 이상하게도 만났구나.

4. 미리엘 승정

승정이라 함은 교인 중에서 제일 높은 신분이며 그때 이 나라에서는 육군 대장의 바로 다음가는 높은 처지일다.

지금 행인이 문을 열고 들어선 이 집 주인이 그 승정일다. 십 년 전에 이 지방 교회를 맡아 가지고 그 뒤 십 년 동안에 어떻게 자선 사업을 많이 하였는지 근처에서는 그 승정 알기를 하느님같이 안다.

나이는 금년 칠십오 세. 가족이라고는 자기보다 십 년이나 손아래 되는 누이동생과 노파 한 사람뿐일다. 첨으로 이 지방에 도임하던 때에 곧 빈민 병원을 둘러보았는데 그 집이 협착하고 누추한 것을 보고 넓고 훌륭한 자기 관사와 바꾸어 버렸더라. 세 식구 살림에 넓은 집은 소용없은즉 그보다는 여러 구차한 병인에게 갑갑하지 않도록 하여 주는 것이 낫겠다는 의견에서 나온 일이다. 이 한 가지만 보아도 대개 그 사람됨을 알 수 있다. 해마다 정부에서 생기는 봉급이 일만 오천 프랑(한 프랑은 대개 여기 돈으로 사십 전)인데 그중에서 일만 사천 프랑까지는 자선 사업에 기부하고 자기 몸은 겨우 나머지 일천 프랑과 그 누이 몸에 생기는 오백 프랑으로 아주 검소하게 살아간다. 그 외에 이 지방 관청에서 마차 값이라고 일 년에 삼천 프랑씩 주는 것이 있는데 이것도 그 집 노파가 여러 번 말을 하여서 청구는 하여 놓고도 역시 살림에는 보태지 않고 자선 사업에 쓰기로 작정되었더라.

이 뒤로부터는 근처 사람들이 고맙게 생각하여서 남을 구제한다거나 진휼하는 돈이 있으면 으레 이 승정에게 부탁하게 되었더라. 이런 까닭으로 해마다 승정의 손을 거쳐 나가는 돈이 정말 거액이지마는 아무리 한대도 남을 줄 만한 넉넉한 사람보다도 남에게 받아야 할 빈한한 사람이 많은 터이므로 일전이라도 승정의 이익은 아니 된다.

그뿐 아니라 때때 나누어 주다가 부족이 나면 넉넉지 못한 자기 집 가용으로 보태어 주는 일이 많았다.

남이 어려운 일을 당하면 그는 어떠한 위험을 무릅쓰든지 반드시 구하여 준다. 이 일로 말하면 다만 홀로 자선가일 뿐이 아니라 용기 까지도 있는 사람이다. 그러나 세상에 흔히 있는 종교가들과 같이 용서 길 없는 엄격한 의견은 갖지 않았다. 본래 재상가에 태어나 귀엽게 자라난 사람으로서 난리에 집을 잃고 타국에 피난 갔다가 금슬 좋은 아내를 잃고 그때부터 세상을 허무히 여겨 종교에다 몸을 부쳤다 한다. 그러고 본즉 젊었을 때에는 다른 속인과 같은 행동을 하였을 것이요 다소간 잘못한 일도 있었을 것이다. 이는 자기도 항상 하는 말이다. 따라서 남에게 이르는 말도 부드럽고 억설이 없다. 승정의 하는 말은 대개 이러하다.

'아무렇든지 사람이란 것은 육신이라는 큰 짐을 지고 있어서 이 무거운 짐이 늘 욕심과 허물의 근본이 되는 것인즉 잠시라도 방심을 하지 말고 그것을 수직하여야 된다. 아무쪼록 이것을 누르고 이것을 이겨 가되 아주 할 수 없는 자리가 되거든 이것 하라는 대로 하여라. 하라는 대로 하년 죄가 되지마는 아주 할 수 없는 자리에는 용서할 수가 있다. 넘어져서 무릎을 꿇는 것은 할 수 없는 일인즉 그 무릎을 꿇은 채로 하느님께 매달려라. 무릎 위에나 흙이 묻지 않게 하여라. 완전이라는 것은 하느님 외에는 할 수 없는 일인즉 우리 인간은 바란대도 못 될 일이요 다만 사람이라는 것은 정대하여야 된다. 잘못하다가 죄를 범하는 수가 있을지라도 그 역시 광명정대하여야 한다. 아무쪼록 죄를 안 짓도록 애를 쓰는 것은 사람의 도리요 아주 죄가 없다는 것은 하느님의 마음일다. 땅 위에 있는 물건은 으레 죄가 따르나니 죄악은 지남철 같은 끄는 힘을 가진 것이니라'

참 인정을 아는 온자한 의견일다. 남들이 심복하는 것도 당연하지 않은가.

승정은 부인과 빈한한 사람에게는 너그러운 태도를 가졌다.

'부인과 아이들, 약한 자와 빈한한 자, 미련한 자들의 잘못하는 것은 곧 남편 되고 아비 되고 주인 되고 세력 있고 돈 있고 지식 있는 사람의 잘못이라'

고 말한다.

혹 어떤 때에는 남을 점잖게 조롱하는 일이 있는데 그 말속에는 언제든지 깊은 뜻이 있더라. 한번은 어떤 젊은 목사가 그곳 예배당에서 설교를 하는데 그 목사는 말솜씨 좋게 부자는 가난한 사람을 많이 구제하여야 천당에를 가지 그렇지 않으면 지옥에를 간다고 말하고 지옥의 무서운 광경과 천당의 즐거운 모양을 눈앞에 보는 듯이 설명하였다. 그런데 그날 설교를 듣던 사람 중에 차보란이라는 부자 늙은이가 있었다. 이 늙은이는 고리대금으로 돈을 많이 모았으나 평생에 노랑전한 푼이라도 남을 주어 본 일 없더니 그 뒤로부터는 주일날마다 예배당 문 앞에 있는 거지 늙은이들에게 돈 일 전씩을 주게 되었다. 그런데 돈은 일 전이고 거지는 여섯 사람인 고로 그 돈으로 무엇을 사서 여섯 사람이 나누어 갖게 된다. 어느 날 승정은 차보란의 돈 주는 모양을 보고 빙긋이 웃으면서 그 매씨 부인에게

'저것 보게. 차보란 씨는 일 전으로 천당을 사네'

참 뜻 깊은 조롱일다. 세상 사람 중에는 천당을 싼흥정하는 사람도 많고 명예를 매득으로 사려고 하는 사람도 많으나 그같이 미련하고 그같이 꼴 뵈는 것은 없다.

그런데 장팔찬은 이 승정의 집에 가 어찌 되었나. 어쩌면 이번에는 쫓겨나지 않을 듯하다.

5. 은 접시와 은 촉대

이날 밤에 승정은 산보를 하고 돌아와서 방 안에 들어앉아 글씨를 쓰고 있는데 저녁이 다 되었는지 노파가 들어와 벽장에 든 은 접시를 꺼내어 간다. 은으로 만든 접시가 이 검소한 승정에게는 당치 않으나 이는 조상 적부터 전하여 오는 귀중한 보물이며 승정에게는 이 은 접시에 반찬을 담아 먹는 것이 한 가지밖에 없는 사치일다. 접시의 수효는 여섯 개 한 벌이요 그 외에 은 촉대 한 쌍이 있다. 이것도 일가에게서 기념으로 받은 물건인데 늘 쌍으로 선반 위에 얹어 두었다가 손님이 오면 쓰는 것일다.

매사에 규모가 짜인 집이라 접시가 나가면 으레 저녁상이 다 된 것이다. 승정은 접시 내가는 것을 보고 글씨 쓰던 것을 치워 놓고 식당으로 나왔다. 이 식당이라는 곳이 말은 식당이지마는 큰길에서 문을 열고 들어서면 바로 거기 붙은 문간방일다. 불펀은 하나 빈민 병원을 고치지도 않고 그대로 쓰는 터인즉 할 수 없는 형편일다. 이때에 노파는 승정의 매씨를 대하여 아까 찬수 흥정 나갔을 때에 거리에서 듣고 온 무서운 행인의 이야기를 한다.

"열아홉 해나 징역을 하고 나온 놈이라니까 오늘 밤에 어디든지 도적질을 들어가겠지요. 거리에서들은 모두 겁을 내고 문을 초저녁부터 걸어 잠그던데요. 댁에서도 대문 빗장이나 만들고 벽장에 자물쇠나 채워야지 은 접시를 잃으면 어찌해요"

승정은 이야기를 들으면서 탁자를 향하고 앉았다. 마침 이때에 밖에서 문 두드리는 소리가 나니 곧 승정의 입에서

"들어오시오"

하는 대답이 나왔다. 이는 누구에게든지 으레 하는 대답일다. 어떠한 때에든지 찾아오는 사람만 있으면 반드시 이같이 대답한다. 승정의 집에는 비밀도 없고 계제도 따로 없다. 어려운 사람은 구원하고 구걸하는 사람에게는 주어 자기 집을 자기 집으로도 아니 알며 재물에든지 무엇에든지 나라는 생각을 잊어버린 것이 다른 사람의 흉내 내지 못한 일이다.

대답이 떨어지자 문이 활짝 열리며 웬 사람이 쑥 들어왔다. 그 사람은 문을 열어젖힌 채 문 안에 한 걸음 들여디디고 우뚝 섰는데 등에는 배낭을 지고 손에는 지팡이를 들었다. 그 몰골의 수상스러움은 말할 것도 없거니와 쌍스럽고 담대하고 거칠게 생긴 그 얼굴은 정말 무서워 보인다. 바로 무서운 도깨비를 만난 것 같다. 노파는 소리를 지를 경황도 없어 벌벌 떨기만 하고 승정의 매씨는 그 사람의 얼굴을 쳐다보고 깜짝 놀랐으나 간신히 가슴을 진정하고 그 오라버니의 눈치만 본다. 만일 평일부터 승정의 감화를 아니 받았던들 두 사람은 꼭 외마디 소리를 질렀을 것이다.

다만 승정은 태연자약하다. 승정은 좋은 낯으로 온 사람의 얼굴을 쳐다보며 어찌 찾은 연유를 묻고자 하였다. 그러나 그 사람은 주인이 묻기를 기다리지 않는다. 두 손을 모아 지팡이 위에 얹고 주인과 두 부인의 눈치를 보아 가며 큰 목소리로 이야기를 시작한다.

"내 말을 들어 봅시오. 내 이름은 장팔찬인데 툴롱 감옥에서 열아홉 해 징역을 하고 나흘 전에 놓여 나와서 지금 퐁타를리에라는 곳으로 가는 길입니다. 오늘도 일백이십 리나 걸어서 저물게 여기를 당도하였는데 여관에 간즉 여관에서 받지 않고 보행객주에 간즉 거기서도 쫓아

내었습니다. 나는 통행권에다가 위험한 인물이라고 아주 박아 놓은 까닭에 어디를 가든지 받는 이가 없습니다. 할 수 없어서 감옥에를 갔더니 간수가 들이지 않고 심지어 개 자는 의지간에를 갔더니 개 역시 달려들어서 사람들 하는 모양으로 쫓아내었습니다. 그다음에는 들에 가서 별 밑에서나 자 볼까 했더니 별도 없어요. 비가 올 듯하기에 남의 집 처마 밑이라도 비 안 맞는 곳을 찾아볼까 하고 다시 인가 근처로 왔습니다. 그래서 저 건너 예배당 대뜰에서 자려고 하였더니 마침 어떤 부인네가 나와서 댁을 가리키며 가 보라고 하기에 왔습니다. 재워 주실 터이요 안 재우실 터이오. 여기가 여관인가요. 나도 돈은 있습니다. 열아홉 해 동안 감옥에서 모은 공전이 일백구 프랑 십오 전, 그중에서 이십 전밖에 안 쓰고 다 있습니다. 돈은 낼 터이니 재워 주시겠습니까, 못하시겠습니까"

이 대답 듣기가 제일 급하다.

6. 동포 형제라는 이름이오 (1)

승정의 집을 찾아 들어간 그 행위은 인제 이력이 차서 자기 신분을 속이지 않고 바로 말한 뒤에 나는 이런 사람이니 가부간에 대답하여 달라고 재촉을 한다. 물론 승정은 남의 청구를 거절한 일이 없는 터이라 오늘이라고 특별히 거절할 리가 없다. 곧 노파를 돌아다보며

"저녁 한 상 더 차리게"

하고 그 사람 대접할 저녁상부터 신칙을 한다. 그 사람에게는 참 의외일다. 아무 말도 묻지 않고 저녁상부터 보라는 것은 필경 말을 잘못 들은 듯하여 우적우적 불빛 앞으로 걸어 들며

"가만히 계시오, 가만히 계시오. 지금 내가 한 말을 자세히 알아들으셨소. 나는 징역하고 나온 사람이여요. 감옥에서 엊그제 나왔어요. 아셨습니까"

하고 몇 번 다좇아 물으면서 주머니에서 널따란 황지 종이 한 장을 꺼내어 보인다.

"이것이 통행권이여요. 보시는 바와 같이 빛이 누릅니다. 이것 때문에 도처에서 구박을 받습니다. 좀 읽어 보시오. 댁에서 안 보실 터이면 내가 보아 들리지요. 이래 보여도 감옥 안 학교에서 열아홉 해 동안에 글자나 배웠습니다. 하하, 나이 마흔네 살에 제가 지은 죄는 알아보게 되었구나"

하고 제 신세를 한번 조롱한다.

"에—, '방면된 전과자 장팔찬. 십구 년간 감옥에 갇혔음. 가택 침입 죄로 오 년, 네 번 탈옥하려다 십사 년. 극히 위험한 인물이라' 이렇습니다. 이렇게 씌어 있기 때문에 누구든지 나를 쫓아냅니다. 그래도 나를 재워 주시겠습니까. 인제 배가 고파서 무엇이고 먹어야 살겠습니다. 자기는 아무 데고 상관없어요"

승정은 또 노파를 돌아보며

"새 욧잇을 덮어서 자리도 보아 놓게"

승정의 말이라면 낄낄 소리 없이 듣는 터이라 노파는 아무 말 없이 옆의 방으로 자리를 보러 갔다. 승정은 그제야 그 행인을 보고

"노형, 앉아서 불을 쪼이시오. 저녁은 곧 될 터이니 우리 같이 먹읍시다"

장팔찬은 그제야 재워 주는 줄을 분명히 알았다. 지금까지 찌부러졌던 얼굴은 적이 풀어지고 한편으로는 기쁘고 한편으로는 의심이 나서 역시 얼빠진 사람과 같이 무엇이라고 중얼중얼 입 안의 말을 한다.

"정말이여요. 정말 나를 재워 주서요. 나를 쫓아내지 않습니까. 나

는 전과자여요. 이 전과자를 보고 노형이라고 하시다니. 누구든지 '이 놈, 나가거라' 하는 나를 보고. 참 고맙습니다. 정말 고맙습니다. 나는 필경 또 쫓겨나려니 하고 첨부터 지난 일을 바로 까바쳤습니다. 아아, 인제는 저녁을 먹게 되었다. 오래간만에 제법 이부자리를 펴고 자 보게 되었다. 이부자리, 흥, 열아홉 해 만에 첨인걸. 정말 재워 주실 터이지요. 참 고마운 양반이로고. 실례지마는 주인 양반 성함이 뉘신지요. 무엇이든지 시키시면 하겠습니다. 여기가 여관인가요. 노형이 여관 주인이시오"

"나는 여기 사는 교인이오"

"교인이셔요. 그래서 밥값도 아니 받으십니다그려. 글쎄, 옷을 보니 인제 알겠습니다. 저 건너 예배당의 목사십니까"

"그렇소"

장팔찬은 아직도 의아는 하나 비로소 마음을 놓고 등에 졌던 배낭을 내려놓으며

"참 착하신 어른이로고. 감옥에도 교회사라는 목사가 있습니다. 또 한 번은 승정이라는 이가 왔어요. 목사장, 목사장도 아시려니와 목사가 잘되어서 한껏 올라가면 승정이 됩니다"

말을 듣고 있던 승정의 매씨는 웃음이 복받쳐서 무서운 생각을 잊어버렸다.

장팔찬은 말을 잇대어

"승정이란 것은 여러 목사의 우두머리 가는 사람이라지요. 승정은 복색도 훌륭하옵디다. 모자에도 금이 번쩍번쩍하고. 무슨 육군 대장의 다음을 간다던지요. 목사장같이 도덕이 많으신 이는 승정이 되어도 좋겠습니다. 목사로 있기는 억울하지요"

하면서 승정의 검소한 모양을 다시 보더니

"아아, 주인장은 구차하시구려. 아직 목사도 못 되셨나 본데. 밥값

을 내리까”

“그럴 것은 없소”

하고 대답하는 목소리에는 측은히 여기는 뜻이 가득하였더라.

그러는 중에 노파는 은 접시를 꺼내 왔다. 장팔찬이 자리를 잡아 앉은 담에 승정은 노파를 보고

“어찌 불이 밝지 못한걸”

하는 것은 은 촉대를 가져오라는 뜻이다. 노파가 그 뜻을 알고 가지러 가려 한즉

“접시도 부족하겠지”

하고 또 접시를 여섯 개 다 내오라는 눈치를 보인다.

이와 같이 도덕이 높은 승정도 아이들 같은 마음이 있다. 마음이 아이들 같은 까닭으로 도덕이 높다고도 하겠지마는 접시와 촉대를 남에게 구경시키는 것이 승정의 한 재미일다. 장팔찬은 노형 소리에 마음이 흠썩 풀린 데다가 이러한 대답을 받고는 한없이 기쁜 중에도 한없이 의심이 난다.

“목사장—, 인제 차차 목사가 되실 터이니까 지금부터 목사라고 하지요. 목사장께서는 다른 사람들처럼 나를 쫓아내지도 아니하시고 또 이 모양으로 은 접시와 은 촉대를 내어다가 손님 대접을 하여 주시니 나는 아무것도 숨기지 않겠습니다”

하고 자기 지난 일을 말할 것같이 한다. 승정은 이를 가로막는 것처럼

“아니, 내게는 말씀하실 것 없소. 이 집이 내 집도 아니고 내가 이 집 주인도 아니오. 이 집은 누구든지 어려운 사람의 집이오. 이 집에서는 노형과 같이 시장하고 피곤한 사람을 반갑게 맞아들이는 집이오”

이 말을 듣고 감화되지 아니하면 사람이 아니다. 바로 짐승만도 못하다. 장팔찬은 어안이 벙벙하여 아무 말도 못 하고 앉아 있기만 한다.

"또 노형의 이름은 듣지 않아도 아오"

"정말 듣기 전부터 아셨어요"

"그렇소. 우리 동포 형제라고 하는 이름이오"

아아, 이 사람을 보고도 동포 형제라고 한다. 참 승정의 마음은 사람의 마음이 아니라 곧 하느님의 마음일다.

7. 동포 형제라는 이름이오 (2)

'동포 형제' 라는 말까지 듣고서 고마운 줄을 모를 수가 있을까. 장팔찬은 오장 육부에까지 고마운 생각이 실려 들어간 것처럼 고개를 푹 숙이고 혼잣말로

"나는 인제 먹지 않아도 좋고 자지 않아도 좋다. 너무 고맙게 하니까 배고픈 줄도 모르겠구나"

정말 깊이 감동이 되어 나오는 말이다. 말은 그렇지마는 조금 이따 저녁상을 대하더니 아주 불고염치하고 정신없이 한숨에 그러넣었다. 그는 배가 부른 뒤에야 승정의 밥상이 너무 검소한 것을 보고 별안간 생각난 것처럼

"여봅시오, 목사장, 목사장보다는 말꾼들이 얼마큼 낫게 먹습디다"

이 말을 듣고 승정의 매씨는 언짢아하는 기색이 있었으나 승정은 조용한 말로

"그는 말꾼들이 나보다 힘 드는 일을 하는 까닭이지요"

승정의 말은 언제든지 이같이 신성하다.

저녁을 먹는 동안에 승정은 가엾어 하는 눈치로 그 사람의 얼굴을 쳐다보고 또 쳐다보고 하더니 필경은

“매우 고생이 되었지요”

하고 물었다. 장팔찬은 조소하는 모양으로

“흥, 고생이오. 할 만큼 하였지요. 붉은 옷에다 쇠사슬 차고 발에는 쇠사슬에 대포알을 매달고 아무 일 한 것 없이 채찍이 내리고 입만 벙긋하면 굴속에 가 갇히지요. 병이 들어도 쇠사슬은 면할 새가 없으니 신세가 개만도 못하지 않습니까. 그렇게 열아홉 해를 치르고 나온 끝에 통행권까지 황지를 타고 나이는 마흔 여섯이나 되었습니다. 이 황지 통행권을 가진 동안에는 어디를 가든지 사람대접은 못 받아요”

아주 억에 오른 말이다. 승정은 그를 위로하는 말로

“참 고생을 많이 하셨소. 그러나 노형이 세상을 원망하고 남을 미워하는 마음으로 거기를 나왔으면 오히려 악인은 아니요 정말 불쌍한 사람이라 하겠고 만일 조금도 불평한 생각이 없고 남을 미워하는 마음이 없었을 것 같으면 노형은 비할 데 없는 착한 사람이오”

이 말을 어떻게 알아들었는지 그는 알 수 없다. 그 후에도 여러 가지 이야기를 하였으나 승정은 조금이라도 그 사람이 부끄러워할 말은 하지 않고 정말 정다운 형제같이 아주 무간하게 정답게 대접을 하였다.

미구에 저녁상은 물리었다. 노파가 바삐바삐 설거지를 하되 그중에서도 은 접시를 먼저 치운 것은 매우 조심을 하는 셈일다. 승정은 장팔찬을 향하여

“인제 일찍 주무시오”

하고 은 촉대 하나를 집어 주고 하나는 자기가 들고 그 사람을 침방에까지 데려다 주었다.

침방이라는 곳은 이 집이 꾸미기를 잘못 꾸며져서 승정의 침방을 지나지 아니하면 들어갈 수가 없이 되었다. 장팔찬은 승정을 따라 침방으로 들어가면서도 무슨 생각을 잠착히 하는 모양이더니 침방에 들어가서는 생각이 어떻게 들었는지 지금까지 승정의 감화로 부드러워

졌던 사람이 별안간 딴사람같이 변하여졌다.

다행히 승정과 단 두 사람뿐이었으니까 망정이지 만일 이때 승정의 매씨나 노파가 있었더라면 필경 놀라서 벌벌 떨었을 것이다. 장팔찬은 숙였던 고개를 번쩍 들며 두 팔을 가슴에 끼고 승정을 향하여 위협하는 것처럼 눈을 똑바로 뜨고 섰다. 곧 달려들 것같이도 보인다.

무슨 까닭으로 그 사람의 태도가 이같이 변하였나. 그는 물을 것도 없는 일이다. 열아홉 해나 옥승에 들어 있어 한없이 거칠어진 마음이 지금 승정을 만나 겨우 좀 고와졌으나 한때의 힘이 본래의 성질을 이기지 못하여 잠시 눌렸던 본 성질이 복발한 것이다. 이는 자기도 억제하지 못하는 일이다. 그리고 사나운 목소리로

"노형은 노형 자는 바로 옆의 방에다가 나를 재워도 일이 없소"

하더니 자기 목소리에 놀라 새 정신이 났는지 졸지에 또 껄껄 웃었다. 그 웃음소리는 몸서리가 나게 무섭다.

그러나 승정의 태도는 조금도 변하지 않는다. 장팔찬은 또 말을 하였다.

"노형은 깊이 생각을 하고 하시는 일이오. 내가 사람을 죽이지 않는다고 누가 말하였소"

바로 너를 죽일는지도 모르겠다는 말같이 들린다. 승정은 그제야

"그는 하느님이 아시는 일이지요"

하고 대답하였다. 그리고 장팔찬을 어르는 것처럼 입 안으로 기도를 하며 한 손을 높이 들어 하느님의 은혜를 끌어 그 사람에게 덮어 주는 것처럼 천천히 내리 쓰다듬어 가라앉히고 조용히 밖으로 나갔다.

그러고 나서 승정은 자기 방에 들어가 또 한참 동안 기도를 드리고 뜰에 나가 적적한 가운데에서 홀로 거닐고 있었다.

이와 반대로 장팔찬은 승정이 나간 뒤에 펴 놓은 금침을 한번 둘러보더니 머리맡에 놓인 촛불을 혹 불어 꺼 버리고 그대로 침대 위에 누

위 잠이 들었다. 조금 있다가 승정도 침방으로 들어와 열두 시가 치면서 역시 잠이 들었다.

한참을 잔 뒤에 장팔찬은 잠이 깨어 침상 위에 일어앉아 가지고 무슨 기척이 있는가 하고 귀를 기울였으나 사면이 적적 요요하여 아무 소리도 없다. 이때는 온 집안이 다 잠든 때일다.

8. 그는 무엇을 하려 하나

장팔찬이가 잠을 깬 뒤에 괘종은 두 시를 치는 소리가 들렸다.

그는 겨우 네 시간밖에 자지 못하였으나 옥중에서 한숨에 내처 자던 버릇이 있어 다시는 잠이 들지 않는다. 그뿐 아니라 열아홉 해 동안이나 마루방 잠을 자던 그의 몸에 푹신푹신한 이부자리가 도리어 서툴러서 다시는 잠이 들지 않는다. 그는 잠을 다시 자 보려고 눈을 감았으나 잠은 다시 오지 않고 이 생각 저 생각 지나간 일만 생각이 난다. 이 집 주인의 고맙게 하던 일과 저녁밥의 맛나던 일까지 생각이 났으나 그보다도 분명히 생각나는 것은 여섯 개의 은 접시일다. 노파가 부리나케 갖다 두는 모양도 보았고 그 그릇을 갖다 둔 곳도 보았다. 여섯 개를 다 갖다 팔면 아무리 헐가방매를 하여도 이백 프랑이 넘을 것이니 감옥 안에서 열아홉 해 번 돈보다도 하룻밤에 갑절 벌이를 할 수가 있다. 그는 이런 생각을 하면서 속마음으로 셈을 쳐 보았다. 설마 첨부터 훔칠 생각이 난 것은 아니겠지마는 생각을 할수록이 욕심이 늘어 간다. 그러나 그는 자기 욕심을 누르고자 애를 썼다. 생각하고 또 생각하여 마침내 한 시간을 생각하였다. 이때에 아무 소리도 없었으면 그는 날이 새도록 그 모양을 하고 있었을는지도 모른다. 그러나 시계는 세

시를 땅땅 쳤다. 그 소리가 그 사람 귀에는

'할 터이면 지금 하여라'

하는 호령 소리같이 들렸다.

그는 신은 채로 자던 구쓰를 벗어서 호주머니에 넣고 배낭 속에서는 끌같이 생긴 쇠끝을 내었다. 이것은 승정의 침방 문을 열 때에 쓰려는 모양일다. 그다음에는 배낭을 등에 지고 침대를 내려서더니 우선 창 앞으로 소리 없이 설어가서 앞늘의 형편을 살펴보았다. 으스름달빛에 비추어 본즉 담은 어떤 편이 넘어서 달아날 만하다는 것까지 대개 요량이 나섰다. 이같이 준비를 다 한 뒤에도 그는 다시 한 번 생각을 고쳐 하였으나 일이 이왕에 이렇게 된 담에는 '한다'는 생각밖에 나지 않는다. 가만히 승정 자는 방문 앞에 가서 귀를 기울였다. 그 방에서는 아무 소리도 나지 않고 주인은 분명 잠이 든 모양일다. 그는 위선 문을 밀어 보았다. 필경 끝이 아니면 열지 못하리라 생각한 것이 의외에 손끝을 따라서 소리도 없이 열렸다. 그 사람의 몸은 곧 승정의 침방 안에 들어가게 되었다.

* * *

대체 이 장팔찬은 어떤 사람인가.

그는 이 나라의 서울 파리에서 멀지 아니한 브리 촌이라는 두메에서 자라난 초군의 자식일다. 어려서 부모를 잃고 그 근처 멀지 않은 곳으로 출가하여 사는 매가에 가 얹혀서 자라났다. 그런데 장팔찬의 팔자가 또 그릇 드노라고 나이 스물다섯 살 되던 해에는 매형 되는 이가 죽어서 그 누님은 칠 남매의 자녀를 데리고 과부가 되었는데 아이들은 연년생이 되어서 제일 큰애가 여덟 살이요 제일 작은애는 젖먹이일다. 매가가 구차한 까닭으로 인제는 제 손으로 벌어서 누이와 생질들을 먹여 살릴 수밖에 없이 되었다. 장팔찬은 몸을 아끼지 않고 잠도 못 자면서 벌이를 하였으나 슬프다, 자본 없는 사람에게는 살아가지도 말라는 것이 문명이라는 무서운 제도이라. 이 가련한 한 집안은 날로 구차하게 되어 간다.

이 장팔찬이란 박복한 사람은 어려서 부모의 사랑을 몰랐고 자라서는 여자의 사랑을 모른다. 나이 이십오 세가 넘도록 여자에게 마음 붙일 겨를이 없으며 그 대신에 칠 남매의 생질을 사랑할 수밖에 없는 형편이라. 그는 아이들을 정말 사랑하였다. 자기 누님이 알까 모를까 잘못하는 일을 뒤덮어 주기도 하며 뒤도 많이 거두어 주었다. 그는 뚱하고 말수 없는 성질이지마는 속으로는 애정이 깊은 모양이라.

이듬해 겨울에는 눈이 몹시 와서 품도 팔 데가 없고 다른 일도 아주 할 것이 없어져서 그 집안 아홉 식구는 그대로 추위에 떨어 가며 굶을 수밖에 없이 되었다. 당일 벌어 당일 먹는 사람에게는 일기가 그런 것처럼 못할 일이 없다. 이는 아주 하늘이 사람을 죽이는 셈일다. 하룻밤에는 그 마을 어떤 면보 장수가 그날 낮에 팔고 남은 면보 조각을 한편으로 치워 놓고 막 자려고 할 때에 바깥에서 유리창 깨지는 소리가 나는지라. 주인이 깜짝 놀라 돌아다본즉 그 유리 깨진 틈으로 사람의 손이 쑥 들어와서 바닥에 놓인 면보 한 조각을 집어 가지고 달아났다.

곧 주인이 뛰어나가서 쫓아가 잡은즉 도적놈은 벌써 면보를 내버려서 손에 가진 것은 없으나 한편 손목에는 유리에 버진 상처가 있다. 물론 발명할 길이 없어 곧 경찰서에 잡혀갔는데 이것이 곧 장팔찬이었다. 그는 여러 아이들의 배고파 우는 소리를 듣다 못하여 마침내 한 조각 면보를 훔칠 생각이 났다. 장팔찬이가 만일 면보 집 주인에게 그 사정의 말을 하고 면보 한 개를 달라고 하였으면 필경 주었을 것이다. 그러나 그의 성질은 그렇지 못하였다. 남에게 그런 말을 할 비위도 못 되고 입도 떨어지지 않는다.

그 까닭으로 필경 정식 재판이 되어서 조사한 결과에 장팔찬의 집에는 감찰 없는 사냥총이 있었다. 감찰 없이 사냥을 하는 놈이면 다른 도적질도 능준히 할 놈이라고 인정이 되었다. 그는 여러 가지로 변명을 하였으나 필경 가택 침입죄와 절도죄로 징역 오 년에 선고되었다.

9. 사회의 죄

면보 한 조각을 훔치려다가 목적도 못 달하고 다섯 해 징역을 하게 된 장팔찬은 포승을 지고 파리로 갔다. 그곳에서는 또 여러 죄인들과 같이 한 끈에 엮이어서 뒤주 마차를 타고 스무이레 만에 툴롱 감옥에 도착되었다. 그 뒤에 장팔찬의 매가는 어찌 되었는가. 그는 자세히 알 수가 없으나 물어보지 않아도 달리는 될 도리가 없다. 이 무의무탁한 한집안 식구는 제가끔 헤어져서 혹 거지도 되고 혹 양육원이나 고아원에도 들어가 그 동리 사람들도 그런 사람이 살던 일을 잊어버리고 한 삼 년 지난 뒤에는 감옥 안에 있는 장팔찬이도 아주 잊어버렸다. 이 사회는 불행한 사람을 인정 없이 없애는 터이라. 그의 한집안 식구도 아주 그림자도 없어지고 말았다. 그중에서 모 되는 사람은 젖머이 아이를 안고 파리에 올라와서 어떤 책사에서 일을 하는데 거지나 다름없이 지내는 모양을 본 사람이 있다는 말이 어느 풍편에 장팔찬에게 들렸으나 그 뒤로는 다시 소문도 들을 수 없고 다시 이 이야기에도 나오지 않는다.

지금도 파리에서 간수 노릇 하던 한 노인에 장팔찬의 그때 일을 아는 사람이 있다. 장팔찬이가 파리로 처음 잡혀갔을 때에 그 하는 모양이 다른 죄인들과는 다른 까닭으로 특별히 눈에 띄었던 모양이라. 그 사람의 이야기를 들은즉 오륙십 명이나 되는 죄인을 한 끈에 엮어서 감옥 안뜰에다 늘어앉혔을 때에 그 중간에 끼어 있는 머리 헙수룩한 한 사람이 몸부림을 하면서 울고 있었다.

'아—, 나는 사냥꾼이다. 우리 조상 적부터 산짐승이나 잡아먹고 아무 죄 없이 살아오는 사람이다. 이런 중벌을 당할 악인이 아니다'

하고 울더니 울음을 그친 뒤에는 팔을 뻗어서 마치 고만고만한 일곱 아이들의 머리를 쓰다듬는 모양으로 차차 손을 내리며 입 안으로 무슨 소리를 중절중절 옮기는 고로 저 사람은 아이들을 못 잊어 저러하나 보다고 간수의 눈에는 짐작이 났었다 한다.

참 장팔찬의 말이 옳다. 산중에 살아서 짐승이나 잡아먹는 사람은 아무리 감찰이 없이 몰래 사냥을 한다 할지라도 도회처에서 사람을 죽이는 놈과 같이 괴악하지는 않은 것이다. 도회지에서는 사람의 마음을 썩이는 까닭으로 참 제반악증을 다 가진 악인이 생기는 것이나 산중에서 사는 사람은 뚝뚝하고 무식은 할지라도 인정은 잊어버리지 아니한다.

이 사람 역시 그러한 사람이다. 산중에서 배운 것도 없이 자라나서 무무하고 무식하기는 하나 그 성질은 악인이 아니다. 따라서 무식한 소견에도 자기가 지은 죄보다 자기 당한 형벌이 너무 중하다는 생각은 날 것이다. 그런 까닭으로 옥중에 있어서도 틈만 있으면 그 생각을 한다. 자기 생각에도 자기 죄가 없다는 것은 아니나 아무리 하여도 다섯 해 징역은 형벌이 너무 중하다고 생각하여 옥중에서 고생이 될수록이 점점 사람을 미워하며 사회를 원망하는 마음이 깊어 가고 계제만 있으면 도망하려고 계획하였다. 그 까닭으로 점점 형벌이 더쳤다. 첨에는 사 년 되던 해에 도망하여서 고생만 하고 이틀 만에 잡혔는데 삼 년을 더하여서 징역 팔 년이 되고 그 이듬해에 또 도망을 하였는데 이번에는 관헌에게 항거한 죄까지 합쳐서 다섯 해를 더하니 십삼 년이 되었고 다음에는 십 년 되던 해에 또 도망하려다가 삼 년을 더쳐서 도합 십

육 년이 되었다. 십삼 년 되던 해에 마지막으로 도망하려다가 그 결과에 또 삼 년을 더쳐서 필경 열아홉 해 징역이 되고 말았다. 정말 미련은 한 짓이나 분하고 미운 생각이 아주 탱중을 하여서 마치 우리에 갇힌 산짐승 모양으로 달아날 생각밖에는 아무 생각도 없고 앞뒤 이해를 가릴 여가도 없이 된 위에는 그런 미련한 짓도 하게 되는 것이다.

스물일곱 살부터 마흔여섯 살까지 정말 사람의 한참 시절을 옥중에서 보내었다. 그도 그리 큰 쇠가 있는 것이 아니요 겨우 면보 한 조각을 훔치다 못 한 벌이라니 참 기막힌 일이다. 그리고 겨우 옥문 밖을 나온즉 집도 없고 먹을 것도 없고 만 십구 년 동안에 비지땀을 흘려 가면서 벌어 모은 돈이 백 프랑가량은 있으나마 세상 사람이 사람대접을 아니 한다. 도리어 개짐승만도 못하게 되었다.

이러한 사람에게 바른 마음을 가지라는 것은 억설일다. 장팔찬의 마음은 옥중에서 비뚤어진 채로 아주 굳어 버려서 옳고 그른 일을 바로 생각하지 못하게 되었다. 혹 가다가 무슨 생각을 좀 하려 하면 분한 생각이 앞을 서서 사람다운 생각은 나지 않는다. 어떤 때에는 자기 처지가 꿈이나 아닌가, 몸부림이라도 한번 하면 꿈이 깨어져서 자유로운 몸이 되지나 아니할까 하고 의심하는 일도 있었다. 참 그의 일심 정력은 달아나는 데밖에는 없을 것이다.

10. 한때의 깊은 후회

장팔찬은 본래 기운이 장사일다. 그중에서도 등으로 지는 힘은 때때 관리와 같이 있는 죄인들을 놀라게 하였으며 또 몸이 한없이 가볍다. 원래 감옥 안에는 도망질하는 학문이 있어서 좀 징역을 오래 하게 된 죄인들은 틈틈이 이것을 공부한다. 장팔찬도 감옥 안 학교에서 글과 글씨를 공부하는 이외에 틈틈이 이 도망질하는 법을 연구하였다. 글과 글씨를 배우는 것은 지식을 늘려서 옥문 밖을 나가는 날에 세상 원수를 갚으려 함이요 도망질을 하려 함은 속히 그 원수 갚을 시기를 얻고자 함이라고 생각하였다. 그는 감옥 안에서 다른 죄인들의 오르지 못하는 벽이라도 용이히 기어오르며 여간 담을 뛰어넘기는 식은 죽 먹기로 알았다. 수십 길 되는 벽돌 층집이라도 그의 손끝 발끝만 붙이면 딱따구리가 나무에 오르듯이 몸을 착 붙이고 삼층 꼭대기나 지붕 꼭대기에까지라도 기어오르는 재주가 있었다. 이런 재주가 도리어 몸을 그르치는 근본이 되어 네 차례 도망질에 다섯 해 징역이 열아홉 해로 늘어졌으며 또 통행권에다가 위험한 인물이라고 기록하는 근본이 되었더라.

이같이 하여 열아홉 해 징역을 다 치르고 아주 방면될 때에 '네 몸은 오늘부터 자유가 된다'고 언도된 말이 꿈인지 생시인지 모르게 들렸다. 그리고 감옥 안에서 모은 공전을 받을 때에 속마음으로는 이백 프랑이 넘을 줄로 생각하였는데 겨우 백 프랑가량밖에 없었다. 이는 필경 불가불 제할 것을 제한 까닭이겠지마는 그는 그렇게 생각하지를 않는다. 필경 관리들이 반은 훔쳐 먹은 것이라고 생각하였다. 그 까닭으로 이 세상이 점점 더 미워졌다.

또 감옥소를 나와서 이 지방으로 오는 길거리에서 벌이터를 만나 짐짝을 들어다가 구루마에 싣는 벌이를 하였는데 일은 하루밖에 아니하였으나 원래 기운이 장사인 고로 네다섯 사람 몫은 짝 넉넉히 하였다. 일하는 동안에 다른 사람에게 물어본즉 하루 한 사람의 삯전이 삼십 전은 넘는다고 하는 고로 감옥소 안보다는 삯전이 후하다고 속마음으로 좋아하였더니 그곳에 마침 지나가던 경관이 장팔찬의 외양을 훑어보고 수상스럽게 여겨서 거주성명을 조사하였다. 그는 바른대로 말을 하고 통행권을 보였더니 경관은 인부 패장에게 무슨 말을 이르고 갔다. 그는 당일로 떨려 났으며 삯전을 청구한즉 겨우 십 오 전만 주고 말았다. 이럴 리가 없다고 말을 하였으나 '네게는 그것만 주어도 넉넉하다'고 내박쳐 버렸다. 여기서도 그는 삯전을 도적맞은 줄로 생각하였다.

이 세상은 도적질로 버티어 가는구나. 감옥서 관리도 훔치고 인부 패장도 훔친다. 내가 도적맞으니만큼 남에게서 도로 훔쳐 오는 것이 당연하다. 남도 다 도적질을 하는데 내가 도적질하는 것만 그를 까닭은 없다고 그는 비뚜로 박힌 마음에 이같이 생각을 하였다. 그러한 까닭으로 한없이 고맙게 하는 승정의 집에서 자면서도 역시 은 접시를 훔칠 생각이 난 것이다.

훔치러 들어가기까지에는 여러 가지 생각이 길을 가로막았다. 첫째는 미안한 생각이다. 승정이 이처럼 고맙게 구는데 그 고마운 사람의 것을 훔치기는 미안하다는 생각이다. 이는 열아홉 해 만에 처음 나는 생각이었다. 또 이러한 생각도 났다. 어찌 저 사람의 말씨는 감옥서 간수의 말씨같이 딱딱하지 아니한가. 어찌 저 사람의 얼굴은 인부 패장의 얼굴같이 밉살스럽지가 아니한가. 승정의 태도가 그자들과 같았으면 서슴을 것 없이 들어가서 훔치겠는데 그렇지 아니한 것이 마음에 걸린다고도 생각을 하였다. 그러나 또다시 돌려 생각을 하였다. 남의 말씨와 얼굴 생김을 일일이 걱정하고야 도적질을 어찌하랴고 돌려 생각을 하였다. 그러나 또 한 가지 큰 걱정이 있었다. 다시 잡혀서 감옥서에를 늘어가지나 아니할까 하고 염려를 하였다. 이 걱정 한 가지는 다른 걱정보다는 돌리기가 어려웠다. 그러나 감옥서 관리도 훔치고 인부 패장도 훔치는데 하는 생각이 이것도 눌러 버렸다. 이같이 하여서 이 생각 저 생각 다 눌러 버리고 마침내 승정의 침방에 몰래 들어간 그 사람이야말로 불쌍한 사람이 아닌가.

승정의 침방은 어둡고 장팔찬은 도적질이 서투르다. 실상 말하자면 이번이 처음일다. 그 가죽 배낭에서 꺼내던 연장도 도적질하려는 것이 아니라 감옥 안에서 석수 일 할 때에 쓰던 것을 그대로 가지고 나온 것이다. 그야 어찌 되었든지 간에 장팔찬은 승정의 침방 안에 들어섰다. 막 들어서자 등에 졌던 배낭에 걸려서 문이 활짝 열렸다. 이번에는 문 돌쩌귀에 녹이 났던지 고요한 밤중에 별안간 자그러운 쇳소리가 삑…… 하고 일어났다. 장팔찬은 정신이 아득하여지며 그대로 주저앉을 뻔하였다. 그는 이때에 문쩌귀가 살아 있어 도적 지키는 개 모양으로 주인을 깨우는가 생각하였다. 그는 어찌할 줄을 모르고 벌벌 떨며 섰는데 양편 관자놀이의 맥 노는 소리가 마치 대장간에서 쇠메를 치는 것처럼 들리며 자기의 숨소리가 겨울나무에 부는 북풍 소리같이 들린다. 아아, 인제는 잡혔다. 지금 그 소리에 집안사람이 다 깨고 조금 있으면 경관이 와서 십오 분이 다 되기 전에 온 사가가 뒤집히려니 하였다. 이와 같이 생각을 한즉 고만 만사가 와해일다.

후회라는 착한 생각이 아주 말라 없어진 장팔찬도 이때에 몹시 후회를 하였다. 그러나 그도 잠시뿐일다. 한참 서 있어도 아무도 잠을 깨는 이가 없으며 방 안은 여전히 고요하게 되는 것을 보고 아직도 운수가 진하지는 아니하였다고 생각하였다.

11. 터럭 한 올의 사이 (1)

한때는 깊이 뉘우쳤으나 그 자리에서 또 마음이 변하였다.

인제 장팔찬의 마음에는 볼일을 보아야 되겠다는 생각밖에 없다. 그는 발끝으로 제겨디디어 가면서 한 걸음 두 걸음 앞으로 걸어가서 승정의 머리맡에 섰다. 승정은 잠이 깊이 들었는데 그 숨소리는 어린아이의 숨소리같이 온자하다. 승정의 침대는 창문 앞에 놓여 있는 고로 그는 창으로 들어오는 으스름달 빛에 승정의 얼굴을 들여다보았다. 이때에 하늘에도 뜻이 있는 것처럼 검은 구름이 갈라지며 명랑한 가을 달이 승정의 수정 같은 얼굴을 밝게 비추었다. 승정은 저녁에 누운 채로 곱다랗게 잠이 들었는데 그 얼굴이야 참 곱다. 참 온자하다. 그 넓은 이마, 그 해맑은 살빛, 그 은 같은 백발. 비할 데 없이 맑고 비할 데 없이 화평하다. 웃지는 않아도 웃느니보다 기쁨이 가득하였고 이마와 미간에서는 형용할 수 없는 광채가 내쏜다. 거의 사람의 얼굴같이는 보이지 않는다. 필경 오랫동안 덕을 닦고 착한 일을 쌓아서 닦고 닦은 양심의 빛깔이 이와 같이 신성한 광채를 나타내는가 보다.

장팔찬은 그 앞에 서서 정신을 잃은 것처럼, 별안간 무서운 물건을 본 것처럼 그 얼굴만 보고 섰다.

그는 정신없이 모자를 벗었는데 그 이마에는 진땀이 흘렀다. 참 하늘과 땅 같은 사이일다. 적지 아니한 은혜를 받고도 그 은인의 물건을 훔치려는 죄의 덩어리와 악인을 꼭 믿고 친동기같이 대접하여 위태한 줄을 모르고 자는 사람과 아주 지옥과 천당이 한방 안에 있는 모양일다. 장팔찬은 도리어 무서운 생각이 났다. 어찌 나를 이다지 믿는가. 그의 마음은 측량할 길이 없다.

차라리 자는 사람의 머리통을 때려 부술까. 그 발치에 가 엎디어 사죄를 할까. 장의 마음은 지금 머리털의 한 올 사이에서 왔다 갔다 하다. 이때에도 승정은 여전히 잠을 자고 선반 위에 얹혀 있는 십자가는 이 두 사람에게 한 팔씩을 뻗쳐서 한 사람에게는 복을 내리고 한 사람에게는 용서를 내리는 것같이 보인다. 장팔찬은 별안간 모자를 쓰더니 승정의 얼굴은 돌아보지도 않고 바로 그릇장 앞으로 가서 장문을 열었다. 여기도 걸리지는 않았다. 곧 그릇 상자를 꺼내어 옆에 끼고 나섰다. 인제는 소리가 나든지 말든지 상관하지 않고 더벅더벅 걸어서 자기 자

던 방으로 들어가 창문을 열고 지팡이를 집어 들고 나가서 은 접시만
꺼내어 배낭에 넣고 상자는 집어 던지더니 그대로 비호같이 담을 넘어
달아나 버렸다.

* * *

이튿날 아침에 승정은 다른 날과 일반으로 뜰에서 산보를 하는데
그 집 노파가 황당하게 뛰어왔다.
"여봅시오, 저—, 은 접시 든 상자를 보셨습니까"
승정은 조용히
"보았지. 저기 있네"
하고 장팔찬의 버리고 간 상자를 가리켰다.
"에그, 상자 말씀이 아니여요. 상자에 담았던 은 접시 말씀이지요"
"접시는 몰라"
하고 조금도 걱정하는 빛이 없이 상자에 치여서 넘어진 화초들을
일으켜 세우기 시작한다. 노파는 부리나케 집으로 들어가 장팔찬의 자
던 방을 둘러보고 또 달음질로 나오더니
"은 접시를 도적맞았어요. 저를 어찌해"
하고 휘휘 둘러보더니
"에그, 그 몹쓸 놈이 저기를 넘어 달아났습니다그려"
하고 담 한 편짝의 기와 벗어진 곳을 가리켰다.
"아무리 그런 놈이기로 고마운 줄도 모르고 어찌 그런 짓을 합니
까"
하고 노파는 분이 나서 못 견디는 모양이다. 승정은 아무 말 없이
섰다가 천천히 눈을 들어 노파를 쳐다보며
"첫째, 그 은그릇은 우리 것인가. 오랫동안 우리가 가지고 있은 것

이 잘못이지. 그것은 어려운 사람의 물건인 것을. 어제 그 사람이 누구 인지 모르지마는 어떻든지 구차는 한 사람이겠지"

평생 말대답이 없던 노파도 속이 과히 상하니까

"도적을 맞는대도 저나 아씨께서는 상관없습니다. 그러나 오늘 아 침부터 무슨 그릇에 진지를 잡수셔요"

하고 대답을 하였다.

"주석으로 만든 것이라도 있겠시"

"주석은 냄새가 나요"

"그러면 쇠 그릇"

"쇠는 녹이 나요"

"그러면 할 수 없지. 나무 그릇을 쓰지"

미구에 아침상을 받았다. 승정은 아무 말 없는 그 매씨와 무엇이라 고 여전히 중절거리는 노파를 보고

"하하, 이 모양으로 면보에 우유를 찍어서 바로 먹어 버리면 나무 접시도 소용이 없는 것을 지금까지 그 생각을 못하였네그려"

하고 실없는 말을 하였다. 노파는 문을 열고 드나들면서 여전히 혼 잣말이다.

"그런 놈을 집 안에 부쳐 가지고 바로 옆의 방에다 재우시다니. 은 접시만 잃기가 다행이지. 까딱하였더라면 큰일 날 뻔하였지"

밥상을 막 물리려고 할 때에 밖에서 문을 두드리는 사람이 있었다. 승정은 여선히

"들어오시오"

하고 대답하였다.

대답을 따라 문이 열리더니 수들수들하며 웬 사람이 네 명이나 들 어왔다. 그 세 사람은 한 사람의 꼭뒤를 집어 엎어누르고 있는데 세 사 람은 헌병이고 한 사람은 곧 장팔찬이었다.

12. 터럭 한 올의 사이 (2)

열아홉 해 징역을 살고 나온 지 닷새 만에 또 잡혀갈 일을 하였다. 또 불가불 감옥서에 가게 되었으니 이번 가면 어떻게 되어서 언제 나올는지 모르는 일이다. 미련하다 할는지 불쌍하다 할는지 무엇이라고 말할 수가 없다.

헌병 중에서 상등병 한 사람이 승정의 앞에 와서 위선 기착 자세로 경례를 한 후에

"대하"

라고 불렀다. 대하라는 말은 보통 사람에게 쓰는 것이 아니요 전하의 다음가는 높은 사람에게 쓰는 말이다. 이 말을 듣고 지금까지 고개를 숙였던 장팔찬은 깜짝 놀라 고개를 들며 입 안의 말로

"대하? 그러면 이 사람은 보통 목사가 아니로군"

헌병은 이를 꾸짖었다.

"말 말아라. 이 양반은 승정 대하이실다"

아아, 이 사람이 승정이라니. 지금까지 목사도 채 되지 못한 사람으로만 알고 있었는데 참 의외의 일이다. 장팔찬은 그만 움씰하여졌다.

승정은 벌떡 일어서서 장팔찬의 옆으로 가더니

"자네 참 잘 왔네. 그런데 자네, 촉대는 어찌 가져가지 않았나. 그것도 은이니까 팔면은 이백 프랑은 받을 것을. 내가 접시를 줄 때에 그것도 주지 않았나"

이 말을 듣고 장팔찬은 눈을 둥그렇게 떠서 승정을 쳐다보는데 그 모양은 사람의 말로는 이루 형용할 수가 없다.

헌병 상등병은 헛다리를 짚은 셈이다.

"대하, 그러면 이 사람의 한 말이 정말인가요. 저희들이 이 사람을 길에서 만났습니다. 황겁히 달아나는 모양이 아무리 보아도 도적놈 같

기에 잡아 가지고 조사를 한즉 이 은 접시를 가졌는데……”

승정은 웃으면서 그 말을 가로맡아 가지고

“내가 주더라고 하지요. 그 말이 옳습니다. 그래서 조사하기 위하여 끌고 오셨습니다그려. 더 조사할 것은 없어요”

“그러면 방면하라십니까”

“네, 놓아주시오”

헌병은 잔뜩 누르고 있던 장팔찬의 목을 놓아 버렸으나 장팔찬은 움씰하고 선 자리에 그저 서 있다.

“아아, 나를 놓아주십니까. 정말입니까”

꿈꾸는 사람의 헛소리하듯이 묻는 말을 듣고 헌병은 핀잔을 한마디 하였다.

“그래, 너는 이 자리에서 무죄 방면일다. 정신을 못 차리겠니”

승정은 또 장팔찬을 향하여

“아아, 갈 터이거든 간밤에 주던 촉대도 가지고 가게”

하면서 급히 옆의 방으로 가서 그 은 촉대 한 쌍을 가지고 나왔다. 장팔찬은 전신을 벌벌 떨면서 어찌한 셈을 모르고 주는 대로 받아 들었다. 승정은 말을 이어

“자아, 평안히 가소. 그리고 요다음 올 때에는 애써 담을 넘지 말고 대문으로 드나들게. 우리 집 대문은 거는 법이 없으니”

그리고 헌병을 향하여서

“여러분, 수고하셨소”

헌병들은 다 나가 버렸다.

장팔찬은 금시에 기절을 할 사람같이 하고 섰는데 승정은 그 옆으로 가까이 가서

“자네, 부디 잊어버리지 말게. 이 은 촉대와 은 접시로 자본을 삼아서 착한 사람이 되겠다고 약속한 일을”

장팔찬은 그런 약속을 한 일이 없다. 그런 말을 하고도 잊어버렸는가도 생각하였다. 승정은 또 엄숙한 말로

"여보게, 장팔찬. 우리 동포. 자네는 인제 악한 사람이 아닐세. 착한 사람이 되어야 하네. 내가 이같이 자네의 혼신을 사서 하느님께 바치는 것이니 지금부터는 마음을 바꾸어 먹어야 하네. 알아듣겠나"

인사불성이라는 말은 이때의 장팔찬을 두고 한 말이다. 그는 아무 말 없이 섰다가 별안간 달아나 버렸다.

*　*　*

장팔찬은 천방지축으로 큰 골목 작은 골목을 상관하지 않고 인가 없는 곳을 찾아 부리나케 달아나는데 마음이 급하여서 자꾸 되돌아드는 줄도 모른다. 그러나 필경 넓은 들로 나가서 초상집 개 모양으로 어릿어릿하면서 정처 없이 방황을 하였다. 아침부터 아무것도 아니 먹었으나 배고픈 줄도 모르고 오전부터 오후까지 이 모양으로 지내었다. 그는 이왕에 알지도 못하던 여러 가지 감상이 난다. 분한 생각이 나는데 무엇이 분한지는 모르겠고 감동이 되었는지 욕을 보았는지도 구별을 못 하였다. 그의 마음은 지나간 이십 년 동안에 남을 미워하고 세상을 원망하는 것으로 지정을 다졌는데 지금 그 지정이 흔들리기 시작하여서 그를 진정하려고 허둥지둥하는 모양이다. 그는 때때로 일이 이렇게 되지 않고 차라리 헌병에게 잡혀갔으면 아무 걱정도 없을 것을 그리하였다고도 생각하였다. 일기는 매우 선선하여졌으나 늦게 피는 가을꽃이 여기저기 남아 있어 그 사이로 방황하는 장팔찬에게 어렸을 때 일을 생각나게 하였다. 자기도 옛날에는 아무 걱정 없이 꽃 피고 새 우는 산과 들로 놀러 다니던 일이 어렴풋하게 생각난다. 이와 같이 모든 생각이 이 끝 저 끝 흐트러져서 몸은 피곤하고 정신은 흐려졌다.

해는 서산을 넘고 작은 돌멩이도 긴 그림자를 땅 위에 끄는 다 저녁 때에 장팔찬은 쓸쓸한 들판 더부룩한 풀숲 뒤에 가 털썩 앉아 정신이 있는지 없는지 시름없이 하늘만 쳐다본다. 그때 어디로서인지 귀여운 아이의 창가 소리가 점점 가까이 들려온다.

그 근처 사는 아이가 심부름을 갔다 오는지 손에 잔돈을 가지고 공기를 놀며 온다. 던져서는 받고 받아서는 던지며 창가를 하고 오다가 장팔찬의 앞에 와서는 돈이 떨어지고 창가도 뚝 그쳐 버렸다. 떨어진 것은 사십 전짜리 은전인데 굴러서 장팔찬의 앞으로 왔다. 장팔찬은 발을 들어 시치미를 뚝 떼고 그 은전을 밟아 감추었다. 에그, 그는 또 이런 짓을 하는구나.

13. 어쩌면 애 가진 돈을 뺏나

장팔찬은 어린아이의 떨어트린 은전을 밟아서 어찌하잔 말인가. 미리엘 승정이 무엇이라고 말하였나. 마음을 고쳐먹고 착한 사람이 되라고 피가 나는 말로 이르지 아니하였나. 장팔찬의 귀에는 아직도 그 말소리가 들리며 그 마음에는 승정의 한량없는 착한 마음이 옮아 있을 터이나. 그런데 벌써 이러한 짓을 하는 것은 무슨 까닭인가.

그는 필경 미친 것이다. 저의 본마음을 잃어버린 것이다. 열아홉 해 동안을 옥중에 있어서 다만 세상이 밉다는 생각만 뼛골에 새기고 원수 갚을 마음만 골똘하던 까닭에 정신없이 하는 일도 이러한 일을 하는 것이다. 그 아이는 우뚝 서서 은전을 밟은 장팔찬의 발을 보고 다음에는 그 얼굴을 쳐다보니 얼굴은 몹시 무섭다. 그러나 아이는 무섭게 생각하지를 않고 다만 장난을 하는 줄로만 안 모양일다. 옆으로 가까이

가서 방글방글 웃으며

"여보, 노인, 그런 장난 마셔요"

장팔찬은 그 아이를 흘끔 쳐다보며

"너, 웬 아이냐"

"지나가는 아이입니다"

"지나가는 아이여, 저리 가. 가거라"

하고 돈은 준단 말도 아니 준다는 말도 아니 한다.

"여봅시오, 내 돈을 주셔요"

장팔찬은 고개를 숙이고 아무 말도 아니 한다.

"내 돈을 주세요오—. 여봅시오, 노인"

하고 그 아이는 조르기 시작을 하였다.

그러나 장팔찬은 여전히 땅만 물끄러미 들여다보고 앉아서 이 아이의 조르는 말이 들리는지 아니 들리는지 넋을 잃은 사람같이 하고 있다. 그 아이는

"그러면 이렇게 하고 꺼내 갈 터이오"

하고 몸을 굽혀서 두 손으로 장팔찬의 발을 들려고 한다. 그러나 장팔찬의 발은 꿈쩍도 아니 하였다. 이번에는 뒤로 돌아가서 장팔찬의 어깨를 두 손으로 쥐고 흔들며

"내 돈을 주셔요. 사십 전짜리 은전을 주셔요—"

하고 우는소리를 하였다. 장팔찬은 그제야 고개를 들며 귀찮아 하는 모양으로

"은전을 내가 아니"

하고 소리를 질렀다. 어린애도 인제는 성이 나서

"저 발에 밟으시고 왜 그러셔요. 그래, 어린애 돈을 뺏어 가질 터이오"

하고 달려들었다. 장팔찬은 성을 내며 벌떡 일어서서

"이 자식, 귀찮다, 저리 가거라"

하고 소리를 지르면서도 돈 밟은 그 발은 떼어 놓지 않는다. 아이는 이 호통에 겁이 나서 저만큼 달아나며 울음 반 섞기로

"어쩌면 애 가진 돈을 뺏는담"

하고 원망을 한다.

그러나 한참 달아나다가는 그 돈이 차마 아까워 아주 달아나지를 못한 모양인지 한참 동안이나 그 우는 소리가 쓸쓸한 넓은 들에 벌레 우는 소리만큼 가늘게 들린다. 장팔찬은 그때 일어선 대로 은전을 밟은 대로 하늘만 쳐다보고 서 있다. 언제까지나 이 모양으로 서 있을는지 자기가 지금 서서 있는 줄을 알기나 하는지도 모르겠다. 그러한 중에 해는 아주 넘어가 버리고 찬 이슬이 내리기 시작한다. 장팔찬은 찬 이슬을 몸에 받고 별안간 몸서리를 치더니 인제야 정신이 나서

"에그, 지금이 언제야"

하고 사방을 한번 휘휘 둘러보았다.

장팔찬은 찬 이슬에 정신이 나서 모자를 더 깊이 눌러쓰고 저고리 앞 단추를 끼우더니 한 발을 내디디고 지팡이를 집으려고 허리를 굽히니 이때에 모래 속에 있는 은전이 빤작하고 눈에 띄었다. 그는 이상하게 여기며 그 돈을 집었으나 집는 동시에 모든 생각이 번갯불같이 났다. 아이가 울던 소리도 귀에 들리는 것 같으며

"에, 나는 어찌 애 가진 돈을 뺏었나"

하는 생각도 나고 승정의 신선 같은 얼굴도 눈앞에 나타난다. 그는 평생의 뉘우치는 생각이 한꺼번에 일어나서 땅에 가 털썩 주저앉으며 잔디를 쥐어뜯고 몸부림을 하였다. 그러나 이같이 몸부림만 하여도 아니 될 일이다. 곧 일어서서

"애야, 돈 잃은 애야"

하고 목소리껏은 큰 소리를 질렀다. 그러고 나서는 귀를 기울이고 들어 보았으나 아무도 답을 하는 이가 없으며 발돋움을 하고 사방을

둘러보았으나 사람이라고는 그림자도 없고 다만 쓸쓸한 들판에 해는 저물었는데 얼음 같은 북풍만 휙휙 불고 지나간다.

그는 아이가 달아나던 편을 향하고 달음질을 하는데 때때 걸음을 멈추고

"애야, 애야"

부르는 소리는 새끼 잃은 사자의 울음같이 구슬프고 무섭다. 정말 그 아이가 그때까지 있었더라도 그 소리를 듣고는 도망을 하였을 것이다.

그는 이같이 아이를 부르며 가다가 말을 타고 오는 승정을 만나서 그 앞에 가 고개를 숙이며

"여봅시오, 대사, 오시는 길에 열두어 살 된 애가 없습디까"

"못 보았어요"

"아무도 못 보았소"

"아무도 못 보았어요"

장팔찬은 지갑을 열고 대은전 두 푼을 꺼내어 그 승려를 주면서

"이것을 구차한 사람에게 주어 줍시오…… 그런데 어린애 우는 소리도 못 들으셨소"

승려는 그 돈을 받으면서 못 들었다고 대답을 한다. 장팔찬은 또 대은전 두 푼을 꺼내어 주면서

"구차한 사람을 주어 줍시오"

하더니 이번에는 목소리를 높이어

"아아, 나는 도적이오. 도적놈이오. 나를 붙들어다 징역을 보내 주시오"

하니 승려는 놀라서 말을 몰아 달아났다.

장팔찬은 할 수 없이 또 아이를 부르면서 한없이 쫓아가다가 나중에는 세 길목을 당하였는데 어디를 보든지 인가는 없다. 그는 땅에 가 털썩 주저앉더니 두 손으로 머리털을 쥐어뜯으며 목을 놓고 울었다.

"에에, 내가 괴악한 놈일다. 벼락을 맞을 놈일다"

이와 같이 울 때에 흐르는 그 눈물은 오장을 쥐어짜서 나오는 피눈물이다. 이것이 이십 년 만에 처음으로 흘리는 눈물이다.

그는 얼마나 울었는지 아주 속이 후련하도록 울었다. 이때가 장팔찬의 마음을 고쳐먹는 때일다. 어렸을 때부터 그는 착한 마음을 엎어누르고 그 위에다 악한 마음으로 벽을 쳐서 세상이 밉다, 사람이 밉다고 굳혀 놓고 길들여 놓은 까닭으로 아주 착한 마음은 움도 싹도 없어졌는데 거기다가 미리엘 승정은 이슬을 내리고 비를 주었다. 그의 마음은 어젯밤부터 뒤집히기 시작을 하며 끓기 시작을 하여 지금 한참 부글부글 끓는 판이다. 그는 이때에 하느님의 눈을 빌려 자기의 몸을 들여다보고 그 흉악한 모양에 놀라고 뉘우치는 때일다.

장팔찬은 필경 어찌하였나. 그는 아무도 아는 이가 없었으나 이날 밤 열두 시가 지나서 디뉴 시를 지나는 우편배달이 미리엘 승정의 집 앞에서 그 집 문을 향하고 합장 배례하며 기도를 드리는 한 사람을 보았다 한다.

* * *

이 사람이 장팔찬일 것은 물론이다. 그가 다시 이 이야기 속에 나타닐 때에는 어떻게 되었을까. 어디서 나타날까.

14. 황애련

여학생도 난봉이 나거든 더구나 여직공들이야 말할 것이 있으랴.

청년 남녀가 몸을 버리는 것은 참 가엾은 일이지마는 이 세상이 버릴 수밖에 없이 만드는 것을 어찌하나. 그중에는 정말 제가 잘못하여서 신세를 마치는 사람도 있지마는 대개는 할 수 없어 난봉이 나는 것이다. 가난과 얼굴 고운 것은 난봉을 만드는 두 중매가 되는 것이니 가난은 뒤에서 등을 밀어 난봉 구덩이로 들이미는 셈이요 고운 얼굴은 앞에 서서 알랑알랑 꼬여 들이는 셈이라. 어여쁜 여자의 약한 마음이 이 두 가지 중매를 만나면 어찌 되는 줄을 모르고 난봉 구덩이에 빠져 버리는 것이다.

장팔찬이가 승정의 집 대문간에다 합장 배례를 한 뒤로 이태가 지난 때에 파리의 난봉 학생 네 사람이 무서운 장난을 하여 놓았다. 장난하는 사람 편에서는 재미가 있느니 수단이 좋으니 하겠지마는 당한 사람 편에서는 신세를 마치며 아주 못 당할 일을 당하였다. 그 네 사람의 성명은 말할 것 없으나 이 사람들은 시골서 공부하러 온 학생들인데 네 사람은 다 각기 정든 여자가 있었다. 정든 여자라는 것은 이왕에 침공 노릇을 하다가 바느질품을 파느니보다 남학생의 돈으로 편하게 놀고먹는 데 맛을 붙이며 또 한편으로는 남학생의 귀여워하는 데 반하여서 손이 풀려 일도 못 하고 학교에 다닐 수 없어 공부도 못 하고 그렁저렁 지내는 여자들이었다.

하루는 네 사람 네 사람이 한데 떼를 지어서 문밖으로 놀이를 나갔었다. 처음에 남학생들은 한번 놀래어 줄 일이 있으니 나가자 하고 여학생들은 무슨 일인지는 모르나 으레 재미가 있으려니 하고 따라 나갔다. 물론 젊은 남녀들끼리 만나서 하는 일이라 남이 보기에는 우습게 보여도 당자들은 더할 수 없이 재미롭게 하루를 지내고 저녁까지 시골 음식 집에서 먹었으나 놀래어 준다 하던 일은 무슨 일인지 도무지 말이 없었다. 저녁을 먹은 뒤에 그 여자들 네 사람은

"자, 놀래어 주시오"

"어떻게 놀래실 터이오"

하고 약조대로 놀래어 달라고 졸라 대었다. 그런즉 남학생들은 한 사람 나가고 두 사람 나가서 하나도 없이 어디로 가 버렸다. 인제는 놀랄 일이 생기겠다고 네 여자들이 조마조마 기다리고 있은즉 한 시간이 지나도 아무 소식이 없다가 한참 궁금증이 날 때에 그 집 심부름꾼이 편지 한 장을 가져왔다.

"필경 이것이 그것이겠지"

하고 네 사람이 이마를 마주 대고 둘러앉아서 피봉을 떼고 보니 남학생 네 사람의 연명 편지로 네 여자에게 한 것인데 속사연은 서로 갈라서자는 말이었다. 우리 네 사람은 다 같이 시하 정지요 공부도 더 할 수가 없이 되었은즉 지금 떠나서 고향으로 돌아가노라, 지금까지 지내던 일은 일장춘몽으로 피차에 잊어버리자는 말이었다.

이 말을 듣고 아니 놀랄 수가 있을까. 필경 좋게 놀라리라 한 것이 뜻밖에 무정한 일에 놀라게 되었다. 일이 너무 뜻밖이니까 정말 그럴 리가 있으랴 하고 바깥에 나가 물어본즉 그 집의 음식 값은 치러 주었고 벌써 한 시간 전에 파리에서 온 삯마차를 타고 어떤 시골로 갔다고 한다.

후회를 하여도 소용이 없고 실없는 소리가 실없지도 아니하였다. 그 뒤에 며칠 몇 달이 지나가도 그 사람들이 파리로 오기는 고사하고 편지 한 장 없었다. 그네들은 각기 시골로 돌아가서 그 지방에서는 신사로라고 큰소리를 하고 지냈을 것이다.

이별을 당한 여자들도 네 사람 중에 세 사람까지는 아무 걱정이 없이 흔히 있는 일로 돌려 버리고 그 대신에 또 돈 빨아먹을 자리나 찾았을 것이다. 그러나 그중에서도 꼭 한 사람은 진정으로 슬퍼하고 애처로워 하였다. 그 이름은 황애련이라 하는데 네 사람 중에서 나이도 제일 젊고 얼굴도 제일 고우며 세상 물정을 모르기로도 제일이었다. 나이는 그때 열여덟이요 고향은 파리에서 북쪽으로 가는 몽트뢰유라는 먼 시골인데 어려서 양친을 여의고 고독히 자라나다가 재봉 회사의 직공으로 뽑혀서 파리로 온 뒤에는 아주 혈혈단신이라 자기를 사랑하는 그 남학생을 평생에 의지할 남편으로만 믿고 속는 줄 모르게 속아 왔었다. 그뿐이나 되면 오히려 탈이 없으려니와 이별을 당한 그때에는 벌써 그 학생의 아이가 몸에 들었었다.

몸은 무거워져서 힘든 일은 할 수 없고 글이라고는 제 성명밖에 쓸 줄을 모르는 황애련은 남의 손을 빌려서 세 번이나 편지를 하였으나 그 학생에게서는 편지 보았다는 답장도 없었다. 필경 할 수가 없어서 울며불며 단념을 하고 말았는데 그는 미구에 옥동같이 어여쁜 계집애를 낳았다. 성은 학생의 성을 따라 고가로 하고 이름은 설도라고 지었다.

세상에 자식같이 귀여운 것이 또 어디 있으리오. 황애련은 그 깊은 사랑에 끌려서 슬픈 마음은 얼마큼 잊었으나 잊을 수 없는 것은 살아갈 도리일다. 만일 이 위에 더 난봉이 되어서 아주 매음녀라도 되었으면 원래가 고운 얼굴이라 호화로운 살림이라도 하겠지마는 황애련은 그러한 짓은 할 사람이 아니다. 그 아이가 세 살 되던 해에 이렇게 하고 있다가는 아무것도 아니 되겠다고 생각을 하고 자기가 자라나던 고향으로 돌아갈 생각이 났다. 고향에만 돌아가면 아는 사람도 있으니 공장에라도 다녀서 살아갈 도리가 있을 줄 알았다.

그러나 고향에는 어린애를 데리고 갈 수가 없다. 도회처와도 달라서 시골 사람들이 시집 안 간 처녀가 애를 낳아 가지고 왔다 하면 눈 꼬랑지로도 돌아다볼 리가 없으니 내려가는 길에 어디다가 맡기고 가겠다고 찢어지는 가슴을 억지로 진정하고 어려운 결심을 하였다. 위선 자기 입던 의복 중에서 비단붙이라는 것은 다 조기어서 어린애 옷을 짓고 세간 등속은 다 팔아서 이백 프랑의 돈을 만들었다. 그중에서 남

에게 갚을 셈을 가리고 길에 나설 채비도 좀 차리고 나니 팔십 프랑쯤
남는 것을 주머니에 넣고 큰 가방 하나는 손에 들고 어린애는 등에 업
고 파리를 떠나 시골로 향하였다. 지금까지는 구차하다 하여도 몸에는
비단옷을 감고 날마다 분단장을 하다가 별안간 아주 변하여서 당초의
시골 사람이 된 것은 여간 마음이 아닐다. 이때에 황애련은 이십이 세
가 되었더라.

15. 믿은 나무에 곰이 피어

  등에는 설도를 업고 손에는 무거운 가방을 들고 고향으로 돌아가
는 황애련은 마차가 있는 길에서는 마차를 타고 마차도 없는 데서는
쉬엄쉬엄 걸어서 다저녁때에 문화리라고 하는 장거리에 당도하였다.

  이 문화리라는 장거리는 저 나폴레옹 황제가 연합군들과 한판씨름
을 하다가 무여지하게 결딴나서 몇 해 동안 마음대로 흔들던 구라파의
천지를 영영 남에게 잃어버리고 말던 워털루 전쟁터에서 멀지 아니한
곳인데 그곳에는 군인 여관이라는 요리점 겸 여관 하나가 있었다. 요
리점 주인은 태날추라는 이름이며 이 집 대문 위에는 널조각에 그린
광고판이 있는데 서투른 그림이 되어서 무엇을 그린 모양인지 자세히
는 알 수가 없으나 어떻든지 연기가 자욱한 전장에서 어떤 사람이 총
맞은 대장 하나를 업고 달아나는 형용일다. 업힌 사람의 어깨에는 금
줄을 늘였고 몸에는 불긋불긋한 피가 묻어 있는 것을 보면 그런 의사
로 그린 듯하다. 그런데 이 광고판의 내력인즉 이 집 주인 태날추가 이
왕 군인을 다닐 때에 워털루 싸움에 나가서 어떤 대장 하나를 살려 낸
일이 있었는데 그때 그 모양을 태날추의 제 솜씨로 그린 것이라 한다.

문화리에 당도한 황애련은 마침 이 요리점 앞에를 지나다가 꼭 자기 딸 설도만 한 계집애가 제 동생인 듯한 더 어린 계집애와 같이 길에서 노는 것을 보고 설도 생각을 하니 귀여운 마음이 저절로 나서 가던 걸음을 멈추고 서서 구경하다가 그 옆에 있는 어린애 모친을 보고

"에그, 아기네도 예쁘기도 하지요"

하고 말을 붙였다.

아무리 흉악한 짐승이라도 제 새끼를 귀여워하는 사람에게는 순하게 구는 법이라. 그 어린애의 모친은 고개를 들어 반가이 인사하면서

"거기 좀 앉아 쉬어 가시지요. 제가 이 집 주인입니다"

하고 걸상을 내놓았다. 황애련은 권하는 대로 그 걸상에 걸어앉아 업었던 어린애를 내려서 젖을 먹이는데 그 집 주인마누라는 기웃이 들여다보면서

"에그, 그 아기야말로 예쁘기도 하지"

하고 입에 침이 없이 칭찬을 하였다. 이 모양으로 서로 아이 칭찬을 하다가 보니 잠시 동안이라도 피차에 신익어져서 이런 이야기 저런 이야기를 다 하게 되었다. 황애련은 자기는 파리에 가서 내외 살림을 하다가 남편은 죽고 할 일은 없어서 지금 고향으로 돌아가는 길이라고 이야기를 하였다. 이같이 이야기를 하는 동안에 설도는 젖을 다 먹고 저절로 흘러 내려가 주인 아이들이 노는 옆으로 아장아장 걸어갔다. 원래 이런 속없는 아이들은 금방이라도 동무가 되는 법이라 얼마 아니되어 세 아이들은 서로 정답게 땅파기 장난을 하며 놀고 있었다.

"아기 이름이 무엇이여요"

"설도랍니다. 성은 고가구요"

"몇 살이여요"

"세 살입니다"

"세 살이면 우리 큰딸과 동갑이로구면…… 에그, 저것 좀 보셔요.

어쩌면 그동안에 저렇게 정다워졌을까요. 아주 삼 형제라고 하였으면 좋겠네"

황애련은 실상 이 말이 나오기를 기다린 셈일다. 이 말이 떨어지자 태날추 마누라의 손길을 잡고 그 얼굴을 물끄러미 쳐다보며

"여보서요, 저 아이를 좀 맡아 길러 주실 수 없겠습니까"

주인은 가부간에 대답이 없다.

"길리 주신다고 하시면 한 달에 육 프랑씩은 드리겠습니다"

다달이 육 프랑이면 적지 아니한 돈일다. 태날추의 마누라는 자기 남편에게 물어보려고 안을 돌아다볼 때에 안에서 그 남편은 벌써 대답을 한다.

"육 프랑은 적어. 칠 프랑이나 되어야 하지"

"칠 프랑씩 드리지요. 지금 내 수중에 팔십 프랑은 있습니다"

또 사내의 말소리가 들린다.

"그리고 반년 치는 먼저 선셈을 받아야 되네"

마누라는 그 말을 받아

"육칠이…… 사십이 프랑입니다"

하고 설명을 하였다. 황애련이가 만일 세상 물정을 조금이라도 아는 것 같으면 이것만 보아도 벌써 주인의 내외가 행내기가 아닌 줄을 알고 귀한 자식을 이런 데다 맡기랴고 진저리라도 치고 달아났으련마는 불행히 그렇지는 못하였다. 필경 양육비 여섯 달 치와 자기 옷을 다 조겨서 정성껏 만들어 가졌던 어린애의 사철 옷을 주인에게 다 내주고 그 이튿날 아침에 이 집을 떠나갔다.

인제 황애련은 몸이 홀가분하게 되었다. 그러나 황애련은 동구 밖을 나가다가 차마 가지를 못하고 목이 쉬도록 울었다. 또 한편으로 태날추의 내외는 고설도의 모친이 나간 뒤에 이러한 수작을 하였다.

"인제 내일 빚 갚을 돈이 다 들어섰다. 까딱하였더라면 집행을 만날

것을 자네가 아이들을 가지고 쥐덫을 잘 놓기 때문에 무사하게 되었네”

“나는 그런 줄도 모르고 까딱하였더라면 놓쳐 보낼 뻔하였지”

하고 마누라는 대답을 하였다.

16. 종달새

걸려든 사람은 불쌍하지마는 올을 거는 사람은 좋아하는 것이다. 그런데 이 태날추의 내외는 어떠한 사람인가.

이 두 사람의 근본은 어떠한 사람인지 알 수가 없으나 자기 말을 믿을 것 같으면 이왕에는 군인 노릇을 하던 사람이다. 자기 말에는 육군 정교로 전장에 나가서 용감하게 싸웠다고 한다. 그 말이 얼마나 정말인지 그는 다음날 알아볼 때가 있으려니와 이 요리점 대문 위에 그려 붙인 광고판은 그때 전장에서 하던 일을 자기 손으로 그리어 붙인 것이라 한다.

이 내외는 정말 제반악증을 다 가진 위인들이다. 욕심 많고 비루하며 음충맞고도 사나우며 거기다가 겁도 없고 아주 무식하지도 아니한 까닭에 만일 제게 돌아올 것만 있으면 무슨 흉계라도 꾸미며 아무리 인정 없는 악한 일이라도 능준히 하는 위인들이다. 더구나 계집은 사내보다도 더한 악독한 물건이 되어서 악한 일이라면 내외가 들거니 놓거니 손짝 맞게 잘한다.

그러나 남에게 못할 일을 한다고 장사가 잘되는 법은 없는 것이다. 그 증거로는 이 태날추의 요리점도 잘되어 가지를 않았다. 황애련에게서 뺏은 사십이 프랑으로 다행히 집행은 면하였으나 그다음 달에는 또 돈에 몰려서 고설도의 옷가지를 파리로 가져다가 육십 프랑에 잡혀 먹

72

었는데 그 돈이 다 없어진 뒤에는 그 내외 마음에 설도를 공으로 길러 주는 듯싶어서 더구나 몹시굴게 되었다. 입히는 것은 제 딸의 걸레 같은 헌 옷이요 음식은 남 먹던 턱찌끼만 먹이는데 그것이 개밥보다는 좀 낫고 고양이 밥보다는 도리어 못할 지경이며 조석은 탁자 밑에서 고양이를 동무 삼아 먹게 하였다.

그런지 저런지를 모르는 고설도의 모친은 고향에 가 벌이를 하면서 다달이 한 차례씩 안부 편지를 하는데 그 편지 답장에는 으레 '설도는 잘 자란다'고 답장을 하였다.

여섯 달 치의 선돈이 다 된 뒤에는 다달이 칠 프랑씩을 틀림없이 가져오는데 그 뒤로 일 년이 못 되어서 태날추는 칠 프랑만 가지고는 할 수가 없으니 십이 프랑을 보내라고 청구하였는데 설도의 모친은 또 그 청구대로 돈을 부쳤다.

혹 어떤 사람의 성미는 한편에 미워하는 것이 없이는 한편을 사랑하지 못하는 일이 있는데 태날추의 마누라는 이러한 성미가 되어서 자기 딸을 몹시 사랑하는 대신에 남의 자식은 몹시 미워한다. 고설도는 정말 어느 구석에 끼여 있는 줄도 모르게 있건마는 그래도 자기 딸의 걸어 다니는 길로 걸어 다니는 것이 아까운지 자기 딸을 몹시 귀여워하는 대신에 남의 자식은 때려 주고 욕을 한다. 만일 고설도가 없었던들 자기 딸들이 아무리 귀여워도 설두가 맞느니만큼은 맞고리야 견디었을 터이지마는 다행히 설도라는 남의 자식이 있는 까닭으로 맞기는 대신 맞고 사랑은 오붓이 받게 된 것이다. 고설도는 꿈적만 하면 까닭 없이 얻어맞고 잘못한 일도 없이 야단을 만난다. 아무 물정 모르는 이 어여쁜 계집애는 늘 얻어맞고 꾸지람 듣고 학대를 당하면서 제 옆에서 즐겁게 노는 저와 같은 아이들을 부러워하였다.

태날추의 마누라가 설도를 몹시굴면 그 계집애들도 어머니 하는 대로 설도를 몹시군다. 그러나 이같이 일 년 이태를 지나는 동안에 그 근처 사람들은 태날추의 내외를 칭찬하였다. '돈도 없는데 어미가 버리고 간 자식을 길러 준다' 고 무던한 일이라고 칭찬하였다.

그러한 중에 어떻게 알았는지 태날추는 고설도가 사생자인 줄을 알고 이번에는 한 달에 십오 프랑씩을 청구하였다. 이와 같이 돈은 점점 많이 뺏어다 쓰면서도 설도는 점점 몹시굴어서 다섯 살도 되기 전에 벌써 온갖 심부름을 다 시키는데 방 쓸고 뜰 치우고 그릇 설거지하는 일은 설도의 직책이었다. 더구나 설도의 모친이 돈을 두서너 달씩이나 지체한 뒤부터는 태날추의 내외가 이렇게 부려 먹는 것이 당연한 일이라고 생각하였다.

설도의 모친이 이삼 년 되던 해에 와서 보았을지라도 설도를 알아보기는 고사하고 남이 가르쳐 준대도 이것이 내 딸이냐고 깜짝 놀랐을 것이다. 처음으로 이 요리점에 왔을 때에는 두 뺨이 홍도화같이 곱고 살이 보동보동 올라서 누구든지 한번 안아 줄 생각이 나겠더니 지금은 전신에 뼈만 앙당하고 살빛은 파르족족하며 크고도 깔딱한 눈으로 남의 눈치만 살살 보게 되었다.

아직 여섯 살도 못 된 이 불쌍한 아이가 누더기 같은 헌 옷을 입고 겨울 아침 찬 바람에 오르르 떨면서 오리발같이 불거진 두 손에다 큰 비를 부둥켜안고 두 눈에 눈물이 그렁그렁하여 큰길을 쓰는 모양은 정말 차마 볼 수가 없다.

그 근처에서는 이 애의 별명을 종달새라고 지었다. 몸도 새만밖에 아니 하고 사람을 보면 무서워하며 날마다 남보다 일찍이 일어나서 해가 돋기 전부터 길에나 밖에 가 있는 까닭으로 이러한 별명을 지은 것이다. 다만 이 불쌍한 종달새는 지저귀는 일이 없다.

고설도가 이같이 고생하는 동안에 그 모친 황애련은 어떻게 지내었나. 황애련은 설도를 맡긴 뒤에 바로 고향으로 돌아갔는데 그 고향 몽트뢰유는 황애련의 못되어 가는 동안에 아주 잘되었다. 그 까닭인즉 이러하다.

이 지방에는 옛날부터 부인네의 노리개에 쓰는 검정 구슬을 만들어서 각처로 내다 파는 영업이 있는데 근래에는 그 구슬 만드는 송진 값이 비싸져서 자연 영업이 되지를 않고 따라서 이 지방 전체가 말 못 되는 형편이더니 일천팔백십오년(장팔찬이가 미리엘 승정의 집에서 자고 가던 해) 겨울에 어디로서 온 사람인지 굴러 들어온 과객 하나가 송진 대신에 고무 기름을 써서 만드는 법을 알아내었다. 이 새로 알아낸 법은 우스운 듯싶어도 여러 가지 이익이 있었다. 첫째, 감이 덜 들고 만들기도 손쉬우며 또 만들어 놓으면 모양이 더 좋은 까닭으로 일시에 이름이 높이 나서 결딴나 가던 이 지방은 옛날보다 몇 갑절이나 번화하게 되었다.

그 뒤로 삼 년 동안에 새 법을 발명한 사람은 물론 부자가 되었고 그 근처 사는 사람들까지도 부자가 되었다. 그러나 이 사람이 어떤 사람인지는 도무지 아는 이가 없다. 이 사람이 이 지방에 들어오기는 그 해 섣달그믐께 어느 날 해 질 고래인데 마침 그날 밤에는 헌병대 관사에 큰불이 났었다. 그때 이 사람은 타오르는 불속에 뛰어 들어가 목숨을 아끼지 않고 헌병대장의 아들 형제를 살려 내었다. 그 까닭으로 헌병은 이 사람의 통행권을 검사하기를 잊어버렸다. 그 뒤에 이 사람의 이름을 알았는데 그 이름은 마대련이라고 하였다.

이 사람은 나이 오십이나 되어 보이는데 사람은 매우 좋아 보인다. 이 사람이 처음 올 때에는 등에 진 배낭 하나와 손에 가진 지팡이 하나

밖에 가진 것이 없었으며 자본금도 이삼백 프랑밖에는 아니 가지고 온 모양이나 오는 길로 공업을 잘 발달시켜서 적지 아니한 구슬을 만들어 가지고 외국으로 수출을 시키었다. 그 까닭으로 이 몽트뢰유의 구슬 장사는 영국 런던이나 독일 베를린의 상인들과도 제법 경쟁을 하게 되었으며 그 지방의 사람들은 다 각기 직업을 얻어서 아주 태평으로 지내게 되었다.

마대련 노인이 이같이 활동하는 동안에 재산도 많이 늘렸으나 그의 일하는 모양이 어찌 돈만 모으려는 사람 같지는 아니하였다. 그는 자기 일보다 남의 일에 힘을 더 쓰며 이태 만에 자기가 육십삼만 프랑을 저금하였는데 그 저금을 하기 전에 남을 위하여 기부한 돈은 백만 프랑도 넘었었다.

그는 자선 병원을 넓히어 주었고 학교를 둘이나 지어 주었고 학교 교사도 자기 돈으로 월급을 주었고 늙고 병든 노동자를 구제하기 위하여 적지 아니한 기본금을 세웠고 구차한 사람을 위하여 값 없이 지어 주는 약국을 설시하는 등 여러 가지로 자선 사업을 하였다. 그리고 항상 하는 말이 '이 세상에서 제일 큰일을 하는 사람은 유치원의 보모와 학교의 교사'라고 하였다.

그는 주일마다 예배당에 가서 설교를 들으며 틈만 있으면 책을 보는데 그는 남녀의 구별을 엄중히 차려서 자기의 공장도 남녀 공장을 따로 지었으며 또 남자를 보면 '사람이란 고정하여야 쓴다'고 이르고 여자를 보면 '절개를 지키라'고 이른다.

처음으로 일을 시작할 때에 세상 사람들은

"궐자가 돈 모을 생각이 났구나"

하더니 자선 사업을 많이 하니까 이번에는

"무슨 큰 욕심이 있다"

고 지목하였다. 그러자 그의 덕망이 높아져서 일천팔백십구년에 지

방 관청은 그의 공로를 정부에 보고하여 정부에서 몽트뢰유의 시장을 임명하였다. 그때에 세상 사람들은

"글쎄, 내가 무엇이라고 말하더냐"

하고 자기 말이 맞은 것처럼 큰소리를 하였다.

그러나 마대련 씨는 시장을 사면하며 취직하지 아니하였다. 또 얼마 되지 아니하여 그의 만든 물건은 권업 박람회에서 금패를 타고 마대련 씨에게는 발명한 공로가 있다 하여 훈장을 내렸다. 이때에 세상 사람들은

"그자의 바라는 것은 훈장이었던가"

하고 또 떠들었다. 그러나 마대련 씨는 그 역시 사퇴하였다. 이때에 세상 사람들은 할 말이 없어서 아무 이유도 없이 다만 '큰 협잡꾼'이라고 하고 말았다. 그러나 그의 명망은 날로 높아져서 처음에는 본 체도 아니 하던 사람들이 어떻게든지 교제를 트고자 하며 날마다 초대장이 수없이 온다. 그러나 마대련 씨는 다 사절을 하였다. 이때에는

"무식한 위인이 되어서 교제할 줄을 모른다"

고 비평을 하였다.

그가 이 지방에 온 지 다섯 해 만에 과연 공로가 현저한 까닭으로 시회(市會)에서는 전수가결로 마대련 씨를 시장으로 천거하여 다시 정부에서 임명을 하였으나 역시 듣지를 아니하였다. 그러나 이번에는 지방 관청에서 그 사표를 받지 않았으며 그 지방의 유명한 사람들은 시장이 되어 달라고 애걸을 하다시피 하였다. 그러나 역시 허락하지 않고 있었는데 하루는 길가에서 어떤 노파가 성난 말소리로

"좋은 시장이 와야만 우리에게도 좋을 터인데 영감께서 남에게 좋은 일 좀 못 시키실 것이 무엇이오"

하는 말에 마음이 획 돌아서 시장 되기를 허락하였다. 이 역시 남을 위하여 시장이 된 것이다.

이와 같이 하여 마대련 씨는 마대련 시장이 되었다.

18. 차보열이

마대련 씨의 지위와 명망은 이와 같이 날마다 높아 가지마는 그의
살림살이는 조금도 달라지는 법이 없었다. 여전히 검소한 의복을 입고
맛없는 음식을 먹으며 누추한 방 안에서 거처를 한다. 그리고 시장의
직책으로 불가불 할 일은 궐하는 법이 없으나 그 이외에는 남과 말하
기를 좋아하지 아니하며 한가한 틈만 있으면 책을 보거나 산보를 나가
는데 이와 같이 책 보기를 좋아하는 까닭에 그의 태도는 날마다 점잖
아져서 처음 왔을 때와 비교를 하면 아주 딴판이 되었다.

그는 산보를 나갈 때에 흔히 총을 메고 나가는데 좀처럼 그 총을 쓰
지는 아니하나 쓰기로 들면 백발백중으로 무섭게 잘 맞힌다. 또 나갈
때에는 은전을 한 주머니 가득히 넣고 나갔다가 돌아올 때에는 빈 주머
니로 돌아오는 것을 한 재미로 여기는데 길에서 구차한 사람과 아이들
에게 나누어 주고 혹 어떤 때에는 빈집에를 몰래 들어가 은전을 집어
놓고 오는 일도 있었다. 또 그는 젊었을 때에 시골서 살았는지 농사일
에도 아는 것이 많은데 계제만 있으면 누구에게든지 가르쳐 주며 그 말
대로만 하여 보면 아니 되는 일이 없었다. 그는 나이가 젊지도 아니하
나 기운이 대단히 좋아서 길을 가다가도 남을 구하는 일이 적지 아니한
데 진흙에 박힌 구루마 같은 것을 끌어낼 때에는 말보다도 기운이 세며
한번은 놓여 달아나는 사나운 황소를 뿔을 잡아서 붙든 일도 있다.

그는 착한 일을 하되 도적질보다도 더 비밀히 하며 남과는 수작하
기를 싫어하는 까닭으로 명예가 점점 높아 갈수록 세상 사람들은 이인

으로 지목을 하며 그 사람이 거처하는 곳은 방이 아니라 굴 구멍인데 그 안에는 사람의 백골이 있다고 소문이 났다. 어떤 귀부인들이 그 소문을 듣고 일부러 구경을 갔더니 마대련 씨의 거처하는 곳은 이 층 위에 있는 좁다란 방인데 벽은 흰 양지로 발랐고 방 안에 놓인 것은 나무로 만든 침대가 하나밖에 없으나 한 가지 이상한 것은 이 검소한 방 안에 순은 촉대가 한 쌍이나 놓여 있는 일이더라.

또 세상 소문에는 마대련 씨가 막대한 돈을 은행에다 맡기었는데 그 돈은 특별한 약조로 언제든지 찾으러 가면 십 분 안에 이삼백만 금이라도 찾아낼 수 있다고 한다. 그러나 실상 은행에 맡긴 돈은 육십삼만이나 사만 프랑밖에는 아니 된다.

그러한 중에 또 마대련 씨의 신용을 돋우게 한 일이 생기었다. 그는 일천팔백이십년 곧 마대련 씨가 시장 되던 이듬해일다. 디뉴 시의 유명한 명망가 미리엘 승정이 죽었다고 각 신문에 게재되었는데 시장은 이 신문을 보고 곧 복을 입었으며 대단히 슬퍼하는 모양이 외양에까지 나타났었다. 이것을 보고 점잖은 사람들은 그러면 이 시장이 미리엘 승정의 일가이던가, 그리고 보면 자선 사업을 많이 하는 것도 괴이치 아니한 일이라고 이왕보다도 더한층 존경을 하게 되었다. 어떤 사람은 일부러 물어까지 보았다.

"시장께서 요전에 돌아가신 미리엘 승정과 일가 간이시라지요"

"아니요"

"그러면 복은 어찌 입으셨어요"

"그는 내가 젊었을 때에 그 댁에서 일을 보아 드린 까닭이여요"

하고 대답하였다.

이때부터는 마대련 씨를 공경하지 아니하는 사람이 한 사람도 없었다. 그의 이름은 디뉴 시의 미리엘 승정과 같이 마대련 씨라 하면 벌써 착하고 점잖고 자선가이란 생각을 하게 되었으며 먼 시골 사람이 일부러 찾아와서 일을 의논하고 싸움하는 사람은 시비를 가리러 와서 아주 재판관이나 다름이 없이 되었는데 재판소에서 소송을 지면 낙송 자칭원으로 원망이나 하지마는 이 마대련 씨의 재판에는 불복하는 사람이 아주 없었다. 또 그가 길에 나가면 뒤를 따르는 사람이 수십 명씩 되었다.

그러나 이러한 중에서 꼭 한 사람이 마대련 씨를 의심하였다. 짐승의 냄새는 맡고 무슨 짐승인지를 알지 못하여 땅에다 코를 끌고 발광하는 사냥개 모양으로 전생에 무슨 업원이 있는 것처럼 마대련 씨의 뒤를 밟는 사람이 있었다. 그 사람은 이 지방 경찰서에 순사 부장으로 있는 차보열이라는 사람이었다.

차보열은 마대련 씨가 이 지방에 들어와서 상당한 지정을 닦아 놓은 뒤에 이 지방으로 전임이 되어 온 고로 처음 일은 알지를 못하나 온 뒤로부터는 잠시도 잊어버린 일이 없다. 마대련 씨의 신분이 옳으면 옳을수록이 더욱 심하게 뒤를 쫓았다.

이자는 무당의 자식이요 아비는 감옥 안에 있었던 고로 낳기는 파리 감옥에서 낳았다. 이것만 보아도 대개 그 인품을 알 수가 있으려니와 인정이라고는 털끝만큼도 없고 단지 외골수로 법이라는 것이 중한 줄만 안다. 사람을 볼 때에도 다른 일이야 어떠하든지 법만 아니 범하면 옳은 사람이요 조금이라도 법에만 범한 듯하면 번갯불같이 잡아간다. 마치 경찰 개에게 사람의 탈을 씌워 놓은 셈일다. 제 아비나 제 어미라도 법에만 범하면 곧 잡아갈 것이다. 그 까닭으로 이십 년 순사에 성적이 좋아서 순사 부장까지 승차가 된 것이다. 그는 언제든지 이마는 모자에 감추고 눈은 눈썹 밑에 감추고 턱은 옷깃에 감추고 손은 소매에 감추고 몽둥이는 웃옷 밑에 감추고 어슬렁어슬렁 걸어 다니다가도 수상한 일만 보면 이 여러 가지 물건이 벌 떼같이 나와서 눈은 사람을 노리고 손은 사람을 잡고 몽둥이는 사람을 때린다. 마치 사람을 잡는 기계나 일반이다.

이 사람 잡는 기계가 처음 마대련 씨의 얼굴을 본 때에 보던 얼굴 같다고 의심을 하고 필경 어두운 구석을 다녀 나온 사람이겠지, 그렇지 않고야 내 눈에 익을 까닭이 없다고 생각하였다. 그 뒤로부터 며칠 몇 달을 두고 의심을 하다가 필경 생각이 났는지

"인제는 갈데없다"

하고 혼잣말로 하였다. 그 뒤로부터는 계제만 있으면 마대련 씨의 뒤를 밟아서 증거를 만들고자 애를 쓰는 모양이었다.

그러나 마대련 씨의 태연한 태도는 아무리 보아도 죄지은 사람같이는 보이지 아니한다. 이것이 차보열에게는 한 가지 큰 걱정이었다.

필경 마대련 씨는 차보열의 눈치를 몰랐던 모양일다. 그러나 필경 눈치를 채게 된 날이 있었다.

19. 홍술환 노인

하루 아침은 마대련 씨가 어떤 골목길로 가노라니까 길거리에 사람들이 모여 섰는데 그 속에서는 다 죽어 가는 사람의 소리가 들린다. 무슨 일이 났는가 하고 급히 가서 본즉 지나가던 마차가 진창에 가 엎어졌는데 말은 다리가 부러져서 꼼짝을 못 하고 그 마차를 타고 가던 홍술환이라는 늙은이는 마차 밑에 들어서 그와 같이 죽어 가는 소리를 질렀다.

이 홍술환이라는 사람은 마대련 씨 보기를 원수같이 보는 사람일다. 이 사람은 이왕에 공증인 노릇을 하여서 남에게 대접도 받았고 지식도 있다는 사람인데 마대련 씨가 처음으로 이 지방에 들어오던 때에

는 장사를 하다가 재미를 못 보고 허덕지덕 애를 쓰는 때였다. 그런데 타관에서 들어온 마대련은 재산과 신용이 버쩍버쩍 늘어 가는 것을 보고 배를 앓기 시작하였다. 직공이나 다름없는 마대련이가 법률을 아는 나보다 잘되다니 하고 공연히 시기를 하여서 계제만 있으면 마대련 씨에게 손해를 붙이려고 못된 수단도 많이 부려 보았다. 그러한 중에 아주 파산을 당하여서 수중에 돈이라고는 한 푼 없이 되었다. 수하에 처자도 없는 이 늙은이는 할 수가 없어 한참 당년에 자기가 타고 다니던 마차를 가지고 병문에 가 앉아서 손을 태우게 되었다.

이 늙은이는 나이도 많고 기운이 없어서 마차도 임의롭게 부리지를 못하는 터인데 이날 진창에서 말을 잘못 몰아서 말과 마차가 한꺼번에 넘어지며 자기는 그 밑에 갇히었었다.

지나가던 사람들이 곧 모여 서기는 하였으나 어떻게 손을 붙일 도리가 없고 무거운 마차는 점점 수렁으로 빠져 들어갈 뿐이었다. 마차가 가라앉을수록이 늙은이의 몸은 더욱더욱 눌려서 미구에 갈빗대가 부러질 것은 물론이나 공연히 서투르게 마차를 들썩거리는 것은 밑에 든 사람을 으깨는 셈이나 다름이 없는 고로 여러 사람들은 손도 대지 못한다. 늙은이는 차마 들을 수 없는 슬픈 소리로 사람을 살리라고 소리를 지르나 여러 사람들은 보고만 서서 어찌할 줄을 모르는데 이때 순경 중이던 차보열이가 마침 와서 급히 지렛목을 가지러 보내었다.

마대련 씨가 온 때는 마침 이때일다. 여러 사람들은 경례를 하며 길을 터 주었다.

마대련 씨는 거기 있는 사람들을 둘러보면서

"마차를 떠들 만한 지렛목이 없나"

"지금 가지러 갔습니다"

하고 한 사람이 대답하였다.

"갔다 오는 데 몇 분이나 걸리나"

"제일 가까운 곳으로 갔습니다마는 그래도 십오 분은 걸리지요"
"십오 분! 십오 분은 기다릴 수 없어"
하고 깜짝 놀라면서 마차 밑을 둘러보더니
"아직도 사람 하나는 넉넉히 들어가겠다. 자—, 누구든지 저 밑에 들어가서 등으로 져 올리는 사람이 있으면 상금으로 백 프랑을 줄 터이다"
하고 소리를 질렀으나 대답하는 사람이 없다.
"그러면 이백 프랑"
사람마다 돈 먹을 욕심은 있지마는 들어가는 날이 같이 죽는 날이다.
"그러면 사백 프랑"
여전히 대답하는 이가 없다. 어떤 사람은
"할 생각이야 다 있지요"
하고 대답을 한다.
마대련 씨는 조급증이 나서
"그래, 들어갈 사람이 없단 말인가. 조금만 있으면 들어가고 싶어도 못 들어가겠는데"
하고 여러 사람을 둘러볼 때에 차보열이와 눈이 마주쳤다. 마대련 씨는 치보열이기 와 있는 것을 인제야 알았다. 차보열은 인사를 하고 나서
"그것은 될 수 없는 일이지요. 무슨 기운에 저것을 들어 올린단 말이오"
하고 말한 뒤에 마대련 씨의 얼굴을 뚫어지도록 쳐다보며 말끝마다 힘을 들여서
"저 마차를 등으로 져 올릴 만한 기운은 꼭 한 사람밖에 못 보았소"
마대련 씨는 가슴이 덜렁 하였다.

“그 사람은 죄인이었소”

마대련 씨는

“엑—”

하고 놀랐다.

“툴롱 감옥에 있었소”

마대련 씨는 얼굴빛을 변하였다. 이때에 홍술환 노인은 또 사람 살리라고 소리를 질렀다.

“그래, 이 노인을 살려 낼 사람이 없단 말이오”

하고 마대련 씨는 사면을 둘러보았다. 그러나 한 사람도 대답은 없고 차보열은 또 혼잣말처럼

“그런 기운을 가진 사람은 툴롱 감옥에서 한 사람밖에 못 보았소”

이때에

“에구, 죽겠다”

하고 홍술환은 아주 죽는소리를 한다. 마대련 씨는 고개를 들어 차보열을 보았다. 차보열은 여전히 눈을 매 눈같이 뜨고 자기를 쳐다본다. 다음에는 숨도 크게 쉬지 못하고 서서 있는 농부들을 둘러보더니 아무 말 없이 마차 밑으로 들어갔다. 여러 사람이 놀랄 사이도 없이 벌써 들어가 버렸다. 마대련 씨는 무거운 짐 밑에 가 배를 깔고 엎드려서 두 팔과 두 무릎을 한데로 모으려고 애를 썼으나 무거운 짐은 꼼짝도 아니 한다.

여러 사람은

“여봅시오, 그만둡시오”

하고 소리를 지르며 다 죽어 가는 홍술환 노인도

“마대련 씨, 그만두시오. 나는 이왕에 죽는 사람이니 노형이나 어서 나가시오”

하고 소리를 질렀다. 그러나 마대련 씨는 아무 대답이 없고 마차는

점점 더 가라앉아서 인제는 마대련 씨도 나올 틈이 없이 되었다.

그런데 큰 마차 덩어리가 별안간 우적우적하더니 마차는 목척 한 자 높이나 번쩍 들렸다.

20. 홍술환의 감격

마대련 씨가 마차를 들어 올리기는 들어 올렸으나 다시는 꼼작할 기운이 없었다. 이것만 하여도 장사가 아니고는 생의도 못 할 일이다.

마대련 씨는 숨이 턱밑에 닿은 급한 목소리로

"어서, 어서"

하고 노인을 어서 꺼내라고 재촉을 하였다. 이때에는 모여 섰던 여러 사람들이 일제히 달려들었다. 한 사람이 몸을 돌아보지 아니하매 여러 사람도 힘과 용기를 얻어서 마차는 열 사람의 힘과 스무 개의 팔뚝으로 끌어 올려지고 홍술환 노인은 무사히 살아났다.

마대련 씨도 마차 밑에서 기어 나왔는데 땀은 얼굴에 가득하고 살빛은 시퍼렇게 질렸으며 옷은 찢어진 위에 진흙투성이가 되었다. 여러 사람들은 감격히 여기어 눈물을 흘리며 노인은 그 앞에 가 꿇어 엎드렸는데 마대련 씨의 얼굴에는 참기 어려운 고통 중에도 즐거움과 편안한 빛을 띠고 조용히 눈을 들어 차보열을 보았다. 차보열은 여전히 마대련 씨만 바라보고 섰다.

홍술환 노인은 마대련 씨 앞에 가 엎드려서

"노형의 은혜는 백골난망이오"

하고 눈물을 흘리나 그는 마차에서 떨어질 때에 종짓굽이 빠졌다. 마대련 씨는 곧 자기가 설립한 병원으로 그 노인을 보내었는데 이튿날 아침에 노인이 잠을 깨어 본즉 어느 틈에 갖다 놓았는지 머리맡에는 일천 프랑의 은행권과 마대련 씨의 편지가 놓여 있다. 편지 사연에

　　나는 그대의 말과 마차를 샀나이다.

하였다. 물론 말은 죽어 버렸고 마차는 깨어진 것이다. 홍술환 노인은 며칠 후에 전쾌가 되었으나 다친 다리는 필경에 뻗정다리가 되고 말았다. 마대련 씨는 자선 간호부와 교회 목사의 추천을 얻어서 이 노인을 파리에 있는 어떤 승방의 사환꾼으로 붙여 주었는데 홍술환은 백번 천 번이나 치사를 하고 아주 속마음으로 고맙게 생각하였다.

그런 뒤에 얼마가 아니 되어서 마대련 씨는 시장으로 추천되었는데 마대련 씨가 시장의 관복을 처음 입은 때에 차보열은 정말 놀랐다. 마치 사나운 사냥개가 승냥이를 주인으로 만난 것처럼 기막히고 분하였다. 그 뒤로부터는 마대련 씨를 아무쪼록 만나지 않도록 슬슬 피하였다. 그러나 직무상의 일로 불가불 만나게 되는 때에는 아주 체면을 차려서 극진히 존대를 하였다. 마대련 씨가 시장이 된 뒤에 세운 공로는 이루 기록할 수가 없으나 어찌 되었든지 이 지방은 날마다 번성하게 되어 가서 첫째, 나라에서 세금을 받기가 힘들지 않게 되었다. 지금까지로 말을 하면 이 지방의 모든 영업이 영성한 까닭으로 세금을 받기에 힘도 많이 들고 비용도 많이 나더니 이 마대련 씨가 시장이 된 뒤로부터 그것이 차차 개량되어서 아주 세금을 잘 바치기로 유명한 곳이 되었으며 그때의 대장 대신은 이 몽트뢰유를 모범 지방이라고 가끔 표창하였다.

황애련이가 들어온 때에 그 고향의 형편은 대개 이와 같았다. 설도를 맡기고 올 때에는 고향에만 돌아가면 아는 사람이 있어서 좀 보아주려니 하였으나 급기 와서 본즉 황애련의 얼굴을 아는 사람은 하나도

없었다. 그러나 다행히 마대련 씨의 공장에서는 어려운 사람이면 누구든지 환영을 하는 고로 그는 미구에 그 공장의 사람이 되어서 많지는 못하나 월급을 타게 되었다.

21. 관계없는 일에 궁금증

황애련은 월급이 생기게 되었다. 또 제가 벌어 저 먹는 일이 즐거운 줄도 알게 되어서 풀렸던 손끝에도 다시 일이 잡히게 되었다. 황애련은 거울을 사다 놓고 그 속에 비추이는 자기의 고운 얼굴을 보는 것이 한 재미였으며 모든 일을 다 잊어버리고 다만 설도의 일과 장래의 희망만 생각하여서 제법 재미가 있이 지내어 갔다. 또 조그마한 방 한 칸을 빌려 가지고 돈은 벌어 갚기로 하고 방세간을 사 놓았는데 이런 일을 보면 이왕에 헤프게 지내던 버릇이 그저도 남은 모양이다.

이와 같이 지내면서 태날추에게는 다달이 돈과 편지를 부치는데 황애련은 자기 이름밖에는 글자를 쓸 줄 모르는 고로 매양 대서소에 가서 쓰게 되었다.

그런데 같이 일하는 여공들이 이 싹수를 알고서 궁금증을 내어서 뒤를 거두기 시작하였다. 원래 사람의 성미라는 것은 관계없는 남의 일을 제일 알고 싶어 하는 법이라. 어찌 저이는 밤에만 오는고, 어찌 저 사람은 목요일에만 출입을 하노, 어찌 저 사람은 뒷골목으로만 다니는고, 어찌 저 부인은 골목 밖에서 인력거를 내리노 하고 쓸데도 없고 관계도 없는 일을 궁금하게 여기는 일이 많은 법이라. 이 황애련의 편지 부치는 일도 큰 걱정거리가 되어서 필경 그 편지를 대신 쓰는 대서인을 붙들고 물어보았다. 그 결과에 황애련은 딸이 있는 줄을 알았으며 그는 남편 없이 낳은 소위 사생자인 줄까지도 알았다. 그러고 본즉 그런 더러운 여자를 여기다가 부쳐 둘 수 없다는 말까지도 나기 시작하였다.

만일 자선심이 많은 공장 주인이 이 말을 들었으면 어떻게 하든지 일이 없이 처치를 하였을 터이지마는 이 공장에는 모든 일을 감독하는 한 늙은 부인이 있어서 사람을 쓰는 것이고 사람을 쫓는 것이고 다 그 부인이 맡아 하게 마련이 되었고 마대련 씨는 이 여 공장에 들어서는 일도 없었다. 이 늙은 부인은 정말 진실하고 공변되고 자선심이 많은 훌륭한 사람이나 그 대신으로 남의 사정을 알고 남의 허물을 용서하는 마음은 좀 부족한 터이라. 이 부인의 귀에는 처녀의 몸으로 자식을 낳았다는 말이 다시없는 변괴처럼 들렸던지 어느 날 아침에는 황애련을 불러다가 여러 가지로 심문을 한 뒤에 오늘부터는 너를 쓸 수가 없다고 이르고 시장이 주시는 돈이라고 돈 오십 프랑을 주어서 아주 내쫓아 버렸다. 황애련은 용서하여 달라고 한두 마디 간청을 하여 보았으나 듣지를 않는 고로 얼굴이 뜨뜻하여 다시는 말도 못 하고 집으로 돌아왔다. 시장을 만나 보고 간청을 하여 보라고 권하는 사람도 있으나 그러할 용기가 나지를 못하였다.

그러나 이 무의무탁한 황애련의 몸에는 공장에서 쫓겨나는 것이 정말 큰일이다. 이 말을 듣고 장전장이는 벌써 쫓아와서

“만일 월부를 다 붓지 않고 어디로든지 가는 날이면 곧 도적으로 몰아서 고소를 한다”

고 버쩍 으르고 갔다. 그다음에는 집주인이 와서 집세 밀린 것을 내라고 조른다. 황애련은 할 수가 없어서 공장에서 준 오십 프랑을 두 사람에게 나누어 주고 장전장이에게는 들여놓았던 세간을 삼분지 이나 도로 내주어 버렸다. 그러나 아직도 남에게 갚을 빚이 오십 프랑가량은 남아 있으며 이 뒤에 어떻게 살아갈 가망이 망연하였다. 또 마침 이 때에 고설도를 맡겨 둔 태날추에게서 편지가 오기를 칠 프랑만 가지고

는 이 아이를 기를 수가 없으니 십이 프랑씩을 부쳐 보내라고 청구를 하였다. 황애련은 어떻게 하든지 벌이를 하여야 할 터인데 벌이를 할 도리가 없어서 남의 집에 가 드난살이나 하여 볼까 하고 근처에 다니며 집집이 물어보았으나 한 집에서도 두겠다는 말을 아니 한다. 황애련은 아주 어떻게 할 수 없는 처지가 되었다.

22. 사람은 못 할 일

여자가 직업을 잃으면 바느질품밖에 팔 것이 없는 것이라. 황애련도 바느질품을 팔기 시작하였다. 병정들의 입는 속옷을 깁는 일인데 하루해를 지어서 일을 한대도 돈은 십이 전밖에 벌지 못하며 그중에서 설도의 양육비로 보내는 돈만 하여도 하루에 십 전씩은 가져야 되니 남는 돈은 겨우 이 전씩일다. 태날추에게 부치는 돈이 몇 달씩 밀린 것도 이런 까닭이었다.

그러나 사람이란 것은 당하면 당하는 대로 살아가는 것이요 규모를 부리면 부릴수록이 늘어 가는 것이라. 황애련은 하루에 이 전씩을 가지고도 그럭저럭 살아가는데 다행히 황애련의 옆이 방에는 아주 가난에 찌든 노파 하나가 세를 들어 있어서 어려운 살림의 사는 법을 가르쳐 주었다. 어려운 살림을 잘하여 가는 것도 한 재주이며 재주도 여간 재주가 아닐다. 황애련은 이 재주를 배운 뒤로부터 그 어려운 중에 견디어 가기가 얼마큼 나아졌다.

이와 같이 고생을 하는 중에도 어린 딸이 옆에 있으면 얼마큼 마음을 붙여 가겠다 하여 설도를 불러올까 하였으나 불러온다 할지라도 공연히 어린것을 고생만 더 시킬 터이요 또 당장에 데리러 갈 노자도 없으며 태날추에게 밀린 빚을 갚을 도리도 없어서 그대로 단념을 하고 말아 버렸다.

황애련은 처음에 문밖에를 못 나가도록 부끄러워하더니 두어 달이 지난 뒤에는 아주 식이 되어서 부끄러운 줄을 모를 뿐 아니라 도리어 고개를 젖혀 들고 세상 사람을 비웃어 가면서 다니게 되었다. 그러나 황애련의 몸은 이 고생살이에 차차 결딴이 나서 이왕 붙어 있는 밭은 기침은 점점 더하여지며 어떠한 때에는 이웃 방의 노파를 보고

"내 손을 좀 만져 보셔요. 왜 이렇게 더울까요"

하고 묻는다. 이 병을 만일 의사에게 보였으면 필경 폐병의 시초라고 하였을 것이다.

황애련은 이 모양으로 봄을 지나고 여름 가을도 지나서 인제는 겨울이 돌아왔다. 어려운 사람에게는 겨울같이 무서운 때가 없는데 거기다가 태날추의 돈 재촉은 성화같이 편지가 와서 황애련의 간장은 다 녹아 버리고 수중의 돈푼은 우체 삯으로 다 나가 버렸다. 하루는 태날추가 편지를 하되 고설도가 아주 적신인데 이 겨울을 지내려면 불가불 모직 속옷이 있어야 하겠으니 돈을 십 프랑만 보내라고 하였다. 황애련은 그 편지를 받아 가지고 종일 주물러서 아주 부스러기를 만들어 가지고 있다가 그날 저녁에 그 근처 이발소에 가서 자기 머리를 풀어 보이고 얼마면 사겠느냐고 물어보았다. 구름 같은 머리가 오금에까지 치렁하게 늘어졌다.

"참 머리가 좋으시오. 십 프랑만 내지요"

"그러면 베어 주시오"

황애련은 그 돈으로 모직 속옷을 사서 태날추에게 부쳐 보내었는데 태날추는 그것을 받아 보고 성이 머리끝까지 났다. 태날추의 바라는 것은 속옷이 아니라 돈이었었다. 그자는 그 속옷을 제 딸 봉인에게 입혀 버리고 불쌍한 고설도는 여전히 추위에 떨었다.

그래도 황애련은

'인제 설도가 춥지는 아니하겠지. 내 머리를 내 딸에게 입힌 셈이라'

고 생각하였다. 그러나 그 좋은 머리를 잘라 버린 생각을 하면 눈에 보이는 것이 모두 미워진다. 첫째, 자기를 공장에서 내쫓은 마대련 씨가 자기 원수라고 생각하였으며 마음까지도 변하였다.

그러나 설도를 생각하는 마음 한 가지는 여전히 남아 있다. 그런데 하루는 태날추에게서 또 편지가 오기를

고설도는 근처에 돌아다니는 속담에 꽃단이라는 병을 붙들렸는데 약값을 줄 돈이 없으니 일주일 안에 사십 프랑을 보내라. 만일 보내지 아니하면 어린아이의 목숨은 구할 수가 없다.

하였다.

황애련은 그 편지를 보고 픽 웃으며

"좋다. 많이도 보내 주겠다. 될 듯이나 한 소리를 하여야 하지. 내가 무슨 재주로 지금 사십 프랑을 보내리라고 이런 편지를 하노. 미친놈"

하고 정말 미친 사람 모양으로 혼자 웃고 혼잣말을 하더니 홧김에 문밖으로 나가서 정처 없이 돌아다녔다.

한 곳에를 간즉 어떤 자가 길가에다 마차를 멈추고 우스운 목소리로 광고를 시작하는데 이자는 약도 팔고 남의 충치도 빼어 주고 금니도 박아 주는 의원 명색이었다. 황애련은 다른 사람들과 같이 그 앞에 가 서서 구경을 하다가 무슨 말끝에 웃음이 나왔는데 약 광고를 하던 자가 그 고운 잇속을 보고

"여보, 작은아씨, 참 잇속도 좋으시오. 그 앞니 두 개만 내게 팔구려. 한 개에 이십 프랑씩 낼 터이니"

황애련은 무서운 마음에 얼굴빛이 변하였다. 옆에 섰던 어떤 노파는

“앞니 두 개에 사십 프랑이라니 얼핏 팔아 버리지”

하고 목탁 같은 틀니를 오물거리면서 부러워하였다.

황애련은 고만 집으로 달려와서 다시 바늘을 붙들었다. 한 십오 분이나 바느질을 하다가 다시 그 편지를 꺼내 들고 한참동안 생각을 하더니 옆에 앉은 이웃 방 노파를 보고 이런 말을 물었다.

“꽃단이란 무엇이여요”

“병이라오”

“약이 많이 드나요”

“많이 들고말고”

“그 병이 어찌 들려요”

“들리는 줄 모르게 들리는 병이지”

“아이들도 들리나요”

“아이들이 많이 앓는 병인데”

“그 병을 붙들리면 죽습니까”

“죽는 일도 많지”

황애련은 그날 밤에 홀로 방 안에 앉아 울음을 울다가 밤 열 시가량이나 되어서 대문을 열고 나갔다. 가는 곳은 낮에 보던 그 약장수를 찾아간 것이다.

23. 마음까지 변하였다

약장수의 여관을 찾아간 황애련은 어찌 되었나.

이튿날 아침에 언제든지 일찍이 일어나는 황애련이가 늦도록 일어나 나오지를 않는 고로 이웃 방의 노파가 이상히 여겨서 황애련의 방

문을 열어 보았다. 황애련은 이부자리를 펴 놓은 채 요 위에 일어앉았다. 얼굴은 해쓱하게 되었으며 무엇을 보는지 방바닥만 정신없이 보고 앉아서 사람이 오는 줄도 모르는 모양인데 노파는 그 얼굴을 보고 놀랐다. 어제저녁에 만났을 때에는 머리털은 깎아져 없을망정 아직도 미인의 자태가 남아 있더니 하룻밤 사이에 얼굴이 틀려서 한꺼번에 십 년이나 지나간 것 같았다.

"에그, 저게 웬일이야"

황애련은 대답을 아니 하고 손으로 방바닥을 가리키는데 그 가리키는 곳에는 이십 프랑짜리의 빤작빤작하는 금전 두 푼이 놓여 있다. 노파는 또 깜짝 놀라며

"에그, 이게 정말 금전이로구려. 이 돈이 어디서 났소"

황애련은 그제야 입을 열어

"설도에게 보내어 줄 돈이여요"

하고 얼굴에는 쓸쓸한 웃음을 띠었다. 그 음성도 어제날의 음성은 아니며 입술은 부었고 붉은 침은 양편 입귀에 묻었는데 이틀에는 검정 구멍이 둘이나 뚫렸더라.

황애련은 이와 같이 하여 돈 사십 프랑을 태날추에게 부쳐 주었으나 실상 고설도는 콧물 하나 흘린 일이 없었다.

가난에 몰려서 젊은 여자가 머리를 깎고 앞니를 빼게 되면 다시는 무서운 것도 없고 부끄러운 것도 없을 것이다. 고운 얼굴을 보는 것으로 한 가시 재미를 삼던 황애련은 그 고운 얼굴도 볼 수가 없게 되어 거울을 집어 이 층 아래로 던져 버렸다. 그뿐 아니라 그 뒤로부터는 옷이 찢어져도 기워 입지를 않고 얼굴에 때가 올라도 씻을 생각도 아니 하였다.

황애련의 고생은 하루가 하루보다 심하고 한 달이 한 달보다 더하여졌다. 지금까지 하던 바느질은 이때부터 감옥서의 죄인들을 시키게 되어서 하루에 열일곱 시간이나 일을 하여도 삯전은 구 전밖에 더 받

지를 못하게 되었다. 벌이는 적어지고 신병은 더쳐 가고 빚쟁이는 점점 심하게 재촉을 하여서 황애련은 울음과 눈물로 밤을 새는 일이 한 달에도 며칠씩이었다.

이러한 까닭으로 황애련은 세상을 미워하고 사람을 미워하며 그중에서도 마대련 씨를 미워하는 마음은 아주 골수에 박혔다. 이와 같이 고생을 하는 중에 태날추에게서 또 편지가 왔는데

돈을 백 프랑만 보내라. 아니 보내면 겨우 소성되기 시작하는 고설도를 눈 속에 내쫓아 버린다.

고 하였다. 황애련은 기가 막혔다. 사랑하는 고설도를 눈 속으로 내쫓는다는 말을 듣고 돈을 아니 부칠 수는 없다. 그러나 백 프랑이 생길 도리는 망연하다.

"에에, 인제는 몸을 팔아 버려라"

하고 불쌍한 여자는 매음녀가 되어 버렸다.

아아, 문명한 법률에는 노예(奴隷)가 없어졌으나 이 사회에는 여전히 노예가 남아 있다. 가난은 노예를 만들고 사회는 그를 사는데 이 노예는 정말 속량할 도리도 없는 노예일다.

* * *

이듬해 정월의 눈 오고 춥던 날 저녁때의 일이다. 난봉들만 모여서 노는 어떤 요리점 앞에서 오락가락 거닐고 있는 젊은 여자가 있었다. 옷 입은 모양과 걸음걸이만 보아도 벌써 숫보기가 아닌 것은 알아보겠고 그의 왔다 갔다 하는 목적인즉 물론 봉을 물려고 하는 것이다. 그러나 그 얼굴을 보면 핏기 없는 살에다가 애꿎은 분만 회박같이 발라서

94

여우 귀신을 보는 것 같았다. 이때에 요리점 안에 있던 신사 하나는 그 여자가 지나갈 때마다 갖은소리를 다 하면서 조롱을 하였다.

"애, 돌아 우편 앞을 하면 네가 일색이다. 앞니는 다 어디로 갔노"

하고 정말 듣기 싫은 소리를 지나갈 때마다 하였으나 그 여자는 들은 체도 않고 여전히 왔다 갔다 하였다.

이 신사는 이 지방 부자의 자식으로 모양내고 요리 먹고 실없는 말 하는 것이 날마다 하는 일이었다. 이날도 그 여자를 실컷 놀리다가 도무지 탄하지 않는 것을 보고 도리어 화가 났다. 이번에는 마침 지나가는 등 뒤로서 눈을 집어서 그 목뒤에다 던지고 손뼉을 치며 웃었다.

여자의 입은 옷은 목을 파서 지은 옷인 고로 그 눈덩이는 바로 살에 가 맞았다. 지금까지 알은체도 않고 참아 오던 분통이 일시에 터져서 별안간 휙 돌아서며 소리를 지르더니 그 신사에게로 달려들어서 그 얼굴을 잡아 할퀴고 갖은 욕설을 다 퍼부었다. 이 여자는 말할 것 없는 황애련이다.

싸움이 났다 하니까 요리점에서 술을 먹던 사람들은 우 하고 구경을 나오고 지나가던 사람도 모여서서 별안간 사람으로 담을 쌓았고 그 안에서는 머리 헝큰 큰 남자와 머리 깎은 여자가 엎칠뒤칠하며 싸움을 하고 있다.

이때에 별안간 여러 사람을 잡아 헤치며 경관의 복장을 입은 키 큰 사람이 들어와서 여자의 멱살을 잔뜩 잡고

"경찰서로 가자"

하고 잡아당겼다.

여자는 경관의 얼굴을 보더니 고만 얼굴이 푸르러지며 벌벌 떨기만 하고 소위 신사라는 자는 그 계제에 달아나 버렸다.

이 경관은 누구인가. 호랑이보다도 무서운 순사 부장 차보열이었다.

24. 경찰서

황애련은 차보열에게 잡혀서 바로 경찰서로 들어갔다.

황애련은 어찌 되는 까닭을 모르고 다만 떨기만 하는데 위선 컴컴한 마루방 한구석에다 잡아 꿇려 놓았다. 이곳은 경찰서의 심문실이다. 그때의 법률에는 이러한 죄인을 모두 경찰서에서 처치하게 마련되어 순사 부장이 곧 재판소의 검사나 다름없는 권한을 가졌다. 차보열은 부하의 순사를 불러서 황애련을 마룻바닥에다 꿇려 놓고 자기는 책상에 향하여 무슨 통첩을 쓰기 시작하였는데 이 통첩인즉 감옥서 전옥에게 가는 것이며 황애련을 감옥서에 집어넣으라고 하는 것일다. 미구에 통첩을 다 써 가지고 순사에게 향하여

"이 통첩을 가지고 그 계집을 감옥서에까지 압령하여다 두라"

고 말하였다. 감옥이라는 말을 듣고 황애련은 깜짝 놀라서 일어서며 무슨 말을 하려고 하나 차보열은 말할 여가를 주지 않고 곧 판결 언도를 하였다. 누구든지 기가 줄 만큼 쌀쌀하고 무서운 목소리로

"너는 지금부터 육 개월 징역일다"

이 말을 들은 황애련은 부르르 떨었다.

"에—, 내가 육 개월 징역을 하여요. 무슨 죄로요"

하고 소리를 지르더니 곧 마룻바닥에 푹 엎드려서 우는소리로

"너무하십니다. 그것은 너무하시는 일입니다. 나는 그다지 잘못한 일이 없어요. 내가 감옥서에 들어가면 우리 설도에게는 누가 돈을 보내어 줍니까. 나는 날마다 벌이를 하여서 설도를 살려야 하겠습니다. 나를 감옥에 잡아넣는 것은 모녀를 다 죽이시는 것이나 다름이 없습니다. 용서하여 줍시오. 용서하여 줍시오. 경시 영감, 여보셔요, 차 경시 영감, 살려 줍시오. 내가 신사에게 달려든 것은 만 번이나 잘못하였습니다마는 내가 먼저 잘못한 것은 아니여요. 아무 상관없는 사람에게

그편에서 먼저 갖은 욕설을 다 하였습니다. 그것을 못 들은 체하고 참고 있은즉 그다음에는 별안간 뒤로서 달려들어 남의 목뒤에다 눈을 퍼부었습니다. 아무리 신분은 다를지라도 잘못하기는 그편에서 잘못하였습니다. 참다못하여서 분통이 터졌습니다. 그래도 달려든 것이 잘못이라고 하시면 지금이라도 그 양반 앞에 가서 사죄를 하겠습니다. 사죄는 백 번이라도 하겠사오니 감옥에만 아니 가게 하여 주십시오. 제일 설도가 불쌍합니다. 내가 감옥에 기면 돈을 부쳐 술 사람이 없습니다. 돈을 안 부쳐 주면 앓고 난 것이 눈 속에 쫓겨납니다. 여보시오, 차경시 영감, 살려 줍시오”

하고 울면서 애걸하고 말한 끝에는 기침을 정신없이 하였다.

과연 이 일은 황애련이의 잘못이 아니요 또 황애련의 애걸하는 사정을 들으면 돌부처도 눈물을 뿌릴 터이나 다만 차보열이 한 사람은 눈도 꿈쩍하지 아니하였다. 그는 조용히 책상 옆을 떠나 일어서며

“육 개월 징역이라는 말은 알아들었구나. 알아들었거든 감옥으로 가거라”

황애련은 마룻바닥에 눌어붙어서 떨어지지를 아니하면서

“그저 살려 줍시오. 살려 줍시오”

하고 애걸을 한다. 차보열은 ‘감옥으로 가거라’ 밖에 다른 말이 없었다.

이 미루빙의 컴컴한 한편 구석에 아까부터 서 있는 사람이 있었다. 이 사람은 그 요리점 앞에서부터 황애련과 차보열의 뒤를 따라서 심문실에까지 따라 들어갔으나 지금까지는 형편만 보고 있다가 황애련이가 아주 끌려가게 된 것을 보고 참다못한 모양으로 옆에서 쓱 나서며

“잠깐 기다리시오”

하였다. 그런데 이 사람이 누구인가. 무엇을 믿고 경찰관의 하는 일을 가로막는가.

차보열은 이상히 여겨서 그의 얼굴을 보니 시장 마대련 씨일다. 차보열은 놀라기도 하고 성도 났으나 그의 벼슬이 자기보다 높으니까 존경하지 아니할 수가 없다. 그의 눈에는 다만 관등의 고하밖에 보이는 것이 없다. 벼슬이 높은 사람은 귀한 사람인 고로 경례를 하고 벼슬이 낮은 사람은 천한 사람인 고로 호령을 한다. 이것이 그의 사람 보는 표준일다. 그는 할 수 없이 모자를 벗고 경례를 한 뒤에

"마 시장 영감! 영감의 말씀이지마는……"

하고 기다리고 싶어도 기다리지 못할 이유를 말하고자 하였다.

'마 시장'이라는 이름을 듣고 별안간 얼굴빛이 변한 것은 황애련이다. 황애련은 이왕부터 이 시장을 몹시 미워하던 터이라 지금 이 자리에 참석한 것도 제 몸에 해로운 일을 하기 위하여 온 줄로 생각을 하였던지 두 눈을 마늘모가 지게 뜨고 순사의 말릴 사이도 없이 시장의 앞으로 달려들어 그 얼굴을 말끄러미 쳐다보며

"흥, 마 시장 영감이라는 이가 당신이시오"

하고 소리를 지르더니 다시 큰 소리를 내어서 한 번 웃었다. 그 웃음소리에는 남을 업신여기는 맛이 가득히 들어 있다. 그리고 분풀이 한풀이를 단단히 할 생각이 있던지

"흥, 시장에게는 이것이 적당하지"

하고 마 시장의 얼굴에다 침을 탁 뱉었다. 아아, 이보다 더한 욕이 또 어디 있을까.

시장은 조용히 자기 얼굴을 씻었다. 그리고 차보열에게 말하기를

"이 여자를 놓아주시오"

사람이 어떠하면 이같이 속이 너른가. 이같이 분을 잘 참나.

25. 시장과 황애련

차보열의 눈으로 보면 황애련이같이 천한 여자가 시장에게 바로 대고 말을 하는 것도 불공한 일인데 더구나 그 얼굴에다 침을 뱉은 것은 말할 수 없는 변괴일다. 그러한데 마 시장은 이런 변괴를 당하고도 성도 아니 내며 얼굴의 침을 씻고 '이 여자를 놓아주라'고 말을 하는 때에 차보열은 아주 기가 막혀서 다시는 놀랄 힘도 없었다.

황애련이도 역시 일반이다. '이 여자를 놓아주시오' 하는 말이 시장의 입에서 나왔으리라고는 생각하지 못하고 필경 차보열이가 말한 줄로만 알아들었다. 그래서 황애련은 소리를 질렀다.

"에그, 나를 놓아주시네. 참, 나를 놓아주셔야 옳지요. 내가 잘못한 일은 없으니까요. 내가 감옥에 갇히면 내 딸 설도가 죽을 터이니까요. 영감은 참 고마우십니다. 이 은혜는 잊어버리지 않습니다. 나도 은혜를 지고 잊어버릴 사람은 아니여요. 내가 이 모양이 된 것도 다 이 시장의 탓이지요. 나를 공장에서 쫓아낸 까닭이지요. 그 까닭으로 나는 빚만 지게 되어서 집주인과 태날추에게 백여 프랑씩이나 빚을 지고 할 수 없이 이 모양이 되었습니다"

마 시장은 가만히 이 말을 듣고 있더니 깊이 불쌍한 생각이 들었던지 주머니에서 돈지갑을 꺼내어 열어 보았다. 그러나 공교롭게 지갑이 비었었다. 그는 그대로 황애련의 옆으로 가서

"그래, 빚이 모두 얼마나 되나"

황애련은 또 성을 내었다.

"누가 당신을 보고 빚진 이야기를 하였소. 참 걱정도 많습디다"

하고 그만치 봉변을 주고도 오히려 부족하던지 순사를 보고

"순사 나리, 순사 나리는 자세히 보셨지요. 내가 이 시장의 얼굴에다 침 뱉어 주는 것을. 인제 내 속이 시원합니다. 나리, 나는 갑니다. 부

장 영감이 놓아주셨으니까"

하고 그대로 문 앞으로 가서 문을 열고자 하였다. 이때까지 순사 부장 차보열은 너무 기가 막혀서 벙벙하게 서 있더니 별안간 소리를 질렀다.

"누가 이 계집을 놓아준다고 하였어"

황애련은 소리에 놀라서 문의 손잡이를 탁 놓고 뒤로 비쓸비쓸 물러났다. 마 시장은 조용히

"내가 놓아준다고 하였소"

"시장의 말씀이지마는 놓아줄 수는 없습니다"

"아니, 내가 그 싸움을 지나가다가 자세히 보았는데 정말 이 여자는 잘못한 것이 없었소. 만일 구류라도 할 것 같으면 남에게 눈을 던지던 그 신사를 시켜야 옳소. 이 여자는 놓아주시오"

밉게만 생각하던 시장의 입으로서 이 공변된 말이 나오는 것을 듣고 황애련은 의외로 생각하였다. 차보열은 그래도 듣지 않는다.

"그뿐 아니라 이 여자는 그 위에 시장 각하도 욕을 보였습니다. 인제는 아무리 한대도 놓아줄 수 없습니다"

"아니, 시장을 모욕한 일은 그대에게는 상관이 없소. 내 일신에 관계되는 일이니까"

"아니여요. 시장을 모욕한 것은 치안 방해입니다. 시장의 일신에만 상관이 되는 것이 아니라 법률에 관계가 됩니다"

"나는 시장의 직권을 가지고 말하겠소. 이 여자를 방면하시오"

"저는 순사 부장의 직무를 가지고 말합니다. 방면은 할 수 없습니다"

"그대는 복종만 하면 그만이오"

"저는 직무에 복종합니다. 직무상 이 여자는 육 개월 금고에 처하지 아니하면 아니 됩니다"

마대련 씨는 위엄 있는 말로

"육 개월은 고사하고 하루라도 가두지는 못하오"

"그러나 이 사건은 도로 규칙(道路規則)에 관계되는 일이니까 으레 경찰서에서 처치할 일입니다"

이때에 마대련 씨는 이왕에 들어 보지 못하던 큰소리로

"부장의 말하는 일은 시내 경찰(市內警察)에 관계되는 일이오. 그리고 보면 형법 제구 조, 십일 조, 십오 조, 육십육 조에 의하여서 시장이 판사의 자격을 가진 것이오. 그런 까닭으로 나는 이 여자를 방면시키는 것이오"

차보열은 그래도 억지를 써 보려고

"그러나……"

하고 말을 꺼낼 때에 시장은 또

"이 안에 있지 말고 밖으로 나가시오"

하고 명령을 내렸다. 차보열은 그 위풍에 눌려서 머리를 숙이고 밖으로 나갔다.

황애련은 시장의 말끝마다 이상히 여기어 어찌 되는 까닭을 모르고 떨기만 하고 서 있더니 비로소 시장을 원망한 자기 몸이 잘못된 줄을 알고 이같이 선심이 많은 사람은 다시없을 줄로 생각하기 시작하였다. 그러한데 지금 봉변 준 일을 생각하면 무안스럽기가 짝이 없고 그를 탄하지 아니하는 시장의 마음은 한없이 높은 줄을 알았다. 어찌 이러한 사람을 잘못 알았는가 하고 깊이 후회를 하였다. 조금 있다가 시장은 그 옆으로 와서

"여보, 황애련 씨, 댁에서 공장에 있은 일과 공장에서 나간 일을 나는 도무지 몰랐소. 어찌 그때에 나를 보고 말하지 아니하였소"

시장의 말은 마치 자기와 동등 가는 사람에게 말을 하듯 한다. 옛날 디뉴의 명망가 미리엘 승정이 죄 많은 장팔찬에게 하던 모양과 일반이

었다. 황애련은 한 말도 대답하지 못한다.

"지나간 일이야 어찌 되었든지 말할 것 없거니와 인제는 아무 염려도 하지 마시오. 빚을 졌으면 갚아 드리겠소. 또 설도인가 하는 아이도 찾아오게 할 터이니 황애련 씨는 여기서 사시든지 파리에 가 사시든지 마음대로 하시오. 그 돈은 내가 다 대어 드리겠소"

황애련에게는 이보다 고마운 일이 다시는 있을 수 없다. 황애련은 정신없이 시장의 말하는 얼굴만 쳐다보고 있더니

"에―, 에―"

하고 목맺힌 소리를 두어 마디 지르고 그대로 기절이 되었다.

26. 알 수 없는 것은 운명

마대련 씨는 자기 집 병원으로 황애련을 보내어 치료를 시키게 하고 그날 밤에 자기는 각처로 다니면서 황애련의 고생하던 모양을 알아보았다.

황애련의 병세는 매우 침중하였다. 억지로 끌어 가던 몸이 한 번 병나면 별스러운 증세가 다 생기는 법이라. 그날 밤중부터는 신열이 몹시 나서 정신을 모르다가 이튿날 한낮 전에야 겨우 정신이 좀 났는데 그때에 처음으로 입 밖에 나오는 말은 그 딸 설도의 이름이었다. 정말 황애련의 심중에는 설도밖에 있는 것이 없다.

시장 마대련 씨는 황애련을 극진히 위로하여 아침저녁으로 문병을 가며 자기 손으로 맥도 짚어 보고 이마도 만져 보았다. 그리고 한편으로는 황애련과 약조한 대로 고설도를 찾아오도록 준비하였다. 황애련은 그렇지 아니하여도 시장을 고맙게 아는 터이라 정말 감지덕지하여

"설도의 얼굴만 보면 내 병이 곧 낫습니다"

하고 측량없이 기뻐하더라.

설도의 양육비는 백 원가량이 밀려 있는데 시장은 백 원 셈에 삼백 원을 부쳐 보내고 곧 설도를 데리고 오라 편지를 하였더니 돈이 너무 많은 까닭으로 무도한 태날추는 도리어 욕심을 내어서 저의 내외간에 이러한 이야기를 하였다.

"흥, 종달새 년이 인제는 화수분이 되었는걸. 제 어미가 두둑한 털찝을 만난 모양이야. 어디, 좀 짜 먹어 보자"

하고 이번에는 오백 프랑의 셈 발기를 뽑아 보내었는데 그중에서 삼백 프랑은 의원에게 보내는 진찰비와 약값이었다. 이 두 가지에는 영수증까지 첨부를 하였으나 그는 제 딸이 앓을 때에 치료한 비용이었다. 이와 같이 하여 오백 프랑의 청구서를 만들어 가지고 끝에다가 삼백 프랑은 영수한 줄로 적어 왔다. 시장은 이것을 보고 또 삼백 프랑을 부쳐 보내고 그 편지에는

고설도를 속히 데리고 오라.

재촉까지 하였다.

그러나 태날추는 날이 추워서 갈 수 없느니 셈이 틀러서 교시 중이니 하고 미룸미룸 밀어만 간다. 그럭저럭하는 동안에 한 달이 넘었으나 설도는 오지 않고 황애련의 병세는 점점 더쳤다.

그러한 중병 중에도 황애련은 밤낮 설도의 말만 한다. 마 시장이 문병만 오면

"설도는 언제나 올까요"

하고 물으며 시장은 번번이

"벌써 올 때가 되었는데 오늘 안 오면 내일은 들어오겠지요"

하고 자기가 생각하는 대로 대답을 하더니 고설도는 필경 오지 않았다. 인제는 사람을 보내어 볼 수밖에 없고

"그렇지 아니하면 내가 가지요"

하고 황애련의 위임장까지 만들어 가졌다. 그 사연인즉

태날추 전. 이 위임장을 가지고 가는 이에게 곧 설도를 내주시압.
설도의 진 빚은 이 사람이 전부 지불하겠나이다. 황애련.

이와 같이 씌어 있었다. 이것만 가지고 가면 태날추가 아무리 하여도 방색할 도리가 없다.

이 위임장을 가지고 마 시장은 친히 가고자 하였더니 알 수 없는 것은 사람의 운명이라. 아무도 모르는 동안에 벌써 사람을 옮아서 꼼짝 못 하게 만드는 것이다. 황애련과 마 시장의 사이에 이러한 일이 있는 동안에 한편으로는 비상한 재앙이 일어났는데 그는 다름이 아니라 차보열의 손에서 일어났다. 순사 부장 차보열이는 마대련 씨와 다투던 날 밤에 긴 보고서를 만들어 파리 정부로 보내었다. 그러나 그 내용이 무슨 보고인지는 알 수가 없었다. 그런데 마 시장이 내일 태날추에게 떠나가려고 하던 그 전날 밤에 차보열은 시장을 찾아왔는데 그 모양이 다른 때와 같이 엄숙하지를 못하고 깊은 근심을 띤 것처럼 아주 경황이 없어 보였다. 시장은 그 모양을 이상히 여기면서

"차 부장, 무슨 일로 오셨소"

차보열은 기운 없는 목소리로

"시장께 청할 말씀이 있어 왔습니다"

"청할 말이라니. 무슨 일인지 말씀하시오"

"저를 면직시키도록 시장께서 정부에 신달하여 줍시오"

"면직이오. 면직을 하실 터이면 당신이 사표를 제출하시구려"

"저도 그 생각을 하여 보았습니다마는 제가 사직만 하여서는 이왕에 저지른 허물을 속죄할 수 없습니다. 면직을 당하는 것이 당연한 일입니다"

정말 차보열의 함 직한 말이다. 그 저지른 허물이 어떠한 허물인지는 알 수가 없거니와 평생에 법률밖에 모르는 차보열이는 자기의 허물이라도 용서할 수가 없는 것이다. 시장은 다시 물어보았다.

"차 부장의 허물이라는 것은 어떠한 일이오"

"네—, 월전에 황애련이란 여자의 일에 대하여 시장과 권한을 다투던 때에 저는 너무 속이 상하기에 곧 보고서를 써서 시장을 정부에다 고발하였습니다"

시장은 웃었다.

"하하하, 나를 고발하였어. 시장의 몸으로 경찰에 간섭한다고 고발을 하였소"

"아니요, 그런 것이 아니라 마대련 시장은 실상 징역을 살고 나온 전과자이니까 시장 될 자격이 없다고 고발하였습니다"

마대련 씨는 대답을 하려 하여도 목소리가 나오지 않고 얼굴빛은 질 부등가리같이 되었다.

27. 정말 장팔찬이가

'징역하고 나온 전과자로 시장을 고발하였소' 하는 차보열의 이 말 한마디가 마대련 시장의 귀에 어떻게 들렸을까. 정말 시장의 얼굴은 차마 볼 수가 없었다. 그러나 차보열은 자기 일을 생각하기에 정신이 없어서 시장의 얼굴을 보지 못하였다. 고개를 숙이고 마룻바닥을 들여다보먼서 이야기를 한 까닭으로 다행히 시장의 얼굴빛은 보지를 못하였다.

차보열은 시장의 대답을 기다리지 않고 그대로 말을 이어

"나는 정말 전과자로만 알고 있었습니다. 제가 이 지방에 와서 처음으로 영감을 만났을 때에 어찌 그러한지 낮이 익어 보였습니다. 또 영감의 걸음걸이를 유심히 본즉 조금껏 조금껏 끄는 맛이 있는 까닭으로 이것은 감옥 안에 오래 있어 발에다가 추를 달고 다니던 사람의 걸음걸이라고 생각하였습니다. 또 영감께서 총을 잘 놓으시는 것과 원력이 장사이신 것과 홍술환의 마차를 져 올리시던 여러 가지 일을 보고 저는 영감이 영락없이 장팔찬이란 사람으로 알았습니다"

"누구로 알았어요? 누구라고 하셨소"

"장팔찬이라고 하였습니다. 그자는 한 이십 년 전에 제가 툴롱 감옥의 간수로 있을 때에 많이 보던 자인데 그자는 감옥에서 나오는 길로 승정의 집에 가 도적질을 하고 또 길거리에서 어떤 아이의 가진 돈을 뺏어 가졌다 합니다. 그런데 그자가 팔 년 전부터 부지거처가 되어서 그 종적을 수색하는 중이었습니다. 대체 이 말 저 말 할 것 없이 제가 잘못 생각하고 분김에 고발을 하였습니다"

이러한 이야기를 듣는 동안에 마대련 씨의 신색은 아주 풀려서 시치미를 떼고 말대답을 하였다.

"그래, 무엇이라고 회답이 왔소"

"저를 미친 사람으로 돌렸어요"

"그래서?"

"그런데 인제 아니까 제가 과연 잘못 알았어요"

"그는 다행이오"

무엇이 다행이란 말인지 알 수가 없다.

"이번에는 정말 실수를 하였어요. 우기고 싶어도 우길 수가 없는 것이 여기서 보고가 가기 전에 정말 장팔찬이는 벌써 잡혀 갇혔었습니다"

　정말 장팔찬이가 잡히다니 그러한 일이 있을 수 있나. 마대련 씨는 처음에 자기를 전과자로 보고하였다는 말을 들은 때보다도 더한층 놀랐다. 손에 가졌던 연필대는 굴러 떨어지며 얼굴빛이 별안간 변하더니

"아―"

하고 긴 한숨을 땅이 꺼지도록 내쉬었다.

차보열은 말을 잇대어 이야기하였다.

"그 사실의 자초지종을 자세히 이야기하지요, 클로슈라는 시골에 심하수라고 하는 늙은이가 있는데 그자는 수년 전부터 홀아비로 떠돌아 와서 그럭저럭 막벌이로 살아가는 자이라던지요. 그런데 이 영감쟁이가 올가을에 남의 집 담을 넘어 들어가 사과를 훔치다가 잡혔답니다. 그 일만 같으면 구류나 며칠 당하면 놓여나올 것인데 신수가 그릇드느라고 마침 그때에 경찰서 유치장이 수리 중이어서 재판소 구치감에다 임시로 가두었는데 그 구치감에 있던 전과자 하나가 심하수의 얼굴을 보고 분명히 이십 년 전에 툴롱 감옥에서 보던 장팔찬이라고 말을 하였답니다. 만일 그 말이 사실 같고 보면 이자는 전과자이니까 경찰서에서만 처분을 할 수 없고 불가불 재판소로 넘길 수밖에 없는 형편이 되었습니다. 그 까닭으로 곧 각처로 사람을 보내어서 장팔찬의 얼굴을 아는 증인 될 사람을 두 사람이나 불러왔는데 두 사람이 다 분명한 장팔찬이라고 증명을 하였습니다. 이 두 사람두 장팔찬이와 같이 툴롱 감옥에 갇혀 있던 사람인데 이와 같이 증인이 세 사람이나 나서고 다른 일도 증거 될 만한 것이 있었던 고로 다시 의심할 것 없이 아라스의 재판소로 넘겨 버렸답니다. 마침 그때에 제가 시장을 장팔찬이라고 보고한 까닭으로 정부에서는 덮어놓고 저를 미친 사람으로만 돌려 버렸습니다. 그러나 저는 분하기가 짝이 없어서 얼마간 우겨도 보았으나 정말 장팔찬이가 잡힌 이상에는 다시 할 말이 없고 좌우간 그 잡혔다는 장팔찬이나 보기 위하여 아라스 경찰서장에게 편지를 하고 이 차

보열이도 증인으로 불러 달라고 하였더니 일이 마음대로 되어서 저는 장팔찬이를 가 보았습니다"

"그래서 가 보니까?"

하고 시장은 물어본다.

"저는 아라스에 가던 날까지도 영감이 장팔찬인 줄만 알고 있었더니 급기 심하수라는 자를 대면하고 본즉 지금까지 제가 잘못 생각한 줄을 깨달았습니다. 정말 장팔찬이는 얼굴이 아주 흉악하였습니다. 영감같이 신사답지를 못하였습니다. 그래서 저도 그 심하수가 분명한 장팔찬인 줄로 증인을 서고 돌아왔습니다"

마대련 씨는 겨우 알아들을 만한 목소리로

"그래, 그 사람이 분명하오"

하고 물어보았다. 차보열이는 허허 웃으면서

"암, 분명하지요. 그동안에 제가 시장을 의심한 것은 과연 잘못되었습니다"

이 차보열이의 고집으로도 아주 시장에게 사죄를 하니까 시장의 혐의는 아주 벗어진 셈일다. 마대련 씨는 이를 다행히 여기는가, 슬프게 여기는가.

28. 참 이상한 일이다

차보열이는 자기와 혐의 있고 지금까지 전과자로만 알고 있던 시장에게 대하여 그 앞에 가 고개를 숙이고 사죄를 한다. 그의 속마음에야 분한 생각도 있겠지마는 그는 그러한 사색을 보이지 아니하며 또 그의 태도가 그리 국축하지도 아니하였다.

마대런 씨는 차보열의 하는 말에 대답은 아니 하고 별안간 질문을 하였다.

"그래, 당자는 무엇이라고 하나요"

"당자야 무엇이라고 하든지 증인이 네 사람이나 나선 이상에는 면할 수 없는 일이지요. 그러나 장팔찬이는 원래가 흉물스러운 인물이라 전과자인 줄을 알면 으레 저에게 해로운 줄을 알면서도 그렇게 서툴지는 아니합니다. 다른 사람 같으면 나는 장팔찬이가 아니라든지 사람을 잘못 보았느니 하고 여러 가지로 변명하려고 애를 쓰련마는 이자는 그저 '나는 심하수니까 심하수라고 한다'고 대답할 뿐이며 그자의 얼굴을 보면 바로 어이가 없어 하는 모양을 하고 때때 '기가 막힌다', '참 기가 막힌다' 하고 한마디씩 혼잣말만 합니다. 그럴듯하게 꾸미는 모양이 장팔찬이가 아니고는 할 수 없는 일이여요. 저는 그 하는 모양을 보고 더구나 장팔찬이가 분명한 줄로 알았습니다. 좌우간에 인제는 공판정으로 넘겼으니까 종신 징역은 갈데없지요. 저도 이번 공판에 증인으로 불려 가게 되었습니다"

마대런 시장은 이 이야기를 듣는 동안에 매우 바쁜 것처럼 보고 있던 서류를 뒤적거리며 그러한 쓸데없는 말은 듣기도 싫다는 모양을 하고 있더니 말이 끝나매 여전히 서류를 들여다보면서도 지나가는 말처럼

"공판이 언제요"

하고 물어보았다.

"바로 내일입니다. 그래서 저는 오늘 저녁에 떠나가겠습니다"

"공판이 오래 걸리겠소"

"오래갈 것 없지요. 증거가 분명하니까 늦어도 내일 밤에는 판결 언도까지 되겠습니다. 저도 증인만 선 뒤에는 곧 되짚어 오겠습니다"

시장은 서류를 보다가 고개를 들어 차보열을 쳐다보며

"그러면 다녀와서 만나 봅시다. 다른 일은 없겠지요"

“네, 맨 처음에 말씀한 것과 같이 저를 면직시키도록 정부에다 신달하여 줍시오”

시장은 의자를 뒤로 밀고 일어서더니 정색을 하고 말을 하였다.

“차보열 씨는 경관이 되어서 당연히 할 일을 하신 것이오. 이 사람을 갖다가 장팔찬이라고 고발하신 것은 노형이 생각하시는 바와 같이 그리 큰 실수가 아니오. 사직이니 면직이니 하실 것 없이 그대로 눌러 계시오”

차보열이는 아주 진정으로 다시 청을 하였다.

“그리하여서는 제 마음에 불안합니다. 면직을 시켜 주십시오”

“그렇더라도 그 고발한 일이라든지 실수 된 일이 내 몸에 관계되는 일이니까 내가 상관없다고 하면 상관없을 일이지요”

“아니여요. 시장께서 용서하신다고 무사히 있을 수는 과연 없습니다. 만일 제 수하에 있는 사람이 그러한 일을 하였으면 저는 으레 면직을 시켰을 것입니다. 그러니까 저도 면직을 당하는 것이 당연한 일이지요”

시장은 한참 생각하다가

“그러면 내 좀 더 생각하여 보리다”

하고 악수를 하자고 손을 내밀었다. 그러나 차보열이는 그 손길을 잡지 아니하고

“저는 인제 시장과 악수할 자격이 없습니다”

차보열이가 직무를 중히 여기고 체통을 심히 보는 것은 이 일만 보아도 가히 알 것이다. 그는 공손히 경례를 하고 세 발자국을 뒤로 물러서며

“저는 후임자가 작정될 때까지 출근을 하겠습니다”

하고 돌아 나갔다. 그가 만일 시장의 손을 잡기만 하였더라면 그 손이 죽은 사람의 손같이 차디찬 것을 이상히 알았을 것이다. 시장은 귀

를 기울이고 차보열의 나가는 발자국 소리를 들었다. 이 마대련 시장이 곧 이전의 장팔찬인 줄은 독자도 이미 짐작한 바이겠소.

그가 디뉴의 들판에서 어린아이의 가진 돈을 뺏은 이후로 지금의 이 신분이 되기까지에 지나던 일은 대장 짐작하는 바와 같았다. 그는 마음을 고쳐먹고 악한 굴속에서 착한 고개에까지 기어 올라갔다. 그것이 자기 힘은 힘이지마는 한없이 높은 미리엘 승정의 착한 마음이 그를 감화시킨 것은 물론이라. 그의 마음속에는 지금 미리엘 승정의 착한 마음이 들어 있고 그의 눈에는 미리엘 승정의 얼굴이 보이며 귀에는 미리엘 승정의 말이 들린다. 착한 사람의 정성은 능히 다른 사람을 감화시킬 수 있는 것이다.

그는 다만 미리엘 승정을 본으로 알고 그의 하던 대로만 하려고 한 것이다.

그 까닭으로 지금까지에 애도 무진히 쓰고 자선 사업도 썩 많이 하였다. 그리하여서 겨우 좀 사람 노릇을 하게 된 때에 한 번 지은 죄가 오히려 남았는지 차보열이와 같은 질감맞은 위인이 있어 그 몸에 거치적거린다. 그뿐 아니라 다른 사람이 장팔찬이로 잘못 걸려서 종신 징역을 하게 되다니 이것이 무슨 기박한 운명인가. 하늘은 인간에게 안락을 내리지 아니하시는가. 아아.

29. 어디를 가려는가

차보열이가 나간 뒤에 그는 잠잠히 앉아서 무슨 생각을 깊이 하였다. 그러한 중에 황애련에게 문병 갈 시간이 돌아왔다. 그는 위선 보고 있던 서류를 치워 놓고 천천히 일어나서 병원을 향하였다. 그가 지금

이같이 태연할 수는 없을 터인데 이러한 것은 너무나 정신이 어지러워서 생각할 힘도 없이 날마다 하는 일만 전례대로 하여 가는 것이다.

자기가 정말 장팔찬인데 다른 사람이 자기 대신에 잡히어서 종신 징역을 가게 되는 자리에 모르는 체하고 있을 수가 있을까. 또 그렇지마는 지금 그 사람을 구하려 하면 자기의 지위와 자기의 사업을 다 내버리고 그 사람의 대신이 되어야 할 터이니 징역 하고 나온 지 겨우 여덟 해 만에 또 종신 징역을 살러 간단 말인가. 아무리 개과천선한 착한 사람이라도, 아무리 미리엘 승정의 감화를 받았다 할지라도 이와 같이 큰 사건이 그리 용이히 결단이 될까. 한 시간이나 두 시간으로 그렇게 탁방이 날 수는 없다.

마음은 아직 작정이 아니 되었으나 그는 위선 병원에를 갔다. 얼굴에는 수심이 가득하나 남에게 속을 뽑힐 그러한 사람은 아니라 자기 마음을 억지로 진정하고 황애련의 머리맡에 앉았는데 황애련은 시장의 얼굴만 보면 아주 아픈 것도 잊어버린다. 병인의 약한 마음에 하늘같이 믿는 사람이 옆에 와 앉았으면 물론 얼마큼 진정이 될 것이다. 그는 이날 병원에 와서 의사를 만나 보고 황애련의 병세를 자세히 물어보았다. 의사의 말에는

“점점 더쳐 갑니다. 인제는 며칠을 지탱하기 어려워요”

하였다. 이 말을 듣고 그의 얼굴에는 더욱 수색을 띠었다. 그다음에는 간호부를 불러서 여러 가지 부탁을 하는데 그 뜻인즉 병구완을 잘하여 주고 황애련의 마음을 위로하여 주라는 말이었다.

황애련에게는 그 딸 설도를 데려다가 만나게 하여 주는 것이 제일 위로가 되겠다. 이날도 황애련이는 시장의 얼굴을 보고 반색을 하면서

“설도가 오나요?”

하고 물었다. 시장은 빙그레 웃으면서

“인제 곧 오지요”

하고 대답을 하였다. 그는 자기가 친히 데리러 가려고 위임장까지 만들어 가졌으나 인제는 자기 몸에 큰일이 생겼은즉 이러하기도 난처하고 저러하기도 난처하게 되었다.

이날은 다른 날보다도 특히 삼십 분가량이나 오래 앉았으나 일어서 나갈 때에는 별로 다른 기색도 없었고 평일과 같이 천천히 걸어서 바깥으로 나갔다. 길에 가다가 이왕부터 아는 마차 세놓는 집을 찾아 들이가디니

"하루에 한 삼백 리 갈 만한 좋은 말이 있겠나"

"삼백 리요—. 마차를 끌고요"

"그래"

"삼백 리를 하루에 가면 거기서 며칠이나 쉬나요"

"알 수 없지마는 어찌하면 그 이튿날로 되짚어 와야 할걸"

"아이고, 이틀에 육백 리는 좀 어려운 걸이요"

"삼백 리는 채 못 되지"

"그러나 경첩한 마차를 달고 짐도 싣지 말고 영감께서 혼자 타시면 넉넉히 갈 만한 말이 있습니다"

"그러면 그렇게 하지"

하고 마차 삯은 하루에 삼십 프랑씩 달라는 대로 선돈을 치른 뒤에 내일 오전 네 시 반 전에 우리 집 앞으로 등대를 하라고 단단히 부틱하고 돌아서 나갔다. 마대련 씨는 몇 걸음 나가다가 되짚어 오더니

"여보, 주인, 지금 약조한 그 말과 마차는 값으로 치면 얼마나 되나"

"영감이 아주 사시렵니까"

"아니, 그것은 사서 무엇 하게. 그러나 혹 말이 이상하더라도 보증금을 내놓고 가겠네. 갔다 와서는 도로 찾지"

"값을 치기로 하면 오백 프랑은 주셔야 합니다"

"그러면 오백 프랑을 내놓고 가네"

하고 돈을 주고 가 버렸다. 이 마대련 씨는 내일 첫새벽에 어디를 가려는가.

그날 밤에 마대련 씨는 다른 날보다 일찍이 침실로 들어가서 여덟 시 반부터 불을 꺼 버렸다. 마대련 씨의 충비라고도 할 만한 그 집 노파가 이 모양을 보고 어디 갔다가 들어오는 그 집 회계더러

"영감마님께서 어디가 편치 않으신지 오늘은 신색이 좋지 못하셔요"

하고 이야기하였다. 회계 보는 이는 그 말을 무심히 듣고 역시 일찍이 자 버렸는데 밤중쯤 되어서 무슨 소리에 잠이 깨었다. 귀를 기울이고 자세히 들은즉 그는 자기 자는 방의 이 층 위에서 나는 소리인데 분명히 마대련 씨가 일어나 거니는 모양이었다. 그리고 건넛집 벽에는 홀홀 타오르는 불빛이 비치었으며 가끔 있다가는 덜걱덜걱하는 소리, 벽장문을 여닫는 소리도 들렸다.

대체 마대련 씨의 방에는 이날 밤에 무슨 일이 있었는가.

30. 가슴속의 폭풍우

초저녁부터 침방에 들어간 마대련 씨는 그날 밤에 무엇을 하였는가. 밤중에 일어나서 거니는 것을 보면 잠을 아니 잔 것은 분명하다. 누구든지 이러한 경우를 당할 것 같으면 편안히 누워서 잠을 잘 수는 없을 것이다. 내일 안으로 아라스 재판소에 가 자현을 하여서 종신 징역을 살아 버릴까. 그렇지 아니하면 일이 되어 가는 대로 내버려 두고 내일은 문화리에 가서 고설도나 데려다가 황애련이를 만나 보게 하여 줄까. 이러한 생각을 하기에 밤을 새었다.

위선 생각을 하여 보았다. 나는 아무렇든지 자현을 하여야 할까. 아니, 꼭 그러하다고도 할 수가 없다. 이 몸을 정말 장팔찬이라고 의심을 하는 사람은 넓은 천지에 차보열이밖에는 없는 터인데 그 차보열이도 이미 의심이 풀려서 그 잘못된 것을 후회하고 제 입으로 면직을 시켜 달라고 간청을 하였은즉 그대로 내버려만 두면 그자는 이 지방에 있지도 못하게 될 것이라. 이것은 하늘의 시키시는 것이 아닌가. 내가 하자고 하여서 된 것이 아니라 자연히 장팔찬의 대명 갈 사람이 생겨서 이 몸을 의심하던 하나밖에 없는 증인이 이와 같이 없어져 버리니 이는 내 몸의 운수요 하느님이 나를 구하시는 것이라. 그대로 모르는 체만 하고 지내어 갔으면 이 몸은 무사태평하게 몽트뢰유의 시장으로 평생을 지낼 터인데 무엇이 성가시어서 이 하느님의 은혜를 저버리고 다시 장팔찬이라는 흉한 이름을 들으며 종신 징역의 고생을 하리오. 안 될 일이다.

그렇지마는 지금까지 애를 쓴 것은 무슨 까닭이던가. 다만 자기 이름을 감추려는 일이던가. 경찰을 속이려는 일이던가. 만일 그렇다 하면 지금까지 애쓴 일은 다 쓸데없는 일이었다. 한 푼 건지 싸지 아니한 일이었다.

아닐다. 나는 큰 목적을 가졌었다. 나의 몸뚱이가 아니라 나의 영혼을 정하게 씻어서 다시 착한 사람이 되려고 함이었다. '네 마음을 고쳐먹어라. 착한 사람이 되어라' 한 것이 미리엘 승정의 경계한 말이었다. 지금 만일 옛날 장팔찬이가 아니 될 것 같으면 마음을 고쳐먹은 사람은 아닐다. 여전히 악한 마음을 가진 것이다. 마음을 고쳐먹은 보람이 어디 있으랴. 정말 내 마음에 병이 들지 아니하려면 내 몸은 영영 감옥에 갇혀야 된다. 사람의 눈으로 보면 이것이 결딴나는 것이요 하늘의 눈으로 보면 이것이 살아나는 것일다. 마음을 고쳐먹는 것이다. 몸의 극락은 마음의 지옥이요 이 세상의 영화는 영원한 타락이다. 미리엘 승정은 이러한 영화를 구하라고 하지 않았다.

"오냐, 나 할 일을 하여야 한다. 그 사람을 구하여 주자"

시장은 이와 같이 소리를 질렀다.

그는 치부책을 꺼내어 저저이 떠들어 본 뒤에 구차한 사람에게 받을 수표는 한데다가 모아서 불에 살라 버렸는데 이때에 그의 얼굴에는 차차 즐거운 빛이 나타나서 옛날의 장팔찬이라고는 믿을 수가 없이 되었다. 그는 서랍을 열고 그 속에 든 돈을 꺼내어 계산을 하여 보고 그다음에는 은행에 가는 편지를 써 놓았다. 인제 할 일을 다 하였다.

이때에 시계는 열두 시를 쳤다. 정신을 차리기 위하여 문을 열어 놓고 있던 마대련 씨는 마음이 가라앉아 아무 생각도 없어지면서 밤바람의 추운 줄을 알았다. 그는 정신없이 일어나서 난로에는 불을 더 피웠으나 문 닫기는 잊어버리고 그대로 그 앞에 가 앉았다. 정신을 너무 쓴 까닭으로 피곤함을 못 이겨 자는 듯 마는 듯 혼곤하게 앉았는데 그러한 중에 이왕 결심한 일은 다 잊어버렸다. 무엇인지 생각하여 둔 일이 있기는 있는데 하고 다시 정신을 차려 한참 생각하다가

'옳지, 재판소에 가 자현을 하기로 결심을 하였어'

하고 생각이 돌아서면서 별안간 황애련의 일까지도 생각이 났다.

'가만있자, 그렇게 하면 저 불쌍한 여자를 어찌하잔 말이냐'

이 불쌍하다는 한 생각이 또 앞을 가로막기 시작하여 그의 생각은 별안간에 한번 변하였다.

'아니, 나는 지금까지 내 일만 생각하였구나. 남의 일도 좀 생각하여야 한다. 내가 지금 자현을 하면 나의 한 몸은 성한 사람이 되려니와 나를 따라 결딴나는 다른 사람을 어찌하잔 말이냐'

이 지방이 요부하게 되는 것도 이 마대련이가 있는 까닭인데 내가 지금 이 지방을 떠나가면 지금까지 내 그늘에 살아가던 여러 사람들은 직업을 잃고 의지를 잃어서 다시 참혹한 지경이 될 것이다. 이 지방이

온통 결딴날 것이다. 다만 나의 한 몸을 정하게 하기 위하여 이와 같이 여러 사람의 고생하는 것을 모르는 체할 수 있는가. 또 장팔찬의 이름 으로 감옥서에 가게 되는 심하수로 말하면 크나 작으나 죄인일다. 또 감옥에를 가나 움 속에를 있으나 고생은 다 일반이다. 그러고 보면 어 차어피에 고생을 하는 한 죄인을 구하고 무수한 죄 없는 사람을 고생 시키는 것이 옳은 일이라 할까. 또 내가 지금 자현할 생각을 돌려 가지 고 이로부터 십 년 동안만 시장의 직책을 가지고 있으면 그 결과는 어 찌 될까. 천만 원의 재산은 용이히 만들려니 그 천만 원으로 자선 사업 을 하면 그 은혜를 받는 사람은 정말 수가 없을 것이다. 이 지방은 더욱 더욱 번창하여서 공장도 늘고 일도 많아지며 몇천 호의 인민과 그의 가족들은 편안히 복을 누릴 수 있다. 도적놈은 도적질을 그치고 협잡 꾼은 협잡질을 그치며 몸을 파는 여자도 없고 난동을 부리는 소년도 없어져서 풍속은 순후하고 인정은 두터워질 것이요 이와 같이 되면 사 회의 적지 아니한 부분이 즐거움과 복을 누리며 그 영향이 사방으로 퍼지고 후세에도 전하여 한이 없을 것이라. 정말 세상에 대한 공덕이 라는 것은 이러한 것이 아닌가. 이와 같이 크고 넓은 공덕이 어찌 내 마 음 하나를 위하여, 늙은 죄인 하나를 위하여 버릴 수 있을 것이랴. 이 몸은 죽어서 지옥에를 갈지언정 이 세상을 구하여야 하겠다.

이와 같이 그의 마음은 아주 돌아서 버렸다.

31. 도로 아미타불

재판소에 가 자현을 하려고 하던 마대련 씨의 마음은 아주 돌아서 버렸다.

‘자현은 아니 한다. 어디까지든지 마대련 시장으로 지내 가야 하겠다. 이번 일은 하느님이 나를 위하여 대명 갈 사람까지 마련하여 놓으시고 이대로만 하여라 하신 것이다. 그러면 지금부터 아주 장팔찬이와 관계를 끊어야 하겠는데 이 방 안에는 말은 못 할지라도 유력한 증거품이 있으니 그것을 없이하여야 되겠다’

하고 주머니에서 열쇠 꾸러미를 꺼내 들더니 그중에서 제일 작은 열쇠 하나를 골라 가지고 방 한편 구석에 있는 비밀한 벽장문을 열었다. 이 비밀한 벽장 속에는 장팔찬이의 기념물이 들어 있다. 옛날 장팔찬이가 감옥에서 나올 때에 입던 옷과 지팡이와 모자와 배낭이 이 속에 들어 있다. 이것이 있어서는 장팔찬이 생각이 날 터이니까 이것을 위선 살라 버려야 한다.

그는 방문을 닫아걸었건마는 혹시 누가 들어올까 하고 염려를 하는 것처럼 흘끔흘끔 방문을 쳐다보더니 이번에는 몸을 날쌔게 놀려서 그 여러 가지 물건을 한 팔에다 걸어 안았다. 여러 해 동안을 다시없는 기념품으로, 또 남이 알까 무서워서 깊이깊이 감추어 두었던 이 물건에 대하여 한 번 자세히 보지도 아니하고 그대로 불에다가 집어넣었다. 조금 있다가 방 안과 건넛집 벽에는 불빛이 가득하며 지팡이에서는 불똥이 빠직빠직 튀었다.

배낭이 다 타서 그 속에 들었던 옷가지까지 재가 되고 나니 그 재에서는 무엇이 반짝거린다. 가까이 가 본즉 이것은 은전이었다. 어린아이에게서 뺏은 은전이었다. 그는 보고도 모르는 체하고 방 안을 왔다 갔다 거닐고 있더니 우연히 선반 위에 얹힌 촉대 한 쌍이 눈에 띄었다.

‘에그, 저것이 남았구나. 장팔찬이의 혼신이 저기 붙어 있구나. 위선 저것부터 불에 녹여야 한다’

하고 그 촉대를 내리더니 그중의 한 개를 들어서 난롯불을 헤쳐 놓았다.

불은 활싹 일어나고 촉대는 손을 떠나려 하는 마침 이때에 그의 귀에는

'장팔찬, 장팔찬'

하고 부르는 소리가 벽력같이 들렸다. 지금 장팔찬이를 부를 사람이 없건마는 이는 몸에서 저절로 나는 소리일다. 그는 이 소리를 듣고 머리끝이 주뼛하며 무서운 생각이 절로 났다.

'잘한다, 잘한다. 장팔찬아, 촉대를 아주 녹여 버려라. 승정의 일을 잊어버려라. 심하수를 없애 버려라. 그는 어찌된 영문도 모르고 다만 장팔찬이라는 네 이름으로 잡혀서 종신 징역을 하게 된다. 감옥 속에서 죽게 된다. 네게는 그것이 다행이다. 그리고 네 몸은 착한 사람으로 지내어 가거라. 시장의 지위를 잃지 마라. 너는 명예가 높아지고 복을 받으리라. 너도 부자가 되고 남도 잘살게 하여라. 구차한 자를 보태어 주고 고독한 자를 구제하여라. 세상에서 은인이라고 높여 주리라. 너는 그것이 옳은 일이다. 너는 그와 같이 복 받고 팔자 좋게 지내는 동안에 감옥 안에서 죄 없는 늙은이가 네 이름을 지고 너 입을 홍바지를 입고 너 두를 쇠사슬을 두르고 너 할 고생을 대신하리라. 너는 마음이 편안하리라. 네 마음이 무한히 즐거우리라. 에기, 못된 놈'

이러한 말이 들리었다.

시장의 앞이마에는 진땀이 방울방울 맺히고 두 눈은 촉대를 바라보았다. 그러나 귀에 들리는 소리는 그치지 아니하였다.

'아아, 상팔찬아, 세상 사람은 입을 모아서 너를 칭찬하리라, 그러나 아무도 못 듣는 소리가 네 귀에는 항상 들리리라. 너의 공덕은 땅에 묻히고 너의 죄는 하늘이 아시리라. 네가 그를 어찌하려 하느냐'

한 마디는 한 마디보다 높이 들린다. 처음에는 마음에 그런 생각을 하기 때문에 귀에 비껴 들리는가 하였더니 나중에는 온 방 안에 울리는 것 같았다. 그는 부지중에 몸서리를 치면서

“거기 있는 것이 누구냐”

하고 소리를 내어서 물어보았다.

묻는 목소리도 자기의 목소리와는 같지 아니하고 아주 무섭게 들렸다. 그러나 물론 방 안에는 아무도 없었다. 자기도 그러한 줄을 알았던지 무서운 마음을 없애려는 것처럼 허허 웃으면서

“내가 무슨 헛소리를 하였나. 이 방 안에 누가 있으리라고”

아니, 아무도 없을 리가 만무하다. 사람의 눈에는 보이지 아니하나 눈에 보이는 사람보다도 더 무서운 힘을 가지고 마대련을 결박하였다. 그는 촉대를 고쳐 잡아 선반 위에다 도로 얹고 다시 거닐기 시작하였다. 도깨비 걸음이 필경 이러할 것이다. 발이 땅에 닿는지 아니 닿는지 알 수가 없다.

아아, 슬프다. 그는 다시 번고를 하기 시작하였다. 재판소에 가 자현을 할까. 지금 한 결심대로 내버려 버릴까. 그의 마음은 맨 처음 문 닫고 불 끄던 때와 조금도 다를 것이 없다. 반밤이 지나도록 생각을 한 것이 도로 아미타불이 되었다.

이와 같이 하여 오전 세 시가 되도록 방 안에서 왔다 갔다 거닐었으나 어떻게 하겠다는 결심은 아니 되고 점점 정신만 없어졌다. 착한 사람이 되고자 하면 지옥이나 다름없는 감옥서를 가야 하겠고 이 세상을 편안히 지내 가려면 마음으로는 악한 사람이 되고야 만다. 지옥 밑에 든 신선이 되랴, 천당 위에 사는 악마가 되랴. 처음에는 자기 대신이 생긴 것을 하느님의 은혜라 하였더니 인제는 그 사람 까닭으로 도리어 지옥에를 가게 되었다. 무슨 까닭으로 그따위 대신 갈 사람이 생겨났는가. 이놈의 운수가 아주 진하였던가. 어찌한 까닭으로 소위 운수라는 것은 이 몸에만 몹시 구는가. 그도 나이나 젊은 것 같으면 고생을 하다가도 나올 가망이나 있으려니와 이 나이 되어 가지고 다시 감옥 안에 들어가 가시 방석 채찍 비에 견딜 수는 도저히 없다. 지금의 지위,

지금의 명예는 코빼기도 못 보던 그 사람을 위하여 내버리려고 만든 것이 아니거든 이 일이 어찌 그리 용이히 결정되랴. 이 결정할 수 없는 일을 불가불 결정하라는 것은 운명의 억지일다. 아무리 원망하여도 원망의 끝날 때가 없겠다.

그는 마침내 피곤함을 못 이기어 걸음을 멈추고 의자에 의지하였다. 자는 줄도 모르게 잠이 들어서 꿈속에까지 무서운 경상을 무한히 당하디기 추운 기운에 삼이 깨어 본즉 난로에는 불이 꺼지고 촛불도 거의 닳았다. 지금이 몇 시인가. 벌써 다섯 시가 되었으며 닫치기도 잊었던 바깥 창문이 새벽바람에 요동을 한다. 그는 문을 닫기 위하여 창 앞에를 갔더니 밤은 아직도 밝지를 아니하였고 하늘은 흐려서 별 하나 없는데 대문 밖에서 무슨 이상한 소리가 들리며 창문 밖으로 고개를 내밀고 본즉 무슨 등불 두 개가 무서운 짐승의 눈같이 쌍으로 비치고 있다. 그는 졸린 눈을 비비면서

"하늘에는 별이 없고 땅에 가 별이 있네"

그러나 이 말이 끝난 때에는 말굽 소리를 듣고 그것이 마차인 줄을 알았다. 이것이 어제 저녁때에 약속한 마차련마는 그 일은 아주 잊어버렸다.

32. 운명의 농락

자기가 내일 새벽 네 시 반에 오라고 맞추어 둔 마차련마는 그는 아주 잊어버리고

"이 어두운 밤에 누가 마차를 타나"

하고 혼잣말을 하였다. 마침 이때에 누가 방문을 두드리며

“영감마님, 영감마님”

부르는데 그는 노파의 목소리였다.

“왜 그리하니”

“마차가 왔습니다”

“마차가 어찌 왔어”

“어제 영감마님께서 가져오라고 말씀하셨다는데요”

나는 그런 일이 없다고 말을 하려 할 때에 번개같이 생각이 났다.

잊어버렸던 무서운 생각이 한꺼번에 다시 나서 미처 대답을 못 하는데 노파는 대답이 없는 것을 이상히 여겨서

“무엇이라고 이르랍시오”

하고 재촉을 하니까 그제서야

“지금 곧 내려간다고 일러두어라”

곧 내려간다고 말은 하였으나 아직도 어찌하겠다는 생각은 아니 났다.

이날 새벽에 이곳으로 들어오는 우편 마차가 동구 밖을 들어오다가 어떤 조그마한 마차와 충돌을 하였는데 그 마차는 어디가 상한 모양이나 마차 임자는 무슨 급한 일이 있는지 충돌된 줄을 알지도 못하는 것처럼 급히 달려갔다. 이 사람은 물론 마대련 씨인데 어떻게 생각을 정하였는지 지금 아라스를 향하고 가는 길이다. 아라스 재판소에는 그의 대신으로 잡힌 불쌍한 늙은이가 공판에 부쳐 있는데 오늘 내로 종신 징역의 선고를 받을 터이다.

이 사람을 구하려 함인가. 그 사람을 구하려면 자기가 재판소에 가서 내가 장팔찬이오 하고 자현을 하여야 된다. 그는 어제저녁부터 번고를 한 결과에 마침내 자현을 하기로 결심을 하였는가. 아니, 꼭 결심이 된 것도 아니나 좌우간에 위선 아라스의 재판소를 가 보고 싶은 것이다. 가서 재판을 하는 것도 방청을 하고 자기 대신이 된 심하수라는

사람의 얼굴도 좀 보고 재판이 어떻게 되는 것도 구경하지 아니하면 마음이 놓이지 않는다. 마치 여름 나비가 불빛에 끌리는 모양으로 까닭도 모르고 위험한 곳으로 끌려가는 것이다.

문제가 너무 크면 이루 생각할 수 없는 일이 있는데 마대련 시장이 그러한 처지를 당하였다. 이 세상의 천당에 있어 악마가 될까, 이 세상의 지옥에 빠져서 신선이 될까. 아무리 생각하여도 결말이 아니 난다. 그러나 아라스에도 아니 가고 모르는 체할 수는 없는 터이라. 어찌 되었던지 아라스에 가고 싶다. 가노라면 가는 동안에 생각이 나겠지. 혹 방청하는 동안에 무슨 좋은 도리가 날는지도 모르겠다. 이와 같이 믿을 수 없는 일을 믿고 불빛을 쫓아가는 여름 나비야말로 불쌍하지 아니한가.

그는 두 시간 만에 칠십 리를 달려서 여덟 시에는 해수진이라는 곳에 도착되었다. 말은 아직 땀도 아니 흘렸으나 보리를 좀 먹이고자 하여 어떤 주막 앞에 가 마차를 내렸다. 주막 주인을 불러서 보리를 주라고 지휘한즉 주인은 보리를 주다가 우연히 마차를 들여다보고 눈살을 찌푸리며

"영감, 이 마차를 타시고 멀리 오셨습니까"

하고 물었다.

"한 칠십 리쯤 달려왔네"

주막 주인은

"칠십 리요—"

하고 놀란다.

"무엇을 그리 놀라는가"

"마차 바퀴가 살이 두 개나 부러지고 가로쇠도 휘었습니다. 이 마차를 타고 어떻게 오셨어요. 인제는 단 십 리를 못 가십니다"

이것은 필경 오늘 새벽에 우편 마차와 충돌하여서 상한 것이다.

"에그, 그것은 낭패인걸. 이 근처에 어디 마차를 고치는 집이 있는지"

"바로 이 이웃집에서 마차를 고칩니다. 그 집 주인을 불러오지요"

하고 곧 불러왔다. 시장은 그 사람을 보고

"이 마차를 고칠 만하겠소"

마차 장수는 마차의 상한 곳을 자세히 살펴본 뒤에

"오늘 하루만 하면 고치겠습니다"

하루를 지체하여서는 아라스의 재판에는 참예할 수가 없다.

"더 속히는 할 수 없겠소"

"더는 속히 할 수 없습니다"

"여러 사람이 하여도"

"예, 아무리 여럿이 한대도 아니 됩니다"

"그러면 이 마차 대신에 쓸 만한 다른 마차는 없겠소"

"마차가 있을지라도 영감같이 험하게 타시는 어른은 빌려 드릴 수 없어요"

"아니, 있기만 하면 빌려 달라는 것이 아니라 아주 살 터이오"

"팔 것도 없습니다"

시장은 조급증이 나서 연하여 묻는다.

"아니, 자네에게는 없을지라도 다른 사람에게는 혹 있겠지"

"없어요"

"모양은 아무렇든지 상관없어"

"그런 것도 없어요"

"누구 타는 마차라도 하나 팔았으면"

"여기는 그러할 사람도 없습니다"

"값은 얼마든지 낼 터이니"

"아무리 한대도 없는 것이야 어찌합니까"

"아무리 구하여도"

“예, 아무리 구하여도 없습니다”

“그러면 아무리 한대도 여기서 묵을 수밖에 도리가 없을까”

“그렇습지요. 여기서 하루 묵으셔서 마차를 고쳐 타고 가실 밖에 없습니다”

“세상없어도 그러할까”

“그렇습지요”

시장은 이 말까지 듣고서 아주 무거운 짐을 내려놓은 것처럼 생각을 하였다. 마차가 부서져서 오늘 안으로 도저히 아라스에 못 가게 되는 것은 하늘의 시키시는 일이 아닌가. 나는 어떻게든지 아라스까지 가 보려고 하는데 하늘이 허락지 아니하신다. 하늘이 이 몸을 만류하신다고 생각을 하였다. 그는 또 위태한 경우를 당하였다.

33. 의외 사고

마차가 부서진 것은 하늘이 시키신 일이다. 오늘 안으로 아라스를 대지 못하면 그 사람은 영영 장팔찬이가 되어 버리고 나는 여전히 시장대로 있을 수밖에 없다. 이는 내가 하는 일이 아니라 하느님의 히시는 일이다. 책임은 하느님께 있다. 시장은 할 수 없이 하루를 기다려서 마차를 고쳐 타고 갈 생각이 났다. 이렇게 되고 보면 저 불쌍한 심하수는 다시 살아날 도리가 없지 않은가. 인제는 할 수 없이 시장도 자현할 생각을 그만두고 재판은 틀린 재판대로 확정이 된다. 이것이 하늘의 시키시는 일이라 하면 어찌 좀 이상한 듯도 하나 시장의 생각에는 이 것을 감사히 여기는 듯하다.

만일 이 일이 사람도 없는 들판에서 생겼으면 이만 하고 말았을 것이다. 이곳은 주막거리인 고로 시장과 마차 장수 사이에 오고 가는 말을 유심히 들은 사람이 매우 많았었다. 그중에 끼어 있던 아이 하나가 시장의 열심으로 구하는 모양과 또 '마차 값은 얼마든지 내겠다'는 말을 듣고서 무슨 생각이 난 것처럼 어디로 부리나케 가더니 조금 있다가 시장이 아주 '하느님의 시키시는 일이라'고 주저앉기로 작정을 한 때에 어떤 노파 하나를 데리고 왔다. 노파는 시장을 보고

"지금 이 아이에게 들은즉 영감께서 마차를 구하신다니 과연 그러십니까"

이 말을 듣고 시장의 이마에서는 진땀이 흘렀다. 겨우 자기를 놓아주던 무서운 운수가 다시 뒤쫓아 와서 목뒤를 걸어잡는 것이 아닌가. 시장은 대답을 하였다.

"마차를 사려고는 하였으나 여기서는 아무리 구하여도 마차가 없기 때문에 그만두었소"

"아니여요. 저의 집에 마침 팔고자 하던 마차 한 채가 있습니다"

정말 운명의 무서운 손이 시장에게 닿았다.

마차가 부서진 것이 하늘의 뜻이라 하면 마차가 없다는 때에 마차가 생겨난 것도 하늘의 뜻이다. 시장은 노파의 말을 듣고 아주 얼굴빛이 변하였다.

그러나 노파에게 마차가 있는 것은 사실이다. 마차가 있으면 이곳에서 묵을 핑계는 다시 또 없다.

물론 마차 장수와 주막쟁이는 손님을 놓칠까 무서워서 여러 가지로 노파의 마차를 헐뜯었다. 그까짓 것이 마차이냐는 둥 마차라고 다 부서져 간다는 둥 별 흠절을 다 잡아내었으나 바퀴가 둘 있고 그 위에 사람이 앉게 되고 말에다 매달아 끌게만 생겼으면 아무리 헐었어도 마차는 마차일다. 시장은 노파의 달라는 대로 값을 치러 주고 이 마차에 올라앉아 아라스 재판소를 향하고 급히 달려갔다. 과연 마차가 낮아서 중간

에 고생은 많이 겪었으나 그럭저럭 해가 서산을 넘을 때에는 아라스에
서 칠십 리쯤 되는 곳까지 당도하였다. 이곳까지 오고 본즉 그같이 좋
은 말도 더는 가지 못하게 되었으므로 다시 말과 마부를 구하여서 마부
에게는 길을 인도시키고 말은 두 필을 달아 가지고 끌리었으나 그 중간
에는 길을 고치는 데가 있어 들판으로 돌아온 까닭에 밤 일곱 시가 되
도록 아라스에는 도착하지 못하였다. 시장은 마부에게 물어보았다.

"아라스까지 몇 리나 남았노"

"인제 삼십 리 남았습니다. 여덟 시에는 당도하지요"

여덟 시 말고 아홉 시라도 갈 수밖에 없는 길인즉 그대로 재촉은 하
였으나 또 시장은 의심이 일어났다. 여덟 시에 도착되어 가지고 재판
에 참석이 될까. 재판은 낮부터 열렸을 것이요 나 대신으로 잡혀 있는
심하수라는 노인은 겨우 임금을 훔쳤다는 간단한 죄목이니까 과즉 세
시간이면 끝이 날 터인데 벌써 다 끝이나 아니 났나. 그러고 보면 이렇
게 급히 가서는 무슨 소용이 있노.

소용이 없을지라도 급히는 가야 한다. 나는 나 할 일을 다 하고 나
서도 오히려 참석을 못 하게 되면 그야말로 하느님의 마음이시지 어찌
할 수 있는가. 좌우간에 운수는 하느님께 맡기고 갈 길은 조여 갈 수밖
에 없다. 그러나 심하수의 과실 훔친 죄는 아주 간단하지마는 장팔찬
이라는 혐의는 간단한 일이 아니니까 혹 그 까닭으로 재판이 더디 갈
는지도 알 수 없는 일이다. 밤 열 시 열 한 시까지도 재판을 함느지두
일 수가 없나.

그의 마음은 여러 가지로 생각이 들었으나 그 까닭으로 하여서 일
부러 마차를 더디 몰겠다는 마음은 털끝만치도 나지를 아니하였다. 아
주 갈 수 있는 대로는 빨리 가게 하였다. 이같이 빨리 가면 과연 재판에
참석이 될까.

참석이 되면 어찌 될까. 이는 다만 하느님의 아시는 바일다.

34. 꿈에는 설도가 왔다

시장이 이와 같이 고생하는 동안에 병석에 누워 있는 황애련의 모양도 또한 가련하였다. 시장이 번고를 하고 밤을 새던 날에 황애련은 신열이 몹시 나며 기침을 몹시 하고 무서운 꿈에 가위가 눌려서 위태하게 밤을 새웠으며 이튿날 아침에 의사가 와 볼 때에는 아주 인사정신을 모르고 있었다. 주임 의사는 병세가 변한 것을 보고 놀라는 모양으로 마대련 씨가 이따 오시거든 곧 자기에게로 통지하여 달라고 간호부에게 이르고 나갔다.

다시 정신이 좀 회복된 황애련이는 다만 시장이 오기만 기다리는 모양이었다. 매일 오후 세 시가 되면 시장이 오는데 이날은 오정도 되기 전부터 십 분이 멀다고 연해 시간을 묻는 것은 어서 세 시가 되기를 기다리는 모양이다. 그러한 중에 시계는 석 점을 쳤다. 황애련은 몸을 돌려 누울 기운도 없건마는 이 종소리를 듣고 침대 위에 일어앉았다. 그리고 눈으로는 방문만 쳐다보아 시장이 들어오면 이 위선 남 먼저 그 얼굴을 보고 싶은 모양이었다. 그는 잠시 동안 몸 아픈 것도 잊어버렸는지 차마 볼 수가 없도록 무섭게 파리한 그 얼굴에는 가끔 웃음을 띠었다. 그러나 시장은 아니 왔다. 아라스를 간 시장이 지금 올 리는 만무하였다. 한 이십 분 동안이나 그 모양을 하고 앉아 있더니 인제는 또 기운이 진하였는지 도로 드러누워서 아무 말 없이 기침만 하고 있다.

반 시간이 지나고 한 시간이 지나도 오는 이는 없는데 시계가 칠 때마다 황애련은 고개를 들어서 방문을 쳐다보았다.

그의 경상은 옆에서 보기에도 비상히 측은하다. 그러나 자기 입으로 누구를 찾는 일도 없고 야속하다는 말도 아니 하고 다만 처량한 기침 소리가 있을 뿐이었다.

다섯 시가 땡땡 친 뒤에 황애련은 가느다란 목소리로

"내일이면 갈 터인데 오늘 좀 아니 와 보시다니. 에그, 야속하지"

하고 그의 눈에는 벌써 황천길이 보이는 것 같았다. 그러한 중에 기침이 좀 그쳐지고 실 같은 목소리로 노래를 시작하였다. 자세히 들어본즉 그는 어린아이를 재우는 소리였다. 이왕에 설도를 재울 때에 하던 소리를 다섯 해 동안에 아주 잊어버렸다가 꿈에 설도를 만나 보고 지금 재우는 모양인가 보다. 그러나 바로 꿈도 아니요 지금 황애련은 비몽사몽간에 있다. 그의 소리는 처량하고도 사랑스러워서 듣는 사람도 눈물을 흘렸다.

황애련의 소리는 점점 가늘어지더니 여섯 시를 칠 때에는 아주 그쳐 버렸고 인제는 시계가 치는 소리도 못 알아듣는 모양이었다.

시장이 너무 늦도록 아니 오는 고로 옆에 있던 간호부는 그 집으로 사람을 보내어 보았다. 조금 있다가 심부름 갔던 계집아이가 황애련의 병실로 들어와서 간호부와 이야기를 하는데

"시장께서는 오늘 아침에 마차를 타시고 어디로 여행을 가셨는데 오늘은 못 오겠다고 이르고 가셨답니다"

이 말이 귀에 들렸던지 잠든 것 같던 황애련이는 별안간 말참례를 하였다.

"시장이 어찌하셨단 말이오"

바로 말을 하면 오늘 안으로 못 온다는 말에 얼마나 낙심을 하랴. 간호부는 난처하게 여기었다. 그러하나 간호부같이 자선으로 주장을 심는 사람이 병인에게 거짓말을 하여서는 죄로 갈 일이라. 할 수 없이 옆으로 가까이 가서 위로하는 모양으로

"시장께서는 여행을 가셨답니다"

황애련은 이 말을 듣고 기뻐하는 모양이었다. 다시 일어앉으며

"에그, 고맙기도 하지. 시장께서 설도를 데리러 가셨습니다. 인제는 내 병이 낫습니다. 이런 좋을 데가 어디 있어. 인제는 이르시는 말대로

꼭 시행을 하고 약도 잘 먹겠습니다"

하고 정말 기뻐한다. 간호부가 염려한 바와는 아주 반대로 얼마큼 새 정신이 나서 두 팔을 들어 하늘로 뻗치고 입 안의 소리로 기도를 하였다.

아아, 세상에 자식을 생각하는 부모의 마음같이 참되고 정성스러운 것은 다시없을 터이다. 사람은 이것으로 하여 병이 들며 이것으로 하여 병이 낫는다. 부모 자식의 깊은 정리는 지금 황애련의 목숨을 매어 두었으나 만일 시장이 설도를 아니 데리고 오는 날이면 황애련의 목숨은 아주 그만일다.

이날 밤에 황애련을 진찰한 주임 의사는 그 병세가 변한 것을 보고 다시 놀랐다. 오늘 아침에 볼 때에는 해전을 지탱하지 못할 것 같더니 지금은 신열도 풀리고 호흡도 바로 하며 당자의 마음도 어찌한 까닭인지 유쾌한 모양이었다. 아주 시장이 설도를 데리고 오려니 하고 그 기쁜 마음이 전신에 퍼져서 마음이 편한 까닭으로 잠시 동안 병세가 감한 모양일다. 그러나 이 모양이 언제까지나 가게 될까.

35. 오는 길로 갈 준비

황애련의 일은 차치하고, 시장의 마차는 마침내 아라스에 도착하였다. 이때는 밤 여덟 시인데 시장은 어떤 여관 앞에서 마차를 내리어 데리고 온 마부와 중간에서 세낸 말은 삯을 주어 돌려보내고 처음부터 빌려 가지고 오던 백마 하나만 자기 손으로 끌어다가 마바리집에 맡기었다. 그때까지 그는 입을 여는 일이 없더니 비로소 마바리집 주인에게 말을 물었다.

“여보, 이 말이 내일에도 또 부릴 만하겠소”

그는 오는 길로 갈 생각부터 한다. 주인은

“매우 후진 모양이니까 한 이틀 쉬어야 될까 봅니다”

하고 대답하였다.

시장은 또 물었다.

“우편 마차는 어디서 떠나오”

그때 시절에는 우편 마차에 사람도 태우는 고로 시장은 그것을 탈 생각이다. 미구에 주막 주인의 인도하는 대로 우편 마차의 떠나는 곳을 찾아가서 내일 아침에 몽트뢰유로 가는 첫 마차는 몇 시에 떠나는가를 물어보고 내일 새벽 한 시에 떠난다는 말과 한 사람은 탈 만한 자리가 비어 있다는 말을 듣고

“그러면 그 표를 사겠소”

하고 곧 차표를 사 가졌다. 이렇게 하여 두면 낭패될 리는 없다. 아아, 그의 하는 일은 어찌 그리 도망질을 하려는 사람 같은가. 급한 일로 이 지방에 와서 아직 일은 보지도 아니하고 위선 돌아갈 일을 걱정하고 있으니 그는 돌아갈 수가 있을 줄로 생각하는가. 자기 대신에 잡힌 심하수를 구하려면 자기 몸은 어찌 되는지 모르는, 자현하러 온 사람이 위선 돌아갈 준비부터 하는 것은 알 수 없는 일이라 하겠다. 이 일로 보건대는 그의 마음은 아직도 결정되지 못한 모양일다. 오늘 하루를 마차 위에서 생각하였을 터인데 어젯밤에 집에서 생각한 때와 같이 아무 결정한 바도 없이 그저 재판소에나 가 보려고 하는 마음인가. 정말 그는 운수를 하늘에 맡긴다는 생각밖에 나지 않는 모양일다.

그는 이때부터 공연히 거리로 돌아다녔다. 필경 재판소를 찾는 셈이겠지마는 아무리 찾은들 생소한 땅에서 알 수가 있을까. 누구에게든지 물어보면 알 일이지마는 그는 물어보지를 아니하였다. 물어볼 만한 사람도 많이 만났으나 도무지 묻는 일이 없으니 물어볼 생각이 나지를

아니함인가. 이렇게 하여서 운수를 기다리는 셈인가.

그러나 필경은 물어보았다. 길에서 등불을 들고 가는 한 노인을 만나서 사방을 둘러본 뒤에

"이 지방 재판소가 어디요"

하고 물어보니 그 노인은 친절히 가르쳐 주었다.

"재판소는 지금 역사 중인 고로 시청 이 층에서 재판을 하지요. 시청은 지금 나 가는 편짝이니 나만 따라오시오"

하고 앞을 서 갔다. 시장은 이 사람의 뒤를 따라서 말없이 걸어가는데 한참 가노라니까 이 위층에 불이 환하게 켜 있는 큰 관사 앞에 가 나서졌다. 그 사람은 시장을 돌아다보며

"노형 일은 잘되었소. 아직 재판이 열려 있구려. 저 이 층 위의 등불을 보시오. 저기가 임시 재판정이오"

하고 다시

"노형은 증인이시오, 방청이시오"

하고 물었다. 시장은 어름어름하면서

"아니요, 변호사에게 볼일이 있어요"

하고 듣기도 어려운 작은 목소리로 대답하였다. 이것으로 보면 그는 자기가 여기 왔다는 것을 남에게 알리지 아니하려는 모양 같다. 자현을 하면 곧 세상이 다 알 터인데 새삼스럽게 무슨 염려를 하는가. 그는 또 말하였다.

"변호사를 보시려면 맨 가운데 층계로 올라가시오. 거기가 변호사 휴게실이오"

그는 노인의 말을 좇아서 문 안에 들어서면서 맨 가운데 층계로 올라가다가 이 층 낭하에서 변호사인 듯한 사람을 만나 가지고 덮어놓고

"아직 끝나지 아니하였소"

하고 물었다. 변호사는 무슨 재판이냐고 물어보지도 않고

"아니요, 벌써 끝났소"

'끝났소' 하는 말 한마디에 시장은 얼마큼이나 놀랐을까. 그는 부지중에

"에—, 끝났어요!"

하고 소리를 질렀다.

벌써 재판이 끝났는가. 심하수가 장팔찬이의 대신이 되고 말았는가. 변호사는 이 놀라는 소리를 듣고

"노형은 피고와 어떻게 되시오"

"아니요, 관계는 없어요. 그런데 선고까지 되었습니까"

"물론이지요. 선고만 연기할 까닭이 있나요"

"역시…… 중징역인가요"

"예, 중징역 종신이여요"

낭하의 불빛이 어두워서 이때에 시장의 얼굴을 자세히 볼 수 없는 것이 한 다행이었다. 그는 당장에 멱살을 잡힌 사람같이 억지로 나오는 목소리로

"정말 그 사람이 분명한 줄로…… 아니, 애매한 사람이 아닌 줄로 결정이 되었나요"

변호사는 귀찮은 모양으로

"아니, 당초부터 당자이니 당자가 아니니 하는 것은 문제가 아니기든이요. 좌우간에 그 여자가 자식을 죽인 것은 분명한 사실이니까 살인죄로 종신 징역이지요"

어찌 딴 다리를 긁은 모양 같다.

"그 여자라니. 그러면 여자이던가요"

"물론이지요. 가난한 집 여편네가 자기 아들을 죽인 일이여요. 내가 위임 맡은 사건은 그 일뿐이오. 노형은 다른 일을 물으셨소"

시장은 또 어름어름하면서

"아니요, 그러나 재판이 끝났으면 저기 불은 어찌 켰어요"

"그것은 그다음으로 한 두 시간 전부터 개정된 다른 사건이오"

"다른 사건이여요. 어떠한 일인가요"

"이것도 역시 극히 간단한 절도 사건이라지요. 무엇이라던가 하는 늙은 자인데 전과자라나 봅디다. 그 얼굴만 보아도 유죄가 분명하던데요"

이 사건일다. 이 사건이 심하수의 사건일다.

"방청을 할 수 있을까요"

"아니, 만원인 모양인데요. 누구든지 나오는 사람이 있거든 그 대신으로 들어가 보시오"

"어떤 문으로 들어가나요"

"저기 저 큰 문으로 들어가시오"

하고 변호사는 지나가 버렸다. 잠시 동안의 수작이련마는 시장은 변호사의 말끝마다 채찍을 맞는 것처럼 뼈에 사무치는 고통을 받았다. 그러한 끝에 겨우 심하수의 재판이 끝나지 아니한 줄을 알고 한숨을 길게 쉬었다. 그러나 그 한숨이 마음이 놓여서 쉬는 것인지 걱정이 되어서 쉬는 것인지는 자기도 몰랐다.

36. 재판소 합의실

급히 온 보람이 있어 위선 심하수의 재판에는 참석하게 되었다.

참석하게 된 것이 기쁜 셈인지 슬픈 셈인지 시장은 자기가 자기 마음을 알지 못한다. 재판소에 와서도 곧 방청석에 들어가려 하지 않고 들어가려 한대도 지금 변호사의 한 말과 같이 방청석에 자리가 없은즉 누구든지 그 안에서 나오기를 기다려 가지고 들어갈 수밖에 없다. 그러할 것 같으면 그는 한 발이라도 속히 방청석 문 앞에 가 서서 그 안에서 나가는 사람이 있고 없는 것은 지켜야 될 일이다.

그러나 그는 그리하지 않는다. 공연히 낭하와 변호사 휴게실 근처로 다니면서 남의 소문을 듣고 있다. 재판소 안에서는 비록 밤일지라도 여기저기 사람이 모여 서서 재판의 이야기를 하는데 그 이야기를 오다가다 들은즉 심하수라는 사람이 과실을 훔쳤다는 주장되는 혐의는 증거가 없어서 무사히 되었으나 추후로 생긴 전과자의 혐의로 하여서 면하지 못할 경우가 된 줄을 알았다. 벌써 증인의 진술과 검사의 논고도 다 지나고 지금부터 변호사의 변론이 시작되는 모양이었다.

이만큼만 알았으면 다시 더 알아볼 일은 없다. 인제는 곧 방청석에 들어갈 수밖에 없이 되었던 고로 그는 할 수 없이 방청석 문 앞으로 갔다. 여기는 정정이 파수를 보는데 그 앞으로 가서

"들어갈 수 없겠소"

하고 물어보았다.

"예, 들어갈 틈이 없습니다"

그는 또 이와 같이 방청석 없는 것이 하느님의 뜻인가 하고 생각하였다. 하느님의 처분이나 바랄 수밖에 다른 도리가 없는 까닭으로 자연 그의 마음이 이같이 드는 것이다. 그는 탄식을 하면서 돌아시러 할 때에 그 파수 보던 사람이 또 말을 하였다.

"여보시오, 재판관의 등 뒤에 특별석이 서너 자리 비어 있습니다마는 이것은 관직이 있는 사람을 위하여 재판관이 특별히 남겨 둔 자리니까 관리가 아니면 할 수 없습니다"

관리만 같으면 들어갈 수가 있다. 시장은 관리가 아닌가. 시장의 직무는 공직이 아닌가.

정정은 이 사람이 한숨까지 쉬는 것을 보고 다시 또 말을 이어

"관리의 명함을 재판관에게 보내면 들어갈 수가 있겠습니다마는"

하고 누구의 명함을 빌려라도 오라는 뜻이다. 그러나 시장은 그 뜻을 알아듣지 못하였는지 그대로 돌아서더니 아까 오던 길로 하여서 층계를 내려가기 시작하였다. 아아, 그는 비상한 결심으로 백여 리 길을 일부러 와 가지고 인제 방청석이 없다고 그대로 돌아갈 모양인가. 방청석은 없다 할지라도 들어가고 싶으면 들어갈 도리가 없는 것도 아닌데 그는 어찌 돌아서 가는가.

그는 더벅더벅 걸어 나가지 못하고 한 걸음 한 걸음 생각을 하여 가면서 층계의 한가운데까지 내려갔다. 여기서부터는 층계가 양편으로 나뉘었는데 그는 이리도 못 하고 저리도 못 하여 잠시 동안 난간에 의지하여 손으로 이마를 짚고 섰는데 그 이마에는 땀이 촉촉이 나 있다. 그는 지갑을 찾아서 명함을 꺼내더니 그 위에다 무엇이라고 연필로 기록하였다. 그는 인제 재판관에게 명함을 들이고 특별석에 들어갈 생각이 난 것이다.

이 명함을 가지고 다시 문지기 앞으로 걸어갔다. 문지기는 그를 세워 두고 안으로 들어가서 명함을 재판관에게 전하니 재판관은 그 명함을 보고 의외로 여기는 모양이었다. '몽트뢰유 시장 마대련' 이 이름은 수년래로 비상히 높아져서 이 근처에까지라도 유명한 터이라. 재판관은 이 사람의 임석한 것을 한 영광으로나 생각하는 것같이 얼핏 자기 명함을 꺼내어서 그 등 뒤에다 '공경스러이 맞습니다' 고 써 가지고 정정을 주었다. 정정은 이것을 가지고 와서 시장에게 전하면서

"저를 따라옵시오"

하고 앞을 서서 인도하였다.

시장의 운명은 인제 결말이 났다. 다시는 주저할 여유도 없이 정정의 뒤를 따라 안으로 들어갔다. 정정은 그를 인도하여 컴컴한 복도로 한참 가더니 어떤 조그마한 방 안에 와서는

"여기가 재판관의 합의실(合議室)입니다. 저 문을 여시면 곧 재판관의 등 뒤로 나서게 되었습니다"

하고 한 편짝 문을 가르쳐 주더니 바깥으로 나가 버렸다. 시장은 합의실 안에 홀로 서 있다. 방 안을 둘러본즉 한가운데에 탁자가 놓여 있고 탁자 위에는 촛불이 켜 있는데 컴컴한 이 방 안에는 엄숙한 기운이 가득하다. 이 방이 여러 사람의 운명을 저울질하는 방인가 하고 생각을 하면 몸이 으쓱하여지며 두 다리가 치곧아오르는 것 같아서 그는 꼼짝을 못 하였다. 만일 앞으로 나가서 문을 열면 지금 자기 몸의 대신 된 사람은 죽고 사는 경계에서 방황을 하는 공판정일다. 그가 만일 귀를 기울이고 들으면 장팔찬이라는 자기 이름도 들릴 것이요 자기의 지은 죄를 수죄하는 소리도 들릴 것이며 자기 대신에 잡혀 가지고 발명을 못 하여 신음하는 심하수의 목소리도 들릴 것이다. 이러한 소리가 들릴 때에 그의 마음이 어떠할까.

재판의 무서운 것은 지금까지도 잊지 못하는 바이라. 다만 문짝 한 겹을 격하여서 그 무서운 재판이 진행 중인가 생각하면 아주 무서운 생각이 앞을 서서 정신도 차리지 못하게 된다. 그는 어젯밤부터 꼭 제돌이 되도록 물 한 모금도 아니 먹어서 기운이 시진하고 정신까지 흔들리어 아무 생각 없이 넋을 잃고 서 있었다.

한참 있다가 눈에 보인 것은 재판정으로 들어가는 문의 손잡이일다. 길이 들어서 반짝반짝하는 놋쇠 빛깔이 취한 정신을 흔들어 깨우면서 위선 생각나는 것이 무서운 일이다. 이 손잡이를 한 번만 돌리면 장팔찬의 재판하는 곳이로구나 하는 무서운 생각에 고만 뛰어서 오던 길로 달아나 버렸다. 그의 모양은 아주 미친 사람과 다를 것이 없었다.

37. 방청석 (1)

　운명이라는 무엇인가 눈에는 보이지 아니하나 눈에 보이는 철사와 같이 사람을 꼼짝 못 하게 묶어 버린다. 한 번 이것에 묶이면 제가 제 마음대로 몸을 놀리지 못하고 다만 운명의 농락하는 대로 맡겨 둘 수밖에 없다. 지금 시장의 몸이 운명에 묶이지 아니하였나. 열 겹이나 스무 겹씩.

　그는 합의실에서 공판정에 들어가는 문 하나를 열지 못한다. 열고자 하다가는 도리어 달아나 버렸다. 그러나 운명에 묶인 발로는 마음대로 달아나지 못한다. 그는 한참 동안을 복도에서 신고하다가 나중에는 찬 벽에 의지하여 소리는 없이 부르짖었다. 자기 몸에 내리는 운명이 너무 무정한 것을 원망하였다. 그러나 그 무정한 명령에 복종할 수밖에 도리가 없어 이번에는 비쓸비쓸하면서 또 합의실로 들어갔다. 마치 경관에게 저항을 하다가 세궁역진한 뒤에 할 수 없이 끌려가는 죄인과 일반이다. 그는 운명에게 저항을 하다가 필경 기운이 진하여서 할 수 없이 되끌려왔다. 운명의 손은 사람의 마음속에 들어가 조화를 부리는 고로 눈에는 아니 보여도 비상한 힘을 가졌다. 정말 무서운 것이다.

　그는 다시 합의실로 들어갔다. 이번에는 주저하지 아니하련마는 그 놋쇠 손잡이가 눈에 보이는 동시에 또 주저하였다. 몸서리를 쳤다. 이 손잡이에 손을 대는 것은 곧 지옥의 문을 여는 것이라고 생각한즉 암만하여도 손이 뻗어지지 않는다. 마치 고양이와 마주친 쥐가 흘기는 고양이 눈 앞에서 떠나지 못하는 모양으로 그는 손잡이만 바라보고 있다. 이 모양으로 또 몇 시간을 지나지나 아니할까 염려를 하였더니 조금 있다가 이것저것을 다 잊어버린 것처럼 손잡이에 손을 대었다. 그 안은 넓고 넓은 공판정이라. 인제 여기를 들어선 이상에는 번고를 하여도 소용이 없고 번고를 할 여지도 없다.

그는 자기 등 뒤의 문을 닫친 뒤에 비로소 자기 몸이 막다른 길에 들어선 줄을 알았다. 그 사람의 몸은 무슨 기계와 같이 움직일 마음이 있어 움직이는 것이 아니라 움직일 수밖에 없도록 기계를 트는 고로 할 수 없이 움직여지는 것이다. 그는 눈에 보이는 것이 깊은 안개요 귀에 들리는 것이 바람 소리라. 보아도 보이지 않고 들어도 들리지 않고 다만 만수 장림의 깊은 안개 속으로 방황을 하는 것 같더니 한참 서 있는 동안에 안개는 차차 사람의 얼굴이 되고 바람 소리는 사람의 말소리가 되었다. 자기 눈앞에는 판사와 검사들이 있고 저 편짝에는 방청인이 있으며 또 변호사와 헌병도 있다. 컴컴한 램프 불, 더러운 방 안, 죄인의 슬픈 모양, 그러한 광경이 한데 섞이어서 그 안에 엄숙한 기운이 가득하다.

여러 사람의 눈은 한곳으로 모여 있다. 판사의 아래 난간 앞으로 두 헌병의 틈에 끼어 선 한 사람이 있는데 여러 사람의 눈은 이 사람에게 모여 있다. 이 사람이 곧 그 사람이었다. 시장은 그를 아니 보려 하여도 그 모양이 저절로 눈에 보였다. 시장의 눈은 이왕부터 그 사람의 서 있는 자리를 알아 두었던 것처럼 대번에 그곳에 가 꽂히는데 그는 다른 사람을 보는 것 같지 아니하고 마치 자기가 자기 재판을 방청하는 것 같았다. 과연 그 태도와 그 모양이 자기와 흡사하다. 디민 자기는 지금 부귀한 까닭으로 몸이 윤택하고 그는 파리하였으며 자기는 젊어 보이고 그는 늙어 보이며 자기 머리는 함함하게 되었으나 더부룩한 그의 머리는 자기가 고생하던 때와 다를 것이 없다. 그의 남루한 의복은 지금부터 팔 년 전에 자기가 징역하고 나와서 디뉴 시에 가 방황하던 때와 일반이었다. 시장은

'나도 또 저 모양이 되나'

하고 무서운 생각에 몸을 움씰하였다.

　재판관은 마대련 씨가 들어온 줄을 알고 재판 중이 되어서 말은 아니 하나 공경스러이 알은체하고 그중에서도 검사 한 사람은 한두 번 몽트뢰유에 출장을 하여서 시장과 인사를 한 일이 있었던 고로 공경스러운 중에도 이것 보라는 듯이 친한 뜻을 가미하여서 알은체를 하였다. 그러나 시장은 이러한 환영에도 마음이 가지 않고 모든 일이 꿈인지 생시인지 알 수가 없게 되었다.

　이것이 꿈인가. 이것이 생시인가. 재판관의 모양, 서기의 모양, 헌병의 모양, 방청인들이 궁금증이 나서 피고의 얼굴을 들여다보는 모양. 모든 광경이 옛날 자기가 법정에 섰을 때와 일반이었다. 아아, 꿈이 아니다. 자기 몸은 당장에 도로 이 모양이 될 터이다. 자기 죄를 자백하기 위하여 재판소에를 온 터이니까 다시 법정에 설 수밖에 없다. 법정에 서면 그다음에는 선고가 되고 그다음에는 감옥에 들어간다. 그다음에는 아아, 그다음에는 어찌 되는가. 이와 같이 생각을 한즉 거의 잊어버렸던 지나간 스물일곱 해 동안의 모든 일이 눈앞에 보인다. 그는 그를 보지 아니하려고 눈을 감고 속마음으로 소리를 질렀다.

　'결단코, 결단코'

　하고.

　결단코라는 것은 결단코 다시 이 모양이 되지 않겠다는 결심이다. 어찌하여서 그 무서운 경우에 이 나이 되어 가지고 다시 들어가랴. 결단코 그러한 일은 할 수가 없다. 자현한다는 일은 아주 그만두었다.

　그렇지마는 그의 마음은 미친 듯이 산란하다. 그의 눈앞에서는 자기와 다름없는 사람이 그 무서운 경우에 처넣어지게 되었다. 그 사람은 자기의 본이름으로서 장팔찬이라고 불리며 자기 평생의 제일 흉한 역사가 자기 몸의 그림자에게 다시 실연이 되니 이것이 운명의 장난이라 할까. 장난으로는 너무 무정한 장난일다.

38. 방청석 (2)

생각만 하여도 기가 막히는 자기의 지난 일을 눈앞에서 되풀이를 하게 되다니 이는 정말 운명의 못된 장난이다. 자기와 같은 장팔찬이가 옛날에 자기가 섰던 모양으로 재판관 앞에 서고 자기를 논고하던 것과 같은 검사가 장팔찬의 죄를 수죄하고 있다. 이십칠 년 전의 일이 꿈이던가. 지금의 이 재판이 정말인가. 지금이 꿈이고 옛날이 정말이던가. 아니다. 지금이나 옛날이나 사실은 다 일반이다. 다만 다른 곳이라고는 옛날 자기가 재판될 때에는 판사장의 등 뒤에 십자가가 없었는데 지금은 그 십자가가 있을 뿐이다.

아아, 그때의 재판에는 신명이 굽어보지 아니하였다. 죄가 없는 몸에 죄를 주다니 신명도 소용이 없다고 생각을 하였더니 지금 이 재판에는 확실히 신명이 굽어보신다. 사람의 뱃속까지 들여다보고 분명히 죄가 있고 없음을 가려낼 것이다.

시장은 옛날 장팔찬이가 미리엘 승정의 침실에 들어갔을 때 그 방 선반 위에 마치 이와 같은 십자가가 있던 일까지 생각이 났다. 그 십자가는 그 두 팔을 뻗쳐서 잘못 든 생각을 불쌍히 여기는 것 같더니 지금 이 십자가도 생각 잘못 든 사람에게 팔을 뻗치지 아니하였나. 시장은 스스로 고개가 수그러졌다. 앞에는 엄숙한 재판의 광경을 보고 등 뒤에는 이 십자가를 졌으니 그는 다시 고개를 들 수 없다. 어떤 사람에게든지 자기 얼굴을 아니 보이려는 것처럼 남의 등 뒤에 가 푹 가라앉았다.

그러나 재판의 무서운 광경이 귀로서 들어오는 것은 막을 수가 없었다. 그는 변호사의 변론도 고개를 숙이고 들었다. 이에 대한 검사의 논박도 들었다. 고개를 숙이고 눈을 감은 까닭으로 이러한 광경이 더구나 무섭게 들렸다. 때때 견디다 못하여 얼굴을 드는 일도 있으나 그때마다 자기 대신으로 서 있는 피고의 비참한 모양과 재판관의 엄숙한

얼굴과 그 등 뒤의 십자가가 눈에 띄어서 차마 보기가 싫다. 그러한 중에 재판장의 소리로 피고에게

"무슨 할 말이 없느냐"

하고 물었다. 피고는 아무 말 없다. 재판관은 다시 다지는 말로

"첫째, 너는 과실을 훔쳤느냐 안 훔쳤느냐. 둘째로 네가 장팔찬이냐 아니냐"

하고 묻는 소리가 들렸다.

피고는 홀연히 소리를 내었다.

"나는 철공장의 직공이오. 파리의 발루라는 마차 만드는 공장에 오래 있다가 나이 많아져서 세찬 일을 못 하는 까닭으로 그 공장을 나와 가지고 여기저기 굴러다니는 사람이오. 날마다 세때의 끼니도 변변히 못 얻어먹는 까닭으로 길가에 떨어진 과실 열린 임금 가지를 보고 공 것만 여겨 집어 먹었습니다. 남의 담을 넘거나 판장을 깨뜨리고 뜰에나 밭에를 들어가서 나무를 꺾는다든지 훔치개질을 할 사람은 아니여요. 남에게 품을 팔아서 벌어먹고 삽니다. 파리의 마차 만드는 발루 씨에게 물어보시면 내가 전과자인지 아닌지 알 터인데 관가에서는 말씀하시기를 그 집 주인 발루 씨는 행위 불명이 되었다 하신즉 인제는 내 몸을 밝혀 줄 사람이 없습니다. 내가 내 입으로 전과자가 아니라고 하면 곧이를 들으시겠습니까. 다 소용없는 일이지요.

검사 영감의 말씀에 너는 브리 촌에서 낳아 가지고 그 근처 사는 매가에 가 길러지지 아니하였느냐 하시나 나는 누구의 자식인지 어디서 자랐는지를 도무지 몰라요. 나도 모르는 일을 검사 영감은 잘 아십니다. 또 나를 보고 너는 장팔찬이라고 말씀하시나 혹 그런 이름이 있었는지는 몰라도 들어 보지는 못한 이름이오. 어려서는 남들이 '이 자식'이라고 불렀고 늙어서는 '이 늙은이'라고 부릅니다. 어떤 것이 정말 이름인지는 알 수가 없어도 제 속침에는 심하수거니 알고 있습니

다. 만일 어떤 것으로든지 한 가지로 작정할 필요가 있으면 관가 처분으로 자세히 조사하셔서 어떤 것이든지 좋은 편으로 정하여 주시오"

이러한 불쌍한 사람이 또 어디 있을까. 더구나 거기다가 자기 대신을 만들어서 자기가 생각하여도 치가 떨리는 중징역을 시키다니 그것이 할 일인가. 시장은 고개를 숙인 채 꼼짝을 아니 한다. 아무도 눈치를 아는 이는 없으나 거의 죽었는지 살았는지도 알 수가 없을 지경일다. 검사는 이 이상한 말대답을 듣고 자기가 힘들여 한 변론의 힘도 얼마큼 효험이 없어진 줄로 생각을 하였던지 곧 일어서서 판사장을 향하여

"재판관 각하, 피고는 미련한 사람의 흉내를 내어서 어름어름하는 말로 죄상을 덮으려고 하는 모양이 과연 놀랍게 공교합니다. 이와 같이 범죄상에 무서운 재주를 가진 것이 장팔찬이가 아니고는 못 할 일인 줄로 생각합니다. 그자가 아니고야 어떠한 사람이 이와 같이 명백한 죄에 대하여 오히려 남의 마음을 현혹케 하려고 힘을 쓰겠습니까. 본관은 이에 다시 저 네 사람의 증인을 불러내어 또 한 번 피고의 얼굴을 보이기를 청구합니다"

다시 네 사람의 증인은 호출이 된다. 몇십 명의 증인보다도 제일 큰 증인 꼭 한 사람이 이 속에 있는 것을 누가 알리오.

39. 방청석 (3)

심하수는 심하수지 장팔찬은 아닐다. 그러하나 재판의 힘이라는 것은 무서운 것이다. 장팔찬이 아닌 사람을 장팔찬이로 만들어 버린다. 검사가 불러 달라는 네 사람의 증인은 곧 심하수를 장팔찬이 만드는 기계나 일반이다.

재판장은 그 말을 들어주려는 모양으로

"그러나 미리 한 말씀 할 것은 증인 네 사람 중에서 순사 부장 차보열은 아까 증인 심문이 다 마친 뒤에 공사에 상치되는 일이 있다 하여서 신고를 하고 벌써 물러갔은즉 인제는 남은 세 사람밖에 부를 수가 없소"

검사는 일어서서

"그러면 세 사람만 호출하시기를 바랍니다. 그러나 나는 배심원 제군에게 참고가 되게 하기 위하여 아까 차보열의 진술한 말을 또 한 번 옮기겠습니다. 그는 분명한 말소리로 이 심하수라고 가칭하는 피고는 심하수라는 이름이 아니라 툴롱 감옥에서 오륙 차나 도망을 하려 하던 십구 년 징역 죄인의 장팔찬이요 감옥에서 나온 뒤에 백주 대도에서 강도질을 하였을 뿐 아니라 디뉴의 승정의 집에도 몰래 들어간 형적이 있습니다, 본인은 이 피고가 분명한 그 장팔찬인 줄로 인정합니다고 말하였습니다. 이러한 말이 남아 있는 이상에는 그를 다시 호출하지 않더라도 유감이 없을 줄로 생각합니다"

증인의 한 사람이 이같이 말을 한즉 지금 피고의 한 말은 어찌 거짓말 같기도 하다. 그러고 본즉 과연 이 피고의 시치미를 떼는 것은 발명할 도리가 없는 것을 발명하고자 하는 수단인지도 모르겠다고 듣는 사람들이 의심을 하였다. 무엇이든지 사람의 마음이라는 것은 새로 듣는 말을 더 믿는 것이다.

이 뒤를 이어서 증인 중의 한 사람 되는 부로마라는 자가 불려 나왔다. 이자는 심하수의 갇혀 있는 구치감의 하인인데 이왕에 다섯 해 동안이나 장팔찬이와 같이 감옥에 있던 자일다. 판사장은 그자에게 향하여

"증인 부로마야, 너는 이왕에 징역을 한 사람이니까 지금 법정에서 정식으로 선서를 할 자격은 없으나 오히려 너의 마음에는 양심이라는 것이 남아 있을 터이니 너는 그 양심에 맹세를 하고 정직하게 대답을

하라. 너의 말 한마디에 저기 있는 피고는 몸이 결딴나고 또 재판은 공평하게 되는 것이니 십분 생각을 하여 가지고 저 피고가 장팔찬이고 아닌 것을 말하라”

참 엄숙한 말이다. 이 말에 대답하는 증인의 말에 거짓말이 있을 까닭은 없다. 부로마는 공손한 말로

“예, 제가 선서할 자격이 없는 것은 부끄럽고도 슬픕니다. 양심에 맹세를 하고 걸고 거짓말은 아니 합니다. 저는 맨 처음에 이 피고를 장팔찬이라고 알아낸 사람입니다. 그는 툴롱 감옥에 있을 때보다 매우 늙었습니다. 또 정신도 없는 모양이오나 장팔찬이가 분명합니다. 그는 감옥에 있을 때부터 저와 같이 말수가 없는 사람입니다”

선서를 못 하는 대신에 하는 말은 선서를 한 사람보다도 남을 더 감동시키게 하여 아주 피고는 장팔찬이가 분명한 것처럼 되었다. 그다음에 나온 사람은 지금도 툴롱 감옥에 있어 종신 징역을 하는 자로서 특별히 이 사건을 위하여 불러온 자인데 이름은 심유덕이라 한다. 그자도 역시 양심에 맹세한 뒤에 피고 심하수의 얼굴을 반가운 듯이 쳐다보면서

“우리가 다섯 해 동안이나 같은 철사에 맞매고 다니지 아니하였나. 여보게, 그렇게 고집 부리지 말게”

피고 심하수는 그저

“기막히다”

는 말 한마디만 하였다.

맨 뒤에 나온 사람은 이 역시 툴롱 감옥에 있다가 지금은 놓여나와서 어떤 시골 목장에 가 품을 파는 고주팔이라는 자일다. 이자도 먼저 두 사람과 같이 양심에 맹세하고 피고의 얼굴을 본 뒤에

“장팔찬이여요. 분명한 장팔찬이여요. 기운 세기로 유명한 자입니다”

하고 증인을 서니 피고는 또 어이가 없는 모양으로

"기막히다"

하고 혼잣말을 하였다.

부로마, 심유덕, 고주팔, 이 세 사람의 증거가 분명하고 그 외에 이러한 죄인이나 전과자와도 달라서 순사 부장이라는 관직이 있는 차보열까지 틀림이 없다고 하였은즉 세 사람이 증인 서기를 마친 뒤에 재판정 안에는 사방에서 수군수군하는 이야기 소리가 일어났다. 이는 피고의 발명할 도리가 아주 없다고 방청하는 사람들이 이야기하는 소리일다. 과연 피고의 변명할 길이 아주 없어졌다. 이와 같이 여러 증인이 입을 모은 담에는 아무리 공교한 말로 변명을 하고자 하여도 될 수 없는 일이다.

판사장은 피고를 보고

"너는 지금 세 사람의 하는 말을 어떻게 들었느냐. 그 말에 대하여서 변명할 말이 있느냐"

피고는 여전히 어이없어 하는 모양으로

"예, 저는 그저 기막히다는 말밖에 다시 할 말이 없습니다"

가련타, 그의 말은 다만 그뿐이로구나. 기막히다는 한 말이 어찌 세 사람의 말을 덮을 수가 있으랴.

방청석에서는 또 수군수군하는 이야기 소리가 일어나서 이번에는 그 물결이 배심원의 자리에까지 전하여 왔다. 배심원들이 분명한 사실이라고 생각한 이상에는 심하수의 운수는 아주 고만일다. 그는 영영 장팔찬이가 되어서 종신 징역을 하게 되었다. 정말 장팔찬이는 어찌하였는가. 소리도 없고 얼굴도 볼 수 없으니 이 자리에 있지 아니한가. 가련한 이 늙은이를 대신 세우고 달아나 버렸는가. 이 심하수가 장팔찬이로 징역을 사는 이상에는 저 정말 장팔찬이는 아주 무사태평이 되고 말 것이다. 판사는 헌병을 쳐다보며

"모두 다 말 없이하시오. 인제 본관이 이 사건의 결말을 짓겠소"

하였다. 자아, 인제 공판이 끝난다. 심하수의 운수가 다하는 때일다. 이때일다. 마침 이때에 하늘에서 내려왔는지 땅으로서 솟았는지 별안간 무슨 소리가 재판정을 울리었다. 누구인가. 무슨 일인가. 어디서 그러나 여러 사람은 다만 놀랄 뿐이다. 소리는 확실히 판사의 등 뒤에 있는 특별석에서 났다.

"증인 부로마야, 심유덕아, 고주팔이야, 여기를 보아라. 내 얼굴을 보아라"

비단을 찢는 듯한 호된 소리였다. 재판관, 검사, 배심원, 변호사 할 것 없이 일시에 놀라 일어서서 소리 나는 곳을 쳐다보았다. 이것이 어찌한 까닭인가. 그곳에는 몽트뢰유 시장 마대련 씨가 홀로 우뚝하게 나서 있다.

40. 방청석 (4)

사람의 마음속에는 이루 알 수 없는 이상한 힘이 들어 있다. 그것이 착한 마음이요 그것이 즉 영혼이란 것이다.

마음속에 착한 힘이 없는 사람은 정말 악인이다. 영혼까지도 썩은 사람이다. 마대련 시장은 어떤 편인가. 그는 이왕에 '마음을 고쳐먹으라'고 미리엘 승정에게 훈계를 받았다. 자기도 그리할 생각으로 정말 마음을 고쳐먹었다. 전날의 장팔찬이 같으면 어떠할는지 지금의 마대련 시장이야 마음속의 착한 힘을 누를 수가 있으랴.

그는 하루 스물네 시간을 여러 가지로 생각하여 보았으나 마침내 심하수가 자기 대신이 되어 버리는 마당을 당하여서는 차마 모르는 체할 수 없었다. 마음속으로부터 무슨 세찬 기운이 내솟는 까닭으로 거의 정신없이 일어섰으며 정신없이 소리 질렀다. 또 정신없이 증인들의 이름을 불러서 '여기를 보아라. 내 얼굴을 보아라' 한 것이다. 이때를 당하여서는 그는 벌써 장팔찬이도 아니요 마대련 씨도 아니요 순전히 착한 기운으로만 어리어 생긴 한 다른 사람이 된 것이다.

그의 목소리는 어찌 그리 슬프고 무서운가. 그의 모양은 어찌 그리 비범한가. 아아, 그의 머리는 눈같이 희어졌다. 오늘 아침에 몽트뢰유를 떠날 때에는 반백밖에 아니 되었던 머리가 지금은 아주 백발이 되었다. 이 재판소에 앉았던 동안에 금시로 다 센 것이다. 그의 얼굴은 달빛에 비친 병인의 얼굴같이 유명히도 푸르고 머리는 눈같이 희며 손에는 모자를 벗어 들고 우뚝이 나선 모양은 참 비할 데가 없었다.

여러 사람은 일제히 고개를 들어 그의 얼굴을 바라보며 방청하는 사람들은 고만 조용하게 되어 버렸다. 그러나 그의 얼굴을 본 때에 여러 사람들은 의외로 생각하였다. 저 점잖은 늙은 신사가 지금 그런 소리를 질렀단 말인가. 또 그는 무슨 말을 지금 하였는가. 재판관 이하로 그 까닭을 아는 사람은 없었다.

그사이에 마대련 시장은 천천히 자기 자리를 떠나서 증인 세 사람의 앉아 있는 피고석 옆으로 내려갔다. 아무도 그 앞을 가로막는 자가 없으며 바람 앞의 풀과 같이 길이 저절로 열렸다. 그는 재판관의 앞 되는 피고와 증인의 사이에 가 서서 증인 세 사람을 보고 말하였다.

"자네들은 내 얼굴을 알겠나"

세 사람은 아무 말 없이 다만 고개만 흔들었다. 이것은 물론 모른다는 말이다. 그중에서도 고주팔이는 벌떡 일어서서 기착 자세를 하고 군인들 모양으로 손을 들어 경례를 하였다. 시장은 다시 재판관과 배심원을 향하여

"여러분, 이 피고인을 놓아주시고 나를 포박하시오. 여러분의 찾으

시는 사람은 저 사람이 아니라 나요. 내가 장팔찬이오"

재판소 안은 적적하게 되었다. 여러 사람들이 한꺼번에 죽어 버린 것처럼 숨소리 하나 들리지 아니하였다. 여러 사람은 이 비상한 사건에 눌리어서 형용할 수 없는 무서운 감동이 일어났다.

이때에 재판장의 얼굴은 가엾은 모양이 나타났다. 그는 검사에게 무슨 군호를 하고 여러 배심원에게 귓속말을 하더니 그다음 여러 사람에게 향하여 순탄한 말소리로

"이 안에 혹시 의사가 안 계시오"

하고 물었다. 아아, 그는 마대련 시장이 별안간 미친 줄로 알았다. 물론 누구든지 그렇게밖에 생각할 수가 없다. 곧 검사가 일어서서

"배심원 제군, 나는 의외의 사고로 인하여서 법정의 사무가 방해된 일을 유감으로 생각합니다. 그러나 여러분은 지금 여기 나온 이 노인이 마대련 시장인 줄을 아시겠지요. 마대련 시장은 모르더라도 그의 명망은 이왕에 들어 아시겠지요. 법정을 방해하는 자에게는 상당한 처분이 있습니다. 그러나 이 불행한 신사, 자기가 무엇을 하는지도 모르고 이러한 허물을 짓는 불행한 신사를 나는 차마 보통 다른 경우와 같이 처치할 수가 없습니다. 만일 이 방청하시는 이 중에 의사가 계시거든 이 마대련 씨를 잘 치료하여서 사관으로 돌려보내 주시기를 바랍니다"

검사도 역시 미친 줄로 생각하였다. 그러나 장팔찬은 이 말을 가로막았다. 검사가 말을 마치기 전에 그는 또 말을 하였다.

"나는 여러분의 후의를 깊이 감사합니다. 그러나 이 마대련은 아니, 이 장팔찬은 미친 것이 아닙니다. 의사에게 보일 것은 없습니다. 내 말을 자세히 들어 보시면 미치지 아니한 것을 아시겠습니다"

그의 말소리는 아까보다도 얼마큼 가라앉았다.

41. 방청석 (5)

검사에게 향하여 장팔찬은 다시 입을 열었다.

"지금 하마터면 검사께서 큰 잘못을 하실 뻔하였소. 속히 저 피고를 방면하시오. 나는 내 의무로 불가불 자백을 할 수밖에 없소. 툴롱에 있던 장팔찬이라는 불행한 죄인은 나요. 내가 그 사람이오. 이 사실을 아는 사람은 나밖에 없으나 위에서는 하늘이 굽어보십니다. 나는 이 자리에서 자백을 하는 것이 하늘에 대한 의무로 압니다. 나를 포박하여 주시오. 그러나 나는 한마디 할 말이 있소. 나는 힘이 자라는 데까지는 착한 일을 하고자 하였습니다. 장팔찬이라는 이름을 버리고 다른 이름으로 행세를 하여서 재산을 만들고 시장에까지 추천될 때에 어떻게 하든지 착한 사람 틈에 끼어 보리라고 애를 썼습니다. 그러나 그것은 도저히 못 될 일이었던 모양이오. 다시 죄인의 틈으로 돌아갈 수밖에 없이 되었습니다. 내가 어떠한 마음으로 무엇을 하였는지는 지금 여기서 말씀하지 않더라도 자연 알 때가 있으려니와 과연 나는 디뉴의 승정의 집에서 도적질을 하였습니다. 그 지방 들판에서 어린아이의 돈을 뺏었습니다. 정말 나같이 더러운 놈은 하늘을 원망할 권리도 없고 세상 사람에게 충고할 자격도 없습니다. 그러나 여기서 한 말을 하겠습니다. 불행이라는 것이 사람을 결딴내고 감옥이라는 것이 악인을 만듭니다. 감옥에 들어가기 전에는 나는 무식한 농민이었소. 감옥이 나를 변하게 하였습니다. 무식한 촌백성이 잔인한 악인으로 변하였습니다. 감옥에서 나와 가지고 다행히 거룩한 사람을 만나 고마운 은혜를 받은 까닭으로 사람 같은 소견이 돌아섰으나 정말 혹독한 대접은 사람을 악하게 하고 사랑하는 마음은 악인을 감화하여서 착한 사람을 만드는 것이오. 아니, 나는 쓸데없는 객설을 하였소. 이런 말을 한대도 여러분은 무슨 말인지를 모르시오리다. 그는 그만두고 좌우간에 우리 집을 수색하여

보시오. 지금도 증거품이 있습니다. 인제는 더 할 말씀이 없어요. 나를 포박하여 주시오. 에에, 검사께서는 고개를 흔드십니까. 마대련이가 미쳤다고 생각을 하십니까. 그는 참 딱한 일이오. 어찌 되었든지 심하수라나 하는 저 피고에게 죄를 주어서는 아니 됩니다. 지금 만일 차보열이가 있었으면 내 말을 곧이듣고 내 얼굴을 알아볼 터이오. 여기 차보열이가 없소”

하고 정말 갑갑한 모양으로 법정 안을 둘러보았다. 그 말과 그 모양에 나타나는 정성스러운 열심과 차마 볼 수 없는 슬픔은 다만 생각으로나 짐작할 것이지 말로는 전할 수가 없었다.

둘러보아도 차보열이는 없었다. 과연 차보열이가 있었더라면 이 말을 믿었을 것이다. 장팔찬은 더욱 둘러보다가 별안간 생각난 것처럼 증인들 세 사람에게 향하여

“여보게, 부로마, 자네가 나를 모른단 말인가”

하고 고개를 기울이며 눈을 찌긋하고 무슨 생각을 하더니

“오오, 참, 자네가 감옥에 있을 때에 푸른 줄 죽죽 진 바지 멜빵을 가지고 늘 자랑하지 않았나”

부로마는 깜짝 놀라서 장팔찬의 외양을 위아래로 훑어보더니 무서워 못 견디는 것처럼 부르르 떨었다. 다음에 장팔찬은 심유덕을 향하여

“자네는 팔뚝에 불에 덴 흠집이 있지 아니한가. 팔에 새긴 이름을 없애려고 지지던 일이 생각나겠지”

심유덕은 어이가 없어서

“그 말은 맞는데”

하고 팔을 걷어 보였다. 다시 장팔찬은 고주팔을 향하여

“자네는 나폴레옹 황제가 칸에 상륙하던 연월일을 팔에다가 새기었지. 지금도 분명히 보이나 팔 좀 걷어 보게”

고주팔은 아무 말 아니 하고 어린아이들같이 말을 잘 들었다. 헌병

이 램프를 가지고 와서 자세히 조사한즉 과연 그 말과 같이 연월일이 씌어 있다. 이때 장팔찬은 방청인에게 향하여 또 재판관에게 향하여 이상한 얼굴로 웃음을 웃었다. 그 웃음은 슬픈 빛을 띠었다. 상쾌히 여기는 웃음이요 동시에 절망된 웃음이었다. 아아, 불행한 장팔찬이여. 그는 웃음을 웃는 동시에 말을 하였다.

"여러분이 보시는 바와 같이 내가 장팔찬이오. 인제는 확실하지요"

이 모양이 된 다음에는 온 재판소 안에 판사도 없고 검사도 없고 헌병도 없고 다만 장팔찬에게 모여드는 여러 사람의 정신없는 눈과 동정 있는 마음밖에는 아무것도 없다. 검사는 논고하기를 잊어버리고 판사장은 재판하기를 잊어버려서 아무 질문도 일어나지 않고 다만 구경에만 골몰하게 되었다. 어둡던 재판은 밝아지고 원통한 사람은 놓여지고 명망이 한세상에 높이 난 자선적 사업가 마대련 씨가 이왕 죄인의 장팔찬이었다. 죄 없는 사람이 자기 대신 잡혀서 형벌 받는 것을 차마 모르는 척하기가 어려워서 일부러 자기 죄를 자백하고자 하여 여기를 온 것이다. 이와 같이 어려운 일이 어디 가 또 있으며 이와 같이 큰 결심이 어디 가 또 있을까. 잠시 동안은 여러 사람들이 숨도 크게 못 쉬도록 감동이 되었었다.

좀 이따가 장팔찬은 고요하던 중에서 소리를 내어서

"인제 나는 나가겠소. 아직 포박하라는 명령이 없은즉 그동안에 나는 집에나 가서 처리할 일을 다 처리하고 기다릴 터이니 언제든지 재판소에서 필요한 때에 잡으러 오시오. 우리 집은 여기 계신 검사께서 자세히 아실 터입니다"

이 말만 하고 문을 향하여 나간다. 한 사람도 앞을 막는 사람이 없고 그의 향하는 곳에는 길이 저절로 열리며 나가는 문까지도 누가 열었는지 저절로 열려서 그의 나가기를 기다리는 것 같았다. 그는 문을 나서기 전에 또 한 번 돌아다보며

"나는 재판소 명령만 기다리고 있겠소"

하고 또 방청인들을 향하여서

"여러분께서는 필경 불쌍한 위인이라고 생각하시겠지요. 그러나 지금 이 장팔찬이는 아까 이 일을 숨기려고 하던 마대련이보다는 얼마큼 팔자 좋은 사람이오"

과연 그러하다. 그는 이 자리에서 세상 이치를 통투하게 깨달은 셈이다. 인제부터는 어떠한 일을 당하든지 두려울 것이 없을 것이다. 그는 다시 말끝을 이어서

"그렇지만 당초에 이런 일 저런 일 아니 생기니만은 못하다고 생각합니다"

정말 속에 있는 대로 하는 말이다. 그는 현몽하였던 신장과 같이 휙 물러가고 말았다. 한 시간이 다 되지 못하여 무엇인지 알 수 없는 심하수는 방면되었다. 제가 하던 말과 같이 '참 기막힌 일'이다. 세상 사람들이 다 미치지나 아니하였나 하는 것처럼 이상스러이 둘러보면서 나가 버렸다. 이자의 방면되는 것은 곧 장팔찬의 잡히는 날이 아닌가.

42. 시장이 잡히어 (1)

장팔찬은 재판소를 나와서 어디로 갔을까. 물론 그길로 자기 집에 돌아갔었다.

밤이 새도록 잠을 못 자던 황애련은 새벽녘에서야 겨우 잠이 들었다. 그러나 지금 황애련은 마대련 씨가 자기 딸 설도를 데리러 갔거니 생각하고 있는 까닭으로 이만큼이나 지탱하여 가지 그렇지 아니하면 그동안에도 어찌 되었을는지 알 수 없는 터일다.

　황애련을 간호하던 간호부는 그 잠든 사이에 약을 만들어 두기 위하여 옆의 방에서 약병도 닦고 다른 준비를 하고 있노란즉 자기 등 뒤에서 누구인지 기척을 하는 사람이 있었다. 고개를 들어 돌아다본즉 얼굴이 해쓱하게 된 마대련 시장이 서 있다.

　"에그, 영감께서 언제 오셨어요"

　하고 말을 묻다가 또 깜짝 놀라며

　"영감께서 저게 웬일이셔요. 머리가 아주 백발이 되셨으니"

　시장은

　"머리가 세었어—"

　하고 좀 놀라는 모양이나 그리 괴이하게 여기는 모양도 없었다. 간호부는 의사의 쓰는 기계 서랍을 열고 그 안에서 거울을 꺼내어 시장에게 주니 시장은 자기 머리를 거울에 비추어 보고도 그저

　"글쎄"

　하고 말았다. 그는 필경 다른 생각을 하고 있는 모양이다. 그리고 간호부더러

　"황애련이는 어떠한 모양이오"

　하고 물었다. 간호부는 곧 지나던 모양을 이야기하고

　"자식을 생각하는 부모의 사랑같이 간절한 것은 없어요. 영감께서 고설도를 데려오실 줄로만 알고 이왕보다는 얼마큼 조용하여졌습니다"

　시장은 또 물었다.

　"지금 내가 황애련이를 만나 보아도 상관이 없겠소"

　"영감께서 그 계집아이를 데리고 오셨습니까"

　"아니, 인제 데려오지요"

　간호부는 또 말하였다.

　"그러면 그때까지는 만나 보지 마시는 것이 좋을 것 같은데요"

154

시장은

"그럴 수 없소"

하고 똑 잡아떼는 것처럼 말을 하더니 벌써 그 방문을 열고자 한다.

시장은 벌써 자기 등 뒤에 형사 순사가 뒤쫓아 오는 것을 알고 있다. 이러한 중에도 황애련을 돌아다보다니 어찌 그리 인정이 많은가. 그래도 간호부가 그런 까닭을 알 수는 없는 일이라 다만 공무에 시간이 바빠서 그러한 줄로만 알고

"황애련을 보시면 위선 고설도의 말부터 묻습니다"

참, 무엇이라고 대답을 하면 좋을는지 이 말에는 앞이 꽉 막혔으나

"글쎄, 그 자리를 당하면 하느님이 가르쳐 주시겠지"

하고 문을 열고 들어섰다. 시장이 병인에게 관계되는 일에 이 간호부의 말을 아니 듣기는 이번이 처음이다.

방 안에 들어서 본즉 황애련은 그저 자는 중인데 시장은 자취 없이 그 머리맡으로 가까이 갔다. 쉬는지 마는지 한 가는 숨소리에도 차마 들을 수 없는 갑갑한 소리가 섞여 나오는 것은 폐병이라 하는 이 병의 특색이라. 정말 저승길이 멀지 아니한 것을 알겠다. 시장의 눈에는 눈물이 핑 돌며 길고 긴 한숨은 그 입에서 나왔다. 아아, 그의 얼굴이야 참혹하고도 불쌍하지 아니한가. 몸만 성하면 아직도 꽃같이 젊은 나인데 머리털은 짧고 앞니는 빠지고 두 뺨은 에어 낸 것처럼 살이 빠지고 입술에도 핏기가 없다. 그 얼굴에서 옛날 자태를 억지로 찾아내고자 하면 감은 눈을 보호하는 길고 검은 속눈썹뿐이다. 이 눈썹 밑에 가라앉은 돌샘같이 담겨 있는 두 눈에 얼마큼이나 슬픔이 들었으며 얼마큼이나 사랑이 고여 있나. 지금은 아는 이도 없다. 그 깊은 사랑, 깊은 슬픔을 알아주는 이는 다만 이 시장이 있을 뿐이다.

시장은 정신을 잃은 것처럼 이 불쌍한 얼굴을 들여다본다. 시장의 마음이 지금 황애련에게 실려 있는가, 또는 자기 몸에 실려 있는가. 자

기도 없고 황애련이도 없고 다만 형용할 수 없는 슬픈 너울이 이 두 사람 사이에 일어나서 아득아득하게 될 뿐이다. 두 사람의 마음이 서로 통하는 것이다.

그렇게 보아서 그러한지는 알 수 없으나 황애련의 얼굴에는 차차 안심하는 빛이 나타나며 붉은빛까지도 얼마큼 회복한 것같이 보인다. 만일 이대로 영영 눈을 감으면 그 몸에는 더할 수 없는 다행이겠다. 은 인의 손에서 귀여운 딸을 받아 안은 꿈을 꾼 채로 저승에까지 가지를 아니할까. 그러나 황애련은 잠을 깨었다. 잠을 깨어서 시장의 얼굴을 보고 고만 반색을 하면서 첫밫에 묻는 말이

"우리 설도는 어디 있어요"

하고 물었다. 물론 데려오기는 데려왔을 터이니까 그것은 털끝만큼 도 의심하지 않고 다만 지금 어디 있는 것만 물어본다.

43. 시장이 잡히어 (2)

'우리 설도는 어디 있어요' 하는 것이 의심나서 묻는 말은 아니다. 시장이 일부러 설도를 데리러 간 터인즉 아니 데리고 올 리는 만무하 다. 확실히 데려왔은즉 벌써 눈앞에 보일 터인데 아니 보인다 하여서 지금 재촉을 하는 것이다.

의심이 나서 묻느니보다 아주 믿고 묻는 자리에는 시장도 대답할 말이 나오지 아니하였다. 황애련은 기쁜 마음을 못 이기는 것처럼 파 리한 얼굴에 웃음을 띠고

"정말 영감 같이 고마우신 어른은 없어요. 저는 간밤에 영감 일만 꿈을 꾸었습니다. 영감께서 가시는 곳마다 내 눈에 번—하게 보였습니

다. 영감께서 간밤에 하신 일은 더할 수 없는 공덕이십니다. 하느님께서 칭찬을 하시지요. 영감 머리 위에 서기가 뻗쳤어요. 내가 이 눈으로 보았습니다"

그 말이 어찌 어젯밤에 아라스 재판소에서 자현하던 일을 가리켜 말하는 것같이 들리었다. 이는 물론 우연한 일이다. 황애련은 또 좋아 못 견디는 모양으로

"어서 설도를 불러 주셔요. 나 좀 안아 보게요"

벌써 나이 일곱 살인즉 안을 때는 지났지마는 모친 된 마음에는 역시 자기와 이별하던 그때만 여기고 있다. 마대련 씨는 정말 대답할 말이 궁하여 애를 쓰게 되었는데 마침 이때에 의사가 들어왔다.

의사는 벌써 눈치를 알아채고 곧 시장을 싸 주었다.

"여보시오, 황애련 씨, 황애련 씨 병이 활싹 낫기 전에는 설도를 여기로 데려올 수 없어요"

"우리 설도가 오기는 분명 와 있지요"

"암, 왔지요"

"와 있으면 꼭 한 번만 보여 주셔요. 잠깐 보는 데야 해로울 까닭이 무엇 있어요"

"그거 보시오. 당신이 그 모양으로 서두니까 그렇지요. 지금 설도의 얼굴을 보면 또 마음이 산란하게 되어서 신열이 용이히 풀리지 않아요. 아무렇든지 신열이 아니 풀리면 결코 설도는 아니 보일 터이오. 내가 그것은 못 하게 할 터이오. 그런즉 황애련 씨도 잘 마음을 가라앉혀서 아무 생각 하지 말고 신열을 풀어야 하오"

황애련은 처음에 한두 마디 졸라 보다가 의사의 말을 꺾지 못할 줄 알고

"그러면 마음을 가라앉히지요. 선생 말씀대로 잘 조섭을 하여서 신열이 풀리도록 할 터이니 그때는 설도를 보여 주시오"

“예, 내가 보아서 이만하면 염려 없겠다는 때가 되면 곧 설도를 안겨 드리지요”

하고 그럴듯하게 꾸며 대어서 어려운 고비를 넘겨 놓은 뒤에 다시 진찰을 하고 간호부에게 잘 지휘한 뒤에 나가 버렸다.

그 뒤에 황애련은 시장을 향하여 설도의 일을 꼬치꼬치 파물었다.

“설도가 어떤 옷을 입었으며 어떠하게 지내며 오는 동안에 감기나 안 들었소. 또 내 생각을 합더이까”

하고 이 말 저 말 한없이 물을 모양 같았다. 마침 이때에 그 병원 앞 뜰에서 어떤 아이가 창가를 하면서 지나가는데 황애련은 그 소리에 반색을 하면서

“오오, 저것이 설도의 목소리여요. 내 귀에 익은데요”

시장은

“그런 큰 소리를 내지 마시오. 기침이 더 날 터이니”

하고 그를 금하였다. 정말 황애련은 말 한마디 하고는 기침을 한참씩 하는 터이었다.

그러나 황애련은 말을 그치지 아니하였다. 기침을 하고 나서는 말을 하고 말을 하고 나서는 기침을 하는데 어떠한 때에는 아주 금방 숨이 넘어갈 것같이 보였다. 그동안에 시장은 무슨 일을 생각하는지 황애련을 볼 때보다도 마룻바닥을 들여다보는 때가 많았다. 정말 그 몸의 처신할 도리를 생각하여 보면 앞길이 망연하여 겉으로는 무사태평할지라도 속으로는 기가 막힐 것이다.

정말 그의 속마음이야 삼거웃같이 흐트러져서 한편으로는 말을 들으며 한편으로는 생각을 하기에 황애련의 말에는 일일이 대답도 못 할 지경인데 이때에 무슨 까닭인지는 모르겠으나 황애련은 무서운 것을 못 이기는 모양으로 소리를 질렀다. 병에 삭은 그 몸에 어찌 이러한 목소리가 남아 있던가. 그뿐 아니라 지금까지는 몸도 추스르지 못하던

158

사람이 별안간 벌떡 일어나며

"에그머니, 저것 보게"

하고 문을 가리켰다. 무엇에 이렇게 놀랐을까. 시장은 조용히

"황애련 씨, 왜 그러시오"

황애련은 아직도 문만 바라보고 있을 뿐이다. 문은 시장의 등 뒤인 고로 시장은 괴이하게 여기면서 뒤를 돌아다보니 놀라는 까닭을 알겠다. 슈사 부장 차보열이가 문을 열고 들어와서 지금 시장의 등 뒤에서 눈을 부릅뜨고 섰다.

무슨 까닭이냐고 물을 필요도 없다. 물론 시장을 잡으러 온 것이다. 그것을 황애련이는 무슨 충절이 있어 자기를 잡으러 온 줄 알고 그와 같이 놀란 것이다. 그러나 황애련이뿐만 아니라 이때에 차보열의 얼굴과 그 모양을 본 사람은 누구든지 놀랄 것이다. 으레 오려니 하였던 시장까지도 진저리를 쳤다.

44. 시장이 잡히어 (3)

황애련은 차보열의 얼굴을 보고 꼭 자기를 잡으러 온 줄로만 알았다. 황애련은 소리를 지르며

"시장 영감, 시장 영감, 사람 좀 살립시오"

정말 시장에게밖에 매달릴 곳이 없다. 시장은 조용히 위로하는 말로

"아니, 염려 마시오. 차보열의 온 것은 당신 일로 온 것이 아니오"

시장은 다시 차보열을 향하여

"오신 까닭은 알겠소"

차보열은 대갈일성으로

"꼼짝 마라"

하고 호령을 하는데 그 목소리는 우레와 같이 방 안이 진동하였다. 차보열이는 그 변통 없고 돌림성 없는 마음으로 인제는 시장을 원수와 같이 생각한다. 지나간 다섯 해 동안에 이 시장의 뒤를 거두노라고 얼마나 애를 썼으며 그 결과는 어찌 되었는가. 애를 무진 쓴 결과에는 자기가 잘못 생각한 줄로 알고 직접으로 시장에게 대하여 사죄를 하였다. 대체 이 차보열이라는 위인은 자기 직무상에 조금만 실수가 있어도 자기 몸을 자기가 용서하지 못하는 그러한 위인인데 의심하지 못할 일을 의심한 줄로 생각하여서 의심하는 그 사람의 앞에 가 사죄를 하고 자기 몸을 면직까지 시켜 달라고 한 일은 가위 천고의 유한이다. 그러한데 지금 별안간에 일이 뒤집히어 자기는 당연히 할 일은 한 것이 되고 의심하던 사람을 자기 손으로 잡게 되었으니 그에게는 다시 비할 데 없는 상쾌한 일이라. 지금까지 참아 오던 모든 분풀이를 한꺼번에 하여 볼 생각이 났다. 그는 방 한가운데에 가 산더미같이 버티고 서서 시장의 얼굴을 뚫어지도록 흘겨보면서

"자아, 어서 일어서라"

물론 시장에게 쓸 듯한 말씨가 아닌 고로 황애련이는 분명히 자기를 잡으러 온 줄로만 알고

"시장 영감, 시장 영감"

하면서 우는소리를 한다. 차보열이는 시장의 덜미를 집어서 용서 없이 일으켜 세우며

"시장은 다 무엇이냐. 시장이라는 사람은 여기 있지도 않다"

하고 곧 재미가 있는 것처럼 조소를 한다. 물론 인제는 시장이 아니다. 전과자 장팔찬이가 되었다. 기자도 인제부터는 장팔찬이라고 부를 수밖에 없소. 장팔찬이는 저항도 아니 하고 끄집어 일으키는 대로 일어서서 경황없이 고개만 숙이고 섰다.

이윽고 장팔찬은 애걸하는 것 같은 힘없는 목소리로

"여보게, 차보열이"

하고 말을 붙인다.

"차보열이가 누구이냐. 순사 부장 나으리라고 불러라"

장팔찬은 그까짓 말공대를 가지고 다투지 않는다.

"부장 나으리께 한 가지 비밀히 청할 말씀이 있습니다……"

"무엇이야, 비밀히 청할 말. 비밀히는 아니 된다. 목소리를 높여서 말하여라"

"나으리께밖에는 알리지 못할 일이니 좀 비밀히 들어 주시오"

하고 더욱 목소리를 낮췄다.

"비밀한 말은 들을 줄 모른다"

장팔찬은 그래도 또 목소리를 낮추어서

"꼭 사흘 동안만 참아 주시오. 다른 것이 아니라 이 불쌍한 황애련의 딸이 문화리에 있는데 병세도 저러하고 하니까 좀 데려다 주어야 하겠습니다. 못 믿으시거든 나으리도 같이 가시지요. 노비는 내가 당하겠습니다"

하고 아주 귓속말처럼 청을 하였다. 차보열이는 목소리를 한층 더 높이어서

"경칠 놈, 그런 청은 들 수 없다. 사흘 말미를 얻어 가지고 도망길을 하잔 말이지. 계집애를 데리러 가겠다고. 핑계는 좋다마는 그런 패에 떨어질 나는 아니다"

황애련은 이 말을 듣고 부르르 떨었다.

"에―, 에―, 내 딸을 데리러 가게 사흘 말미를 달라다니. 그러면 아직 설도를 데려오지 않았나요. 설도는, 설도는 지금 어디 있어요. 설도를 데려다 주시오, 시장 영감"

하고 소리를 지르니 차보열이는 마룻장을 발로 구르면서

"흥, 이년, 잔소리 마라. 참, 세상이 거꾸로 되었지. 전과자가 시장이 되고 매음녀가 정경부인같이 병구완을 받다니"

하고 그 말을 하는 동시에 장팔찬의 목덜미를 버쩍 누르면서 한번 꺼두르더니

"시장 영감이라는 사람은 여기 있지도 않다. 이놈은 도적놈이다. 열아홉 해 징역을 하던 장팔찬일다. 그러기에 지금 이 모양으로 잡아간다. 좀 보아라"

황애련은 뼈만 남은 팔로다 몸을 지탱하고 일어나서 고개를 늘이고 무서움과 놀라움과 반가운 모양이 한데 섞인 듯한 눈으로 장팔찬의 얼굴을 쳐다보았다. 이것이 황애련의 마지막 힘이던지 그는 장팔찬의 얼굴을 쳐다보는 채로 푹 쓰러졌다. 쓰러지는 서슬에 침대 모에다 이마를 부딪었다. 그러나 황애련은 이마를 부딪기 전에 벌써 숨이 끊어졌었다. 아아, 불쌍타, 황애련은 이러한 광경 중에서 이러한 모양으로 세상을 떠나갔다.

장팔찬은 그 모양을 보고 덜미 집은 차보열의 손목을 턱 잡았다. 차보열이가 아무리 든든한들 장팔찬에게 대면 아주 어린아이라. 장팔찬은 그 손목을 떼친 뒤에

"이 여자는 맥이 죽었습니다"

차보열이는 이 말을 듣고 더욱 성이 나서

"어디 당한 소리인고. 자아, 이 아래 있는 순사들을 부르랴, 그렇지 않고 순순히 수갑을 받을 터이냐"

수갑이 아니면 장팔찬같이 기운 센 죄인을 혼자는 당할 수가 없다. 장팔찬은 아무 말 없이 방 윗목에 놓여 있던 침대 앞으로 가서 쇠몽둥이 한 개를 빼어 드니 차보열이도 겁이 나서 서너 걸음이나 뒷걸음질을 쳤다. 장팔찬이는 쇠몽둥이를 들고 서서

"잠깐 거기서 기다리게. 그렇지 아니하면 신상에 해로울 터이니"

말소리는 조용조용하나 그 말속에는 천 근의 힘이 있다. 그 말을 아니 듣다가는 목숨이 위태하고 아래로 내려가서 순사를 몰고 올라오자니 도망질이 가려이라. 장팔찬이가 도망질에 능한 줄은 차보열이도 익히 안다. 할 수 없이 그대로 서 있은즉 장팔찬이는 황애련의 시체 옆으로 갔다.

45. 갈힘과 도망질 (1)

황애련의 시체가 가로놓인 침대 앞으로 장팔찬은 가까이 갔다. 그러나 쇠몽둥이는 여전히 손에 들었다. 만일 차보열이가 방해를 하면 대번에 때려죽이겠다는 결심이 그 침착하고 슬픈 얼굴에 나타나 있는 고로 저렇듯 한 차보열이도 어찌하지 못하고 다만 문 앞에 서서 그의 하는 모양을 지킬 뿐이었다.

그는 쇠몽둥이를 지팡이 삼아 짚고 황애련의 시체를 말없이 바라본다. 이때에 그의 마음이 어떠하였을까. 불쌍히 여기고 애처로워 하는 빛이 얼굴에 가득하였다. 이와 같이 한참 동안을 말없이 서 있더니 이윽고 그의 머리맡에 가 무릎을 꿇었다. 그는 시체의 머리를 긴어안는 것처럼 하고 그 귀에다가 옆의 사람에게도 아니 들리는 가는 소리로 무슨 말을 쏙살거렸다. 그의 하는 말은 무슨 말인가. 말을 하는 사람은 지금 감옥서로 잡혀가는 몸이요 말을 듣는 사람은 벌써 황천길을 떠난 몸이라. 두 사람 사이에 말이 통할까. 만일 통한다 하면 황애련은 지금 저승에서나 듣고 있을 것이다. 그러나 들리고 안 들리고 간에 말하는 사람은 적이 위로가 될 것이다. 아니, 위로만 될 뿐이 아니라 어떤 때에는 이러한 일에 이상한 증험을 보는 수가 있다. 허무하다고 하면 허무하지마는 장팔찬의 이 말이 황애련에게 통한 것은 그때 옆에서 보던 간호부의 말을 들어도 알 것이다. 그 간호부는 독실한 교인이 되어서 평생에 거짓말은 없는 사람인데 그 뒤에 항상 하는 말이 장팔찬의 말이 끝나자 황애련의 얼굴에는 웃음을 띠었었다고 한다. 지성이면 감천이라는 옛말과 같이 서로 믿고 서로 사랑하는 자리에 지성으로 고하는 말은 비록 유명이 다를지라도 통할 수가 있을는지도 알 수 없다.

장팔찬은 두 손으로 황애련의 머리를 들어 베개 위에 바로 눕히고 옷깃을 단정히 여미어 주며 머리털을 쓰다듬은 뒤에 두 눈까지 감기어 주었다. 이때에 황애련의 얼굴에는 이상한 광채가 났다. 황애련은 죽어서 어두운 지옥에를 가지 않고 명랑한 천당으로 들어간 표적인지도 알 수 없다. 장팔찬은 다시 황애련의 차디찬 손길을 들어서 정다운 산 사람과 이별하듯이 그 손등에다 입을 맞추고 일어섰다. 이만큼 고마운 대접을 받으면 황애련의 영혼도 기꺼워할 수밖에 없다.

그러한 뒤에 장팔찬은 조용히 차보열을 향하여

"인제는 하라시는 대로 하오리다"

하였다.

* * *

장팔찬은 곧 그 지방 감옥에 가 갇히었는데 이는 중앙 감옥으로 압송되기 전에 임시로 갇힌 것이다. 시장이 잡히었다 하니까 별안간에 몽트뢰유가 뒤집히며 여기서도 수군수군 저기서도 수군수군하는데

"자네, 그 이야기 들었나"

"무슨 이야기"

"시장이 잡히었다네"

"언제"

"아까 잡혔는데, 몰랐더니 그 사람이 징역 하고 나온 사람이라데그려"

"정말인가?"

"암, 정말이고말고. 그전 이름은 마대련이가 아니고 장 무엇이라던가 하는데 죄가 아주 크다는걸"

"그러면 그렇지. 돈 쓰는 것이 너무 헙헙하더라. 나도 그럴 줄 알았어"

하고 지금까지 아주 심복을 하던 자들도 별안간 태도가 변하여서 장팔찬의 공든 탑은 일조에 무너지고 도로 전과자가 되어 버렸다. 아아, 세상인심을 믿을 사람이 누구더란 말이냐.

그러나 이러한 중에도 마음이 변치 아니하는 사람이 있었다. 그는 마대련 집에 있던 노파일다. 노파는 주인이 잡혀 갇히었다는 말을 듣고 놀라기도 하고 울기도 하였으나 좀 마음이 진정된 뒤에는 주인을 생각하는 정성스러운 마음으로 저녁때에는 밥상도 여전히 보아 놓고 그날 밤에는 주인이 돌아와서 자기 방으로 들어갈 때에 떼어 가지고 가는 이 층의 침방 문 열쇠를 평일에 걸어 두는 괘종 밑에다 걸어 놓아 지금 주인이 돌아오더라도 조금도 틀릴 것 없이 만들어 놓은 뒤에 자기는 등불 밑에 홀로 앉아 바느질을 하고 있었다. 밤은 벌써 여덟 시가 되었다. 다른 때 같으면 아무리 늦어두 주인이 돌아올 때인데 아무 소식이 없는 고로 섭섭하고 적적한 마음을 이기지 못하여 실심하고 앉아 있었다. 이윽고 방 한편에 걸려 있는 시계를 쳐다보노란즉 시계 아래에 걸려 있는 주인의 방문 열쇠를 창틈으로 손을 넣어 떼어 가고자 하는 수상한 사람이 있었다. 대문 소리는 아니 났는데 어떤 사람이 들어왔나. 노파는 깜짝 놀라서 소리를 지르고자 하다가 입에까지 나온 소리를 도로 참았다. 그는 그 손과 그 소매를 보고 분명히 자기 주인인 줄을 안 까닭이다.

“영감마님이셔요”

하고 나지막한 소리로 물은즉

“할멈, 떠들지 말게”

하고 소리가 없이 이 층으로 올라가는데 그는 과연 주인이었다. 어제날의 마대련이요 오늘에는 장팔찬이가 된 그 사람이었다. 그는 감옥에 들어간 지가 얼마 되지 않는데 어떻게 나왔는가. 그 유명한 수단으로 도망질을 한 것이다.

46. 갇힘과 도망질 (2)

노파는 장팔찬의 얼굴을 보고

“영감마님께서는 오늘 아침부터……”

하고 말을 꺼내다가 그다음 말이 너무 실레이라고 생각하였던지 입을 다물고 말았다. 장팔찬은 그 말에 끈을 달아서

“응, 나는 오늘 아침부터 감옥서에 있었네. 지금 쇠창살을 빼어 버리고 몰래 지붕으로 뛰어나와서 집에로 왔네”

그는 옛날 툴롱 감옥에서 쓰던 수단을 써서 도망질을 하여 왔는데 그 태도는 조금도 도망질꾼이 같지 않고 뒤에서 순사가 쫓아오는 사람 같지는 아니하였다. 태연한 그 태도는 큰 결심이 있는 줄을 알겠다.

그는 또 노파에게 말하였다.

“곧 간호부를 불러다 주게. 필경 간호부는 지금까지도 황애련의 시체를 지키고 있을 터이니”

노파는 그 분부를 좇아서 두말없이 밖으로 나갔다. 그다음에 장팔찬은 촉대에 불을 켜 가지고 이 층 위의 자기 방으로 올라갔다. 층계를

다 올라가서는 촛불은 층계의 두어 층 아래에다 내려놓고 그는 더듬더듬 손으로 더듬어서 자기 방문을 소리 없이 연 뒤에 방 안에 들어가서 큰길로 난 창문을 검정 방장으로 가리고 다시 나와서 촛불을 가지고 방으로 들어갔다. 그는 촛불을 들고 방 안을 둘러보았다. 일전에 늘어 놓고 간 것은 하나도 없이 다 치웠으나 책상 위에는 불에 탄 은전이 놓여 있다. 이것은 노파가 방을 치울 때에 난로 속에서 골라 놓은 모양이다. 장팔찬은 서랍 속에서 이왕 입던 옷의 불사르고 나머지를 마저 꺼내어 한데다가 모아 놓고 지필묵을 꺼내어서

"이 물건들은 장팔찬의 입던 의복이요 이 돈은 디뉴 들판에서 아이에게 뺏은 은전이오"

하고 써 놓았다. 이와 같이 하여 두면 인제 순사가 와서 몰수하여다가 법률에 정한 대로 처치하여 줄 것이다.

다 쓰고 난 때에 자취소리가 나며 아래에서 누가 올라왔다. 이 사람은 곧 부르러 가던 간호부이다. 이 간호부는 속된 세상을 버린 지가 이미 수십 년 되는 여승으로서 지금 간호부 노릇을 하는 독실한 교인이라. 몸을 하늘에 바치고 자선 사업에 종사하여 인간 만사가 마음에 거리낄 것 없는 그러한 참된 사람이련마는 불쌍한 장팔찬의 이 처지를 생각하면 다 마른 나무 같은 그 마음에도 한없이 불쌍한 생각이 나는 모양이다. 얼굴은 해쓱하고 두 눈의 눈가는 상기되는 시림같이 붉었다. 그리고 떨리는 목소리로

"그이를 한 번 더 만나 보시겠습니까"

하고 물어보았다. 그이라 하는 것은 물론 황애련의 시체를 이르는 말이다. 장팔찬은 부리나케 무엇을 쓰다가 일어서서

"아니요, 그 방에 가면 또 잡히게 됩니다. 시체방에서 소동을 하면 죄가 되겠지요"

하고 지금 쓰던 종이쪽을 내밀며

"내가 없는 뒤에 이것은 교회 목사에게 전하여 주시오"

여승은 말없이 받아 들고 한번 흘끔 보았다.

"보아도 상관없습니다"

이 말을 듣고 여승은 한번 내리 보았다. 그 글에

이 집과 모든 재물은 교회에다 기부하오니 나의 재판 비용과 오늘 아침에 별세한 황애련의 장비만 제하고 그 나머지는 빈민 구휼에 써 주시옵소서.

하고 씌어 있었다. 겨우 다 보고 난 때에 아래층에서는 무슨 왁자지껄하는 소리가 나며 층계로는 사람들의 올라오는 소리가 났다.

그리고 아래에서는 그 집 노파가 악을 쓰고 항거하는 모양이었다.

"없어요. 이 집 이 층 위에는 사람 하나도 없어요"

"있고 없고 간에 지금 물어보는 것이 아니야. 이 집을 수색할 일이 있으니까 수색하러 온 것이지"

하고 소리를 지르는 것은 갈 데도 없는 차보열의 목소리일다.

그런데 이 장팔찬의 있는 방에는 방문을 열어젖히면 그 문에 가리는 한구석이 있었다. 장팔찬은 자기 가졌던 촛불을 꺼 버리고 자기는 그 가리어지는 구석에 가 붙어 서 버렸으며 여승은 책상 앞에 가 한 무릎을 꿇고 기도하는 모양으로 앉았다.

문이 열리며 차보열이가 들어왔다. 아래층에서는 여전히 떠드는 소리가 들리며 간호부는 본 척도 아니 하고 기도만 올리는데 간호부의 가지고 온 촛불은 난로 위에 놓여 있어 그물그물하고 목숨만 붙어 있다.

차보열이는 간호부의 기도하는 모양을 보고 깜작 놀라서 걸음을 멈추었다. 필경 범 같은 장팔찬이가 한사하고 저항을 하려니 한 것이 다만 간호부의 소복을 입은 여승 하나가 고요하게 앉아서 기도를 올릴 뿐이라 아주 헛힘이 쓰이게 되었다.

원래 이 차보열이는 법률을 존중히 여기는 모양으로 하느님도 높이는 성질이라 법률과 하늘에 조금이라도 불경한 일이 있으면 아니 될 줄로 아는 사람이다. 그는 하느님 앞에 꿇어 엎드린 여승을 보고 그 기도를 방해하는 것도 불공한 일이라고 생각을 하여서 그대로 돌아서 내려가고자 하다가 그리하여서는 법률에 대한 의무를 다하는 것이 아니라고 생각하였다. 차보열이도 이왕부터 이 간호부 노릇 하는 여승이 도가 높은 줄을 알며 더욱이 거짓말은 평생에 아니 하는 줄을 아는 터이라 이러한 사람의 기도하는 방 안에 장팔찬이 같은 악인이 숨어 있을 리는 없다고 생각하였지마는 그래도 한번 물어는 보았다.

"여보시오, 기도하시는 중에 대단히 미안합니다마는 이 방 안에는 스님 혼자 계십니까"

여승은 조금도 주저하지 않고

"네"

하고 대답하였다.

"여러 말씀을 하여서 아니 되었습니다마는 오늘 밤에 도망질한 죄인이 있어서 지금 찾아다니는 중입니다. 그 사람은 장팔찬이라는 사람이여요. 혹 보신 일이 없습니까"

여승은 또

"없어요"

하고 대답하였다. 차보열이는

"실례하였습니다"

하고 물러가 버렸다.

아아, 하늘 같은 도승이여. 이번의 거짓말은 다시없는 공덕이 되어서 저승에 가 복을 받을 거룩한 말이라 하겠고 우리들도 그리 되기를 간절히 축원합니다.

이날 밤중에 큰 보퉁이를 가진 직공 모양으로 차린 사람 하나가 파리를 향하여 급히 달아났다. 이 사람이 곧 장팔찬인데 직공 모양을 차린 의복은 자기 집 공장에 있던 것이요 보퉁이에 싼 것은 이왕 은행에 맡기었던 육십여 만 프랑의 큰돈이다. 그 이튿날 황애련의 시체는 교회에서 맡아다가 공동묘지에 묻어 주었다. 이와 같이 하여 황애련의 평생은 끝을 마치었으나 그 은인 장팔찬은 아직 끝이 아니 났으며 그 딸 고설도도 아직 멀었다. 이로부터는 어찌 될는지.

47. 옛날이야기

장팔찬의 간 곳을 알아보기 전에 위선 옛날이야기를 하여 둘 필요가 있다. 때는 일천팔백십오년 유월 십팔일. 역사를 본 사람은 다 알려니와 이날은 만고의 괴걸 나폴레옹이 아주 막마침으로 대패를 당하던 워털루의 격렬한 전쟁이 있던 날이며 장팔찬이가 출옥하던 때보다도 석 달 전의 일이다.

전쟁은 끝이 났다. 워털루 들판의 해는 저물어지고 여름의 달빛은 송장의 산과 피의 바다를 속절없이 비춘다. 여름의 긴긴 해가 다 넘어가도록 피차에 주고받은 대포 연기가 아직도 흩어져 없어지지 못하여 몇십 리 사방에 자욱한 가운데에 이곳저곳에는 영독 연합군의 밤새우는 화톳불이 보이며 어떠한 곳에는 아직까지도 불에 타는 집이 있었다.

정말 처참한 광경이라는 것은 이러한 것이 아닌가. 옛날 말에는 지나간 전쟁터를 이 세상의 가장 처량한 곳이라고 말하였으나 지나간 전쟁터보다도 아직 송장은 아니 치운 새 전쟁터가 얼마큼 참담하게 보이는 것이다.

이 참담한 가운데로 남의 눈을 기여서 살살 엎드려 다니는 이상한 사람이 있었다. 그는 무엇을 하는지 이 송장 저 송장을 뒤적거리어 보며 때때 파수 병정과 헌병의 지나가는 발자취에 귀를 기울이어 혹 납작하게 엎드리기도 하며 혹 죽은 체하고 뻐드러지기도 하였다가 사람이 지나가면 다시 일어나며 혹 배를 깔고 엎디어서 갈 길을 살펴보기도 하여 아주 조심조심하였다. 이는 무슨 까닭인가. 만일 적군의 형세를 탐지하려는 것 같으면 매우 대담한 군사 정탐이요 만일 다른 일을 위하여 그러할 것 같으면 더할 수 없는 용감한 인물이다. 그러나 이 사람은 그렇지 못하였다. 그와 같이 칭찬할 것도 아니요 감탄할 것도 못된다. 그는 도적놈이다. 송장의 몸에 붙은 물건을 훔치는 놈이다. 어떤 나라에는 화재 통에 도적질을 하는 화재장 도적이라는 것이 있다고 하더니 그보다도 윗수 치는 전장 도적이라니 참 놀라운 영업이 아닌가. 어떻게 생긴 사람이 하는 일인지 필경은 병정 퇴물 같은 위인이겠지마는 얼굴 생김을 좀 보고 싶다.

그는 지금 마침 꿇어 엎드려서 어떤 송장의 손가락에서 금반지를 뽑아 가지고 미리 준비하였던 자루에다 집어넣고 엎드린 채로 사방을 한번 둘러본 뒤에 한 걸음 걸어가려 한즉 뒤에서 옷자락을 찌긋하고 잡아당기는 것이 있는지라. 아무리 송장은 벗겨 먹을망정 이때에는 마음이 선득하였다. 곧 마음을 가라앉혀 가지고 가마히 뒤를 돌아다본즉 지금 가락지를 뽑던 그 손이 옷자락에 걸렸었다. 그자는 혼잣말로

"나는 또 헌병이 온 줄 알고 깜짝 놀랐더니 귀신이로구나. 귀신 같으면 겁날 것 없다"

이러한 중에서도 이러한 수작을 하다니 참 지독한 놈이라고 하겠지마는 이러한 놈이 아니고는 이러한 일을 할 수가 없을 것이다. 그는 송장의 손을 떼쳐 버리고 가고자 하다가 다시 고쳐 생각을 한 것처럼

"가만있거라, 금반지를 끼었을 때는 사관 이상인데 또 무엇이 좀 있

을는지도 모르겠다”

하고 다시 돌아앉아서 그 송장을 다른 송장 밑에서 끌어내었다. 물론 얼굴은 피투성이가 되어서 달빛에 비추어도 잘 알 수가 없으나 어깨에 금줄의 견장이 붙었을 때에는 분명한 영관일다. 그는 옷가슴을 더듬어서 금시계를 찾아 가지고 위선 자기 주머니에 이사를 시키고 다음에는 송장의 군복 주머니를 뒤어 보니 여기에는 가볍지 아니한 돈지갑이 있다. 이것도 역시 이사를 시키고

“의외에 재수가 좋았다”

하면서 다시 가고자 한즉 이번에는 송장이 말을 하는데

“참 고맙소”

하고 치사를 하였다. 아아, 이 사람은 채 죽지 아니한 사람으로서 자기가 도적맞는 것을 정신없는 중에 구호를 받는 줄로 생각한 모양이다. 도적놈은 할 말이 없었다. 그 장교는 또 목 안의 소리로

“싸움은 어떤 편이 이겼소”

“영국 편이 이겼어요”

“에—, 분하다”

하고 말은 하면서도 눈은 뜨지 못하였다. 정말 눈 뜰 기운도 없는 모양이었다. 그리고 다시

“여보, 내 가슴에 금시계가 있고 군복 주머니에 돈지갑이 있소. 그것을 당신에게 드리는 것이니 가져가시오”

아무리 도적이라도 ‘벌써 가져왔소’ 할 수는 없으니까 다만 순순히 대답을 하고 그 사람의 말대로 옷가슴과 주머니를 뒤어 보는 체하다가

“벌써 없어졌어요”

“음, 그러면 도적을 맞았군. 나를 살려 준 값으로 노형께 드리려고 하였더니”

과연 이 장교가 살아날는지 못 살아날는지 그는 아직도 알 수 없는

일이다. 이때에 마침 어디로서 파수 병정의 오는 듯한 자취소리가 들리는 고로 도적놈은 달아나려고 하였다.

"여보시오, 목숨을 살려 주셨는데 누구신 줄도 몰라서야 되겠소. 이름이나 좀 가르쳐 주시오"

염치없는 도적놈은 목 안의 소리로

"영감과 같은 불 편입니다. 저기 파수 병정이 오니까 이야기는 더 할 수 없어요. 영감도 인제 정신은 차리셨으니 달아나는 대로 달아나 보시오"

꼼짝도 못 하는 사람을 보고 달아나라고 하는 것은 억지의 말이다. 그 장교는 또 말을 물었다.

"노형 벼슬은"

"정교입니다"

"성함은"

"태날추라고 합니다"

오, 이것이 태날추로구나. 그 뒤에 황애련의 딸 고설도를 맡은 군인 여관의 주인 태날추는 이 전장 도적이다. 다만 이것 한 가지만 보아도 그자의 위인은 넉넉히 알 것이다.

"고맙소, 태날추 씨. 성함은 잊지 않겠소. 내 이름도 알아 두시오. 나는 육군 참령에 홍명수라는 사람이오"

태날추는

"여기서 만일 잡히면 나는 적군에게 총을 맞아 죽을 터인즉 위선 피신하겠습니다"

하고 어디로 달아나 버렸다.

48. 두 번째 잡히어

태날추의 내력은 이만하면 알았거니와 태날추에게 도적을 맞던 홍 참령은 어떠한 사람인가. 이는 차차 알 날이 있을 것이니 독자는 그때를 기다리시오.

* * *

은행에다 맡기었던 큰돈을 찾아 가지고 파리를 향하여 도망질한 장팔찬은 겨우 나흘 만에 파리에서 도로 잡히었다. 그는 파리에서 문화리를 가고자 하여 마차에 오르다가 형사 순사에게 들키었다 한즉 필경 고설도에게 가려고 하다가 잡힌 것이다.

그래서 재판소로 들어갔는데 재판소에서는 물론 그가 큰돈을 가진 줄을 아는 고로 매우 힘을 들여서 수색하였으나 그의 몸에는 겨우 잔돈푼밖에 없고 은행에서 찾아 낸 돈은 어디다가 두었는지 알지 못하고 말았다. 장팔찬은 그대로 선고를 받았는데 그 죄는 팔 년 전에 흉기를 가지고 강도질을 하였다는 것이 제일 큰 죄요 또 검사의 말에는 요사이 이 나라의 남편 지방에서 출몰하는 흉악한 강도당에도 착명을 하였으리라고 하였다. 그 위에다가 십구 년 징역을 한 전과자인 까닭으로 형벌은 제일 중한 법을 쓰게 되어서 사형에 선고되었더라.

피고 된 장팔찬은 한마디 발명도 아니 하고 변호도 아니 하였으며 사형에 선고되어도 상고도 아니 하였으나 사형 죄인은 누구든지 이 나라 임금에게 주달한 뒤에야 집행을 하는 전례이라. 그때에 이 나라 임금께서 특별한 처분으로 일 등을 감하여 종신 징역으로 하라고 명령을 내리었다. 어림컨대 재판소에서는 죄는 죄대로 치고 법은 법대로 쳐서 그 죄에 적당한 법을 쓴 것이요 나라의 임금은 이 사람이 한 지방의 시장으로 있던 일을 생각한 모양이며 또 그 지방을 얼마큼 번창하게 만들어서 가끔 내무 대신과 탁지대신들이 행정관의 모범이 될 사람이라고 주달하던 일을 생각하는 모양이다. 이것 한 가지는 임금의 덕택일다. 감한 형벌은 겨우 한 등에 지나지 아니하나 사형과 종신 징역은 비상히 다른 것이니 종신 징역이 되면 오랫동안 감옥에 있는 동안 어떠한 일이 생기어 이 세상에 나와 볼는지도 알 수 없는 것이다.

그래서 다시 툴롱 감옥으로 압송되어서 옛날에 고생하던 그 감옥에서 다시 한 번 고생을 하게 되었다.

그 뒤에 얼마를 두고 세상 사람들이 궁금하게 여기던 것은 장팔찬의 큰 재물이다. 어떻든지 오십만 프랑은 한 푼이 넘어도 넘을 터인즉 두 눈에 동록 오른 세상 사람들이 침을 삼키는 것도 괴이치 아니한 일이다. 어찌하였나, 어디다가 감추었나 하고 사람마다 궁금하게는 여기었으나 알 수 없었다. 그렇지마는 대강 짐작이나 나설 만한 사실을 기록하여 볼진대는 대강 이러하다.

그는 몽트뢰유 시의 감옥을 빠져나와 가지고 차보열이에게 급한 경상을 당하여 위태한 틈에서 은행 돈을 찾아 내어 가지고 그날 밤중에 파리를 향하여 도망질을 하였다. 도망질하는 길에 황애련의 딸 고설도가 몸 부쳐 있는 문화리를 다녀간 것은 사실인 모양인데 물론 태날추의 집에 들어간 것도 아니요 고설도를 찾아본 것도 아니나 경찰서에서 조사한 것으로 보면 문화리 근처에서 하룻밤이나 이틀 밤을 방황한 형적이 있다 한다. 그러하고 보면 그 근처에다 돈을 감추었으리라고 짐작이 나섰다. 그는 어찌 되었든지 돈을 감추었다 하면 다시 그 돈을 꺼내어 쓸 날이 있는 줄로 생각을 하는 것이다. 몸은 종신 징역의 쇠사슬에 매어 있어도 일평생을 그 안에서 지내지는 아니할 경륜인가 보다.

또 문화리의 어떤 노동자는 이상한 일을 보았다 한다. 그자는 이왕에 징역을 하고 나온 자로서 출옥한 뒤에 할 것이 없어서 하루에 몇 푼씩 받아먹고 남의 산림을 지켜 주는 터인데 하루 아침에는 산에 가 순경을 도노란즉 풀숲 속에서 괭이와 곡괭이가 보이는 고로 필경 누가 무엇에 쓰려고 감추었나 보다 하고도 도끼나 낫과는 달라서 그것으로 나무를 베는 것은 아니니까 그대로 내버려 두었더니 그날 밤중이 지나서 장광이 한 자가량이나 되는 나무 상자를 옆에다 끼고 그 산중으로 들어가는 사람을 보았다. 그때 당장에는 무심히 넘겼다가 한 십 분이나 지난 뒤에 다시 생각이 났다. 그러면 오늘 아침에 풀 속에서 보던 그 연장은 이 사람이 감춘 것이 아닌가. 이 사람이 이 산에다가 무엇을 감추려는 것이 아닌가. 그러면 필경 지금 끼고 들어가던 상자밖에 될 것이 없는데 그 상자에는 무엇이 들었는가. 관인가. 관일 것 같으면 너무 작은걸. 아무리 갓 낳은 아이라도 그보다는 상자가 커야 할 터인데 그러면 무슨 보물이다. 금은인지 지전인지 그는 알 수 없지마는 어떻든지 돈푼 싼 물건이겠다. 이와 같이 생각을 하고서 그는 곧 그 뒤를 쫓아서 산속으로 들어갔었는데 괭이와 곡괭이도 간 곳이 없고 사람도 간데 없었다. 한 시간가량이나 공연히 쏘다니다가 마침내 찾지도 못하고 그대로 내려왔는데 그 뒤로 또 한 시간쯤 있다가 아까 그 사람이 산에서 나오는데 이번에는 괭이와 곡괭이만 둘러메고 나왔다. 이번에는 어떠한 사람인가를 자세히 보려고 그 사람을 비춰 보았으나 밤이 되어서 잘 보이지 않고 다만 튼튼한 장정이라는 어림만 나서는 고로 어두운 밤에 어름어름하다가는 공연히 맞아 죽을까 염려를 하여서 가만히 숨어 있었다. 그동안에 그 사람은 어디로 가 버렸다.

그 산지기는 이튿날부터 아무한테도 이야기는 하지 않고 혼자 속침으로 산속에 들어가서 새새틈틈이 뒤져 보았으나 무엇을 파묻은 듯한 형적은 도무지 없었다. 그자가 하도 열심으로 찾아다니니까 눈치 빠르기로 유명한 군인 여관의 주인 태날추는 그 사람을 불러다 놓고 자세히 캐어물은 일도 있었으나 이야기가 너무도 허무하여서 그럭저력 소문도 아니 나고 말았다. 그렇지마는 혹 이 일이 장팔찬의 돈 감춘 일과 관계가 있는지도 알 수가 없다. 의심하기로 당하면 그 사람이 곧 장팔찬이가 아닌가. 이는 자연히 알아질 날이 있겠다.

49. 옥중의 고생

어디다가 돈을 감추었는가 하는 것은 알 때가 돌아오기까지 알지 못하는 것으로 돌려 버리고 장팔찬의 이야기나 듣기로 합시다.

장팔찬은 다시 툴롱 감옥으로 들어가게 되었다. 이번에는 아주 종신 징역이 되었으며 그 옷깃에는 구천사백삼십 호라는 번호표가 붙었는데 때는 일천팔백이십삼년 팔월이더라.

장팔찬은 이와 같이 하여 다시 감옥에 들어갔거니와 그가 팔 년 동안을 살아오던 몽트뢰유는 어찌 되었는가. 처음 장팔찬이가 자현을 할까, 아니 할까 하고 애를 하던 때에 생각한 바와 같이 장팔찬이가 없는 뒤로부터는 몽트뢰유 시가 다시 결딴나기 시작하였다. 마치 아력산 대왕이 죽은 뒤에 그의 나라가 결딴난 것이나 일반이다. 왕의 부하에 있던 여러 장수들이 각기 권세를 다투던 모양으로 마대련 씨의 부리던 사람들이 제가끔 이익을 다투며 경쟁을 하여서 그럴듯한 제조소도 잠시 동안에 문을 닫치고 말아 버렸다. 마대련이가 마대련 씨가 되고 마대련 시장이 될 때쯤은 제조하는 목적이 그저 좋은 물건을 만들고자 하는 것이더니 장팔찬의 없는 뒤에는 그 목적이 이익을 남기겠다는 데로 기울어져 버렸다. 그러한 까닭으로 점점 물건이 나빠지며 이름이 떨어져서 사는 사람은 줄어들고 주문은 막히어 버렸다. 이러한 다음에야 다시 번창할 까닭이 있을쏜가. 가련타, 몽트뢰유의 영화는 일장춘

몽에 지나지 못하였구나.

＊＊＊

　장팔찬이가 툴롱 감옥으로 다시 감옥에 들어온 지 석 달 되던 때, 곧 일천팔백이십삼년 시월 그믐에 지중해 함대의 군함 오리옹호가 수선하기 위하여 툴롱 항구에 들어왔는데 군함 구경은 이 지방 사람들의 괴벽으로 좋아하는 것이라 매일 항구 앞에는 사람들이 백차일 치듯 하며 신사 숙녀라고 하는 점잖은 사람들도 구경을 나와 섰다. 하루는 해가 한낮쯤 되어서 제일 큰 돛대 위에서 무슨 일을 하던 늙은 해군이 심한 바람에 발을 잘못 디디었던지 그 높은 위에서 몸을 휘뚝거리다가 고만 거꾸로 떨어졌다. 그러나 그 늙은 해군은 다행히 아주 떨어지지 않고 돛대 옆에 달리어 있는 줄을 붙들고 매달렸다. 이와 같이 하여 다행히 떨어지지는 아니하였으나 외가닥 줄에 가 몸이 매달려 심한 바람에 추천을 뛰니 그 팔 기운이 다하는 날이면 도로 떨어지는 날이다. 그는 어떻게든지 그 줄을 타고 돛대 위에까지 올라가 보려고 애를 무진 썼으나 바람이 심한 까닭으로 몸이 좌우로 흔들리어 어떤 때에는 몸이 바다 위로 가고 어떤 때에는 갑판 위로 와서 그대로도 현기가 날 지경인즉 줄을 탈 수는 더구나 없었다. 그러한 중에 팔 기운은 점점 줄어서 쩔쩔매는 모양은 아래에서 보는 사람이 차마 못 볼 지경이었다.

　에그, 저를 어찌하나 하는 소리는 육지에 있는 구경꾼들 입에서도 올라오고 근처에 있는 배 창에서도 일어났다. 어떻게 구하여 줄 도리가 없나 하는 소리는 사방에서 일어났으나 원체 어떻게 할 도리가 없었다. 이 모양이 되고 보면 당자도 어려우려니와 보고 있는 사람도 정말 어렵다. 대신 당할 수가 있으면 대신이라도 당하겠다 하는 깊은 동정이 여러 사람의 가슴속에서 솟아 나왔으나 실상 어찌할 도리가 없었다.

178

그러한 중에 당자의 기운은 점점 줄어들었다. 만일 구할 것 같으면 지금 재치껏 구하여야 하지 오 분만 지나면 아무리 구할 도리가 있을지라도 소용이 없게 되었다. 참 아슬아슬한 판에 누구인지 원숭이같이 돛대를 기어 올라가는 사람이 있었다. 그는 공중에 달린 사람을 구하러 가는 것이다. 구하려고 하다가 같이 죽을는지도 모르는 일이지마는 그는 그러한 생각을 아니 한다. 사람 하나를 눈 뜨고 죽이느니보다는 자기와 같이 죽는 것이 도리어 나은 줄로 생각을 하는 모양이었다.

여러 사람들은

"에그, 위태하다"

고 거의 우는소리같이 소리를 질렀다. 그런데 이 위태한 일을 능히 하는 사람은 누구인가. 몸에는 붉은 옷을 입고 머리는 눈같이 희었다. 아아, 그는 징역꾼이요 나이는 늙었다. 이러한 사람이 어찌 군함 속에 있었던가. 그는 같은 징역꾼들과 같이 허리에 철사를 두른 채로 아침부터 이 군함에 와서 인부 모양으로 일을 하였었다. 툴롱의 징역꾼들은 항구에 나와 일을 하는데 그는 여러 사람들과 같이 공중에 달린 늙은 해군의 신고하는 모양을 차마 보다 못하여

"누구, 구할 사람이 없는가"

하는 간수의 말을 듣고

"내가 구하지요"

하고 대답을 하였다. 그리고 간수의 승낙이 떨어지자 옆에 있던 두끼를 집어서 자기 허리에 달린 철사를 끊어 버렸는데 그 사람은 기운이 어떻게 세차던지 철사는 썩은 새끼같이 끊어져 버렸다. 그러나 그때에는 그것을 눈여겨보는 사람이 없었다가 추후에야 그런 이야기가 났다고 한다.

그는 기엄기엄 올라가서 돛 다는 가로쇠 막대기 위에 올라서더니 한번 형편을 둘러보았다. 마치 싸움에 능한 늙은 장수가 전장에 들어

서서 위선 지세의 원근 고저를 둘러보는 모양이다.

50. 불쌍한 늙은 죄수

늙은 죄수는 돛대 위에서 이삼 초 동안쯤 멈추어 서서 형편을 둘러
보았다. 이 동안에도 사나운 바람은 새끼 끝에 달린 해군을 좌우로 내
흔드는데 그 이삼 초 동안이 쳐다보는 사람의 급한 마음에는 이삼 년
이나 되는 것 같았다. 죄수는 마침내 눈으로는 먼 하늘을 쳐다보면서
한 걸음을 가로쇠 막대기 위로 내디디는데 여러 사람들은 휘유 하고
한숨을 내쉬었다. 늙은 죄수는 광대가 줄을 타는 모양으로 두 팔을 벌
리고 달음질로 걸어서 가로쇠 막대기의 맨 끝에까지 나가더니 자기가
가진 참바 줄을 한 끝은 거기다가 잡아맨 뒤에 그 줄을 타고 주르르 미
끄러져 내려갔다. 이때에 여러 사람들은

"에그, 저 사람이 어떻게 하려고 저러한 일을 하나"

하고 비상한 염려를 하였다. 과연 그 늙은 죄수가 어떠한 재주를 가
졌는지는 모르거니와 한 사람을 구하려다가 두 사람이 죽게 될는지도
알 수 없는 형편이다.

그 모양은 마치 거미가 파리를 잡으러 가는 것 같았다. 다만 이 거
미는 잡아먹으려는 거미가 아니라 살려 내고자 하는 거미일다. 근처에
둘러서 있던 근 만 명의 구경꾼들은 다 같이 염려가 되어서 눈살을 찌
푸리며 숨도 크게 쉬지를 못하는데 그 모양은 마치 저 불쌍한 두 사람
을 잡아 흔드는 바람에 다만 콧김 하나라도 보태지 아니하려는 것 같
았다.

그 늙은 죄수는 바람에 불리어서 잠시 동안을 공중에서 오락가락

하다가 서로 마주치는 계제에 한 손으로 해군의 허리를 붙들었다. 그는 한 손으로 자기 줄을 붙들고 한 손만 놀리어서 해군의 허리를 자기 줄 끝에다가 붙들어 매었다. 아아, 이것이 무슨 재주인가. 한 손으로 자기 몸을 지탱하고 한 손으로 남의 허리를 잡아매다니 이것이 공중에 매달려서 할 수 있는 일인가. 그는 참 귀신같은 재주일다.

인제 해군은 염려 없이 되었다. 줄 붙든 손은 놓을지라도 허리를 붙들어 매었은즉 떨어질 염려가 없는 것을 본 뒤에 그는 다시 줄을 타고 가로쇠 막대기에까지 기어 올라가더니 이번에는 줄을 낚아서 해군을 끌어 올리기 시작하였다. 그는 기운을 얼마나 가졌는지 휘뚝휘뚝하는 가로쇠 위에 올라앉아서 별로 힘도 아니 들이고 슬슬 끌어 올리더니 마침내 자기 손으로 끌어안았다.

이때에 구경꾼들은 와하고 소리를 지르며 일제히 칭찬을 하는데 만구일담으로

"그 사람을 특사하라"

고 감격한 소리를 질렀었다. 참 특사라도 할 만한 가치가 있다.

가로쇠 위에까지 올라간 다음에는 해군에게는 평지나 일반이다. 그는 늙은 죄수의 손길을 잡고 감사한 뒤에 자기 처소로 돌아갔다.

그 뒤에 홀로 처진 늙은 죄수는 잠시라도 철사를 끊고 따로 떨어져 있은 것이 마음에 미안하던지 돛대를 급히 내려오기 위히여 옆에 늘인 벌이줄을 붙들고 미끄러져 내려오더니 중간쯤 내려오다가 어떻게 하였는지 별안간 바닷물에 가 떨어져 버렸다. 아아, 그는 사람을 구하고자 하다가 필경 자기가 그 대신이 되고 말았다.

이것을 보고 군함에서는 보트를 네 척이나 내리었다. 만일 이 사람을 구하지 못하여서는 여러 사람에게 대하여 할 말이 없겠다 하여서 선장의 지휘로 여러 사람들이 애를 쓰며 보트는 용솟음을 치는 물결 위로 빗질을 하다시피 하였으나 마침내 시체도 떠오르지 아니하였다.

이 근처에는 무수한 배들이 대어 있은즉 어떤 배 밑으로 밀려 들어갔는지 까닭을 알 수가 없으며 다른 배에서들도 이 모양을 보고서 보트를 내리어서 조력을 하였으나 소용이 없었다. 이와 같이 밤이 들도록 수색을 하였으나 마침내 그 죄수의 시체는 찾지 못하고 말았다.

이 근처의 바다 밑에는 해초가 번성하여서 잠수꾼들도 걸리어 죽는 수가 있은즉 죽어서 시체가 아니 올라오는 일은 그리 드문 일도 아니었다.

그 이튿날 즉 일천팔백이십삼년 십일월 십칠일에 이 지방 신문에는 아래와 같은 기사가 게재되었더라.

작일 오리웅호에서 남을 구하려다가 도리어 자기 몸이 죽은 협기 있는 늙은 죄수는 마침내 시체도 떠오르지 아니하였는데 그는 이 지방 감옥의 제구천사백삼십 호의 죄인이었으며 이름은 장팔찬이라더라.

독자들도 짐작을 하였으려니와 이 사람은 과연 장팔찬이었다.

51. 성탄제일 밤 (1)

장팔찬은 이 세상을 떠난 뒤에 소식이 돈절하였다. 물론 소식이 있을 까닭은 없으니 필경 물풀과 같이 바다 밑에서 사라지고 말았을 것이다.

그가 바다에 떨어지던 해도 그럭저럭 다 저물어져서 일 년 일 차의 성탄제일이 돌아왔다. 성탄제일이 얼마나 경사롭게 여기는 날이며 얼마나 번화한 날인가는 새삼스러이 기록할 것도 없거니와 장팔찬이가 항상 궁금하게 여기던 고설도의 부쳐 있는 문화리 같은 시골 주막에도 야시가 선다, 구경거리가 나온다 하여서 상당히 번화하여졌으며 평시에 별로 손이 들지 않는 군인 여관에도 이날은 육칠 명의 손님이 들어섰다.

원래 이 문화리라 하는 주막거리는 산 중턱에 있어서 항상 물이 귀한 곳이라. 거의 칠 마장이나 되는 산골짜기에 가서 돌 틈에서 나오는 샘물을 길어 오는데 낮이면 물장수가 있어서 군인 여관 같은 집에서도 그 물을 사서 쓰지마는 밤이 되면 물장수도 아니 오는 고로 물이 없어지면 물통을 들고 칠 마장이나 되는 캄캄한 길을 가서 길어 올 수밖에 없다. 그러한데 밤에 그 물을 길러 가는 사람은 금년에 겨우 여덟 살 먹은 계집애 고설도이다. 아주 거짓말 같지마는 거짓말이 아니었다.

독자도 이미 아는 바와 같이 태날추의 내외는 고설도를 아주 종으로 부리었으며 더욱이 황애련에게서 돈 뒤가 끊긴 뒤로부터는 더한층 심하게 굴어서 가뜩이나 파리한 몸은 아주 시들어 말랐다. 다른 아이들 같으면 지금이 한참 피어 올 나이련마는 불쌍한 고설도는 두 뺨이 홀쭉하고 두 눈이 폭 꺼져서 어여쁘던 저의 모친과는 당치도 아니한 총냥이 같은 얼굴이 되었다. 그런데 이와 같이 잔약한 어린아이를 무시로 부려 먹는 주인집 마누라는 부대하고 튼튼하기로 근처에서도 유명한 여자이라. 근처 사람들은 이 모양을 보고서 심지어 코끼리 상전에 생쥐 하인이라고까지 별명을 지었더라. 이날 밤은 일 년 일 차의 제일 큰 명절이라 모든 사람들이 즐겁게 놀건마는 이 불쌍한 고설도는 부엌 구석의 탁자 밑에 가 꼬부리고 앉아서 구쓰 버선을 짜고 있다. 이 구쓰 버선은 주인의 딸 봉인이와 설매가 신을 것이요 그 탁자 밑은 설도의 거처하는 처소일다. 탁자 밑에 있으면 한겻지기도 하고 주인마누라에게 매를 맞을 때에도 탁자 발에 걸리어서 얼마큼 덜 얻어맞는 도리가 있는 까닭으로 자연 그 속에 들어가 있게 된 것이나 탁자 밑에서 용신을 한다 하면 그 몸이 얼마나 작은지는 가히 알 것이다.

구쓰 버선을 짜면서도 고설도는 때때 무슨 걱정을 하는 모양이었다. 여덟 살밖에 아니 된 어린아이 마음에 걱정되는 일이 있다 하면 너무도 이상한 듯하나 나이는 여덟 살이지마는 고생에는 늙었다. 그 생각하는 일은 무슨 일인가. 물통에 물이 적어서 그것이 걱정일다. 밤에 물을 길러 가기가 어려운 고로 낮부터 물이 떨어지지 아니하도록 준비는 하여 놓으나 오늘은 손님이 많이 들어서 물을 의외에 많이 썼다. 제발 오늘 밤만 무사히 지났으면 좋겠다. 만일 이 위에 물을 더 쓸 일이 생기어서는 큰일 났다고 속으로 걱정이 되어서 주인마누라의 거동과 손들의 눈치를 살피고 있으니 어린아이 마음에 얼마나 겁이 나면 이러한가.

주인 태날추는 사무실에 앉아서 어떤 손들과 옛날 전쟁에 나가서 싸움 싸우던 이야기를 하는데 연해 자기가 유공하다는 자랑을 하면서

"내가 육군 참령에 홍명수라는 이를 구하여 내던 일 같은 것은 정말 훈장을 탈 만하지요"

하고 큰소리를 한다. 이것은 모두 거짓말이다. 송장을 벗겨 먹는 '전장 도적'에게 훈장을 내릴 틀린 사람이 어디 있으랴. 태날추의 마누라는 그 이야기를 귀담아들어 가면서 음식을 만들고 있다가 화로 위에서 끓는 찌개 그릇을 열고 숟가락으로 떠서 훌쩍 마시어 보더니

"에그, 좀 짜구나"

하고 보시기를 들고 물통 앞으로 갔다. 이 모양을 보고 있던 고설도는 고만 겁이 나서 떨었다. 그러나 다행히 물통 밑에는 반 보시기가량쯤 물이 남아 있었다. 주인마누라는

"에그, 물이 없네"

하고 혼잣말을 하면서도 길어 오라는 말은 아니 하는데 마침 이때

에 마구간 편짝에서 손님 하나가 나오면서

"아아, 몹시도 어둡다. 곧 뺨을 때려도 모르겠네"

하였다. 설도는 이 말을 듣고 또 가슴이 두근거리기 시작하였다. 만일 이 위에 한 사람이라도 손님이 더 오면 세상없어도 물은 길어야 하겠는데 이 어두운 밤에 산골길을 어떻게 가나. 지금 그 손님은 또 말을 하였다.

"주인댁, 주인댁, 우리 말은 아직 물을 안 먹었소"

인제는 고설도의 운수가 아주 다하여 버렸다.

52. 성탄제일 밤(2)

우리 말은 물을 안 주었다는 말이 고설도의 귀에는 바로 사형 선고와 같이 기가 막히게 들렸다. 인제는 세상없어도 물을 긷게 되었구나.

주인마누라는 무심히 나오는 말로

"아니여요. 초저녁에 다 주었습니다"

손은 말소리에 힘을 들여서

"아니, 주지 않았어"

고설도는 탁자 밑에서 기어 나왔다.

"아니여요. 아까 주었습니다. 그 말이 물을 한 통이나 먹었는데요. 제 손으로 떠다 주었어요"

이것은 거짓말이다. 물 길러 가기가 기가 막히니까 어린아이도 거짓말을 하는 것이다. 그 손은 껄껄 웃으면서

"에―, 요년의 계집애, 조막만도 못 한 것이 거짓말은 산더미같이 하는구나. 물을 안 준 것은 대번에 표가 난다. 우리 말은 물을 안 주면

코를 부는 버릇이 있어서, 애야”

다시는 발명할 말이 없다. 그렇지마는 고설도는 어떻게든지 우겨 보려고 애를 썼다. 곧 울음이 나올 듯한 목소리로

“정말 물을 많이 먹이었는데요”

손은 귀찮은 모양으로

“아무렇든지 물을 주라는데 웬 잔소리가 그리 많으냐”

고설도는 또 탁자 밑으로 깊이 들어가 버렸다.

이때에 주인마누라는 화로 옆을 떠나서

“손님이 주라시거든 몇 번이라도 주려무나”

하고 사방을 둘러보더니

“아, 요년, 금방 또 어디로 갔네. 애, 설도야, 설도야, 저 망할 년이 왜 저 속에 가 박히었어. 어서 못 나오겠니”

설도는 할 수 없이 또 기어 나왔다.

“마구에 가서 물을 주고 오너라”

설도는 곧 울음이 나올 듯한 가긍한 목소리로

“물이 없는데 어떻게 주어요”

“없으면 가서 길어 오지”

길어 오지 하는 말은 쉽지마는 캄캄한 밤에 칠 마장이나 되는 데를 갔다가 오려면 고설도의 걸음에 한 시간을 걸린다. 무거운 물통을 들고 추운 바람에 떨어 가면서 지금 물을 길러 가다니 이것이 여덟 살 된 아이의 할 일이란 말인가. 주인은 커다란 함석 통을 고설도의 앞에다 내어다 놓는데 설도의 몸보다도 물통이 크다. 설도는 할 수 없이 물통을 들었다.

“그리고 오는 길에 면보를 한 근만 사오너라”

하고 십오 전짜리의 은전 한 푼을 집어 던졌다. 설도는 그것을 집어서 허리춤에 찌르고도 차마 나서지를 못하는데 주인마누라는 조금도

사정없이 문을 열어젖히며

"어서 갔다 오너라"

하고 소리를 질렀다. 고설도는 마치 그 말소리에 불린 것처럼 물통과 같이 굴러서 문밖으로 나갔는데 바깥에는 침침칠야이며 야시의 등불만 이곳저곳에 희미하게 비치어 있을 뿐이었다.

군인 여관의 건너편 집에는 아이들의 장난감을 파는 상점이 있는데 그 상점 진열장 안에는 광고하기 위하여서 어여쁜 소꿉 각시 하나를 커다랗게 만들어 세웠었다. 그 고운 옷이며 다보록한 머리털이며 금방 웃을 듯한 두 뺨은 지나다니는 계집아이들에게 가지고 싶은 욕심을 나게 하였다. 고설도의 주인집 딸 봉인이와 설매도 이날 낮부터 몇 차례를 와서 보고도 값이 비싼 까닭으로 저희 어머니를 졸라 볼 생각도 못 하고 말았었다.

고설도는 경황없는 중에도 천생이 계집아이이라 이 소꿉 각시를 보고 걸음을 멈추었다. 들고 가던 물통을 옆에다 내려놓고 정신없이 바라보는데 이 아이의 눈에는 이 장난감을 늘어놓은 진열장 속이 대궐 속같이 보이며 소꿉 각시의 선녀같이 좋은 의복을 입어 보았으면 얼마나 마음에 좋으며 세월 가는 줄을 모르고 이 소꿉 각시를 바라보았으면 오죽 기쁘리요마는 설도가 이와 같이 구경을 하고 있는 그 등 뒤에서는 별안간 벼락이 내렸다.

"이때껏 꿈지럭거리고 있느냐"

하고 주인마누라의 목소리가 들렸다.

고설도는 물통을 집어 들고 달아나 버렸다. 이 군인 여관은 이 동리 초입에 있는 고로 몇 걸음을 아니 가서 벌써 산골길이 되어 버렸다. 물론 산골길에는 등불이 없는 고로 곧 이마를 마주 붙여도 알 수가 없도록 캄캄한데 그 캄캄한 길을 더듬더듬 홀로 걸어가는 고설도의 마음이 얼마나 무서우랴. 거기다가 또 쌀쌀한 밤바람은 손등을 에어 내는 듯하다. 설도는 몇 차례나 걸음을 멈추고 집으로 돌아가려 하였으나 그 때마다 주인마누라의 벼락같은 소리가 귀에 들리는 듯하여서 훌쩍훌쩍 울면서도 샘에까지 찾아갔다. 아무리 익기는 익은 길이지마는 이 어두운 밤에 바로 찾아온 것이 도리어 별일이다.

어떻게 물은 길어서 통에다 담았으나 고설도의 몸에는 큰일이 또 났다. 물을 긷기 위하여 몸을 굽힌 때에 허리춤에 찔렀던, 면보 살 은전이 샘 속으로 빠져 들어갔는데 설도는 은전 생각을 아주 잊어버려서 빠지는 줄도 모르고 있었다. 간신히 물을 길어 가지고 들고 일어서려 한즉 기운이 진하여서 물통은 땅뜀도 아니 되는지라. 잠시 동안 물통에 의지하여서 쉬고 있노란즉 캄캄한 눈앞에 누구인지 서 있는 것 같았다. 겁이 나니까 그러한 것이겠지. 누구이든지 캄캄한 밤중에 홀로 있으면 무슨 이상한 것이 오는 듯싶어서 더욱더욱 무서워지는 법이라. 고설도는 필경 도깨비가 나온 줄로 알았다. 인제는 무서운 것도 잊어 버렸는지 고만 물통을 들고 달아난다.

그러나 사오 간쯤 가는 동안에 물이 넘쳐서 설도의 치마는 물행주가 되었다. 그렇지마는 추운 생각도 할 겨를이 없는지 배착배착 가다가는 좀 쉬고 좀 쉬다가는 또다시 배착거린다. 물은 점점 줄건마는 무게는 점점 늘어서 필경은 한 걸음도 걷지를 못하게 되었다. 아아, 아아, 세상에 못 할 일이 이 외에 또 있을까. 하느님이 무엇인지 알지도 못하던 어린아이 입에서는 하느님을 부르는 소리가 들린다.

"하느님, 하느님, 살려 줍시오"

이보다 더 간절한 기도가 또 어디 가 있으랴. 만일 사람을 구하는 신명이 있다 하면 지금 이 고설도를 구하여야 하겠다. 과연 신명이 있구나. 축수하는 말이 끝나는 때에 물통은 가볍게 들리었다. 분명히 누구인지 같이 드는 사람이 있어서 그 손은 설도의 손에 스쳐졌다. 이는 신명이 아니라 사람이며 누구인지는 어두운 밤이 되어서 알 수가 없으

나 사내인 모양인데 설도의 등 뒤에 서서 물통을 들어 주었다. 설도는
무서울 터인데 무서운 생각이 아니 난다. 혹 설도의 모친이 지하에서
살펴보고 무서울 것 없다고 가르쳐 주었는지 자연히 켕기는 데가 있던
지 설도의 마음에는 까닭 없이 든든하였다.

53. 성탄제일 밤 (3)

고설도의 들고 오는 물통을 들어다 주던 사람은 그 누구인가. 처음
에 설도의 눈에 보이던 도깨비인가. 혹은 설도의 축원하는 말을 듣고
구하려고 나타난 신명이란 말인가. 그는 설도 저도 알지 못하는 일이
다. 그러나 어찌한 까닭인지 마음에는 든든하고 고맙다.

* * *

이날과 같은 날 한낮쯤 되어서 파리의 로피탈이라 하는 후미지고
한적한 골목에서 서투른 집을 찾는 시골 사람 모양으로 기웃기웃 돌아
다니는 사람 하나가 있었다. 머리털이 눈같이 흰 것을 보면 유십은 이
무래도 넘어 보이나 걸음걸이든지 몸 가지는 것을 보면 한 오십밖에는
아니 된 것도 같다. 그러나 아무리 한대도 젊은 사람은 아니요 기운 좋
은 늙은 사람이라고 할 수밖에 없었다. 왼편 손에는 수건에 싼 조그마
한 보퉁이를 들었고 바른편 손에는 굵다란 지팡이를 가졌는데 이 사람
의 의복을 보면 매우 구차한 사람 같으나 구차한 사람으로는 대단히
정결한 사람이다. 그의 의복은 해어지고 구멍이 뚫어졌으나 더럽지는
아니하였고 모자도 헐기는 헐었으나 솔질은 잘 하여 썼다. 이윽고 이

애사　　189

사람은 어떤 골목 안에 들어가서 이 층 구석에 있는 으슥한 방 한 칸을 빌려 놓았다. 방을 구하러 다니다가 방을 구하였으면 인제는 안심이 될 것인데 이 사람은 무슨 까닭인지 안심하는 중에도 불안한 빛이 있는 것 같았다.

이때는 마침 이 나라 임금 루이 십팔세가 날마다 문밖 거동을 하였다가 오후 두 시이면 이 로피탈을 지나서 돌아오는데 이 근처 사람들은 날마다 보는 까닭으로 별로 신기하게 여기지도 않고 그 소리에 놀라는 법도 없으나 그 행렬은 매우 굉장하였다. 그 사람이 방을 얻어 놓고 두 번째 큰길을 나온 때에 이 사람의 등 뒤에서 마차가 쫓아오는 것처럼 급히 달려오며 말굽 소리가 높이 들렸다. 이 사람은 이 근처에 처음 오는 사람이던지 이 마차 소리를 듣고 마치 경찰서 마차에 놀라는 죄인 모양으로 별안간 얼굴빛을 변하며 뒤를 돌아다보더니 고만 옆 골목에 가 숨어 버렸다. 그렇지마는 잘 숨지를 못하였던 모양이다. 이날 국왕의 마차에 배승하였던 아브레 공작은 눈 빠르게 이것을 보고 국왕에게

"폐하, 수상한 자가 있습니다"

하고 여쭈었으며 경비하던 경관들도 그 모양을 보고 사람을 놓아서 뒤를 밟게 하였다.

명령을 받은 경관은 곧 뒤를 밟기 시작하여서 이 골목 저 골목으로 그 사람 가는 대로 뒤를 쫓았으나 그 사람 역시 눈치가 빠르던지 자기 뒤에 따르는 사람이 있는 줄을 알고서 해가 진 뒤에 슬쩍 종적을 감추어 버렸다. 뒤쫓던 경관은 분하게 생각하였지마는 종적을 잃은 뒤에야 분하면 소용이 있으랴. 요다음에 또 만나기나 바랄 수밖에 없다.

뒤쫓는 경관을 따 세운 뒤에 그 사람은 이 골목 저 골목으로 휘휘 돌아서 시골 다니는 마차 상회를 찾아가더니 구라니 가는 표를 사 가지고 마차에 올랐다. 구라니라 하는 데는 이 이야기에 가끔 나오는 문

화리에서 좀 더 가는 곳일다. 마차의 어자는 처음에 그 사람의 옷주제를 보고 좀 눈살을 찌푸렸으나 별로 때가 묻었다든지 냄새가 나지는 않는 고로 그대로 표를 팔았었다. 이윽고 마차가 출발되어서 그날 밤 아홉 시가량에는 문화리 앞에까지 당도하였는데 그는 이곳에서 마차에 내려 가지고 부지거처가 되어 버렸다. 어자는 갑자기 의심이 나서 다른 손에게 이야기를 하였다.

"지금 내리던 그 노인은 어떤 사람일까요. 구차한 사람 같은데 실상은 대단히 사치한 사람인데요. 여기까지 오기에 구라니 가는 표를 사 가지고 왔습니다"

혹 다시 와서 타려는가 하였더니 다시는 오지 아니하였다. 그뿐 아니라 이 노인이 어디로 간 것은 아는 사람이 없었다.

그렇지마는 그 노인이 승천입지를 한 것은 아니요 어두운 밤을 이용하여서 문화리 뒷산으로 들어가 버리었는데 이 산인즉 이왕에 장팔찬이가 큰돈을 파묻은 줄로 세상에서 의심을 하던 그 산이다. 노인은 어두운 밤일망정 길을 자세히 알던지 도무지 물어보는 일이 없었으며 물어보지를 아니할 뿐 아니라 만일 앞길에 사람의 기척이 있으면 곧 길가 돌창에 가 쭈그리고 앉아서 자기 몸을 숨기었다가 그 사람이 지나간 뒤에야 다시 걷기 시작을 하였다. 이와 같이 하여서 그가 산속에 들어간 때는 고설도가 물을 길러 간 때보다 한 시간 전이었다. 산중에 들어가서 무엇을 하였는지는 이 노인이 누구인지를 아는 사람은 대개 심작을 할 것이다. 그는 한 시간쯤 산속에서 무슨 일을 하고서 다시 천천히 내려왔다. 내려오다가 고설도를 만나 가지고 물통을 들지 못하여 고생하는 모양을 보았다. 물론 그 아이가 고설도인 줄은 알지도 못하나 다만 불쌍한 계집아이라고 생각을 하여서 뒤로 가서 물통을 들어 준 것이다. 아니, 처음에는 들어 주지 아니하다가 고설도가 하느님을 찾게 된 뒤에 차마 듣다가 못하여서 부지중에 들어 준 것이다. 이것이

무슨 연분이라고 할까. 이 세상에는 참 사람의 마음으로 측량할 수 없
는 이상한 운명도 많이 있는 것이다.

54. 성탄제일 밤(4)

　고설도는 물통 들어 주는 그 사람의 얼굴을 보려고 하였으나 캄캄
하여 보이지 아니하였다. 그 사람도 설도의 얼굴을 들여다보면서
　"애, 물통이 제법 무겁구나. 내가 들어다 주마"
　하고 말을 하는데 얼굴은 아니 보여도 그 말소리가 젊은 사람 같지
는 아니하였다. 고설도는 물통에서 손을 떼고 옆으로 서서 따라오는데
그 노인은 말을 묻기 시작하였다.
　"너, 몇 살이냐"
　"여덟 살이여요"
　"그런데 이런 무거운 것을 어떻게 드니"
　"그러기에 무거워 죽겠어요"
　"아직 갈 곳이 머냐"
　"여기서 한 십오 분 걸려요"
　그 노인은 잠시 동안 아무 말 없이 걸어가다가 별안간 물었다.
　"그러면 너의 어머니는 아니 계시구나"
　"몰라요"
　그 노인이 다시 말을 물어보려고 할 때에 그 아이는 또 말을 이었다.
　"없는가 보아요. 다른 애들은 어머니가 있는데 나는 없어요"
　그리고 또 조금 있다가
　"정말 당초부터 없는 것이겠지요. 들어 본 일도 없고 눈으로 본 일

도 없어요”

노인은 더욱더욱 측은한 생각이 나서 이윽고 물통을 땅에다가 내려놓더니

“같은 사람도 있나 보다”

하고 혼잣말을 하면서 왼손은 설도의 머리에다 바른손은 설도의 턱에다 대어서 설도의 얼굴을 젖혀 들고 어두운 중에서 비추어 보면서

“네 이름은 무엇이냐”

“내 이름은 고설도”

그 노인은 깜짝 놀라서

“에—, 고설도여”

하더니 다시 그 얼굴을 살펴보았다. 그리고 물통을 들고 다시 걷기 시작하였다.

“설도야, 너의 집이 어디이냐”

“우리 집은 문화리여요”

“누가 너더러 물을 길어 오라고 시키더니”

“태날추의 마누라가 시켜요”

“그래서 태날추의 마누라라고 하는 이는 무엇을 하니”

“여관을 하여요”

“그러면 마침 좋다. 나 좀 재워 다오”

고설도는 길나장이 모양으로 앞을 서서 갔다.

걸어가면서도 가끔 뒤를 돌아다보면서 까닭도 없이 좋아하는 모양은 마치 주인의 앞을 서 가는 개와 같았다. 조금 있다가 노인은 또 말을 물었다.

“너 말고 다시 하인은 없나”

“없어요. 봉인이라는 애하고 설매라는 애하고 계집애는 둘이나 있어도요. 그것은 주인의 딸이여요”

“그 애들은 무엇을 하니”

“각시들 가지고 놀지요. 아주 별 장난감이 다 있어요”

“너는 무엇 하니”

“나는 일하지요”

“일은 온종일 하니”

“일 다 하고서는 놀기도 해요”

“무엇을 가지고”

“나는 각시 하나도 없어요. 조그마한 납 칼이 있는데 짧아 빠진 요만한 것이여요”

하고 그 조그마한 손가락을 내보였다.

“칼을 가지고 놀면 위태하지”

“납이 되어서 버지지는 아니하여요. 배춧잎이나 파리 모가지는 버져도요”

이러한 이야기는 노인의 가슴에 사무쳐 들어갔다.

이러한 이야기를 하면서 두 사람은 문화리의 동리까지 들어왔는데 고설도는 아까 주인이 사 가지고 오라고 하던 그 면보 집 앞을 지나면서도 면보 생각은 아주 잊어버렸다. 그러한 중에 군조 여관 앞을 당도하였는데 고설도는 걸음을 멈추면서

“인제 그 통을 주셔요”

“왜”

“내가 안 가지고 가면 주인마누라한테 얻어맞아요”

노인은 물통을 설도에게 들리고 곧 군인 여관 문 앞에 왔다. 고설도는 문을 열고자 하다가 위선 건넛집에 벌여 놓은 소꿉 각시를 한번 쳐다보았다. 탐을 내어도 할 수 없는 일이지마는 아니 볼 수는 없었다.

문을 막 열자 주인마누라는 손에다 촛불을 들고 쫓아 나오더니

“이때껏 무엇을 하였어, 이 몹쓸 년아. 그동안에 손님이 세 번이나

재촉을 하셨다"

설도는 그 대답을 아니 하고

"여기 손님이 오셨어요"

하고 그 노인을 가리켰다. 손님이 왔다고 하면 꾸지람을 아니 할 줄을 안 것이다. 과연 주인마누라는 갑자기 태도가 변하여서 반가운 목소리로

"어서 들어옵시오"

하고 맞아들였다. 그러나 들어서는 사람은 아주 구차하게 보이는지라 별안간 쌀쌀한 말소리로

"주무시렵니까"

밤중에 들어온 손님이 자고 갈 것은 물론일다.

"예, 자고 가겠소"

이번에는 자기 남편과 눈치로 의논을 하는 모양인데 그 주인자는 아무 말 없이 아랫입술만 삐쭉하였다. 이것은 한 푼 건지 없는 손이라는 군호일다. 주인마누라는 곧

"마침 방이 없는데요"

"방이 없으면 아무 데라도 상관없소. 돈은 돈대로 낼 터이니"

"그러면 사십 전만 내시오"

"사십 전이오. 내지요"

하고 대답하는데 주인의 옆에 앉았던 먼저 든 손님이 깜짝 놀랐다.

"무엇이야, 하룻밤 자는데 사십 전이라니. 요전까지는 이십 전이 아니었나. 그동안에 올렸단 말인가"

"아니요, 올린 것이 아니라 나쁜 행인에게는 돈을 더 받아야지 그렇지 아니하면 차차 구지레한 손님들만 모여들어서 여관이 망합니다"

그 노인은 그런 말을 들은 체도 아니 하고 탁자를 향하여서 의자에 걸어앉았다.

55. 성탄졔일 밤 (5)

그 노인이 탁자를 향하여 앉으매 고설도는 술 한 병을 앞에 갖다 놓았다. 이것은 설도의 직책이며 손님이 오면 어찌 되었든지 술을 권하여서 한 푼이라도 돈을 많이 쓰게 하는 것이 이 여관의 규칙일다.

그리고 설도는 그 추운 밤에 물을 뒤어쓰고도 불 한번 쪼여 볼 생각을 못 하고 바로 탁자 밑으로 기어 들어가서 봉인이와 설매의 신을 버선을 짜고 있는데 그 노인은 술을 따라서 겨우 입술만 적시고 무슨 생각을 하는 것처럼 실심하고 앉아서 설도의 하는 거동만 살펴보고 있었다.

술까지 못 먹으면 이 여관에서 후대를 받기는 더구나 틀리었다. 정신없이 술을 먹어서 돈푼이 있는 대로 털어 내놓는 그러한 손이라야 쓰는 것이지 촐촐하게 아침저녁이나 사 먹는 손님은 아무리 방세를 갑절씩 내어도 대단할 것이 없다.

손은 고설도의 모양을 보고 불쌍한 마음을 이기지 못하였다. 입은 의복이라고는 살이 드러나도록 다 해어져서 걸레나 다름이 없고 얼굴은 바짝 마른 데다가 빛깔까지도 파르족족하게 되어서 좀 피어나 나게 되면 어떠할는지 이대로만 자라면 더할 수 없는 박색이 되겠다. 손은 그것을 보고 있다가 부지중에 한숨을 쉬는데 마침 이때에 주인마누라는 갑자기 생각난 것처럼 탁자 밑을 들여다보면서

"설도야, 설도야, 아까 사 오라고 하던 면보는 어찌하였니"

하고 물어보았다. 설도는 깜짝 놀랐으나 잊어버렸다고 할 수는 없으니까 면보 집 문이 벌써 닫혔더라고 거짓말을 하였다.

"문이 닫혔으면 열어 달라고 하지"

"대문을 두드려도 일어나지 않아요"

아아, 여덟 살 된 계집아이에게 거짓말을 아니 할 수 없게 하다니

세상에 이보다 더한 죄가 어디 있는가. 주인마누라는 잔뜩 벼르는 말로

"오냐, 내일 물어보자. 거짓말인가 참말인가. 그리고 아까 그 돈은 어찌하였니"

"예, 여기 있어요"

하고 설도는 저의 허리춤을 만작만작하더니 그 얼굴의 푸른 빛깔은 별안간에 잿빛이 되었다.

은전은 물을 길을 때에 우물에다 떨어트렸은즉 허리춤에 있을 까닭이 없다. 이때에 설도의 당황한 모양은 무엇이라고 형용할 수가 없었다. 조그마한 손으로 허리춤을 더듬고 또 더듬어 보다가 나중에는 두 눈에 눈물이 핑 돌았다. 주인마누라는 그 모양을 보고서

"자, 십오 전짜리 은전은 어찌하였니. 잃어버렸다고 핑계하고 훔쳐볼 생각이지. 그렇게 마음대로는 아니 된다. 당장에 내놓아라"

하고 죽일 년 잡쥐듯이 한다. 이 모양을 보고 있던 그 노인 손님은 주머니에 손을 넣어서 훔척훔척하다가 몸을 굽히어 마룻바닥에서 집어 올리는 것처럼 하면서

"여보시오, 주인, 이것이 아니오. 아까 어떻게 하다가 떨어트렸나 보오"

하고 주인마누라 앞에다 내놓았다. 공교히 이 은전은 이십 전짜리였다. 아까 설도가 가지고 가던 십오 전짜리보다는 오 전이 많건마는 주인마누라는 손을 내밀어 받아 들었다. 그리고 어찌 이상히 여기는 모양 같더니 그동안에 은전이 자라난 줄로 생각을 하였는지

"이것일는지도 모르겠습니다"

하고 받아 넣으며

"아이가 하도 아름아름하니까"

하고 얼굴빛을 풀었다.

이러한 판에 바깥으로부터 봉인이와 설매가 들어왔다. 이 아이들은 야시 구경을 갔다 오는 모양인데 들어오는 길로 각시며 기타 여러 가지 장난감을 내어 가지고 설도의 있는 데서 좀 떨어져 앉아서 놀기 시작을 하였다. 고설도와 이 주인의 딸은 세 계집아이의 나이를 한데다가 합친대도 스무 살이 다 못 되는데 이 세 사람 사이에는 벌써 사회의 현상이라는 것이 나타나 있다. 돈 있는 자는 마음이 거만하여 가난한 사람을 돌려내는 모양과 가난한 자는 그것을 부러워하여서 부자의 하는 일을 쳐다보고 있는 모양이 정말 이 세상에 나타나는 것보다도 더 분명하게 나타나 있다. 고설도는 잠시 동안 봉인이와 설매의 재미있게 노는 모양을 바라보고 있다가 구쓰 버선 짜기를 잊어버렸다. 주인마누라는 벌써 그것을 보고

"설도야, 설도야, 왜 한눈만 팔고 있느냐. 그 구쓰 버선을 얼풋 짜지 아니하면 이러하다"

하고 막대기를 들어서 때리는 시늉을 하였다. 밤낮으로 인정 없는 채찍을 맞는 것은 고설도의 몸에 푸릇푸릇한 멍이 있는 것을 보아도 가히 알 것이다. 고설도는

"잘못하였습니다"

하고 채찍으로 때려도 맞지 않도록 탁자 밑으로 문칫문칫 들어가면서 버선을 짜기 시작하였다. 노인 손님은 이때에 지나가는 말처럼 주인마누라를 보고

"오늘은 성탄제일이니 저 아이도 놀려 주시구려"

하고 청을 하였다. 정말 참다가 못하여서 나오는 말이겠다. 만일 다른 손님이 이만한 청을 하면 주인마누라도 무론 들었을 것이지마는 이 노인의 말이니까 주인마누라의 마음에는 거지 같은 그 주제에 아니꼽게 청은 다 무엇이냐 하여서

"아이도 먹고 산답니다. 벌지 않고 무엇을 먹어요"

하고 대답을 하였다. 정말 무서운 인심이다. 피골이 상련한 이 아이가 무엇을 얼마나 먹는지 알지 못하거니와 무엇이고 먹기는 먹을 터인즉 그렇지 않다고 우길 수는 없는 일이다. 그 손은 순순한 말로

"암, 그렇지요. 그런데 저 버선을 짜면 얼마나 벌이가 되나요"

하고 물어보았다.

"글쎄요, 한 켤레 짜는 데 닷새가 걸릴는지 이레가 걸릴는지 그것을 모르겠습니다마는 다 짜 놓으면 삼십오 전어치는 되지요"

"그러면 저 아이가 지금 짜는 버선은 내게 파시오. 오 원만 내리다"

삼십오 전짜리를 다 짜기도 전에 오 원을 낸다는 것은 기막힌 값이다. 그렇지마는 파는 사람에게는 해롭지 아니한 일이다. 손님 하나는 깜짝 놀라면서

"구쓰 버선 한 켤레에 오 원이면 할 만한걸"

주인마누라는 어이가 없던지 두 눈을 딱 뜨고 노인의 얼굴만 쳐다보는데 태날추는 옆에 있다가

"그처럼 말씀하시니까 오 원에 팔겠습니다. 나는 무엇이고 손님이 말씀하시면 못 한다고는 못 하는 성미니까요"

마누라는 또

"맞돈입니다"

하고 한마디 보태었다. 노인은 곧 돈 오 원을 타자 위에다 내놓고 설도를 향하여서

"애야, 너 하는 일은 내가 샀으니 인제 그만두고 마음대로 놀아라"

하고 일렀다. 옛날부터 성탄제일 밤에는 보배를 많이 가진 늙은 할아범이 나와서 아이들에게 보배를 나누어 준다고 하더니 오늘 설도에게는 그 늙은이가 나타난 셈이다.

56. 성탄제일 밤 (6)

‘설도야, 그만두고 놀아라’ 하는 말은 여덟 살 된 설도의 평생에 처음 듣는 말이다. 설도는 눈을 둥그렇게 뜨고 노인과 주인마누라의 얼굴을 쳐다보더니 이윽고 벌벌 떠는 소리로

“놀아도 관계치 않아요”

하고 주인마누라에게 물어보았다. 주인마누라는 고설도의 손으로 오 원 벌이를 하는 것은 해롭지 아니하나 이 계집애 년을 편하게 놀리기가 밉살스럽다고 생각하였다. 그러나 아니 놀릴 수는 없는 고로 꼬집어 뜯는 듯한 목소리로

“마음대로 하려무나”

하였다.

주인마누라는 뿌루퉁하게 성이 나 가지고 남편의 옆으로 가서 귀에다 입을 대고

“이 거지 같은 늙은이가 무엇을 하는 사람일까요”

남편 자리는 제가 아는 것처럼

“큰 부자가 일부러 거지 모양을 차리고 여행을 다니는 일도 있느니”

하고 대답하였다. 좌우간에 이 노인은 무슨 까닭이 있는 사람이라고 생각을 한 모양이었다.

이러한 동안에 고설도는 바느질 상자를 치워 놓고 그대로 탁자 아래에서 납으로 만든 칼과 모직 조각 한 오리를 꺼내어 가지고 놀기 시작을 하였다. 그리고 한편에서는 주인의 딸들이 각시를 가지고 재미있게 놀았다. 만일 아이들 소꿉장난에 없지 못할 물건이 무엇이냐 하면 그것은 각시라고 할 수밖에 없다. 각시같이 중하고 각시같이 부러운 것은 다시없을 것이다. 각시를 가지지 못한 계집아이는 자녀를 못 둔 여자 일반으로 불행한 것이다. 불쌍한 고설도는 납 칼을 꺼내어 가지

200

고도 도무지 재미가 없던지 그 납 칼을 각시로 삼아서 옷을 입히기 시작하였다. 그 옷이라는 것도 물론 고운 색 헝겊이 아니라 다 떨어진 수건 조각이었다.

이러한 모양을 곁눈질로 보면서 주인마누라는 노인의 옆으로 다시 돌아왔다. 이 노인이 고설도의 편을 드는 생각을 하면 밉살스럽기도 하나 만일 자기 남편의 하는 말과 같이 큰 부자일 것 같으면 잘 대접을 하여야 하겠다고 생각을 하여서 이번에는 아주 공손한 말로

"여봅시오, 영감, 나도 저 계집아이를 놀리고 싶은 생각이야 왜 없겠습니까. 더구나 영감께서 그처럼 말씀을 하시니까 오늘은 놀려 주겠습니다. 그렇지마는 저 계집아이는 구차한 사람의 자식이 되어서 일을 안 시킬 수가 없어요"

노인은 이상스럽게 여기는 모양으로

"그러면 주인의 딸이 아니오"

"당치도 않습니다. 내 배로 낳은 것 같으면 저따위 못난이로야 생기겠습니까. 제 어미가 버리고 간 거지 자식을 불쌍하니까 길러 주는 것이지요. 제 어미에게 편지를 하여도 벌써 여섯 달째나 답장 하나가 없어요. 어미도 아마 죽었나 보아요"

노인은

"아아, 그렇소"

하고 한숨을 섞어서 대답을 하고 의자에 기대어서 정신없이 앉았다.

"그 어미라는 것이 살아 있어도 소용없어요. 자식을 버리고 갈 적에야 사람 같으면 그리하겠습니까"

거짓말 참말을 한데다가 섞어서 이야기하는 한편에서는 봉인이와 설매가 각시놀이에도 싫증이 났던지 그것은 등 뒤에다가 내던져 버리고 이번에는 고양이 새끼를 붙들어다가 옷을 입히기 시작하였다. 대가리와 꼬리에다가 색 헝겊을 붙들어 매어 가지고 버르적거리는 모양을

보고 재미있어 하는데 이 모양을 바라보고 있던 고설도는 봉인이와 설매의 등 뒤에 있는 각시를 눈여겨보고 있더니 마침내 부러워 못 견디겠는지 기엄기엄 탁자 밑에서 기어 나왔다. 그리고 사면을 한번 둘러보더니 아무도 모르는 사이에 그 각시를 집어 가지고 다시 탁자 밑에가 껴안고 앉았었다. 각시를 가지고 노는 것이 얼마나 부러우면 이러한 짓을 하리오. 생각하면 불쌍하고 측은한 일이다. 그러나 남모르게 한 일이 필경은 발각되어서

"이년, 설도야"

하는 우레 같은 소리가 주인마누라의 입에서 나왔다.

고설도 같은 년이 우리 귀여운 딸 봉인이와 설매의 중하게 여기는 각시에게 손을 대는 것은 이 위에 더할 수 없는 버릇없는 일이라고 생각을 하여서 와락 달려들면서 소리를 지른 것이다. 이 소리에 고설도의 놀란 모양은 이루 형용할 수 없겠다. 아주 마루 밑으로 들어가고 싶은 것처럼 바닥에 가 엎드려서

"살려줍시오, 살려줍시오"

하고 빌어 가면서 울었다. 아까부터 고설도의 눈 하나 뜨는 것, 손가락 하나 놀리는 것을 빠트리지 않고 눈여겨보던 노인 손님은 곧 일어서서 아무 말 없이 문밖으로 나가더니 조금 있다가 들어올 때에는 건넛집 장난감 파는 가게에서 광고로 내놓은 그 큰 각시를 안고 들어왔다. 대체 이 각시는 아까 낮부터 이 동리에 소문이 나서 아이들이라는 아이들치고 부러워하지 아니하는 아이가 없었으나 값이 삼십 원이라는 바람에 사 달라고 할 생각도 못 하던 것이다. 이러한 물건을 사 가지고 왔을 때에는 이 노인은 물론 부자일다.

누추한 군인 여관의 컴컴한 방 안에 이 각시가 들어오매 별안간 방 안이 다 환하게 되는 것 같았다. 지금 고설도를 때리려고 하던 주인마누라는 기가 막혀서 들어 메었던 채찍을 내리었고 엎드려 있던 고설도

202

는 고개를 들었으며 봉인이와 설매는 고양이를 놓쳐 보내었다. 주인마누라는 그 욕심 많은 마음에 필경 이 각시는 자기 딸을 주고 헌 각시를 설도에게 주라고 할 줄로 알았더니 의외에 그 각시를 설도의 앞에다 놓아 주면서

"자아, 이것은 너를 주는 것이니 이담부터는 남의 각시를 만지지 마라"

이 말을 듣고 주인마누라의 얼굴은 불을 담아 붓는 것 같았다. 그러나 어떻게 할 수는 없다. 성을 낼 수도 없고 주지 말라고 할 수도 없다.

57. 성탄제일 밤 (7)

삼십 원이나 하는 훌륭한 각시를 사다가 고설도 같은 깍쟁이를 주다니 이것이 무슨 일인가. 주인마누라는 놀라기도 하고 성도 내어 보았다. 잠시 동안은 목소리가 아니 나와서 말도 하지 못하였다.

대체 이 노인은 어떠한 사람인가. 외양으로 보면 구차한 사람인데 하는 일을 보면 큰 부자일다. 그러면 큰 부자이고도 구차한 사람이라고 주인마누라는 생각하였다. 그 두 가지를 한 몸에 겸한 사람이면 도적밖에 될 것이 없는데 어디서 한 행보를 잘 벌어 가지고 온 모양이다.

그러나 주인 배날주라는 자는 저의 마누라와 같이 눈이 무디지는 아니한 터이라 곧 화수분이 들어온 줄을 알고 그 마누라의 옆으로 가서

"어떻든지 이자는 잘 구슬려야 되네"

하고 귓속을 하니 그 마누라도 이 말은 알아들었다. 곧 설도를 향하여서

"애, 손님이 주신다고 하시니 받아 가지고 고맙습니다고 인사나 여

쭈어라”

　입으로는 이와 같이 순순하게 말을 하나 속마음에는 내일이라도 곧 고설도를 내쫓을 생각이다. 남에게 부쳐 있는 주제에 주인의 딸보다도 더 좋은 각시를 가지는 법이 어디 있으랴. 이런 변괴가 어디 있으랴. 만일 이것을 그대로 두어서는 주인이라는 체면이 손상된다.

　각시를 얻어 가진 고설도의 기쁨은 말할 것도 없다. 제 몸에는 헌털뱅이를 두른 주제에 비단으로 싼 각시를 가지고 노는 것은 벌거벗고 은장도도 분수가 없지마는 그러한 생각을 할 리는 없다. 탁자 밑으로 끌고 들어가서 안아도 보고 재워도 보다가 나중에는 의자에다 올려 앉히고 저는 그 아래 앉아서 쳐다보며 절을 하였다. 인제는 봉인이와 설매가 도리어 부러워하게 되어서 고설도의 노는 모양을 곁눈으로 흘끔거리게 되었다. 빈부가 하루저녁에 뒤집힌다 하는 것은 이런 일을 두고서 한 말이다.

　이러한 중에 밤은 깊어졌다. 손들은 각기 처소로 들어가고 봉인이와 설매도 자러 갔으며 고설도도 잠이 들었으나 홀로 그 노인은 자려고 하는 기색이 없이 초저녁에 앉았던 탁자 앞에 가 그대로 앉아서 고개를 숙이고 턱을 고인 채 잠잠히 있는데 조는가 하고 보면 그렇지도 아니하고 다만 무슨 생각을 깊이깊이 하였다. 무슨 일인지는 알 수가 없으나 이 노인의 몸이 되어 보면 생각도 많고 걱정도 많을 것이다. 좌우간에 이 화수분 노인이 처소를 잡아들기 전에는 주인 내외도 먼저 잘 수는 없는 터이라 두 내외는 이마를 마주 대고 사무 상 앞에 앉아서 다만 손님의 입에서 무슨 말이 나오기만 기다리고 있는데 그러한 중에 시계는 두 점을 땡땡 쳤다. 주인마누라는 참다가 못하여서 조심조심하고 손님의 앞으로 가까이 가며

　“아직 아니 주무시겠습니까”

　하고 물어보았다. 노인은 비로소 생각이 난 것처럼

"오오, 잡시다"

하고 대답을 하더니 다시 생각하고서

"나 잘 데는 어떤 구석인가요"

하고 물었다.

여관 주인은

"저만 따라옵시오"

하고 곧 앞을 서서 인도하는데 한편 구석은 고사하고 이 집에서는 일등 가는 침방이었다. 노인은 의외로 생각하여서 방 안을 둘러보면서

"아아, 이것이 나 잘 방이오"

주인은 몸을 굽실하며

"예, 이 방은 일 년에 한 차례나 혹 삼 년에 두 차례쯤 특별한 손님이나 드시게 하는 사첫방입니다"

참 그러할는지도 모르겠다. 시골 여관으로는 모든 제구가 너무 훌륭하다.

주인은 수응할 일을 자기 손으로 다 하여 놓은 뒤에

"안녕히 주무십시오"

하고 공손히 인사하고 나가 버렸다. 주인마누라는 자기 남편을 보고 졸린 눈을 부비적부비적하면서

"내일은 설도 년을 내쫓아 버려야지"

하고 심술을 부리는데 남편 자리는

"그렇게 조급히 굴지 말게"

하고 무슨 속침이 있는 것처럼 대답하였다.

집안사람이 다 잠들어 고요하게 된 뒤에 노인은 촛불을 손에 들고 문을 열고 나서서 가만가만히 부엌으로 들어가더니 그곳에서 잠시 귀를 기울였다. 어디서인지 어린아이들의 숨소리가 들리는데 그 숨소리를 따라서 걸어 들어간즉 커다란 난로 앞에서 봉인이와 설매와 작년에

낳은 그 애 동생과 세 아이가 한데 모여서 새우잠을 자며 그 옆에다가
는 조그마한 신을 죽 늘어놓았다. 그 까닭은 물어볼 것도 없거니와 옛
날부터 일러 오는 말에 성탄제일 밤에 신을 벗어서 난로 앞에 놓으면
잠을 자는 동안에 늙은 할아범 귀신이 와서 그 속에다가 보배를 흘리
고 간다 하는데 아이들이 그것을 재미로 알고 기쁜 잠을 자고 나면 이
튿날 아침에 과연 신 바닥에 은전 같은 것이 떨어져 있다. 이것은 집안
어른이 몰래 넣어 주는 것이다. 노인은 위선 신 바닥을 들여다본즉 벌
써 귀신이 다녀간 뒤인지 신 바닥에는 은전이 빤작빤작하였다.

노인은 다시 귀를 기울이더니 다른 숨소리를 따라서 설도의 자는
방을 찾아갔다. 설도의 자는 방은 그 옆의 방인데 설도는 그 각시를 안
고 잠을 자며 그 발치에는 신이라고 이름 지을 수 없는 헌 신짝을 짝 맞
추어 놓아둔지라. 그 노인은 이것을 보고 두 눈에 눈물을 흘리었다. 설
도와 같이 불쌍한 처지에 있는 아이도 정말 무슨 귀신이 보배를 흘리려
니 하고 이러한 일을 하는구나. 이러한 일을 하는 것은 상관이 없지마
는 고설도를 위하여 보배를 흘리고 다닐 그러한 고마운 귀신이 어디 가
있으랴. 내일 아침에 일어나서 신 바닥을 볼 때에 그 속에 아무것도 없
는 것을 보면 얼마나 낙담이 되겠느냐. 아무 철도 모르고 물욕도 없는
이러한 아이들에게 낙담을 시키는 것은 정말 차마 못 할 일이다. 노인
은 돈지갑을 꺼내어서 이십 원짜리 금전 한 푼을 꺼내어 가지고 그 신
바닥에다 떨어트렸다. 설도는 내일 아침에 얼마나 기쁜 잠을 깰는지.

밤은 마침내 새어 버렸다. 다른 손들은 아직 일어나지도 아니한 여
섯 시가량에 그 노인은 어제저녁에 들고 들어온 봇짐과 지팡이를 걷어
들고 침방 문을 열고 나서는 모양이 벌써 떠나려는 모양 같다. 주인마
누라는 부엌에서 나오면서

"벌써 떠나십니까. 아직 이른데요"

"예, 떠나겠습니다. 셈을 쳐 주시오"

58. 손과 주인 (1)

'셈을 쳐 주시오'

아아, 이 손님은 다만 셈만 닦고 아무 말 없이 떠나가려는가. 고설도에게는 볼일이 없는가.

셈 발기는 벌써 만들어 놓았었다. 오늘 첫새벽에 태날추의 내외가 이마를 마주 대고 앉아서 한참 의논을 하고 꾸민 것이다. 그 대강을 기록하건대

저녁밥 한 상에 삼 프랑
사첫방 세가 십 프랑
등불 값이 오 프랑
숯불 값이 사 프랑
심부름꾼 행하 일 프랑
합계 이십삼 프랑

이라고 하였다. 이와 같이 비싼 숙박료가 세상에 있을까. 막 뺏어 먹는 것이나 다름이 없다. 그러나 주인 태날추는 이 노인이 심상한 사람이 아닌 줄을 짐작한 고로 이만한 수박료라도 내놓을 줄로 안 섯이다. 태날추의 마누라는 좀 놀랐으나 평일부터 자기 남편의 눈치 빠른 것을 짐작하는 까닭으로 아무 말도 아니 하였다. 남편은 말하기를

"일천오백 프랑이나 빚을 졌으니까 나올 만한 자리에는 좀 넉넉히 청구하여야 하지"

마누라는 그 말대답처럼

"아무쪼록 집안용을 줄어야 하겠어요"

인제 설도 년도 내쫓는다는 것은 꼭 집안용을 줄이기 위하여서 하

는 것이 아니라 자기 딸도 가지지 못하는 훌륭한 각시를 가지고 노는 것이 눈꼴이 사나워서 저러한 년을 집안에 부쳐 둘 수 없다고 결심을 한 것이다.

그는 차치하고, '셈을 쳐 주시오' 하는 손님의 말을 따라서 주인마누라는 곧 셈 발기를 내놓았다. 그러나 이 거지나 다름없는 의복을 입은 노인이 이십삼 프랑이라는 많은 돈을 낼 수가 있을까. 낼 수가 있다고 할지라도 아무 말 없이 내놓을까. 좀 염려가 되는 까닭으로 손의 눈치만 슬슬 보고 있었다. 그러나 그 손님은 손에 받아 든 셈 발기를 자세히 보지도 아니하고

"그래, 요사이 재미가 어떠하오"

하고 다른 말을 꺼내어 물으니 주인마누라는 그 말 나오기를 기다렸던 사람같이 연해 우는소리를 한다.

"재미라니요. 무슨 재미가 있겠습니까. 요사이같이 세월이 없어서는 이나마도 영업을 못 하겠어요. 가끔 영감같이 점잖으신 손님이나 오시면 어떠할는지 식구는 많고 거기다가 설도 같은 것까지……"

그 손은 잊어버린 것처럼

"설도, 설도가 누구요"

"어제저녁에 영감께서 각시도 사다 주시고 하시던 그 계집아이 년 말입니다. 그런 것이 다 와서 밥을 판내니까 정말 견딜 수가 없어요. 더구나 이 근래에는 세금은 어찌 그리 비싼지요"

그 손님은 좀 생각을 하는 것처럼 하다가

"그 계집아이를 내놓으면 어떠하겠소"

"내놓다니요"

"나를 달라는 말이지. 그다지 귀찮을 것 같으면 내가 데리고 가리다"

지나가는 말처럼 하기는 하지마는 이것이 이 노인의 처음부터 목적한 일이 아닌가. 한 나라의 전권 대사가 중대한 나랏일에 입을 열 때

에도 이보다 더 조심할 리는 없을 것이며 노인의 가슴은 지금 두근두
근할 것이다. 주인마누라는 반색을 하여서

"정말 데려가시겠습니까"

"데려가지요"

"언제 데려가셔요"

"지금 곧 데리고 가겠소"

"정말 고맙습니다. 그러면 설도를 드리겠습니다"

인제는 약속이 다 되었다.

노인은 비로소 손에 받아 들었던 셈 발기를 보고서 이십삼 프랑이
라는 말에 매우 놀랐으나 아무 말 없이 오 프랑짜리 넉 장을 내놓으며

"거스를 것은 없소. 설도나 불러 주시오"

주인마누라는 고만 안으로 굴러 들어가면서

"설도야, 설도야, 이리 오너라"

하고 불러내었다. 그 소리를 따라서 나오는 사람은 불쌍한 설도가
아니라 주인 태날추였다. 그는 이왕에 없던 온순한 말소리로

"아니, 설도의 일에 대하여는 제가 말을 여쭙겠습니다"

하고 자기 아내에게는 저리로 나가라는 눈치를 보였다. 마누라는

"여보시오, 설도는 벌써 데려가신다고 하셨소. 내가 드리기로 하였
는데"

남편은 다시 저의 아내를 흘겨보았다. 그 눈치가 심상치 아니한 고
로 다시 말을 못 하고 바깥으로 나가 버리니 그때서야 태날추는 노인
을 청하여서 의자에 앉히고 자기도 마주 앉아서 그럴듯한 목소리로

"나도 그 아이가 귀여워서 못 견디겠어요"

"그 아이라니"

"고설도 말씀입니다. 지금까지 내 자식같이 길러 오던 것이 되어서
달라고 하신대도 내놓기가 좀 어렵습니다"

하고 손의 눈치를 한번 살펴본 뒤에

"그도 의논하셔서 정…… 달라고 하시면 아니 드릴 것은 아니지요마는 미안한 말씀이나 누구신지도 자세히 알 수 없는 영감께 그대로 내드릴 수는 없어요. 드린 뒤에라도 그것이 어떻게 있는지 병이나 없이 자라는지 가끔 가 보아야만 하겠으니까요. 성함을 여쭈어 본 뒤가 아니면 좀 어렵습니다. 실례의 말씀이지마는 영감 가지신 여행권이라도 잠깐 보여 주셨으면 어떠할는지요"

여행권을 잠깐 보이라는 것은 예사 하는 말 같아도 실상 무서운 말이다. 그러나 그 손은 놀라는 기색도 없이 뚝 잡아떼었다.

"여보, 주인, 파리에서 이만한 시골을 오는데 여행권까지 가지고 오는 사람이 어디 있겠소. 또 내가 설도를 데려가면 데려가고 마는 것이지 요다음에 왕래는 하여서 무엇 하겠소. 그 아이가 주인의 살붙이나 같으면 모르겠소마는 주워서 기른다면서 여러 말을 할 것 있소. 내 성명도 알 것 없고 나 사는 데도 안 댈 터이니 줄 터이면 주고 싫으면 또 그만두고 좌우간에 분명히 말을 하시오"

참 분명한 수작일다. 태날추는 자기보다도 한술 더 뜨는 사람을 만난 줄로 생각하고 이러한 사람에게 여러 말을 하여서는 소용이 없다고 하여서 바로 대고 말을 하여 버렸다.

"나는 일천오백 프랑을 쓸 일이 있으니 그것만 내시면 설도를 드리지요"

한번 되우 뛰어 보았다. 그러나 손님은 아무 말도 아니 하고 다 떨어진 돈지갑을 열더니 오백 프랑짜리 은행권 석 장을 꺼내어서 탁자 위에다 올려놓고

"자아, 고설도를 데려오시오. 우리 좌수우봉합시다"

아무리 큰 부자일지라도 이같이 선선할 수는 도저히 없는 일이다. 이약 태날추의 보짱으로도 고만 벙벙하니 말이 아니 나왔다.

59. 손과 주인 (2)

아무리 이 노인이 변복한 부자이라 하여도 일천오백 프랑 소리를 들으면 깜짝 놀라리라고 태날추는 생각하였다. 그런데 놀라는 눈치도 아니 보이고 말끝을 따라서 일천오백 프랑을 내놓는 데에는 도리어 태날추가 놀랐다. 그는 그저 노인의 분부를 따라서

"예, 부릅지요. 부르겠습니다"

하고 대답할 뿐이었다.

이러한 동안에 고설도는 무엇을 하였는가.

고설도는 평일과 같이 이날 아침에도 일찍이 일어났다. 일어나는 길로 어제저녁에 짝 맞추어 놓았던 신 바닥을 들여다보니 참 놀랍구나, 별로 구경도 못 하던 커다란 새 금전이 눈을 끔벅끔벅 뜨고 있다. 이것이 이십 원으로 쓰는 것인지 아니 쓰는 것인지 그는 알지를 못하여도 그저 기쁘고 그저 고맙다. 마치 금화가 서기를 하여서 눈이 부신 것 같으며 마음이 취하는 것 같았다. 부리나케 집어 올려서 마치 훔친 물건을 감추는 모양으로 옷가슴에 집어넣었다. 아아, 이 금화가 어디서 났는가. 고설도의 마음에도 귀신이 준 것으로는 생각하지 아니한다. 어젯밤에 각시를 사 주시던 그 노인의 은혜인 줄을 짐작하였다.

인정이라고 하는 것이 어떠한 것인 줄을 고설도는 알시 못한다. 남의 인정은 고사하고 저의 모친의 사랑이라는 것도 알지를 못한다. 이 집에 들어온 지가 오 년 전이며 그 몸이 세 살 되던 해이라 모친의 얼굴도 생각이 아니 난다. 다만 생각이 나는 것은 이 수년 동안에 배고프고 춥던 일과 꾸지람 듣고 울던 일뿐이더니 오늘에야 비로소 인정이라는 것의 달고 따뜻한 맛을 알았으며 자세히는 모른다 할지라도 기쁜 것이 무엇인 줄도 맛을 보았다.

그렇지마는 기뻐하고만 있을 수는 없는 고로 곧 일어 나와서 걸레

질을 치기 시작하였다. 걸레질을 아니 치면 매를 맞을 터이니까 걸레질은 치면서도 허리춤에 든 금화가 보고 싶어서 오래 일을 할 수가 없었다. 때때 손을 멈추고 허리춤을 비집어서 금화의 빛깔을 들여다보는데 그 모양은 마치 금화를 데리고 이야기를 하는 것 같았다.

설도가 마침 허리춤을 들여다보고 정신없이 섰을 때에 주인마누라에게 들키었다. 물론 또 꾸지람이 나오려니 하여서 허둥지둥하고 걸레를 고쳐 잡았는데 주인마누라는 의외에 꾸지람을 아니 하고 순순한 말로

"저 바깥으로 좀 나오너라"

하고 일렀다. 이상한 일도 다 있다. 주인마누라가 꾸지람 한마디 없이 일을 시키다니 도리어 마음이 아니 놓일 지경이다.

물론 주인마누라는 남편의 말을 듣고 설도를 부르러 온 것이라 설도가 나갔을 때에는 벌써 노인과 주인 사이에 이야기가 끝나고 설도의 나오기만 기다리는 판이었다. 노인은 설도의 얼굴을 보더니 가지고 왔던 봇짐을 끄르고 그 속에서 칠팔 세가량 된 계집애 몸에 맞을 의복 한 벌을 꺼내어 놓았다. 이것으로 볼진대는 이 노인이 일부러 고설도를 데려가기 위하여 준비를 하고 온 것이 분명하나 태날추라는 자는 마치 금화에 취한 고설도 모양으로 일천오백 프랑에 정신이 빠져서 다른 일을 살펴볼 만한 여가가 없었다.

노인은 자기 딸이나 손녀딸에게 이야기를 하는 모양으로 설도를 향하여서

"자아, 이 옷을 가지고 가서 갈아입고 나오너라"

고설도는 꿈속같이 옷을 가지고 안으로 들어가서 갈아입고 나왔다.

이 뒤에 이십 분이 다 되지 못하여서 문화리 앞 큰길로 남루한 의복에 굵은 지팡이를 짚은 노인 하나가 새 옷을 입은 바짝 마른 계집아이의 손길을 잡고 계집아이는 한 팔에 거의 제 몸만이나 한 큰 각시를 안

고 파리를 향하여 걸어가는 것을 본 사람이 많이 있었다. 이 두 사람이 이 동리 앞을 떠나 나간 때쯤 되어서 군인 여관에서는 주인 태날추가 그 마누라를 불러 가지고 자랑삼아서 오백 프랑의 지전 석 장을 내보이었다. 태날추가 저의 마누라가 으레 놀라려니 하였더니 놀라기는 고사하고 조소하는 모양으로

"에계, 겨우 요까짓 것?"

하고 물었다. 주인은 그 지전을 좍 벌여 놓으면서

"요까지 것이 무엇이야. 자세히 보게. 석 장이 다 오백 프랑짜리일세"

마누라는 또 웃었다.

"오백 프랑짜리인 줄을 나는 모르나요. 그 노인이 고설도의 입을 웃까지 만들어 가지고 온 것을 못 보았단 말이오"

태날추는 이제야 정신이 난 것처럼 벌떡 일어서면서

"오오, 참, 좀 더 생기는 것을 놓쳐 보내었구나. 더 생길 것을 그리하였지. 그렇지마는 그대로는 아니 보낼걸. 내 모자를 어서 내오게"

하고 마누라의 손에서 모자를 받아 쓰며 달음질로 그 노인의 뒤를 쫓았다.

60. 손과 노인 (3)

고설도와 그 노인은 지금 어디만큼이나 갔을는지 알 수가 없거니와 어디를 어디까지 갔든지 간에 붙잡을 때까지는 쫓아가야 하겠다고 태날추는 달음질을 하였다.

그는 노인의 간 곳을 알지 못하여서 처음에는 등을 지고 쫓다가 중

간에서 어떤 사람을 만나 그편으로는 아니 간 줄을 알고서 다시 돌아서서 쫓기 시작을 하였다. 그와 같이 헛걸음을 친 까닭으로 시간이 매우 지났으나 태날추 마음에는 그까짓 것은 상관이 없다. 아무리 속히 걸어도 제가 늙은이 걸음이요 더구나 설도의 손을 끌고 가니까 필경은 잡힐 것이라고 생각하였다.

노인은 필경 붙들리었다. 문화리를 떠나서 한 이십 리쯤 가면 산골길이 되고 그 산골길을 들어서서 조금 더 가면 온갖 수목이 첩첩이 우거져 있는 수풀 사이로 길이 뚫렸는데 그 노인이 이 수풀 길 초입에서 쉬고 있을 때에 태날추가 헐떡헐떡하면서 쫓아왔다. 이와 같이 쫓아온 태날추는 노인의 앞으로 가서 아까 받은 오백 프랑짜리 석 장을 꺼내어 가지고

"이 돈을 도로 받으십시오"

하고 내놓았다. 노인은 물론 무슨 의사인 줄을 알지 못하는 고로

"에—, 무슨 말씀이오"

하고 이상히 여기며 태날추의 얼굴을 쳐다보았다. 태날추는 천연스럽게

"아무리 생각하여도 이 계집아이를 영감께 드릴 수가 없어서 이 돈을 도로 드리고 아이는 찾아가려고 왔습니다"

바로 대고 '돈을 더 주시오' 하지 않는 것이 태날추의 수단일다. 그의 생각에 이 노인은 한량없는 큰 부자로 알았다. 참 그러하게 생각하는 것도 괴이치는 아니하다. 어제저녁에 들어오면서부터 이십 전짜리 은전을 위시하여 삼십 프랑, 이십오 프랑, 일천오백 프랑을 내리 줄달아서 내놓았다. 보통 사람 같으면 곧 하품을 할 터인데 이 노인은 서슴지 않고 턱턱 내놓을 뿐 아니라 이십 전을 내놓을 때에나 일천오백 프랑을 내놓을 때에나 그 태도가 조금도 다를 것 없는 것이 마치 돈 셈을 알지 못하는 사람 같다. 이 모양 같으면 비록 일만 오천 프랑이라고 한

대도 여전히 내놓을 사람이라고 금새를 친 것이며 또 이 노인이 고설
도를 위하여 의복까지 만들어 가지고 온 것을 보면 고설도를 데려가기
위하여 일부러 온 것이 분명하고 결코 일시의 측은한 마음으로 데려가
는 것이 아니다. 만일 그렇다 하면 당초부터 떳떳이 그러한 이야기를
하고 찾아가도 좋을 터인데 그는 끝끝내 그러한 눈치도 아니 보이며
성명까지도 숨기고 찾아가니 그 가운데에는 필경 무슨 비밀이 있을 것
이다. 비밀―, 비밀―. 부자의 비밀은 돈 나오는 끄덩이일다. 태날추가
지금까지 지내어 온 경험으로 보면 가슴에 비밀을 가진 부자라는 것은
물을 흠뻑 먹은 해면과 같아서 이것같이 짜기 좋은 것이 없다. 지금 태
날추는 이 노인을 해면으로 알고 있다.

노인은 무슨 소리인 줄을 알아듣지 못하는 것처럼
"고설도를 데리러 오다니"
하고 물어보았다.
"예, 다시 생각을 하여 보니까 이 아이를 남에게 내줄 수가 없어요.
저의 모친에게 맡은 아이를 남에게 내주었다가 찾으러 오는 날이면 무
엇이라고 대답을 하겠습니까. 저의 모친이 오거나 그 위임장을 가지고
오는 사람이 아니면 내줄 수가 없습니다"
노인은 다만
"그러하겠소"
하고 여러 말 없이 지갑을 꺼내었다. 아까 그 지갑에서 일천오백 프
랑이 나오던 생각을 하고서 태날추는 속마음으로 인제는 되었다고 좋
아하였다.

그러나 꺼내어 주는 것은 지전 뭉치가 아니라 무슨 종이쪽이었다.
노인은 그것을 펴서 태날추에게다 들이대며
"과연 노형 말씀이 옳은 말씀이오. 그러면 이것을 받으시오"
받아 들고 본즉 이것은 황애련의 위임장이었다.

이 글을 가지고 가는 이에게 고설도를 내주시옵고 미진한 셈은 그
사람에게 받으시압.

하고 씌어 있다.

인제는 할 말이 없어졌다. 태날추는 분이 복받쳐서 벌떡벌떡하고
섰는데 노인은 또 말을 이었다.

"그 위임장을 후일의 증거로 보관하여 두시오"

태날추는 위임장을 접어서 품속에 집어넣고

"위조인지도 알 수 없지마는 위임장이 있으면 더 할 말 없습니다.
그러나 위임장에도 씌어 있는 바와 같이 미진한 셈은 치러 주셔야 하
지요. 셈이 적지 않습니다"

인제는 떼밖에 쓸 것이 없다. 노인은 벌떡 일어서서 먼지를 털면서

"여보, 셈을 칠 터이니 들어 보시오. 올 정월에는 일백이십 프랑이
라고 하였고 또 이월 달에 다시 뽑아 온 발기에는 모두 합쳐서 오백 프
랑이라고 하지 아니하였소. 그 오백 프랑 셈에 대하여 이월 그믐께에
삼백 프랑을 보내고 삼월 초승에 또 삼백 프랑을 부쳤으니까 그때에
셈으로는 백 프랑이 더 오지 아니하였소. 그 뒤에 아홉 달이 지나갔는
데 한 달에 십오 프랑씩 치면 일백삼십오 프랑이 되지 않았소. 그 일백
삼십오 프랑에서 먼저 온 돈 일백 프랑을 제하면 지금 삼십오 프랑이
남은 셈인데 그 삼십오 프랑에 대하여서는 오늘 아침에 내가 일천오백
프랑을 내놓았소"

자기보다도 셈을 더 분명히 아는 바에야 다시 할 말이 없다.

61. 이 노인은 누구

태날추는 할 말이 없이 되었다. 할 말이 없으면 떼밖에 쓸 것이 있나. 그는 덮어놓고 열녁 냥 금으로

"삼천 프랑만 내시오. 그렇지 아니하면 성명도 모르는 이에게 설도를 내줄 수 없소. 설도를 데리고 가겠소"

인제는 존대도 아니 하고 마구 말을 한다. 노인은 그 말을 못 듣는 체하고

"설도야, 인제 가자"

하고 왼팔에는 설도를 안고 바른손에는 그 굵은 지팡이를 들었다. 태날추는 그 지팡이가 몹시 굵은 것과 근처에 아무도 없는 것을 보고 노인을 붙들 생의가 나지를 못하였다.

그는 땅에 박힌 말뚝과 같이 선 자리에 붙어 서서 걸어가는 노인의 뒷모양을 바라보았다. 어깨통의 벌어진 것이며 등더리의 그들먹한 모양이 노인은 노인일망정 그 기운을 측량할 수가 없겠다. 이윽고 그의 눈은 자기 팔뚝을 들여다보았다. 자기 몸도 결코 남만 못한 몸이 아니련마는 노인의 팔뚝과 비교를 하여 보면 어린아이와 다를 것이 없었다. 그는 혼잣말로

"에—, 내가 어찌 총을 아니 가지고 왔이"

하고 한탄을 하더니

"그렇지마는 내가 그대로 말지는 아니하겠다. 어디까지든지 쫓아가서 네 집이라도 알고라야 말겠다"

하고 뒤를 밟기 시작하였다.

노인은 고설도를 안은 채로 무슨 말을 하는 모양과 같이 천천히 걸어가더니 등 뒤에 사람이 따르는 것을 눈치 채었던지 가끔 걸음을 멈추고 돌아다보다가 필경 태날추가 따라오는 것을 보았으나 그는 아무

말 없이 제일 수목이 울창한 샛길로 들어섰다. 태날추는 너무 뒤떨어
졌다가 간 곳을 잃어버릴까 염려가 되어서 부득이 걸음을 죄어 걷는데
거의 뒤를 쫓게 된 때에 노인은 또 한 번 돌아다보았다. 태날추는 나무
그늘에 몸을 숨기고자 하였으나 미처 숨기 전에 눈과 눈이 서로 마주
쳤는데 무슨 생각을 하였는지는 알 수가 없으나 노인의 눈에는 좀 불
안한 기색이 나타났었다. 그러나 역시 말은 아니 하고 다시 걸어가는
데 태날추는 질감맞게 또 뒤를 대어 섰다.

수풀이 더욱 깊어져서 대낮에도 컴컴하게 되는 깊은 산속에 이르
러서는 노인은 세 번째 돌아다보았다. 이번에는 서슴지 아니하고 휙
돌아서서 태날추의 얼굴을 똑바로 쳐다보는데 이 인적부도처에서 너
를 붙잡아 가지고 경을 쳐 주겠다는 눈치가 확실히 보이는지라. 태날
추는 겁이 버쩍 나서 또 한 번

'총만 가지고 왔었더라면'

하고 후회를 하였으나 후회라 하는 것은 언제든지 소용이 없는 것이
라. 어름어름하다가 잡히면 큰일 나겠다고 하여서 곧 돌아서 달아났다.

노인은 다행히 귀찮은 것을 쫓아 버리고 천천히 걸어서 해 질 고래
에는 무사히 파리에 도착하였다. 대개 이 노인은 어떠한 사람인가.

그는 물어볼 것도 없이 장팔찬이다. 이왕 몽트뢰유에서 마대련 시
장이라 하던 그 사람이다. 그는 툴롱 항구에서 군함 오리옹호의 돛대
위에 올라갔다가 바다에 떨어진 뒤로 아무리 수색을 하여도 시체의 간
곳을 알지 못하고 마침내 바다 밑 물풀에 걸리어 사라지고 만 줄로 인
정되었는데 그와 같이 인정되는 것이 실상 그의 소원이었다. 그는 물
속에 들어가서 여기저기로 헤어 다니며 숨이 막히면 코만 물 밖으로
내놓고 숨을 쉬고 다시 물속으로 들어가기를 한참 동안 하다가 마침내
어떤 빈 배 속으로 기어 들어가서 밤이 되기까지 숨어 있었고 밤이 된
뒤에는 다시 헤어 나와서 변복을 하였다. 물론 이 툴롱 근처에는 탈옥

하는 죄수들에게 헌 옷을 팔아먹는 수상한 상인이 있는데 경찰서에서는 알지를 못하여도 오랫동안 감옥 안에 있던 사람들은 그것을 다 아는 터이라. 그러한 상인을 찾아가서 옷을 갈아입고 다시 파리로 돌아가서 가장 한적한 로피탈 가의 셋방을 구하여 놓고 그길로 설도를 데리러 간 것이다.

고설도를 데려오는 것은 자기의 의무라고 생각을 하였다. 그뿐 아니라 나이는 이미 늙어 가는데 몸을 부질 곳도 없으며 누구 하나 동정하는 이 없는 그에게는 의지할 곳 없는 이 계집아이를 데려다 길러서 재미를 볼 수밖에 다른 도리가 없으며 당초에 위험을 무릅쓰고 탈옥을 한 것도 다만 이 고설도가 있는 까닭이다. 고설도를 데려다가 잘 양육을 하여서 세상에 내세우고자 하는 것이 지금 그의 한 가지 희망이라. 만일 이 희망이 그의 심중에 없다 하면 그는 감옥 안에서 늙어 죽기를 사양치 아니하였으리라.

이와 같은 희망은 정말 신성한 것이다. 욕심도 아니요 잡념도 아니다. 필경 그는 무사히 설도의 손을 이끌고 파리에 들어가서 소원 성취를 한 것과 같이 무한한 기쁨을 느꼈을 것이다. 그러나 감옥에서 빠져나온 그의 몸으로 능히 이 뒤에 무사히 고설도를 기를 수가 있을까. 만일 그가 아직 죽지를 아니하고 이 세상에 있는 줄을 알면은 곧 형사가 그의 몸을 쫓을 것이라. 그의 한 몸이나 같으면 어떻게든지 도망길힐 게책이 없을 것노 아니다. 고설도라고 하는 살아서 꿈적거리는 짐짝이 그 몸에 차꼬가 되지 아니할까. 고설도에게 대한 거룩한 인정이 고설도의 몸에도 그의 몸에도 원수가 되지를 아니할까. 그러한 일을 그는 지금 생각할 여가가 없다.

파리에 도착한 때에 고설도는 걸음도 못 걸을 지경까지 지쳐 버렸다. 위선 병문 마차를 타고 집 근처까지는 가까이 갔으나 마차가 바로 그 집 문 앞에까지는 들어가지를 아니한다. 실상 들어가고 싶어도 들어갈 수도 없는 형편이다. 그는 마차 위에서 잠들어 자는 고설도와 눈을 뜨고 있는 각시와 두 아이를 업은 모양이었다. 이 이상한 모양으로 그의 셋방에 들어간 때는 밤이 깊어서이다. 이 뒤의 고설도 운명은 다만 하느님이 아실 따름이다.

62. 숨어 사는 집 (1)

장팔찬의 빌려 든 집은 세상을 숨어 살기에 훌륭한 곳이었다.

여기도 명색은 파리 시내이나 여기까지 나오면 도회처의 번화한 바람이 불어오지 아니하여 낮이면 누누중총의 북망산같이 적적하고 밤이면 만첩청산의 깊은 골같이 무서운 곳이며 독사 같은 악한과 짐승 같은 무뢰한들은 드나들망정 경찰관의 눈살은 뻗쳐 오지 못하는 곳이다. 장팔찬의 빌려 든 집이라는 것은 퇴락한 이층집이며 문간은 좁아도 들어가면 넓은 집이었다. 장팔찬은 이 집의 이 층 한 칸을 빌려 들었는데 널따란 빈집에는 다른 사람이 하나도 없고 다만 집을 지키는 허리 굽은 늙은 노파가 한 사람 있을 뿐이다. 그러나 이 노파는 장팔찬을 위하여 숯불도 피워 주고 등불도 켜 주며 방도 치워 주고 음식까지도 만들어 주는 고로 따로 사람을 얻어 둘 필요도 없었다. 장팔찬은 이 노파에게 미두 취인을 하다가 실패를 당한 상사 사람이라고 말을 하고 손녀딸과 두 식구가 조용히 살림을 할 터이라고 일러두었었다. 손녀딸은 물론 고설도를 이르는 말이다.

＊＊＊

잠자는 고설도와 눈 뜨고 있는 각시를 업고 밤든 뒤에야 이 집에 당도하여서 고설도를 곧 미리 준비하였던 침대 위에다 곱게 누였는데 대단히 피곤하였던지 그대로 정신없이 내처 자 버렸다. 고설도가 잠을 깬 때는 이튿날 아침 볕이 비칠 때인데 고설도는 문밖을 지나가는 구루마 소리에 깜짝 놀라서 고개를 번쩍 들면서 잠에 취한 목소리로

"예, 인제 일어납니다"

히고 사뢰하는 모양으로 말을 하는 것은 군인 여관에서 식전마다 꾸지람 소리에 잠이 깨던 것이 아주 버릇이 되어서 그러하다. 그 말과 동시에 눈을 뜨고 돌라보다가 벙글벙글 웃고 있는 장팔찬의 얼굴과 머리맡에 놓여 있는 고운 각시를 보고

"오—, 참 나는 또 어디라고"

하고 기뻐하는 모양이 도리어 측은하게 보였다.

고설도는 무엇을 할는지 모르는 것처럼 주저주저하다가 각시를 집어 가지고 그 머리를 쓰다듬으면서 장팔찬에게 이 말 저 말 물어보기 시작을 하였다. 제가 지금 있는 데는 어디인가, 파리라는 넓은 곳인가, 태날추의 마누라는 정말 먼 곳에 있는가, 쫓아오지나 아니할까 하고 물어보더니 그러고 나서야 비로소 마음을 놓은 모양으로 무엇이라고 형용을 할 수 없는 기쁜 모양을 하였다.

* * *

아아, 장팔찬의 나이는 오십오 세요 고설도는 겨우 여덟 살이라. 그 사이에 사십여 세의 틀림이 있다. 그 사십여 세의 벌어진 틈은 메우고자 하여도 메울 수 없는 천연한 큰 틈이련마는 운명의 힘은 그 틈을 메우어서 한데다가 연첩을 시키었다. 서로 끌어당기는 것 같은 깊은 정리가 부지중에 솟아올랐다.

지금까지 고설도는 남의 인정이라는 것을 알지 못한다. 부친에게는 낳기도 전에 절류을 당하였고 모친은 세 살 되던 해에 이별 되어서 그 얼굴을 기억하지 못할 뿐 아니라 모친이 있는 줄도 알지를 못한다. 그 뒤로부터는 원수와 같이 무정한 사람의 손에 길러져서 입을 열면 꾸지람을 듣고 말을 아니 하면 매를 맞으며 나오면 귀찮게 여기고 아니 나오면 끌어내는 심한 사리를 하여 왔다.

사람을 따르는 것밖에 할 일이 없을 나이에 따를 사람이 없고 남의 인정을 기뻐하느니 외에 다른 생각이 없을 어린아이 몸에 인정을 써 줄 사람이 없어 북풍 설한을 만난 초목의 싹과 같이 시들어 버리고 말랐었다. 그렇지마는 시들어 없어지는 것이 어찌 사람의 천성이랴. 그늘에서 자라는 풀이 부지중에 햇빛이 있는 편으로 줄기를 뻗는 것처럼 사랑에 주린 그의 마음이 부지중에 남의 인정을 구하였었다. 그러한 계제에 장팔찬의 인정이 들어갔은즉 마치 싹이 나려 하는 풀밭에 봄비가 온 것이나 다름이 없다. 까닭은 알 수가 없으나 설도의 마음은 자연히 장팔찬의 몸에 가 척척 감기어서 세상 아이들이 저희 부친을 생각하느니같이 장팔찬을 생각하였으며 장팔찬은 이 아이에게 자기를 '아버지'라고 부르게 하였다. '아버지', '아버지' 다만 이 한마디 속에는 설도의 모든 마음이 다 들어 있다. 그 '아버지'가 성명이 무엇인지 그것도 알지를 못하며 물어보지도 아니하였다.

그러면 장팔찬의 마음은 지금 어떠하단 말인가. 그의 나이는 지금 오십오 세가 되었으나 일찍이 사랑이라 하는 고운 마음을 맛보지 못하였다. 어려서 부모 사랑을 알았을까, 자라서 여자의 사랑을 맛보았을까. 늙어도 자손의 사랑을 구경할 수 없는 터이다. 말하자면 인간의 큰 병신이다. 당초부터 성미가 그른 것은 아니나 지내어 오던 모든 경력이 그의 성품을 휘고 꾸부려서 아주 트레바리를 만들어 버렸다. 세상을 미워하고 사람을 미워하여 아주 극도에까지 이르던 때에 승정의 감화를 받아 아주 마음을 고쳐먹었다. 마음을 고쳐먹은 뒤로부터는 어떠한 사람이 되었던가. 정말 정성을 다하여서 사회를 사랑하고 사회에 적지 아니한 은혜를 베풀었다. 그러나 사회는 그를 용서하지 아니하였다. 그는 다시 감옥 안을 들어가는데 감옥인 바에는 아주 종신 징역으로 들어가게 되어서 다시 이 세상에 얼굴을 내놓을 도리도 없이 되고 말았다. 그의 도망한 것이 무리라고 하랴. 아아, 그는 꼭 도망을 하였다고도 말을 할 수가 없다. 자기 목숨은 아주 소용이 없는 고로 자기 목숨과 남의 목숨을 바꾸기 위하여 자기 몸을 돌아보지 아니하고 남을 구원한 결과가 도망이 된 것이다. 이 세상에 나오게 된 것이다. 그와 같이 고생을 하고 그와 같이 신고를 한 결과 나왔다고 하면 나온 것이지마는 세상을 숨어 살기는 다 일반 아닌가.

만일 고설도가 없었더라면 그는 두 번째 잡혔을 때에 마음이 다시 변하였을는지도 알 수 없는 것이며 그다지 애를 쓰고 나오려고도 아니하였을 것이다. 그러나 고설도를 생각하는 마음은 그를 옥중에서 끌어내었다. 처음 문화리의 산골에서 고설도의 들고 가는 물통에 손을 댈 때에 한량없는 불쌍한 생각이 솟아 나왔으며 그 이름을 듣고 그 손길을 만져 보고 그 머리를 어루만질 때에 불쌍한 마음은 동정으로 변하며 동정하는 마음은 사랑하는 마음이 되어서 마음속에서 물결치기 시작하였다. 오십여 년의 오랫동안에 그의 가슴속에서 말라붙었던 사랑이라는 마음이 이 일로 인하여 풀어지기 시작하였다. 마치 미리엘 승정이 착한 마음을 고쳐 넣어 준 것과 같이 고설도는 그에게 '사랑'이라는 것을 가르쳤다. 하늘은 그를 위하여 노승을 보내고 또 소녀를 보내었다. 운명은 그를 희롱함인가, 그를 아직도 버리지 아니함인가. 그는 우리 인간의 알 바가 아니다.

63. 숨어 사는 집 (2)

'사랑'이라는 마음같이 아름다운 물건이 세상에 어디 있으랴. 처음으로 이것을 맛보는 사람은 감로에 취하여서 선경에 노는 것 같다. 정신이 황홀하여서 꿈속같이 되는 것이다.

장팔찬은 이러한 사랑을 처음으로 맛보았다. 이튿날 아침에도 설도의 침대 옆으로 가까이 가서 그 잠자는 얼굴을 물끄러미 들여다보고 있었다. 들여다볼수록이 그의 가슴속에는 주체할 수 없는 기쁜 생각과 사랑하는 마음이 솟아올라서 어떻게 할 줄을 모르는 것처럼 몸을 떨다가 설도의 손길을 더썩 잡아 가지고 그 손등에다 입을 맞추었다. 지금부터 아홉 달 전에는 이 아이 모친의 손길을 들어서 입을 맞추었다. 그는 죽은 시체의 차디찬 손길이었으나 지금은 자는 아이의 손길이며 따뜻한 손길이다. 그러나 아홉 달 전의 차디차던 손길을 생각하고 공경하는 마음이 저절로 일어나서 가슴이 그득하게 되었다. 그는 곧 손을 떼고 말없이 기도를 올리는데 마음에는 다만 기쁜 생각이 가득하게 되어서 하느님께 감사하지 아니할 수가 없었다. 그러나 이때가 그의 일평생에 제일 기쁜 때가 아닐까. 이 기쁨이 언제까지나 계속이 될까. 이 뒤로부터 그는 고설도의 아버지 겸 어머니 겸 보호자 겸 동무 겸으로 기르게 되었다. 고설도가 각시를 가지고 놀고 있는 것을 그는 시름없이 바라보고 있다가 실컷 놀고 난 뒤에는 조금씩 글자를 가르쳐서 저의 모친과 같이 무식하지 아니하도록, 저의 모친과 같이 천대받지 아니하도록, 박복하지 아니하도록 상당한 지위와 상당한 대접을 받을 만큼 가르쳐 내고자 하였다. 이와 같이 정성을 들인 결과로 설도의 성질도 점점 변하여서 고생에 찌들어서 애늙은이같이 배틀어진 버릇은 한 겹씩 한 겹씩 벗어져 가고 평탄하고 어수룩한 어린아이의 본 성질이 드러나기 시작하였다. 인제는 장팔찬과 이야기도 하고 장팔찬의 무릎

에도 올라서 보통 아이들이 그 부모에게 하는 일은 제법 다 하게 되었
다. 이러한 재미를 볼 때마다 장팔찬의 가슴속에는 기쁨의 물결이 뛰
며 어떠한 때에는 눈물까지 흘리었다.

그리고 장팔찬은 때때 고설도의 손길을 이끌고 산보를 나가는데
시간은 언제든지 저녁때요 해 있는 대낮에는 나가는 일이 없으며 혹
어떠한 때에는 자기 혼자 나가는 일도 있었다. 의복은 여전하다. 해어
진 거지 복색을 입었으나 길가에서 거지를 보면 그대로 지나가지를 못
하였다. 사면을 둘러보아서 사람이 없으면 얼마간 집어 주는데 어떠한
때에는 은전까지도 주는 일이 있었다. 이러한 이상한 행동은 아무리
숨기고자 하여도 소문이 나는 법이라. 거지 복색을 하고 거지를 구하
는 것은 이상한 일이라 하여서 어느덧 '거지 구하는 거지' 라는 별명을
듣게 되었다. 만일 이러한 소문이 퍼지게 되면 세상을 숨어 사는 그에
게는 좋지 못한 일이 아닐까.

그 까닭은 아니겠지마는 집을 지키는 노파는 그의 드나드는 것을
유심히 보기 시작하였다. 하루는 그가 바깥에서 돌아와서 이 층 위의
빈방으로 들어가는 것을 보고 노파는 자취 없이 뒤따라가서 문틈으로
엿보고 있노란즉 참 이상스럽다. 그는 가위를 꺼내어 가지고 헌 조끼
안을 뜯기 시작하며 그 옆에는 바느실이 놓여 있었다. 사나이 손으로
바느질은 무엇인가 하고 오히려 엿보고 있은즉 그 뜯은 아기리로부터
누런 종이 한 장을 끄집어내는데 자세히 본즉 그 종이는 이 노파가 평
생에 두서너 번밖에 구경하지 못하던 천 원짜리 지전이었다. 노파는
놀라서 아래층으로 내려갔다.

이튿날에 장팔찬이는 노파를 보고

"어제 이왕 거래하던 사람에게 돈 천 원을 받았다"

고 좀 잔돈으로 바꾸어다 달라고 부탁을 하였다. 노파는 그 말대로
바꾸러 가면서도 겁이 나는 것처럼 몸서리를 쳤다. 그리고 그 며칠 뒤

에 장팔찬과 고설도의 없는 틈을 타서 노파는 그 빈방 안에 들어가 본즉 일전의 그 조끼가 벽에 걸리었는지라. 안을 뒤집어 본즉 뜯었던 자리는 그전대로 꿰매어 놓았다. 또 그 호주머니를 뒤집어 본즉 그 속에 들어 있는 물건은 더욱 놀라운 것이다. 끌과 송곳 등속의 모두 도적질에 쓰는 물건만 들어 있으며 그 외에는 급히 변장을 할 때에 쓰는 머리탈이 들어 있다. 또 조끼에 안팎으로 손을 대고 맞추어 본즉 그 속에는 천 원짜리인 듯한 두꺼운 종이가 아직도 몇 장이나 들어 있는 모양이라. 노파는 아주 얼굴빛을 변하였다.

* * *

또 며칠 뒤에 장팔찬은 고설도만 집에 두고 산보를 나가서 그가 날마다 가는 예배당에를 갔었다. 예배당 문 앞에는 언제든지 있는 거지 하나가 있는데 나이는 칠십 이상이요 옛날에는 예배당의 하인으로 있던 자이라는데 장팔찬은 날마다 이 거지에게 돈을 주었었다. 이날도 주머니에서 돈을 꺼내어서 그자를 준즉 거지는 조는 사람처럼 숙이고 있던 고개를 이상스럽게 번쩍 들면서 장팔찬의 얼굴을 물끄러미 쳐다보았다. 방장 불이 켜진 예배당 문간의 장명등 빛이 거지의 얼굴을 비추는데 장팔찬이는 서 있을 기운도 없어지도록 몹시 놀랐다. 아아, 이 얼굴은 날마다 보던 그 거지의 양순한 얼굴이 아니요 장팔찬의 눈에는 잊고자 하여도 잊어지지 아니하는 얼굴이었다. 이 얼굴은 누구의 얼굴인가. 이 사람은 누구인가.

64. 숨어 사는 집 (3)

장팔찬의 얼굴을 물끄러미 쳐다보던 그 거지의 얼굴은 확실히 본 적이 있는 얼굴이다. 이것은 분명히 보통 거지가 아니다. 만일 장팔찬이가 보통 사람 같으면 너무나 놀라서 필경 소리를 지르고 주저앉았을 것이지마는 그는 언제든지 얇은 얼음을 디디고 다니는 것같이 조심조심하며 정신을 바짝 가다듬어 가지고 다니는 사람이라 다만 '위험'하다는 한 가지 생각이 바로 턱밑에까지 치밀어 올라왔다. 그는 말도 아니 하고 몸도 움직이지 아니하고 가슴속에서 두방망이질이 일어나면서도 겉으로는 그런 체도 아니 하고 태연한 태도로 거지 외양을 내려다보았다.

거지는 벌써 고개를 숙이고 받은 돈을 집어넣는다. 그 얼굴은 다시 보이지 아니한다. 그 쓰고 있는 모자도 날마다 보던 그 모자요 옷도 날마다 보던 그 헌털뱅이요 그 몸집까지라도 조금도 다를 것이 없는지라. 장팔찬은 자기 눈을 의심하기 시작하였다. 그러면 이자의 얼굴이 무섭게 보인 것은 내 눈에 일시 비껴 보인 것인가 하고. 그러나 장팔찬은 다시 이 거지 얼굴을 들게 하여서 자세히 살펴볼 생의는 하지 못하였다. 아무쪼록 탄평한 모양을 하고 비쓸거려지는 걸음을 비쓸거리지 않게 힘들여 걸어서 집으로 돌아왔디. 그리하나 집에를 돌아온 뒤에도 그 거지의 얼굴이 눈에 밟혀서 견딜 수가 없었다. 아무리 생각을 하여도 그는 거지가 아니라 순사 부장 차보열이의 얼굴이었다.

아아, 차보열이. 그자가 지금까지도 내 몸에 붙어 달려 있는가. 장팔찬이는 밤새 차보열이 얼굴에 가위가 눌리어서 거의 뜬눈으로 밤을 새었다. 어떠한 때에는 후회도 하였다. 이다지 염려가 될 것 같으면 그때에 왜 그 얼굴을 더 한 번 보지를 못하였단 말인가 하고. 그렇지마는 인제는 성복 후 약방문이다.

이튿날에 또다시 예배당 앞을 갔었다. 이번에는 분명히 거지의 얼굴을 보아 둘 생각이다. 자세히 보아서 만일 차보열이 같으면 이 위에 더할 수 없는 위태한 일이지마는 그렇다 하여서 아니 보고는 견딜 수가 없는 터이다. 그자인가 아닌가 하고 쓸데없는 걱정을 하는 것은 살을 깎아 내는 것보다도 더 기가 막히는 일인즉 도리어 확실히 알아나 보고서 잡히게 되면 잡히는 것이 마음에 편하다고 생각을 하였다.

이윽고 예배당 문 앞에를 간즉 그 거지는 여전히 앉았는데 이번에는 어제 모양으로 고개도 아니 숙이었고 아무리 보아도 차보열이 같은 모습은 조금도 없었다. 무슨 까닭으로 이 불쌍한 얼굴이 차보열이로 보였을까. 그것은 다름이 아니라 차보열이가 이 거지의 복색을 하고 이 자리에 앉았던 것이라고 생각을 하면 모를 것도 없는 일이련마는 장팔찬은 그러하게 생각을 하지 아니하였다. 분명히 자기가 잘못 본 줄로만 생각을 하고서 도리어 자기 눈이 벌써 어두워졌다고 한탄을 하였다.

이 뒤로 사오 일이 지나서 장팔찬이는 자기 방에서 고설도에게 글을 가르치고 있노라니까 이 집 대문을 여는 소리가 들리었다. 집을 지키는 노파는 기름을 아끼느라고 이만 때가 되면 으레 자는 터인데 그 누구가 들어오나. 확실히 자물쇠를 여는 소리까지 들리었은즉 자물쇠를 가진 사람일 터인데 장팔찬이는 무던히 겁이 났다. 다시 귀를 기울이고 듣노란즉 매우 체중한 사람이 층계를 찬찬히 올라오는 모양인데 아무리 생각하여도 노파는 아니요 남자인 모양이다. 남자는 없는 집에 남자의 자취소리. 더욱더욱 이상한 일이다.

장팔찬이는 고설도를 재웠다. 설도는 장팔찬의 말을 어기지 아니하고 아무 말 없이 누워 버렸다.

그다음에 장팔찬이는 불을 꺼 버리고 소리 없이 의자에 앉았는데 이 의자는 방문을 등지고 있었다. 그리고 자세히 들어 본즉 그 발자취 소리는 없어져 버렸으나 벌써 이 층에 올라왔을 것은 물론이다. 그뿐 아니라 자기가 겁을 내어서 그러한지는 모르겠시마는 벌써 이 방 문밖에 와 서서 기척을 듣는 모양인 듯하였다. 까닭 없이 장팔찬의 마음에는 그러하게 생각이 들며 그 거지의 생각도 나고 차보열이의 얼굴까지도 눈앞에 번하게 보였다. 그는 아주 숨소리도 내지를 못하며 지금 만일 돌아다만 보면 과연 바깥에서 누가 엿보는지 아니 보는지를 알 수가 있으려니 하면서도 돌아다볼 기운이 나지를 못하였다. 몸이 아주 꼿꼿이 굳어 버렸다.

그렇지마는 이렇게만 하고 있어서는 끝날 날이 없겠다 하여서 마침 돌아다보고자 할 때에 캄캄한 건너 벽 위에 마치 사람의 눈같이 빤하게 비추이는 것이 나타났다. 아아, 이것은 눈이 아니다. 방문 밖에서 도적 등에다 불을 켠 것이다. 등불이 열쇠 구멍으로 새어 들어와서 건너 벽에 비추이는 것이니 인제는 돌아다볼 필요도 없고 돌아볼 용기도 없었다. 분명히 아까 들리던 그 발자취 소리가 이 방 문밖에 와서 이 방안을 엿보고 있는 것이다. 장팔찬은 다만 벽 위에 비추인 그 빛깔만 쳐다보고 소리 없이 앉았다.

뱀을 만난 개구리가 뱀의 눈에서 제 눈을 옮기지 못하는 모양으로 장팔찬이는 벽 위의 그 빛깔에서 자기 눈을 옮기지 못하였다. 그 빛깔은 흔들흔들 흔들리는데 이것은 뱀이 꿈적거리는 까닭이다. 방문 밖에는 차보열이가 와 서 있으니 이때에 장팔찬이는 어찌하면 좋을까. 달아나랴. 달아날 도리가 없다. 그러면 붙들리는 수밖에 도리가 없는데 고실도와 덜어져서 자기 홀로 옥중에 가 있어. 그것은 할 수 없다. 장팔찬의 이마에는 구슬땀이 흘렀다.

65. 숨어 사는 집 (4)

만일 문밖에 있는 사람이 정말 차보열이어서 문을 박차고 들어오면 장팔찬은 할 수 없이 잡히게 되었다. 털끝만치도 달아날 도리가 없다. 장팔찬이는 그 생각을 하고 몸이 치곤아올랐으며 그 생각을 하고 진땀을 흘렸다.

그러나 그러한 중에 벽 위에 비취었던 뱀의 눈깔 같은 등불은 없어지고 바깥의 사람은 또 자취 없이 가 버린지라. 장팔찬은 그제야 휘유하고 숨을 내쉬었다.

밤이 새도록 장팔찬은 잠을 이루지 못하였다. 지금 그 사람이 정말 차보열이인가 아닌가. 설마 차보열이는 아니겠지. 차보열이가 제아무리 유명한 정탐이기로 죽었다고 인정된 이내 몸이 살아나서 세상에 있는 줄은 그리 속히 알 수는 없을 것이라고 생각도 하였으나 예배당 문 앞에서 만나 보던 거지 생각을 하면 그자가 아니라고 끊어서 말할 수도 없는 터이라. 지금 장팔찬은 반신반의 중에서 방황을 한다.

밤이 밝은 뒤에 집 보는 노파에게 물어볼까도 하였으나 이편에서 먼저 묻는 것은 도리어 혐의쩍은 일이다. 혹 이 노파가 경찰서와 한통인지도 알 수 없는 터인즉 시치미를 뚝 떼고 나는 나 할 일만 하는 것이 옳겠다고 생각을 하던 차에 마침 노파가 방을 치우려고 올라왔었다. 그래도 장팔찬은 모르는 체하고 있었더니 도리어 노파가 먼저 물었다.

"어제저녁에 이 이 층으로 사람이 올라온 것을 아셨습니까"

장팔찬은 잊어버렸던 것처럼

"아니, 나는 몰랐는데…… 오, 참, 무슨 발자취 소리가 나기는 났어. 그게 누구야"

'그게 누구야' 는 지나가는 말이다.

"새로 온 손님이여요. 이 이 층 방 한 칸을 빌려 주었는데 아직 발이 서투른 사람이니까 이 근처에 와서 어름댈는지도 모르지요”

꾸며 대기는 참 용하게 꾸며 댄다. 그렇지마는 버선발로 도적 등을 가지고 자취 없이 다니는 사람을 발이 설어서 어름대는 사람이라고 하면 말이 될 수가 있나.

“이름은 무엇인고”

“이 무엇이라든가 김 무엇이라든가 하는 사람인데 잊어버렸습니다”

“무엇 하는 사람이야”

좀 너무 자세히 묻는다. 그렇지마는 아니 물을 수는 없다. 노파는 장팔찬의 얼굴을 한번 유심히 쳐다보더니

“직업 없이 돈변을 따서 먹는다던지요. 영감 모양으로”

대답이 어찌 좀 이상스럽다. 의심을 하여서 그러한지는 알 수 없어도 이 노파의 수작이 무심히 나오는 것은 같지 아니하였다. 그 뒤로 몇 시간 있다가 어제저녁의 그 발자취 소리와 같이 무거운 발자취 소리가 낭하에서 일어났다. 장팔찬은 그 소리를 듣고 곧 방문으로 엿보고 있노란즉 지금 그 사람은 마침 돌아서서 층계를 내려가는 중인데 등을 지고 선 까닭으로 자세히 알 수는 없으나 그 등더리부터 예사 사람의 등더리는 아니었다. 어깨통의 벌어진 것이라든지 등더리 생긴 모양이 아무리 보아도 신사는 아니고 경찰관 같으며 경찰관 중에서도 차보열이 같다. 그리고 차보열이가 가짐 직한 굵은 단장까지 가졌었다.

분명히 차보열인지 무엇인지를 알아보기 전에 그는 층계를 내려가 버렸다. 곧 문을 열고 내려다보면 자세히 볼 수가 있겠지마는 그 사람이 차보열이 같으면 낭패일다. 문 열고 내다보는 얼굴을 밑에서 쳐다보는 날이면 어떻게 될는지 알 수가 없는 터이라. 장팔찬은 그것이 무서워서 문을 열지 못하였다. 아무렇든지 이 집에 오래 있는 것은 위험한 일인즉 곧 도망질할 준비를 차리기 시작하였다.

이날 해가 떨어진 뒤에 장팔찬은 대문 밖을 나서서 사면을 둘러보았다. 길거리에는 행인도 별로 없고 수상한 사람은 하나도 보이지 아니하였다. 눈에는 아니 보일지라도 혹 숨어 서서 지키는 사람이 있을는지는 알지 못하는 일이지마는 그것까지는 조사할 재주가 없다. 어찌 되었든지 도망을 할 터이면 지금이 좋은 때이라고 곧 이 층으로 올라가서 고설도의 손을 끌면서

"나를 따라오너라"

하고 두 사람이 걸어 나섰다. 이리를 피하려다가 호랑이 아가리로 들어가는 일도 흔히 있는데 장팔찬은 이곳을 피하여서 어디로 가려는가.

66. 도망꾼이 (1)

얼음 같은 겨울 달은 파리의 시가를 비껴 비추어 거리의 반쪽은 밝고 반쪽은 그늘졌다. 이 그늘 속에 숨어서 밝은 편을 살펴 가면서 말없이 걷는 사람은 순사 부장 차보열에게 잡히지 아니하려고 어디로 달아나는 장팔찬이다. 가련타, 그 사람은 사냥꾼에게 쫓겨 가는 사슴과 같이 어떻게든지 종적만 숨기고자 하여서 골목길로만 돌아 나간다. 그리고 그의 바른손에는 소녀 고설도의 손길을 잡히어 있다.

고설도는 이상한 일만 보고 자란 아이이라 아무 말도 없이 다만 장팔찬의 가는 대로만 따라간다.

아무렇든지 장팔찬의 옆에만 있으면 걱정이 없는 줄로 어린 마음에 생각을 하는 모양이라. 그러나 고설도의 믿고 있는 장팔찬이도 어디로 가야 좋을는지를 알지 못하는 터이라. 마치 고설도가 장팔찬을

믿는 모양으로 장팔찬은 하느님만 믿고 있다. 다만 하느님의 인도하시는 대로 갈 뿐이라고 생각하고 있었다.

밤은 이미 열한 시가 되고 달은 점점 높이 솟아서 거리에 떨어지는 처마 그늘이 차차 짧아져 간다. 이는 장팔찬의 몸 숨을 곳이 그만큼씩 좁아 들어가는 것이라. 장팔찬은 이리저리 돌다가 퐁투아즈 거리의 경찰서 앞에 나섰는데 급히 지나고자 하였으나 고설도는 벌써 다리가 풀려서 걸음을 걸을 수 없게 된지라. 할 수 없이 안고 가다가 뒤를 돌아다본즉 지금 지나오던 경찰서 문 앞에는 난데없는 경관 세 명이 한데 가모여 서서 있는데 어찌 자기를 쫓아오는 모양 같으므로 곧 옆의 골목으로 꾸부러졌는데 여기는 넓은 골목이라. 위선 한편 처마 밑에 가 몸을 숨기고 이다음 어디로 갈 것을 생각하고 있노란즉 삼 분 동안이 다되지 못하여서 지금 보던 그 경관들은 한 사람이 더 늘어서 네 사람이 되어 가지고 눈앞에 나타났다.

인제는 의심할 것 없이 분명히 자기 뒤를 쫓는 모양이다. 이윽고 그 네 사람들은 넓은 길의 한가운데에 와 서서 사방을 돌아다보면서 무슨 의논을 하기 시작하였다. 필경 죄인이 어디로 달아난 것을 살펴보는 모양이다. 그중의 세 사람은 장팔찬이가 숨어 있는 반대편을 가리키는 모양이나 그중의 한 사람은 장팔찬의 있는 곳을 가리키면서 서로 다투는 모양인데 달빛에 그 얼굴을 본즉 이를 어찌하랴, 그 사람은 분명한 차보열이다.

네 사람이 서로 방향을 다투는 동안에 장팔찬은 황망히 달음질을 하여서 식물원인 듯한 어떤 넓은 기지 앞을 당도하였는데 여기서 다시 돌아다본즉 아무도 쫓아오는 사람이 없다. 필경 그 세 사람이 가리키던 편으로 쫓아간 모양이다. 이러한 동안에 개천을 건너서 저 편짝 경찰서 관내로나 도망을 하여야 하겠다 하고 오스테를리츠 다리를 건너고자 하는데 이때에는 다리에서도 세금을 받았었다. 지나가는 사람은 한 사람이 일 전씩을 무는 법인 고로 장팔찬은 일 전을 꺼내어 던지고 건너가고자 한즉 파수 병정이 그것을 보고서 책을 잡았다.

"여보, 걸을 줄 하는 아이는 안고 가더라도 다리 세는 내야 하오"

공교한 자리에서 파수 병정의 주목을 받았다. 그렇지마는 할 수 없는 일이라 또 일 전을 꺼내어 던져 주었다. 그리고 이 다리를 건너서 좀 빨리 달아나고자 한즉 안겨 있는 고설도가 우는소리를 하면서

"아버지, 에그, 발 시려. 나는 걸어갈 터이야"

하고 못 견디어 한다. 이 아이를 걸려 가지고는 속히 갈 수가 없으나 발이 시려서 하는 것을 그대로 안고 갈 수도 없는 터이라 그대로 내려놓고 천천히 걸어서 얼마쯤 가다가 다시 뒤를 돌아다본즉 이번에는 거리는 한참 동안이 떠도 보이기는 바로 건너다보이는데 아까 건너오던 그 다리 위에 경관들이 벌써 와 섰다.

'에그, 잘 달아난다는 것이 아주 잘못 달아났구나'

하고 장팔찬은 대경실색하면서 또 사잇골목으로 꾸부러졌다. 그렇지마는 아무리 달아나도 언 땅에 울리는 구두 소리는 뒤를 쫓아왔다. 그뿐 아니라 때때 차보열의 얼굴까지도 저 빛에 비치어 보인다. 인제는 도저히 할 수가 없다고 몇 번이나 낙담을 하였으나 고설도가 있는 이상에는 어디까지든지 달아나 볼 수밖에 없다 하고서 오히려 한참을 가노란즉 앞에는 높다란 돌담이 둘리었고 골목은 그 담 밑으로 가로놓였다. 이 근처는 사람들도 별로 다니는 일이 없고 사원과 예배당이 많이 있는 곳이다. 인제는 돌담을 끼고서 왼편으로 가거나 바른편으로 가는 두 길로 갈 수밖에 없는데 바른편으로 가면 반드시 사람 많은 편으로 나가게 될 모양이라. 그리하고 보면 섶을 지고 불로 들어가는 모양이나 다를 것이 없는 고로 할 수 없이 왼편을 향하기로 하고 다시 설도를 안았다. 그리고 다리 기운이 자라는 대로 도망질을 하고자 하였다. 그는 이때까지도 차보열이의 예비가 얼마나 주밀한지를 알지 못하

였다.

한참 달아나다가 앞을 내다본즉 앞길의 골목 모퉁이에는 순사 두 명이 벌써 지키고 서 있다. 아아, 이야말로 진퇴유곡이로구나. 앞으로 가도 잡힐 것이요 뒤로 퇴축을 한대도 차보열이 패에게 잡힐 것이라. 인제는 승천입지를 하는 이외에는 도망할 도리가 없다.

67. 도망꾼이 (2)

장팔찬은 낙담을 하고 하늘을 쳐다보았다. 정말 하늘밖에는 터진 데가 없구나. 왼편에도 경관, 바른편에도 경관, 앞에는 두 길이나 되는 돌담이요 뒤에는 삼층집이다.

삼층집의 창문을 깨트리고 들어가서 숨으랴, 높은 돌담을 뛰어넘으랴. 집은 달빛에 비추이는 편이라 창문 앞에를 가다가는 골목 모퉁이에서 파수 보고 있는 순사들 눈에 뜨이고 말 것이요 돌담은 날개 없는 몸으로 넘어갈 도리가 없다. 아무리 한대도 인제는 잡히는 수밖에 없이 된지라. 그의 눈에는 벌써 감옥서 안의 고생하는 광경이 역력히 보인다. 이번에 잡히면 세 번째 징역인데 그도 사양하지는 아니하는 비거니와 고설도를 어찌하잔 말인가. 고설도를 도저히 보통 아이와 같이 기를 도리가 없구나. 이것이야말로 백계무책이 아닌가. 그는 고설도를 돌담 밑 컴컴한 곳에다 세워 놓고서 그 높은 담을 안고 돌기 시작하였다. 어디 담 터진 곳은 없는가 하여서 뺑뺑매고 돌아다니는데 이윽고 자기 오던 뒷길에는 육칠 명의 경관이 나타났다. 그 맨 앞에 서 있는 키 큰 사람은 갈데없는 차보열이며 무장한 순사들의 메고 오는 총검이 번쩍거려서 장팔찬의 온몸에 소름을 돋게 한다. 그네들은 한 걸음 한 걸음 좁혀 들어오는데 캄캄한 구석이 있으면 또박또박 들여다보고 옆 골목이라고는 다만 한 칸통이라도 들어간 데가 있으면 들어가 살피어서 개미 새끼 하나라도 샐 틈이 없이 검사를 하여 온다. 따라서 그 걸음은 그리 속하지 못하나 늦으면 몇 분이나 늦겠느냐. 장팔찬은 번쩍번쩍하는 총검을 바라보며 생각을 하였다. 저자들이 여기까지 오려면 몇 분이나 걸릴까. 넉넉히 잡아도 이십 분간이니 그 이십 분간이 자기의 생명이다.

인제는 담을 넘을 수밖에 다른 도리가 없다. 보통 사람 같으면 도저히 넘을 수가 없겠지마는 장팔찬은 넘을는지도 알 수가 없다. 그렇지마는 고설도는 어찌하리. 손잡이 하나 없는 두 길이나 되는 절벽을 자기 혼자 같아도 넘을는지 말는지 한데 고설도를 데리고 넘을 도리는 없을 것이다. 만일 새끼줄이라도 있었으면. 오, 참, 그렇다, 새끼를 찾아보자 하고 그는 사면으로 돌아다니면서 무슨 줄이 있는가를 찾기 시작하였다. 만일 이때에 장팔찬이가 나라를 가지고 있는 임금 같았더라면 그 나라와 새끼 한 도막과 맞바꾸기를 사양치 아니하였을 것이다.

아니, 새끼가 없지도 않다. 이때 파리에서는 아직 와사나 전기등이 없었던 고로 큰길에는 도막도막 가다가 램프 등을 매달고 달밤에는 끄고 달 없는 때에만 켜는데 그 램프를 올리고 내리는 데에는 튼튼한 숙마줄을 쓰며 그 숙마줄은 등대 아래의 쇠 상자에다 넣어 두되 그 상자에는 자물쇠를 채웠고 열쇠는 그 구역 안 수직군이 맡는 법이라. 새끼를 얻으려면 그것밖에는 얻을 도리가 없다. 쇠 상자에 넣어 둔 것을 꺼낼 수가 있을는지 없을는지는 알 수 없지마는 그러한 걱정만 하고 있을 경우가 아니라. 장팔찬은 생각이 나며 곧 달음질을 하여서 그 등대 밑으로 쫓아갔다. 장팔찬의 몸에는 주머니 두 개가 달려 있는 셈이다. 한편에는 어질기가 한량없는 성인의 마음이 들어 있으니 이것은 유명한 승정 미리엘에게 받은 물건이요 또 한편에는 담을 넘는다든지 자물쇠를 비튼다든지 하는 도적놈의 재주가 들어 있으니 이것은 오랫동안 감옥 안에서 얻은 물건이다. 이러한 경우에는 양편 주머니의 것을 있는 대로는 다 꺼내어서 쓸 수밖에는 없는 터이라. 그는 위선 창칼을 꺼내어서 자물쇠를 열고 그 안에 있는 숙마줄을 꺼내어 가지고 곧 고설도의 옆으로 달려왔다.

아까부터 장팔찬의 하는 모양을 보고서 만일 보통 아이들 같으면 필경 놀라고 무서워서 술네불벼 수선을 부렸을 터이지마는 고설도는 울음도 마음대로 못 울고 자라난 아이라 벌렁벌렁 떨면서 장팔찬의 소매를 잡고 금방이라도 울듯 한 목소리로

“아버지, 에그, 무서워. 저기 오는 사람은 누구여요”

하고 물었다. 장팔찬은 입 안의 소리로

“오오, 아무 소리 마라. 그것은 태날추 마누라다”

태날추의 마누라라는 이름이 고설도에게는 제일 무서운 것이라 고만 움씰하고 놀라면서 아무 말도 아니 하였다.

“옳지, 옳지, 가만히 있으면 못 오게 할 수가 있어도 만일 울음소리가 나면 쫓아와서 붙들어 간다”

하고 자기 목도리를 끌러서 올가미를 만들어 가지고 고설도의 허리를 붙들어 매었다. 그리고 목도리에다가 지금 가져온 새끼줄을 붙들어 맨 뒤에 한끝은 입에다 물고 두 길이나 되는 석벽을 기어 올리가기 시작하였다. 손잡이 될 것이라고는 아무것도 없으나 조금 길쭉긴쭉한 것도 그에게는 큰 손잡이나 다름이 없다. 그는 전신의 힘을 손끝 발끝에다가 모아 가지고 기어 올라가는 밑에 서 있는 고설도는 무서워하는 모양으로 쳐다보고 있었다.

68. 이 집은 무슨 집 (1)

고설도가 쳐다보고 있는 동안에 장팔찬은 기엄기엄 기어서 그럭저럭 맨 꼭대기까지 기어 올라갔다.

돌담 안에서는 어떠한 운명이 이 두 사람을 기다리고 있을까. 돌담 밖에서는 차보열의 거느린 순사의 한 떼가 한 걸음 좁혀 들어올 뿐이다.

"설도야, 설도야"

하고 장팔찬은 돌담 위에서 불렀다.

"자아, 이 줄을 두 손으로 꼭 붙들어라. 옳지, 옳지, 그리고 얼굴은 외면을 하여라"

고설도는 하라는 대로 말을 들었다. 곧 그 몸은 공중에 매달려졌다. 매달리는 팔은 기운이 약할지라도 허리에 잡아맨 끈이 있으니까 떨어질 염려는 없이 무사히 담 꼭대기까지 올라갔다.

장팔찬은 고설도를 안고서 담을 들여다보니 여기는 바깥보다도 지형이 더 낮아서 담 위에서부터 땅바닥까지는 두 길 반이나 되는 터인즉 도저히 뛰어내릴 수는 없다. 그러나 다행히 돌담 옆으로 붙어서 있는 큰 나무가 서 있는지라. 장팔찬은 곧 그 나뭇가지로 건너서 버렸다.

정말 아슬아슬한 판이었다. 마침 두 사람의 몸이 나무 그늘에 가리어지자 담 바깥에서는 차보열이의 우레 같은 목소리가 들리었다.

"그저 염려 말고 찾아라. 목은 다 지키고 그 나머지는 막다른 골목인데 제가 어디를 간단 말이냐. 어디든지 샛골목에 숨었을 터이니 자세히 살펴라"

장팔찬은 이 소리를 들어 가면서 나뭇가지를 따라서 마침내 땅바닥에까지 미끄러져 내려왔다.

대체 이 돌담 안은 어떤 사람의 사는 곳인가. 풀은 난 대로, 낙엽은 진 대로 호미질도 아니 하고 비질도 아니 한 넓은 터전에 드높은 옛날

집이 오륙 채나 들어섰으나 사면이 적적하여서 사람은 사는 듯도 싶지 아니하며 다만 들리는 것은 담 바깥의 발자취 소리와 데걱데걱하는 군도 소리뿐이다. 또 여러 사람들이 저기 보아라, 여기 보아라 하고 떠드는 소리도 들리는데 물론 자세히는 알 수가 없으나 그중에서 제일 큰 소리는 차보열이의 목소리 같다. 장팔찬은 간이 콩만 하게 되어 가지고 고설도를 등에 업고 나무 아래에서 방황하고 있다가 한 편짝 구석으로 헛간 같은 빈집이 시 있는 것을 보고 위선 방풍이나 하기 위하여 들어가 본즉 벽도 변변히 없는 퇴락한 집이었다.

여기까지 온즉 담 바깥의 소리는 조금도 들리지 아니한다. 인제 어떻게 하리라는 생각은 조금도 정하지 못하였으나 위선 고설도를 땅에다 내려놓았다. 마침 이때에 어디서 나는지는 알 수가 없어도 차보열의 무서운 목소리 대신으로 장팔찬과 고설도로 하여금 부지중에 고개를 숙이고 땅 위에 엎드리게 하는 이상한 소리가 들리었다. 구름 사이로부터 새어 내려오는지 형용할 수 없이 고운 목소리로 하느님의 거룩한 덕을 기리는 찬미가 들린다. 몇 사람인지 곡조를 맞추어서 합창을 하는데 비록 선녀의 소리라도 이다지 고울 수는 없을 것 같다. 분명 젊은 여자들의 목소리인데 청천에 떠서 우는 두루미 소리같이 청청하게 뒤를 끄는 그 고운 소리가 장팔찬의 정신을 뽑아 가 버리었다.

장팔찬은 잠시 동안 정신이 황홀하여 자기 몸이 지금 어디 있는 것을 잊어버렸다. 이 잠시 동안은 정말 장팔찬에게 다시없을 시간이었다. 그는 가슴속에서 한없는 즐거움이 솟아올라서 자기 몸의 위태한 경우도 잊어버리었다. 그러한 중에 노래는 구름 속으로 거두어져 들어가고 장팔찬은 꿈을 깬 것처럼 정신이 나서 사면을 둘러보았다. 지금 그 노래는 꿈이던가 생시던가. 또는 정신이 어지러워서 비껴 들리었나. 도무지 알 길이 없고 다만 분명한 일은 땀 났다 마른 몸에 밤바람이 춥다는 한 생각뿐이었다. 옆을 본즉 고설도는 벌써 그 땅바닥에 그대로 누워 자는지라. 오오, 네가 오죽 추우랴 하여서 자기 입은 웃옷을 벗어 덮어 주고 자기는 찬바람에 진저리를 쳤다.

어찌 되었든지 간에 이러한 곳에는 있을 수가 없다. 하다못해 바람한 가지라도 피할 만한 구석이 없는가 하여서 그는 그러한 데를 찾으러 나섰다. 원래 집이 큰 집이니까 어디든지 그러한 구석이 있을 듯하여서 여기저기 찾아다니는 중에 제일 큰 채 뒤를 갔었다. 여기는 사람이 있는지 한 편짝 유리창으로 흐릿한 등불이 비치는지라. 대체 어떠한 사람이 사는가 하고 그 유리창 앞으로 바짝 들어가서 그 안을 들여다본즉 그 방 안에는 저 안청으로 불을 켜 놓았으나 빛깔이 흐리어서 잘 보이지를 않더니 한참 보고 있은즉 어렴풋하게 방바닥에 이상한 물건이 보였다. 그것을 보고서 잠시 동안 눈을 옮기지 못하도록 놀랐다.

69. 이 집은 무슨 집 (2)

놀랄 뿐이 아니라 장팔찬은 벌벌 떨었다. 거의 몸을 지탱하지 못할 지경이었다.

그가 보고 놀라는, 방바닥에 놓인 것은 무엇인가. 그는 분명한 시체일다. 등불은 어둡고 유리창은 흐리어서 분명히는 보이지 아니하나 여자의 시체가 방바닥에 놓여 있다. 아아, 이 집은 참 알 수 없는 집이다. 아까는 달밤에 신선의 노래를 듣고 여기가 선경이 아닌가 의심을 하였더니 지금은 당장에 지옥의 광을 보겠구나.

평시만 같았더라면 장팔찬이도 이다지 놀라지는 아니하였을 것이지마는 지금은 정신이 어지러워서 무슨 일을 생각하여 볼 여지가 없다. 그는 곧 무서운 생각을 못 이기어서 달아나기 시작을 하였다. 그러나 그의 의심날 일은 그뿐이 아니었다.

그는 달음질을 하여서 처음 들어섰던 헛간으로 돌아갔다. 여기서는 고설도가 지금까지도 찬 바닥에서 잠을 잔다. 참 춥기도 하고 적적도 한 집이다. 아무도 사는 사람이 없는가. 사는 사람이라고는 지금 그 시체뿐인가. 하다못해 사람 기척이라도 좀 들었으면 좋겠다고 고상고상하고 있노란즉 또 한 가지 이상한 일이 나타났다.

이 역시 어디서 나는지는 알 수가 없어도 멀리서 딸랑딸랑하는 방울 소리 같은 것이 들리었다. 들리다가는 끊기고 끊겼다가는 들리는 모양이 처음에는 벌레 우는 소리인가 의심을 하였으나 자세히 들어본즉 분명한 방울 소리이다. 장팔찬은 고개를 들어서 그 소리 나는 편을 바라다본즉 빈 터전 한 편짝에 누구인지 사람이 서 있었다. 아니, 서 있는 것이 아니라 섰다가 엎드렸다가 굽적굽적하는데 그 사람이 굽적거릴 때마다 방울 소리가 들린다. 필경 그 사람이 방울을 찬 모양이나 무엇을 하는 셈인지 도무지 알 수가 없으니 마음에는 겁이 났다.

금방 인기척이나 좀 있었으면 하던 몸이 사람을 보면 똑 그 사람이 무섭다. 그러나 그는 무서울 수밖에 없는 일이다. 아직도 이 담 밖에는 차보열이가 있을 것이요 차보열이는 갔다고 할지라도 파수는 보여 두고 갔을 터인즉 만일 이 사람이 장팔찬이를 보고 놀라서 소리를 지르면 시각을 머무르지 아니하고 곧 도로 잡힐 것이다.

이와 같이 생각을 한즉 이대로 있는 것이 위태하여 못 견디겠는 고로 상팔찬은 설도를 깨지 않도록 가만히 안고서 눈에 보이지 아니할 데를 찾아가 숨었다. 그러나 방울은 여전히 딸랑거리고 사람은 여전히 굽적거리는데 무슨 까닭인지는 도무지 알 수가 없는 고로 더욱더욱 자세히 본즉 그 사람이 있는 곳은 채소를 심은 밭인 것 같았다. 필경 그 사람은 채소에 서리가 아니 맞도록 무엇을 덮어 주나 보다고 그것까지는 짐작이 나섰으나 방울 소리가 알 수 없었다. 무슨 까닭으로 방울을 찼을까. 그러나 어찌 되었든지 간에 밭에 가서 굽적거리는 작자 같으면 그리 무서울 것이 없다고 좀 마음이 놓였으나 마음이 놓이는 동시에 새로 정신이 난 것은 지금까지 잡고 있던 설도의 손길이 얼음같이 찬 것이었다.

“설도야, 설도야”

하고 이름을 불러도 대답이 없고 어깨를 쥐고 흔들어 보아도 잠을 깨지 아니한다.

‘에그, 죽지나 아니하였나’

하는 기막힌 의심이 장팔찬의 가슴을 바늘같이 찔렀다.

장팔찬은 놀라서 일어섰다. 그리고 전신이 벌벌 떨리면서 강시라는 생각이 번개같이 났다. 참, 강시라는 것이 이러하다더라, 이와 같이 잠든 채로 죽어 버리는 일이 많다더라 하고 겁이 펄쩍 나서 고설도의 손목을 다시 잡아 본즉 아직 아주 죽지는 아니하였는지 겨우 맥 기척은 있는 것 같았다. 어찌 되었든지 그대로 두어서는 아니 되겠다. 잠을 깨워 주어야 하겠다. 덥게 하여 주어야 하겠다. 바람을 피할 데로 가야 하겠다. 이불 속에다 재워야 하겠다. 생각은 굴뚝같으나 무슨 재주로 그와 같이 하리오. 장팔찬은 생각다 못하여서 그 방울 찬 사람을 달음질로 쫓아갔다. 쫓아갔다가 그 까닭으로 잡히게 되면 어찌하나. 그는 그러한 일을 돌아다볼 틈이 없었다. 곧 그 사람의 앞에 가 서서 놀라거나 말거나 상관도 아니 하고

“자아, 백 프랑이다, 백 프랑”

하고 소리를 질렀다. 그 사람은 무슨 영문인지를 알지 못하여서 벙벙하니 장팔찬의 얼굴만 쳐다보았다.

“자아, 백 프랑을 낼 터이니 오늘 하룻밤만 잘자리를 변통하여 다오”

이러한 말을 아무리 한대도 별안간에 까닭을 알 수가 있으랴. 그 사

람은 또 장팔찬의 얼굴만 물끄럼말끄럼 쳐다보는데 장팔찬의 얼굴에는 달빛이 가득하게 비치어서 그 황급한 모양과 걱정스러운 빛이 역력히 보인다. 그 사람은 깜짝 놀라면서

"아아, 이것이 웬일이시오. 영감, 시장 영감, 마대련 씨"

장팔찬은 한 걸음을 뒤로 물러났다. 이상한 곳에서 이상한 사람에게 마대련 씨라고 불리는 것처럼 이상한 일이 또 어디 있을까. 아무리 이상한 일만 연해 생기는 때라고 할지라도 이 일 한 가지는 너무도 이상하다. 장팔찬은 말도 못 하고 그 사람만 쳐다보았다. 그 사람은 노인이요 시골 사람이요 몸이 한편으로 비딱한 절름발이요 허리에 방울을 찬 것은 알겠으나 언제 본 생각은 나지 않는다.

"자네가 누구이며 여기는 뉘 집인가"

하고 장팔찬은 물었다.

70. 승방 (1)

'자네는 누구이며 이 집은 뉘 집인가' 하고 장팔찬이가 되받아 묻는 것도 괴이치 아니한 일이다. 정신없이 쫓기어 들어온 이 집 사람에게 '마대련 시장'이라고 불리기는 참 의외의 일이 아닌가.

상팔찬은 열심으로 그 사람의 얼굴을 쳐다보았다. 달빛에 비추어서 자세자세 쳐다보는데 그 늙은이는 웃는 모양으로

"시장 영감, 내 얼굴을 그렇게도 잊어버리셨습니까. 영감께서는 나를 살려 주신 은인이 아니십니까. 내가 지금까지 살아 있는 것은 영감 덕택이 아닙니까"

장팔찬은 그제야 생각이 났다. 아아, 이 사람은 홍술환 노인이라고

하던 불쌍한 늙은이다. 이왕에 몽트뢰유에서 마차 밑에 치어서 다 죽게 된 것을 장팔찬이가 위험을 무릅쓰고 살려 낸 사람이다. 그 뒤로는 아주 잊어버리고 말았는데 지금 몸을 천지간에 용납할 수 없게 된 이때에 이 사람을 만나게 된 것을 보면 세상에 갚아지지 아니하는 은혜가 없는 것이다. 장팔찬은 소리를 질렀다.

"오오, 인제 생각이 났다. 생각이 났다. 홍술환 노인. 그런데 자네는 지금 무엇을 하는 셈인가"

"오늘 밤에 서리가 몹시 올 듯싶어서 채소를 좀 덮어 주는 중입니다"

하고 예사로 대답을 하다가 다시 말을 고쳐

"그런데 영감께서 어찌 여기를 들어오셨습니까"

이와 같이 묻는 자리에 대답을 아니 할 수도 없고 또 졸지 간에 대답을 할 수도 없는 형편이라 장팔찬은 대답하기 전에 묻기부터 하였다.

"그 이야기는 차차 하려니와 자네 허리에는 어찌 방울을 찼나"

"이것은 어디 있다는 것을 여러 사람들에게 알리기 위하여서 차고 다니는 것이오"

여러 사람이라는 것이 어떠한 사람인지 그 말만 듣고는 알 수가 없다.

"나는 그 말을 알아듣지 못하겠는걸"

"그런 것이 아니라 여기는 맨 부인들만 있는 곳이니까 남자는 위태한 물건이라 하여서 방울을 채워 놓고 방울 소리만 나면 도망질을 합니다"

"어찌하여서 여자들만 있을까. 대체 여기가 어디인가"

"영감께서도 아실 터인데"

"아니, 나는 몰라"

"모르시다니요. 영감께서 주선을 하여 주셔서 내가 여기를 왔는데 모르실 리가 있습니까. 여기는 픽푸스 승방입니다"

옳지, 옳지, 그때 그러한 일이 있었거니 남을 시켜서 주선을 한 까닭으로 아주 잊어버렸다.

그런데 마침 이 승방으로 쫓기어 들어온 것은 이상한 연분이 아닌가. 모르면 모르되 지금 이 넓으나 넓은 파리 안에서 장팔찬이를 숨기어 줄 집은 한 집도 없을지며 숨기어 주기는 고사하고 잠시 피신이라도 할 만한 집이 없을 것이다. 만일 그러한 집이 있다고 하면 그는 이 승방뿐인데 마침 이 집으로 들어온 일을 생각한즉 하느님께 감사할 수밖에 없다. 만일 하느님이 인도하신 것이 아니면 어찌 이 파리 백만 호 중에서 곧 이 집으로 들어올 수가 있으랴. 우연한 듯하여도 우연치 아니한 일이다. 이곳은 하늘이 지시하신 피신할 곳이니 이곳을 떠나서는 아니 되겠다.

이와 같이 장팔찬이가 생각하고 있는 동안에도 홍술환 노인은 그 얼굴을 유심히 쳐다보고 있더니

"여보시오, 영감, 어찌 여기를 들어오셨습니까. 영감께서는 하느님 같이 거룩하신 양반이시지마는 그래도 남자는 남자이신데 이 남자를 엄금하는 승방에"

"남자는 엄금한다 하여도 자네가 있지 아니한가"

"나는 있지요마는 남자라고는 저 한 사람인데 그 까닭으로 방울을 달지 아니하였습니까. 다른 사람은 세상없어도 아니 들이는데요"

"아니 들인다 하여도 나는 아직 여기 좀 두류하여야 하겠는데"

그 말에는 마디마디 힘이 들었다. 홍술환 노인은 그 의외의 말을 듣고 좀 놀랐으나 장팔찬은 그러한 사정을 보고 있을 때가 아니라 곧 태도를 엄숙히 하여 가지고

"홍술환이, 이왕에는 내가 자네를 살려 주었고 이번에는 자네가 나를 살려 주어야 하겠네"

홍술환은 조금도 주저하지 아니하고 도리어 고마워하는 모양으로

"내가 영감을 살리다니요. 그러할 수가 있으면 하다 뿐이겠습니까. 영감의 하늘 같은 은혜를 만분지일이라도 갚아 보려고 밤낮으로 축원을 하는 터인데요. 어서 말씀을 하시오. 어떻게 하면 영감을 살리겠습니까"

"그러면 말을 하겠네. 자네 거처하는 방이 따로 있나"

"방이라고 저 편짝 구석 나무 그늘 속에 있는데요. 좁지는 않습니다마는 칸수는 삼 간이나 됩니다"

"그러면 자네에게 두 가지 청할 일이 있네. 첫째는 아무도 모르게 나를 그 방에 숨겨 주어야 하겠네"

"그것은 어렵지 않습니다. 그리고 둘째는이요"

"둘째로는 내 몸에 대하여서는 아무 말도 묻지를 말게"

둘째 번에 말한 일이 도리어 첫째 번에 말한 일보다도 어려운 일이나 그 역시 서슴지 않고 승낙을 하였다.

"영감께서 하시는 일이야 물어보지 않은들 무슨 낭패가 있겠습니까. 아무 말 없이 하라시는 대로만 하겠습니다"

이야말로 더할 수 없는 충복이다.

"그러면 약속은 그 두 가지만 하고서 가서 어린아이를 데려와야 하겠다"

어린아이라는 말에는 놀라지 아니할 수가 없다.

"에, 어린아이요. 어린아이를 데리셨습니까"

묻기는 하였으나 꼭 대답을 듣고자 하지는 아니하였다. 아무 말 없이 장팔찬의 뒤를 따라서 고설도의 누워 있는 헛간으로 찾아갔다.

반 시간이 다 되지 못하여 고설도는 이 노인의 거처하는 방 안에 가 따듯하게 잠을 자게 되었다.

몸을 둘 곳이 없는 장팔찬에게는 승방같이 숨기 좋은 곳이 없을지며 승방에는 계집아이들을 교육하는 기숙사가 있은즉 고설도를 교육하기에도 적당하다. 이 기숙사에 들어오는 계집아이들은 장래에 승이 될 후보자인즉 누구든지 기숙사에 들어오기를 원하면 주지는 좋아하는 것이다. 그렇지마는 장팔찬이라는 남자가 같이 있는 것도 주지가 좋아할까. 그는 어림도 없는 말이다. 아주 금법일다.

이날 밤에 장팔찬은 위선 설도를 잠들여 놓고서 밤이 깊도록 홍술환 노인과 상의를 하였다. 노인의 방에 같이 있는 것은 상관이 없으나 승방 사람들에게 들키지 아니할 도리가 없다. 이 집 앞 넓은 마당에는 때때 계집아이들이 운동을 하러 나오는데 운동을 하다가 공이 튀어 들어오면 여러 아이들은 집뒤짐을 하는 터이라. 그때에는 숨을 곳이 없은즉 대번에 들켜서 홍술환 노인과 같이 쫓기어 나갈 것이다. 노인은 곰곰 생각을 하다가

"그렇지마는 영감은 마침 좋은 계제에 들어오셨습니다. 이 승방의 이전 주지가 몇 해 전부터 노병환으로 앓다가 일전부터는 병세가 위독하게 되어서 오늘 밤부터 여러 승들이 사십 시간의 기도를 시작하였습니다. 그 까닭으로 내일 무레까지는 아무도 뜰에 나설 사람이 없으니 그동안에 무슨 방법을 생각합시다"

장팔찬은 이 말을 듣고 비로소 까닭을 다 알았다. 아까 담을 넘어 들 때에 찬미 소리가 들리던 것은 그 기도를 시작한 때요 유리창 안을 들여다볼 때에 마룻바닥에 시체가 있던 것은 시체가 아니라 하느님께 사죄를 하노라고 고행(苦行)을 하는 승인 줄을 알았다. 장팔찬의 의심은 이와 같이 다 풀렸으나 저기 몸을 처치하는 데는 아무 소용도 없는 일이다. 그는 생각다 못하여서

“그러면 이대로 숨어 있을 수는 없으니 자네 모양으로 아주 고용이 되어 보세그려”

“글쎄요, 내 동생이라고 거짓말을 하고서 고용으로 써 달라고 말을 하여 볼까요. 나도 나이가 많아져서 힘 드는 일은 할 수가 없다고 핑계를 하고서 말을 하여 보면 혹 될는지도 알 수 없지마는 그렇게 된대도 영감께서 문밖 나가 계시다가 들어와야 하지 아니하겠습니까”

참 그렇다. 고용이 된다 하더라도 한 번 바깥으로 나갔다가 다시 들어와야 하겠는데 바깥을 나갈 수가 없다. 처음 들어올 때와 같이 담을 넘어서 나가자니 바깥에는 거미줄이 아직 아니 풀렸을 것이요 문으로 나가자니 이 승방 문지기가 앞뒤로 서 있는 터이라. 이 승방 담 안에 들어선 것이 도리어 낭패가 아닐는지도 알 수가 없다.

이때의 승방 형편을 아는 사람은 장팔찬의 난처한 처지를 짐작할 것이다. 승방은 아주 딴 세상같이 되어서 이 세상과는 습관이 다르고 예절도 다르다. 더욱이 사람의 출입에는 엄중히 감시를 하여서 세상없는 일이 있어도 몰래 출입은 할 수 없이 된 고로 경찰서에서도 승방만은 수색을 아니 하며 장팔찬이도 빠져나갈 수가 없이 되는 것이다.

이날 밤은 아무 계책도 생각하지 못하고 그대로 지내었으며 장팔찬은 한갓 하느님의 구호만 축원하고 있더니 이튿날 아침에는 구슬픈 종소리가 법당에서 나기 시작하였다. 홍술환 노인은 이 소리를 듣고서

“이전 주지 승님이 필경 작고하셨습니다. 지금 종소리는 그 일을 통지하는 종소리입니다”

하였다. 오후가 되어서 신임 주지는 홍술환 노인을 불렀다. 이는 다름이 아니라 승방에서 사람이 죽은 때에는 관청에서 관을 만들어 보내는 전례인데 그 관 추스르는 것은 언제든지 이 노인의 직책이라. 무론 그 일이려니 하고 불려 가 본즉 이번에는 다른 때와 좀 달랐다. 주지는 노인을 조용한 방으로 불러 가지고 이르는 말이 그전 주지 스님의 유

언으로 그 시체를 관청에서 가져오는 관에다가 넣지 않고 수년래로 자기 병석 옆에다 놓아두었던 그 관에다가 넣어서 장사를 지낼 터이라고 하였다. 승이라는 것은 병이 들면 곧 관을 만들어서 옆에 놓아두었다가 운명은 그 안에 들어가서 하는 법이며 장사 지낼 때에는 그 관에서 꺼내 가지고 정말 관으로 옮기는 것인데 여러 가지 신앙과 미신을 가진 까닭으로 보통 사람으로는 까닭도 알 수 없는 유언 하는 일이 많으며 그 유언은 신성한 것이라 하여서 아주 거스르지를 못하는데 하물며 이전 주지 승의 유언이랴.

홍술환 노인은 속마음으로 어떻게 하면 내 아우를 고용으로 써 주오 하고 말을 붙여 볼까 하고 그 계제만 찾는 중인데 주지는 또 말을 이어서

"그리고 장사를 지내는 것도 묘지에 가 지내는 것이 아니라 이 법당 마루 밑에다가 지내어 달라시는 유언인즉 마룻장을 뽑아내고 그리하도록 하여야 하겠네"

하고 또 이러한 소문이 다른 사람의 귀에 들어가서는 아니 되겠으니 너 혼자 할 줄로 알라고 하였다. 노인은 이 계제를 놓쳐서는 아니 되겠다 하여서 자기는 몸이 병신이요 기운이 없은즉 누구 한 사람을 더 얻어야 하겠다고 사정을 하고서 마침 자기 동생이 있는 일과 그 동생에게는 어린 딸이 있어서 늘 이 기숙사에를 넣고지 하는 터인즉 이때에 불러왔으면 좋겠다는 이야기를 하였다. 그러나 주지는 그러한 말을 들은 체도 아니 하고

"자네 혼자 기운에 부치면 다른 승들도 봉죽을 들지"

하고 말을 끊어 버렸다.

"그렇지마는 관청에서 가져온 관은 어떻게 할는지요. 다른 때 모양으로 장사를 안 지내면 관청에서라도 곧 알 터인데 근래에는 위생이니 무엇이니 하고 보는 것이 많아서 아무리 스님의 시체라도 마루 밑에다

묻는 것은 안 될 듯합니다”

하고 노인은 정말 사실대로 반대를 하였다. 주지는 걱정스러운 모양으로

“글쎄, 그것이 걱정인데. 어떻게 자네가 좀 생각을 하여서 속에다가 무거운 물건이라도 담아 가지고 전례대로 장사를 지내어 주게”

“그야 흙이라도 좀 싸 넣으면 되겠지요”

“옳지, 그것 참 좋은 말일세. 사람은 흙에서 생겨 가지고 흙으로 돌아가는 것인즉 흙을 싸 넣는 것이 참 좋은 생각일세”

하고 비로소 마음을 놓고 일어서면서 노인을 돌아다보고

“유공한 자네 낯을 보아서 동생이라나 하는 사람을 고용으로 쓸 터이니 장례나 지난 뒤에 계집아이와 한가지 데려오게”

하였다.

무거운 짐을 한편 어깨만 벗어 놓은 것 같았다. 그러나 동생이고 누구고 간에 새로 데려오려면 위선 밖에 나가 있어야만 일이 되겠는데 계집아이는 몸이 작으니까 무슨 흥정을 나갈 때에 채롱 속에다 담아 가지고 나가도 상관이 없겠지마는 큰 사람은 그렇게 할 수가 없다. 이 일을 걱정하면서 자기 방에 돌아와서 장팔찬이와 이야기를 한즉 장팔찬은 이야기를 듣다가 손뼉을 치면서

“인제는 문밖에 나갈 도리가 생겼다. 흙 대신에 내가 그 관 속에 들어가 있지”

너무 대담한 말이 되어서 노인은 잠시 동안 그 말을 믿지 아니하였다.

72. 승방 (3)

산 채로 관 속에 들어서 상여를 타고 이 집을 나가다니 참 위험한 일이다. 만일 관 속에서 숨이나 막히면 어찌한단 말인가.

그렇지마는 장팔찬은 다 지내본 가늠이 있어서 하는 말이다.

지금까지 몇 차례 도망질에 정말 사람은 숨을 수 없는 곳에 가 숨은 일도 있었고 다른 사람 같으면 으레 죽을 고비도 무사히 넘기어 보았다. 그뿐 아니라 이번에는 관 속에 숨어서 나가는 수밖에는 다른 도리가 없다.

이 결심을 들은 홍술환 노인은 아주 깜짝 놀라서 반대를 하였으나 마침내 장팔찬의 말대로 하게 되었다. 그리고 자세히 생각을 하여 본즉 꼭 아니 될 일이라고도 할 것은 없는 것이 그 관은 시체방에 놓여 있고 그 방에 드나드는 사람은 의사와 자기뿐인데 출관은 내일 오후 세 시요 관에 은정을 박는 것은 그 한 시간 전이라. 그 시간까지에 장팔찬을 그 방 옆에 있는 세간방에다 숨기어 두었다가 은정을 박을 때에 그 속으로 들여보내었으면 그만이 될 것이요 천개는 아무쪼록 느슨하게 덮고 그 위에다가 송곳으로 구멍을 몇 개 숭숭 뚫어 두었으면 숨도 막힐 것이 없다.

그렇게 하여서 묘지까지만 무사히 나갔으면 거기 기서는 좋은 도리가 있다. 그 공동묘지에서 광중을 파 주는 사람은 이왕부터 홍술환 노인과 친하게 지내는 술부대 노인이라. 하관을 한 뒤에 흙은 그러덮지 말고 술 한잔 먹자고 하면 곧 따라나설 것인즉 근처 선술집으로 가서 곯아떨어지도록 술을 먹여 놓고 혼자만 공동묘지로 돌아와서 관을 열고 사람을 꺼낸 뒤에 빈 관만 파묻어 버렸으면 그만이 될 것이다.

이와 같이 이야기가 된 고로 그날 밤으로 홍술환 노인은 위선 고설도를 채롱에 담아서 무슨 흥정을 하러 가는 모양으로 대문 밖을 나서 어떠한 친구의 집에다 맡기어 두고 왔는데 물론 고설도에게는 장팔찬이가 잘 일러둔 까닭으로 울지도 놀라지도 아니하였다. 그다음에는 장팔찬을 세간방에다 숨기어 두고 내일 낮까지 먹을 만한 음식을 주어두었다.

이 외에 홍술환 노인의 할 일이라고는 법당 마루 밑에다가 죽은 주지 승의 시체를 묻는 일인데 이 역시 밤이 새기 전에 무사히 다 치렀었다.

* * *

이튿날 오후 세 시쯤 하여서 예정과 같이 이 절에서는 상여가 나갔다. 무론 그 속에는 장팔찬이가 숨어 있으며 그 뒤에는 홍술환 노인이 따라갔다. 노인은 상여 뒤를 따라서 공동묘지에 와서 본즉 잔뜩 믿고 있던 술부대 늙은이는 보이지 아니하고 얼굴 해쓱하고 몸 호리호리한 젊은 사람이 곡괭이와 삽을 가지고 기다리고 있다. 노인은 자기 생각한 일이 아주 틀린 줄로 알고 낙담을 하였으나 까닭이나 알아볼 생각으로 그 사람을 보고

"나는 승방에서 따라온 사람이오. 그런데 이 묘지에서 매장을 맡아 하는 사람은 어디를 갔소"

"내가 매장인이오"

"그래요. 이왕 있던 노인은 어디를 갔소"

"그 술부대 노인 말이오. 일전에 죽었다오"

노인은 정말 놀랐다.

"아, 그 사람이 죽었단 말이오"

"여보, 그렇게 놀랄 것이 무엇 있소. 남의 광중만 파던 사람이라도 필경은 자기 묻힐 차례가 돌아온 것이지. 그래서 내가 그 대신으로 채

용되었소"

공동묘지에서 광중이나 파는 사람으로는 수작이 썩 어그러지게 나간다.

"그래, 댁이 그 대신이란 말이오"

"그렇다오. 나폴레옹 황제 뒤에는 루이 왕이 즉위를 하지 않았소. 술부대 뒤에는 떡 잘 먹는 내가 들어섰소"

노인은 슬그머니 화가 치밀어서

"자네는 명색이 무엇인가"

"나 말인가. 나는 명색이 문학자라네. 그렇지마는 요사이는 책사를 하는 자들의 눈이 무디어서 우리네 글같이 고상한 글은 원고가 아니 팔리니까 여가에는 광중 파기를 한다네"

"여가에"

"아무려면, 아직까지도 문학자라는 직업을 버리지는 아니하였다네. 아침나절이면 사관에 들어앉아서 근처 통지기 아씨들의 대서나 하여 주고 저녁때가 되면 곡괭이를 메고 공동묘지로 나오지"

문학자가 남의 집 하인의 대서나 하여 주고 여가에는 광중을 파러 다니다니 참 기가 막히는 세상일다. 그렇지마는 그 노인은 그러한 일에 탄식을 할 여가도 없다.

"나는 승방에 있어서 가끔 매장을 하러 나오는 터인즉 자네와는 정답게 지내야만 하겠네. 우리 한잔 먹으러 가세. 돈은 내가 낼 터이니"

"에그, 술은 근처에도 못 가는걸. 꼭 술을 먹어야 정다울 것이 있나. 그대로 정답게 지내세"

노인은 할 말이 없어졌다.

"술은 못 먹어도 그 술집에 가면 먹을 것이 있겠지"

"아무렇든지 일부터 하여야지. 이따 돌아가는 길에는 사 주면 먹지"

인제는 무엇이라고 더 할 말이 없이 되었다. 노인은 무슨 계책이 없는가 하고 한참 생각을 하는 동안에 벌써 하관을 하게 되었다. 문학자 선생님은 사정없이 하관 승을 들어서 하관을 시키며 제관으로 온 사람은 그 관을 내려다보며 기도를 올리고 예식대로 안수를 광중에 부어서 할 일을 다 한 뒤에 돌아가 버렸다. 노인은 속에서 조급증이 나서 동동걸음을 치나 문학자를 가로막을 도리가 없는데 그는 명담이나 하는 체하고

"어서 이불을 덮어 주어야 하지. 추워서 어디 잠이 들겠나"

하면서 벌써 삽을 들어서 관 위에다 흙을 우수수하고 그러부었다.

73. 승방 (4)

흙을 그러덮으면 관 속에 바람이 들지 못할 것이요 바람이 들지 못하면 속에 들어 있는 사람은 물론 숨이 막히어 죽을 것이다. 혹 그동안에 숨이 막히었을는지도 알 수 없고 파내고자 하면 그동안에 죽어 버리는지도 알 수 없다.

매장꾼 문학자의 한 삽씩 한 삽씩 파 덮는 흙 소리에 홍술환 노인의 간담은 다 스러진다. 그는 자기 은인의 목숨을 자기 손으로 조금씩 조금씩 줄여 가는 것 같아서 어떻게든지 그 사람의 손을 멈추게 하고자 애를 무진 썼으나 어떻게 할 수 없다. 한 삽씩 한 삽씩 떠 넣는 흙은 장팔찬의 관 위에 비 오듯이 쏟아진다.

홍술환 노인은 절망을 하였다. 인제는 다시 은인의 목숨을 구할 도리가 없다고 까닭 없는 두 눈만 황당하게 내두르고 있었다.

황당하게 내두르는 그 눈에 언뜻 보인 것은 매장꾼 문학자의 양복

주머니에서 반쯤 내다보이는 무슨 물건이었다. 이때에 이 물건이 노인의 눈에 뜨인 것은 정말 하느님의 지휘라 하겠으며 노인은 이것을 보고서 무슨 꾀가 번개같이 생각났다. 그는 아무 말 없이 그 물건을 슬쩍 빼어서 자기 주머니에 집어넣고 나서 시치미를 뚝 떼며 하는 말이

"자네, 이 묘지에 드나드는 문표를 가졌나"

문학자는 무슨 소리인 줄을 알아듣지 못하는 모양이더니 두 번째 거푸 물은 뒤에야 비로소 알아늘은 것처럼 삽을 왼손에 집고 바른손으로 양복 주머니를 찾기 시작하였다. 그러나 벌써 도적을 맞은 뒤이라 아무리 찾은들 있을 까닭이 없다.

"이것이 웬일인가. 집에다 놓고 왔나"

노인은 이 계제에 한번 호통을 쳤다.

"그것 낭패일세그려. 이따가 문을 나갈 때에 그 문표가 없으면 규칙 위반으로 벌을 받네"

"벌을 받는 줄은 나도 알지마는. 그런데 참, 이것이 웬일인가"

하고 부리나케 이 주머니 저 주머니를 뒤지기 시작하였다.

"요사이 무덤을 파헤치고 수의를 훔쳐 가는 흉악한 도적이 있는 까닭에 해 떨어진 뒤에 문표가 없이 이 묘지 안에서 어름대다가는 벌금이 십오 프랑일세"

십오 프랑 소리에 그 문학자는 정신이 활딱 났다. 주머니를 다 뒤져본 뒤에

"큰일 났구나. 잊어버리고 왔는걸. 나올 때에 분명 가지고 온 듯싶은데"

노인은 아주 정다운 것처럼

"잊어버렸거든 가서 가지고 오게. 아직도 문이 닫히기까지에는 이십 분 동안이나 있으니"

"글쎄, 우리 집은 보지라르 거리 팔십칠 번지이니까 좀 멀지마는 한

달음에 가 다녀오리다. 노인, 참 고맙소. 신지무의하고 가진 셈만 대고 있었더라면 십오 원 벌금을 물고 내일부터 밥도 못 얻어먹을 뻔하였지"

정말 고마워서 치사를 하면서 달음질로 나가 버렸다.

이 뒤로 삼십 분이 다 되지 못하여서 두 노인이 한 사람은 삽을 메고 한 사람은 곡괭이를 메고 이 묘지 문을 나갔는데 두 사람은 다 각기 문표를 꺼내어서 문지기에게 보이고 나갔다. 이 두 사람은 물론 홍술환 노인과 장팔찬의 두 사람이다.

노인이 은정을 빼고 천개를 떠든 때에 장팔찬은 벌써 기절이 되었으나 바람이 통한 뒤에 곧 소생이 되었다. 그리하여서 두 사람은 묘지 밖으로 빠져나간 것이다. 그곳으로부터 두 사람은 곧 보지라르 거리 팔십칠 번지라는 데를 찾아가 본즉 그 문학자 선생님은 지금 문표를 찾느라고 종이 부스러기며 편지 뭉텅이를 온통 방 안으로 하나 가득 되도록 늘어놓고 야단이 났는지라. 노인은 그 앞에다가 문표를 내던지면서

"이것이 자네 것 아닌가. 묘지에 떨어졌기에 주워 가지고 왔네. 땅 파는 연장도 다 여기 갖다 놓았네"

하고 문학자가 치사하는 말은 듣지도 않고 돌아와 버렸다.

이 뒤에 또 몇 시간 있다가 이 두 사람은 조그마한 계집아이 하나를 데리고 승방 대문으로 들어갔다. 그 계집아이는 물론 고설도이다. 전날 밤에 홍술환 노인이 채롱에 담아 가지고 지고 나가서 친구의 집에다 맡기어 두었던 것을 지금 두 사람이 같이 가서 찾아 가지고 돌아온 것이다. 승방 문 앞에 가까이 올 때에는 혹 차보열의 부하 순사가 그저 지켜 섰을까 염려를 하여서 매우 주의를 하였는데 그 주의한 효험이 있었던지 다행히 들키지도 않고 무사히 승방 안으로 들어가게 되었다. 이 이튿날부터 승방 안에는 허리에 방울을 단 사람이 두 사람이 되었는데 다만 이상한 일은 나이 젊고 튼튼한 사람은 늘 안에서만 일을 하

256

고 문밖 심부름은 언제든지 절름발이 늙은이가 맡아보는 일이었다. 그렇지마는 아무도 그것을 유심히 본 사람은 없었으며 승방 기숙사에는 계집아이 하나가 더 늘었는데 이것은 곧 고설도였다.

고설도는 노는 날마다 홍술환 노인의 거처하는 행랑방에 나와서 '아버지'의 얼굴을 보는 것으로 더할 수 없는 낙을 삼았고 '아버지' 되는 이도 이 승방 안에서, 이 행랑 속에서 평생 처음의 즐거운 살림을 하여 보았다. 이 방 안에만 들어앉았으면 차보열의 부하가 정탐을 올리도 없은즉 정말 마음을 놓고 있을 곳이다. 그는 정말 구제가 되어서 때때 자기 일을 생각하여 보면 분명히 하느님이 내 몸을 사랑하시는구나 하는 생각이 저절로 솟아오르는 것 같았다.

이왕에 한 몸도 둘 곳이 없을 때에는 유명 승정에게 구제가 되어 가지고 그때부터 악한 마음을 착한 마음으로 고쳐먹었고 이번에 또 몸을 둘 곳이 없이 되었을 때에는 승방에서 구제가 되다니 우연한 듯하여도 우연치 아니한 일이다. 이왕에 고쳐먹었던 착한 마음을 더한층 빛이 나도록 닦지 아니하면 못 될 일이라 하여서 그는 더욱더욱 독실한 신자가 되어서 이 승방에서 한 해 두 해를 편안히 지내었다.

그러한 중에 고설도도 점점 장성하여서 아주 어린아이이던 것이 지금은 제법 색시꼴이 박히었다.

74. 홍명수

고설도는 한적한 승방 안에서 아무 탈 없이 점점 자라났다. 어떠한 모양으로 자라났을까.

아주 세상 물정이 무엇인지를 알지 못하고 곱게 곱게 자라났으나 한편에서는 사람의 운명을 맡은 귀신이 여러 가지로 줄을 늘여 두었다. 그러나 그 운명의 줄이 어떻게 늘여졌는지는 미리 알 수가 없는 일이다.

전신의 사랑을 설도에게 들이붓고 아주 세상을 하직한 듯한 장팔찬이도 이 승방에서 그의 평생을 보내지 못하고 또다시 세상 물결에 농락이 되었다.

그러나 이러한 일은 다음날에 알기로 하고 위선 알아 둘 이야기가 있다.

* * *

파리 성으로부터 과히 멀지 아니한 난곡이라는 시골에 화초나 가꾸어 팔아먹고 그럭저럭 구차하게 지내는 늙은 군인이 있었다. 성은 홍, 이름은 명수. 여러분은 홍명수라는 이름을 들어 본 적이 없는가.

나폴레옹 황제의 사적을 읽어 본 이는 참령 홍명수의 이름을 잊을 수가 없으리다. 그가 엘바 섬으로 유배되어 갈 때에 베르트랑 장군과 같이 그를 따라간 사람도 이 홍명수요 그가 엘바 섬을 빠져나와서 허다한 위험을 무릅쓰고 용맹히 싸우던 사람도 이 홍명수일다.

홍명수의 전공은 이루 기록할 수가 없었다. 그 까닭으로 나폴레옹은 훈장을 내리었는데 그중에서도 유명한 전공은 나폴레옹이 마지막으로 한판씨름을 하던 워털루 싸움에서 영국 용기병의 대대기를 뺏어 가지고 나폴레옹의 옆으로 달려온 것이다. 그때에 홍 참령은 전신에 무수한 칼을 맞고 더욱이 얼굴에는 바로 미간에 칼을 맞아서 온몸에 피가 흘렀는데 그 모양을 본 나폴레옹은 미칠 듯이 기뻐하여서

"남작일다"

소리를 지르며 고만 당장에 남작을 주어서 귀족을 만들었다. 그때

에 홍 참령은 대답하기를

"신의 처자가 영광스럽습니다"

하였다. 자기 몸도 영광스럽지 아니할 것은 아니지마는 자기 몸은 이대로 죽을 결심을 한 까닭으로 그 처자를 위하여 사은을 하는 것이다.

이 전쟁에 홍명수가 살아난 것은 참 이상한 일이다. 누구든지 으레 죽었으리니 하였더니 의외에 살아나서 이 세상 사람이 되었다. (▼이 이야기는 제사십칠 회의 〈옛날이야기〉를 참고하라.)

그러한 중에 나폴레옹은 영영 유배가 되고 루이 왕은 새로 즉위를 하였는데 그 나라 안에는 아직도 나폴레옹에게 마음을 붙여서 국왕과 귀족을 미워하는 자가 있었던 고로 이 홍 참령은 그때 정부의 주목을 받았다. 혹 나폴레옹의 친족을 세워 가지고 음모나 꾸미지 아니할까 하고.

그 까닭으로 휴직 군인으로 월급을 반씩밖에 아니 주는데 반씩밖에 아니 주는 그 월급을 가지고는 도저히 도회처에서 살아갈 수가 없는 까닭으로 할 수 없이 낙향을 한 것이며 그가 낙향을 하기 전에 상처를 하였는데 그 아내의 몸에서 낳은 아들 하나가 있어서 장차 이 이야기의 둘째 주인이 되는 것이나 위선 그 부친의 이야기를 좀 더 기록하겠다.

원래 나폴레옹에게는 둘도 없는 충신인 까닭으로 설령 음모는 아니 꾸민다 할지라도 그 몸에는 여전히 나폴레옹에게서 받은 참령이라는 직함을 가졌으며 또 남작으로 행세를 하고 출입을 할 때이면 훈장의 약수(略綬)를 가슴에다 늘이고 다닌다. 이것은 참 아니 될 일이다. 나폴레옹에게 공이 있은 것은 지금 국왕에게 죄가 되는 것이므로 조정에서 그 훈장과 작위를 인정할 수는 없는 터이라. 그 까닭으로 정부의 해장 관리는 홍 참령에게 나폴레옹 당시의 훈장을 차지 말라고 통지하

였더니 홍 참령은 그 사람의 얼굴을 뚫어지도록 쳐다보다가

"그게 무슨 소리요. 이 나라 말치고는 나 모르는 말이 없을 듯한데 지금 하신 말씀은 도무지 알아들을 수가 없소"

하고 대답을 하였다. 그 뒤에 육군성으로부터 두 번이나 무슨 편지가 왔으나 그 피봉에 '남작'이라고 씌어 있지 아니한 까닭으로 이는 내게 오는 것이 아니라고 하여서 피봉도 뜯지 않고 그대로 돌려보내었다.

또 그 뒤에는 해장 관리를 만나서 이번에는 자기가 먼저 질문을 하였는데 그 말이 우습다.

"나를 보고 나폴레옹에게서 받은 훈장은 차지 말라고 하시니 황제께 충성을 다하던 첫째의 기념은 훈장보다도 이 미간에 있는 흠집이 아니겠소. 출입할 때에 훈장을 차지 말라고 하면 이 미간에 있는 흠집도 가지고 다녀서는 못쓴단 말씀이오"

하고 달려들었다.

과연 홍 참령의 미간에 있는 흠집은 훈장보다도 훌륭한 표적이라고 할 만하였으며 용맹을 다투는 군인들은 그 흠집을 부러워할 지경이었다. 홍 참령이라는 이는 대개 이러한 사람인데 지금은 나이도 많아지고 살기도 어려워서 삼간초가에서 누추한 살림을 하여 가며 찾아오는 사람이라고는 이 지방의 예배당을 맡아 있는 마 첨지 하나뿐이요 아들도 파리 사람에게 맡기어서 서로 통래가 없었다.

75. 그 부친에 그 아들

칼날이 앞을 당도하여도 왼 눈 하나 꿈적이지 아니할 이러한 늙은 군인도 그 가슴속에는 비상히 고운 마음이 있다. 그러한 까닭으로 화

초를 사랑하여서 가꾸는 것이다.

그렇지마는 화초나 가꾸는 것으로는 마음을 위로하기가 어렵던지 가끔 소문 없이 파리 성을 들어가는 일이 있었다. 두 달에 한 번 혹은 석 달에 두 번쯤 들어가는데 그는 무슨 까닭인가 하면 그 아들의 얼굴을 보기 위하여 가는 것이다.

대체 이 사람은 나폴레옹의 한참 당년에 반대당의 귀족 길 후작의 영양과 정이 들어서 다소 불편한 사정이 있는 것도 다 제쳐 버리고 마침내 부부가 되어 그 몸에서 아들 하나를 낳았는데 이름은 만서라고 지었더라.

그 후 얼마가 되지 못하여 불행히 그 부인이 이 세상을 떠나게 되니 어린아이 만서는 환거하는 그 부친의 손에 길러지게 된지라. 그 외가에서는 그 경상을 차마 보다 못하여 만서를 데려다가 길러 주기로 하였다.

그러나 길 후작은 자기 외손을 데려가면서도 그렇지 못한 사정이 있어서 매우 지키기 어려운 조건을 정하였는데 그 사정이라 함은 이러하다. 그때는 나폴레옹이 쫓겨나고 루이 왕이 새로 등극한 시절인데 그 아래에서 벼슬을 하는 길 후작 같은 귀족이 나폴레옹의 여당과 친밀히 지낸다 하면 조정에서라도 불긴히 안다 하여서 결코 그 부친이 찾아오지 아니할 일과 만서를 보내지도 아니할 일로 조건을 정하고 만일 이 조건만 기다린다 하면 만서를 친자손이나 다름없이 길러서 나중에 장성한 뒤에는 천량까지라도 나누어 주겠다는 약속을 하였다.

세상에 무서울 것이 없는 홍명수 같은 장사도 자식의 사랑에는 끌릴 수밖에 없었다. 사랑하는 외아들을 이러한 조건으로 내놓기는 어려우나 이렇게 하는 것이 만서의 장래에는 거름을 하는 일이라고 생각을 돌려 가지고 그 말을 좇았는데 그 뒤로부터는 홍명수의 사정이 더욱 가엾게 되었다. 그 집에를 못 간즉 사랑하는 아들의 얼굴도 볼 수 없고 또 그렇다 하여서 한 번 허락한 일을 파약할 수는 없다.

만서는 그 뒤로부터 곱게 곱게 양육되었으나 길 후작이라 하는 이는 무서운 완고에다가 남의 사정을 모르는 고로 그 외손의 부자간 정리를 더욱더욱 막고자 하여서 그 사위에게서 다달이 오는 편지까지도 만서를 보이지 아니하며 일 년 일 차 정월이 되면 만서에게 문안 편지를 꼭꼭 자기 입으로 불러 주어서 쓰게 하는데 그 사연인즉 아들이 아비에게 하는 편지가 아니라 범범한 인사 편지로 몇 줄을 쓸 뿐이며 그 이외에는 서사왕복을 금하였다. 사이가 뜨면 떠질수록이 더욱 그리워하는 것이 부모의 자식을 사랑하는 정리라. 아무리 꿋꿋한 군인의 마음이라도 이 정리를 이기지는 못하여서 홍 참령은 때때 파리 성을 들어가는 것이다. 그래서 일요일에 길 후작 집 식구들이 예배 가는 교회 앞에 가 미리 기다리고 있는데 그도 그 집 식구들에게 들키면 아니 되겠는 고로 교회당 옆 뜰의 으슥한 나무 그늘에 숨어 앉아서 만서의 뒷모양과 옆모양을 쳐다보는 것으로 겨우 그리운 마음을 위로한다.

어린아이 만서야 그러한 것을 어찌 알리. 일 년 일 차 편지를 쓰니까 저의 부친이라는 사람이 있는 줄은 알지마는 아주 무정한, 조금도 저를 사랑하지 아니하는 부친이라고 생각하였으며 철이 날수록이 부모 사랑할 마음을 옮기어다가 길 후작을 사랑하게 되었다. 이 길 후작이라 하는 이는 그 당시에 장수하기로 유명한 노인인데 나이는 이미 구십을 바라보나 낙치가 하나도 아니 되었으며 소첩을 얻어 두었다. 그리고 만서를 비상히 사랑한다. 곧 자기가 만서의 재미를 보기 위하여 그 부자의 정리를 가르고자 하는 것이다.

세월이 여류하여 만서의 나이는 열일곱이 되었으며 법률 학교도 우등으로 졸업을 하였다. 어떠한 때에 만서가 어디 갔다 돌아온즉 자기의 조부가 어디서 온 편지인지 지금 막 보고 난 모양으로 손에 들고 있다가 자기를 보더니

"만서야, 너 내일 아침 첫 마차로 난곡을 가거라"

하였다.

"너의 아버지가 병세가 중하단다"

이왕부터 만서는 이 노인에게서 저의 부친은 아주 괴악한 위인으로 들었다. '국적'이니 무엇이니 하고 험담을 하며 혹 어떠한 때에는 가까이하지 못할 사람같이도 말을 들은 터이라. 그 까닭으로 자기 아버지한테 가는 것을 한편으로는 기쁜 생각도 있고 한편으로는 무서운 마음도 있었다. 그러나 조금도 주저하지 않고 이튿날 아침에는 일찍 떠나서 난곡을 찾았다. 자기 아버지가 산다는 집은 집이 아니라 움막살이며 다만 볕 드는 조강한 앞뜰에 화초가 좀 피어 있을 뿐이었다.

곧 집 안으로 들어가 본즉 목사인 듯한 사람 하나와 의사인 듯한 사람 하나가 시체 머리맡에 경황없이 앉아 있는데 시체는 즉 저의 부친 홍명수일다. 만서는 아무 말 없이 눈물만 흘리고 시체의 눈에도 눈물이 돌았는데 목사인 듯한 사람은 곧 만서를 맞아 가지고

"노형이 반 시간쯤 늦게 오셨소. 임종이나 하셨더라면 좋을걸. 세상에 노형 어르신네같이 자애지정이 많으신 이는 없으리라"

하고 다시 그 부친의 운명하던 모양을 설명하는데 그 말을 들으면 운명 시까지라도

'어, 만서, 만서'

하고 이름을 불렀으며 열병으로 인사정신을 모르다가 별안간 벌떡 일어앉으며

'오오, 만서이냐. 잘 왔다'

하고 소리를 지르더니 그대로 숨이 졌다고 한다. 어찌 이왕에 이야기로 듣던 무정한 부친과 지금 이 사람에게 듣는 애정 많은 부친과는 아주 딴사람같이 들리나 당장 목전에 있는 시체의 얼굴을 보면 거짓말이라고는 할 수 없다. 정말 위엄도 있고 애정도 있는 그의 성품이 얼굴

에까지도 연연히 나타나 보인다.

장례를 지내기까지 만서는 이곳에 머물러 있었는데 그 부친이 죽은 뒤에는 아무것도 남아 있는 것이 없다. 돈도 한 푼 남지 않고 빚도 한 푼 진 것 없으며 남아 있는 것은 다만 유언서 한 장뿐인데 이는 물론 자기에게 유언을 한 것이다. 그 사연에 하였으되

만서야, 황제 나폴레옹께서는 워털루 전장에서 나에게 남작을 주셨는데 지금 국왕의 조정은 이 작위를 무시하나 이것은 내가 내 피로써 얻은 바이다. 아이야, 이 작위는 네가 습작을 하라. 나는 네가 네 아비의 자식 되기에 부끄럽지 아니한 줄을 아노라.

그 마음이 얼마나 꿋꿋하면 이러한 말을 하는가. 그리고 그 등 뒤에다가는

또 워털루 전장에서 내 목숨을 구하여 준 정교가 있는데 이름은 태날추라 하며 그 뒤에 소문을 들은즉 이 사람은 문화리에서 여관을 한다 하니 네가 이 사람을 만나거든 네 힘껏은 은혜를 갚아라.

하고 씌어 있었다.

76. 홍만서 (1)

이로부터 몇 회는 홍만서의 일을 이야기할 수밖에 없다.
'네가 네 아비의 자식 되기에 부끄럽지 아니하리라' 하는 유언서의

글귀가 만서에게는 이상히 감동 되었다. 피를 받은 저의 부친이 정성을 다하여서 쓴 글귀거든 어찌 감동 되지 아니할 리가 있으리오. 곧 오장에다가 새기어 붙이는 것같이 감동이 되었다.

초종장사를 다 마친 뒤에 만서는 그 유언서를 가슴에 품고 파리 성으로 돌아왔는데 말로 듣던 저의 부친과 눈으로 본 저의 부친이 너무도 틀리는 고로 누구 믿을 만한 사람에게 물어보려고 생각을 하던 중에 우연히 그 의심을 풀게 된 기회를 만났었다. 그는 다른 일이 아니다.

주일마다 가는 예배당에 마 첨지라고 하는 하인이 있는데 하루는 만서가 나무 그늘에서 걸상에 걸어앉아 바람을 쏘이노란즉 공손한 말씨로

"그 걸상을 내줍시오"

하고 걸상에서 일어서는 만서를 향하여 사과를 하는 모양으로

"이 걸상이 저에게는 매우 소중한 물건입니다"

하고 그 까닭을 이야기하기 시작하였다. 홍만서도 처음에는 무심히 듣고 있었으나 차차 들어 나가노란즉 자기 몸에 적지 아니한 관계가 있는 듯싶은 고로 차차 잠착하여 듣게 되었다.

"벌써 수년 전의 일입니다. 가끔 이 교회에 와서 남의 이목에 걸리지 아니하도록 이 걸상에 걸어앉아서 예배당 안의 사람들을 들여다보고 있는 간구한 사관이 있었습니다. 그 하는 모양이 하도 이상스럽기로 자세히 주의를 하여 본즉 어떤 귀족과 같이 다니는 소년 하나가 있는데 그 사관은 이 소년의 얼굴을 보기 위하여 오는 줄을 알았습니다. 그런데 그 열심이라는 것은 참 대단하여요. 소년의 일동일정을 정신 놓고 바라보다가 어떠한 때에는 눈물을 흘리는 일도 있었습니다. 나는 속마음으로 '참 이상한 일도 많다. 저 사관이 그 소년의 부친이라고 한대도 저다지 정성스러울 수가 없고 또 부친 같고 보면 곧 그 옆으로 갈 것이지 남모르게 먼 광으로만 바라보고 있을 리도 없는데' 하고 생각

하였더니 그 뒤에 내 형님이 난곡이라는 교회에 가서 있게 된 까닭으로 형님 있는 시골을 찾아간즉 그 사관의 집이 그 근처이겠지요. 아아, 이런 먼 데서 그 소년의 얼굴을 보러 오는가 하여서 내 형님을 보고 물어본즉 바로 근처에서 화초나 가꾸고 그럭저럭 지내는 나폴레옹 당의 군인이라고 하겠지요. 그날 밤에 내 형님과 같이 찾아가서 만나 보고 이야기를 들은즉 과연 그 소년의 부친입디다. 그러나 부친은 부친이라도 그 아들은 반대당의 귀족에게다 맡기어 두고 당파가 다른 까닭으로 서로 통래는 아니 하나 아들이 그리워서 먼 광으로라도 그 얼굴을 보고 싶은 고로 여비만 변통되면 파리를 들어가노라고 이야기를 하웁디다. 그때 그 이야기를 듣고 우리 형제도 따라 울었어요. 그때부터 내 형님은 그 사관과 친하게 지내었고 요전에 그 사관이 작고할 때에도 바로 임종까지 하였다 합니다. 그리고 나는 이 걸상을 큰 기념품으로 소중하게 여겨서 아무쪼록 다른 사람들은 앉지 못하게 합니다"

이야기를 다 듣고 나서 홍만서는 눈물을 씻었다. 그리고 마 첨지를 향하여서

"혹 그 사관이 홍 정령이라는 이가 아니오"

"그것은 어찌 아십니까"

"내가 그 아들이오"

이 뒤로부터 홍만서와 마 첨지는 막역의 친구와 같이 정답게 되었다.

그 뒤로부터 홍만서는 지금까지 자기 부친을 부족하게 생각한 일이 안타깝게 후회되는 동시에 한편으로는 자기에게 자기 부친의 험담을 들린 외조부의 심사가 밉살스러웠다.

지금까지 부친의 속을 모른 대신에 이 뒤로부터는 부친의 사적을 잘 조사하여 보겠다 하여서 나폴레옹 전쟁에 관계되는 책이라고는 모조리 읽어 보았는데 조사를 하여 본즉 자기 부친은 참 세상에 드문 영

특한 사람이었다.

원체 열 팔 세 때에는 무슨 생각을 하든지 한편으로 쏠리기 쉬운 나이라. 홍만서는 그 부친의 인물을 공경하는 동시에 부친의 사상은 자기 사상이 되어 별안간에 아주 딴사람이 되어 버렸다. 그리고 틈틈이 그 부친의 유언서를 꺼내어 보는데 유언서를 볼 적마다 자기 부친 이외에 태날추라는 사람을 비상히 공경하게 되었다.

아무렇든지 우리 아버지를 살려 낸 사람이면 물론 훌륭한 사람일 것이요 또 찾아내어 가지고 은혜를 갚아야 하겠다. 아버님의 유언은 갑절이나 삼 갑절이라도 시행을 하여야 하겠다는 생각이 가슴에 가득하여서 위선 명함부터 박되 '남작' 이라는 직함을 박았다. '남작 홍만서' 이것이 나의 신분일다. 우리 아버님께서 피를 흘리고 얻은 남작이다. 이 명함은 쓸데가 없을지라도 가지고만 있어도 마음에 유쾌하다. 그리고 다음에는 죽을힘을 다하여서 육군 정교 태날추의 거취를 찾기 시작하였으나 이것은 용이하지 못하였다.

이때부터 홍만서는 가끔 저녁에 나가서는 들어오지 아니하는 일이 있었다. 다정한 외조부는 이 애가 난봉이나 나지 않는가 하여서 하루는 사람을 시키어서 뒤를 밟아 본즉 밤중에 떠나는 마차를 타고서 난곡 있는 자기 부친의 성묘를 하고 오는 줄을 알았다.

이것은 참 큰일 난 일이다. 더구나 요사이 소년들 사이에 혁명 사상이 있어서 지금의 왕조를 뒤집어엎고자 하는 자도 있는 터인즉 정말 그대로 둘 수가 없는 일이다.

완고 노인 길 후작은 반자가 낮다고 펄펄 뛰면서 하루는 만서의 없는 사이에 그 손그릇을 뒤어 본즉 혁명에 관계있는 서류가 많이 있으며 그 부친의 격렬한 유언장도 나오고 또 그중에는 지금의 조정을 막 무시하는 '남작 홍만서' 라는 명함까지 있었다. 길 후작은 성이 털끝까지 나서 펄펄 뛰는 판에 홍만서가 들어온지라. 노인은 대갈일성에 눈

이 빠지도록 나무랐으나 만서는 눈도 끔적하지 않고 도리어 의기가 충천하여

"나폴레옹 당 만세"

하고 소리를 질렀다. 그 가슴속에 얼마나 불이 타오르면 이러할까. 이 끝에는 물론 쫓겨나는 일밖에 다른 도리가 없다. 그는 동전 한 푼 생길 도리가 없이 쫓겨나서 천지간에 집 없는 달팽이가 되어 버렸다.

77. 홍만서 (2)

세상 사람 중에는 혹 자기 아들은 사랑하지 아니하는 사람이 있으나 손자를 사랑하지 아니하는 사람은 없다. 손자는 아들보다도 귀엽다는 것이 자손 기르는 노인들의 으레 하는 말이다.

길 후작은 홍만서의 외조부요 홍만서는 그 손자이라. 아무리 친손자는 아닐망정 핏줄이 닿기는 다 일반인즉 비록 내쫓기는 하였을망정 사랑하는 마음이야 어디로 가랴.

홍만서가 나간 뒤에 이 외할아버지는 홀로 앉아서 화증을 내었다.

"에, 괴악한 것, 망상스러운 것. 내 손으로 길러 낸 자식이 나폴레옹 당에게 마음을 붙이다니. 나폴레옹 당은 혁명당이 아닌가. 조정과는 반대를 하는 공화당이 아닌가. 그러한 자식은 굶어 죽어 싸지. 아니, 그렇지마는 굶어 죽어서는 우리 집의 수치가 되는걸. 그놈의 소위는 밉지마는 집안의 수치가 되어서는 아니 되겠으니 집안에서는 내쫓더라도 굶어 죽지 아니할 만큼은 주어야 하겠다. 일 년에 오십 프랑이나 백 프랑만 주면 되겠지. 그렇지마는 제가 아무리 와서 애걸복걸을 한대도 받자를 할 리는 만무하다"

그리고 집안사람들에게도 이 뒤로는 다시 만서의 말은 하지도 말라고 단속을 하였다.

그러나 날 가고 달 가서 차차 분이 삭아지매 노인은 집안에서 아무도 만서의 말을 아니 하는 것이 도리어 섭섭하게 되었다. 필경 잘못하였다고 사과를 하러 오려니 하였더니 그 역시도 자기 생각과는 틀려버렸다.

"그놈이 어디 가서 무슨 짓을 하고 있노"

하고 혀를 끌끌 차는 것은 그 소문을 듣고 싶어서 나오는 말이다. 나중에는 참다가 못하여서 또 혼잣말로

"참, 할 수는 없는 위인이로고. 사과도 할 생각이 없으니 이러한 자식을 누가 불러들이노"

아무리 불러오자고 권하는 사람은 없는데 자기 혼자

"안 된다, 안 된다"

하고 억지를 쓰는 것은 가슴속에 '불러들이고 싶다' 는 생각이 가득한 까닭이다.

아무리 기다려도 이렇다는 말이 없었다. 이 동안에 홍만서는 어떻게 지내어 갔는가. 일 년에 백 프랑으로 정한, 굶어 죽는 것을 예방하는 비용도 보내어 줄 수가 없다.

＊＊＊

이때 이 나라에는 'ABC' 계라 하는 청년들의 모인 계가 있었다. ABC라 함은 이 나라의 말로 '불쌍한 사람(Abaissé)'이라는 말과 발음이 같으니 말하자면 불쌍한 사람에게 동정을 표하는 단체라는 의미를 붙인 것이며 불완전한 이 사회를 개혁하자 하는 혁명 운동의 한 조각인데 어떤 잔술집의 건넌방으로 그 본부를 삼았다. 그런데 홍만서는

쫓기어 나오는 길로 이 총중에 끼우게 되었다.

＊＊＊

그렇지마는 자기 몸에는 위선 할 일이 있다. 첫째로는 직업을 구하여서 먹고살 도리를 하여야 하겠고 둘째로는 이왕부터 찾아내려 오던 태날추의 거취를 찾아야 할 것이다. 위선 그 부친의 유언서에 씌어 있는 것과 같이 문화리를 찾아가서 여관이라는 여관은 다 뒤져 보았으나 그 여관은 벌써 없어지고 그 주인은 부지거처가 되어 돈을 받을 사람들도 벌써 단념을 한 뒤였었다. 그리고 본즉 첫째와 둘째는 다 곤란한 일이다.

처음에 얼마 동안은 가졌던 시계도 팔고 입었던 외투도 팔아서 그럭저럭 지내었으나 얼마 뒤에는 팔 것도 없고 벗을 것도 없게 된 고로 아무쪼록 돈 적게 드는 주인을 정하려고 이리저리 찾아다니다가 마침내는 로피탈이라는 으슥한 골목에 가서 주인을 하였는데 이 집인즉 장팔찬이가 잠시 우거하다가 도망한 집이다.

78. 공원의 인연

이 홍만서가 새로이 정한 사관은 이왕에 장팔찬이가 태날추에게서 고설도를 찾아 가지고 이 파리로 돌아와서 얼마 동안을 숨어 살던 집이다. 장팔찬은 이 집에 있다가 필경은 피하다 못하여서 승방 돌담을 넘어간 일이 있는데 그것이 벌써 몇 해 전의 일이다. 이 집도 그 몇 해 동안에 주인이 갈리어서 지금은 하숙집이 되었는데 홍만서가 그 집에

가 있기 시작한 때에는 무엇인지를 알 수 없는 사람이 그 옆의 방에 들어 있었다. 그 사람들은 오십가량쯤 된 중늙은이 내외와 당년 된 처녀 형제와 도합 네 식구이며 그 외에 또 처녀의 동생이라는 사내아이도 한 사람이 있었으나 밥을 빌어먹으러 나가서 집에는 별로 들어오는 일이 없으며 한 달에 한 번쯤이나 들어오는 날이면 어미가 괴악하여서 못 견디게 들볶아 내쫓는 고로 어미의 정리보다는 큰길가의 지대석이 더 부드럽고 따뜻하다 하여서 길가로 자러 나가는 일이 많이 있었다. 이러한 가족이 어디든지 없는 것은 아니지마는 주인자의 하는 행동이 어찌 마음에 께름칙하다. 그자가 처음 왔을 때에 행랑 사람을 보고 이르는 말이 만일 누구든지 이 집에 이태리 사람이 있소 하고 찾아오거든 내게 말하라, 또 파란 사람이 있소 하고 찾아오더라도 내게 말하고 서반아 사람을 찾더라도 내게 말하라고 하였다. 한 사람의 몸으로 이태리 사람도 되고 서반아 사람도 되고 파란 사람도 되는 것이 이상하지 아니한가. 아무리 보아도 행내기는 아니다. 그리고 음성이라든지 외양을 보면 분명한 이 나라 사람이다.

그러나 홍만서는 그러한 일에는 상관하지 아니하였다. 그 옆방에 어떠한 사람이 있는지는 알지도 못하고 주인을 정하였으나 이때부터 그의 간구한 모양이라는 것은 참 말할 수가 없었다. 추운 밤에 불도 없고 등불도 없고 침구도 없이 사흘 이틀씩 굶어 가면서 오르르 떨고 있는 일도 있었다. 또 출입을 하려 하여도 입을 의복이 없어서 낮에는 꼼짝 않고 들어앉았다가 밤이나 되면 겨우 출입을 하는데 이러한 모양을 누구에게 들었던지 길 후작 집 정경부인 즉 저의 외조모에게서 금화 백 프랑이 왔었다. 그러나 홍만서는

남에게 신세 질 까닭이 없다.

답장을 써서 돌려보내었다. 무슨 기운으로 그렇게 악지를 부리는지 옆에서 보기가 도리어 딱하였다. 이것이 홍만서의 사람다운 곳이며 또 한편으로는 나이 젊은 까닭이다. 청년의 의기가 있는 까닭이다. 아아, 청년, 청년이라는 것같이 좋은 것은 세상에 다시없다. 청년은 간구한 것을 모르는 것이니 의식에는 항상 든든한 맛이 있다. 그러한 까닭으로 설령 일국의 왕이라도 나이가 많아지면 길가의 청년을 부러워하는 것이다. 청년은 남은 나이 많고 앞길이 멀어 이 뒤에 어떻게 되는지를 측량할 수 없는 것이다. 그러한 까닭으로 홍만서는 밥을 굶고 추위에 떨면서도 조금도 굽히는 마음이 없고 밤이 되면 'ABC(에이비시)' 계의 어떤 사람의 소개로 어떤 책사에 가 책서를 써 주고 몇 푼 되지 아니하는 삯전을 받아서 그럭저럭 호구를 하여 갔다.

처음에는 그 일이나마 없는 때가 있는 때보다 많은 형편이었으나 나중에는 큰 책 한 길을 맡아 가지고 써서 다달이 일정한 수입이 있게 되었다. 이만하면 위선 굶어 죽을 염려는 없게 되었던 고로 이왕에 졸업한 법률 지식을 다시 한 번 연구하여서 변호사 시험에 급제가 되었다. 이때에 홍만서는 길 후작에게 그 연유를 간단히 통지하였더니 노인은 또 화증을 내어서 소리를 질렀다.

"망상스러운 자식, 의식에 걱정 없는 귀족의 자식이 변호사가 되다니"

하고. 그러나 홍만서는 변호사 개업도 아니 하고 여전히 글씨 품을 팔아먹고 살았다.

그가 이렇게 된 뒤로 날마다 한 번씩 하는 일과는 오후에 공원에 나가 산보를 하는 것이다. 간구하기는 여전히 간구하지마는 위선 그런대로 입고 나설 만한 의복도 생기었으며 신발도 생기었다. 산보를 나갈 때마다 그의 눈에 뜨이는 것은 공원 한 편짝 으슥한 구석에서 걸상에 앉아 쉬는 육십가량 된 노인과 십사오 세쯤 되어 보이는 처녀의 두 사람이었다. 노인은 머리가 눈같이 희고 처녀는 검정 옷을 입었는데 언제 보든지 그 두 사람은 손길을 마주 붙들고 한데 붙어 다니는지라. 홍만서는 속마음으로 그 처녀를 검정 미인이라 하고 그 노인을 백두옹이라고 별명을 지었다.

79. 노인과 처녀 (1)

백두 노옹과 검정 옷 입은 처녀. 부녀간일까 조손간일까. 홍만서는 그러한 일까지는 생각하지 아니하였다. 다만 늙은이의 흰 머리와 처녀의 검정 옷이 유난히 색다른 것을 재미있게 여길 뿐이었다.

원래 홍만서는 남의 일에 건몸을 다는 성질이 아니며 더욱이 여자에게는 몹시 쌀쌀하여서 나이는 벌써 이십이 다 되었어도 여자를 따르기는 고사하고 도리어 피하다시피 한다. 지금까지는 자기 처지도 처지거니와 의복 한 가지도 남처럼 입지를 못한 까닭으로 거리에서 부인을 만나더라도 얼굴을 보이기가 뜨뜻하여서 아무쪼록 모른 척하고 휙휙 지나다니나 부인들은 어찌한 까닭인지 홍만서를 만나면 으레 한 번씩은 쳐다보고 다니며 젊은 여자들은 한 번 지나친 뒤에 일부러 돌아서서 한 번 다시 쳐다보고 가는 일이 많았다. 과연 홍만서의 인물은 출중하게 잘나서 누구든지 다시 보게 생기었으나 자기 마음에는 그렇게 생각을 아니 하였다. 그 다시 쳐다보는 것은 자기 의복이 너무 초라한 까닭인가 하여 수치를 당하는 것같이 알았으며 여자라는 것은 무슨 까닭인지 남을 놀리기 좋아하고 궁한 모양을 재미있게 여기는 것이라고 생각한 일도 있었다.

그러한 까닭으로 자기 이웃 방에 있는 수상한 사람의 딸을 드나들

때에 가끔 만나면서도 그 얼굴도 자세히 본 일이 없었다.

그러나 무슨 까닭인지 '검정 미인'이라고 별명을 지은 그 색시만은 눈에 띄었다. 필경 저편에서 이편을 보지 않는 까닭으로 이편에서 마음을 놓고 저편을 본 것이며 정말 그 색시는 다른 여자들 모양으로 일부러 홍만서의 얼굴을 보는 일이 없고 아직 또 그러할 나이도 되지 아니하였다. 항상 그 백두 노인과 무슨 이야기를 하는데 그 두 사람의 사이는 무간한 모양이며 가끔 재미있게 서로 웃는 일도 있다. 그리고 그 백두 노인은 그 처녀가 웃으면 그도 웃고 처녀가 기뻐하면 그도 기뻐하여서 아무리 부녀간이라도 이보다 더할 수는 없을 지경이며 나이만 틀리지 아니하면 정든 남녀라고 하여도 좋을 지경이었다.

그러나 그 색시가 미인은 아니었다. 결코 미인은 아니라고 홍만서는 생각을 하였다. 원체 십사오 세밖에 아니 된 색시가 검정 옷을 입은 까닭으로 그리 본치가 있을 리도 없고 그 옷을 입은 모양도 아주 태가 없어서 그대로 소매에 팔을 꿰었다고밖에 할 수가 없었다. 또 그 얼굴로 말하여도 첫째, 색이 좋지 못하고 둘째는 살이 오르지 못하여서 전체가 시들어 마른 화초같이 보인다. 만일 억지로 좀 나은 구석을 찾고자 하면 그 눈밖에 볼 것이 없다. 좀 큰 듯한 데다가 선선한 맛이 있고 속눈썹이 잠깐 길어서 눈 한 가지로만 말을 하면 미인의 자격이 확실하나 얼굴 전체에 얼리지를 않는다. 차라리 좀 못생긴 편이 나을 뻔하였다.

이러한 세쇄한 일을 일부러 주의하고 본 것은 아니나 홍만서의 지나다니는 길이 그 두 사람의 앉은 앞으로 나 있는 까닭에 한 번 가면 네다섯 번은 그 앞을 왔다 갔다 하여서 부지중에 눈이 익어진 것이다. 저편에서도 혹 부지중에 눈이 익어졌을는지도 알 수 없다. 아니, 그러하지도 아니한 모양이다. 날마다 몇 차례를 그 앞으로 지나다니는 까닭에 보기는 보았을 것이나 유심히 보지는 아니한 모양이다. 또 홍만서도 그리 유심히 보고 다니는 것은 아니다. 말하자면 그 처녀보다도 노인이 마음에 들었다. 그 노인은 말할 수 없는 한 가지 성격이 있어서 용기도 있고 인정도 있어 보인다. 그 색시는 도리어 좀 보기가 싫었다.

이로부터 오륙 개월 동안은 홍만서가 이 공원에를 가지 아니하였다. 별로 깊은 까닭이 있는 것은 아니지마는 일이 좀 바쁜 까닭으로 그럭저럭 산보를 못 나가게 된 것이다. 그러나 반년쯤 지난 뒤에는 다시 산보를 다니게 되었다. 물론 그 노인과 처녀의 일은 잊어버리고 있었으나 여전히 그 자리에 있어서 눈에 띄었다. 우연히 눈을 들어 쳐다본즉 그 백두 노인은 이왕 보던 얼굴과 조금도 다를 것이 없으나 검정 미인은 아주 딴사람이 되었다. 이왕보다는 몸도 커지고 얼굴도 고와졌으며 누가 보든지 아주 여편네 꼴이 박히어서 머리털에는 윤기가 돌고 얼굴은 함박꽃같이 피어오른 모양이 옛날 말로 형용을 하려면 월궁의 선녀 같고 물 찬 제비같이 요나하게 보이는데 처음에는 다른 사람인가 하고 의심을 하였으나 자세히 본즉 다른 사람은 아니었다. 어찌하면 반년 동안에 이렇게 틀리는가.

80. 노인과 처녀 (2)

보기도 싫던 게집아이가 겨우 반년 동안에 아주 경국 미인이 되었으니 어찌하면 이다지 변하는가. 이는 자라는 까닭이다. 자랄 뿐 아니라 환골탈태를 한 까닭이다.

조금도 이상할 것이 없는 것이다. 세상 물건은 무엇이든지 환골탈태가 될 수 있는 것이니 위선 춘절 꽃은 하룻밤에 피는 것이 아닌가. 반달 전에는 잎도 없고 꽃봉도 없고 삭은 나무와 다름이 없이 되어 나비도 아니 오고 새도 아니 오던 쓸쓸한 나무에도 한번 춘풍이라는 천여의 은혜를 받으면 난만한 자태로 별안간 변하여서 오고 가는 사람의 애를 태우지 아니하나. 그 난만한 모양을 보고 누가 수일 전의 앙상하던 그 나무와 같은 나무인 줄을 알 리가 있으랴. 이 처녀는 그 난만한 꽃이 아니요 이로부터 그와 같이 되려 하는 꽃봉오리이다. 꽃봉과 꽃의 그 중간이다. 그러나 지금부터 난만한 의사는 나타나 있다. 화창한 봄빛이 빛나는 것을 보겠다.

홍만서는 다른 때와 같이 그 앞을 지나갔다. 처녀와 노인의 이야기 하는 소리가 들리는데 그 목소리도 곱게 변하여서 바로 음악 소리와 같이 들린다. 그 처녀는 홍만서를 보았는지 아니 보았는지 그는 알 수가 없으나 홍만서가 볼 때에는 눈을 내리깔고 앉았는데 그 기다란 속눈썹은 눈 속의 비밀을 감추고 있었다. 그러고 조금 있다가 홍만서는 또 돌아서서 그 앞을 지나는데 이번에는 그 처녀도 홍만서를 보았다. 그러나 별로 이상할 것은 없는 일이다. 누구든지 공원에 가면 자기 앞에 지나가는 사람을 쳐다보는 일이 있는 것이요 쳐다보더라도 유심히 보고 아니 보는 것은 딴 문제일다.

이편으로 말할지라도 일부러 앞을 지나다니는 것은 아니요 이왕부터 지나다니던 길이니까 그전과 같이 지나다니는 것이다. 그러나 그전과 좀 다른 일이 아주 없다고는 할 수 없는 이유가 있다. 여느 때 같으면 그 노인의 일행보다 먼저 돌아갈 터인데 이날은 먼저 돌아가지를 아니하고 그 일행의 앉은 자리에서 멀지 아니한 곳에 걸어앉아서 그 사람들이 돌아갈 때까지 기다리고 있었다.

그리고 집에 돌아가서도 그 공원의 모든 일이 눈앞에 나타나며 공원에 가 산보를 하는데 너무 의복을 아무렇게나 입고 다니면 남의 눈에 거칠지나 아니할까 하는 생각까지 일어났었다. 꼭 그 처녀 까닭으로 그러한 것이 아니라 자연히 그러한 생각이 나서 이튿날 갈 때에는 단거리밖에 없는 출입 의복을 꺼내어 입고 나갔다. 홍만서도 지금은 출입옷이라고 따로 한 벌을 장만할 만한 여유가 있게 되었다. 그러나 꼭 한 벌밖에는 없는 옷인데 또 그 이튿날은 다시 생각할 것도 없이 그 출입옷을 입고 구쓰도 어제보다는 모양을 내어서 반짝반짝하게 닦아 신었다. 이 뒤로부터는 매일 출입옷을 입고 다니는데 하루는 마침 홍만서가 그 처녀의 앞을 지나갈 때에 그 처녀는 얼굴을 들었다. 얼굴을 들 때에 그 눈은 홍만서의 눈과 아주 자끈 소리가 나도록 서로 마주쳤다. 그는 정말 잠시 동안이었으나 홍만서에게는 아주 기막힌 시간이었다.

만일 사람의 몸에 천연의 신비(神秘)가 담기어 있다고 하면 그 신비는 다만 눈으로서 새어 나가는 것이 아닐까. 저 혼자는 아무리 애를 써도 그 신비가 남에게 아니 보이는 일도 있고 저는 아무리 숨기고자 하여도 부지중에 새어 나가는 일이 있다. 그러한 경우라는 것은 평생에 꼭 한 번밖에 없는 것인데 한번 새어 버린 뒤에는 신비도 아니요 아무것도 아니요 그저 여느 사람의 눈이다. 그러나 그 새어 나가는 그 마당을 당하여서는 악마의 사는 바닥없는 굴속이라도 그 깊이를 비겨 볼 수 없겠다. 마치 침침칠야에 번갯불이 번득임과 같아서 다만 눈을 깜짝하는 고 동안이지마는 한없는 우주의 신비가 홀연히 그 문을 열어 보이는 것이라 다시 그를 보고자 하여도 할 수가 없는 것이다. 신비의 문은 열리기가 부섭게 마치어 바로 번갯불같이 빠른 것이나 이 문이 열리는 때에는 조화가 생기는 것이다.

이 번개의 불빛은 다만 물같이 맑은 마음에만 있는 것이며 더욱이 여자에게 있는 것이다. 여자의 일평생에 꼭 한 번 있는 일인데 만일 정말 이 번개에 비추인 남자는 이때가 평생의 위태한 고비판일다. 혹 연애의 종이 되어서 고생과 곤욕 속에 파묻히게 되는 것도 이때요 혹 아주 딴사람같이 변하여서 고상한 인물이 되는 것도 이때이라. 이것은 사람의 힘이라고 할 수 없는 조화에 가까운 힘일다. 그러한데 혹 이것을 사람의 힘으로 능히 하려니 생각하여서 벌써 신비가 다 새어 버린 조화 없는 눈을 가지고 남을 쏘고자 하는 사람이 남자 중에도 있고 여자 중에도 있으며 정치가에도 있고 귀부인에도 있으나 이는 다만 아첨을 드리고 사랑을 타는 것이다. 힘을 들이면 힘을 들일수록 점점 속되고 점점 추하여지는 것이다. 이 말을 의심하는 이가 있거든 도도한 이 세상을 보라.

정말 그 처녀와 홍만서의 눈이 한데 마주칠 때가, 그 반짝하는 동안이 이 번갯불의 서로 비추이는 때였다. 홍만서는 그 앞을 지나가면서도 자기가 땅 위로 걸어가는지 하늘로 걸어 다니는지를 알지 못하였다. 다시 돌아서서 그 처녀의 앞을 지나갔으나 그 얼굴을 볼 기운이 없었다. 전신이 떨리었다.

81. 노인과 처녀 (3)

홍만서의 운명은 이 순식간에 결정된 셈이나 다름이 없다. 그러나 좋은 운수인지 좋지 못한 운수인지 그는 알 수가 없는 일이다. 알 수는 없지마는 확실히 그 몸은 운명의 그물에 얽히어서 다시는 그 처녀의 옆을 떠날 수가 없게 되었다. 떠난다 할지라도 그 처녀의 고운 자태는 항상 가슴속에 역력히 남아 있어서 여름 나비가 등불을 따르듯이 어찌할 수 없이 그 옆으로 끌려가게 된다. 그 자태는 등불과 같이 보이고 그 처녀 이외의 천지는 컴컴하게 보인다. 그렇지마는 그는 다시 그 옆을 가까이 가지 못하였다. 지금까지는 태연히 그 처녀의 앞을 왔다 갔다 하였으나 인제는 그를 할 수가 없으며 까닭 없이 마음이 졸인다. 이때부터는 공원에를 가더라도 아무쪼록 걸상에 걸어앉아서 책을 보는 모양으로 무릎 위에 펴 놓고 실상은 처녀만 바라보고 있었다. 책은 아무리 들여다보아도 글자가 보이지 아니하고 책을 보는 동안에도 그 처녀의 일정일동이 눈앞에서 빙빙 도는 것 같았다.

처녀의 편은 어떠한가. 홍만서가 생각하는 것과 같이 홍만서를 생각하여 줄까. 그는 알지 못하여도 홍만서의 마음에는 역시 그러할 줄로만 생각을 하였다. 어찌한 까닭인지 그 처녀의 노인과 이야기하는 모양이 일부러 그 얼굴의 반쪽을 보이는 것같이 보인다. 실상으로 말하면 그 처녀가 얼굴의 반쪽을 홍만서에게 보이고자 하는 것이 아니라 홍만서 제가 그와 같이 보이는 자리를 골라 앉은 것이나 얼굴의 반쪽을 나에게 맡긴 것은 분명한 사실이라 하여서 무심히 하는 일까지 유심히 하는 일로 알고 까닭 없이 기뻐하였다.

어떠한 때에는 그 노인이 처녀의 손을 끌고 홍만서의 앞으로 지나간 일이 있는데 이는 홍만서의 거동을 의심스럽게 여기어서 시험차로 온 것이 아닌가. 그렇지마는 홍만서는 그러하게 생각을 하지 않고 무슨 찬란한 광채가 옆으로 가까이 오는 것같이 생각을 하여서 책을 들고 있던 손이 부르르 떨리며 얼굴을 차마 들지 못하였다. 그 앞을 지나갈 때에 그 처녀의 얼굴은 어떠하였는가. 필경 홍만서의 얼굴을 물끄러미 보았을 것이다. 홍만서는 얼굴이 화끈거리었디. 얼굴을 눈여겨보았다 하면 무슨 까닭으로 보았을까. 이편에서 너무 얌전 빼는 것을 원망하는 것이 아닌가. 그 원망하는 뜻을 눈에다가 띄워 가지고 이 몸이 눈치 채도록 한 것이 아닌가. 처녀가 지나간 뒤에도 이러한 생각이 홍만서의 가슴에서 사라지지 아니하였다.

어찌 그 노인의 하는 모양이 홍만서를 의심하기 시작하는 모양 같기도 하였다. 이 뒤로부터는 때때 앉는 자리를 바꾸는 일이 있는데 그러한 때에는 홍만서도 자리를 바꾼다. 아무렇든지 그 처녀의 얼굴이 보이는 곳으로 따라다니며 자기가 의심을 받는 줄은 꿈에도 알지 못한다. 또 어떠한 날은 그 노인과 처녀가 앉았다 간 자리에 곱다란 수건이 떨어져 있는데 홍만서는 필경 그 처녀가 흘리고 간 줄로만 알았다. 그러나 실상은 그 노인이 떨어트린 것이었다. 그 수건의 한편 귀퉁이에는 U 자와 F 자를 수놓았는데 이는 그 처녀의 손으로 놓은 수이며 그 처녀의 성명을 약자로 쓴 줄로만 알았다. 홍만서는 이 수건을 자기 몸에 붙이고 다니는데 그 뒤로부터는 그 노인의 오는 시간이 지금보다는 좀 달랐다. 늦게 와서 일찍이 돌아가는 때도 있는데 그러한 때에는 홍만서도 일찍이 돌아오고 또 노인이 혼자만 오는 때도 있었다. 그러한 때에는 홍만서는 아주 낙담을 하고 돌아가 버리었다. 이것이 철없는 짓이 아닌가. 이러한 짓을 하고야 어찌 의심을 아니 받을 수가 있으랴.

그렇지마는 홍만서의 철없는 짓은 그뿐이 아니었다. 어떠한 때에는 참다가 못하여 그 노인과 처녀의 뒤를 따라가는 일이 있는데 이는 그 처녀가 어떠한 사람이며 어디 사는 사람인지를 알기 위하여 궁금증에 몰려서 하는 일이다. 뒤를 쫓아가 본즉 한적한 도로스 거리의 정결하여 보이는 여관집으로 들어갔다. 아아, 한적한 곳이다. 과연 그 처녀의 부쳐 있음 직한 집이라고 그는 생각하였다. 그 지경이 된 다음에는 공원에서 만나 보는 것으로만은 만족하지 못하여서 이 뒤로부터는 날마다 멀찍이 그 뒤를 밟아서 사관에까지 데려다 두고서 잠시 그 근처에서 거닐다가 돌아오기로 하였다. 나중에는 그것도 부족하여서 대담하게 그 집 행랑 사람에게 물어까지 보았다.

“지금 들어가시던 그 양반은 어떤 방에 계신 양반이오”

행랑 사람은 대답하되

“예, 이 층에 계신 양반이셔요”

아아, 생각하던 바보다는 그 내용을 알기가 용이할 듯하다. 홍만서는 당장에 파겁이 되었는지 숫기 좋게 또 거푸 물었다.

“이 층이면 저 뒷방이오”

“아니요, 이 집에는 뒷방은 없어요”

“무엇을 하시는 어른이오”

“아무것도 하시는 것은 없어도 살아가시기는 어렵지 아니하신 모
양이여요. 그리 사치한 살림은 아니 하셔도 구차한 사람들에게는 돈냥
도 보아주는 일이 있습니다. 자선가이십니다”

“성함은 누구시오”

너무 꼬치꼬치 파묻는 까닭으로 행랑 사람은 놀랐다.

“아아, 영감은 탐정이시오”

82. 노인과 처녀 (4)

‘탐정이시오’ 하는 이 말 한마디에 홍만서는 깜짝 놀라서 얼굴을
붉히고 돌아서 가 버렸다.

그러나 그 처녀의 신분을 다소간이라도 알게 된 일은 기쁘다. 그 부
친의 백두 노인은 신사요 자선가이다. 바로 말하면 그 처녀는 훌륭한
사람의 딸이다.

그 이튿날 처녀와 노인은 여전히 공원에를 왔으나 오래 있지 않고
곧 돌아가 버리었나. 홍만서는 이날도 뒤를 밟아서 그 사관에까지 갔
더니 대문 앞에서 그 노인은 처녀만 먼저 들여보내고 자기는 뒤로 돌
아서서 홍만서를 물끄러미 쳐다보는데 홍만서는 피하고자 하여도 피
할 수가 없었다.

이 뒤로부터는 무슨 까닭인지 그 노인도 처녀도 공원에를 오지 아
니하였다. 홍만서는 까닭 없이 애가 쓰여서 밤마다 그 사관 앞에 가 이

층 유리창으로 새어 나오는 램프 불만 바라보고 뱅뱅 도는데 그 유리창 안에 그 처녀가 있거니 하고 생각만 하여도 마음이 든든하고 그 등불만 보아도 기쁜 생각이 가슴에 넘친다.

일주일 동안을 두고 밤만 되면 그 집 앞을 찾아가서 뱅뱅 돌았는데 이레 되던 날 밤에는 그 방에 불빛이 보이지 아니하였다. 지금이나 보일까 인제나 보일까 하고 밤중이 지나서 새로 한 시가 되도록 서서 기다리었으나 마침내 보이지 아니하였다. 설혹 이 세상에 해가 돋지 않는다 할지라도 홍만서가 그다지 염려를 할 리는 만무한 일인데 그날 밤은 잠 한숨 못 자고 꼬박 새워 버렸다. 여드렛날 밤에도 또 가 보았으나 유리창은 여전히 캄캄하다. 이 세상은 영영 캄캄 나라가 되어 버리고 말았다. 그 이튿날은 참다못하여 낮부터 쫓아가서 그 집 행랑 사람에게 물어보았다.

"이 층에 계신 손님은 어디 가셨소"

"그저께 옮겨 가셨어요"

"에에, 어디로"

"어디로 간다고 말씀을 아니 하셨으니까 알 수가 없어요"

하면서 홍만서의 얼굴빛이 변한 것을 보더니

"영감은 분명한 탐정이시구려"

홍만서는 고만 미친 사람같이 달아나 버렸다.

＊＊＊

이 세상에는 아무 낙도 없게 되었다. 그는 찾을 수 있는 데까지는 찾아도 보았으나 공중누각으로는 이 넓은 바닥에서 찾을 도리가 없었다. 어떤 때에는 길가에서 그 노인인 듯한 사람을 만나 보았으나 그 사람은 신사가 아니라 막벌이꾼의 의복을 입었던 고로 자선가라는 이름까지 듣는 사람이 막벌이꾼의 의복을 입을 리는 만무하다고 생각을 하였다. 그러나 다시 돌려 생각을 하고 그 뒤를 따라가 보고자 한 때에는 벌써 어디를 갔는지 부지거처가 되었는데 이 일은 오랫동안을 두고 홍만서의 걱정거리가 되었었다. 혹 그 사람이 무슨 불의지변을 당하여서 그 처녀와 같이 고생이나 하지 않는가 하고. 그러나 일이 너무 허황한 까닭으로 필경 다른 사람을 잘못 본 것이라고 돌려 생각하고 말아 버렸다.

그러한 중에 겨울도 가고 여름도 지나는데 홍만서는 ABC 계에도 부득이한 일이 있는 때 이외에는 가지 아니하며 이 세상에 하나밖에 없이 정답게 지내는 마 첨지의 집에도 놀러 가지를 아니하였다. 그러나 홍만서에게는 그보다도 더 급한 일이 있으니 그는 그 부친 유언서 중에 있는 태날추를 찾아낼 일이다. 그 경황없는 중에도 이 일 한 가지는 잊어버리지 아니하였으나 그 역시도 찾아보지는 아니한다. 그의 혼신은 그 처녀의 그림자와 같이 어디로 가 버리어서 거의 일 년이나 되는 동안을 아무것도 하는 것 없이 그렁저렁 지내어 버리었다. 그동안에 한 일이라고 특별히 기록할 만한 것은 그해 가을에 그 이웃 방에 있는 이태리, 파란, 서반아, 불란서의 사 국민 행세를 하는 사람이 두 달이나 밥값을 못 내고 쫓겨나게 된다는 말을 그 집 주인에게 듣고 너무나 불쌍하게 생각을 하여서 자기 주머니에 있던 이십 원 돈을 그대로 톡톡 털어서 그 집 주인에게 주며 어떤 사람이 주는 줄 모르게 그 사람을 주어 달라고 부탁한 일 한 가지뿐이었다. 그 이외에는 언제든지 다 일반으로 재미없는 세월을 보내는데 때때 글씨나 써서 그 삯전을 받아 가지고 밥값을 줄 뿐이며 그 입에서 나오는 말도

"아아, 어디를 갔단 말이냐"

하는 한마디뿐이었다.

83. 이 사람은 누구 (1)

또 그럭저럭 한 해를 넘기고 이듬해의 이월 달이 되었다. 찬 바람은 불고 안개는 자욱한 어느 날 밤에 홍만서는 책사에를 다녀오다가 길가에서 어떤 여자 두 사람을 만났다. 안개도 깊고 아직 거리도 떠서 자세히는 알 수 없으나 꿈속같이 건너다보이는 그 그림자는 분명히 계집아이들 같은데 한 걸음 두 걸음 가까이 가는 동안에 차차 말소리가 들리기 시작한다.

"여보, 언니, 나는 간신히 도망질을 하여 왔소. 조금만 늦었더라면 잡힐 뻔하였지"

"애, 나도 순사들 틈에 끼어서 꼭 잡히게 된 것을 머리악을 쓰고 도망질을 하여 왔다"

하는 이야기 소리이다. 이 말소리가 홍만서의 귀에는 이상하게 들리었다. 이 계집아이들은 혹 거지인가. 젊은 여자의 몸으로 순사에게 쫓기다니 참 가련한 일이라고 까닭 없이 불쌍한 생각이 났다. 그러한 중에 두 사람의 그림자는 안개 속으로 들어가 버리었는데 그 계집아이들이 서 있던 자리를 지나가노란즉 발부리에 무엇이 툭 걸리는지라. 집어 들고 본즉 다 더러운 손수건에다가 싼 것인데 무슨 편지 같은 것이었다. 혹 지금 계집아이 형제가 흘리고 간 것이나 아닌가 하여서 사방을 둘러보나 벌써 간 곳이 없이 되었고 혹 만날 수가 있을까 하여서 걸음을 죄어 걸어 보았으나 필경 찾지를 못하고 할 수 없이 자기 사관으로 가지고 돌아와서 흘린 사람의 주소 성명이 적히지나 아니하였나 하고 수건을 끌러 본즉 괴악한 담배 내가 혹 끼치며 그 속에는 편지 넉 장이 들어 있었다. 봉투에 넣기는 하였으나 아직 봉하지는 아니하였는데 그 속을 꺼내어 본즉 넉 장이다. 팔면부지 낯도 모르는 신사와 귀부인에게 가는 구걸 편지이며 글씨는 분명히 한 사람의 글씨이나 이름은

다 각각이었다. 한 장에는 서반아 근왕당(勤王黨)의 늙은 군인으로서
이 나라에 망명을 하여 와서 여비에 곤란 중이니 다소간 보아 달라고
씌어 있고 한 장에는 어떤 나라의 미술가로라고 씌어 있어 한 사람이
네 가지 이름으로 편지를 쓴 모양이었다. 만일 홍만서가 세상 물정에
익은 사람 같으면 이 편지를 보고서 혹 이웃 방에 있는, 네 나라 사람
행세를 하는 그 사람이 아닌가 하고 의심도 하였을 것이지마는 그는
다만 알 수 없는 일이라고만 생각을 하였다. 그러나 맨 끝에 뽑아 보던
편지에는 그도 좀 생각나는 일이 있었다.
　그 편지 시면에

날마다 자크 예배당 앞을 나오시는 자선한 신사이어.

하고 씌어 있는데 무슨 일을 보든지 위선 검정 옷 입은 처녀의 일부
터 생각을 하는 홍만서에게는 자선한 신사라는 말에 그 백두 노인을
생각하고 날마다 예배당 앞을 나온다는 말에 날마다 공원에 오던 일을
생각하였다. 이는 마음에 골몰한 까닭으로 비스름하면 갖다 대는 생각
이라고 하겠지마는 이러한 사실과 이러한 일이 인연이 되어서 또 어떠
한 운명이 새로이 열릴는지도 알 수 없는 일이다.
　홍만서는 그 편지를 보다가 백두 노인의 일을 아니, 그 처녀의 일이
생각나서 이 편지만은 두 번이나 서늡거듭 고쳐 보았다. 그 사연에 씌
어 있는 것으로 보면 이 신사라는 이는 예배당에를 날마다 다니며 올
때마다 그 근처에 있는 거지들에게 돈을 집어 주는 일도 알겠고 또 편
지를 쓴 사람이 그 신사에게 청하는 일은

한번 저 있는 사관에를 오셔서 우리 내외와 딸 형제가 얼마나 불쌍
하게 지내는가를 보아 줍시사.

고 하는 말이며 그 이외에도 여러 가지로 우는소리를 늘어놓았는
데 자기 아내가 오랫동안 병중에 있느니, 집안 식구가 온 이틀을 굶었
느니 하여서 누가 보든지 불쌍하다는 생각이 날 만큼 써 놓았으며 그
리고 맨 끝에다가는

저희들도 거짓말을 하여서 남에게 구걸을 하는 사람은 아니온즉
좌우간 한번 누지에 오셔서 실지를 보시오면 이 말씀이 거짓말 아
닌 줄을 아실 듯 하옵나이다. 편지를 가지고 가는 것은 저의 장녀이
온데 벌써 당혼 된 나이오나 보시는 바와 같이 남루한 의복을 감고
다니는 처지오니 경상을 가련히 생각하시와 이 녀석과 동행하여
주기를 간절히 바라나이다.

하고 씌었으며 자기 이름을 쓴 데는

옛날은 배우라는 이름을 들었고 지금은 불행한 중에 있는 하만국.

이라 하였더라.

84. 이 사람은 누구 (2)

어떤 사람에게 대하여는 군인인 망명객이라 하고 어떤 사람에게는
미술가라고, 어떤 사람에게는 배우라고 하니 어떠한 것이 정말인지는
알 수가 없으나 한 몸을 가지고 이런 사람 행세도 하고 저러한 모양도

꾸미는 것으로 보면 천생이 배우 같기도 하다. 그러나 이러한 처지에 있는 사람은 이 세상에 적지 아니할 것이라. 홍만서는 편지를 보고 나서 다소 불쌍히 여기는 생각이 났으나 어떻게 할 수가 없었다. 편지는 넉 장을 다 뒤져 보아도 네 가지 이름만 씌어 있고 어디 산다는 주소가 없은즉 돌려보낼 도리도 없고 좀 가서 보고자 하여도 그 역시 할 수가 없으니 이 편지는 밝는 날에 경찰서에나 갖다 둘까 하고 전과 같이 봉투에 넣어서 수건에 싸 놓고 그대로 자 버리었다.

이튿날 아침 일곱 시가량쯤 되어서 홍만서가 막 일어나서 옷을 입고 난즉 바깥에서 문을 뚜드리는 사람이 있었다. 필경 이 집 주인이 무슨 말을 하러 왔으려니 하고 문 안에서 대답을 한즉 곧 문을 열고 들어서는 사람이 있는데 그제야 쳐다본즉 집주인의 노파가 아니라 나이가 겨우 열 칠팔 세가량쯤 되어 보이는 처녀이었다. 아니, 처녀라고 하면 처녀이지마는 그 의복의 남루한 모양은 거지 중에도 상거지일다. 어제 저녁 그 편지에 있는 하만국이라는 사람의 딸도 이보다 더할 리는 없겠다. 얼굴도 추물이요 아주 부끄럼도 없어 보이는데 홍만서는 하도 의외인 까닭으로 그 얼굴을 한참 쳐다보고 있었다.

그 계집아이는 우적우적 앞으로 와서

"우리 아버지가 이것을 갖다 드리라고 하셔요"

하고 편지 한 장을 내놓으며 곧 좀 보아달라고 당부를 하였다. 홍만서는 받아 들기는 하였으나 곧 펴 보지는 아니하고 위선 그 계집아이의 얼굴을 쳐다본즉 어찌 처음 보는 얼굴 같지는 아니하였다.

"작은아씨는 어디서 보던 이 같소"

그 계집아이, 그 외양과 같이 쌍스러운 말씨로

"에그, 저런 어른 보시게. 가끔 문간에서 만나지 않았어요. 당신은 나를 몰라도 나는 당신을 잘 안답니다. 요전에도 당신께서 오스테를리츠 다리를 건너서 마 첨지라는 노인네 집에를 가지 않으셨어요. 나 같은 사람은 늘 본 체도 않고 지나다니시지. 나 같은 추물은 보기도 싫으시지요. 그러시겠지. 당신 같으신 이가"

거지의 자식이라도 나이 차지면 남자를 그리워하고 그늘 밑에 든 초목이라도 봄이 돌아오면 꽃을 붙이지 않고는 지내 가지 못하는 것이라. 그 계집아이는 홍만서가 아직도 생각하지 못한 모양을 보고서

"나는 바로 옆의 방에 있어요. 종이 한 겹 너머가 우리 방입니다"

하고 소리를 질렀다. 아아, 그러면 이왕에 이야기를 듣던 네 나라 사람 행세를 하는 그 사람의 딸이로구나.

겨우 짐작이 나섰다. 그제야 편지를 뜯어본즉 그 사연에

이웃 방에 계신 다정한 청년이시여. 그대가 이름을 숨기고 집세의 밀린 것을 갚아 주신 은혜는 평생을 두고 잊지 않겠나이다. 그런데 우리는 다시 그대에게 구걸을 할 수밖에 없이 되었나이다. 여러 말은 기록하지 않사오나 우리 가족의 네 식구는 나흘 동안을 굶었사오니 불쌍한 네 식구를 구휼하는 줄로 생각을 하시고 다소간 도와 주시압.

하였더라. 이 편지를 다 본 뒤에 홍만서는 생각이 났다. 분명히 어제저녁에 주운 편지 넉 장이 이 편지와 같은 사람의 손에서 나온 것이다. 글씨도 같은 글씨요 종이와 봉투도 같으며 편지에서 나는 담배 냄새까지도 똑같다. 하하, 그러고 보면 옆의 방에 있는 네 나라 사람 행세를 하는 사람이 편지질을 하여서 신사와 귀부인들에게 구걸을 하는 맹랑한 거지요 이 계집아이가 그 심부름꾼이로구나. 어제저녁에 전기등 밑에서 순사에게 잡힐 뻔하였다고 이야기를 하던 두 계집아이가 이 계집아이의 형제로구나. 그러할 것 같으면 이 궐자가 내게는 무슨 이름으로 편지를 하였나 하고 편지 끝을 훑어본즉

병든 아내의 남편, 굶은 두 딸의 부친 나강환.

이라고 씌어 있다. 이것으로 보면 어제저녁에 보던 그 네 가지 이름 이외에도 또 다른 이름이 있구나. 만일 이 나강환이라는 이름까지도 가짜 이름일 것 같으면 이름이 여섯 가지가 아닌가.

홍만서는 어이가 없어서 앉았던 동안에 그 계집아이는 아무 체면 도 없이 책상 위에 놓인 책 한 권을 꺼내어서 보기 시작을 하였는데 그 책은 홍명수의 전공을 기록한 전쟁의 사기였다. 그 계집아이는 자랑삼 아 이야기를 하였다.

"나도 책을 볼 줄 안답니다. 설매와 같이 학교에 다녔는데요"

하고 소리를 내어서 읽기 시작한 데는 마침 워털루의 전쟁이었다. 그 계집아이는 놀라는 것처럼

"워털루, 워털루"

하고 소리를 지르더니

"워털루는 우리 아버지가 전쟁을 하던 데여요. 우리 아버지는 유명 한 사람이랍니다. 그때는 지금같이 거지가 아니라 육군 정교였었는데 사람을 살려 낸 일도 있어요"

만일 이 말을 귀담아들었더라면 워털루의 육군 정교라는 말과 사 람을 살려 내었다는 말에 자기 부친의 유언서에 씌어 있는 그 부친의 은인 태날추 정교의 일을 생각하였으련마는 지금 홍만서의 마음에는 항상 '검정 미인'이 가득히 들어 있어서 태날추 정교는 들어갈 틈이 없었다. 아니, 그 여지가 아주 없는 것은 아니겠지마는 지금 그 이야기 가 귀에 들어가지 아니하였다.

책을 볼 만한 교육까지 받은 계집아이가 이러한 비참한 경우에까지 빠진단 말이 될 말인가 하여서 홍만서는 다소 동심이 되었다.

그 계집아이는 제 공부를 더 좀 자랑할 생각이 났던지 이번에는 책을 내놓고 붓을 들어

"내가 읽을 줄만 안다고. 쓸 줄도 안답니다"

하고 책상 위에 놓인 백지 등에다 글씨를 쓰는데 그 쓴 것을 본즉 처지가 처지이라

순사가 온다. 어서 달아나거라.

하고 썼다. 필경 어제저녁에 저희 형제가 길가에서 하던 이야기가 아직도 귀에 남아 있어서 장난으로 쓰는 데까지라도 이러한 말을 쓰는가 보다고 홍만서는 생각을 하면서 어제저녁에 주워 가지고 온 그 편지 보퉁이를 꺼내어 가지고

"여보, 작은아씨, 당신에게 드릴 것이 있소"

하고 내놓았다. 작은아씨라는 말은 좀 당치 못한 말이지마는 홍만서는 계집아이를 부르는 말이라고는 이 말밖에 알지를 못한다. 그리고 그의 속마음에 이 편지를 받아 들 때에는 얼굴이라도 좀 붉히려니 생각을 하였더니 그렇지도 아니하고 씁쓸한 얼굴로

"아아, 당신께서 주우셨습니까. 참 이상한 인연입니다. 이것을 찾았으니까 인제는 우리 아버지께서 헛편지는 몇 장 덜 쓰게 되었다"

하면서 수건을 끄르더니 그중의 한 장을 골라내는데 그 편지는 특히 홍만서가 눈여겨보던, 자선 신사에게 보내는 편지였다.

"옳지, 옳지, 지금 가면 그 자선 신사를 만나겠다. 그 딸을 데리고 아

침 예배를 올 때이니까"

하고 혼잣말처럼 하고 홍만서에게 대하여

"우리들은 그저께부터 내리 굶었어요. 조금만 더하면 걸음도 못 걸을 지경이여요"

하였다. 홍만서는 그동안에 지갑을 열어 본즉 오 프랑짜리 은전 한 푼과 그 외에 잔돈이 몇 푼 있을 뿐이었다. 곧 그 은전을 꺼내어서

"작은아씨, 이것은 약소하오마는 어르신네께 지금 그 편지 답장이라고 드려 주시오"

하고 내주었다. 그 계집아이가 은전을 받아 들고 좋아하는 모양이라는 것은 참 무엇이라고 형용을 할 수가 없었다.

"에구머니, 은전일세. 정말 오 프랑짜리 은전일세"

하고 너무나 반가워서 강중강중 뛰었다. 그 서두는 모양으로는 아직 걸음을 못 걸을 지경이 될 것 같지는 아니하였다. 그러나 은전을 보고 이렇게까지 반가워하는 것을 보면 오래 구경을 못 한 것은 가지라. 그 계집아이는 정말 용솟음을 하면서 가 버리었는데 이윽고 홍만서는 아침밥을 먹은 뒤에 혼자 앉아서 곰곰 생각을 한즉 어찌 그러한지 옆의 방 일이 비상히 마음에 걸리었다. 자기도 구차하기는 하지마는 인제는 이틀 사흘씩 굶을 지경은 아니다. 한 이태 동안 전에는 그러한 일도 있었지마는 자기가 지내본 까닭으로 더욱 남이 사정을 짐작하는 깃이다.

그는 원래 진실한 바탕이라 아주 진심으로 생각을 하였다. 벽 하나를 격한 이웃 방에 있으면서 지금까지 그 지내는 형편을 아주 모르다니 이는 인정에 벗어나는 일이다. 여섯 달 전에 이십 프랑을 보아준 일은 있다 할지라도 그는 당장에 쫓겨난다는 말을 들었으니까 누구든지 그러할 듯한 일에 지나지 못한다. 그래도 홍만서가 되어 가지고야 아니, 홍만서가 그리 대단한 것도 없지마는 ABC(에이비시) 계의 한 사

람이 되어서 불쌍한 사람의 친구로라고 하는 처지에 여섯 달 전에 겨우 돈 몇 푼을 주었다 하여서 당장 저 모양이 된 것을 못 본 체하고 넘길 수는 없다. 좌우간 그 지내는 모양이 어떠한가 실지부터 좀 보아야 될 일이라고 생각을 하면서 그는 의자를 벽에다가 기대어 세우고 그 위에 올라서서 뚫어진 장지 구멍으로 옆의 방을 엿보았다.

그 구멍은 마침 알맞게 뚫어져서 그리 힘도 들 것 없이 옆의 방 형편이 분명히 다 보였다.

아아, 사람이 구차하다 하여도 이렇게 심할 수는 없다. 자기도 구차하게 지낸 일이 있지마는, 지금도 구차하게 지내는 중이지마는 이다지 차마 볼 수가 없도록 누추하지는 아니하다. 지금 왔던 계집아이는 편지를 가지고 자선 신사를 찾아갔는지 보이지 않고 그 방에 있는 것은 그 모친과 동생인 모양인데 이는 어제저녁에 길에서 보던 그 계집아이이겠지. 허기가 져서 일어날 수도 없는 모양으로 웅크리고 앉았고 방 한편 구석에서 헌솜이 비죽비죽 나오는 헌털뱅이 옷을 입고 편지를 앉아 쓰는 것은 주인일다. 머리는 협수룩하고 나이는 오십여 세나 육십 가까운 모양인데 얼굴 바탕은 아주 재미없이 생겼다. 무엇인지 입으로 중절거리면서 몇 자 쓰고는 생각을 하고 생각을 하고는 몇 자씩 쓰는 것은 필경 구걸 편지를 짓는 모양인데 어떻게 하든지 보는 사람의 눈에 눈물이 돌게 하여야 한다는 결심이 있는 모양이었다.

"에에, 돈 있는 놈이라는 것은 모두 벽창호들이야"

하고 혼잣말을 하면서 붓을 놓더니 입에 물었던 담배를 한 모금 빨아서 풀썩 하고 연기를 올렸다. 먹을 것은 없어도 담배는 끊을 수 없는 모양인지 편지에서 괴악한 담배 내가 나는 것도 이 까닭인 줄을 알았다. 그리고 다시 붓을 들고자 할 때에 문을 화닥닥 열더니 밖으로서 뛰어 들어오는 것은 아까 그 계집아이였다.

"아버지, 아버지, 늘 말하시는 그 자선 신사라나 하는 이를 붙들어

왔소"

붙들어 오다니 말부터 괴상도 하다. 저의 아비는 놀라서 일어서면서

"무엇이야, 자선 신사, 자선 신사. 오오, 그 예배당에 날마다 오는 나이 많은—"

"예, 오늘 아침 예배에 시간을 맞추어서 편지를 가지고 갔더니 마침 딸을 데리고 절에서 나오겠지요. 그래서 그 편지를 주었지요"

"그래, 주니까 곧 펴 보던"

"예, 펴 보아요. 참 자선 신사입디다. 편지를 보더니 매우 언짢아하면서 가엾은 일이라고 곧 가겠다고 하여요"

저의 아비는 좀 덤벙대는 모양으로

"되었다. 자아, 어서 방 안을 꾸며라. 아무쪼록 궁상을 보여야지. 사치한 물건은 다 치우고"

무슨 사치한 물건이 있으랴. 이 위에 더 궁상을 떨 수는 없을 것이다. 그렇지마는 그는 또 소리를 질렀다.

"자아, 난로의 불을 꺼라, 불을 꺼"

참, 불을 피운 것은 사치한 일이라고도 할 수가 있다.

86. 이 사람은 누구 (4)

물론 난로에도 '사치'라고 할 만한 불이 있을 까닭은 없다. 그러나 그는 물을 부어서 꺼 버렸다. 그리고 나서도 또 방 안을 분주하게 둘러보았다.

계집아이는 옆에서 보다가

"아버지, 그렇게 급히 하실 것 없어요. 온다고 하였어도 지금 당장

에 오는 것이 아닌데요”

저의 부친은 눈을 딱 부릅뜨면서

“무엇이야, 곧은 오지 않는다. 그러면 놓쳐 보내었구나”

자기가 후딱 하면 도망질을 잘 하니까 남도 그와 같이 의심을 한다.

“아니여요. 그가 이 집 번지를 묻기에 자세히 가르쳐 준즉 이 집을 이왕부터 아는지 응, 그 집이야 하고 좀 주저하는 모양이었으나 다시 무슨 생각을 하였는지 상관없겠지 하고 마음을 돌리는 모양이여요. 그리고 바깥으로 나가서 마차를 타면서 저를 보고 나는 흥정을 하여 가지고 추후로 갈 터이니 먼저 집에 가 있으라고 하던데요. 지금은 흥정을 하러 다니겠지요. 우리 집에 가지고 오려고”

저의 부친은 좀 성을 내면서

“무엇을 사러 갔어. 돈 있는 놈들은 모두 그 모양이야. 배가 고프다면 먹을 것을 사 주고 춥다고 하면 옷을 사 주니 그야말로 거지 대접이야. 내가 왜 거지인가. 곧 죽는 한이 있더라도 남에게 옷이나 먹을 것을 받을 마음은 없어. 돈을 달라는 말이지. 물건을 사 오지 말고 대전으로 주었으면 좋지 아니한가”

맞는 놈이 여기 때려 주오, 저기 때려 주오 한다고 별 수작이 다 많다. 그 아내는 조롱하는 모양으로

“먹을 것하고 돈하고 겸 부려 줄는지 누가 아오”

먹을 것이라는 말에 비위가 버쩍 동하였던지 작은 계집아이는 앉았다가 벌떡 일어서면서

“배는 내가 제일 고파요. 지금 먹는 것이 그저께 아침밥인데”

큰 계집아이도 지지는 아니한다.

“무엇이야, 나는 *그끄저께* 저녁밥이다. 만일 먹을 것을 가지고 오면 내가 맨 먼저 *그끄저께* 저녁을 먹고 나서 그다음에 너하고 나하고 그저께 아침을 먹어야 옳단다”

고픈 배에서 별 이유가 다 끌려 나온다. 저의 부친은 지금 일어선 계집아이를 보고

"그런 소리는 그만두고 거기 그 유리창이나 때려 부수어라. 유리창이 성한 대로 있어서는 안 된다"

그 계집아이는 그저께 아침이 생길 듯한 싹을 보고 딴 기운이 나서 주먹으로 유리창 하나를 때려 깨뜨렸다. 계집아이가 얼마나 얌전한지는 가히 알 것이다. 하기는 주먹밖에는 유리창을 깨뜨릴 기계가 없기도 하겠지마는 그 대신에 주먹이 버져서 피가 흘렀다. 그래도 저의 모친은

"에그, 가엾어라. 주먹을 다쳤구나"

하고 부친이라는 위인은 났던 성이 풀려서

"되었다, 되었다. 이런 흠집이 있어야 더욱 불쌍하게 보이지"

하면서 자기 입은 헌털뱅이를 찢어서 온통 굉장하게 친친 감았다. 이 모양을 이 편짝에서 보고 있던 홍만서는 이것이 이 세상의 지옥이라고 생각을 하였다. 배가 고픈 까닭으로 자식의 몸에서 피가 흐르는 것을 좋아하다니 사람이 이 지경이 되면 못 할 일이 없을 것이며 사람의 살이라도 능히 먹을 것이다. 이 세상에 성한 사람의 마음으로서 그 까닭을 알 수 없는 무서운 범죄가 끊이지 아니하는 것도 이러한 까닭인데 이 부녀가 범죄를 아니 하는 것이 별일이다. 아니, 지금까시 어떠한 범죄를 하여 왔는지 알 수 없다.

이윽고 지금 깨트린 유리창 구멍으로 찬 바람이 들어오는지라 작은 계집아이는 원망을 하는 모양으로

"아버지, 추워요. 추워요"

"너보다도 내가 더 춥다"

추운 것을 비교하여 볼 수는 없을 터인데 더 추운지 덜 추운지를 어찌 알리오. 그 아내는 또 조롱을 하였다.

"너의 아버지는 무엇을 하든지 남에게 지기는 싫어하는 잘난 어른이시다. 심지어 가난 겨름을 하여도 세계에 첫째가 아니냐"

이것이야말로 왼새끼를 닷 발이나 한 사리나 꼬는 말이다. 이 지경이 되면 부부간에 정이 있을 까닭은 없고 다만 원망하는 마음뿐일 것이다. 그러나 그 부친 된 사람은 들은 체도 아니 하고 위선 자선 신사를 맞아들일 준비가 잘 되고 못 된 것을 살피노라고 방 안을 한번 둘러보았다. 인제 이보다 더 구차한 모양을 차릴 수는 없게 되었다. 그는 싸움을 시작하기 전에 진세 검열하는 능란한 장군 모양으로 이것저것을 세밀하게 둘러보다가 난로 앞으로 가서는 물 묻은 숯등걸을 마른 재 밑에다가 파묻어 놓았다. 그리고 그 옆에 놓인 화젓가락을 집어 들더니

"이 화젓가락이 너무 굵은걸. 그렇지마는 남의 집 창살을 뽑아 온 것이니까 할 수 있나"

설마 화젓가락 한 개가 자선가를 도로 쫓기야 할까. 그는 말을 그친 뒤에 뚫어진 창구멍을 쳐다보고서 몸서리를 쳤다.

"아아, 몹시 춥다. 인제 그 신사가 올 때가 되었는데"

그 아내는 또 비웃는 모양으로

"유리창까지 깨트려 놓고 그 사람이 만일 아니 오면 어떻게 하려노"

이 한마디에는 궐자도 깜짝 놀랐다. 만일 아니 오는 날이면 정말 어떻게 하나. 그는 큰딸을 쳐다보면서

"봉인아, 봉인아, 설마 거짓말은 아니겠지. 만일 아니 오는 날이면 그대로 두지는 아니할 터이다"

아니 오더라도 그 딸에게야 무슨 죄가 있을까. 참 무리한 말이다.

"옵니다. 거짓말을 하는 신사와는 눈치가 다르던데. 꼭 옵니다"

"올 터이면 어서 와야지. 그 까닭으로 돈 있는 놈은 보기가 싫다는 것이지. 남은 뱃가죽이 등에 가 붙고 찬 바람에 덜덜 떠는데 속 편하게

무엇을 사러 다니다니. 만일 내가 감기라도 들면은 어떻게 하려고. 돈 푼이 생긴다 하여도 셈이 안 될걸”

이야말로 유출유기다.

말이 끝나자마자 낭하에서 발자취 소리가 들리었다.

“옳지, 인제 왔다”

하더니 곧 저의 아내는 자리 위에다 눕혀 놓아 병인 모양을 차리게 하고 저는 녕색 책상 앞에 가 앉았다. 이때에 방문이 열리더니 어떤 신사가 딸을 데리고 들어왔다.

아아, 꿈이나 아닌가 하고 엿보고 있던 홍만서는 두 눈을 쓱쓱 비비었다. 그가 걸상 위에서 떨어지지 아니한 것만 별일이 아닌가. 들어오는 신사는 백두 노인이요 데리고 온 딸은 검정 미인이었다.

87. 이 사람은 누구 (5)

홍만서는 지금까지 검정 미인을 찾기에 얼마나 애를 썼는가. 도저히 찾을 수가 없다고 절망을 하고 있는데 그 사람이 이웃 방으로 강림하다니 의외라고도 감사하다고도 말을 할 수가 없다. 사세히 본즉 작년에 볼 때보다도 더한층 어여쁘게 되어서 온몸에서 무슨 광채가 나는 듯하며 그 몸 가에는 눈이 부신 모로가 돌려 있는 듯하여 홍만서는 눈이 캄캄하여지며 가슴이 두근두근하였다.

검정 미인의 손길을 잡고 있는 그 노인은 한편 손에 들었던 무슨 보퉁이를 방바닥에 놓으면서 주인을 향하여

“노형이 저—”

까지 말을 하고서 이름을 잊었던지 잠깐 멈추었다. 주인은 곧 땅바

닥에 가 엎드리면서

"이 누추한 데를 왕림하여 주시니 어떻다고 여쭐 말씀이 없습니다"

하고 소리를 질렀다. 그리고 다시 일어나서 자기 딸에게 귓속말로

"그 편지에 씌었던 내 이름은 하만국이었지"

하고 물어보더니 다시 그 손님을 향하여서

"예, 제가 편지를 드린 하만국입니다. 보시는 바와 같이 형편없이 된 인생입니다"

하고 자기를 소개하였다. 이름이 너무도 여럿이니까 이 신사에게는 무슨 이름을 썼던지를 잊어버린 모양이다. 그 신사는 아까 가지고 온 보퉁이를 가리키면서

"과연 편지로 듣던 말보다도 더 가량없는 형편이로구려. 이것은 당장에 어한이나 할까 하고 담요와 넝마 옷 몇 가지를 사 가지고 왔소"

그 주인은 세상없어도 물건 이외에 현금을 좀 얻어 가질 결심인지

"참, 어떻다고 말씀을 할 수가 없습니다. 이 추운 날에 숯이 한 덩이나 있습니까, 유리창이 깨졌으니 유리를 사 끼울 수가 있습니까. 손이 붉어 놓으니까 어찌할 수가 없습니다"

하고 또 누워 있는 자기 아내를 가리키면서

"제 내자도 저 모양으로 누워 있는 지가 벌써 달포인데 의사에게 물어나 보았으면 고칠 수도 있겠지요마는 의사는 그만두고라도 약 한 첩을 지어 먹일 도리가 없습니다. 도무지 손이 붉으니까 어찌할 수 있어요"

그는 천연스럽게 눈물을 흘려 가면서 울었다. 있어야 할 것이 없는 대신에는 있어서는 아니 될 거짓 눈물이 있었다. 그 신사는 매우 동념된 모양이며 그 신사보다도 같이 온 처녀가 더한층 가긍히 여기는 모양인데 주인자는 벌써 그 눈치를 알고서

"없는 것같이 기막힌 것은 없습니다. 세상에서 돌려냅니다. 지금 이

러한 것은 내가 너무 고정한 까닭이라고 앉으면 제 내자하고도 이야기
를 합니다마는 너무 고정한 사람은 하느님도 아니 보아주시는 것이여
요. 딸년은 저 모양으로 공장 기계에다 손을 다치어서 지금까지 변변
치 아니하나마 조금씩 벌어 오던 일급도 못 벌고. 남에게 사정의 말씀
을 하기는 부끄럽습니다마는 한 가지 없어 놓으니까 할 수 없습니다그
려. 여보십시오, 두 분께서 들어 봅시오. 저희들 네 식구는 여기 있어도
이 모양이온데 인제는 이 집에도 있을 수가 없습니다. 이 추운 날에 이
집에서 쫓겨나게 되었어요”

“그거는 또 무슨 까닭이란 말이오”

“무슨 까닭이라니요. 집세도 반년 치나 밀려 있으니까 집주인인들
그렇지 않겠습니까. 요사이는 날마다 몇 차례씩 와서 야단을 하고 갑
니다. 어제 왔을 때에 오늘 저녁까지만 참아 달라고 연기를 하여 놓았
으나 오늘 밤에는 다시 무엇이라고 할 핑계가 없습니다. 그러니 이 추
운 일기에 한데서 잘 수도 없고 그저 목이라도 매어서 죽을 생각밖에
없습니다”

참, 그자는 편지에 쓴 말과 같이 배우라고 할 수가 있겠다. 말하는
것도 아주 측은하고 그럴듯하게 하여서 그 노인보다도 같이 온 색시의
가슴을 휘둘러 놓았다. 그 색시는 마치 ‘어떻게 좀 구제하여요’ 하고
청을 하는 모양으로 노인의 손길을 꼭 쥐었다 노인은

“참, 이야기를 들으면 들을수록이 가엾은 형편이로구려. 얼마나이
면 집세를 치르겠소”

“밀려 내려온 것은 육십 프랑이나 됩니다마는 삼십 프랑만 가지면
한때는 밀어 가겠습지요”

노인은 지갑을 열어 보더니

“아, 참, 이거 안 되었군. 흥정을 좀 하기에 돈을 다 썼는걸. 나머지
가 이것뿐이오”

하고 오 프랑짜리 은전을 내놓으며

"그 대신에 이따가 여섯 시쯤 하여서 내가 또 오리다. 그때에는 육십 원 갖다 드릴 터이니 그때까지에 위선 이 은전을 가지고 숯이라도 사서 따뜻이 피우고 계시오"

주인은 방바닥에다가 이마를 비비면서

"너무도 고마우니까 무엇이라고 여쭐 말씀이 없습니다"

하고 그 은전을 주우면서 그 노인의 얼굴을 쳐다보더니 그 눈에는 무엇이라고 형용할 수 없는 빛깔이 번뜩였다. 그는 분명히 그 노인을 지금 처음으로 만나는 사람이 아닌 줄로 생각한 모양이다. 그리고 그 색시의 얼굴도 보더니 그의 눈은 더욱더욱 번쩍거리었다.

그는 잠시 동안 자기의 놀란 눈치를 보이지 아니하려는 모양으로 또 고개를 숙이더니 다시 고개를 든 때에는 확실히 무슨 도리를 생각한 모양이었다. 다만 기뻐하는 눈치가 보일 뿐이요 다른 눈치는 알 수가 없으나 그는 아직도 고개를 숙이고 마치 다지는 모양으로

"아닙니다. 그저 육십 원도 그만두시고 삼십 원도 그만두실지라도 이따 여섯 시에 집주인을 만나 보시고 영감께서 한 말씀만 하여 주시면 며칠이야 더 보아주겠습지요. 저희들은 돈도 고맙지요마는 말씀만 하셔도 훌륭합니다"

손이 붉다고 연해 되씹던 아까 말보다는 좀 다르다. 아무렇든지 오늘 밤에 한 번 더 오기만 바라는 모양이다.

88. 이 사람은 누구 (6)

이 주인이 과연 이 신사를 아는가.

어찌 되었든지 간에 그 신사는 저녁 여섯 시에 다시 온다고 약속을 하였다. 그리고 인사하고 나갈 때에는 자기의 외투를 벗어서

"이것으로 방한이나 하라"

고 주인에게 주고 가는데 주인은 치사를 하여 가면서 뒤를 따라 나가서 전송하였다.

이편에서 엿보고 있던 홍만서는 그 색시가 나가는 때에 이 세상이 캄캄하게 되어 버렸다. 지금 이별을 하면 다시 어디서 만날는지를 기필할 수 없은즉 뒤를 쫓아가서 그 주소를 알아야 하겠다 하고 작년에 낭패 본 일은 잊어버렸는지 곧 이 층에서 내려와 문간에 가 내다본즉 그 노인과 색시는 등대하고 있던 마차를 타고 막 돌아서서 나가는 판이었다. 마차를 걸어서 쫓아갈 수도 없고 마침 눈까지 오기 시작하여서 벌써 자국눈이 되었는데도 조금도 주저하지 않고 골목 밖에까지 쫓아 나가서 지나가는 병문 마차를 불러 탔다. 그리고

"앞서 가는 마차를 보일락 말락 하게만 쫓아가자"

하였다. 마차꾼은 홍만서의 때물을 위아래로 훑어보더니

"한 시간에 일 프랑이오"

"그는 상관없어"

"그러면 선금을 주시오"

홍만서는 주머니를 뒤져 보았으나 아까 있던 오 프랑짜리를 이웃 방 계집아이에게 수어 버린 까닭으로 남은 것이라고는 낱돈밖에 없었다.

"삯은 이따 와서 주지"

어자는 조소를 하면서

"재미가 없는걸"

하고 그대로 가 버리었다. 분하기는 하나 다투어도 소용이 없는 고로 그대로 죽을힘을 다 들이어서 쫓아갔으나 얼마 아니 가다가 그 마차를 놓쳐 버리었다.

인제 할 수가 없어서 닭 쫓던 개가 지붕만 쳐다보는 격으로 헐떡헐떡하고 돌아오노란즉 집 앞 골목에서 옆의 방의 주인자가 아까 그 신사에게 얻은 외투를 입고 눈을 맞아 가면서 어떤 파락호 같은 흉악한 자와 숙덕숙덕 이야기를 하는데 무슨 의논을 하는지 별로 유심히 보지도 않고 집으로 들어가서 혼자 앉아 곰곰 분한 생각을 하고 있노란즉 이웃 방의 계집아이가 들어왔다.

그 계집아이 년에게 오 프랑을 준 까닭으로 그 색시 뒤를 쫓지 못하던 생각을 하면 새삼스러이 화가 나는지라

"여보, 어찌 왔소"

하고 책망하는 말처럼 물었다.

"별로 하러 온 것은 없습니다. 그런데 당신은 무슨 걱정이 계십니까. 대단히 심려를 하시는 것 같으니. 내 힘으로라도 펠 일 같으면 말씀을 하시구려"

말씨는 함부로 하여도 속마음인즉 홍만서를 위로하고 싶은 정다운 생각으로 온 모양이다. 혹 정다운 이상의 생각이 있어서 왔는지도 알 수 없으나 그러한 말이 만일 검정 미인의 입으로서 나왔으면 어떠할까. 그대로 고마운 생각에 취하여서 기절을 할는지도 알 수 없다. 그렇지마는 사람이 다른 까닭으로 이 정다운 이상으로도 들리는 말이 심정을 돋우는 말로 들렸다.

"아무것도 당신에게는 할 말이 없소"

그 계집아이는 야속한 모양으로 홍만서의 얼굴을 보면서

"그처럼 하실 것이 무엇 있어요. 당신의 속을 뽑자는 것도 아니고 정답게 하는 말인데. 이러하게 보여도 소용되는 데가 있다오. 무엇이든지 시켜 보시구려. 시키는 대로 꼭 할 터이니. 언제든지 우리 아버지 심부름으로도 가 자선가를 찾아오는데"

이 말 한마디에 홍만서는 생각이 났다. 이 계집아이를 시켜서 그 처

녀의 주소를 알았으면 되겠다고.

"그러면 한 가지 청할 일이 있네"

하고 말을 붙였다. 그 계집아이는 좋아하면서

"옳지, 그렇게 친구에게 하듯이 말씀을 좀 하셔요. 나는 어떻게 좋은지 모르겠소"

"좋으니 좋지 않으니 그러한 말은 다 그만두고 어떤 사람의 집을 하나 찾아 주구려"

"어렵지 아니한 일이지요. 어떤 사람의 집이여요"

"지금 그 방에 왔던 노인과 색시가 있지 않소"

계집아이는 좀 뿌루퉁하여 가지고

"에그, 그 색시 사는 데 말이로구려. 당신이 그 사람을 아시오"

"아니, 그 색시 사는 데가 아니라 그 노인의 집 말이지"

"노인의 집을 알면 색시 집도 알지 않소"

"아아, 찾아 주겠소, 못 찾아 주겠소"

"노인이니 색시니 하는 것을 보니까 당신은 우리 방을 엿보았구려"

홍만서는 얼굴을 홍당무같이 붉히었다.

"엿보는 것이야 피차일반이지요. 찾아 드리리다. 찾아 드려요. 그 예쁜 아씨네 집을"

"그 노인의 집을 좀 찾아 주시오. 그래서 알거든"

"예, 알거든 곧 기별하여 드리지요"

히고 기롱하는 모양을 하고 나가 버리었다. 조금 있다가 이웃 방에서 그 주인의 목소리로

"무엇, 내가 그 센대강이를 분명히 아는데"

하는 소리가 들린다. 홍만서는 참다가 못하여서 다시 의자를 타고서 이웃 방을 엿보기 시작하였다. 이웃 방에 있는 사람이 그 노인을 안다고 하니까 그러고 보면 자연 그 색시의 신분까지도 알 수가 있을는

지도 모르겠다.

그 방 안의 형편은 아까보다 좀 달라져서 난로에는 불이 있고 음식을 먹은 흔적도 보인다. 주인은 방 한가운데 가 버티고 서서 저의 마누라를 보고

"세상없어도 내 눈이 틀리는 법은 없지. 그것이 벌써 여덟 해 전일세마는 그때 얼굴이 그대로 있는걸. 여전한 센머리인데 그때부터도 도무지 까닭을 알 수가 없어서 인제 만나거든, 인제 만나거든 하고 별러 왔더니 여덟 해 만에 다시 만났구나"

하면서 옆에 있는 제 딸을 돌아다보고

"너는 오후 다섯 시까지 바깥에 가서 놀다가 들어오너라. 다섯 시 전에 들어오면 그대로 두지 않을 터이야. 꼭 다섯 시가 되거든 들어오너라"

하고 엄중히 명령을 내리어서 내쫓는 것은 아까 왔던 그 노인에게 대하여서 무슨 수단을 꾸미는 것이 아닐까. 두 계집아이는 아무 말 없이 나가 버리었다. 그다음에 그 마누라는

"이편은 눈도 밝소. 나는 아무리 하여도 모르겠소"

"모르다니 말이 되나. 자네, 그 계집아이 얼굴을 보았나. 계집애"

"그 작은아씨 얼굴 말이오. 보았지. 그렇지마는"

"보았어도 생각이 아니 난단 말이지. 그도 괴이치는 아니하여. 원체 몹시 변하였으니까. 나도 나중에서야 겨우 생각이 났으나마 나도 놀랐네. 정말 놀랐어. 그렇지마는 인제 수는 난 수일세. 저녁때까지 다 들어서도록 꾸며 놓았으니까 여섯 시에 센대가리가 오기만 하여 보아라. 아아, 아아, 인제야 돈줄을 잡았구나. 수가 틀리면 막 집어세지"

무슨 일인지는 알 수가 없으나 말눈치가 무슨 탈을 내는 모양인즉 그대로 둘 수가 없다고 홍만서는 생각하였다.

'막 집어센다' 말만 들어도 평탄한 일은 아니다. 그 의미는 알 수 없으나 그 노인과 처녀의 몸에 관계될 사는 분명하다.

좀 있다가 그 마누라는 물어보았다.

"그러면 이편은 정말 그 작은아씨를 안단 말이오. 어떻게 하여서. 여보, 말 좀 하구려"

아아, 그 색시의 일을 알 때가 돌아왔다고 홍만서는 온몸의 정신을 귀에다가 몰았다. 그 주인은 좀 자세하는 모양으로

"자네가 모르는 것을 그렇게 쉽게 가르쳐 주기는 아까운걸. 이것이 몇천 몇만 프랑이 될는지 알 수 없는 것인데"

"그러면 나도 그 작은아씨를 이왕에 보았단 말이오"

"보다니, 여간 보기만 하였어. 나보다 더 잘 알 터이지"

하면서 마누라 귀에다가 입을 대었다.

무슨 까닭으로 귓속 이야기를 하나. 아무도 듣는 이가 없으니 예사 목소리로 하여도 좋을 터인데. 이편에 있는 홍만서는 증이 부르르 났다시피 하였다. 그렇지마는 못된 일을 하는 사람이라는 것은 말조심은 다할 줄 아는 법이다. 당장 이웃 방에서 귀를 기울이고 있는 사람이 있지 아니한가. 주인이 말을 다 하고 나매 그 마누라는 곧 미칠 듯이

"에에에에"

하고 소리를 질렀다.

"그래요. 분명히 그 계집아이라니까 그래"

마누라는 방바닥의 먼지가 날아가도록 한숨을 쉬면서

"그러해"

"분명 그러하지. 그렇지마는 어찌하여 흥, 그렇게 예뻐졌나"

그 마누라는 놀라는 빛이 진정되는 동시에 성난 빛이 나타나서

“에, 분하여서 못 견디겠네. 여보, 분하지 않소. 그 계집아이가 저렇게 자라서 비단옷을 감고. 대강대강 쳐 보아도 몸에 감은 것이 이백 프랑은 되는데. 빛이 검어서 본치는 그리 없어도 여간 사람은 흉내도 못 낼 것이야. 여보, 어떻게 행실을 좀 내야 하겠소. 우리 봉인이나 설매는 신발 하나를 못 얻어 신는데 그 계집아이 년이 그렇게 잘되다니. 나는 참 분하여 못 살겠어. 밤에 잠을 못 자겠네. 인제 오거든 죽여 버려야지”

정말 때려죽이기라도 할 모양 같다. 주인은 도리어 만족한 모양으로

“그렇지, 그렇지. 자네가 그렇게까지 생각을 하면 일을 하기가 더 쉬운걸. 그 계집아이야 무슨 죄가 있나마는 그 센대가리가 맹랑스러운 위인이야. 여덟 해 만에 이 방에서 다시 만나게 된 것을 보면 우리가 아직도 운수가 좋은 모양일세. 돈을 주체를 못 하는 모양이니까 적어도 한 사람 앞에 천 자 붙은 돈은 돌아가겠지. 나도 나이도 먹을 만치 먹었고 일찍 어떻게 움푹한 벌이를 하여서 나도 좀 편하게 살아 보고 자네나 계집애들에게도 어떻게 가난 때를 벗게 하여야 하겠네. 오늘 저녁 여섯 시가량이면 마침 기회가 좋은걸. 옆의 방에 있는 젊은 아이는 아까 나가는 모양이었으니까 어디 가서 저녁을 먹고 열한 시나 되어 오겠고 아래층 노파도 그때는 빨래를 갔다 와서 코를 골고 떨어질 때이니까 앞뒷일이 다 잘되어 가는걸. 일이 되려면 다 이러하니. 그러나 나는 또 잠깐 나갔다가 들어와야 하겠네. 이 추운 날 바깥에 나가는 것도 그 센대가리가 외투를 주고 간 덕이지. 그 녀석이 제가 제 올무를 놓았구나”

사람인지 짐승인지 구별을 할 수 없는 얼굴로 웃음을 웃고 바깥으로 나가 버리었다.

어떻든지 그 노인과 처녀의 몸에 비상한 재난이 생기는 모양이다. 홍만서는 두근거리는 가슴을 진정하지 못하며 생각을 하였다. 이러한 무서운 비밀을 내가 듣게 되는 것도 하늘이 이 몸에게 그 처녀를 구하

라고 점지하신 일이 아닌가. 오늘 밤에 그 처녀가 오지는 아니하겠지마는 좌우간에 그 노인은 위태할 모양이라. 그런데 어떻게 하면 구하여 낼꼬. 그 노인에게 통지를 하자 하니 집을 알 수가 없을 뿐 아니라 지금이 벌써 새로 한 시인데 여섯 시까지라도 겨우 다섯 시간 동안에 찾아낼 수는 없다. 아아, 경찰서에 가 말을 할 수밖에 도리가 없지.

그는 곧 경찰서를 갔다. 그래서 변호사라는 명함을 주고 서장과 면회를 청하였다. 서장은 마침 없고 서장 대신으로 나온 사람을 본즉 그 흉악한 품이 옆의 방 주인보다 못하지 않겠다. 그러나 막 훔켜 세우는 일에는 적당할 모양인 고로 홍만서는 반가운 낯으로 자기 아는 일을 자초지종 이야기하고

"어떻게 잘 준비를 하여 달라"

고 청을 하였다. 경관은 이야기를 다 듣더니

"아아, 그 집이여요. 그러면 구석 너른 방이로구려"

"영감도 자세히 아시는 모양이시구려"

"그런 모양이오. 마침 잘 되었소. 그 근처에는 못된 파락호 놈들이며 징역 하고 나온 자들이 돌아다니는 고로 어떻게 하든지 계제만 있으면 일망타진을 하려고 하던 차이요마는 계집아이들이 문 앞에서 망을 보고 있어서는 용이히 들어갈 수가 없을걸이요. 그것이 좀 안 되었는데. 바깥에 거미줄을 치기는 용이한 일이지마는"

하고 한참 생각을 하더니

"아아, 노형이 변호사이시면 좀 조력을 하시구려. 노형께서 지금 말씀하던 그 구멍으로 꼭 좀 들여다보아 주시오. 내가 육혈포 한 대를 빌려 드릴 터이니 일이 다 익어 들어 가거든 군호로 한 방만 놓아 주시오. 그러면 우리가 들어갈 터이니"

홍만서는 조금도 위험한 것을 사양하지 아니하였다. 도리어 그 노인과 처녀를 구하는 일에 자기가 힘을 쓰는 것이 마음에 기쁘게 생각

하였다.

"그렇게 하겠습니다. 그 일은 제가 맡아 하지요"

"그러나 공연히 미리 서둘지는 마시오. 너무 일찍이 군호를 하면 한 가지도 확실한 증거가 드러나기 전에 들어가게 되어서 도리어 이편에서 실수가 될 터이니 아주 일이 다 익어 들어 가서 조금만 넘기면 큰일이 나겠다는 때에 군호를 하시오"

"예, 알겠습니다"

"노형은 변호사이시니까 어떠한 것이 유력한 증거인지는 내가 말씀을 하지 않아도 다 아시겠습니다"

"압니다. 그자들의 범죄 사실이 드러날 만한 때가 되기 전에는 군호를 아니 할 터이니 그 대신에 여기서도 꼭 준비를 잘 하여 주시오"

"그는 염려 마시오"

홍만서는 그제야 안심을 하고서 군호에 쓸 육혈포를 받아 가지고 일어섰다. 경찰관은 혹 무슨 일이 있어도 하고

"혹 여섯 시 전에라도요 무슨 위험한 일이 생길 모양이거든 곧 여기를 오셔서 나를 찾아 주시오. 순사 감독관 차보열이라고 하면 알 터이니요"

차보열이, 차보열이. 이름부터 다부진 이름이라고 홍만서는 생각을 하였다.

90. 이 사람은 누구 (8)

차보열이라 하는 경관에게서 군호에 쓸 육혈포를 받아 가지고 자기 방으로 돌아온 때에는 벌써 오후 다섯 시가 지났더라. 홍만서는 옆

의 방 사람들에게 알리지 아니하려고 자취 없이 이 층으로 올라가서 자기 방으로 들어갔으나 어찌한 까닭인지 옆의 방은 아무도 사람이 없는 것같이 조용하였다.

사람이 없지는 아니하였다. 아까 바깥에 나간 주인이 아직 아니 돌아왔을 뿐이요 그 마누라와 딸 형제는 다 있었다. 그러나 인제 이 방 안에서 비상한 소동이 일어날 것을 아침부터 짐작하는 까닭으로 자연 마음이 심란하여 말도 별로 없게 된 것이다. 아무리 무도한 놈의 계집이요 자식이라 할지라도 여자는 역시 여자일다. 홍만서는 이러한 동안에어서 준비를 하여야 하겠다고 가만가만히 구쓰를 벗는다, 외투를 벗어 건다 하여서 큰일 치를 준비를 차리었다.

정말 큰일이라고 할 수가 있다. 그의 잘잘못이 까딱하면 사람 한 명의 목숨에 관계가 되는지도 알 수 없으며 사람인 바에는 이만저만한 사람이 아니라 일구월심 생각을 하던 검정 미인의 부친인데 만에 하나라도 실수를 하여서는 아니 될 일이다.

그러한 중에 낭하에서 발자취 소리가 들리면서 이웃 방 주인이 돌아온 모양이다. 궐자의 이름이 무엇이던가 하고 오늘 아침에 받아 본 편지를 생각하여 본즉 아아, 인제 생각하였다, 나강환이라고 하였어, 여러 가지 이름이 있어도 필경 나강환이라는 것이 정말 이름이겠지, 나한테야 거짓말을 할 필요가 있으랴고 생각하는 동안에 이웃 방에서는 주인이 돌아오는 동시에 떠들썩하기 시작을 하였다.

"아버지 말씀대로 다섯 시보다 이르지도 늦지도 않게 돌아왔습니다, 나는"

하는 것은 큰 계집아이요

"아버지, 나도요"

하는 것은 작은 계집아이이며

"눈이 저렇게 오는데 얼마나 추우셨소. 불을 피워 놓았으니 좀 쪼이시오"

하는 것은 물론 그 마누라의 목소리이다. 남편이 좀 돈벌이를 할 듯하니까 어찌 좀 위하여 줄 생각이 난 모양이다.

"응, 그래. 시간을 잘 지킨 상급으로는 좀 있다가 썩 어려운 일을 시킬 터이니 놀라지나 말아라"

하는 것은 주인자가 저의 딸에게 하는 말이다.

"무슨 일인지는 알 수 없어도 바깥에는 나가기 싫어요"

"신이나 좋은 것을 사 주면 모르거니와 맨발을 벗다시피 하고 어떻게 나가요"

큰 계집아이 작은 계집아이가 차례로 말대답을 한다.

"잔말들 마라. 내일 밤에는 너희들도 다 훌륭한 작은아씨가 될 터이다"

"애고머니, 무슨 돈이 그렇게 많이 생겨요"

"그러나 하면 몰라도. 여보, 언니, 그렇지 않소"

"아, 벌써 다섯 시 반일세. 옆방에는 아무도 없겠지"

하는 것은 나강환의 목소리요

"아까 나가서 안 들어왔어요. 벌서 저녁때가 다 되었는데 지금 올 리가 있소. 아까 하던 말과 같이 열한 시나 되어야 오겠지"

하는 것은 그 마누라의 목소리이다.

"그래도 혹 몰라. 좀 가 보고 오너라"

"그 심부름은 내 가지요"

하고 큰 계집아이가 작은 계집아이를 물리치고 나서는 모양이었다. 큰 계집아이는 홍만서 방에 오기를 좋아하는 것이다. 홍만서는 들켜서는 큰일 나겠다 하여서 급자기 자리 보 뒤에 가 숨어 버리었다.

겨우 몸을 숨긴 때에 그 계집아이는 손에 촛불을 켜 들고 들어왔다. 별로 방 안을 둘러보는 일도 없이 바람벽에 걸린 거울 앞으로 가더니 발돋움을 하여서 거울을 들여다보고 콧노래를 부르면서 손바닥으로 머리털을 쓰다듬었다. 자리 보 뒤에 가 숨어 있는 홍만서는 혹 숨소리를 듣지나 아니할까 하고 혼자 애를 썼다.

그 계집아이는 자기 얼굴이 매우 어여쁘게 보였던지 방그레 웃어 보았다. 그다음에는 창 앞으로 가서 창문을 열고 바깥을 내다보면서 그 거센 목소리로

"눈이 몹시도 온다"

하고 다시 거울 앞으로 와서 얼굴을 이렇게도 비추어 보고 저렇게도 비추어 보고 있었다. 홍만서는 숨도 크게 못 쉬면서 어서 가지 않는가 하고 속으로 애가 타는 중에 옆의 방에서는

"애, 보았으면 올 일이지 무엇을 하고 있니"

하고 소리를 질렀다.

"자리 보 뒤랑 책상 밑이랑 다 자세히 보느라고 그렇습니다. 그렇지마는 아무도 없는걸이요"

하고 대답을 하였다. 그러나 실상인즉 제 얼굴밖에는 아무것도 아니 보고 가 버리었다.

옆의 방에서는 또 주인의 목소리가 들리었다.

"애들, 이 심부름만 잘하면 내일은 사 달라는 것을 다 사 줄 터이다. 알았니. 봉인이는 이 골목 밖에 가 서 있고 설매는 지 뒤에 가서 망을 보아라. 내가 오라고 할 때까지"

큰 계집아이는

"언제까지든지요"

하고 작은 계집아이는

"망을 어떻게 보아요"

하고 물었다.

"저런 못난 년 보게. 망을 처음 보아서 하는 말이냐. 순사나 정탐꾼

같은 자가 이 편짝으로 오거든 곧 달음질로 와서 통기를 하란 말이다"

두 계집아이는

"내일은 새 신, 내일은 새 신"

하고 문밖으로 나갔다.

그다음에는 저의 마누라를 보고

"자네도 할 일이 있네. 인제 센대강이가 올 터이니 오거든 자네는 곧 아래로 내려가서 그 마차를 돌려보내고 올라오게"

"어떻게 돌려보내요"

"저런, 주변 없는 것 보게. 영감께서 여기서 한참 될 터이니 먼저 가라고 하셨다고 하고 삯전만 좀 넉넉히 주면 어련히 잘 가겠나"

마누라는 픽 웃으면서

"넉넉히 줄 돈이 어디 있소"

"말 말게. 나도 큰일을 꾸밀 때에는 돈 변통을 하는 재주가 있다네. 오늘 봉죽을 들러 오는 자들에게 조금씩 모은 돈이 제법 많이 쓰고도 이만큼은 남았네. 자네가 맡아 두게"

하는 것은 돈을 주는 모양이다.

"그는 그러려니와 봉죽꾼을 어찌하였소"

"그러한 일이야 실수가 있겠나. 마침 때를 맞추어서 들어서게 하였지"

말눈치가 벌써 여러 놈이 달려드는 것은 자세히 알 일이다.

91. 이 사람은 누구 (9)

시간은 벌써 여섯 시가 다 되어 간다. 홍만서는

"준비할 시간이 되었다"

하고 곧 벽에 가 기대어서 엿보기 시작하였다.

방 안의 형편은 아침에 볼 때보다 좀 변하였는데 그 변한 모양이 비상히 무서워 보이는 것은 소위 살기가 가득한 까닭이다. 어떠한 데가 무서우냐고 물으면 대답은 할 수가 없어도 어찌한 까닭인지 몸에 소름이 끼치는 것 같았다.

탁자 위에는 촛불을 켜 놓았으나 그보다 더 밝은 것은 난롯불이다. 새로 넣은 숯이 일기 시작을 하여서 시뻘건 불빛이 주인과 그 마누라의 얼굴을 바로 비추는데 그 얼굴은 악마와 같이 무서우며 주인의 눈이 그 타오르는 불빛만 물끄러미 들여다보는 것은 무슨 까닭인가 하여서 다시 유심히 본즉 난로 가운데에 기다란 쇠끝을 담가 놓고 불덩이가 되도록 달구고 있다. 무슨 까닭인가. 혹 이것으로 그 신사를 위협하려는 것인지도 알 수가 없다. 아무렇든지 마음은 놓지 못할 일이라 생각하였다.

방 한편에서는 무슨 제구인지 헌 파쇠붙이를 쌓아 놓았는데 낱낱이 흉기로라도 쓸 만한 것뿐이며 그 옆에는 휘휘 사리를 지어 놓은 새끼줄이 있는데 그것은 무엇인지 알 수가 없었다.

주인은 난로 속에서 밝앟게 달아 가는 쇠끝을 바라보고 있다가 별안간 생각난 것처럼 그 마누라를 돌아다보면서

"의자가 두어 개 더 있어야 하겠는데"

한즉 그 마누라는 조금도 서슴지 않고

"옆의 방에 가 좀 가져왔으면 되지"

하고 일어서서 나간다. 홍만서는 이 말을 듣고 온몸이 선뜩하여지며 미처 숨을 사이도 없었다.

"촛불을 가지고 가게"

하고 주인은 소리를 지른다.

“촛불이 없기로 의자야 못 가져갈라고. 달이 이렇게 밝은데”

하고 문을 열고 들어오더니 자기 집 물건을 가져가듯이 의자 두 개를 번쩍 들어 갔다. 홍만서는 컴컴한 구석에 붙어 선 까닭으로 다행히 들키지는 아니하였으나 마음에는 곧 감수를 할 것 같았다.

홍만서는 또 엿보기 시작을 하였다. 지금 가져간 의자 한 개는 그 늙은이를 앉힐 모양인지 책상 앞에다 놓아두고 또 한 개는 자기 옆에다 놓았다. 그러고 나서

“자아, 인제 올 때가 되었으니 자네는 문간에 가서 기다리고 있게. 기다리고 있다가 궐자가 오거든 이 층에까지 불을 밝혀 주고 곧 되짚어 내려가서 아까 말하던 대로 마차를 돌려보내게”

그 마누라는

“다 알았소”

하고 촛불을 들고 나가 버리었다.

이 넓은 이 층에는 나강환이와 홍만서의 두 사람만 남아 있다. 아까 만나 이야기하던 차보열인가 하는 경관은 지금 어디 와 있는지 필경 부하들과 같이 골목 밖에 숨어 있을 것이다. 그러하고 보면 그 노인 하나야 못 구하랴 하고 억지로 염려되는 마음을 진정하고 있었다. 그러한 중에 나강환이는 방 안을 한번 둘러보더니 그 사리 지어 놓은 새끼줄 앞으로 가서 손에 집어 들고 자세히 한번 훑어보는데 그제야 유심히 본즉 그것은 도적질할 때에 쓸 줄사다리였다. 한편 끝에는 쇠갈고리가 매달려서 창틀에도 담에도 턱 걸치면 타고 오르내리게 생긴 것이었다. 그는 그것을 창 앞에 갖다 놓았다.

다음에는 서랍을 열더니 그 속에서 번쩍하는 것을 꺼내는데 그것은 날카로운 식칼이었다. 그리고 그 칼날을 손바닥에다가 한번 쓱 문질러 보는 것은 날이 잘 서고 아니 선 것을 보는 모양이었다. 홍만서는 몸이 움씰하여서 아까 경찰서에서 빌려 가지고 온 육혈포를 꺼내어 들

었는데 마침 무엇에 부딪쳐서 대각하는 소리가 났다.

귀 밝은 나강환이는 고개를 번쩍 들면서

"누가 있나"

하고 귀를 기울였다.

한참 있다가

"집 우는 소리로군. 그까짓 소리에 혼이 나다니. 한참 동안 이러한 일을 아니 한 까닭이로군"

하고 조사를 하였다. 이것만 보아도 홍만서는 기가 막히었다. 만일 차보열이가 열 스무 번이나 당부를 아니 하였더라면 홍만서는 벌써 육혈포를 놓았을는지도 알 수 없다.

아주 여섯 시가 되었다. 예배당 시계가 뎅뎅 우는데 나강환이는 그 소리마다 찬성하는 뜻을 보이는 것처럼 고개를 끄떡끄떡하며 세어 보고 그 식칼을 서랍 속에 집어넣었다. 그리고 방 안을 슬슬 거닐면서 귀를 기울이고 있는데 조금 있다가 아래층에서 발자취 소리가 들리었다. 아, 왔구나. 분명 왔다. 발자취 소리는 점점 가까이 들리며 조금 있다가 문이 펼쩍 열리더니 나강환의 마누라가 고개를 쑥 들이밀며

"이 추운 밤에 일부러 오셨구려"

하는 것은 그 뒤에 노인이 서 있는 모양이었다. 말을 다 하고 물러선즉 나강환이는 몸을 굽실하면서

"솜 들어오십시오"

하고 청하였다. 그 노인이 어떠한 준비를 하여 놓고 기다리는지를 알 까닭은 정말 만무한 일이다. 정말 자선심 이외에는 아무것도 모르는 훌륭한 신사일다. 조용히 방 안에 들어왔다. 덫 속에 들어가는 불쌍한 새가 이 모양이 아닐까.

92. 함정 (1)

노인은 방 안을 둘러보는 일도 없고 아주 태연한 태도로 이십 프랑짜리 금전 네 닢을 책상 위에다 내놓았다.

"하만국 씨, 이것은 아까 말하던 그 집세요. 나머지는 위선 긴한 데나 쓰시오. 그리고 다른 일은 차차 의논합시다"

하면서 걸상에 걸어앉았다. 아주 뒷일까지라도 의논을 하여서 보아주려는 모양이니 이러한 자선가가 또 어디 있을까. 이때에 주인의 마누라가 돌아왔다. 마누라는 이 노인을 방으로 인도한 뒤에 슬쩍 빠져나가서 아까 이르던 말과 같이 마차를 돌려보내고 들어온 길인데 이때에 어떤 수상스러운 자 하나가 묻어 들어와서 방 한구석에 가 성큼 섰다.

주인 나강환이, 일명 하만국이는 은근히 치사를 하여

"영감의 은혜는 참 각골난망입니다"

하면서 마누라에게 금화를 보이는 것처럼 몸을 비키더니

"어떻게 하였소"

하고 넌지시 물었다. 마누라도 넌짓한 목소리로

"염려 마시오. 돌려보냈으니"

하고 대답을 하였다. 노인은 그제야 수상한 자가 있는 것을 알고 그 얼굴을 유심히 쳐다보았다. 어떤 자인지는 알 수가 없으나 얼굴에는 온통 검정 칠을 하고 몸에는 헌털뱅이를 입었으며 두 팔은 벌건 알팔로 가슴에다가 팔짱을 끼었다. 나강환이는 곧 발명을 하는 것처럼

"이 사람은 옆의 방에 있는 사람인데 가끔 이 방으로 불을 쪼이러 옵니다. 근처 흑연 제조소에 가 일을 하는 까닭으로 얼굴에는 온통 검정투성이입니다마는 상관은 없는 사람이여오"

그러한 사람인지도 알 수가 없다. 노인은 비로소 방 안을 둘러보고

"손을 다쳤다고 하던 작은따님은 어디를 갔소"

316

"그 상처가 점점 더 아파서 견딜 수가 없다 하기에 제 형을 시켜서 병원에를 데리고 가게 하였습니다"

하고 방문을 쳐다보는데 또 어떤 자들이 세 사람이나 꾸역꾸역 들어왔다. 그자들은 역시 얼굴에다가 검정 칠을 하였는데 나강환이는 그 자들을 보고

"자네들, 공장에서 지금 나오는 길인가. 얼굴들은 검정투성이를 하여 가지고. 자아, 오늘은 불을 피웠으니 좀 쪼이게. 어려운 사람은 피차 일반이지"

하고 수선을 떨었다.

이편에서 엿보고 있는 홍만서는 자기가 생각하더니보다도 일을 크게 차리었다고 생각을 하였다. 물론 이 집 안에는 자기와 나강환의 두 사람 이외에는 들어 있는 이가 없는데 지금 들어온 네 사람을 근처 흑연 제조소에 다니는 직공들이라고 하는 것은 물론 거짓말이며 노인을 안심시키려는 수단일다. 필경 그자들은 아까 경관 차보열이가 하던 말과 같이 이 근처에 돌아다니는 파락호 놈들인즉 인제는 정신을 차리어야 하겠다 하고 홍만서는 또 육혈포를 더듬어 보았다.

언제든지 이 육혈포로 군호만 하면 차보열이가 쫓아 들어오지마는 만일 위급한 경우를 당하면 군호를 하여서 차보열이가 올라올 동안에 그 노인이 무사히 있을 수가 있을까. 그와 같이 생각을 한즉 지기 책임이 더욱더욱 중대하다.

그 노인은 또 방 안을 둘러보더니

"아아, 병중이라고 하던 마누라님도 벌써 나으신 모양이로구려"

분명히 그의 가슴에는 의심이 들기 시작하였다. 그렇지마는 인제는 어떻게 할 수가 없다. 아까 들어온 네 사람은 난로 앞에 가 불은 쪼이지도 아니하고 한 사람은 문을 지키며 세 사람은 사방으로 갈라 서 있다. 나강환이는 지금 그 말 대답에

“예, 제 내자 말씀입니까. 앓는다고 하여도 원래 황소 같은 기질이니까요”

과연 황소와 같은 계집일다. 그렇지마는 이런 말은 듣기가 싫은지라 별안간 성난 목소리로

“그렇지, 암, 나는 황소지요. 그처럼 말하는 이편은 무엇이오. 여보, 나 서방”

하고 소리를 질렀다. 노인은 이상스러이 여기는 모양으로

“응, 하만국 씨라더니 나씨로도 행세를 하시오”

“아니여요. 이것은 이왕 배우로 있을 때에 무대에서 쓰던 성입니다. 본성명은 역시 하만국이여요”

하고 다시 그 마누라를 좀 어루만질 필요가 있다고 생각을 하였던지

“여봅시오, 제 내자도요 지금은 빈곤에 싸여서 저 모양입니다마는 제가 무대에 나갈 때 즘은 그래도 유명한 여자랍니다. 그뿐 아니라 마음씨가 고와서요 제 일이라면 좀 몸이 불편한 때라도 강작을 하여서 심부름을 합니다”

노인은 인제 눈치를 확실히 안 모양인지 일어설 때가 되었다고 생각을 하였던지 이윽고 의자로부터 일어섰다.

나강환이는 황망히 만류하면서

“영감께서 불가불 사 주셔야 할 것이 있습니다”

“나에게”

“예, 저의 집에서 대대로 전하여 오는 귀중한 그림인데 이것 한 가지는 내놓지 아니하려고 지금까지 부둥키고 있었으나 이 지경에야 할 수가 있습니까. 그래도 속 모르는 사람에게는 팔기는 싫어서 영감께 말씀하는 것이오니 한번 자세히 보시고 금을 놓아 주시오”

싫다고 한대도 벌써 문 앞에는 문지기가 지켜 서 있은즉 달아날 수

318

도 없는 형편이다. 나강환이는 곧 방 한구석에서 헌 그림 쪽 같은 것을 꺼내어 왔는데 어디 붙이었던 것을 찢어 온 것처럼 여기저기가 찢어졌더라. 그뿐이 아니라 아무 가치도 없는 서투른 광고판 그림이었다. 그린 것은 전장의 연기 속에서 정교 한 사람이 장관인 듯한 부상자를 어깨에다 둘러메고 기어 나오는 광경인데 바로 말을 하자면 그림이라고 할 수도 없는 것이었다. 그것을 노인의 앞에다 놓고

"자세히 보신 뒤에 금을 좀 놓아 수시오"

하고 노인의 얼굴을 쳐다보는 것은 그 노인이 이 그림을 보고 눈치가 변하는가 아니 변하는가를 보려는 모양이다. 노인은 그림을 보았으나 얼굴은 조금도 변하지 아니하였다. 다만

"이러한 그림을 나더러 사라고―"

나강환이는 좀 태도를 변하여 가지고

"영감은 지갑을 가지셨겠지요. 은행 딱지를 가지셨겠지요. 이 그림을 사시오. 비싸게는 달라지 않습니다. 값은 이만 원이오"

그자는 이와 같이 말을 하면서도 또 방문을 쳐다보았다. 또 누구 올 사람이 있는지. 노인은 자기 몸이 위태한 줄을 깨달았다. 일어서서 뒤로 두어 걸음 물러나며 벽을 등지고 서더니 비상한 결심을 한 것처럼 방 안을 둘러보았다. 이때에 또 두 사람의 건장하게 생긴 파락호 놈들이 들어왔다. 나강환이는 이것을 보고 그만하면 거조를 차리기에 넉넉한 줄로 생각을 하였던지 별안간에 남을 협박하는 악한의 모양으로 변하여 가지고

"영감은 이 그림을 본 생각이 아니 난단 말이오"

"생각나지 않소"

"그러면 이 얼굴을 보시오. 이 얼굴은 생각이 나리다. 설마 잊어버리기야 하였겠소"

하고 소리를 지르며 자기 얼굴을 그 노인의 눈앞에다 들이대었다.

아아, 지금까지 한 일은 모두 계교 속이었구나. 노인을 감쪽같이 함정에 집어넣었구나.

93. 함정 (2)

과연 그 노인이 이 나강환의 얼굴을 아는가.

"이 얼굴은 생각나겠지"

하는 나강환의 말눈치를 보면 모를 리가 만무할 줄로 아는 모양이다.

그러나 나강환이는 노인이 미처 대답도 하기 전에 방 안을 한번 휘휘 둘러보았다. 인제 거조를 차릴 터인데 혹 준비가 덜 되었을는지도 마침몰라 둘러보는 것이다.

자아, 인제 차보열에게 군호를 할 때가 돌아왔다고 이편에서 엿보고 있던 홍만서는 생각을 하였다. 그리고 약차하면 곧 방아쇠를 걸어 잡아당기도록 육혈포를 바른손에 단단히 쥐고 부리를 천장으로 향하여 높이 쳐들었다. 아아, 정말 큰일이 났다. 이 일이 장차 어떻게 되어가는 셈인가.

나강환이는 방 안을 한번 둘러보더니 지금 새로 들어온 사람을 향하여서

"몽팔이는 어디 갔나. 몽팔이는 아직 아니 왔나. 자네들과 같이 오지 아니하였나"

하고 물었다. 몽팔이라는 자가 어떠한 자인지는 알 수가 없어도 나강환이가 이와 같이 지재지삼 찾는 모양을 보면 필경 없지 못할 사람인 모양이다. 혹 이자들의 두목이거나 그렇지 아니하면 이 일을 아주

담당하고 나선 자인지도 알 수가 없다. 그중의 한 사람은 대답하였다.

"왔어. 오기는 같이 왔는데 저 문밖에서 자네 딸하고 이야기를 하고 섰네"

"어떤 아이?"

"자네 큰딸 말일세"

"마차는 어떻게 하였나"

"마차는 불러다기 이 문 앞에 세워 누었네"

하고 대답을 하는 때에 또 한 사람이 왔다. 이자가 몽팔이인지 하는 자인가 보다. 종이 탈을 뒤집어써서 얼굴은 알 수 없으나 어깨통이 넓은 것만 보아도 기운은 든든하여 보인다.

인제 방 안에 모인 사람은 열 사람이나 되었다. 머리가 눈같이 흰 노인 하나에게 황소 같은 장정이 아홉 명이나 달려들다니 참 무서운 광경이다. 아니, 그중의 한 사람은 나강환의 마누라니까 장정이라고는 할 수가 없으나 제 남편의 입으로 황소 같다고 하는 말을 들으면 섣부른 사나이보다는 두 몫이나 될는지도 알 수가 없다. 벌써 제가끔 쇠몽둥이, 나무 방망이 같은 것을 가지고 말만 뚝 떨어지면 곧 내리조기려는 모양으로 준비를 하고 있으며 그중에는 식칼을 들고 있는 자도 있었다.

이 사이에 서서 그 노인은 어떻게 하고 있나. 보통 사람 같으면 곧 얼굴에 토색이 질리어서 벌벌 떨고 있을 터인데 참 놀랍다, 이 노인은 그 아홉 사람을 막아 내려는 것처럼 기세가 늠름하게 서 있다. 그는 나강환이가 이야기를 하고 있는 동안에 또 한 걸음 뒤로 물러가 아주 벽에다가 등을 대고 한편에 책상을 끼고 서 있는 모양이 산더미같이 태연하게 보인다. 사람이 어찌하면 저렇게 침착할까. 그 얼굴은 여전히 인정 많은 신사의 얼굴대로 있으나 다만 항상 띠었던 웃음이 사라지고 그 대신으로 늠름한 용기가 나타나서 범하기 어렵게 보였다. 그렇지마는 그 몸에는 쇠끝 하나 가진 것 없는 터이라. 아무리 용기가 있다 하여도 그의 운명은 가엾이 되었다.

그러나 홍만서는 이 늠름한 모양을 보고서 속마음으로 기쁘게 생각하였다. 과연 흑의 미인의 부친이다. 이만하면 장래에 홍만서의 장인이라고 세상에 내놓아도 부끄럽지 아니하겠다. 아아, 흑의 미인은 훌륭한 부친을 뫼시었다고 이 기막힌 판에서 이러한 생각이 났다.

나강환이는 또 노인을 보고 말하였다.

"이 얼굴은 생각이 나겠지"

노인은 나강환의 얼굴을 쳐다보면서 조용한 말로

"아니"

하고 꼭 한마디를 대답하였다. 나강환이는 이 천연스러운 대답에 혹 자기가 잘못 보았나 하는 의심이 나서 좀 놀랐으나 곧 촛불을 들어서 그 불빛으로 자기 얼굴을 비추면서 다시 노인의 앞으로 바싹 들어가서 이러하여도 모른다고 할까 하는 모양으로 말소리에 힘을 들이어서

"자세히 보오. 나는 하만국이도 아니요 나강환이라는 것도 거짓말이오. 정말 이름은 태날추요. 육군 정교를 지낸 태날추요. 문화리에서 여관을 하던 사람이오. 자세히 들어 보오. 내가 태날추여요. 그래도 모른다고 하겠소"

노인의 얼굴빛이 좀 변하였을는지도 알 수가 없으나 조금도 그러하게 보이지는 아니하였다. 그리고 여전히 천연스러운 말소리로

"조금도 생각나지 않소"

하고 대답하였다.

노인보다도 누구보다도 태날추라는 이름을 듣고 몹시 놀란 사람은 이편에 있는 홍만서일다. 컴컴한 속이지마는 만일 옆에 사람이 있었더라면 그 얼굴이 별안간에 질그릇같이 푸르러지는 것을 보았을 것이다. 그는 바로 벼락불을 맞은 셈일다. 벽에 가 붙어 섰던 그 몸은 저절로 떨

어져서 비쓸비쓸하며 방바닥에 가 주저앉았다. 그의 가슴속에는 항상 자기 부친의 유언서 끝에 씌어 있는 부탁이 생각난다.

네가 이 사람을 만나거든 네 힘껏은 보아주어라. 네 부친의 받은 은혜를 갚으라.

아아, 저 노인의 목숨을 끊고자 하는 악인이 곧 유언서에 있는 '이 사람'이로구나.

94. 함정 (3)

이 악인이 태날추라는 것은 의외 중에도 또 의외일다. 자기 부친의 목숨을 건진 큰 은인, 그 부친이 일부러 유언서에까지 기록하여서 은혜를 갚으라고 명령한 그 사람이 이러한 악인이라니 아무리 믿고자 하여도 믿을 수가 없을 지경이었다.

이날 이때까지 생각을 하여 오기는 우리 아버지 같은 어른을 살려낸 사람이니까 으레 녹록치는 아니한 사람이려니 믿고 있었다. 문화리로 찾아갔을 때에 영업에 낭패를 보고서 어디로 떠나갔다는 말을 들은 까닭으로 필경 어디 가서 구차한 살림을 하고 있으려니는 생각하였다. 비록 구차는 할지라도 이러한 사람 못 할 과악한 일을 할 사람이려니는 꿈에도 생각하지 못하던 일이요 필경 자기 부친이 구차한 중에서도 꿋꿋하게 군인의 체면은 잃지 아니하던 모양으로 어떤 구석에서 가난과 싸우고 세상 사람과 충돌하여 가면서 본마음 하나는 잃지 아니하고 가지고 있으려니 믿고 있었다. 그와 같이 믿고 사모하던 사람이 이 지경이라니 이것이 무슨 까닭인가. 일이 너무도 의외이라 홍만서는 아주 넋을 잃었다. 주저앉은 채로 일어나지도 못하고 깊이 생각하여 볼 여가도 없었다.

그의 손에 잡았던 군호에 쓰려는 육혈포도 힘이 풀린 손끝으로부터 스르르 미끄러져서 방바닥에 놓였다. 아아, 그가 이와 같이 놀라는 것도 부득이한 일이지마는 이 까닭으로 하여서 군호를 아니 하면 어떻게 될까. 백두 노인의 목숨은 지금 경각에 달렸다고 하겠는데 자기가 맡은 군호를 아니 하는 까닭으로 사람 하나를 죽이지나 아니할까.

그렇지마는 이 군호를 할 수가 있을까. 그는 아직 그러한 일까지는 생각하지 못한다. 지금은 생각하지 못한다 하지마는 만일 생각하게 되는 때에는 장차 어찌할까. 군호를 하면 자기가 사랑하는 사람의 부친을 구하는 대신에 정말 자기 부친의 은인을 망치는 것이다. '은혜를 갚아라' 하고 유언서에 기록한 그 태날추에게 마침 은혜를 갚으려면 꼭 갚기 좋은 훌륭한 계제를 만나 가지고 도리어 그 사람의 목숨을 망치다시피 하는 것이다. 이것이 할 수 있는 일일까. 그렇지마는 당장 눈으로 보면서 흑의 미인의 부친을 죽으라고 내버려 둘 수도 과연 없는 일이다. 그는 너무 놀라서 이러한 일을 생각하지 못하는 것이 도리어 다행일는지도 알 수가 없다. 아니, 실상을 말하자면 아주 생각하지 못하는 것도 아니다. 그가 몹시 놀라는 까닭도 실상 이러한 난처한 경우에 몸이 끼어진 까닭으로 더 심한 것이다. 생각하지 아니하여도 그 무거운 짐이 그의 마음을 눌러서 잡쳐 버린 것이다. 그 무게에 눌려서 그는 일어나지를 못하는 것이다.

그렇지마는 이웃 방에서는 그러한 일을 상관하지 않고 그 노인을 족대겨 들어 간다. 태날추는 자기 얼굴을 비추고 있던 촛불을 옆에 놓고

"음, 생각이 아니 난다. 아—, 모르는 체만 하면 일이 없을 줄 알고.

그렇게 안 되지. 생각이 아니 난다고 하면 생각이 나도록 하여 주리다. 지금부터 여덟 해 전 성탄제일 밤에 당신은 마치 거지 같은 복색을 차리고 문화리 군인 여관에 들었습니다. 그때 그 집 주인이 나요. 그래서 우리를 감쪽같이 속이고 그 계집아이를 빼어 가지 아니하였소. 그 계집아이라면 알겠지요. 황애련의 딸 말이오. 우리 내외가 종달새라는 이름을 지어서 귀엽게 기르는 그 계집아이를. 그는 그만두고라도 부자티를 보이면 우리에게 돈을 빼앗길까 염려를 하여서 거지 복색을 차리고 온 것은 정말 사람대접을 못 하는 일이 아니오. 그리고도 우리가 인정에 거리끼어서 승낙을 한즉 당신은 보자기 속에서 준비하였던 의복을 꺼내어서 종달새에게 입히지 아니하였소. 유인하여 갈 목적이 아니면 무슨 까닭으로 그런 의복을 장만하여 가지고 왔소. 그 뒤에야 내가 속은 줄을 알고서 뒤를 쫓아간즉 당신은 어떻게 하였소. 굵다란 지팡이를 내둘러서 나를 쫓지 아니하였소. 그때부터 내가 별러 왔소. 언제든지 만나는 날이면 이 원수를 갚으리라고. 그런데 하늘 이치라는 것은 꼭 바른 것이지요. 바른 사람은 구하시지요. 오늘 밤에 당신이 이 집에 와서 이 모양이 되는 것은 하늘이 시키시는 일이오. 그래도 이 얼굴이 생각나지 않는다고 하겠소. 자아, 어떻소. 자아, 대답을 들어 봅시다"

노인은 조용히

"필경 사람을 잘못 보았나 보오. 나는 그런 일이 없소"

"에에, 사람을 잘못 보아도 다시 한 번 내 얼굴을 보고 나서 말을 하시오. 당신이 이 태날추를 누구라 하시오. 누구로 알아요"

노인은 태날추의 얼굴을 쓱 한번 쳐다보고 이상스럽게 깍듯한 말로

"글쎄, 도적이라고 생각하오"

하고 대답하였다. 과연 통쾌한 대답이다. 대담한 수작이다. 태날추의 마누라는 별안간에 성이 머리끝까지 나서

"에—, 분하여 못 견디겠네. 누구더러 도적이라고 하노"

　도적질하는 봉죽을 들면서도 남편이 도적이라는 말을 듣는 것은 듣기가 싫은 모양이다. 곧 쥐어뜯기라도 할 것처럼 노인에게로 달려들었다. 태날추는 그것을 막으면서

　"아무려면, 도적이지요. 부자들의 하는 말은 으레 투가 있습디다. 마음 바르게 먹고 가난한 사람을 보면 으레 도적이라고. 여보, 근래는 도적이 사흘씩 나흘씩 조석을 굶고 앉아서 자선가에게 구구한 사정을 합더이까. 당신은 부자이지요. 부자이니까 이 추위에도 모물 속에 파묻혀서 방에는 난로를 피우고 한란계나 쳐다보고 앉았다가 좀 너무 더우니 문을 열어서 찬 바람을 들여라 하고 편하게 지내지요. 우리는 자기 몸이 한란계요. 피가 곧 얼면 이키, 추위가 영도 이하로구나 하고 아는 사람이오. 그런 사람을 보고 도리어 도적이라고. 도적질을 할 사람인가. 지내던 이력을 들려주리다. 유명한 워털루 전쟁에서 육군 정령 홍명수를 살려 낸 사람이 이 태날추 정교요. 지금 당신에게 팔고자 하는 저 그림은 그때의 광경을 그린 것이오. 그것도 차마 내놓기는 아까운 것이지마는 심사 그른 일을 하기가 싫으니까 그것까지도 내놓으려고 하는 것이오. 세상이 옛날 세상 같으면 금치 훈장을 내리게 될 신분이오. 내가 도적질을 하자는 것이 아니라 이 중대한 물건을 팔려고 하는 것이니 살 터이오 아니 살 터이오. 아니 살 터이면 가엾은 일이지마는 옛날 원수나 갚을 수밖에 없으니까 당신의 목숨을 내가 맡아 두리다"

　이러한 말은 물론 이편 방에 있는 홍만서에게도 자세히 들린다. 다만 그의 마음이 산란한 까닭으로 귀에는 들어와도 무슨 소리인지를 자세히 알지는 못하였으나 육군 정령 홍명수를 살려 내었다는 말 한 가지는 정신에 박혀 들리었다. 인제는 조금도 의심할 것 없다. 부친을 살려 낸 사람은 이 사람이다. 암만 하여도 군호를 할 수가 없다. 부친의 유언을 어길 수가 없다.

95. 함정 (4)

지금 이 홍만서와 같이 난처한 경우가 또 어디 있을까. 남을 살려야 할 책임이 있으면서도 그대로 죽일 수밖에 없이 되었다.

다만 한 방의 군호만 하면 곧 경관 차보열이가 쫓아 들어올 것이요 오기만 하면 태날추의 동아리는 잡혀갈 것이니 누인이 구원될 것은 물론이다. 아니, 차보열이가 오면 그 노인이 무사히 될까. 그는 알 수 없는 일이다. 그렇지마는 무사히 될 듯하기는 한 일이다.

이를 구하면 태날추는 감옥에 들어간다. 필경 이왕에 지은 죄도 많이 있을 모양이니까 혹 잘못하면 사형이 될는지도 알 수 없다. 태날추를 이 지경까지 보낼 수는 없다. 다만 부친의 유언을 지키지 아니할 뿐 아니라 아주 반대의 일을 하는 셈이니 자기 목숨을 버려 가면서라도 구하여야 할 사람을 도리어 죽을 곳에다가 몰아넣기는 참 어렵다. 아무리 답답하여도 그것은 할 수 없다. 그러하니 흑의 미인의 부친을 눈 뜨고 죽이나. 이것도 사람이 되어 가지고는 할 수가 없는 일이다. 마침내 홍만서는 어떻게 결정을 하나.

그는 아직 덮어 두고 이편에서 태날추는 사나운 짐승같이 무서운 얼굴로 방 안을 왔다 갔다 하면서 노인의 입에서 무엇이라고 대답이 나오기를 기다리고 있다. 그의 눈은 가끔 난로에 가 떨어지는데 난로 속에는 기다란 쇠끝이 불꽃이 나도록 달아 있다. 수가 틀리면 곧 이것을 가지고 노인을 족쳐 대려는 모양이다. 노인도 방 안을 둘러보았다. 아홉 사람이 다 각기 손에는 흉기를 가지고 늘어선 모양도 보았으며 이 불 단 쇠끝도 보았다. 아무리 담략 있는 사람이라고 한들 이 자리에 이르러서야 태연하게 있을 수가 있을까. 그는 얼굴빛이 변하기 시작하였으며 대답은 나오지 아니하였다. 태날추는 또 그 앞에 가 섰다. 그리하고 화가 나서 하는 말처럼

"자아, 어떻게 할 터이오. 돈만 내면 무사할 일이니 목숨이 있어서 대답을 하오. 목숨이 끊어진 뒤에야 대답을 하고 싶은들 되겠소. 그리 하여도 대답이 없다. 대답이 없으면 위선 꼼짝 못 하게 묶어나 놓을까"

방 한구석에는 결박하는 데 쓰려고 새끼줄 같은 것도 준비를 하여 놓았는데 그는 그것을 가지러 가는 모양인지 뒤로 돌아서서 방 저편으로 걸어간다.

태날추가 몸을 한번 돌린 동안에 노인은 이곳을 빠져나가려고 하여 보았다. 정말 이 잠시 동안을 놓친 다음에는 다시 빠져나갈 도리가 없을 것이라. 그는 번개 같은 날파람과 사자 같은 기운으로 책상을 메다붙이고 의자를 차 내던지며 곧 창틀 위로 뛰어올랐다. 그 번개 같은 동작에는 방 안에 모여 있는 여러 악한들도 기가 막히고 정신을 못 차릴 지경이었다. 삽시간에 그 노인은 창문을 열고 윗도리는 벌써 밖으로 나갔다. 아아, 그는 높은 이 층에서 큰길을 향하여 내리뛰려는 모양이다. 그러나 그의 한쪽 발은 미처 창틀에까지 올라가기 전에 벌써 그 발에는 여섯 사람이나 매달리었다. 아무리 장사인들 이것이야 당할 수가 있을까. 마침내 여섯 사람에게 발목을 잡히어서 끌려 내려왔다. 일곱 사람째는 태날추의 마누라가 달려들었는데 참 황소 같은 힘으로 노인의 눈 같은 머리털을 잔뜩 훔켜잡았다. 그리하여도 노인은 뻔디디고 일어나서 또 한 차례를 휘저었다.

저편은 흉기를 가진 아홉 사람이요 이편은 빈주먹을 가진 한 사람뿐이다. 그러나 그 노인은 다른 사람의 가진 흉기가 하나도 미처 자기 몸에 돌아오기 전에 소라 같은 주먹을 들어 한 사람을 때려누이고 돌아오는 손에 두 사람을 넘어트렸다. 그러나 그 역시도 아무 소용은 없었다. 필경 그는 맞아 죽으려니 하는 모양이다. 죽을 때까지 싸워 보기로 결심을 한 모양이다. 만일 이때에 태날추의 말이 없었더라면 노인의 머리는 몽팔인가 하는 자의 내리치는 몽둥이에 두 쪽이 되고 말았을 것이다. 태날추의 급한 소리에 방 안이 울리었다.

"상하게는 하지 마라. 상하게는 하지 마라. 아직 그놈에게 상처를 내어서는 아니 되겠다"

이러한 말을 듣고도 홍만서는 참고 있을까. 참을성도 너무 대단하지 아니한가. 아니, 그는 참고 있는 것이 아니었다.

'아버님, 용서하십시오'

하고 속미음으로 소리를 지르면서 방바닥에 떨어져 있는 육혈포에 손을 대려고 하였다. 그러나 '상하게는 하지 마라' 하는 소리를 듣고 또다시 생각하기 시작하였다. 어떻게 부친의 유언과 노인의 몸을 두 가지 다 무사하게 할 수가 없을까. 물론 그러한 좋은 도리가 있을 까닭은 밤이 새도록 생각을 한다 하여도 있을 까닭이 없을 것이다. 그렇지마는 좋은 도리가 나서기 전에는 생각이라도 하여 볼 수 없는 터이다.

마침내 아홉 사람은 한 사람을 이기었다. 어떤 자는 노인의 등 뒤로 돌아가서 허리를 껴안고 어떤 자는 다리를 가로들어 할 수 없이 노인은 아홉 사람의 밑에 가 들었으며 그 손은 뒤로 비틀어 돌려졌다. 이와 같이 된 다음에는 저항을 할수록이 밑지는 일이라. 그는 인제 여러 사람의 하는 대로 내버려 두었다. 여러 놈들은 앞뒤로 잔뜩 결박을 짓고 책상 다리에다가 붙들어 매어 놓았다. 여러 사람은 인제야 좀 마음을 놓고 서로 쳐다보면서

"그 늙은이, 기운도 세다"

"아니, 여간 기운만 센가. 아주 행내기가 아닐세. 아까 그 창틀을 올라가는 모양을 좀 보게. 번개 같지 않던가"

이때에야 홍만서는 다시 일어나서 벽 구멍에다가 눈을 대었다. 들여다보고 있은즉 노인의 몸이 점점 위태하여질수록 자기 마음도 점점 민망하여질 뿐이나 아니 들여다볼 수는 없는 형편이다. 지금까지는 너무 놀란 까닭으로 일어설 기운도 없었으나 좀 마음이 진정되고 본즉

좌우간에 들여다보고 있지 아니하면 무슨 도리가 날 수 없다고 생각을 하였다.

대장의 지위에 있는 태날추는 눈치로 여러 사람을 진정시킨 뒤에 노인의 앞에 가 섰다. 마치 죄인을 핵실하는 재판관 모양으로. 저 사람이 인제 손끝 하나를 꼼짝하지 못하게 된 고로 제법 기운을 펴고 유난스러이 고분고분한 말소리로

"영감이 창문을 열고 이 층 아래로 뛰어내리시다니 노인의 몸으로 될 수가 있는 일이오. 허리라도 상하시면 어떻게 하잔 말씀이오. 그러한 일은 다시 하실 생각도 마시오. 우리가 영감을 무사히 돌려보내지 않는다는 것이 아니오. 우리는 아무쪼록 일을 원만히 해결시켜 가지고 양편에서 허허 웃고 갈라서려는 생각이오. 영감도 인제는 우리 말을 아니 들을 수가 없는 터이지요. 또 숨기면 소용이 있소. 영감의 신분은 벌써 우리가 대강 알고 있는데. 영감은 이와 같이 고생을 하면서도 소리를 지르지 않으시는구려. 보통 사람 같으면 으레 사람을 살리란다든지 무엇이라든지 소리를 지를 터인데 영감은 그것을 못 하시는구려. 무슨 까닭이오. 소리를 지르면 일이 벌어지고 일이 벌어지면 경관도 오고 재판소에도 가게 될 터이니까 영감은 필경 그것이 무서우신 모양이오. 몸에 무슨 죄가 있는 모양이오. 내 말을 듣는 것이 당연한 일이지요. 이렇게 속을 다 알고 있는 자리에야 어떻게 하겠소"

과연 그 노인은 소리를 지른 일이 없었다. 태날추의 동류가 경관을 무서워하는 모양으로 노인도 경관을 무서워하는 신분이 분명하다. 잠시 동안에 그러한 일을 알아차리는 이러한 자의 손에 가 걸리었은즉 도저히 무사히 돌아갈 수는 없겠다.

96. 함정 (5)

정말 그 노인이 경찰서를 무서워하는 신분일 것 같으면 도저히 모면할 도리는 없다. 태날추의 손에 결딴이 나나 경찰관의 손에 결딴이 나나 아무렇든지 다 일반이다.

태날추는 또 말을 이어서

"우리가 영감을 못살도록을 하려는 것이 아니오. 영감의 재산이 얼마나 되는지는 알 수가 없거니와 함빡 그대로 빼앗기는 가엾은 일이니 이십만 프랑만 내시오. 그것만 가져오면 아무 일 없이 다시 따님의 곁으로 돌아가게 하여 드리지요. 또 싫다고 하면 소용이 있소. 영감이 소리를 지를 수는 없는 신분이지요. 그러고 보면 빼놓아 줄 사람이 어디 있소. 또 소리를 지른다고 하여도 방문 밖에서는 들리지 아니하니까 무슨 소용 있소. 그러나저러나 우리도 영감과 오래 수작을 하기는 싫으니 어서 대답을 하시오. 자아, 이십만 프랑이오. 영감에게는 대단치 아니한 돈이니 어서 내시오. 어서 내시오"

노인은 대답을 아니 한다. 태날추는 곧 몽팔이를 보고

"뒤져 보아라"

하고 명령을 내리니 몽팔이는 일어서서 노인의 의복 호주머니를 다 뒤져 보았다. 그러나 손수건 하나와 돈 육 프랑밖에는 명함 한 장도 나오지 아니하였다. 태날추는 돈과 수건을 받아서 자기 호주머니에 집어넣고

"아, 지갑도 아니 가졌어. 나는 은행 통장이라도 가지고 온 줄로 알았더니. 그렇지만 다 일반이지. 이렇게 합시다"

하고 또 노인을 향하여서

"내 말대로 편지를 쓰시오. 나는 벌써 이러한 일이 있을는지도 모르겠기에 미리 다 준비를 하여 놓았으니 영감은 편지나 쓰시오"

하면서 태날추는 자기가 구걸 편지를 쓰던 지필묵을 갖다가 노인의 앞에다가 들이대고

"자아, 쓰시오. 쓰시오"

하고 재촉을 한다. 노인은 아주 속 편하게 깔깔 웃으면서

"두 손을 잔뜩 결박 지은 사람이 어떻게 편지를 쓴단 말이오"

"옳지, 그것은 내가 실수했소. 몽팔이, 바른손을 좀 끌러 놓게. 바른손 하나만"

바른손은 풀리었다. 태날추는 붓에 먹을 찍어서 노인의 손에다가 쥐어 주고

"자아, '아이야' 하고 쓰시오"

노인은 '아이야' 하는 말에 조금 놀라서 태날추의 얼굴을 쳐다보았으나 아니 쓸 수는 없는 고로 아무 말 없이 부르는 대로 썼다.

"'곧 오너라. 급한 일이 있으니 이 편지를 가지고 가는 사람과 같이 마차를 타고 오너라. 염려 말고 속히 오너라' 아니, 염려 말고 오라는 말을 쓰면 무슨 불안한 일이나 있는 것같이 들려서 못쓰겠소. 그것 한마디는 빼시오"

평생 거짓말만 하여 본 위인이 되어서 거짓말을 쓰는 데는 아주 길이 났다. 노인은 부르는 대로 써 놓았다.

"영감 성명은 무엇이오"

"윤만화"

태날추는 지금 주머니에 넣었던 노인의 손수건을 꺼내어서 그 수건 귀퉁이를 살펴보았다. 수건 귀퉁이에는 U(유) 자와 F(에프) 자를 수놓았다.

"옳지, 옳지, 틀릴 것 없소. 그대로만 쓰시오"

노인은 그대로 썼다.

홍만서의 속은 더욱 졸인다. 그러면 흑의 미인을 데려올 모양인가.

미인의 얼굴을 보는 것은 기쁘지마는 이 모양을 보면 얼마나 걱정을 할까. 그뿐 아니라 그 처녀의 몸에까지 화가 미칠는지도 알 수 없는 일이라. 만일 그러한 일이 있어서는 이 홍만서의 면목이 없겠다. 할 수 없다. 부친의 유언은 저버릴지라도 그 색시가 오거든 군호를 할 수밖에 없다 하고 또 육혈포를 집어 들었다. 그러한 중에 태날추는 편지를 봉투에 넣어서

"자아, 피봉을 쓰시오"

"뉘에게로 가는 피봉을"

"물을 것이 무엇 있소. 그 계집아이 이름이지"

"응, 계집아이"

"아무려면, 종달새에게 가는 편지로 쓰시오"

종달새라고만 하고 정말 이름을 부르지 않는 것은 악한의 조심성이다. 동무들에게라도 일일이 비밀을 통하는 날이면 추후로 귀찮은 일이 있는 까닭이라.

"또 영감 댁은 어디요"

"도미니크 거리 십칠 번지"

"옳소, 영감이 매일 다니는 예배당 근처로구려. 그러면 그 번지를 쓰시오"

노인은 하라는 대로 다 썼다. 태날추는 이것을 받아 들고 곧 마누라를 부르더니

"아까 말하던 대로 하게. 잘못하면 큰일 나네"

그 마누라는 전권 대사로 외국에 나가는 모양으로

"잘못이라는 것이 무엇이오. 내가 언제 무엇을 잘못하였소. 이편보다 낫다오"

하고 그중의 세 사람을 데리고 나갔다.

편지 하나를 전하는 데에 무슨 까닭으로 세 사람씩이나 데리고 나

가는가 하고 이편에서는 홍만서가 홀로 애를 쓴다. 태날추는 한 이십 분 동안이나 아무 말 없이 있다가 마침내 설명을 하는 것처럼 노인에게 대하여

"종달새를 여기로 데려오는 것이 아니오. 지금 그 편지를 가지고 아무도 모르는 데다가 감추어 둘 터이오"

이 말을 듣고도 노인은 아무렇지도 아니하였으나 홍만서는 또 한 번 몹시 놀랐다. 저 부랑패류들 세 놈과 황소 같은 계집년이 흑의 미인을 유인하여다가 어떠한 구석에 가두어 둘는지 알 수가 있나. 인제 세상없어도 차보열이를 불러서 도미니크 거리로 쫓아가게 할 수밖에 없다. 그렇지마는 시간이 늦어서 그도 틀렸을 듯하다고 이 걱정 저 걱정을 하고 있는데 태날추는 또 입을 열었다.

"지금, 우리 마누라가 와서 일이 잘되었다고 하면 영감은 무사히 돌려보낼 것이니 내일 이십만 프랑을 가지고 와서 종달새를 바꾸어 가는 것이오. 만일 그 돈을 가져오기 전에 내가 경찰서에 잡히는 날이면 지금 나간 그 세 사람이 당장에 종달새를 비틀어 죽일 터이니 종달새를 죽이려거든 나를 고발하시오"

아주 흑의 미인을 볼모로 잡아 두는 것이다. 홍만서는 기가 막히었다. 경찰서에 고발을 하면 흑의 미인을 죽이는 셈이로구나.

97. 함정 (6)

흑의 미인을 볼모로 잡아 두고 돈을 내라고 하면 정말 아니 낼 도리가 없을 것이다. 속담에 매달고 치면 아니 맞을 장사가 없다는 말이 이러한 일을 이름이 아닌가.

노인으로 말을 하면 이십만 프랑은 고사하고 백만 프랑을 내라고 한대도 아니 내지는 못할 것이요 목숨을 내놓으로고 한대도 못 한다는 말은 아니 나오게만 되었다.

벌써 흑의 미인은 볼모로 잡혀갔을 것이다. 지금쯤은 마차에 실리어서 태날추의 마누라와 부랑패류들 놈 세 놈과 한가지로 어떠한 도적 놈의 굴혈로 끌려가는 중일 것이요 오늘 하룻밤은 세상없어도 그 흉악한 곳에서 지낼 수밖에 없을 것이다.

홍만서는 이와 같이 생각을 하고 남모르게 애를 썼다. 만일 자기 수중에 이십만 프랑이 있는 것 같으면 곧 벽 틈으로라도 던져 주겠구면 하고 생각을 하였으나 헛생각을 무엇에 쓰리오. 몇 시간 전에는 얼마 아니 되는 마차 삯도 없는 까닭으로 흑의 미인의 뒤를 쫓지 못하였는데 설령 그 반의반으로 흑의 미인을 구할 수가 있다고 하더라도 할 수 없는 일이다.

돈이라는 문제에 들어서는 많고 적고 간에 어떻게 할 수가 없으며 그렇다 하여서 경관에게 군호를 할 수는 더구나 없게 되었다. 군호를 하면 흑의 미인은 죽는 날이다.

그 노인도 기가 막히려니와 노인보다도 홍만서의 가슴은 더욱이 쓰리었다. 바로 오장이 뒤집히는 것 같았다. 이와 같이 한참 동안 애절을 하고 있노란즉 낭하에서 발자취 소리가 들리었다. 태날추는 그 익마갑이 인정 없는 얼굴에 웃음을 띠고 노인을 향하여서

"자아, 영감을 놓아 보낼 때가 되었소. 그런데 자세히 들어 두시오. 첫째는 돈 이십만 프랑과 종달새와 맞바꾸기요 둘째로는 바꾸어 가는 기한을 정하여야 할 것인데 그것은 내일 오정까지로만 합시다. 내일 반나절이면 은행에서 돈이야 못 찾겠소. 기한을 이와 같이 넉넉히 정하는 것이니 그 대신 시간을 넘기면 소용없소. 열두 시만 지나면 종달새의 목숨은 벌써 없어질 터이니 그리 아시오"

어린아이에게 말을 이르듯이 자세히 이야기를 하고 아무 말 없이 앉은 노인의 얼굴을 쳐다보고 있는데 이때에 문이 열리며 헐떡거리고 뛰어 들어온 사람은 태날추의 마누라였다.

모든 일이 뜻과 같이 된 까닭에 기쁜 소식을 전하려고 급히 들어오는가 하였더니 그런 것이 아니라 성이 머리끝까지 나서 마루청이 뚫어져라 하고 발을 구르며

"에에, 분하여서 못 견디겠네"

하고 고함을 지르는데 등 뒤에는 아까 같이 나가던 자들이 따라서 있다.

"웬일인가. 웬일이야"

하고 태날추는 일어섰다.

"에에, 분하여. 이 늙은 녀석에게 속았지. 지금 그 번지는 거짓말 번지여요. 도미니크 거리 십칠 번지에는 윤가라고는 씨도 없겠지요. 누구에게 물어보든지 그런 사람은 모른다고 하여요. 아주 거짓 번지에 거짓 이름을 쓴 것이여요"

그러면 흑의 미인이 이자들 손에 걸리지는 아니하였구나 하고 홍만서는 좀 마음을 놓았으나 인제 노인의 목숨이 위태하지 아니한가.

저의 마누라가 이와 같이 이야기를 하는 동안에 태날추는 책상 위에 걸어앉아서 한참 동안 아무 말 없이 책상 아래에 늘어져 있는 바른쪽 다리를 건들건들 흔들면서 무슨 생각을 골똘히 하는 것처럼 난로만 쳐다보고 있었다. 마침내 그는 위협하는 듯 벼르는 듯한 이상한 말소리로 노인을 향하여서

"거짓말을 하면 어떻게 하자는 말이냐"

하고 물었다.

"시간을 끌자는 말이지"

하고 노인은 천둥 같은 소리를 지르며 그와 동시에 그 결박 지었던

새끼줄을 헤쳐 버리었다. 찬찬 동여매었던 새끼줄은 다 끊어지고 다만
다리 하나만 그대로 책상 다리에 매어져 있었다. 아아, 이상한 일도 많
다. 그 튼튼한 숙마줄이 어떻게 끊어졌을까.

98. 함정 (7)

그 노인은 벽력같이 소리를 지르며 별안간에 찬찬 감았던 숙마줄
을 다 헤쳐 버리고 일어섰다. 방 안에 있던 악한들은 깜짝 놀라서 쳐 오
려고 하였으나 미처 몸도 움직이기 전에 그는 한편으로 몸을 굽히더니
난로 속에서 불덩이같이 된 쇠끝을 꺼내어 들었다. 태날추의 내외이니
무엇이니 할 것 없이 여러 악한들은 고만 겁이 났던지 한편 구석으로
쥐새끼 몰리듯이 몰리어 가서 벙벙하니 하는 거동만 구경하고 섰는데
그 노인인즉 사자의 위엄같이 무서운 태도로 손에는 불덩이 같은 철장
을 들고 휘휘 내두르니 불똥은 사방으로 흩어져 일종의 처참한 광경을
이루었다.

그런데 이 노인은 무슨 재주로 그 튼튼한 줄을 다 끊어 버렸는가.
그는 다만 기운으로만 가지고도 될 수 없는 일이다.

그 뒤에 경찰서에서 이 사건을 취조할 때에 이상하게 생긴 동전 한
푼을 주웠는데 그 동전인즉 예사 동전이 아니라 그 속에다가 숙마줄이
고 나무토막이고 혹은 쇠까지라도 임의로 자를 만한 날카로운 칼날이
들어 있었다.

이것은 감옥서 안에 오래 갇혀 있는 죄수들이 혹 만들어 가졌다가
파옥을 할 때에 쓰는 연장인데 그 맨드리는 더할 수 없이 정교한 것이
다. 이것이 보기에는 예사 동전 한 푼이나 조금도 다를 것이 없으나 실

상은 동전 두 닢을 맞붙인 것인데 한 닢은 등을 갈고 한 닢은 배를 갈아 수나사 암나사를 만들어 가지고 꽉 들이끼우면 여간하여 떨어지는 법도 없고 여간 자세히 살펴보아서는 알 수도 없다. 정말 여간 정교한 것이 아니다. 그러나 옥중에 오래 있는 죄인 중에는 이 재주를 배우는 사람이 적지 않다고 한다. 그리하여 그 속을 곱게 파내어 구리 갑을 만들고 그 속에다가 시계의 태엽을 집어넣는데 이 시계태엽이 그 사람네에게는 귀중한 흉기일다. 옛날부터 죄인들 중에는 바늘 한 개만 가지면 세상없이 튼튼한 옥이라도 뚫을 수가 있다고 큰소리를 한 자도 있었는데 시계태엽이라는 것은 단련을 몹시 한 쇠가 되어서 한편으로 날만 내면 칼로도 쓰고 톱으로도 쓰고 줄로 쓸 수가 있으며 혹 급한 경우에는 사람이라도 못 죽일 것은 없으니 공교한 죄인에게는 더할 수 없이 필요한 흉기일다. 이 방 안에 떨어져 있던 동전은 곧 이것일다. 예사 동전이 아니라 어떤 감옥 안에 있는 공교한 직공의 손으로 만든 칼집이었다. 필경 그 백두 노인이 이것을 가지고 있다가 아까 편지를 쓰느라고 바른팔을 끌러 놓았을 때에 이것을 꺼내어 가지고 지금까지 소리 없이 숙마줄을 끊은 것이다. 태날추의 마누라가 나간 뒤로 시간이 삼십 분이나 지났으니까 그동안에 다른 줄은 다 끊었으나 다리에 붙들어 맨 줄 하나는 엎드리지 아니하면 끊을 수가 없으며 엎드리는 날이면 탄로가 될 터인 고로 끊지를 못한 것이다.

이 노인이 결박한 줄을 끊으면 어찌하자는 말인가. 불 단 쇠를 꺼내어 들면 어찌하자는 말인가. 한 사람의 힘으로는 아홉 사람을 이길 수도 없으며 그 아홉 사람이 이왕 이러한 자리에 놓쳐 보낼 리도 만무한 일이다.

그러한 중에 노인은 내두르던 철장을 멈추고 태날추를 향하여 말을 하기 시작하였다.

"애, 너희들은 공연히 애를 쓰지 마라. 너희들이 아무리 나를 족대

긴다고 하여도 목적은 달하지 못할 것이다. 편지를 쓰라는 둥 돈을 내
라는 둥 우리 딸의 있는 곳을 가리키라는 둥 갖은소리를 다 한대도 그
말을 들을 내가 아니다. 나는 어떠한 고통이라도 능히 견디어 갈 것이
니 그 증거로는 이것을 보아라"

그 말소리는 죽기를 결단한 사람의 말소리이다. 소리는 그리 높지
도 아니하나 마디마다 기운이 들었으며 마디마다 용기가 넘쳐서 도리
어 무섭고 치참하게 들리는지라. 이편에서 엿보고 있던 홍만서는 고만
등골이 꼿꼿하여지며 정신이 핑핑 돌리었다.

증거라는 것은 어떠한 증거인가 하고 의심할 사이도 없이 노인은
왼편 팔을 걷어 올리더니 견대팔을 내놓고 그 위에다가 벌겋게 단 철
장을 들이대었다. 그 쇠가 닿으면서 팔뚝에서 날고기를 굽는 것처럼
지글지글 소리가 나며 기름 타는 누린내가 방 안에 가득하게 퍼졌다.
이 무서운 광경에 홍만서는 현기가 나는 것 같아서 두 손으로 얼굴을
가리었다.

그러나 그 노인은 신색이 자약하다. 아니, 죽은 시체가 아닌 다음에
뜨거운 줄을 모를 리가 없지마는 그는 그것을 능히 참아 갔다. 그 철장
은 얼음에 놓인 것처럼 부지직 소리가 나며 살 속으로 가라앉는데 노
인의 얼굴은 더욱더욱 일종의 광채가 나며 엄숙한 중에도 화려한 기운
이 있는데 보고 있는 사람은 그 위엄에 눌리어서 그 사람의 아플 것도
잊어버리었다.

"애들, 너희가 이보다 더한 형벌은 하지 못할 것이니 나는 너희들을
무서워할 것 없고 너희들도 나를 무서워할 것이 없다. 나를 죽이려거
든 죽이기나 할 일이지 여러 말은 하지 마라"

하면서 천천히 그 철장을 팔에서 떼어 가지고 창문 밖에다 집어 던
지니 그 쇠는 눈 위에 가 떨어져서 눈 녹은 물에 못 견디어서 지글지글
한다.

99. 함정 (8)

　노인이 팔에다가 쇠끝을 대고 지지는 동안에는 저렇듯 한 악한들도 벌벌 떨고 있었다. 아무리 흉악하다 한들 이 모양을 보고서야 떨지 아니할 사람이 어디 있으리. 아주 방 안에는 고기 타는 냄새가 가득하고 고기 타는 연기가 자욱하게 되었다.

　그러나 노인이 그 철장을 집어 던진 이상에는 노인의 손에는 아무것도 무기가 없다. 빈손으로 말없이 서서 '너희들 마음대로 하여라' 하는 것이다. 그 노인은 인제 아주 죽기로 자처한 모양이다.

　그 악한들도 죽이는 수밖에는 도리가 없는 줄을 알았다. 태날추는 먼저 입을 열어

　"붙들어라. 붙들어라. 인제 빈손이 아니냐. 무서워할 것이 무엇 있니"

　참 그렇다. 노인은 빈손밖에 아무것도 가진 것이 없다. 그렇지마는 무서워하지 아니할 수가 없다. 무슨 까닭으로 그자들은 무엇이 무서우냐. 아아, 그 노인의 담력이 무섭다. 그 담대한 거동에 겁이 난 것이다. 사람의 마음이라는 것은 이러한 것이다. 정말 정성스러운 마음이 가슴에 차고 보면 귀신이라도 감동시킬 것이요 모진 짐승이라도 감복시킬 것이다. 아주 대적하고자 하여도 대적할 수 없는 위엄이 생기는 것이다. 태날추는 다시 소리를 질렀다.

　"이 늙은이를 놓치면 어찌하잔 말이냐. 없애어 버릴 수밖에는 도리가 없다"

　이 말에 정신이 나서 여러 악한들은 우— 하고 일어나며 노인을 둘러쌌는데 태날추는 또 한마디 말로 기운을 돋우어 주었다.

　"무엇이 무서워서 어름어름하니. 다리 한 짝은 아직 붙들어 맨 채로 있는데 제가 서둘면 얼마나 서둘겠니"

악한 중에서도 제일 겁 없고 우준한 자 두 놈이 양편으로 달려들어서 노인의 어깨를 잡아 눌렀다. 노인은 조금도 저항하지 아니하고 붙들린 채로 털썩 앉아 버리었다.

태날추는

"그것 보아라. 인제 아주 죽으려니 하는구나. 죽이기는 내가 죽이어 주마"

하고 마누라의 얼굴을 쳐다보았다. 마누라는 남편보다도 더 잔인하다. 흔히 이러한 경우에는 여자가 남자보다도 더 잔인한 법인 데다가 더구나 아까부터 노인에게 대하여서는 골수에 사무치는 혐의가 있는 고로

"그렇지요. 어서 치워 버리시오. 죽이지 않고는 주체할 수가 없어요"

하면서 책상 서랍에서 칼을 꺼내어 주었다.

이 자리에 이르러서도 만일 홍만서가 경관에게 군호를 하지 아니하면 홍만서는 사람이 아니다. 아무리 부친의 유언이 중하다고 한대도, 또 아무리 태날추가 부친의 은인이라고 한대도, 또 군호를 하면 반드시 태날추가 잡혀가서 죽는다고 한대도 당장 눈앞에서 착한 사람이 악인에게 죽는 모양을 보고 모르는 체하는 것이 어찌 인정이라고 할 수가 있으랴. 어찌 참을 수 있는 일이라고 하랴. 그렇지마는 홍만서는 오히려 주저를 하고 있었다. 아니, 주저를 하는 것이 아니라 이때까지나노 무슨 좋은 방법이 없는가 하여서 오히려 방 안만 둘러보았다.

정밀 하느님이 유심하다 하는 것은 이러한 일을 두고 한 말이다. 이때에 눈 오던 하늘의 구름은 걷어지고 명랑한 달빛이 그 사이로 새어서 홍만서의 책상 위에 떨어졌다. 이때 홍만서의 눈에 뜨인 것은 아침나절에 태날추의 딸이 와서 붓장난을 하고 가던 그 종이쪽이었다. 그 종이쪽에

경관이 왔다. 달아나거라. 달아나거라.

하고 씌어 있는 것은 그 계집아이의 처지가 되어서 당연한 말이지마는 실상 하느님이 그 계집아이를 시켜서 오늘 밤 이러한 때에 쓰라고 이러한 말을 써 놓게 한 것이 아닌가 하고 의심을 하였다. 정말 공교하고 이상한 일이라고 할 수밖에 없다.

홍만서는 곧 그 종이쪽을 집어 들었다. 그리고 벽에서 조그마한 흙덩이를 뜯어서 한데 뭉쳐 가지고 벽 틈으로 이웃 방에다 집어 들이트렸다. 이때에 태날추는 벌써 저의 마누라에게서 시퍼런 칼을 받아 들고 장차 한칼에 푹 찔러 버리려고 이를 악물고 겨냥을 대는 판이었다. 노인은 아주 죽기로 결심을 하고 고개를 숙인 채로 꼼짝도 아니 하고 앉았다. 혹 아까 불에 지지던 팔이 아파서 저절로 찌푸려지는 얼굴을 남에게 보이지 아니하려고 고개를 숙이었는지도 알 수가 없다. 이왕 죽을 바에야 사내답게나 죽겠다는 것이 용감한 사람의 결심이 아닌가.

집어 들이뜨린 종이는 방 한가운데에 가 떨어졌다.

"에그, 무엇이 떨어졌네"

하는 것은 태날추 마누라이다.

"어디서 떨어졌나"

하고 악한 하나가 의심을 한즉

"창밖에서 집어 던진 것이지. 그밖에야 들어올 데가 있나"

하고 또 한 사람은 해석을 하였다. 그러한 중에 태날추 마누라가 집어 들었는데 태날추는 잔뜩 겨냥 대였던 칼을 떼고

"무엇이야, 무엇이야"

하면서 손을 내밀었다. 받아 들고 펴 보더니

"큰일 났다, 큰일 났다. 봉인이 글씨다. 봉인이가 군호한 것이다. 경관이 왔다, 달아나거라, 달아나거라 하고 씌어 있는데"

경관이라는 한 말처럼 악한의 귀에 무섭게 들리는 것은 없다. 마치 여러 사람의 몸에 전기가 걸린 것처럼 법석을 하기 시작하였다. 더구나 그 말이 매우 급한 것같이 씌어 있는 고로 그러하기도 괴이치 아니한 일이다.

"어디로 달아날까"

"창으로서 이 군호가 들어왔을 때에는 그 편짝에는 아직 경관이 들지 아니한 모양이다"

"옳다, 옳다, 창문 아래에는 봉인이가 서 있을 것이다. 이러한 때에 쓰려고 줄사다리까지 준비하여 둔 내 선견이 무던하지"

아무리 급한 경우에라도 자랑할 거리만 있으면 자랑하지 않고는 못 견디는 모양이다.

"자아, 줄사다리를 걸어라. 줄사다리를"

하고 집어 주는 것을 태날추는 받아 창틈에다가 턱 걸쳐서 바깥으로 늘어트리고

"자아, 마누라, 오게"

하고 저희 내외만 먼저 달아나려고 하였다.

"그렇게 마음대로"

하고 악한 세 놈이 아까 노인의 팔목을 잡아낚던 모양으로 끌어 내리었다.

"그래서는 안 되오. 배 파선을 하면 선장이 맨 뒤에 달아나는 법인데 우리가 먼저 달아나야 하지"

태날추는

"나는 선장이 아니라 대장이다. 전장에서는 대장이 먼저 물러가는 법이다"

하고 반대를 하였다.

"그러면 제비를 뽑자"

"제비가 좋다. 제비가 좋다"

하고 네다섯 사람이 입을 모았다. 태날추는 여러 악한들의 붙들고 있는 손을 잡아떼려고 애를 써 가면서

"이 자식들아, 지금 제비가 다 무엇이냐. 제비를 만드는 동안만 하여도 다 달아나겠다"

하고 소리를 지르는데 그 소리가 미처 그치기 전에 바깥으로부터 이 방 문이 열리면서

"제비 같으면 나도 한몫 끼자"

하고 들어서는 사람이 있었다. 이것은 누구. 이 사람은 다른 사람이 아니라 이왕부터 무서워하던 순사 부장 차보열이었다.

100. 함정 (9)

차보열의 들어서는 것을 보고 온 방 안 사람에 아니 놀라는 이가 없었다. 다만 백두 노인 한 사람은 자기 몸의 살아나게 됨을 기뻐할 터인데 노인도 역시 그 악한들과 한 모양으로 놀라는 기색이 그 얼굴에 나타났다.

그러나 차보열이는 홍만서의 군호도 없이 어찌 들어왔나. 그는 군호가 너무 늦은 까닭으로 기다리다 못하여서 들어온 것이다. 그는 초저녁부터 담 틈이며 처마 밑에다가 수하를 매복시키고 자기도 한편 구석에 가 은신을 하여서 이 집에 악한들의 드나드는 모양과 마차의 왔다 갔다 하는 모양을 보고 있었다. 물론 이러한 일에는 눈치가 빠른 사람이라 대개 집 안에서 하는 형편을 짐작하고 군호가 있을 터인데, 군호가 있을 터인데 하고 몇 번을 기다리었으나 마침내 소식이 없는 고

로 위선 골목 밖을 둘러보다가 골목 모퉁이에서 망보고 있는 계집아이 하나를 붙들었다. 이는 태날추의 작은딸 설매인데 큰 계집아이는 어디를 갔는지 그 자리에 없어서 잡지를 못하였다. 그리하고 나서 또 한참 동안 기척을 보다가 군호가 없을지라도 버려두기가 어렵다고 생각하여서 문을 열고 들어선 것이었다.

그가 들어서는 것을 보고 방 안의 악한들은 고만 발끈 뒤집히었다. 물론 첫 번에는 저항하고자 하였다. 경관을 때려죽이고 도망하는 것은 악한들의 흔히 하는 일이나 그렇게 호락호락하게 맞아 죽을 차보열이가 아니다. 그는 위선 우레 같은 목소리로

"저항을 하면 죄가 중하다. 내 뒤에는 너희들보다 삼 갑절이나 되는 부하가 딸리어 있다"

이러한 일에 들어서는 산전수전 다 겪은 악한들이라 부하가 많다는 말을 듣고 곧 수그러져 버리었으나 태날추의 내외는 용이히 진정되지 아니하였다. 지금 잡히면 주모자가 되어서 중한 형벌을 당할 터이니까 남편은 육혈포를 가지고, 마누라는 무엇에 쓰려던 것인지 방 안에 있던 큰 모룻돌 덩이를 들고 나서 저항을 하고자 하였으나 필경은 할 수 없이 결박을 당하였다.

악한들은 당초부터 얼굴에다가 숯검정을 바른다, 탈을 쓴다 하여서 얼굴을 모르도록 꾸미었으나 차보열의 밝은 눈 앞에는 아무 소용이 없었다. 차보열이는 마치 명부를 가지고 호명하는 것처럼 일일이 그지들의 이름을 불렀다. 그러고 나서는 책상 다리에 결박되어 있는 노인을 돌아다보니 노인은 고개를 푹 숙이고 앉아서 그 얼굴은 보이지 아니하나 차보열이는 그 부하들을 보고

"어서 저 신사를 풀어 드리지 못하느냐"

하고 재촉을 하였다. 부하들은 그 신사를 풀어 놓았다.

차보열이는 이 자리에서 곧 현장의 보고서를 만드는 것이 자기의

직책이라 별로 자세히 쓸 것은 없어도 대강대강이라도 기록은 하여야 하겠는 고로 그는 수첩을 꺼내어 들고 분주하게 쓰기 시작을 하였다. 이윽고 기록을 마치고 나서

“여보시오, 신사께서 이러한 봉변을 당하셔서 매우 고생이 되셨겠습니다마는 이와 같이 악한들을 다 잡았은즉 인제 염려되실 것은 없습니다. 이자들이 영감께 어떠한 폭행을 하였는지 자세히 말씀을 합시오”

하면서 노인의 있는 편을 돌아다보았다. 이것이 웬일인가. 노인은 간 곳이 없이 되었다. 이 방 안에서는 아무리 찾아보아도 보이지 아니한다.

대체 어디로 갔을까. 그 수하의 경관들도 악한을 결박하기에 정신이 팔리어서 피해자의 어디로 가는 것은 주목을 하지 아니하였다. 피해자가 도망을 하는 전례는 별로 없는 터인즉 그도 괴치 아니한 일이다.

정말 노인은 어디로 갔는가. 그는 결박 지은 새끼가 풀리는 동시에 창 앞으로 가서 금방 악한들의 걸어 놓은 줄사다리를 타고 달아나 버리었다. 차보열이는 의심이 나서

“문을 열고 나간 일은 없는데”

하고 창 앞으로 가서 바깥은 내다본즉 창에 걸린 줄사다리는 지금까지 출렁출렁 흔들린다. 이것을 보면 금방 달아난 것을 알겠는데 차보열이는 그제야 정신이 나서

“에에, 분하다. 너희들같이 못난 놈들을 잡느니보다는 달아난 피해자가 더 큰 도적인지도 알 수 없는걸”

하고 혼잣말을 하였다.

그는 달아난 이 피해자가 누구인 줄을 아직 알지 못한다. 만일 그 사람이 몇 해 동안 쫓아다니던 장팔찬인 줄을 알면 그는 지금이라도 그 뒤를 쫓아갈 것이다.

이 피해자는 장팔찬인 줄은 새삼스러이 이야기할 것도 없이 독자들이 다 짐작하였을 것이다. 백두 노인은 곧 장팔찬이요 흑의 미인은 고설도이다. 세상일이라는 것은 우연한 것인지 하느님의 지휘하시는 것인지 그는 알지 못하거니와 이상하게 되어 가는 것이다.

101. 함정 (10)

이와 같이 하여서 노인은 달아나고 이와 같이 하여 태날추의 동아리는 잡히었다.

그 이튿날 밤이었다. 갈가리 찢어진 겹옷을 입고 추운 바람에 벌벌 떨면서 이 집을 찾아온 열한두 살쯤 되어 보이는 거지 아이가 있었다. 집을 지키는 노파는 어젯밤에 혼이 난 끝이라 문을 방긋이 열고 내다본즉

"우리 아버지 있소"

하고 물었다.

아아, 이 아이는 태날추의 아들이요 우리 아버지라는 것은 태날추를 가리키는 말이다.

"너의 아버지는 어젯밤에 경찰서로 잡혀갔다"

그 아이는 슬퍼하는 기색도 없이

"우리 아버지가 잡혀갔어. 그러면 어머니는"

"너의 어머니도 한데 잡혀갔다"

"어머니까지 잡혀갔어. 아이고, 그러면 누나들만 있구려"

"너의 누나들도 다 잡혀가고 인제는 아무도 없다. 다시 찾아오지 마라"

하고 인정 없이 쫓아 보내었다. 그 아이놈은 별로 섭섭한 모양도 없이

"이것 보아라"

하고 혼잣말로 한마디 하더니

"설설이 끓었소. 군밤이야"

하는 군밤 장수의 외는 소리를 흉내 내면서 달아나 버리었다. 필경 어떤 집 처마 밑을 찾아가는 것이다.

독자는 기억하리다. 태날추가 봉인이와 설매 다음으로 아들 하나 두었던 일을. 그러나 그 아들은 인정 없는 어미의 품속보다도 처마 아래의 지댓돌이 따뜻하다고 집에는 별로 오지 아니하고 흔히 길가에서 잔다. 무엇을 주워 먹는지 주리지도 아니하며 주리더라도 어른 모양으로 걱정하는 일이 없다. 뛰어 돌아다니는 것과 군밤 장수 노래를 하는 것이 이런 아이들의 하는 일이다. 추위도 노래는 하고 주려도 뛰어는 다니며 죽지 아니하는 것이 별일이라고 할 만하지마는 그래도 당자는 걱정이 없다. 수풀 속의 새 모양으로 즐겁게 살아간다.

정말 불쌍하기가 한량이 없지마는 아이들처럼 속 편한 것은 없다. 다만 철이라는 것이 나기 시작한 뒤에야 비로소 욕심도 나고 어려운 줄도 아는 것이다.

그는 그만두고, 저 홍만서는 어찌하였는가. 그자들이 잡혀간 뒤에 한참 동안은 아무 생각도 할 수가 없도록 가슴이 두근거리어서 자기 방 안에 붙어 있지를 못하고 그대로 출입을 하여서 이왕부터 친하게 상종하던 ABC(에이비시) 계원의 집을 찾아가 갔다.

만일 그전 있던 집에 그대로 있다가는 경찰서와 재판소의 증인으로 불리어 가서 자연 자기 부친의 유언을 저버리고 태날추에게 해로운 말을 하게 될 터이니까 그자들의 재판이 아주 끝날 때까지는 아무쪼록 경찰서에 자기 주소를 알리지 아니하려고 하였다. 이튿날 아침에 곧

돈을 좀 변통하여서 그전 주인집의 셈을 가리고 얼마 아니 되는 세간을 실어다가 어떤 친구의 집에 맡기어 두었다.

이와 같이 몸을 한갓지게 치워 놓고 본즉 어젯밤 일이 더욱이 생각난다. 자기는 태날추를 도와주어야 할 사람인데 이대로 모르는 체하고 있을 수가 있나. 이는 아니 될 일이다. 만일 부친의 영혼이 저승에 있어 이 모양을 볼진대는 부친의 유언을 지키지 않는 괴악한 놈이라고 꾸지람을 하실 터이다. 그러나 인제는 할 수 없다. 그나마 옥중에 있는 태날추에게 다달이 용돈이라도 차입하여 주는 수밖에는 도리가 없다고 생각하고 그 뒤로부터는 구차한 중에도 돈 오 프랑씩을 다달이 구처하여서 부쳐 주었다. 그러나 자기 이름은 아주 엄중하게 속이었은즉 옥중에 있는 태날추는 필경 어떤 천치가 이따위 짓을 하노 하고 생각하였을 것이다.

102. 찾아온 사람은 누구

그렇지마는 이보다도 더욱 궁금한 것은 백두 노인과 흑의 미인의 일이다. 악한들의 틈에 들어서 꿋꿋이 저항하던 그 노인의 용기는 침탄복할 수밖에 없으나 다만 맨 끝에 경관이 온 것을 보고 창을 넘어서 노방질한 것은 무슨 까닭인가. 그렇게 경관을 무서워할 신분이던가. 만일 그렇다 하면 흑의 미인의 신상에도 위태한 경우가 많지 아니할까. 아무렇든지 흑의 미인의 있는 곳을 찾아내야만 하겠다.

그동안만 하여도 홍만서는 흑의 미인으로 하여서 애를 많이 썼지마는 인제는 그보다도 심하게 되어서 식불감미 침불안석으로 피골이 상련하게 되었다. 그렇지마는 남대문입납으로 어디 가 찾아볼 방향도

없는 터이라 잘못하다가는 그의 일평생을 흑의 미인 찾기에 헛되이 보
낼는지도 알 수 없으나 그는 그러한 것을 심려하지 않는다. 속마음으
로는 일평생을 허비할지라도 찾는 때까지는 찾아보기로 결심하였다.
　그는 날마다 아침을 먹고 나서면 길로 돌아다닌다. 이왕 흑의 미인
의 산보 다니던 공원에도 가 보고 흑의 미인의 살던 집 근처에도 가서
방황을 하며 갖은 쑥스러운 수단을 다 써 보았다. 그리고 그동안에 찾
아가는 집이라고는 다만 마 첨지의 집뿐이었다. 이 노인은 옛날에 자
기 부친이 자기 모양을 먼빛으로라도 쳐다보기 위하여 일부러 파리까
지 올라 다니던 때에 그 찾아오는 예배당에 있어서 부친의 얼굴도 보
았고 그 뒤에 자기를 보고 이야기한 사람이 이 사람이다. 이 사람은 벌
써 팔십일 세의 노인이지마는 홍만서 같은 소년과 정답게 지내는 것은
피차에 다 구차한 까닭이다. 구차한 사람은 구차한 사람끼리 모여야만
서로 흉허물이 없고 마음이 맞는 것이다. 그렇지만 팔십일 세 된 노인
의 구차는 이십 세를 쓸락 벗을락 하는 청년의 구차보다 더한층 어려
울 것이라. 그 어려운 형편이 가엾은 까닭으로 홍만서는 가끔 찾아가
는 것이다. 찾아가도 돈 한 푼 보조할 수는 없는 터이지마는 빈 마음으
로라도 이 노인이 그동안에 죽지나 아니하였나 하고 찾아가는 것이다.
　하루는 그 노인이 이야기를 하였다.
　"어제저녁에 누가 찾아와서 노형 계신 데를 묻습디다"
　하였다. 이상도 한 일이다. 이 세상에 나를 찾을 사람이 누구란 말
인가 하고 홍만서는 생각을 하면서
　"어떠한 사람이여요"
　"날은 저물고 눈은 어두워서 자세히 보지는 못하였지마는 열 칠팔
세 된 색시 같습디다"
　"에—, 얼굴은 못 보셔도 목소리는 들으셨겠지요"
　"목소리는 도리어 사나이 같습디다"

도무지 알 수가 없다. 사나이 목소리 같은 여자라니. 찾아올 사람이 없는데. 노인은 또 말하기를

"나는 모른다고 하였소"

그 이튿날에 홍만서는 별로 볼일도 없고 정처도 없이 거리에 나섰다가 어떤 나무 그늘에서 쉬고 있었더니 별안간 등 뒤에서 사나이 목소리 같은 여자의 탁성이 들리었다.

"아아, 인제 찾았다. 홍만서 씨, 홍만서 씨"

놀라서 돌아다본즉 열 칠팔 세가량쯤 된 색시였다. 아니, 색시라느니보다도 거지 년이라고 하는 것이 옳을 만하였다. 홍만서는 처음에 눈살을 찌푸리었으나 자세히 본즉 이것은 태날추의 큰딸 봉인이라 하는 계집아이였다. 필경 한지잠을 하고 길가에서 밤을 드샌 까닭으로 목이 잠긴 것이겠지마는 목소리가 아주 사나이 목소리와 같이 변하였었다.

"이보셔요, 홍만서 씨, 그렇게 몹시 보실 것이 무엇이여요. 저거번에 부탁하시던 일은 잊어버리셨습니까"

"에, 내가 무슨 부탁을 하였어"

"부탁하지 아니하셨소. 이것만 알아내면 내 말을 들어준다고"

"아아, 인제 생각하겠소"

"그 머리털 센 자선 신사와 같이 왔던 미이의 주소를"

홍만서는 별안간 반갑게 달려들었다.

"에, 그 수소를 알았소"

"알았으니까 가르쳐 드린다는 말이지요. 고맙다고나 좀 하시오"

103. 나만 따라오시오

정말 흑의 미인의 주소를 알았을까. 알았다는 말을 들은 홍만서의 기쁨은 비할 데가 없었다.

지금까지라도 그는 흑의 미인 하나를 바라고 살아간다 말할 수가 있다. 그 사람 생애에 흑의 미인을 생각하지 아니하는 시간이 없는 터이며 그는 비단 자기가 생각할 뿐 아니라 흑의 미인도 자기를 생각하는 줄로 믿고 있었다. 공원에서 마주치던 눈과 눈이 다만 자기 가슴에만 사무친 것이 아니라 흑의 미인의 가슴속에도 사무치었다. 다만 일순의 짧은 시간이지마는 흑의 미인의 가슴 속속들이를 자기가 들여다본 것과 같이 자기 가슴의 속속들이도 흑의 미인에게 보였을 것이다. 서로 합심이 된 때에 서로 신비의 문을 연 것이 아니면 이다지 깊은 감동이 언제까지든지 남아 있을 리가 있으랴. 남아 있을 뿐이 아니라 하루는 하루보다도 더 깊어갈 리가 있으랴.

그는 눈을 감아도 흑의 미인이 보이고 책을 열면 책장 위에 흑의 미인의 형용이 나타나고 붓을 들면 흑의 미인에게 대한 자기 마음을 아니 쓸 수가 없었다. 그의 수첩에는 자기의 아픈 가슴으로부터 솟아오르는 글귀가 가득하였다.

이러한 터이므로 봉인이 말에 깜짝 놀라는 것도 괴이치 아니한 일이다.

"정말이오, 정말이오"

하고 그는 미처 대답할 사이도 없이 연해 다좇아 물었다. 그러나 봉인이는 홍만서의 이 모양을 보고 그리 기뻐하지 아니하는 것처럼

"너무 좋아하면 아니 가르칠 터이여요"

하고 살짝 돌아섰다. 실상 말하면 이것이 봉인이의 진정이다. 당초에 꼭 홍만서에게 그 번지를 알리고자 함이 아니라 아무쪼록 숨겨 두

고 눈치를 보아서 마음이 내키면 가르쳐 주리라는 생각이었다. 그러나 뜻밖에 홍만서를 만나 가지고 너무나 기쁜 마음에 속에 있는 말이 쑥 나와 버린 것이다.

"어디요. 좀 가르쳐 주구려. 그 대신으로는 무슨 청이든지 시행할 터이니"

하고 조급증이 나서 달려들었다. 이러한 경우에 수단을 쓰려면 알아도 그만, 몰라도 낭패될 일은 없다고 슬쩍 배를 채워야만 알기도 쉽고 발목도 아니 잡힐 터인데 홍만서는 그러할 여가가 없었다. 봉인이는 홍만서의 꼴을 물끄러미 보면서

"번지라니요. 나는 번지까지는 외우지 못합니다마는 나를 따라오면 이 집이라고 가르쳐 드리지요. 그 집에 미인도 있고 노인도 있으니까요"

"갑시다. 같이 갑시다"

"에그, 그렇게도 좋으시오"

하고 야속히 여기는 것처럼 혼잣말을 하면서 앞을 섰다. 그때에 홍만서는 언뜻 생각하기를 만일 이 계집아이가 저의 부친이나 부친의 동류들에게 이 흑의 미인의 주소를 가르쳐 주면 큰일 나겠다고 하여서 곧 봉인의 어깨에다 손을 얹으며 점잖은 말로

"봉인 씨"

봉인이는 돌아다보는 얼굴에 기뻐하는 빛이 나타났다.

"나를 봉인 씨라고 불러 주시네. 늘 그렇게만 하셨으면 좋으련마는"

"봉인 씨, 내게는 이야기를 하더라도 다른 사람에게 이야기를 하여서는 아니 되오. 아주 누구에게든지 이야기를 않겠다는 다짐을 두시오"

"어따, 조심은 퍽도 하시오"

"그런 말은 그만두고 대답을 하시오"

"이러한 염려는 하지도 마시오. 누가 당신같이 열심으로—"

"아니요, 그렇지 않소. 꼭 다짐을 받아야 하겠소. 더욱이 그대 부친 같은 이에게 이야기를 아니 하겠다고"

"우리 아버지는 감옥서에 있는데. 알려 주고 싶어도"

"그렇더라도 다짐을 두시오"

"참, 무던히도 조르시오. 다짐을 두면 어떻게 하겠다는 말씀이오"

"그는 청구하는 대로 무슨 말이든지 시행하지요"

"그러면 아주 맹세를 하겠습니다. 부친에게든지 누구에게든지 이야기를 하지 않겠습니다"

봉인이가 이 약조를 어떻게 지키는가는 이다음에 알 날이 있을 것이다. 홍만서는 곧 지갑을 열어 가지고 한 푼밖에 없는 오 프랑짜리 금전을 꺼내어서 봉인이에게 주었다. 봉인이의 지금 처지로 말하면 이 돈이 정말 큰 재물이련마는 봉인이는 불등걸을 집어 던지듯이 돌려보내면서

"이러한 것은 받고 싶지는 않아요"

하고 거절하였다.

이와 같이 봉인이와 홍만서가 이야기를 하고 있는 동안에 고설도와 장팔찬이는 어디서 무엇을 하고 있나. 그도 궁금하지마는 이다음에는 한번 홍만서의 수첩을 떠들어 볼 일이다. 어떠한 감상을 기록하였는지.

104. 사랑 (1)

고설도와 장팔찬은 어디서 무엇을 하는가.

장팔찬은 승방의 하인이 되고 고설도는 승방의 기숙사에 들어간

일까지는 이미 기록하였다.

그 뒤에 같이 하인으로 있던 홍술환 노인이 이 세상을 떠났는데 그 기회에 장팔찬이도 나와 버리었다. 이는 고설도의 장래를 생각하고 한 일이다.

승방 안에 있으면 편안하기는 편안하다. 다시 차보열이나 법률에게 군색을 받은 일은 없으나 꽃 같은 고설도를 승이 되게 하기는 차마 어려웠다.

승이라 하는 것은 몸을 하느님께 바치는 신성한 직업이라. 그때의 풍속으로 말하면 칭찬할 만한 일이라고 하겠다. 고설도의 처지로 승이 되면 출신을 하는 셈이며 더는 몰라도 일평생을 편안하게는 지낼 것이다. 그렇지마는 장팔찬이는 그를 하지 못하였다. 인정의 약한 점이 있었던 것이다. 만일 승방 문밖을 나서면 다시 어떠한 일을 당할는지 모르는 일이다. 그렇지마는 고설도를 승을 만들 수는 없다.

만일 고설도가 철이 나서 그 몸의 승 된 것을 뉘우치게 될 것 같으면 그때에는 장팔찬을 원망할는지도 알 수 없는 일이다. 무슨 까닭으로 세상 구경을 아니 시켰나, 무슨 까닭으로 다른 여자들 모양으로 세상에 내놓고 길러 주지를 아니하였나 하고. 장팔찬이는 그것이 어려웠다. 설도에게 원망이나 듣지 아니할까 하는 염려가 있었다. 장팔찬이는 고설도를 사랑하는 까닭이다.

* * *

플뤼메라 하는 골목에 터전 넓고 한적한 집이 있었다. 이는 옛날에 소위 신사라 하는 이들이 소실 치가를 많이 하던 때에 어떤 대관이 소실을 살리기 위하여 지은 집인 까닭으로 보통 집과는 달라서 비밀히 드나들기가 편리하게 되었다. 큰길과 골목길 사이의 넓은 터전을 온통 차지하고 앞뒤로 문을 내어서 겉으로 보면 그리 큰 집 같지도 아니하나 속을 들어가 보면 비상히 너르다. 그 뒤에 임자를 만나지 못한 까닭으로 뜰에 심었던 나무는 뿌리째 뽑아 팔고 넓은 마당도 이 귀퉁이 저 귀퉁이를 떼어 팔아서 지금은 보잘것없이 되었으나 그리하여도 우연만한 살림을 하기에는 상관이 없으며 좀 고적한 이외에는 별로 흠절이 없는데 장팔찬은 승방에서 나오는 길로 이 집을 빌려 들었으며 이름은 홍윤환이로 행세하였다.

그렇지마는 그는 세상을 숨어 사는 몸인 까닭으로 이 외에도 또 집을 둘이나 장만하여서 도합 세 집을 만들어 놓고 한 달씩 한 달씩 돌리는 터이나 이 플뤼메 골목에 있는 집이 말하자면 큰집이라고 할 수 있었다. 그 두 사람은 흔히 이 집에 들어 있었다.

단 두 사람이 고적한 곳에서 고적하게 지내어 가면 자연히 그 사이에서 사랑이라는 것이 생기는 것이다. 더욱이 장팔찬이와 고설도의 사이에는 처음부터 부녀간보다도 더한 관계가 있는 고로 그 정리는 더욱더욱 깊어 가는 것이 당연한 일이다. 고설도는 아직 어린아이인 고로 다만 속없이 따를 뿐이요 별로 다른 생각이 있다고 할 것이 없으나 장팔찬이는 날마다 사랑이 깊어졌다.

그는 벌서 육십이 멀지 아니하나 몸도 젊고 마음도 젊었다. 머리털은 남 못 겪을 풍상을 겪기에 아주 눈같이 희어졌으나 마음속에는 어린아이나 다름없는 곳이 있었다. 또 성인 같은 곳도 있었다. 그는 결코 빈한한 사람들의 어려운 모양을 지나쳐 보지 못하였다. 바깥에 나갈 때에는 반드시 빈민들을 구제하기 위하여 잔은전을 준비하여 가지고 간다. 그는 자기를 위하는 생각이 없고 그저 하늘을 위하여, 사람을 위하여, 사회를 위하여 모든 일을 생각한다. 그는 정말 착한 사람이 되어 버렸다. 자기 생각으로는 아직 착한 사람이 채 되지 못하였거니 하고 더 좀 착한 사람이 되어 보리라고 생각한다. 그러한데도 이 사회는 아직 그를 용서하지 않는다. 아아, 세상이 무정도 하다. 그의 마음에는 아직 잠시도 편안한 때가 없으며 어떠한 때에 잡히어서 다시 옥중에를 들어갈는지 모르는 까닭으로 그는 항상 준비를 하고 있다. 지금도 속마음으로는 옥중에 들어 있는 셈을 치고 빈민들밖에는 아니 먹는 악식을 먹는다. 그렇지마는 고설도가 이상히 여기어

"아버지, 왜 그런 것을 잡수셔요. 그러면 저도 그것을 먹어요"

하는 까닭으로 고설도의 앞에서는 부득이하여서 좀 나은 음식을 먹는 터이다.

105. 사랑 (2)

장팔찬의 몸은 고설도의 사랑에 빠졌다. 그는 고설도와 같이 있기만 하면 어떠한 고통이든지 즐겁게 생각하였다. 그는 지나간 그의 생애를 돌아다보건대 잠시도 즐거운 적이라고는 없었으나 지금만은 즐거웠다. 자기 머리 뒤에는 경찰이 따라다닐지라도 자기 눈앞에 고설도만 있으면 그것이 극락세계일다. 그는 생각하였다. 필경 지금까지 겪어 오던 고생이 갚아 올 때가 왔다. 하느님이 이 몸에게 고설노를 수신 것은 이 몸을 구제하여 주시는 것이라고 생각하였다.

대체 이러한 사랑은 무엇이라고 하는 사랑인가. 부모 자식 간의 사랑인가. 아아, 부모 자식 간의 사랑보다는 더욱 깊다. 장팔찬이와 고설도는 부녀간이 아니다. 혈통으로 말하면 아주 얼클도 아니한 딴 남일다. 그러하면 소위 연애라 하는 사랑인가. 장팔찬이는 이 나이가 되도록 여자의 사랑이라는 것은 알지 못한다. 그렇지마는 그도 목석이 아니거든 천성으로 사랑의 싹을 아니 품었을 까닭이야 있으랴. 다만 그

사랑이 움 돋을 시기를 얻지 못한 것이다. 그렇지마는 그는 숨어 있은 것이요 아주 말라 버린 것은 아니다. 지금 이때를 당하여서 그 싹이 저절로 돋아 오를지라도 이상할 것은 없는 일이다. 그러나 그의 사랑은 그 싹이 돋아 오른 것일까. 그는 아무도 모른다. 그 사람 저도 모른다. 모르지마는 그가 고설도를 사랑하는 것은 거의 질투심을 가지고 사랑하는 것같이 깊었다. 다만 질투할 거리가 없는 까닭으로 원만한 중에 깊이깊이 사랑할 뿐이었다.

원만하면 언제까지든지 그 원만한 것이 계속될까. 이와 같이 사랑을 받는 동안에 고설도는 차차 사람이 되었다. 꽃에 비하면 우로의 은택을 받아서 차차 봉오리 지고 하룻밤에 피어 벌어질 만한 준비가 다 된 것이다. 정말 고설도의 피어난 것은 하룻밤 동안이었다. 다만 다른 사람들이 놀랐을 뿐 아니라 고설도 저도 놀랐다. 하루 아침에 설도는 거울을 보았다. 지금까지는 자기 얼굴을 예쁘거니 하고 생각한 일이 없었다. 어여쁘니 보기 싫으니 하는 생각은 그 마음에 없었다. 그런데 지금 그 거울에 비친 얼굴은 딴사람같이 어여쁘게 보였다.

어떻게 하여서 내 얼굴은 이다지 어여쁘게 되었을까. 고설도는 거울을 대하여서 이상스럽게 생각하였다.

이때에는 이상스럽게만 생각할 뿐이고 별로 기쁘게도 생각한 일이 없었다. 그러한 생각이 없는 것이 아니라 기쁜 마음은 가슴속에 싹이 돋았으나 아직 자기가 깨닫지만 못한 것이다. 지금까지에는 거울을 보는 일도 별로 없었다. 한 달에 한 번이나 혹은 두 번쯤, 그도 보고자 하여서 보는 것이 아니라 다만 우연히 거울 앞에 섰던 까닭으로 얼굴이 비치어서 눈에 띄는 것이다.

이윽고 날이 저물어 잘 때가 되매 어찌한 까닭인지 거울 속을 들여다보고 싶은 생각이 났다. 이것만 하여도 벌써 기쁜 마음이 생긴 증거이다. 그렇지마는 보지 않고 자 버리었다. 내일 아침에 보리라는 생각으로 아직 좀 아끼어 두었다.

이튿날 아침에는 잊지 않고 거울을 향하였다. 이것이 웬일인가. 어제 아침에 볼 때만큼은 내 얼굴이 어여쁘지 못하구나.

어여쁨이라는 것은 이상한 것이다. 더욱이 얼굴의 어여쁨은 가장 이상한 것이다. 마음씨 하나로 나타나는 때도 있고 나타나지 않는 때가 있는데 더구나 그것을 한 낙으로 알고 기다리던 눈에는 어여쁠지라도 어여쁘다는 생각이 적을 것이다. 고설도는 좀 낙담이 되었다.

어저께 어여쁘다고 생각한 때에는 별로 기쁜 줄도 몰랐는데 오늘 어여쁘지 않다고 생각한 때에 낙담이 되는 것을 보면 부지중 어저께는 기쁘게 생각이 들었던 모양이다.

낙담이라고 하기는 하지마는 그리 대단한 낙담은 아니다. 인제는 다시 거울을 아니 보겠다고 결심할 지경까지는 아니 갔을 뿐 아니라 도리어 더욱더욱 거울을 보고 싶게 되었다. 이 뒤로부터는 아침마다 거울을 대하는데 볼 때마다 어여뻐지며 어떠한 때에는 각시를 안고 자기 얼굴과 비교를 하여 보아도 조금도 자기가 못할 것은 없었다. 남의 눈에는 어떻게 보이는가, 어째 어여쁘다고 칭찬하는 사람이 없는가 하고 이상하게 여기는 생각까지 들게 되었으나 그 의심이 길게 가지는 아니하였다. 길에 나가면 들여다보는 사람도 있고

"아아, 그 색시 어여쁘다"

하고 지나가는 사람도 있었다. 그뿐 아니라 하루는 자기 집 뜰에서 산보를 하노란즉 저 편짝 나무 그늘에서 집의 할멈이 자기 아버지와 이야기하는 소리가 들리었다.

"영감마님, 요사이 못 보십니까. 작은아씨가 퍽은 어여뻐지셨어요. 어떠한 때 방에서 나오시는 것을 뵈오면 아주 딴사람 같아요"

아아, 보인다, 보인다. 남의 눈에도 어여쁘게 보이는구나. 거울이 나를 속일 리가 있을까. 나는 정 어여뻐진 것이다.

106. 사랑 (3)

이와 같이 어여뻐진 것이 마음에 기쁘지 아니하면 고설도는 여자가 아니다. 자기 얼굴이 어여쁘다는 말같이 여자에게 반가운 일이 또 있을까. 아니, 여자뿐이 아니라 남자일지라도 기쁜 것이다. 더구나 젊은 몸인데. 이 세상에서는 혹 사십이 넘은 남자로서도 모양을 내고자 애쓰는 사람이 있지 아니한가.

고설도는 노파의 말을 듣고 좋아서 못 견디었다. 그러나 그 부친 장팔찬이는 그렇지 아니하였다. 그는 노파의 말을 듣지 아니하여도 벌써부터 고설도의 피어오르는 모양을 보고 속으로 홀로 귀엽게 생각하였으나 남을 대하여서 입은 아니 열었다. 입을 열 만한 자리도 없거니와 있을지라도 말을 하기가 무서웠다.

그는 여자의 어여쁜 것이 무엇인 줄을 이 나이 되도록 알지 못하였으며 여자의 어여쁜 것이 얼마나 유력한 것인 줄은 더욱이 알지 못하였다. 알지는 못하지마는 지금은 어여쁜 것을 눈으로 보고 어여쁨의 비상한 힘을 느끼어서 스스로 다투지 못할 것같이 생각하였다. 아아, 이것이 재난이로구나.

무슨 까닭인지는 알지 못하나 장팔찬이는 고설도의 어여뻐지는 것을 무슨 재앙같이 무서워하여서 속으로 깊이 걱정을 하던 차에 지금 노파의 말을 듣고 거의 얼굴빛을 잃었다.

아무리 걱정을 할지라도 천연한 이치를 거스를 수는 없는 일이라. 장팔찬이는 걱정을 하는 반대로 고설도는 몸을 가지는 태도까지라도 아주 변하여 버리었으며 지금까지는 무명옷이라도 새것만 입으면 호사로 알더니 인제는 그렇지 아니하다. 비단옷을 입고 싶은 생각이 난다.

전이나 다름없이 앞뜰에서 산보를 하는데도 자기 마음에는 여황의 산보같이 생각하여서 만물이 자기를 우러러보는가 의심하였으며 자연히 태가 나고 모양이 돋치었다.

모자도 털을 댄 것이 쓰고 싶고 구쓰도 모양 있는 것을 신고 싶다. 물론 장팔찬이는 고설도의 바라는 것이라면 한 가지라도 거절을 하지 않는 터이라. 가슴속에는 깊은 고통은 있으면서도 사 달라는 것은 다 사 주었다. 잠시 동안에 고설도는 단장하는 법도 배웠고 시체가 무엇인지도 알았고 의복의 모양도 볼 줄 알아서 길가에 나서면 누구든지 한 번씩은 아니 돌아다볼 수가 없도록 되었다.

이것이 장팔찬에게는 걱정거리일다. 남들의 쳐다보는 것이 마음에 싫다. 남의 주목을 받는 까닭으로 자기 신분이 탄로될까만 무서운 것이 아니라 그 외에 또 무서운 것이 있다. 이것이 정말 부모와 수양부모의 다른 점이다. 정말 친부모 같으면 그 딸이 자라나면 자라날수록 귀엽게 생각을 할 일이나 수양부모는 꼭 그러하다고 할 수가 없다.

물론 장팔찬이가 고설도를 사랑하는 마음으로 말하면 친부모보다도 더하지마는 깊은 까닭으로 걱정도 더 되는 것이다. 고설도의 자라나는 것은 좋은 일이지마는 그 어여뻐지는 것을 보면 남에게 고설도를 빼앗길 날이 멀지 아니한 줄로 생각이 들며 그때마다 장팔찬의 가슴속에는 형용할 수 없는 아픔을 깨닫지 못하겠다. 몇 해 몇 달을 두고 무진한 고생을 하면서 노래의 재미를 부려고 길러 낸 고설도가 한시 떠날 수 없이 깊은 정이 든 이때에 남에게 빼앗기단 말인가. 이것이야밀로 하느님이 나에게 내리신 위로거리라고 생각을 하고 있었는데 그것이 만일 남의 손으로 건너가며 이 몸보다도 더 친한 사람이 생기어서 그 사람에게 빼앗기게 되면 당초부터 아무 위로거리를 주지 아니한 것보다도 한층 더 기가 막힐 일이다. 늙어 가는 몸에 회복할 도리도 없는 큰 낭패일다. 그 몸이 낙망의 깊은 굴속에 빠져서 다시는 떠오르지도 못하게 되는 것이다.

　　장팔찬이가 이 모양으로 걱정하기 시작한 때에 고설도와 홍만서는 공원 안에서 눈이 마주친 것이다.

107. 사랑 (4)

　　홍만서를 만나던 해에 고설도의 가슴에는 병 아닌 병이 들었다. 가슴 한편이 빈 것 같고 무엇을 잃은 것도 같이 공연히 허우룩한 생각도 나며 사랑에 주린 것도 같아서 어떻게 진정을 할 수가 없었다.

　　더할 수 없는 장팔찬의 사랑을 받아 한 가지 부족한 것 없는 처지에 있건마는 그래도 사람이라는 것은 나이 걸맞은 사람이 그리운 것이다. 젊은 사람은 젊은 사람을 생각하는 것이다.

　　무슨 까닭이냐고 물을 것 같으면 설명은 할 수가 없다. 그저 까닭 없이 허우룩한 생각이 나며 나이 걸맞은 사람을 보면 자연히 가슴이 열리어서 눈에 보이지 아니하는 실을 매어 가지고 서로 잡아당기는 것 같았다.

　　고설도가 홍만서를 만난 것은 이러한 때였다. 고설도의 얼굴만 핀 것이 아니라 마음도 이와 같이 자랐었다. 지금까지는 부친으로 알고 있는 장팔찬의 옆에만 있으면 다른 사람은 보고 싶은 생각이 없더니 인제는 그렇지 않다. 누구든지 얼굴이 보고 싶고 누구든지 나이 걸맞은 사람을 만나서 정답게 이야기를 하고 싶다. 이와 같이 되는 것이 사람의 천성이라. 천성이 이와 같이 기울어지기 시작한 때에 홍만서의 그림자가 들어온 것이다. 마치 이슬을 기다리던 꽃봉오리에 봄비가 쏟아진 모양이니 아니 피고 어찌할까. 홍만서의 마음이 동한 것처럼 고설도의 마음도 동하였다. 홍만서가 고설도를 못 보면 수심 중에 빠지는 것처럼 고설도의 마음도 홍만서를 못 보면 수심 중으로 들어갔다. 그리하여서 한 차례 눈과 눈이 서로 마주친 뒤로부터는 마치 홍만서가 스스로 고설도의 마음도 이러하려니 하고 살피던 바와 같이 고설도도 홍만서의 가슴을 들여다보는 것같이 생각하였다. 폐일언하고 그 두 사람의 마음은 서로 비치어지고 서로 왕래하였다.

장팔찬이는 그 지경까지 된 줄은 알지 못하였다. 그렇지마는 어찌 젊은 사람이 설도의 뒤를 따르는 술은 알았었다. 그렇지 아니하여도 고설도의 어여뻐 가는 것을 보고 무서운 것을 보는 것같이 생각하여서 심상치 않게 걱정하는 중이라 혹 이 사람이 장래에 고설도의 마음을 빼앗지나 아니할까 하고 의심하였다. 벌써 빼앗긴 줄까지는 알지 못하고 있는 것이 도리어 그 사람의 행복이라고 할는지 아니, 도리어 불행한 일일는지도 알 수 없다. 그 뒤로부터 주의를 하고 본즉 그 사람은 다만 설도 하나를 보기 위하여 공원에 오는 줄을 알았고 고설도의 뒤를 따라 사관한 집 근처까지 와서 방황하는 눈치를 알았다.

이때는 장팔찬이가 둘째 집에 있을 때일다. 그 뒤에 그 여관을 어떻게 떠났으며 홍만서를 얼마나 낙담시켰는가는 독자의 이미 아는 바일다.

* * *

장팔찬과 고설도의 사이는 이 뒤에나 이전에나 외양으로는 별로 다를 것이 없었다. 여전히 정다운 부녀간이지마는 속마음으로는 그러하지 못하였다. 고설도의 마음에는 그 부친보다도 더 생각나는 사람이 생기었으나 다만 아직 숨기어 둘 뿐이요 장팔찬의 마음에는 한 가지 의심이 일어나기 시작하였는데 이 역시도 다만 숨기고 있을 뿐이었다.

그렇지마는 숨기어 가기는 더욱 어려운 것이라. 고설도는 자연 중수심에 싸이어서 장팔찬이가 어루만지면 그전과 일반으로 웃기는 웃으나 그 웃음의 한편 구석에는 어찌 정말 웃음과는 다른 모양이 보인다. 고설도가 웃으면 장팔찬이도 웃는데 이 웃음은 정말 기뻐 나오는 웃음일다. 그러나 그 역시도 오래는 가지 못하였다. 지금까지에는 별로 심려를 하는 일이 없더니 지금은 그렇지 못하다. 가끔 자기 마음을 위로할 길이 없는 모양으로 산보를 나가서 늦도록 아니 돌아오는 일이 있으나 그의 가슴속을 살피어 줄 사람도 없으며 이야기할 곳도 없었다. 그가 고설도의 손을 끌고 문밖에 나가는 것은 아침나절뿐이었다. 예배당으로 아침 설교를 들으러 갔다가 돌아오는 길에 빈민들에게 돈을 주는데 이것 한 가지는 세상없는 일이 있어도 폐하는 법이 없었다. 이러하고 있는 동안에 그는 태날추의 '함정' 에 빠지던 일이 생기었다. 장팔찬은 구사일생으로 차보열에게도 잡히지 아니하고 도망하여 왔다.

장팔찬이는 그 이튿날부터 팔뚝의 덴 터로 하여서 위석하고 앓는데 어찌하다가 데었다는 말은 설도에게도 말하였다. 그가 전쾌되기까지에는 한 달이 걸리었는데 그동안에는 고설도 혼자 정성으로 병구완을 하였다. 약시시며 음식 범절이며 붕대를 감고 푸는 데까지라도 꼭 혼자 손으로 하였으며 가끔 여가에는 창가도 하고 풍류도 아뢰어 장팔찬을 위로하는데 장팔찬은 혼잣말로 이러한 말을 하였다.

"아아, 덴 덕으로 이와 같이 즐거운 날을 보낸다. 태날추는 나의 은인일다"

정말 병들어 누운 삼십일 동안이 그에게는 더할 수 없이 즐거운 날이었다. 그는 싫도록 고설도의 얼굴을 바라보고 고설도의 말소리를 듣고 그 손에 병구완을 받았다. 그러나 이 흠집이 나은 뒤에는 어떻게 할까 하는 염려가 때때 가슴을 아프게 하였다. 그는 고설도의 이 친절한 간호 중에서 죽어 버리고 싶다. 고설도의 간호 중에서 죽을 수가 있으면 지나간 몇십 년의 고생도 갚아지는 셈일다.

그러나 하늘은 이 팔자 좋은 일을 그에게 허락하지 아니하였다. 그의 튼튼한 천품은 겨우 삼십 일 만에 그의 병을 회복시키어 아주 완인을 만들었다. 그뿐 아니라 그의 알지 못한 결에 그의 가장 염려하는 사건이 익어 가기 시작하였다. 아아, 그는 어찌 그리 복이 없는가.

108. 사람의 그림자 (1)

장팔찬은 얼마 되지 아니하여서 몸은 아주 완인이 되었다. 그러나 그 가슴속에 든 병은 어떻게 되었는가. 이것은 아무도 알 수가 없다.

어느 날 밤에 장팔찬은 출입하여 돌아오지 아니하였고 고설도는 방 안에 홀로 앉아서 무슨 생각을 하고 있노란즉 앞뜰로 난 창문 아래에서 사람의 자취가 들리었다. 잠시 동안 귀를 기울이고 들어본즉 역시 인기척이 있는 모양이므로 문틈으로 내다보았으나 넓은 뜰에는 월색이 명랑한데 나무와 화초의 그늘이 여기저기에 어롱져 있을 뿐이요 사람의 그림자는 별로 없었다. 다시 창문을 열고 내다보아도 별로 다른 모양은 없었다. 그러면 발자취가 아니라 바람 소리이던가 하고 그날은 그만 잊어버리었다. 이튿날 밤에는 홀로 뜰에 나서 산보를 하는데 언제든지 자기 자리로 정하여 놓은 나무 그늘에 가서 걸상에 앉아 쉬노란즉 또 어제저녁에 나던 사람의 발자취 소리가 어디로 나는지 들리기 시작하였다. 아니, 들린다느니보다도 들리는 듯싶었다.

초목이 번성하는 곳에서는 갖은 소리가 나는 것이다. 낙엽이 지든지 삭은 나무가 부러지든지 혹은 바람이 불든지 발자취 소리같이 들리는 수가 있을 것이라. 고설도는 그와 같이 생각을 하고 자기 마음을 진정하였으나 종시도 마음에 걸리는 고로 집으로 들어가자고 하여서 나무 그늘을 하직하고 달빛 밝은 잔디밭에 나와 섰다. 자기의 그림자가 자기 앞에 가 가로놓이는 것은 별로 이상스러울 것이 없는 일이나 자기 그림자와 나란히 또 한 사람의 그림자가 있었다.

이것을 보고는 놀라지 아니할 수가 없다. 본래 고설도가 겁 많은 사람이 아니다. 옛날 군인 여관에서 길러질 때에 산중에 있는 샘물을 밤중에 길러 다니던 일도 있었던 고로 비록 그때의 일을 잊어버렸다고 할지라도 보통 그 나쎄의 여자들 중에서는 장력이 센 편이다. 그렇지마는 지금 자기 그림자 옆에 또 한 그림자가 있는 것을 보고서는 비상히 놀랐다.

만일 고설도가 정신을 차리어서 그 그림자를 자세히 보았으면 혹 누구 같다고도 생각이 났을 것이다. 그 그림자는 남자인데 키가 홀싹 크고 신사들의 쓰는 모자를 썼다. 그러나 고설도는 이러한 모양을 자세히 살펴보지 못하였다. 눈에 보이기는 보였을 것이지마는 그렇게 자세히 분간하여 볼 여가가 없었다. 잠시 동안은 가슴이 선뜩하여서 움씰하고 서 있다가 곧 달음질을 하여서 달아나기 시작하였다. 그러나 몇 간 동안쯤 달아나다가 좀 용기가 회복하였다. 아버지께서도 아니 계신 사이에 만일 수상한 사람이 들어왔으면 붙들어 가지고 본보기를 내어야 될 일이라고.

이와 같이 생각을 하고 노파를 불러내어서 그 자리를 다시 가서 살펴보았으나 지금 보던 사람의 그림자는 사라져 버리었다. 그 이외에도 나무 그늘 속 풀숲 속까지 살펴보았으나 도무지 사람의 들어왔던 형적은 없었다. 노파는 위로하는 것처럼

"작은아씨는 공연히 겁을 내어 가지고 그리하시는구려. 작은아씨 나쎄에는 누구든지 겁이 많은 법이여요. 무슨 나무 그림자를 잘못 보신 것이지요"

하였다. 고설도는

"그런가"

하고 대답은 하였으나 아무리 하여도 의심은 풀리지 아니하였다. 잘못 보았다고 하기에는 그 그림자가 너무도 분명하였다.

"그래도 여보게, 할멈, 대문 수쇄를 잘 하여 주게. 이 집은 문도 허술하고 담도 낮으니까 아버님께서 아니 계신 때는 늘 걱정이 되데"

노파는

"에그, 그런 걱정을 다 하시니까 나무 그림자에다 놀라시지요. 염려 맙시오. 할멈이 있어 가지고는 대문 수쇄에 실수가 있겠습니까"

하고 대답하였다.

이날은 이만하고 말았으나 고설도는 그 이튿날에 이 일을 장팔찬에게 이야기하였는데 장팔찬이는 매우 걱정스러이 생각하는 모양이었다.

109. 사람의 그림자 (2)

한 집의 주인이 된 이상에는 자기 없는 동안에 수상한 사람의 그림자가 있었다는 말을 듣고는 놀라지 아니할 수가 없을 것이다.

장팔찬이는 고설도에게 그 이야기를 듣고 별별 의심이 다 일어났다. 그의 처지가 되어서는 모든 일에 의심이 날 수밖에 없으니 경찰서의 정남순이 아닌가 하는 의심도 나고 태날추의 동아리가 아닌가 하는 의심도 났으며 그뿐만 아니라 그는 이왕에 공원 안에서 뒤를 쫓아다니던 그 청년의 일까지도 생각이 났었다. 그 일로 말하면 벌써 오래된 일이니까 잊어버릴 때가 되었으련마는 장팔찬이는 무슨 까닭인지 잊어버려지지 아니하고 가끔 생각이 났다.

이 뒤로부터 장팔찬이는 집안사람은 아무도 모르게 밤마다 앞뒤

뜰로 순경을 돌았다.

어느 날 밤에 고설도는 자기 방 창 아래에서 이왕 듣던 발자취 소리가 또 나는 것을 들었다. 무서워, 무서워 하면서도 창문을 가만히 열고 내다본즉 컴컴한 곳에 어떤 사람이 서 있다. 고만 겁이 나서 창문을 닫치고자 한즉 그 사람은 소리를 내었다.

"아가, 겁내지 마라. 나다"

"아아, 아버님이셔요"

과연 장팔찬이었다.

며칠 뒤에 밤은 벌써 깊었는데 장팔찬이는 뜰에 서서 고설도를 불렀다. 고설도는 누워 자는 중이었으나 무슨 일인지 몰라서 부리나케 옷을 주워 입고 나가 본즉 장팔찬이는 무슨 반가운 일을 본 것처럼 껄껄 웃으면서

"너를 놀래던 그림자를 인제야 알았다"

하고 땅바닥에 비치어 있는 이상스럽게 생긴 그림자를 가리켰다. 과연 모자 쓴 사람과 같이 보이는데 이것은 지붕 위로 높이 뽑아 쌓은 굴뚝의 그림자이었다.

"아아, 제가 이 그림자를 보고 놀랐을까요"

하고 고설도는 웃으면서 한편으로는 의아하게 생각하였다.

그러나 장팔찬이는 아주 마음을 놓고 이 뒤로부터는 다시 걱정을 아니 하게 되었다. 그러나 저거번 날 밤에 고설도를 놀랜 것이 과연 이 그림자인가. 전날 밤과 이날 밤과는 달빛의 비친 방향이 다르며 전날 밤의 그림자는 두 번째 보던 때에 사라져 버리었는데 만일 굴뚝의 그림자이라고 하면 고설도가 두 번째 보던 때에 부끄러워하여서 숨어 버릴 까닭이 없다. 그렇지마는 고설도는 아직 걱정이 없는 나이라 그러면 그런가 하고 생각하였다. 노파의 말과 같이 공연히 겁을 내었는가 하고 돌리어 생각을 하였는지도 알 수 없다.

그러나 또 며칠 뒤에는 이상한 일이 있었는데 이날 밤도 장팔찬이는 출입을 하여서 집에 없었다.

어디로 가는지는 알 수가 없으나 장팔찬이는 본래부터도 밤출입을 하는 일이 많이 있었다. 어떠한 때에는 밤을 새는 일도 있으며 이틀씩이나 아니 들어오는 일도 있다. 필경 그는 세상을 숨어 사는 처지가 되어서 밝은 낮에 다니지 못할 곳도 있는 고로 어두운 밤을 타서 일을 보러 다닌 것이다. 빈민 구제를 좋아하는 것이 그의 버릇인즉 너무 소문이 나지 않도록 얼굴을 자세히 못 보는 어두운 밤을 타서 빈민의 집을 찾아다니는 일도 있을 것이요 경찰의 눈치도 슬슬 서두어 보아야 할 것이요 또 먼 곳에 숨기어 두었던 자기의 자본을 가지러 가야만 할 것인즉 이틀씩 나가 자는 때는 이러한 볼일이 있는 것이다. 그렇지마는 고설도와 노파는 흔히 당하는 일이 되어서 별로 이상스럽게 여기지도 아니하였다.

그는 그만두고, 그 집 앞뜰의 한편 구석에는 항상 고설도의 걸어앉는 걸상이 있는데 이날 밤에도 그 걸상에 가서 잠시 동안 쉬다가 다시 일어나서 십 분 동안쯤 산보를 하고 그 자리에 돌아가 본즉 그 걸상 앞에는 난데없는 돌이 놓여 있는지라. 고설도는 얼굴빛이 변하도록 놀랐다. 누가 이 돌을 갖다 놓았는가. 겨우 십 분 동안에 없던 돌이 저절로 굴러 올 리는 만무한 일인즉 누구든지 사람이 있어서 갖다 놓은 것이다. 그러면 이 집 안에 수상한 사람이 또 들어오지나 아니하였나.

고설도는 벌떡 일어서서 달음질로 달아나다가 혹 늙은 할멈이 생급스러운 장난을 하여서 나를 놀래려고 한 것이 아닌가 하고 생각하여서 그 방을 들여다본즉 노파는 꼬박꼬박 졸고 있어 바깥에 나왔던 기색이 없다.

"할멈, 지금 바깥에 나왔었나"

노파는 내가 언제 졸았느냐는 듯이 아주 고개를 번쩍 들면서

“빨래는 벌써 해 지기 전에 다 거두어들이었는데요. 밤이슬을 맞히는 것이 무엇이야요”

이튿날 아침에 아무리 하여도 의심이 아니 풀리는 고로 그 자리를 다시 가서 본즉 돌은 여전히 그 자리에 있으나 어젯밤같이 무섭지는 아니하였다. 밤에 보아서 무섭던 것은 낮에 보면 대개 웃음거리가 되는 법이며 어젯밤에는 이것이 어찌 그리 무섭던가 하고 도리어 알 수 없는 일이 많은 것이다. 그러나 어떤 사람이 이 돌을 가져왔는지, 무슨 목적으로 가져왔는지 하는 의심은 여전히 아니 풀리었다. 고설도는 그 돌을 걸리지 아니하는 한편으로 치워 놓기 위하여 두 손을 대어 가지고 돌을 굴린즉 참 이상도 한 일이다. 그 돌 밑에는 무슨 글씨 쓴 종이가 들어 있다. 인제는 의심할 것도 없다. 어떠한 사람이 그 글을 내게다가 보이기 위하여서 이러한 장난을 하였구나. 집어 볼까 그만둘까 하고 잠시 동안 주저를 하다가 필경은 집어 들었다. 무슨 생각이 있은 것이 아니라 다만 호기심에 끌리어서 집어 본즉 봉하기는 하였으나 아주 붙이지는 아니하였고 봉투에는 편지 받을 사람의 이름도, 편지 쓴 사람의 이름도 쓰지 아니하였는데 속을 뽑아 본즉 무엇인지 가는 글씨로 곱게 쓴 것이 두 발도 더 되는 것 같았다.

110. 사람의 그림자 (3)

사람의 마음이라는 것은 물건을 격하고 거리를 격하여서도 서로 통하는 일이 있다. 천연의 무선 전신이라고도 할 수 있는 것이다. 고설도는 돌 밑에서 얻은 편지를 미처 읽어 보기도 전에 누구의 한 일인지를 깨달았다. 이왕 공원에서 만나 보던 그 젊은 신사가 아니면 그 누구가 이러한 일을 하리오. 그러한 줄을 아는 동시에 고설도는 전신이 부르르 떨리었다. 기쁜 생각이 물결같이 흔들리어서 뱃속으로부터 턱밑에까지 치밀어 올라왔다.

그런데 이 속에는 무엇이 씌어 있는가. 편지인가. 아니, 편지는 같지 않다. 편지 모양으로 남에게 보내려는 것이 아니라 다만 자기가 생각한 일을 한 구절 두 구절씩 기록한 것인데 그 한 글자 한 구절은 무비 몸에 배고 가슴에 사무치는 말이며 꿀같이 달고 기름같이 그을고 보석같이 몽글고 비수같이 날카로웠다. 아아, 이것이야말로 정성이 넘쳐서 글자가 된 까닭이로구나. 혹 사랑이라는 것을 설명도 하였고 혹 죽음이라는 것도 이야기하였으며 상사불견하는 간절한 회포를 그대로 그리어 놓은 것도 있었다.

이것은 과연 고설도 생각과 같이 홍만서의 쓴 것이다. 그는 몇 달 몇 해를 두고 다만 ‘연애’의 종이 되어서 고설도를 못 만나고 사느니보다는 고설도를 생각하는 중에 죽어 버리는 것이 낫겠다고까지 생각한 일이 있었다. 그와 같이 간절한 생각을 종이 위에다 그리어 놓았으니 사람을 느끼게 하지 않고 어떻게 하리오. 다른 사람이 보면 어떠하게 생각을 할는지 그와 일반으로 지내 오던 고설도의 생각에는 자기가 말할 수 없는 자기 생각을 그대로 옮기어 썼는가 생각하였다.

옆에서 보는 사람이나 없는가 하는 염려 같은 것은 조금도 일어날 여가가 없었다. 다행히 보는 사람이 없기는 없었으나 고설도는 사람이 있고 없는 것은 상관도 하지 않고 정신없이 그것만 들여다보는데 만일 장팔찬이가 옆에 있어서 그 모양을 보고 고설도의 마음이 의중인의 편지 한 장에 황홀하게 된 줄을 알면 그 마음이 어떠할까. 필경 그는 미치고 말 것이다. 미치지는 아니할지라도 그 팔자의 끝끝내 기박한 생각을 하면 이 세상에는 하늘도 없고 신명도 없는 세상이라고 아주 낙담을 하여서 도로 그전과 같이 악한 사람이 되고 말 것이다.

잠시 있다가 고설도는 자기 방으로 돌아왔다. 방 안에 들어와서도 오히려 그 종이를 꺼내어 들고 보고 보고 또다시 보다가 해가 저물어 갈 때에는 다른 때보다도 특별히 정성스럽게 치장을 차리었다. 누구를 위하여 차리는 치장인지는 자기도 알지를 못하나 다만 그 가슴속에는 이렇게 하라고 시키는 것이 있어서 할 수 없이 그 시키는 대로만 한 것이다.

이날도 장팔찬이는 어슬어슬할 때에 출입을 하였는데 그 뒤에 고설도는 속절없이 앞뜰에 내려서서 가는 줄도 모르게 그 걸상 앞으로 갔으며 앉는 줄도 모르게 그 위에 걸어앉았다.

잠시 앉아 있노란즉 어찌 등 뒤에서 사람의 기척이 들리는 것 같은지라 조용히 돌아다본즉 과연 사람이 서 있었다. 다른 때 같으면 사람의 그림자가 무서울 터인데 오늘 밤에는 무서운 줄을 알지 못하였다. 일어서서 그편을 바라본즉 그편에서도 무서운 생각이 없는지 선 자리에 붙어 서서 숨을 생각도 달아날 생각도 아니 하였다. 두 사람은 한 모양으로 창망한 황혼 중에 싸여 있어서 자세히 보이지는 아니하나 거리가 가까운 까닭으로 서로 누구인지는 알 만하였다. 아아, 그 사람이로구나. 이왕 공원에서 만나 보던 그 젊은 신사이로구나.

무섭지는 아니하나 몸은 움찔하였다. 다리에 기운이 풀리어서 고설도는 뒤로 비쓸비쓸하는데 마침 뒤에는 나무가 서 있었다. 만일 그 나무만 없었던들 고설도는 넘어졌을 것이나 다행히 그 나무를 의지하고 서서 오히려 그 얼굴을 쳐다보았다.

이때 고설도의 모양은 반이나 기절한 셈이었다. 무엇을 바라보는지는 알지 못하는데 저편에서 먼저 말을 붙이었다. 바람에 떨리는 나뭇잎의 소리같이 가늘고 고운 목소리로

"용서하시오. 저는 까닭도 모르고 여기를 들어왔습니다. 조금도 무서워하지 마시오. 내 얼굴은 아시겠지요. 작년에 공원에서 만나던 사

람이여요"

하면서 대답이 어떻게 나오는 것을 기다리는 모양으로 얼굴을 쳐다보았다. 고설도는 아직도 말이 없는데 그 신사는 다시

"저는 밤마다 옵니다. 그렇지마는 아무쪼록 아무도 모르시게 다녀갔습니다. 창문 밖에 가 거닐면서 노래와 음악 소리를 듣다가 밤이 깊은 뒤에 돌아옵니다. 당치 못한 일인 줄은 압니다마는 이렇게 않고는 저는 살 수가 없어요. 여기 와서 거니는 이외에는 이 세상에 낙이 없습니다. 상관없겠지요. 용서하시겠지요"

애걸하는 말처럼 대답하기를 청하였다. 고설도는 입술을 달막거리었으나 말은 이루지 못하였고 겨우

"에그……"

하는 소리가 들리더니 고만 기절을 하였다. 기절하는 것처럼 넘어졌다.

111. 일희일비

기절한 것같이 넘어지는 고설두를 홍만서는 깜짝 놀라서 붙늘어주었다. 고설도는 고만 홍만서의 가슴에 가 털썩 안기어서 정신을 놓았고 홍만서 역시도 제가 무엇을 하는지는 알지 못하였다. 이와 같이 피차에 정신없는 중에도 고설도를 걸상 위에다 가로누이고 구완하였다. 그렇지마는 아무리 약한 사람이라도 좋아서 죽는 법은 없는 것이라. 고설도는 죽지도 아니하였고 기절도 아니 하였었다. 다만 일시 정신만 못 차리었다가 급기 정신을 차린 때에는 홍만서와 손길을 마주 잡고 있었다.

아아, 두 사람은 천생연분이 아닌가. 그렇지 아니하면 이와 같이 무관하게 될 수가 있나. 두 사람은 조금이라도 다른 사람과 같이 섰거니하는 생각이 들지 아니하였다. 한 몸이 둘에 나뉘었는지 두 몸이 한데합하였는지 제 몸도 제 몸 같고 옆에 있는 다른 사람의 몸도 제 몸과 같아서 잠시 동안은 세상도 잊어버리고 사람도 잊어버리고 시간도 잊어버리고 다만 이야기만 하였다. 무슨 이야기를 하였는지 아는 사람이없거니와 그 주고받는 말속에는 양편의 기쁜 생각이 바늘에 실과 같이따라서 왔다 갔다 할 뿐이었다. 이와 같이 하여 한참을 지내다가 고설도는 비로소 물어보았다.

"성함은……"

"홍만서요…… 그대는"

"나는 고설도라고 합니다"

* * *

이 뒤로부터는 날마다 두 사람이 만나 보았다. 별로 하는 것은 없으나 다만 손길을 마주 잡고 서로 붙어 다니며 이야기를 하는데 그러한동안에 홍만서는 자기 신분을 이야기하고 고설도도 아는 대로 이야기하여서 두 사람의 사이는 점점 깊어졌다. 인제는 떨어질 수가 없게 되었다. 떨어져서는 살 생각이 없게 되었다.

한 달, 또 한 달, 허구한 날에 홍만서는 밤마다 고설도의 집을 찾아갔다. 비가 와도 상관이 없고 날이 흐려도 상관이 없으나 다만 장팔찬이가 집에 있는 날이면 고설도가 나오지 못하는 일이 있는데 그러한때에는 두 사람의 회포가 더욱 간절하였다.

이와 같이 하여서 장팔찬의 장중보옥은 아주 홍만서의 물건이 되어 버렸다. 아아, 가련한 일이다. 알지를 못하니까 망정이지 만일 아는 날이면 그 가슴이 어떠할까.

그렇지마는 이러한 사정은 두 사람의 마음에 조금도 생각나지 아니하였다. 자기네 두 사람의 천지 이외에서는 어떠한 일이 일어나든지 두 사람의 천지에는 그 바람이 불어오지 아니하였다.

＊＊＊

그렇지마는 그때의 시절은 결단코 국태민안 한 시절이 아니었다. 이때는 마침 일천팔백삼십이년의 봄철인데 이 나라에는 혁명 난리가 일어나려고 속으로 은근히 곪아 있었다. 홍만서의 들어 있는 저 ABC(에이비시) 계의 계원들도 기회만 있으면 민요를 일으키어 가지고 정부를 뒤집어엎고 임금을 내쫓으려고 수군수군하는 중인데 홍만서도 그러한 일을 알지 못하는 것은 아니련마는 그러한 일은 넷째 방죽으로 본 체도 아니 하였다.

그뿐 아니라 또 홍만서에게 다소 관계가 없지 못한 것은 전자에 경찰서로 잡혀가던 태날추의 동아리가 감옥을 깨트리고 도망질하여 나온 일이었다. 그자들은 동류가 많은 까닭으로 바깥에서 조력을 하고 안에서도 내응이 되어 가지고 비바람이 몹시 불던 날 밤에 옥을 깨트리고 도망하여 나왔다. 이 일도 각 신문지에서 굉장히 떠들었으나 홍만서는 자세히 알지 못하였다. 아니, 신문을 보기는 보았지마는 그리 눈여겨보지를 아니하였다.

112. 봉인이와 태날추 (1)

하룻밤에는 고설도를 찾아가는 홍만서의 등 뒤에서

"홍만서 씨, 홍만서 씨"

하고 부르는 사람이 있었다. 뒤를 돌려다 본즉 아주 거지 같은 여자가 서 있는데 이는 태날추의 딸 봉인이다.

홍만서로 말하면 이 계집아이를 고맙게 알아야 될 것이다. 고설도의 주소를 가르쳐 준 사람이 이 계집아이인데 그 덕으로 하여서 요사이 재미있게 지내는 생각을 하면. 그렇지마는 다만 고설도에게 정신이 팔리어서 그 은혜는 잊어버리고 가는 길을 멈추게 하는 것만 귀찮게 생각하였다. 지금 그의 가슴에는 한 걸음이라도 속히 가서 고설도를 만나 보고 싶은 생각뿐인 고로

"나를 왜 불렀소, 봉인 씨"

하고 핀잔이나 다름이 없이 물어보았다. 봉인이는 야속히 여기는 것처럼

"그렇게 하실 것이 무엇 있어요"

"무슨 할 말이 있으면 하시오. 나는 갈 길이 급하니"

"남은 일껏 정답게 가르쳐 드리려고 하는데"

홍만서는 조급증이 나서

"무엇이오. 무슨 일이오"

봉인이는 다른 때와 달라서 별안간에 말문이 막히었는지 어찌 어물어물하면서

"홍만서 씨, 그 뒤에…… 저 집에"

하는 것은 고설도의 집에를 가는가, 안 가는가를 물으려는 모양 같다.

"물어볼 일이 있으면 어서 물어보시오"

이 인정 없는 말씨에 봉인이는 좀 토라졌던지

"그만두시오. 물어보지 않아도 상관없는 일이여요. 이다음에 뵈옵지요"

하고 컴컴한 골목으로 들어가 버리었다. 이 수상한 거동을 보고 다른 때 같으면 좀 궁금한 생각이라도 났으련마는 그저 급히 가기에 정신이 팔리어서 시원하게만 생각하였다.

설도 집 골목의 컴컴한 구석에서는 마침 홍만서가 지나갈 때에 두 사람이 마주 서서 수군수군 이야기를 하는 자가 있었다. 만일 홍만서의 마음이 탄평한 때 같으면 그 말소리가 귀에 들어갔으련마는 그는 사람이 있는 줄도 알지 못하였다.

"무엇, 그 집이 그 센대가리 집이야"

"그래, 예쁜 색시하고 노파 하나하고 세 식구가 사는데 그 센대가리는 흔히 집에 없으니까 계집만 있는 때 가면 아무 일이라도 다 한다"

"애, 그것은 되었구나. 곧 동무들에게 기별을 하여 가지고 내일 밤이라도 들어가 보세. 요사이같이 재수가 없어서야 일껏 감옥을 면하여 가지고 굶어 죽지 않겠나"

이 목소리는 어찌 태날추의 목소리 같았다. 아니, 같을 뿐 아니라 바로 태날추였다. 그는 지금 동류들과 같이 장팔찬의 집을 들이치려고 의논하는 중이다.

봉인이가 홍만서를 붙든 것도 필경 이 말을 가르쳐 주려고 한 것인데 그러한 줄을 모르고 박대를 하여 쫓아 버린 것은 참 분한 일이다. 이튿날 저녁에 홍만서는 또 고설도의 집을 찾아가다가 길에서 봉인이를 만났는데 이번에는 말도 붙이기 전에 미리 옆 골목으로 빠져서 피하여 버리었다.

그러나 봉인이는 그것도 관계하지 않고 여전히 그 뒤를 따라서 보일락 말락 하게 쫓아갔다. 물론 홍만서는 고설도의 집 뒷문 앞에 가서 살짝 빗장을 벗기고 그 안으로 들어가 버리었다. 봉인이는 그 모양을 보고 있다가 이윽고 그 문 앞에 가 붙어 서서 대문을 슬쩍 밀어 보았다. 대문은 안으로 고리가 걸리었으나 그 고리는 손을 넣어서 벗길 수가 있었다. 그런 까닭으로 홍만서는 매일 잠긴 문을 열고 드나드는 것이다.

그 대문을 붙들고 선 봉인이는 야속한 생각에 치가 떨리는 것처럼

"에에, 미워 죽겠지. 남의 인정도 몰라주고―. 차라리 그대로 내버려 둘까 보다―. 그렇지마는"

하고 한참 생각한 뒤에 어떻게 결심을 하였는지 그대로 대문 앞을 떠나서 컴컴한 골목으로 숨어 버리었다.

113. 봉인이와 태날추 (2)

봉인이 간 뒤에 몇 시간이 지나서 검정 탈을 쓴 흉한들 오륙 명이 컴컴한 골목에서 수군수군 이야기를 하며 뒷문 앞으로 왔다. 이는 물론 태날추의 동류일다. 사면은 적적한데 그중의 한 사람은 위선 대문 앞으로 가까이 가서 귀를 기울이고 듣다가

"어째 집 안이 이렇게 적적하냐"

한즉 다음 한 사람은

"적적하니까 일을 하기가 좋단 말이지"

"그렇지마는 문 여는 소리가 너무 요란하게 나면 안 되었지"

"위선 그 문을 밀어 보게. 혹 열리지나 아니하였나"

그 소리에 응하여서

"가만있게, 문은 내가 열어 봄세"

하고 또 다른 사람 하나가 쑥 나섰다.

그자는 먼저 문을 흔들어 보다가 고리만 걸린 것을 알고 개구멍으로 손을 넣어서 고리를 벗기려고 하는데 이때에 컴컴한 옆으로부터 난데없는 손 하나가 쑥 나오면서 그자의 손목을 꽉 잡았다. 그자는 깜짝 놀라서 부지중에 소리를 내어

"그게 누구냐"

하고 물었다.

"누구는 알어서 무엇 하오. 나요. 이 집에는 사나운 개가 있어서 들어가도 소용없소"

하고 대답하는 목소리는 착 가라앉았었다.

손목을 잡힌 사람은 손목 잡은 사람의 얼굴을 들여다보고 다른 자들은 만일 저희를 해칠 사람 같으면 때려죽이려는 것처럼 서둘렀다. 그렇지마는 생각하니보다는 하잘것없는 적수일 뿐 아니라 얼굴빛이 해쓱한 여자이었다.

"이것 보아라. 계집년이로구나―. 대체 네가 무엇이냐"

하고 물은즉

"내가 당신 따님이오, 아버지"

하고 대답하였다.

"무엇이야, 봉인이냐. 왜 목소리가 그 모양이냐"

"폐병으로 다 죽게 되었습니다"

이 계집은 과연 봉인이었다. 아아, 봉인이는 홍만서를 위하는 마음에 가냘픈 봄으로 저의 부친을 위시하여 오륙 명의 악한을 가로막고자 하는 것이다.

태날추는 소리를 질렀다.

"폐병으로 다 죽어 가는 년이 왜 이렇게 불효의 짓을 하느냐"

글쎄, 부모의 하는 일을 가로막으면 불효라고도 말할 수가 있겠다.

"내가 언제 해로운 말 하는 것을 보셨소. 그만두라거든 그만두고 돌

아가시오"

아비는 조롱하는 말처럼

"돌아가라니. 돌아갈 데는 있더냐"

"그래도 이 집은이요 돈도 없는 집이여요. 내가 자세히 아는데요"

이때에 옆에 섰던 자 하나가

"돈이 있고 없는 것은 집 안에 들어가서 집안사람을 다 묶어 제치고 구석구석이 뒤어 보아야 알 일이지"

"흥, 그러한 짓을 하는 동안에는 개가 짖어서 순사가 올 터이니까 걱정이지. 공연히 여러 말 말고 눈 밝혀서 어서 달아나시오"

또 한 사람은

"거짓말하지 마라. 이 집에 개는 없다. 내가 낮에 다 보아 두었는데"

"개라는 것이 나여요. 내가 이 집을 지키는데 한 사람이라도 문 안에만 들어서 보구려. 내가 소리를 질러서 순사를 몇십 명이라도 불러 올 터이니"

한 사람은 쑥 나서며

"염려 말고 들어가게. 이 계집아이는 내가 붙들고 있을 터이니. 만일 소리를 지르면 모가지를 빼어 놓지"

하면서 벌써 봉인이 어깨에다 손을 댄 자가 있었다.

"그 말이 옳다"

"그 말이 옳다"

입을 모으는데 그중의 한 사람은 봉인의 부친 태날추이다.

봉인이는 아주 머리악을 쓰면서

"아무려면, 그 말이 옳고말고. 그렇지마는 들어간 뒤에 후회들은 하지 마시오"

하고 아주 회목을 젖혀 보였다. 여러 악한들은 이 말을 들은 체도 아니 하고 다시 문을 열고자 하는데 그중에 봉인이에게 마음을 붙인

몽팔이라고 하는 자가 있어서

"가만히 있게. 오늘만 날이며 이 집만 집인가. 저 색시가 하도 그리하니 다시 걸려들지 아니할 도리를 하세"

저희 동류 중에서 제일 유력한 몽팔이가 이와 같이 말을 한즉 여러 사람들은 좀 머주하게 되었다. 그중에서도 겁쟁이 하나는

"간밤에 나는 다리 밑에서 자다가 꿈을 재미없이 꾸었어. 꿈을 잘못 꾼 날은 무슨 일을 할 생각이 없데"

악한들이라는 것은 미신이 많은 것이라. 동류들 중에서 두 사람이나 뒤를 사리어서는 그 일은 아니 되고 마는 것이라.

"에―, 도무지 할 수가 없구나"

하고 태날추가 짜증을 내매

"정말 할 수 없어"

하고 한 사람은 대꾸를 하였다.

봉인이는 아주 뒤를 조져 버리었다.

"나는 상관없으니 들어갈 터이면 들어들 가시오. 나는 나대로 목이 빠지든지 목숨이 없어지든지 할 일은 하고 말 터이니. 자아, 들어가고 싶거든 들어가 보시오"

이 대담한 말은 필경 효험이 있었다. 여러 악한들은 다시 수군수군 의논을 하더니 필경 햇빛 본 도깨비 모양으로 흩어져 버리었다.

그러한 줄은 알지도 못하고 대문 안에서는 홍만서와 고선도가 무슨 중대한 의논을 하기에 밤을 새었다.

114. 빈집

　만일 봉인이가 이러한 악인들을 가로막지 아니하였더라면 그 안에서 이야기하는 홍만서와 고설도는 얼마나 놀랐을는지 알 수 없는 일이다.

　홍만서는 지금 봉인이에게 얼마나 은혜를 받는지 그는 알지도 못하고 무사태평으로 고설도와 같이 사랑의 나라에서 놀고 있다.

　그렇지마는 이날 밤에는 그 사랑의 나라가 평시와 같이 화평치 못하였다. 지금까지 두 사람은 이 비밀히 만나는 즐거움이 언제까지든지 계속될 줄로만 생각을 하여서 조금도 장래에 어찌하겠다는 생각이 없었다. 이날 밤에 고설도는 홍만서를 향하여서 기운이 하나도 없이

　"에그, 이 일을 어떻게 하여요. 정말 큰일 났습니다"

　하고 하소연을 하는데

　"에―, 무슨 큰일이 났단 말이오"

　하고 홍만서는 깜짝 놀라서 물어보았다.

　"아버님께서 나를 데리고 쉬이 외국으로 건너간다고 하셨어요"

　참, 큰일이 났다. 이 두 사람에게 대하여서는 비록 천지가 개벽을 한대도 서로 갈라서는 것같이 큰일 될 것은 없다.

　"에, 외국으로"

　"예, 영국으로요"

　홍만서의 얼굴은 별안간 붉어졌다. 자기 몸과 고설도 사이를 가르는 사람이 이 세상에 있는가 하면 고만 치가 떨리게 분하였다.

　"그래, 설도 씨는 간다고 대답을 하셨소"

　대답을 하고 않고가 어디 있으랴. 자식의 몸이 되어서 부모의 말씀을 아니 들을 수는 없는 일이다.

　"그래도 아버님께서 하시는 일을 어떻게 하여요"

“그러니 나를 여기다 버리고 가신단 말이오”

홍만서의 말소리는 비수같이 날카로웠다.

“그러기에 어떻게 하면 좋겠느냐고 지금 의논을 하는 것이 아닙니까”

홍만서는 아주 결심을 하였다.

“설도 씨와 갈라서게 되면 나는 하루도 못 삽니다”

물론 으르는 말이 아니라 정말 결심을 하는 것이다.

“어떻게 하면 좋아요”

글쎄, 어떻게 하면 좋을까. 이때에 이르러서는 홍만서도 앞이 캄캄하였다.

손길을 마주 잡고 도망질을 하였으면 서로 갈라설 걱정은 없지마는 그러하면 고설도의 몸을 영구히 버리는 것이다. 육례를 갖추지 아니하고 부부가 되었다 하면 다시는 행세를 못 할 것이니 자기 몸이야 어찌 되었든지 간에 고설도의 몸을 버리어 줄 수는 차마 없는 일이다.

두 사람은 대문 밖에 무슨 일이 있는지 알지도 못하고 울음과 한숨으로 밤이 이슥토록 의논을 하였다. 그러나 다른 좋은 방침이 나설 수는 없는 일이라. 다만 홍만서와 고설도가 급자기 정식으로 혼인을 하여 가지고 남편이라는 권리를 빌려서 고설도를 붙들어 둘 수밖에 없다. 알기 쉽게 말을 하자면 여필종부라는 조건을 가지고 저의 부친에게서 고설도를 빼앗겠다는 말이다. 필경은 이와 같이 의논을 하고서 서로 작별하였다.

정식으로 결혼을 한다는 것은 말은 쉬워도 하기는 어려운 일이다. 첫째, 이십오 세 미만의 남자는 부친이나 또는 후견인의 승낙이 없으면 혼인을 못 하는 법인데 홍만서의 나이는 스물두 살밖에 아니 되었은즉 자기 마음대로 혼인할 자격이 없고 또 민적상으로 후견인이 되어 있는 길 후작의 승낙을 받자 하니 벌써 오 년 전에 절륜이 되어서 서사왕복까지도 끊긴 터이다.

그렇지마는 그 승낙을 받을 수밖에는 다른 도리가 없는지라. 홍만서는 생각하다 못하여서 마침내 차마 못 할 일을 하기로 결심하였다. 아무리 완고 노인이라도 잘 사죄를 한 뒤에 사정을 자세히 이야기하면 설마 허락을 하겠지, 내 몸과 고설도의 살고 죽는 큰 문제이니까 아무렇든지 고개를 폭 숙이고 애걸을 하여 보리라고 결심하였다. 저 홍만서의 성미로 이렇게까지 생각이 들어간 것은 참 여간 일이 아니다. 그와 같이 결심을 한 홍만서는 고설도를 향하여서

"혼인할 준비를 하려면 불가불 이틀 걸려야 하겠으니까 내일 저녁에는 내가 오지 못할 것이오. 모레 저녁 아홉 시까지에는 꼭 기쁜 소식을 가지고 오리다"

그는 이틀만 하면 길 후작의 승낙을 받을 줄로 생각한 것이다.

이튿날 저녁때에 그는 쇠가죽을 무릅쓰고 길 후작 집 문 안에 들어섰다. 길 후작으로 말하면 물론 귀여운 손자이라 겉으로는 성을 내면서도 속으로는 기뻐하여 곧 자기 방으로 불러들이었다. 그렇지마는 이 노인은 나이 구십이 넘어 뱃속에는 귀족이 가득 차고 완고의 수작만 점점 늘어 간다. 홍만서에게 혼인 이야기를 듣고

"저 집 신분은…… 무슨 작이냐"

"작은 없어요. 그저 수조하는 신사의 딸이지요"

노인의 눈살은 좀 찌부러졌다.

"흥, 작위는 없으면 재산은 어떠한고. 필경 작위 없는 보상을 할 만한 큰 재산가이겠지"

"저나 다를 것 없는 빈한한 사람이여요"

노인은 곧 미친놈을 만난 것처럼 기가 막히던지 성이 머리끝까지 나서

"만서야"

384

하고 소리를 한 번 지르더니

"그래, 너도 입고 빨 옷 한 벌이 없고 저 편짝도 그 모양이면 혼인을 한 뒤에 어디서 자니. 다리 밑에 가 잘 터이냐"

홍만서는 빨끈 성을 내면서

"너무하십니다, 할아버지"

할아버지라는 정다운 말이 고독한 노인에게는 더할 수 없이 반가 운 말이라. 노인은 곧 마음이 풀리어서

"잘못되었다, 잘못되었다. 말이 과한 것은 내 성미가 근본 그런 것 이니 어떻게 알지 마라. 만서야, 오오, 그러면 좋은 도리가 있다. 나도 젊어서는 못 하여 본 일도 아니니 내가 좋은 도리를 가르쳐 주마. 그렇 게 빈한한 집이거든 혼인을 할 것 없이 반년이고 일 년 동안이고 넌지 시 데리고 놀다가 싫증이 나거든 돈푼이나 집어 주고 그만두려무나. 그 돈은 내가 줄 터이니"

하면서 벌써 돈궤부터 돌려다 본다. 홍만서는 고만 불덩이같이 성 이 났다.

"대감은 다섯 해 전에 우리 아버지 남작 홍명수의 이름을 욕보이고 지금은 또 내 아내를 욕보이십니다그려. 인제는 더 할 말씀도 없소"

하고 벌떡 일어서서 문밖에 나선 때에는 벌써 밤이 깊었었다.

백계무책이라는 것은 지금 홍만서의 경우를 두고 한 말이다. 그는 이 세상에 아무것도 바랄 것이 없게 되어서 그날의 하룻밤을 길가에서 방황하면서 새어 버리었다.

이 이튿날은 곧 일천팔백삼십이년의 유월 닷샛날이라. 유명한 파리 혁명 난리의 시가전이 일어나던 첫날인데 홍만서의 친구들은 전부 그 싸움에 참가되었으며 그중에는 한편의 두목이 된 사람도 있었다.

홍만서 한 사람은 가슴속에 정치도 없고 혁명도 없다. 이왕에는 가 득하게 찼던 일도 있었지마는 지금은 그 그림자도 없이 되었다. 고설

도의 그림자가 눈앞에 가리어서 다른 일은 다 잊어버리고 말았다.

밤 아홉 시가 되어서 그는 약속한 바와 같이 고설도를 찾아가 본즉 그 집은 벌써 빈집이었다.

115. 죽을 땅을 얻었다 (1)

장팔찬의 집은 아주 빈집이었다. 홍만서의 마음에 얼마나 놀라우랴.

장팔찬은 어찌하였나. 그저께 밤에 고설도의 하던 말과 같이 벌써 영국을 건너갔는가. 그렇다고 한대도 이렇게 속할 수야 있는가.

아니다. 떠난 것은 아니다. 떠나갈 채비를 차리려고 위선 이사를 한 것이다. 그게 무슨 까닭인가.

아아, 그는 위선 이사를 할 필요가 많이 있다. 첫째는 일전 신문에서 태날추의 동류들이 파옥하고 나온 줄을 알았다. 아니, 신문으로 알기만 한 것이 아니라 그는 저녁때에 산보를 하다가 태날추를 보았다. 자기가 몸을 피한 까닭으로 다행히 들키지는 아니하였으나 자기 몸에는 큰 위험이 생긴 줄을 알았다. 물론 지금 사는 집도 태날추가 알지는 못하나 자기 다니는 예배당을 알고 그 예배당 근처인 줄까지도 아는 터인즉 어느 때에 찾아와서 원수를 갚을는지도 모르는 일이라 좀 사이 뜬 곳으로 떠나가지 아니할 수 없는 일이다.

둘째로는 요사이 민간에서 정부를 원망하는 소리가 점점 높아지며 여기저기서 민요를 꾸미느니 혁명을 꾸미느니 하는 소리가 있는 까닭으로 정부의 정탐이 비상히 엄중하여서 장팔찬이같이 숨어 사는 사람에게는 비상히 곤란한 일이다. 이러한 사정이 있는 까닭으로 그는 이

나라에 오래 있지 못할 줄을 알고 일시 영국으로 건너가서 얼마쯤 풍설이 가라앉은 뒤에 돌아오기로 결심하고 미리 고설도에게까지 이야기를 한 것이다.

그러나 그뿐만 아니라 셋째로는 그가 어느 날 아침에 집 안에 산보를 하다가 명함 한 장을 주웠는데 겉에는 남작 홍만서라고 박히었고 등 뒤에 연필로 주소까지 씌어 있었다. 그는 깜짝 놀랐다. 외인의 출입이 없는 우리 집 대문 안에 명함이 떨어져 있는 것은 무슨 까닭인가. 들어올 사람이 없을 줄로 아는 것은 잘못 든 생각이요 필경 누구인지 드나드는 사람이 있는 모양이다. 아니, 누구라고 할 것이 아니라 이 명함 임자의 홍만서가 들어오는 것이다. 대체 이 사람은 어떠한 사람이며 무슨 까닭으로 드나드는가. 그 내용은 알 수 없는 일이다. 그렇지마는 이 일은 아주 몰랐다는 것은 말이 되지 않는다. 이왕에 고설도가 밤마다 대문 안에 사람이 들어온다고 의심을 하였는데 그 의심이었던 모양이다. 그때에 집 안을 순경 돌다가 굴뚝 그림자를 보고 필경 설도가 이 그림자를 잘못 보았나 보다고 장팔찬이 혼자 생각으로 설명을 하여 버리었으나 인제 생각을 한즉 굴뚝 그림자인 줄로 생각을 한 것이 도리어 잘못된 일인 듯하다. 이러한 생각, 저러한 생각을 하다가 본즉 이왕에 공원에서 설도의 뒤를 따라오던 젊은 신사의 일까지도 생각이 났다. 혹 그 사람이 이 홍만서라는 사람이나 아닌가. ㄱ 사람이 집을 일아 가시고 설도에게 편지질을 하는 것이나 아닌가. 아아, 어찌 그러한 듯하도다.

이와 같이 생각을 한즉 장팔찬의 가슴은 쥐어뜯는 듯이 아팠다. 태날추의 복수보다도, 경찰서의 탐정보다도 이 일 한 가지가 제일 걱정된다. 그것은 무슨 까닭인가. 장팔찬에게는 자기 몸보다도 고설도의 몸이 더 중한 까닭이다. 다른 사람에게 고설도의 마음을 빼앗기는 것은 자기 목숨을 빼앗기어 세상을 모르느니보다도 더욱 어렵다.

장팔찬이는 홍만서와 고설도가 손길을 마주 잡고 밤마다 걸어앉아

서 꿀 같은 정담을 주고받던 그 걸상 앞을 지나서 대문 앞에까지 갔으
나 정신이 황홀하여져서 다시는 걸을 수가 없었다. 그곳에 놓여 있는
돌 위에 걸어앉아 고개를 숙이고 홀로 생각을 하노란즉 자기 발 옆으
로 사람의 그림자가 언뜻 지나갔다. 깜짝 놀라는 동안에 그 그림자는
자기 등 뒤편으로 돌아가 사라지고 그와 동시에 장팔찬의 앞에는 종이
하나만 떨어져 있었다. 그 종이쪽을 집어 들고 본즉 연필로

급히 이사하시오.

하는 한마디를 썼는데 장팔찬이는 이것을 하느님의 지시하시는 일
이라고 생각하여서 벌떡 일어서며 그 사람의 종적을 살펴본즉 거지와
다름없이 남루한 의복을 입은 젊은 여자였다. 대체 이 젊은 여자는 누
구인가. 장팔찬이는 알 리가 없지마는 어젯밤에 이 집 문 앞에서 태날
추의 동류들을 가로막고 들이지 않던 저 봉인이다. 아아, 불쌍한 일이
아닌가. 외기러기 짝사랑으로 홍만서를 따르는 까닭으로 남도 모르게
홍만서의 뒤를 싸고 이 집까지도 지키는 것이다. 이 집에 무슨 위험한
일이 있는 것을 알고서 종이쪽으로써 장팔찬에게 일깨워 주는 것이다.
장팔찬이는 이날에 이 집을 떠나서 이왕에 준비하였던 둘째 집으로 가
버리었다. 그곳에서 준비를 하여 가지고 영국으로 건너갈 생각이다.

116. 죽을 땅을 얻었다 (2)

장팔찬의 떠나간 내용을 알지 못하는 홍만서가 빈집을 찾아온 것
은 그 이튿날 밤이었다. 그는 으레 나와서 기다릴 줄로 생각한 고설도

가 나오지 아니한 것을 보고 한없이 낙담을 하며 몇 시간을 기다리다가 고설도의 거처하는 방문 앞으로 가서 귀를 기울이고 들어 보았으나 집 안은 적적하여 사람의 기척이 없고 문틈으로 새어 나오는 등불조차도 보이지 않는다. 이것은 심상한 일이 아니라고 생각난 때에 부지중에 큰 소리를 내어서 고설도의 이름을 불렀다. 아무리 불러도 대답이 없는지라. 아아, 설도는 벌써 떠나갔구나. 아주 영국으로 건너가 버리었구나. 이와 같이 생각난 때에 그는 아주 낙담이 되었다. 그렇지 아니하여도 길 후작 노인에게 욕을 보나 다름없는 불쾌한 말을 듣고 고설도와 혼인할 도리가 없이 되어서 아주 눈이 뒤집힌 판인데 그 고설도까지도 어디로 간 것을 보고는 두 겹으로 낙담이 되어서 인제는 자살을 할 수밖에 없다고 결심을 하였다. 자살을 하여서 이 세상의 시름을 잊어버리고 싶은 것이다.

홍만서의 성미로는 결코 자살하기가 어려운 일이 아니다. 더욱이 이날은 벌써 아침부터 골목골목에서 민요가 일어나서 관병과 싸우는 중이며 홍만서가 이곳에 오기 전에도 총소리와 고함 소리가 우레같이 일어나는 것을 가끔 들었으나 다만 연애에 정신이 팔린 까닭으로 그편에는 마음이 돌아가지 못하였으나 이로부터 그 민요 통에 끼어 가지고 전사를 하면 고만이다, 군인 중의 군인이라고 하는 홍명수의 아들인즉 부친의 미워하던 지금 정부와 전쟁을 하여서 목숨을 비리는 것노 나의 소원이라고 별안간에 생각을 돌리고 그는 대문 밖으로 나섰다. 그의 눈은 어두운 중에서도 샛별같이 정신기 나는 것을 보아 알겠더라.

그가 대문 밖을 나설 때에 등 뒤에서 부르는 소리가 들리었다.

"홍만서 씨"

이는 분명히 봉인의 목소리이다.

"여보셔요, 당신 친구네의 ABC(에이비시) 계원들은 드니 거리에다 진을 치고 당신을 기다리던데요"

홍만서는 깜짝 놀라서 돌려다 보았으나 봉인이는 벌써 간 곳이 없어졌다. 홍만서는 컴컴한 길가에서 혼잣말로

"응, 인제는 죽을 땅을 얻었다"

하고 결심을 고쳐 하였다.

연애에 절망되면 죽음으로 마치는 일이 많다. 살아서 이 세상에서 고생을 하느니보다는 죽어서 잊어버리는 편이 편안하다고 생각이 드는 것인데 지금 홍만서야말로 그러한 경우를 당하였다.

이와 같이 죽기로 결심한 때에 마침 전쟁이 시작되어서 싸움에 죽게 되는 것은 더할 수 없는 다행일다. 홍만서는 하느님이 자기에게 이러한 기회를 주었다고 생각하여서 도리어 기쁜 마음이 생기었다.

* * *

이로부터는 이 전쟁의 일어난 까닭을 간단히라도 이야기하여야 하겠다. 대체 나라라는 것은 사람에게 자라는 시기가 있는 것과 같이 진보되는 시기가 있는 것이며 사람이 으레 할 때에 자라지 못하면 병이 나는 것과 같이 나라도 진보되어야 할 때에 진보되지 못하면 탈이 나는 것인데 이때의 불란서가 마치 그 모양이었다. 혁명의 내란이 수십 년을 계속한 끝에 나폴레옹의 전쟁을 겪어서 모든 백성들은 한없이 지친 까닭으로 인제는 내정을 잘 다스리어서 백성의 생활 정도를 높여야 한다는 생각이 제가끔 가슴속에 있으며 더욱이 적국 되는 영국이나 독일 형편을 볼지라도 불란서는 모든 정사를 잘 개량하여 가지고 나라의 면목을 일신하게 하여야 하겠는데 이때의 정치는 아주 무능하기가 짝이 없었다.

위에는 과단성 없는 임금이 있고 아래에는 완고들의 신하가 있어 모든 정사가 문란하게 되었으며 그 나라의 자랑을 삼던 육군까지도 부

패하여졌으며 그 위에다가 외국과 전쟁을 한 탓으로 모든 사업은 세월
이 없이 되었고 위선 돈이 바짝 말라서 공황을 일으키었다.

117. 민요 (1)

돈이 귀하고 세월이 없는 것같이 무서운 일은 없다. 이러한 때가 되
면 아무것도 모르는 우매한 백성들까지라도 정부를 원망하는 것이다.

하물며 다소간 생각이 있는 사람이면 깊이 나라의 앞길을 근심하여
아무리 하여도 이와 같이 능력 없는 정부는 그대로 둘 수가 없다는 생각
이 드는 것이다. 그러한 까닭으로 불평당들의 구락부가 도처에 일어나
서 혹 사회 문제를 연구한다고 일컬으며 혹은 지식 계급이라는 청년 학
생들이 단체를 짓고 자선가로라고 하는 노성한 사람들이 동아리를 짓
는 등 말하자면 파리 전시는 아주 불평당들의 굴혈이 되어 있었다.

그러나 정부에서는 이러한 일을 조금도 돌려다 보지 아니하였다.
아니, 정부에서도 모르는 것은 아니나 까닭 없는 정탐만 수없이 늘어
놓을 뿐이요 정치의 근본을 개혁하여서 백성들의 마음을 안돈시키겠
다는 생각은 조금도 없었다. 그러한 까닭으로 사회의 공황은 날로 심
하고 불평은 더욱더욱 불평이 되며 모든 사람의 울분한 생각은 기거익
심으로 가슴에 충만하여 필경은 어떤 사랑을 가든지 어떤 술집에를 가
든지 불평을 듣고 불평을 하소연하기 위하여 모여드는 사람이 많게 되
었다. 정말 혁명의 기운이 모든 사회에 가득하였다.

마치 이때의 광경은 사회가 불 화산 꼭대기에 올라앉은 셈이었다.
어떠한 때에 화산이 터져서 불과 연기를 내뿜을는지를 알 수 없는 형
편이다. 누구든지 문밖에 나설 때에는 으레 무기를 한 가지씩 가지며

가끔 술집 같은 사람 모이는 곳에서 보면 여기저기로 사람 모인 곳을 찾아다니며 그중에 두목인 듯한 사람에게 무슨 말을 쑤군쑤군 전하고 가는 사람이 있는데 어찌 그 모양이 비밀한 연통이나 무슨 중대한 일을 거사하자는 군호같이 보인다. 그러한 때마다 그 자리에 모여 있는 사람들은 서로 눈치를 슬슬 보면서 각각 허리에 차고 있는 무기를 다시 한 번씩 만져 본다. 이것이 소위 살얼음판이라는 것이다.

이 모양을 또 다른 데다가 비유하여 볼 양이면 파리의 온 시가는 마치 화약을 장치한 대포와 같은 것이다. 다만 귀약 불 한 덩이만 집어 던지는 사람이 있으면 곧 탕 하고 퍼져 나갈 것이다. 그러나 이 위험한 형세는 점점 익어 가서 필경에는 귀약 불을 지르지 아니하여도 자연히 터져 나게 되었다. 사람들의 울분한 생각이 뜨겁게 달아서 스스로 불길을 일으킨 것이다. 때는 일천팔백삼십이년 유월 오일이다. 유명한 라마르크 장군이 죽어 그 장사가 나가는데 누가 말한 바도 아니요 누가 가르친 바도 아니련마는 이날이 정부를 두드려 엎을 첫날이라는 생각이 모든 사람의 가슴속에 그득 찼었다. 전고에 없이 많은 사람이 장군의 장렬을 구경한다는 핑계로 그 장렬의 지나가는 길가에 모여 있었다. 그리고 그 사람들은 생각하기를 혁명의 시초가 어디서부터 일어나는가 하고 기다리고 있었다. 이와 같이 살기를 띤 군중들 속에서는 순사의 찬 칼이 어떤 사람의 옷소매만 스쳐도 그것이 민요의 시초가 되는 것이다.

백성들의 형세가 이러한즉 아무리 무능한 정부일지라도 모를 리가 만무하다. 아니, 무능한 정부일수록 도리어 이러한 일에는 눈치가 빠르고 조심을 더 하는 법이다.

이날 정부에서는 의장병이니 호위이니 하는 명칭으로 시중에 늘어세운 군대의 수효가 무려 이만 명이며 문밖으로 중요한 곳에 늘어세운 병정이 삼만 명, 도합 오만 명이나 되었으며 지방의 영문에서까지 불러올리었었다.

만일 그때에 비행기가 있어서 공중에 떠 가지고 이때의 파리 시를 내려다보았으면 사람들의 모여 선 모양이 마치 혜성과 같이 보였을 것이다. 라마르크 장군의 상여가 혜성의 머리가 되고 몇천 몇만의 사람이 꼬리와 같이 이 뒤를 따라서 길게 길게 파리의 넓은 골목을 휘돌아 있었다.

그중에는 이상한 복색을 꾸민 사람도 있었다. 어떤 골목에서 나와 끼었는지는 알 수가 없으나 이러한 위인들이 필경 거사를 하리라고 지목을 하였더니 과연 일이 났다. 물론 이러한 자들이 먼저 거사를 한 것이다.

118. 민요 (2)

이와 같이 이상한 복색을 입고 행렬 중에 섞이어 있는 자들은 거리거리에서 조금만 다른 기색이 있으면 곧 '공화 정치 만세'를 부르며 고함을 지르는데 그러한 소리가 일어나는 때마다 무수한 군중은 이에 화답하여 온 시가가 진동하는 것같이 뒤끓었다. 이것만 보아도 그때 정부의 운명을 가히 알 것이 아닌가. 입헌 군주 정치가 혁혁히 서 있는 바로 그 턱밑에서 이러한 소리를 지르다니 벌써 백성들의 눈에는 정부라는 것이 보이지 아니하는 증거이며 혁명의 기운이 시내에 가득한 표시이라. 무사히 가라앉을 수는 도저히 없을 것이다.

행렬이 오스테를리츠 다리에까지 간즉 그 장렬 중에서 제일 주목을 받는 라파예트 장군이 상여를 하직하고 되짚어 들어오고자 하였다. 이때 이 장군의 명망이 얼마나 높았던가는 고쳐 이야기를 할 것도 없이 역사를 읽은 이는 다 아는 바이다. 군중들 중의 한 떼는 이 장군이 돌아서는 것을 보고 곧 그 뒤를 따라서 역시 되짚어 섰는데 이와 같은 경우에 발끝을 돌리고 보면 뒤에 오는 사람과 충돌이 될 것은 물론이다. 더구나 뒤에 오던 것은 정부의 용기병인데 용기병과 군중과는 충돌이 되었다. 아아, 군중들은 다만 충돌만 기다리고 있은 것이다. 혁명의 실마리는 이때에 열린 것이다.

선두에 서 있던 장렬들은 무사히 지나가고 그 뒤편은 졸지에 수라장으로 변하여서 물 끓듯이 끓어 버리었다. 충돌이 되는 동시에 군중들 틈에서 탕, 탕, 탕 하고 세 방의 총소리가 들리었는데 한 방은 용기병의 앞장선 사관을 맞히었고 한 방은 옆으로 빠지며 어떤 상점의 유리창을 꿰뚫어서 그곳에 있던 노파 하나를 넘어트리었고 또 한 방은 기병의 견장을 쏘아 떨어트리었는데 어떠한 자의 소위인지는 알 수가 없었으며 무기는 아니 가진 사람이 없었다.

곧 기병들은 이러한 자들을 말굽으로 밟아 없애려고 들었다. 부르짖는 소리, 호령하는 소리, 말굽 소리는 검은 연기 속에서 일어나며 회오리바람과 같이 사람을 말았다. 한번 시작이 된 다음에는 여기서만 이러하고 말 리가 없다. 이와 같은 소동, 이와 같은 회오리바람은 도처에서 일어났다. 그렇지마는 이것은 잠시 동안이었다. 군중들 편에는 얼마나 후원이 있는지 그는 알 수가 없으나 기병들 편에서 연해 뒤를 이어서 구원병이 나타났다. 아무 규율도 없고 호령도 없는 군중들이 그대로 견디어 갈 도리는 없을 것이다.

군중의 목적은 여기서 싸우자는 것이 아니라 싸움의 시초만 만들면 고만이라 그자들은 목적을 달한 모양이었다. 곧 사방으로 흩어져서 뒤쫓는 사람의 눈을 현황하게 한 까닭으로 실상 잡힌 사람은 몇 사람이 아니 되었다.

그러나 이와 같이 사면팔방으로 흩어진 사람들이 각처로 다니며 호령을 전하였다.

"일어나거라. 일어나거라. 총을 들고 일어나거라"

하는 소리가 연해연방 끈을 달았으며 파리 전시의 사람들은 되나 아니 되나 한번 비비어 델 시기가 왔다고 생각을 하였다. 그렇지 아니하여도 화약을 잰 대포와 같이 귀약 불이 들어오기만 기다리던 인심들이라 이 한소리 호령에 벌 떼같이 우쩍 일어섰다. 호령을 하는 사람이 따로이 있을 까닭은 없는 일이지마는 모든 사람이 모든 사람을 호령하고 지휘하는 것이다. 이와 같이 된 다음에는 아주 진정시킬 도리가 없다. 이날 저녁때까지 겨우 칠팔 시간 동안에 거리거리의 요해처에는 이십칠 개의 민보를 쌓았다.

어떤 사람이 이것을 쌓았나. 어떤 사람이 따로이 있는 것은 아니다.

그 근처 사람이 서로 모여 가지고 이것저것을 함부로 집어다가 쌓아 놓은 것이다. 무엇이든지 방패막이가 없어 가지고는 도저히 정부의 군대를 당할 수 없는 생각이 모든 사람의 가슴속에 있은 것이다. 아니, 무슨 짓을 한대도 없을 일이지마는 승패라는 것은 이러한 사람들의 생각하는 일이 아니다. 지면 죽을 뿐이지. 죽어 버리는 편이 이러한 무능한 정부, 포학한 정부, 타락된 정부 아래에서 고생하느니보다는 낫다. 그렇지마는 싸우는 때까지 싸워 보겠다는 것이 모든 사람들의 결심한 바이다.

어떻든지 평일부터 자기 지위에 대하여 부족하게 생각하던 자 또는 생활 곤란에 고생살이를 하던 자 혹은 정부에 대하여 불평을 품는 자들은 육혈포가 되면 육혈포, 그도 없으면 식칼 한 자루라도 거꾸로 휘어잡고 제가끔 가까운 민보 속으로 모여들었다. 또는 의지할 곳이 없으면 제 손으로 총알받이를 만들어 놓고 사람 오기를 기다리는 일도 있었다. 홀로 이 일을 알지 못하고 있는 사람은 저 홍만서 한 사람뿐이라고 하여도 가할 것이다. 그와 같이 낙담이 되어 가지고 그와 같이 한 가히 있는 사람은 다시없을 것이다.

팔십 살이 넘은 마 첨지 노인까지도 참가하였고 열한 살인가 열두 살 밖에 아니 된 저 태날추의 아들도 참가하였다. 여자의 몸이로되 봉인이 도 남의 뒤는 지지 아니하였다. 제가끔 목적하는 바는 따로 있었다고 할 지라도 그때의 형편은 가히 살핀 것이다. 정말 혼돈천지가 되고 말았다.

119. 군중의 흩은 기록 (1)

(1) 수령과 술부대

반나절 동안에 시내 각 요해처에 쌓아 올린 스물일곱 보루 중에는 저 홍만서의 참가되어 있는 ABC(에이비시) 계원들이 쌓아 놓은 것도 있었는데 장소는 생드니 근처의 어떤 술집 앞이다. 이 청년들은 이곳 에 몸을 의지하고 관병들과 싸울 생각이었다. 목숨이 있는 때까지는 혁명을 위하여, 창생을 위하여서 싸워 볼 생각이다. 철을 모른다고 하 려거든 하여라. 다만 그의 용기들은 가상치 않은가. 지금의 학생들은 이러한 기개가 도저히 없다.

이날 아침에 군중과 관병이 충돌을 하자 첫째로 이곳에 달려온 사 람은 여자 중에서도 미인이 될 만한 옥 같은 남자였다. 이 사람의 나이 는 이십이 겨우 넘었을 듯하나 ABC(에이비시) 계의 수령이다. 그의 가슴 가운데에 얼마나 맹렬한 기상을 품었는지는 헤아릴 수 없다고 사 람마다 탄복하는 바이요 이름은 원지라라고 일컫는다.

원지라가 달려온 때에는 벌써 계원 한 사람이 집회소에 들어와 있 는데 이 사람인즉 집회소에를 오고자 하여서 온 것이 아니라 이 집회소가 술집의 뒷방인 까닭으로 온 것이며 벌써 그 회원은 술이 마냥 취하여서 정신을 못 차리는 판이었다. 원지라는 그 술부대를 똑바로 쳐다보면서

"또 술타령인가. 우리들의 죽을 때가 돌아왔는데"

이 술부대는 계원 중에 제일 무능한 사람이다. 무슨 까닭으로 이러한 청년 혁명당 틈에 들었느냐 하면 다만 수령 원지라의 용감하고 아름다운 인품에 끌리어서 들어온 것이다. 이 사람의 이름은 구란타. 술을 좋아하는 모양으로 수령 원지라를 좋아하였다. 그는 게게 풀린 눈으로 수령을 쳐다보면서

"무엇이야, 죽을 때가 돌아왔다고. 그것 좋지, 그것 좋아. 수령이 죽으면 우리도 죽을 줄 안다오"

하고 일어나고자 하였으나 벌써 아래가 풀리었다. 수령은 화를 내면서

"아아, 우리 계원의 망신은 네가 다 시키는구나. 자아, 일어나서 봉죽이나 들어라. 이 거리에다가 보루를 쌓아야 하겠으니"

"아무리 수령의 말이라도 그것은 억설이오. 밤새 술을 먹고 아래가 풀린 사람 보고 무엇을 하라는 말이오. 아니요, 한 순배 더 먹고 한숨 잔 뒤에 하리라. 애, 술 가져오너라. 술을 가져오란 말이야. 하하……"

그러한 중에 권보하라고 하는 부수령이며 기타 여러 사람들이 모여들어서 구루마를 끌어오는 사람에 탁자를 들어 오는 사람에 서유 상자, 백주 통을 들어 오는 사람에 제가끔 힘을 다하여 높다란 보루를 길 한가운데에다 쌓아 놓았다. 참 엉성하기는 엉성하나 쳐들어오는 관병들에게는 적잖이 방해가 되는 것이다. 이와 같이 여러 사람들이 애를 쓰는 동안에도 구란타 한 사람은 술만 먹으며 어느 누가 무엇이라고 하든지 상관을 않는다.

"히, 나도 죽을 때가 되면 어엿하게 죽는다네. 그때까지는 좀 자야

하겠네. 일껏 한잠을 자려고 하면 일어나거라, 일어나거라. 이렇게 졸
려서는 아무것도 못하겠네. 좀 내버려 두게. 우리도 죽을 때가 되면 죽
는단 말이야"

하고 꼬부라진 혀를 돌리지도 못하면서 큰소리를 하다가는 그대로
쓰러져서 잠이 들어 버리었다. 혁명을 일으키는 용감한 사람들 틈에
이러한 사람이 있다니 참 이상한 것은 세상일이다.

(2) 어린아이와 차보열이

해가 서산을 넘을 때에 각처에서는 종소리가 일어났으나 아직 이
보루에까지는 관병의 손이 돌아오지 못하였다. 그동안에 준비를 하여
야 하겠다고 수령 원지라는 위선 각처에 파수 병정을 내보내고 보루
안에 있는 사람들에게는 혹 화톳불을 준비시킨다, 혹 화약 봉지를 만
들게 한다, 혹 병기를 모아들이게 하는 등 각각 책임을 지어서 일을 분
담시켰다. 그는 과연 수령이 될 만한 재목이다.

이때까지 이 보루에 모여든 사람은 부지기수라고 하겠지마는 그중
에는 열한두 살밖에 아니 되는 어린아이가 있었다. 이 아이는 저 태날
추의 아들인데 여기저기로 돌아다니며 심부름을 잘하여서 여간 어른
보다도 일을 잘하는 까닭으로 여러 사람들에게 귀염을 받았으나 다만
그 아이는 적군과 싸움할 총이 없어서 제 깐에는 매우 한이 되던지 어
른들의 가진 총을 부러워하는 모양으로 쳐다보면서 때때 수령 원지라
를 보고

"나도 총 하나만 주셔요. 얼마든지 시키시는 대로 심부름을 잘할 터
이니 그 상급으로 총 하나만 주셔요"

원지라는 껄껄 웃으면서

"아직 어른들도 다 차례가 못 갔다. 이따가 어른들이 가지고 남거든 너도 하나 주지"

그 아이는 실쭉하여 가지고

"그러면 어디든지 가서 하나 찾아낼 터이니 그 총은 나를 주서요"

하고 어디로 달아났다. 조금 있다가 그 아이는 아주 걱정스러운 모양으로 수령의 옆에 와서 나지막한 목소리로

"그거 보서요. 이 속에 순사가 들어와도 상관이 없습니까"

순사가 들어왔으면 이것은 물론 정부의 탐정이다. 진중에 적군의 탐정이 드는 것같이 위험한 일은 없다. 원지라는 눈을 번쩍 뜨면서

"무엇이야, 탐정이 있어"

"나는 거짓말은 아니 하여요. 저 구석에 서 있는 키 큰 사람이 순사여요"

하고 한편 구석에 총을 메고 선 사나운 사람 하나를 가리키며

"다른 사람은 다 몰라도 나는 저 사람을 알아요. 저 사람은 아주 무서운 순사여요"

하고 장담을 하였다.

원지라는 곧 튼튼한 사람으로 네 사람을 불러 가지고 귓속을 한 뒤에 지금 그 아이가 가리키던 사람의 앞으로 가서

"당신은 누구요"

하고 물었다. 그 사람은 깜짝 놀라서 수령의 얼굴을 쳐다보았으나 주저주저하고 대답을 못 하였다. 원지라는 그 눈치가 수상한 것을 보고 소리를 가다듬어서

"네가 정탐이지"

하고 호령을 하였다. 그 사람은 고개를 끄덕끄덕하면서

"아아, 서투른 안목으로 그만큼 알아낸 것은 가상한 일이다"

"참 뻔뻔한 놈이다"

원지라는 재차

"네가 정탐이지"

그자도 할 수가 없던지

"아니, 정부에서 특파되어 온 관리요"

말은 달라도 실상은 다 일반이다.

"이름은 무엇인고"

"순사 부장 차보열"

이 말 떨어지자 마자 네 사람은 일시에 달려들어서 그자를 잡아 가지고 그 몸을 수색하였다. 과연 감찰 한 장이 나오는데

순사 부장 차보열이. 나이는 오십이 세.

라고 씌어 있고 다음에는 관청의 명령서를 가졌는데 그 명령서에는

너는 드니 거리에 가서 그곳의 형세를 조사, 보고하라.

하였더라. 인제는 의심할 것도 없다. 적군의 정탐이면 으레 총살을 하는 법이라.

"총살, 총살"

하고 여러 사람은 소리를 질렀다. 원지라는

"물론이오"

하고 선고를 하였다.

그 아이놈은 이 모양을 보고 강동강동 뛰면서

"야, 이것 보아라. 한 놈 잡았다. 이놈을 죽이거든 그 총은 내가 가질 터이여요"

이야말로 어린 쥐가 늙은 고양이를 잡은 셈이다.

120. 군중의 흩은 기록 (2)

(3) 차보열이가 잡히었다

차보열을 앞뒤로 결박한 후 술집 뒤꼍으로 끌어다가 기둥에 붙들어 매어 놓고 수령 원지라는 선고를 내리었다.

"이 보루가 함락되기 십 분 전에 그대를 총살하겠소"

차보열이는 대담한 위인이라.

"어찌 지금 죽이지를 않소"

원지라는 대답하였다.

"아니, 탄환이 아까워 그렇소. 다만 한 방이라도 허비할 수는 없소"

과연 수령 된 사람의 생각이다.

"그러면 칼로 목을 베구려"

"아니, 우리는 재판관이지 자객은 아니오"

이와 같이 대답을 하고 다시 그 어린아이를 향하여서

"너는 몸이 작아서 남의 눈에 거칠 염려가 없으니 바깥에 나가서 거리의 형편을 살펴보고 오너라"

수령의 입으로 직접 명령을 받는 것은 이 아이의 명예일다. 아이놈은 옆에 있는 치보얼의 총을 돌아다보면서

"심부름을 다녀 들어오거든 이 총은 나 주셔요"

하고 어깻바람이 나게 뛰어나갔다.

(4) 관병의 습격

밤은 열 시나 되고 보루의 안팎은 적적할 때에 골목 저편에서 군가

를 노래하는 어린아이의 소리가 들리었다. 수령은 늘어앉은 여러 사람을 향하여

"아아, 이것은 아이놈의 군호일다. 필경 관병이 닥쳐오는구나"

여러 사람들은 인제야 정말 싸울 때가 돌아왔다고 제각기 몸단속을 고쳐 한다. 그러한 때에 그 아이는 핑구같이 굴러 들어오면서

"저기 관병이 닥쳐옵니다. 아까 약조한 그 총을 주셔요. 나도 싸우게요"

이 보고를 듣자 여러 사람들은 총을 준비하여 가지고 각각 자리를 잡아 앉았다. 이때 수령 원지라는 소리를 높이어서

"결코 탄환을 헤피 쓰지 않도록. 적군들이 바싹 가까이 오기를 기다리시오"

말이 그치지 못하여서 벌써 저편에서는 여러 사람의 달려오는 소리가 들리었다.

적군들은 이 보루를 캄캄한 중에서 알아보고 저 편짝 골목 모퉁이에서부터 총을 놓기 시작하였다. 그 군대는 천 명이나 되는지 탄환은 정말 비 오듯 쏟아졌다. 보루 안의 사람들도 적지 않게 상하였으나 원지라의 명령이 엄중한 까닭으로 이편에서는 아직 한 방도 대꾸를 아니하였다. 아무쪼록 안전한 곳을 골라서 피신을 하여 가면서 적병의 가까이 오기만 기다리고 있었다.

(5) 팔십 노인의 전사

그러한 중에 빗발같이 쏟아지는 적군의 탄환은 보루 위에 높이 세운 깃대를 분지르니 기는 깃대와 얼러서 원지라의 앞에 가 떨어졌다. 참 불길한 징조이다. 원지라는 그 기를 들고 여러 사람을 돌려다 보면서

"누가 이 기를 가지고 보루 위에 올라가서 고쳐 세울 사람은 없소"

그의 목소리는 보루 안에 울리었다. 그러나 한 사람도 응하는 사람이 없었다. 만일 대답을 하고 보루 위에 올라가면 곧 총알을 받을 것은 물론이라. 아무리 죽기를 두리지 아니하는 용감한 사람일지라도 꼭 죽을 것을 보고 앞으로 나가기는 어려운 일이다. 원지라는 좀 격렬한 목소리로 다시 소리를 질렀다.

"자아, 누구 없소. 이 기를 세우지 못하면 우리 당의 수치가 되겠소"

여러 사람들은 여전히 조용하여서 내가 하겠다고 나서는 사람은 없었다. 원지라의 눈은 벌컥 뒤집히어 불에 번쩍거리며 불길 같은 목소리가 세 번째 나오려 할 때에 조용히 그의 손으로부터 기를 받아 가는 사람이 있었다. 누구인가 하고 본즉 어깨에 내려오는 머리털과 가슴에 드리운 수염은 눈보다도 더 희어서 얼핏 보기에도 대단히 연만하게 보이는 한 노인이었다. 이 노인인즉 책을 보는 것과 화초를 가꾸는 이외에 아무 일 없이 지내는 마 첨지 노인이었다. 팔십이 넘은 이 노인을 혁명군 속으로 들어가게 하다니 그때의 정치가 얼마나 세상 사람을 고생시키던가를 가히 알 일이다.

노인은 큰 깃발을 손에 든 채로 아무 말도 없이 보루를 올라가기 시작하였다. 한 층 또 한 층 디디는 발도 힘젓는데 여러 사람들은 역시 말 없이 쳐다보고 깊이 공경하는 생각이 났다

"모자 벗어라, 모자 벗어라"

하는 소리가 여러 사람의 입으로서 나오며 소리와 동시에 모자들을 벗고 말 없는 중에 경의를 표하였다. 그러한 중에 노인은 보루 위에 올라가 깃대를 세우고 그 깃대에 의지하여서 어두운 중에 구름같이 모여 선 적군을 내려다보았다. 참 장렬한 광경이다. 아래에서 타는 염염한 화광은 바람에 흩날리는 노인의 흰머리를 비추어서 사람으로 하여금 이것이 하늘에서 내려온 신령인가 의심하게 하였다. 노인은 멀리

울리는 목소리로

"공화 정치 만세, 혁명당 만세, 동포, 평등, 그렇지 않거든 죽음"

하고 세 번을 부르짖었다. 그 소리가 그치기 전에 적군의 탄환은 노인의 일신에 모여들었다. 노인은 넘어졌다. 피투성이의 시체가 되어서 보루 가운데 여러 사람의 앞에 가 털썩 떨어졌다. 원지라는 곧 그 시체를 끌어안아서 그 이마에다 입을 맞추고 벌떡 일어서서 그 노인의 피 묻은 옷을 가리키며

"이 용기야말로 팔십 노인이 우리 이십 청년들에게 내리어 주는 교훈이다. 이 핏빛으로 이다음 우리 당의 기 빛을 만듭시다"

(6) 홍만서가 왔다

적군은 계속하여서 보루를 들이쳤다. 마 첨지 노인의 지금 한 그 행동에 피가 끓은 청년들은 보루 밖으로 뛰어나가서 적군을 죽이고 적군에게 죽었다.

뛰어나간 사람들 중에는 그 어린아이도 있었는데 그 아이는 제 힘에 부치는 차보열의 큰 총을 가지고 제게로 달려드는 적군 한 사람을 쏘고자 하였으나 불행히 그 총에는 탄환이 들지 아니하였었다. 이 불쌍한 십일 세의 소아는 인제 할 수 없이 죽게만 되었는데 마침 그때에 옆으로서 달려들어 그 앞에 달려오는 적군을 쏘아 죽이고 이 어린아이를 살려 낸 사람이 있었다. 그런데 이 사람은 곧 홍만서였다.

그는 육혈포를 가졌었다. 이것은 곧 차보열의 물건인데 이왕 백두 노인과 태날추의 사건에 군호를 하기 위하여 차보열에게서 빌려 가졌던 것을 그 후에 돌려보내지 못하고 그대로 가졌다가 이번에 긴하게 쓴 것이다.

121. 군중의 흩은 기록 (3)

(7) 함락하게 된 보루

민요군은 잘 싸웠다. 원지라의 명령을 굳게 지키어서 적군이 가까이 오기를 기다린 까닭으로 이편에서도 죽기는 많이 죽었으나 탄환 깐에는 적군도 많이 죽었다.

그러나 소용은 없었다. 적군의 수효는 이편의 몇십 배가 되는 고로 한참 뒤섞이어 싸운 끝에 이편의 군사는 점점 퇴각이 되어서 할 수 없이 술집 창문 안에서 적군을 사격하는 형편이 되었고 적군은 점점 보루 안에 침입하여 필경은 보루 전부를 점령하였다. 이때에 용감한 것은 적군을 대번에 몰아낸 홍만서의 활동이었다.

(8) 홍만서의 비상수단

홍만서는 들어오는 길로 적군을 넘어트리고 사람을 살려내어 공을 세웠으나 그의 가진 육혈포는 탄환이 곧 없어졌다. 그는 당초부터 목숨을 버리기로 작징한 터이므로 보루가 장차 함락되려는 것을 보고 한번 남자답게 죽으리리 하여서 곧 술십으로 뛰어 들어가더니 한편에 놓여 있는 화약 상자를 그대로 둘러메고 적군 중으로 뛰어나왔다.

이 한 상자의 화약이 한꺼번에 폭발되는 날이면 적군이니 이편이니 할 것 없이 그대로 재가 되어서 시체도 찾을 곳이 없을 것이라. 이 무서운 광경을 보는 사람은 부지중에 모두 뒷걸음질을 쳤다. 그는 화약 상자를 화톳불 옆으로 갖다 놓고 불붙은 장작 한 개비를 빼어 들더니 그 상자 위에 가 올라섰다.

“자아, 우리는 적군들과 같이 죽어 버립시다”

하고 소리를 질렀다. 이것은 위협하는 말이 아니라 정말 결심한 일이다. 이 위험한 모양을 보고 정부의 고용병들은 어찌 겁이 아니 나리오. 그자들은 물결같이 몰리어 달아났다.

보루 안에는 적군이 하나도 없게 되었다. 목숨을 아끼는 적군들은 당초에 쳐들어오던 골목 밖으로 물러가서 다시는 용이히 쫓아오지 못하였다. 이 모양을 보고 있던 수령 원지라는 홍만서의 손을 잡아 상자 위에서 끌어 내리며

“아아, 우리 군중에는 어찌 그리 용감한 사람만 모였던가. 아까 마첨지 노인이라든지 지금 그대의 한 일이라든지 다 탄복할 수밖에 없소. 인제부터는 그대를 우리의 수령으로 정할 수밖에 없소. 과연 그대는 그 부친의 용감한 성질을 닮은 것이다”

지금까지는 자기도 알지 못하였으나 이와 같이 전장에 나서 본즉 자기의 가슴속에서는 억제할 수 없는 용감한 기운이 솟아올랐다. 홍만서는 원지라를 향하여

“내가 수령이 되다니 그것이 될 말이오. 그러나 피차에 서로 도와서 죽을 때가지는 싸워 봅시다”

하여 죽을 때까지, 죽을 때까지, 그 죽음이라는 강적이 이와 같이 이야기를 하는 동안에도 홍만서의 몸 가에 붙어 달리어 있었다.

(9) 대명을 간 사람은 누구

아무도 아는 이가 없었지마는 적병 중의 한 사람은 미처 달아나지 못하고 보루 틈에 가 숨어 있다가 홍만서가 상자 위에서 내려오는 것을 보고 총을 들어 잔뜩 겨냥을 대었다. 일인즉 비루한 일이지마는 정

부 편으로 말하면 희귀한 용사이라고 할 것이다. 그는 완구히 실수가 없을 만큼 잘 겨냥을 대어 가지고 총을 놓았다.

방아쇠를 막 잡아당기려고 할 때에 별안간 옆으로부터 뛰어나와서 총부리를 끌어안은 사람이 있었다. 그 까닭으로 홍만서는 다행히 무사하였으나 그 사람은 홍만서의 대신으로 탄환을 받았을 것이다. 이 총소리에 놀라서 그 안에 있던 여러 사람들은

"야아, 저기 웬 놈이 숨어 있었구나"

하고 소리를 지르며 그곳으로 달려갔으나 그 자리에 쫓아간 때에는 벌써 총을 놓던 놈도 도망하였고 총을 맞은 사람도 땅바닥에 피를 뚝뚝 흘린 채로 어디로던지 가 버리었다. 그렇지마는 이 일은 돌차간에 일어난 일이라 자세히 본 사람도 별로 없었고 홍만서의 대신으로 탄환을 받은 사람이 누구인지도 알지 못하였다.

(10) 피 흘리는 소녀

그 뒤에 홍만서와 원지라는 다시 적군들의 쳐들어오는 것을 방비하기 위하여 여러 가지로 연구를 하며 한편으로는 부상한 사람들을 치료하기 위하여 술집 뒤꼍에다가 구호소를 설비하고 간호할 사람까지 정하였다. 그리고 홍만서는 바깥 형세를 살펴보기 위하여 나시 바깥으로 나갔다. 정면의 설비는 위선 불완전하나마 보루가 있으니까 그만하면 되려니와 측면의 설비가 어떠한가 하고 옆 골목을 돌아다니며 살펴보노란즉 어떠한 컴컴한 구석에서 아주 다 죽어 가는 목소리로

"홍만서 씨"

하고 부르는 소리가 들리었다. 홍만서는 뒤를 돌려 보았으나 아무 것도 보이지 않는 고로 혹 자기 귀에서 비끼어 들리는가 하여 그대로

가려고 한즉 또 소리가 들리었다.

"홍만서 씨, 여기서 불렀습니다"

소리는 컴컴한 처마 밑에서 난다. 그편을 바라본즉 과연 어떤 사람이 누워 있는지라. 아, 싸우다가 몸을 다친 사람인가 하고 가까이 가서 본즉

"홍만서 씨, 의복이 달라서 나를 못 알아보십니까. 나는 봉인이여요"

과연 봉인이인데 옷을 남복을 입었었다.

"봉인 씨가 어찌 여기 와 있소"

"예, 인제 죽게 되었습니다"

자세히 본즉 옷에도 피가 묻었다. 홍만서는 불쌍히 생각하여서

"구료소로 갑시다"

하고 그 손길을 잡은즉 봉인이는 금방 자지러지는 소리로

"아야, 아야, 거기는 놓아 주시오"

"아아, 손을 다치셨소"

"네, 손바닥에 총을 맞았어요"

"오오, 손바닥을 다쳤어요. 거기가 제일 아픈 데라는데 어찌하다가 다치셨소"

"아까 보루 틈에서 총으로 당신을 놓으려는 놈이 있기에 그 총부리를 좀 붙들었다가 다쳤어요"

홍만서도 대강이나 짐작을 하는 일이다. 아아, 그러면 내 몸 대신에 그대가 다쳤는가.

122. 군중의 흩은 기록(4)

지금 터져 나가는 총부리에다가 손을 대어서 자기 몸을 다치다니 참 어리석은 일이다.

그렇지마는 그 가슴속을 살펴보면 실상 가련한 일이다. 봉인이의 가슴속에는 다만 홍만서를 구원하고 싶다는 한 생각밖에는 아무것도 없는 것이다. 홍만서의 목숨을 살리기 위하여 자기의 목숨을 버리고자 한 것이다.

홍만서의 마음에는 고설도 이외의 다른 여자를 용납할 여지가 없다. 그렇지마는 봉인이의 이 모양을 보고 이 말을 들은 때에는 깊이 감동이 되었다.

"아아, 봉인 씨, 이것이 무슨 까닭이란 말이오"

남에게 이와 같이 말을 하지마는 홍만서가 자기도 그와 같은 사람이 아닌가. 고설도를 생각하여서 그 사랑을 이루지 못하는 까닭으로 죽을 생각이 들어서 이 싸움에 참가한 것이 아닌가. 봉인이는 억지로 나오는 목소리로

"아니요, 이것이 제 소원이여요"

"그렇지마는 사람이 손바닥을 다쳤다고 죽는 법은 없으니 어떻게 구료소로 가 봅시다"

정말 어떻게든지 하여서 살려 낼 수밖에 없는 일이다. 옛날 전장에서 그 부친을 살려 내던 그 은인의 딸이다.

"아니여요. 저는 아무리 하여도 살아날 수가 없습니다. 총을 맞기는 손바닥을 맞았어도요 그 탄알이 등더리로 빠져나갔어요"

글쎄, 그럴 듯도 한 일이다. 만일 그렇지 아니하면 이다지 죽을 지경이 될 리는 없는 일이다. 홍만서는 주저주저하였다.

봉인이는 말을 이어서

"나는 총을 맞은 뒤에 간신히 여기까지는 기어 나왔으나 다시는 꼼짝할 수 없습니다. 여기서 당신의 얼굴도 보지 못하고 그대로 죽는가 생각하면 원통하고 섧어서…… 거기다가 상처는 점점 더 아파 오는 고로 저는 옷자락을 삭이어 가며 참았습니다. 당신께서 와 주신 것을 보면 하느님께서 저를 아주 버리시지는 아니하신 것이여요. 여보셔요, 홍만서 씨, 다른 것은 아무것도 소원이 없으니 여기 좀 앉으셔서 당신의 무릎을 좀 빌리어 주시오"

홍만서는 땅바닥에 앉아서 자기 무릎 위에 봉인이의 머리를 들어 얹었다.

"아아, 이만하면 아픈 줄도 모르겠습니다. 의원도 약도 다 싫어요. 홍만서 씨, 이것이 천벌입니다. 당신께서 밤마다 그 미인의 집을 찾아다니실 때에 저는 속이 상하여서 가끔 못된 생각을 하였습니다. 오늘 밤에는 당신께서 낙담이 되셔서 돌아가실 생각이 드신 듯하기에 이 보루를 가르쳐 드리었습니다. 이 보루에 오시면 다시는 살아 돌아가실 도리가 없겠다고 하였었어요. 저는 당신께서 차라리 돌아가시라고 축수를 하였습니다. 차라리 당신께서 돌아가시면 저도 마음이 좀 편하여지겠어요. 그렇지마는 다른 사람의 총부리가 당신께로 향하는 것을 본즉 차마 그대로 있을 수가 없어서 부지불각 중에 그 총부리를 끌어안았습니다"

이 말을 하고서 숨이 졌는가 하였더니 또 목소리가 나왔다.

"당신도 아무렇든지 죽을 터이지요. 여러 사람이 다 죽기로 결심하였지요. 에그, 좋아라. 나는 춤을 추고 죽겠습니다"

하더니 몸이 좀 움직여진 까닭으로 상한 데가 더 아파졌던지

"아야, 아야"

하고 소리를 지르면서 다시 옷자락을 물어뜯었다. 하다못해 이 몹시 아픈 것이라도 좀 덜하게 하여 줄 도리가 없는가 하여서 홍만서는

사방을 둘러보았다. 이때 보루 편짝에서 아이들의 목소리로 아까와 같이 군가를 부르는 소리가 들리었다. 봉인이는 귀를 기울이면서

"저것이 내 동생이여요. 어떻게 동생의 눈에 아니 뜨이도록 죽어야 할 터인데"

"에, 동생이라니"

"이 보루에 와서 심부름을 하는 어린아이가 내 동생이여요"

홍만서는 깜짝 놀라서 몸을 움직이었다.

"잠시 동안만 가시지 말고 기다려 주시오. 나는 죽기 전에 자백할 말이 있으니"

사람의 죽을 때에 하는 자백은 신성한 것이라 누구든지 공경하지 아니할 수가 없다. 홍만서는 정색을 하였다.

"어제 그이가 이사를 갈 때에 제게다가 편지를 부탁하셨어요"

그이란 고설도를 가리키는 말인가 보다.

"나는 그 편지를 아니 드리려고 하였더니 생각을 하여 보니까 죄로 가겠어요. 지금 내 주머니에 들었으니 꺼내어 보시오"

하면서 기운 없는 손으로 홍만서의 손을 끌어서 자기 주머니를 뒤지게 하는데 과연 그 속에는 편지 같은 것이 들어 있다. 홍만서는 그 편지를 꺼내어 가지고 자기 주머니에 집어넣었다. 읽어 보고도 싶지마는 이 운명되는 사람의 앞에서 펴 들고 볼 수는 없었다. 봉인이는 두 번째 숨이 끊어졌다가 또다시 깨어나서 모기 소리만도 못 한 가는 목소리로

"내가 죽거든 내 얼굴에다가 입을 맞추어 주시오. 여보셔요, 단단히 약조를 합니다"

홍만서는

"네, 약조를 하였습니다"

하고 대답하였다. 이 말을 들었는지 못 들었는지 벙긋하고 웃으려고 하다가 웃을 기운도 없이 그대로 숨이 져 버리었다.

이와 같이 불행하게 마치는 연애가 이 세상에는 적지 아니하다. 그렇지마는 누구든지 이 말을 듣고 불쌍타고 아니 할 사람이 어디 있으리오. 홍만서도 부지중에 가슴이 꽉 막히었다.

123. 군중의 흩은 기록 (5)

부모의 앙화가 자식에게 내린다는 것은 이러한 일을 가리키는 말이다.

봉인이가 그리 칭찬할 여자는 되지 못하나 부모의 처신이 저러한 까닭으로 이 모양이 되는 것이다. 만일 상당한 가정에 태어났으면 남의 집 처마 밑에서 이와 같은 죽음을 할 리는 만무하다.

그렇지마는 봉인이는 자기의 사랑하고 따르는 사람의 무릎을 베고 죽었다. 죽은 그 얼굴에는 웃음을 띠었으니 저 마음에는 만족한 죽음을 한 것이다. 필경 그는 홍만서의 무릎을 벤 채로 영원한 꿈을 꾼 것이다. 영혼이라도 기쁠 것이다.

홍만서는 그 죽은 얼굴을 보고 지재지삼 탄식을 하였다. 이 죽은 얼굴에다가 입을 맞추어야 되겠는데 이러한 일을 하는 것이 고설도에게 대하여서 부끄러운 일이 아닌가. 그러나 그는 봉인이의 이마에다가 입을 맞추었다. 시인의 말에는 임종 시의 소원을 풀어 주면 시체라도 그것을 감동한다 하는데 봉인의 시체는 과연 이를 감동하였을까. 그는 알 수 없으나 그 얼굴에 띤 웃음이 더한층 깊어진 것 같았다. 홍만서는 고만 눈을 감고 일어섰다.

그의 마음에는 지금 보고 싶어 못 견디는 것이 있다. 그는 이 봉인이의 주머니에서 꺼내어 가진 편지일다. 곧 좀이 쑤시어서 못 견딜 지

412

경이나 차마 봉인이 시체 옆에서 뜯어볼 수는 없었다. 여기서 보아서는 곧 죄로 돌아갈 것같이 생각이 들었다.

그뿐만 아니라 봉인이의 시체도 이대로 버리어 둘 수는 없는 일이다. 그는 여러 가지로 생각을 하여 가면서 보루 안으로 돌아가서 사람을 불러 치우게 하였다. 그리고 으슥한 골목으로 들어가 그 편지를 펴 들었다. 과연 고설도의 편지인데 어제 날 이사를 하게 된 일에 대하여서 위선 몇 자만 통기를 한 것이었다. 그 사연에 하였으되

홍만서 씨 하감.

용서하시압. 저는 슬픈 말씀을 아뢰겠나이다. 부친께서는 곧 이사를 하시게 되었나이다. 위선 아르메 거리 칠 번지로 옮아앉아 그곳에서 준비를 하여 가지고 일주일 안에 영국으로 건너간다고 지금 말씀이 있었나이다.

유월 사일 고설도.

라고 씌어 있었다. 일주일 동안에 혼례 절차를 차리어 달라고 하는 뜻이 글씨로는 씌어 있지 아니하나 글씨 뒤에 숨어 있는 것같이 홍만서는 생각이 들어서 그 편지에다가 수없이 입을 맞추었다.

이 편지를 어찌 봉인이에게 맡기었을까. 필경 봉인이는 시기하는 마음으로 항상 고설도의 집 근처에 가 방황하는 고로 고설도는 그러한 줄 모르고 보통 구차한 집 아이인가 하여서 이것을 부탁한 모양이다.

홍만서는 몇 번을 다시 보고 몇 번 되읽었다. 그렇지마는 고설도의 있는 곳을 알아도 역시 소용은 없는 일이다. 아무리 하여도 고설도와 혼인을 할 수는 없은즉 자기는 역시 죽을 수밖에 없는 터이다. 그는 더욱더욱 급한 줄을 생각이 들어서 수첩을 꺼내어 종이를 찢어 가지고

나는 홍만서요. 나의 시체는 길 후작 집으로 보내어 주시오.

하고 유언을 써서 죽은 뒤에 곧 검시하는 사람이 알아보라고 바지 옆 호주머니에 집어넣고 그다음에는 고설도에게 답장 편지를 썼다.

고설도 양이여. 나의 조부는 도저히 승낙을 아니 하는 고로 나는 그대와 혼인할 도리가 없게 되었나이다. 나는 그대의 앞에서 한 말을 지키어 이로부터 이곳에서 죽겠나이다. 그렇지마는 설도 양이여. 나의 영혼은 그대의 옆으로 가서 항상 그대의 몸을 보호하겠나이다.

이와 같이 쓴 뒤에 이것을 누구에게 부탁할까 하고 생각하다가 아아, 좋은 수가 있다. 아이놈에게 부탁하였으면 되겠구나. 그 아이는 봉인이의 동생이요 태날추의 아들이니 이 편지를 주어 보내면 그 아이의 목숨을 구원하는 셈이라. 이것이야말로 일거양득이로구나.

홍만서는 곧 그 아이를 찾아서 심부름을 보내었다. 그 아이놈은 잠깐 생각을 하다가

"어른께서는 저를 살려 주신 은인이십니다. 은인이 시키시는 일을 못 할 길은 없습니다마는 지금 여기를 떠나면 나랏일을 위하여 죽을 수가 없습니다"

이 어린아이 놈이 아주 엉뚱한 놈이다. 말씨까지라도 꼭 혁명당의 본을 떠서 그대로 옮기어 놓는다.

"오늘 밤에 이 편지를 가지고 나가서 내일 아침에 갖다가 전하여라. 오늘 밤에는 아까 적군들이 쫓기어 갔으니까 다시 오지는 않는다"

"그러면 내일 가지고 가지요. 이 보루에 만일 불의지변이 있는 때에는 저 같은 어린아이 하나라도 사람이 줄어서는 아니 되겠으니요"

"아니, 오늘 밤에 쳐들어올 리는 없다고 할지라도 점점 적군이 모여 들어서 엄중히 둘러막으면 내일 아침에는 빠져나갈 수가 없을는지도 알 수 없다"

그 아이놈은 한참 생각을 하다가

"참, 아까 수령 원지라 씨께서 이 어른으로 대장을 삼는다고 하셨 지. 대장의 명령을 아니 들어서는 규율이 문란하여질 것이니 저는 곧 가겠습니다"

하고 깡충깡충 뛰어서 나가 버리었다.

124. 군중의 흩은 기록 (6)

봉인이, 홍만서, 고설도, 이 세 사람들은 다 난감한 경우에 있다. 그 중에서 목숨이 끊어진 봉인이 한 사람은 이미 이 세상의 모든 고통을 잊어버리었으니 도리어 살아 있어 가슴을 태우는 다른 두 사람보다는 차라리 다행이라고 할 수가 있을는지도 알 수 없다.

그렇지마는 다 같이 살아 있어 고생하는 사람 중에는 이 두 사람보 다도 더욱 난감하게 된 사람이 있다. 그는 곧 장팔찬이다.

고설도와 홍만서는 애를 쓴다 하여도 사랑하는 짝을 얻은 견괴려 니와 장팔찬은 사랑하는 사람을 잃은 결과이며 또 그뿐만 아니라 장팔 찬의 몸은 항상 살얼음을 밟는 것과 같이 위험한 경우에 있는 터이다.

장팔찬이가 고설도를 사랑하기 시작한 것은 어제오늘의 일이 아니 라 고설도의 모친을 구원하던 때부터 인연이 생기어서 수년 동안을 계 속된 것이며 지금까지 고설도를 기르기에 얼마나 공이 들고 얼마나 애 를 썼는가. 이와 같이 하여서 다만 고설도를 위하여 고생을 하며 고설도를 위하여 살아가는 동안에 정이 아니 들고 어찌하며 사랑을 아니 하고 어찌 하리오. 이와 같이 바라고 의지하던 고설도가 돌연히 다른 사람에게로 건너가게 되면 그는 장차 무엇을 바라고 사는가.

그는 아직 정말 빼앗기게 된 줄은 알지 못한다. 다만 자기 집 안뜰에서 수상한 명함을 주운 뒤로 혹 빼앗기지나 아니할까 하고 의심을 하였다. 이 의심이 그 몸을 깎아 내는 것이다.

이 의심으로 하여서 그는 이사를 갔으나 아직도 의심이 풀리지 아니하였다. 얼굴에는 사색을 보이지 아니하나 가슴속에는 아직도 불이 꺼지지 아니하였는데 마침 이때에 타는 불에 부채질을 한 일이 생기었다.

고설도의 방에는 체경이 걸리어 있는데 우연히 그 체경을 들여다본즉 무슨 글씨가 그 속에 비취어 있었다. 그 글씨는 분명한 고설도의 필적인데 언뜻 보기에 '홍만서 씨 하감'이라는 편지의 시면이 눈에 띄었다. 아아, 홍만서가 누구인가. 옳지, 일전의 그 명함과 같은 이름이로구나. 이때에 장팔찬은 전신에 전기를 맞은 것처럼 깜짝 놀라며 그 비추이는 글씨가 어디 있는가 하고 방 안을 둘러본즉 고설도의 책상 위에 압지가 놓여 있는데 그 압지 거죽에 왼 글씨로 '홍만서 씨 하감'이라는 구절이 박히어 있으며 편지 사연에는 슬픈 이야기이니 아버지께서이니 영국이니 하는 구절이 도막도막 남아 있는데 비록 자세한 말은 알 수가 없으나 대개 그 편지의 내용인즉 짐작할 수가 있었다. 이는 물론 고설도가 어떤 정든 남자에게 지금 이사를 가노라고 급한 편지를 써 가지고 미처 마르지 아니한 잉크를 압지로 눌러서 찍어 낸 까닭으로 그 글발이 압지 위에 남아 있는 것이다.

압지를 집어 들고 자세히 검사하던 장팔찬이는 일시로 분한 생각이 북받쳐서 어떻게 억제할 수가 없었다.

사람도 역시 털 없는 짐승이라. 아무리 착한 사람이라도 그 가슴속에는 짐승이나 다름없이 분별없는 감정이 숨어 있는 것이다. 다만 자기 마음으로 그 분별없는 감정을 억제하는 까닭으로 마침내 그 감정이 졸아들고 말라붙어서 정말 착한 사람이 되는 것이다. 장팔찬이 같은 사람도 당초에는 이 분별없는 감정이 비상히 강하여서 어떠한 경우에는 사람보다도 도리어 짐승에 가까웠다. 그러하던 사람이 미리엘 승정의 감화를 받아 아주 마음을 고쳐먹은 뒤로 그 감정을 누르고 억제하여 버리었다. 이만하면 아주 착한 사람이 되었다고 자기도 생각하였으며 자기만 생각할 뿐이 아니라 정말 착한 사람 중에도 착한 사람이 되었었다.

그렇지마는 가슴속에는 아직도 그 뿌리가 없어지지 아니하고 한편 구석에 숨어 있었다. 원래 이것은 도저히 없어질 수가 없는 것이며 없어진 것 같아도 어느 구석에든지 조금씩은 남아 있는 것이라. 그 뿌리가 남아 있는 이상에는 때를 따라서 싹이 돋을 수도 있는 것이다. 화약은 아무리 묵어도 불을 만나면 폭발이 되며 한 번 폭발이 된 이상에는 그 불길이 얼마든지 퍼질 수 있는 것이다. 장팔찬의 가슴속에 남아 있는 감정의 화약에는 지금 불덩이가 떨어졌다.

장팔찬의 가슴속에는 견디지 못할 맹렬한 고통이 졸지에 일어났다. 그는 가슴을 누르며 슬픈 소리를 질렀다. 그는 자기의 착한 마음을 잡아 헤치는 것같이 아프게 생각하였다. 그의 몸은 벌써 착한 마음에 묻어져서 조금이라도 가슴속에서 악한 마음이 움직이면 곧 아픈 줄을 알았다. 그는 이대로 있다가는 악한 마음에게 잡아먹히겠다고 생각하여서 법을 피하여 달아나는 사람과 같이 악한 마음을 피하여 도망하였다. 그러나 아주는 피하지 못하였다.

그는 달음질을 하여서 문밖으로 나가다가 문턱에 걸어앉아서 고개를 숙이고 끙끙 앓기 시작하였다. 그는 이와 같이 홀로 고생을 하다가 필경은 정신을 놓았는데 마침 이때에 장팔찬의 어깨를 흔들흔들 흔들면서

"여보, 영감, 여보, 영감"

하고 부르는 사람이 있었다. 깜작 놀라 고개를 들고 본즉 그는 십여 세가량쯤 된 어린아이일다. 그 아이는 장팔찬을 보고

"여보, 노인, 여기 칠 번지가 어디께요"

칠 번지는 바로 자기 집이라. 장팔찬은 별안간 생각이 언뜻 나서

"네가 편지를 가지고 왔니. 내가 아까부터 기다리는 중이다"

넘겨짚은 수작이 바로 들어맞았다.

"이 편지는 색시한테 가는 편지인데요"

장팔찬은 더욱 짐작이 나섰다.

"내가 고설도 양의 심부름으로 기다리고 있다"

그 아이는 편지를 꺼내어서 들여다보더니

"옳지, 옳지, 고설도 양이면 바로 맞았소. 이러면 이 편지가 어디서 온 줄도 아시는구려"

장팔찬은 잠깐 서슴는 것처럼 하다가

"알고말고"

하고 대답을 하여 버리었다.

"알면 이 편지가 누구 편지"

"홍만서 씨"

그 아이놈은 이제야 마음을 놓고 편지를 주고 갔다.

125. 군중의 흙은 기록(7)

장팔찬은 홍만서의 편지를 받아 들었다. 이와 같이 맡는 것이 과연 옳은 일이라고 할까. 장팔찬의 평일 처신으로 능히 스스로 부끄럽지 아니할까.

그는 고설도를 이다지 사랑한다. 사랑하는 까닭으로 질투심이 생기고 질투하는 마음에 눈이 어두워서 시비곡직을 생각하지 못하고 그 편지를 가로차 버린 것이다. 편지를 받은 장팔찬이는 자기 방으로 급히 들어가 램프 불 아래에서 펴 보았다. 아아, 이것이 웬일인가. 고설도는 벌써 홍만서와 백년언약까지 맺었단 말인가. 참 의외일다. 참 의외일다. 장팔찬은 가슴이 터지는 듯하며 얼굴빛이 자주색으로 변하였다. 아아, 장팔찬아, 네가 이왕에 받은 미리엘 승정의 깊은 감화는 벌써 없어져 버리었느냐. 네가 지금까지 몇 달 몇 해에 애쓰고 고생하여 다만 정직하게, 다만 인자하게 마음을 먹고자 힘쓴 것은 이러한 경우를 당하여서 사람의 도리를 잃지 않고자 함이 아니더냐. 육십 당년의 이 나이를 당하여서 여러 해의 적공을 귀어허지하려느냐. 고설도라는 한 소녀의 사랑을 위하여서 아니, 사랑 같은 어리석은 정을 위하여. 아아, 장팔찬아, 너는 어리석은 정일다. 너는 스스로 그러한 줄을 깨닫지 못하나. 깨닫지 못하는 것은 벌써 타락된 증거일다.

장팔찬은 편지를 잡아 찢고자 하다가 다시 펴 들고 본즉 그 두 사람의 사정은 자세히 알겠다. 홍만서라는 소년이 고설도와 결혼을 하고자 하나 보호자의 승낙을 얻지 못하여 뜻을 이루지 못한 모양이며 그 일에 낙담이 되어서 목숨을 버리고자 혁명군에 참가한 모양인데 이 편지는 그 하직 편지일다.

장팔찬에게 대하여서는 이보다 더 좋은 기회가 없을 것이다. 이 편지만 없애어 버리면 아무 일도 없이 될 것이다. 한 번 군중에 들어간 홍만서가 살아 나올 리는 없으니 필경 오늘 밤 안으로 저승 사람이 되고 말 것이라. 장팔찬은 고설도를 데리고 외국으로 건너가 버리었으면 그만이 아닌가. 그렇지 아니하여도 그는 외국으로 갈 생각이 있어서 고설도에게까지 그 이야기를 하여 둔 터이며 다소 준비까지도 되어 있는 터이다. 아아, 장팔찬은 이 편지를 가로찬 까닭으로 모든 일이 다 여의히 진행되게 되었다.

옳다, 장팔찬의 답답한 일은 펴이게 되었다. 그렇지마는 그 대신으로 장팔찬의 가치는 고만 없어지고 마는 것이다. 곧 성인이나 다름없이 되어 가던 장팔찬이 아주 속인이 되어 버리는 것이다. 만일 하느님의 눈으로 보면 옛날의 장팔찬과 다를 것이 없이 되는 것이다.

그는 무슨 궁리를 하는지 한참 편지를 들여다보고 있다가 별안간 무슨 생각이 난 것처럼 벌떡 일어서서

"에에"

하고 뉘우치는 모양같이 소리를 질렀다. 그리고 방 안을 휘휘 둘러보더니 곧 한편에 놓여 있는 의장 문을 열고 그 속으로서 꺼내어 놓은 것은 시민병의 복장이었다.

그는 이왕부터 시민병의 복장을 가지고 있었다. 그는 공권이 없는 신분인 고로 시민의 자격은 없는 것이나 외양으로는 시민인 체하고 지내며 시민의 할 것은 다 하여 왔으며 또 그뿐 아니라 변장을 할 때에도 이 복장이 필요한 고로 이왕부터 이 복장을 준비하였던 것이다.

그는 그 복장을 입었다. 무엇을 하려는가. 이 복장만 입으면 오늘같이 소요한 밤에라도 경관과 군대의 침책을 아니 받고 어디든지 갈 수가 있는 것이다. 그는 어디를 가려는가. 무엇을 하러 가려는가.

126. 군중의 흩은 기록 (8)

(11) 아름다운 인정

시민병의 복장을 입은 장팔찬은 어디를 향하여 가는가. 그의 그림

420

자는 적적한 시가의 컴컴한 가운데로 사라져 버리는데 이때는 깊은 밤의 열두 시였다.

이때 그 청년 혁명당의 보루에서는 수령 원지라의 지휘를 받아 밝기 전에 보루를 고치려고 대활동을 시작하였다. 무기가 부족한 그네들에게는 보루같이 필요한 것이 없는 고로 그네들은 열심으로 활동을 하여서 이왕보다는 갑절이나 되는 튼튼한 보루를 쌓아 올리었다.

수령은 신축된 보루를 둘러본 뒤에 다시 부하의 사람을 점고하여 본즉 초저녁에 모여들었던 오합지졸들은 다 흩어져 가 버리고 동지자들 사십칠 인만 남아 있다. 아무리 보루가 튼튼하다 하여도 이 사람의 수효를 가지고 무수한 관병을 막을 수는 없는 터이라. 그는 여러 사람들을 향하여서 엄숙한 태도로 자기의 결심을 이야기하였다.

"여러분, 관병이 다시 쳐들어오는 때에는 불가불 다 같이 죽을 수밖에 없소"

(이때 '물론이오, 물론이오' 하는 소리가 사면에서 일어났다.)

"이 보루로 말하면 다만 관병들에게 우리 혁명군이 그렇게 만만만하지는 아니하다는 것을 보일 뿐이오. 그러하면 이왕 죽기로 결심을한 바에야 사람은 많으나 적으나 다 일반이 아니오. 나는 나 혼자라도여기서 죽을 터이니 만일 여러분 중에 적은 인수로 이 보루를 지키기가 무섭다고 생각하는 이는 손을 드시오"

아무도 손을 드는 이가 없었다.

"여러분, 그러하면 지금 이 인수도 더욱 줄일 필요가 있소. 여기 있는 여러분 중에는 반드시 부모처자를 길러야 할 사람도 있을 것이니 그러한 사람은 까닭 없이 죽을 필요가 없으니 지금 흩어져 가기로 하고 보루는 우리 독신들끼리만 지킵시다"

과연 수령의 말이라고 하겠다. 그러나 한 사람도 '나는 처자가 있소' 하고 나서는 사람이 없었다. 사람의 동심합력이라는 것은 참 무서

운 것일다. 아무리 청년들만 모였다고 할지라도 그중에는 새로 혼인을
한 사람도 있을 것이요 또 자기가 죽으면 부모처자가 내일부터 길가에
서 방황하게 될 사람도 있을 것이나 도무지 가겠다는 사람은 없고 한
사람은 소리를 질렀다.

“여기서 빠져나갈 사람은 없겠소. 다 같이 싸웁시다”

정말 다 같이 죽을 생각이었다.

이 모양을 보고 있던 홍만서는 앞으로 썩 나서며

“참, 수령의 말씀이 옳소. 한집안을 길러 갈 사람이 그 의무를 버리
고 여기서 죽는 것은 죄가 되겠소. 여러분 중에 처자 있는 이를 아시거
든 서로 알려 내시오. 그 사람은 전사할 자격이 없는 것이니”

당장에 다섯 사람이 발각되었다. 이 다섯 사람은 죽어서 아니 될 사
람이었다.

그러나 그중의 한 사람은 말하였다.

“여기서 나가면 중로에서 관병에게 잡힙니다”

또 그 나머지 사람들도 입을 모아서

“중로에서 죽느니보다는 여기서 싸우다가 죽겠소”

하고 말하였다. 수령은 대답이 없이 어디로 가더니 곧 시민병의 복
장을 몇 벌 가져왔다. 그 복장을 다섯 사람의 앞에다가 툭 던지면서

“나는 이러한 일이 있을 줄을 짐작하고 이 복장을 몇 벌 준비하여
두었소. 이 복장만 입고 나서면 아무도 혁명당이라고는 할 리가 만무
하니 이것을 입고 가시오”

하고 재촉을 하면서 다섯 사람에게 나누어 주려고 하는데 마침 그
복장은 네 벌밖에 없었다. 그중의 한 사람은 이것을 보고 좋다구나 소
리를 질렀다.

“나는 빠지겠습니다”

다른 사람들도 다 각기

“아니요, 내가 빠져요, 내가 빠져요”

하고 다투었다.

아아, 어찌하면 이다지 동심합력이 되는가. 죽을 땅으로서 무사히 빠져나가 처자를 만나 볼 도리가 있는데 서로 죽기를 원하다니. 사람의 마음이 이와 같이 굳은 다음에야 무엇이 아니 된다 하리오. 이 청년들은 비록 중과부적으로 관병에게 죽는다 할지라도 그 목적은 이룰 날이 있을 것이라. 그 증거로는 이 사람들이 죽은 뒤에 얼마가 아니 되어서 혁명의 목적을 달하지 아니하였는가.

다섯 사람이 서로 다투어 결말이 나지 아니하였다.

“그러면 다섯 사람 중에 어떠한 사람이 남아 있을는지 그 사람을 홍만서 씨가 지목하여 주시오”

하고 홍만서에게 청하는 사람이 있었다.

홍만서 자기는 아주 죽기로 결심을 하여서 조금도 인정사정은 없는 판이다.

“응, 그러면 내가 지목하지”

하고 그 다섯 사람의 정면으로 나가 섰으나 다섯 사람은 다 각기 그의 얼굴을 쳐다보면서

“나를 빼어 주오”

“나를 지정하시오”

하고 다 각기 간절한 청을 한다. 이와 같이 되어서는 한 사람을 시정할 수가 없는 것이라. 홍만서는 어찌할 줄을 몰라 소리를 질렀다.

“에에, 내가 이렇게도 심약하단 말인가. 이 노릇은 못 하겠는걸”

하고 탄식을 하니 수령을 위시하여 여러 사람의 눈에는 눈물이 가득하였다. 아아, 인정이라는 것이 이다지 아름다운 것인가.

별안간 여러 사람의 머리 위에서 무슨 소리가 들리었다.

“한 사람을 지목할 것 없이 다섯 분이 다 돌아가시오”

하는 소리와 같이 시민병의 복장 한 벌이 공중으로서 내려왔다. 인제 그 다섯 사람은 다 같이 나가게 되었거니와 이 복장은 어디에서 온 것인가. 여러 사람은 고개를 들었다. 쳐다본즉 한 노인이 자기 몸에 입었던 시민병의 복장을 벗어서 집어 던진 것이었다. 수령은 그 사람을 알지 못하는 고로 홍만서를 향하여서 물어보았다.

"노형은 저 사람을 아시오"

홍만서는 노인의 얼굴을 보았다. 이 사람은 누구인가.

127. 군중의 흜은 기록(9)

(12) 장팔찬이가 왔다

이 노인은 장팔찬이라. 홍만서는 물론 이 노인을 안다. 백두 노옹으로, 고설도의 부친으로. 수령에게 향하여 홍만서는 곧 대답하였다.

"예, 압니다"

홍만서의 한 말은 더할 수 없이 확실한 소개이라. 수령 원지라는 기뻐하는 얼굴과 공경하는 뜻으로 이 노인을 맞았다. 더구나 아까 마 첨지 노인이 용감한 죽음을 한 까닭으로 노인을 공경하는 마음이 일층 더 깊었다. 그런데 장팔찬은 무엇을 하러 왔는가. 홍만서와 일반으로 낙담이 되어서 죽으려는 것인가. 다른 목적이 따로 있는가. 차차 알 때가 있으려니와 그는 위선 지금 나아가게 된 다섯 사람의 손을 도와서 시민병의 복장을 입힌 뒤에 급급히 재촉하여 바깥으로 내보내었는데 이 친절한 행동을 본 때에 여러 사람들은 다 고맙게 생각하는 모양이었다.

(13) 불쌍한 아이

미구에 날은 밝기 시작하였다. 시내에 있던 이십칠 개소의 보루가 차차 함락되어 감을 따라서 이곳에 모여드는 관병이 점점 늘어서 다섯 시가 지난 뒤로부터는 공격이 시작되었다. 이편에는 다만 마흔두 사람에 장팔찬 한 사람이 는 터이라 사람이 적은 분수로는 무던히 잘 싸웠으나 적병은 대포까지 끌고 와서 보루의 한편 구석을 무너 버리었다.

인제는 운수가 다하였다고 여러 사람의 뒤집힌 눈이 일제히 그곳을 향하는데 대포 소리가 그치자 그 무너진 보루 위에 몸을 나타내어

"아무것이라도 가지고 오너라, 이놈들"

하고 적군에게 호령을 하는 것처럼 소리 지른 사람이 있었다. 화약 연기와 티끌 속에 싸여서 그 모양은 자세히 보이지 아니하나 목소리는 분명히 어제 편지를 가지고 나가던 태날추의 아들이었다. 그 아이는 보루 바깥으로서 기어들어 온 것이다.

홍만서는 깜짝 놀랐다. 일껏 저를 살려 줄 생각으로 편지를 주어 보냈는데 또 돌아왔구나.

"애야, 어서 내려오너라"

하고 소리를 질러서 불러 내려 가지고

"너, 편지는 깃다 주었니"

"작은아씨는 주무신다고 하여서 그 댁 행낭 사람을 주고 왔어요"

그러면 고설도의 손에는 바르게 들어가지 못하였는가 하고 홍만서는 좀 부족한 생각도 났으며 또 고설도의 부친이 이 보루를 찾아온 것은 그 까닭이 아닌가 하고 의심도 하여 보았다.

"애야, 너, 저 노인을 알겠니"

하고 장팔찬을 가리켜 보였으나 그 아이는 어두운 밤에 본 까닭으로 그 얼굴을 기억하지 못하였던지

“알 수 없어요”

하고 대답하였다. 그러면 저 노인이 온 것은 그 편지 까닭이 아니라 다만 혁명군을 찬성하는 까닭인가 하고 비로소 마음을 좀 놓았다.

“그런데 너는 왜 여기로 도로 왔니”

“우리 혁명당들이 위태한 모양을 보고 그대로 있을 수가 없어요”

“에, 이놈, 건방진 소리 마라. 네가 오면 무엇을 어찌한단 말이냐. 벌써 우리는 탄자까지 없어졌는데. 너 같은 놈이 있으면 귀찮기만 하다. 어서 어디로 가거라”

“그러면 더구나 제가 있어야 하지요. 탄자를 제가 가져오리다”

하고 보루 틈으로 기어 나가더니 탄알이 비 오듯 하는 사이로 돌아다니면서 죽어 자빠진 적군의 시체를 뒤어서 옷자락에 싸 가지고 비조같이 몇 행보를 하였으나 필경은 보루 밖에서 적군의 총알을 맞고 넘어졌다.

넘어지자 곧 다시 일어났으나 일어설 기운이 없었다. 허리에서는 선지피가 내뿜는데 그 아이는 땅에 앉아서

“혁명당 만세”

를 불렀다. 이 모양을 본 홍만서는 곧 뛰어 나갔으나 벌써 소용이 없었다. 두 번째 날아온 탄알은 그 아이의 바로 미간을 맞추어서 넘어트리어 버리었다. 아아, 이와 같이 하여서 대담한 그 아이는 이 세상을 떠나갔다. 홍만서는 그 시체를 그러안고

“아아, 애야, 용서하여 다오. 너의 부친 태날추는 이 홍만서 부친을 난군 중에서 안아 내어 목숨을 구하였다는데 홍만서는 태날추의 아들을 죽이었구나”

겨우 그 시체를 옆에 끼고 천천히 보루 안으로 들어왔다. 적군은 홍만서를 향하여 탄알을 퍼붓다시피 하였으나 죽기로 결심한 사람에게는 탄알이 아니 맞는 법이다.

128. 군중의 흩은 기록 (10)

(14) 노인의 공로

여러 사람의 다 같이 죽을 때가 돌아왔다. 보루의 함락은 미구미구하게 된 고로 수령 원지라는 살아남은 사람들을 점고한 뒤에

"자아, 여러분, 인제는 집 안으로 들어가서 저항을 할 수밖에 없으니 일제히 길에 깔린 벽돌을 벗기어서 이 술집 앞에다가 담을 쌓읍시다"

여러 사람들은 그 명령을 따라서 담을 쌓기 시작하는데 반석같이 큰 돌을 벌떡벌떡 잡아 일으키어서 다섯 사람 몫이나 열 사람 몫이나 일을 한 사람은 추후로 들어온 노인의 장팔찬이었다. 이때에 벌써 맞은편짝 지붕 위에는 적군이 올라서서 이편을 내려다보고 작살 불로 내리 문지르고자 하는데 원지라는 이것을 쳐다보고

"에에, 저놈들부터 처치를 하여야 한다"

하고 이를 갈았다. 이 말을 듣고 그 노인은 사방을 한번 둘러보더니 마침 돌을 운반하느라고 벽에다가 기대어 놓은 다른 사람의 총을 들고 나와서 지붕 위에 있는 관병들을 쏘았다. 첫 번에는 맨 앞에 선 관병의 모자를 쏘아 떨어트리고 그다음에는 총을 바꾸어 가지고 둘째 사람의 모자를 쏘아 떨어트리고 셋째 번에도 역시 모자만 쏘아 떨어트리었다. 만일 겨냥을 한 치만 더 낮게 대면 세 사람은 다 같이 미간이 뚫어졌을 것이다. 이 모양 본 관병들은 고만 간담이 서늘하여서 무너지는 돌담 모양으로 우르르 하고 지붕 아래로 떨어져 버리었다. 수령 원지라는 탄복하는 목소리로

"일등 공이오. 일등 공이오"

하고 소리를 질렀다.

(15) 장팔찬과 차보열이

　　잠시 동안에 튼튼한 돌담은 완축되었는데 원지라는 장팔찬을 불러서 손을 끌고 집 안으로 들어갔다. 집안 식구는 벌써 다 달아나고 남아 있는 것은 한편 구석에 결박되어 있는 순사 부장 차보열이뿐이었다. 원지라는 그자를 향하여
　　"인제는 이 보루가 함락하게 되었으니까 노형을 죽여 드릴 터이오"
　　차보열이는 태연히
　　"고맙습니다"
　　하면서 장팔찬이와 얼굴을 마주쳤다. 이때에 양편이 다 놀랐으나 다만 그런 사색은 보이지 아니하였다. 장팔찬은 원지라를 향하여
　　"수령, 내가 조금이라도 공로가 있다고 생각하시거든 그 상급으로 이 사람을 제 손으로 죽이게 하여 주시오"
　　차보열이는 이를 부드득 갈면서 입 안의 소리로
　　'아아, 이놈이 나를 죽이고 싶어 하는 것은 당연한 일이다'
　　참 당연한 일이다. 지금까지 고생하던 일을 생각하면 그렇게라도 분풀이를 할 수밖에 없겠다.
　　차보열의 목숨은 아주 장팔찬의 물건이 되었다. 인제 끌고 나가서 총 한 방만 탕 하면 경찰 개의 혼신 같은 그의 혼신은 황천길로 풀풀 날아가 버리고 말 것이다.
　　차마 집 안에서는 사람을 죽일 수 없는 일이니까 장팔찬은 차보열의 꼭뒤를 집어서 문밖으로 끌고 나갔다. 문밖에는 벌써 송장이 즐비하게 널리어 있고 보루가 금방금방 함락하게 되었다. '보루가 함락되기 십 분 전에 총살하겠다' 고 하던 수령의 말은 지금으로 시행하게 되었다.
　　장팔찬은 보루 편을 바라보니 거기서는 홍만서가 오륙 명밖에 없

는 동지들을 독려하여서 죽을 둥 살 둥 모르고 한참 싸우는 중인데 우연히 홍만서도 고개를 돌리어서 장팔찬과 차보열이를 보았다. 이때 홍만서는 얼굴에 피 칠을 하여서 벌써 중상을 당한 모양 같았다. 장팔찬은 이 모양을 보고 얼굴빛이 변하여 잠시 주저하였으나 곧 홍만서를 등지고 서 버리었다.

어디로 데리고 가서 죽일까. 벌써 이 보루는 위지삼잡으로 철통같이 에워싼 고로 멀리는 나갈 수가 없다. 사면을 돌려 보니 저 편짝으로 막다른 골목이 뚫리어 있는지라 장팔찬은 마침 좋은 곳이라고 그 골목으로 들어갔다. 골목 안에는 벌써 길가에서 끌어 들인 시체가 무더기로 쌓여 있는데 가련한 봉인이의 얼굴도 보이더라. 그것을 본 차보열이는

"아아, 이 계집도 죽었구나"

하고 혼잣말을 하였다.

129. 차보열의 말로

장팔찬은 끌고 나오던 차보열이를 땅에다 꿇어앉힌 후 총을 들고 그 앞에 서서 탄환을 장전하였다.

'이놈, 차보열아, 이 얼굴을 생각하겠느냐. 나는 장팔찬이다'

하고 여러 말을 할 것도 없이 차보열이는 벌써 죽으려니 하고 있었던 모양으로

"자아, 원수를 갚으시오"

하고 재촉하였다. 그러나 장팔찬이는 총을 놓고 다시 군도를 빼어 들었다. 아아, 그는 총으로 선뜻 죽이는 것이 마음에 흡족치 못하여서

칼로 이기어 죽이려는 모양이다. 저렇듯 한 차보열이도 이것에는 좀 선뜩하던지

"흥, 총으로 사람을 죽이는 것은 군대들의 하는 짓이지. 도적이 사람을 죽이려면 칼로 죽이는 것이 원체 상당한걸"

말 없는 차보열이가 이처럼 말을 할 때에야 그 가슴이 어떠하랴. 장팔찬이는 별안간 차보열의 등 뒤로 돌아가서 칼을 부리나케 놀리더니 몸은 찍지 아니하고 잔뜩 결박하였던 새끼줄만 다 끊어 버리더니

"자아, 인제 노형은 어디로든지 마음대로 가시오"

차보열이는 일어섰다. 그러나 일이 너무도 의외이니까 입은 열지도 못하고 다만 땅만 들여다보고서 섰다. 그의 평생에 이와 같이 놀란 일은 다시없을 것이다. 그는 정신이 현황하여서 잠시 동안은 어찌할 줄을 모르는 모양인데 장팔찬은 또 말을 하였다.

"인제 이 보루에서는 기어 나갈 틈이 없소마는 노형은 정부 편짝 사람이니까 아무리 관병이 있을지라도 그는 상관없을 터이니 어서 나가시오. 나는 나가고자 하여도 나갈 길이 없은즉 필경 반 시각 안에 여기서 죽겠지요. 그러나 만일 내가 살아 나가게 되면 아르메 거리 칠 번지에서 홍가 행세를 하고 있으니 언제든지 잡으러 오시오"

아아, 장팔찬이는 정말 자기 사는 주소를 가르쳐 준다. 그는 다시 자기 집에를 돌아갈 생각이 없는가. 그렇다 한대도 이 차보열이를 이 계제에 죽이지 아니하고 놓아 보내는 것은 너무 어수룩한 짓이다.

그렇지마는 한번 깊이 생각을 하여 보면 괴이치 아니한 일이다. 장팔찬은 사람을 죽이지 아니하려는 것이다. 아까 지붕 위에 있는 관병들을 쫓아 보낼 때에도 세 사람을 세 사람 다 모자만 쏘아 떨어트렸다. 그의 겨냥은 무섭게 정확하면서도 그는 적군의 몸을 다치지 아니하였다. 그 뒤에도 지금까지 내리 활동을 하였으나 결코 사람을 상하지는 아니하였다.

그럴진대 그는 무엇을 하러 이 보루에 왔는가. 그는 알 수가 없다. 그렇지마는 원래 그는 사람을 구원을 할지언정 차마 해치지는 못하는 성질이다.

차보열이는 겨우 입이 열리어서

"이다음에 조심하시오"

이것이 차보열이의 특성일다.

'이번에는 내가 너를 잡을 터이다'

하는 말이 그 속에 들어 있다.

"자아, 어서 가시오"

차보열이는 가려고 하다가 다시 돌아다보면서

"노형 주소는 아르메 거리라고 하였지요"

"예, 아르메 거리 칠 번지요"

놓아 보내는 편이나 놓여 가는 편이나 다 항용 사람은 아니다.

차보열이는 복장의 앞 단추를 한 번 고쳐 끼우고 주름도 펼 것은 다 편 뒤에 천천히 저 갈 길로 나가 버리었다. 그 뒤에 장팔찬이는 총을 들어 한 번 빈 방을 뺀 뒤에 보루 안으로 들어가서 지금 마침 집에서 나오는 수령을 향하여

"지금 처치하고 왔습니다"

하고 보고를 하였다. 옳다, 처치하였다는 말이 틀릴 것은 없겠다. 그렇지마는 이것이 정말 처치라고 할는지.

그는 고만두고, 홍만서는 자기의 목숨이 시각에 있는 위태한 경우이지마는 언뜻 눈에 보이던 차보열의 일이 마음에 걸리었다. 그는 이왕에 차보열에게서 육혈포를 빌려 가지고 그것을 돌려보내지도 않고 지금까지 피신을 하여 왔는데 이러한 때에도 좀 미안한 생각이 있었다. 원지라의 얼굴을 보자

"지금 것이 정부의 탐정 아니오"

“예, 그렇소. 지금 총살하러 갔소”

“이름은 무엇이여요”

“차보열이라던가요”

이와 같이 문답을 하는 계제에 마침 장팔찬이가 와서 처치하였다는 보고를 하였다. 아아, 그러면 벌써 총살이 되었는가 하고 홍만서는 전신의 피가 싸느랗게 되는 듯하여서 부지중에 몸서리를 쳤다.

이것이 자기 몸의 흉조나 아닌가.

130. 홍만서의 말로

보루가 함락되려고 홍만서의 마음에 켕기었던지 차보열이가 총살되었다는 말을 듣고 별안간에 몸서리가 쳐졌다. 마침 이때에 물결같이 몰려 들어오는 무수한 관병들은 연해 뒤를 달아서 길을 덮고 보루를 넘어 들어왔다. 때리는 놈에 맞는 놈, 죽이는 놈에 죽는 놈, 올씬갈씬 한데 섞이어서 보루 안은 고만 편싸움 판이 되었으며 심지어 사람과 사람끼리 서로 물어뜯어서 개싸움 판이 되어 버리었는데 불쌍타, 이 난군 중에서 아주 죽기로 결심한 홍만서도 목적을 이루었다.

그는 얼마나 상하였는지 그 얼굴을 보면 이마, 턱, 볼따구니 할 것 없이 표범의 무늬같이 피가 흐르며 몸에는 온통 가사를 맨 것같이 피를 둘러썼으나 오히려 닥치는 대로 사람을 후두들기어서 근처에 관병을 얼씬도 못하게 하였다. 그는 참 홍 정령의 아들이라고 할 만하였다. 어찌하면 그다지 용감한지 상하면 상할수록이 강하여지고 피곤하면 피곤할수록이 용감하여지는 것같이 보였다. 그렇지마는 한 사람의 용감은 한량이 있는 것이라. 그는 마침내 중상을 못 이기어 땅에 가 쓰러졌다.

그는 넘어질 때에 정신이 아득하였으나 어렴풋한 감각은 남아 있었다. 아아, 나는 인제 죽는구나 하고 생각한 때에는 도리어 기쁜 생각이 들었다. 이만하면 이 세상의 고통을 잊어버리겠다 하여서. 그리고 넘어진 뒤에도 입 안으로 기도를 하였다. 고설도의 몸을 위하여서. 아아, 그의 마음에는 고설도밖에 있는 것이 없었다. 고설도가 그의 목숨이었다.

여자가 되어서도 이만큼만 남에게 사랑을 받으면 참 그만이라고 하겠다.

기도하는 말이 아직 그치기 전에 누구인지 그 몸에다가 손을 댄 사람이 있었다. 적군을 사로잡을 때에 하듯이 사정없이 번쩍 들어 올리었다. 그는 눈도 뜰 기운이 없어서 그 사람의 얼굴은 보지 못하고 다만 속마음으로 생각하였다. 아아, 분하다. 나는 미처 죽지 못하고 적군의 포로가 되었다고. 만일 살아나는 때에는 다시 고쳐서 총살이 되겠다고. 그저 이대로 죽어 버리었으면 하고 생각한 뒤에는 아주 정신을 놓았다. 그는 과연 어떤 사람의 포로가 되었는가.

* * *

이때에 홍만서보다도 못지않게 싸우던 사람은 수령 원지라였다.

원지라는 아주 헐수할수없이 된 뒤에 사방을 둘러보았으나 자기 부하는 한 사람도 아니 보이며 금방 싸우고 있던 홍만서까지도 간 곳이 없는지라. 필경 죽었거나 사로잡히었나 보다. 인제는 나 죽을 때가 돌아왔다 하고 술집 문 앞으로 퇴축하여 왔다.

술집 안에는 그보다 먼저 들어간 사람이 몇 사람쯤 남아 있는데 그네들은 미리 준비하여 두었던 벽돌장을 올려다 놓고 이 층 위에서 관병의 머리 위에다가 내리 던지어 비상한 활동을 하였으나 비 오듯 하는 탄알에 한 사람 죽고 두 사람 죽어 점점 줄어들었으며 원지라가 술집 문 앞으로 퇴축하여 온 때에는 사람이 남아 있는지 없는지도 알 수 없을 지경이었다.

위선 사람들을 살리고 나서 자기가 피난하는 선장과 같이 그는 전장을 둘러보았다. 이때 관병들은 그를 사로잡고자 하여서 사방으로 달려들었으나 그는 총열을 몽둥이 삼아 내두르는 바람에 감히 가까이 달려들 사람이 없었다. 이러한 계제에 그는 비조같이 문을 열고 술집 안으로 들어갔는데 두 번째 관병들이 몰려든 때에는 벌써 문은 안으로 걸리어서 꿈쩍도 아니 하였다. 곧 관병들은 힘을 모아서 문을 깨뜨리기 시작하였다.

131. 수령과 보루의 말로

난군을 물리치고 문 안으로 들어간 원지라의 행동은 과연 비조와 같이 날랬다. 그는 번개같이 문을 열고 번개같이 문을 닫친 후에 곧 빗장을 질렀다. 그리고 그는 소리를 질렀다.

"어차어피에 죽더라도 손쉽게 죽어서는 아니 된다"

이러한 경우를 당하여서도 오히려 절망을 하지 않는다. 참 비범한 인물이다. 관병들이 문을 깨트리느라고 와지끈와지끈하는 한편에서 그는 문 안의 마루청을 뽑아 놓고 자기는 탁자에 의지하였었다. 문은 곧 깨졌으나 옳다구나 하고 앞을 다투어 들이밀리던 관병의 물결은 그 깊은 마루 밑으로 흘러 들어갔다. 떨어진 사람으로 마루 밑 함정이 메워지자 그 메워진 위에 서서 기어 나오려고 하는 관병들의 머리를 그는 빼어 들던 마루 구들로 내리 짓찧었다. 그러나 한없이 들어오는 물결을 어찌 미처 저당하리오. 미구에 그는 그물 속의 고기가 되었다. 다만 앞에는 탁자, 등 뒤에는 벽. 손에 들었던 마루 구들까지도 소용이 없이 되었다.

그는 적수공권으로 눈만 부릅뜨고 사방을 둘러보나 구름같이 모여드는 관병들 중에는 감히 달려드는 사람이 없었다. 이때 지휘관인 듯한 사람은

"쏘아 죽여라"

하고 명령을 내리었다. 그 명령과 동시에 십여 개의 총부리가 전좌우로부터 원지라 한 몸에 모여들었다. 지휘관은 또 소리를 질렀다.

"잠시 기다려라"

이와 같이 된 다음에는 그리 급할 것이 없다. 한마디 호령이면 원지라의 몸은 고만 부스러지고 말 것이다. 지휘관은 조용히 원지라를 향하여

"노형이 수령이오"

"그렇소"

"아아, 젊으신 터에 가석한 일이오. 이 자리에서 살려 줄 수는 없으니 눈이나 가리어 드리리다"

하고 인정 있는 말을 하였다. 참 원지라의 묘힌 얼골을 보넌 누구든지 이만한 인정은 생길 것이다. 양편에서 무기를 가지고 서로 싸우는 동안에는 누구를 죽이든지 인정도 볼 것이 없지마는 다만 한 사람이 빈손으로 총 끝에 선 것을 보면 과연 차마 못 할 바가 있는 고로 보지나 못하도록 눈을 가리어 줄 생각이 난 것이다. 원지라는 죽음에 겁을 내는 녹록한 사람이 아니라

"아니요, 그러할 것 없어요"

하고 조용히 무수한 총부리를 한번 둘러보았다.

지금까지 물 끓듯 하던 소동이 이 까닭으로 하여서 일시에 가라앉으며 발자취 소리 하나도 내는 사람이 없으니 정말 처참한 기운이 집안에 가득하였다. 이 처참한 광경 중에 원지라의 앞에 놓인 테이블 밑에서 기어 나온 사람이 있었다. 이 사람은 어제 낮에 술이 취하여 수령의 말을 듣지 않고 쓰러져 자던 구란타라는 자인데 그자는 하늘이 무너지고 땅이 꺼지는 듯한 그 소동 가운데에서 이십사 시간을 내처 자다가 별안간 고요하게 되는 바람에 잠시 깨었다. 마치 기차 속에서 자던 사람이 기차 가는 소리에는 깨이지 아니하고 기차가 정거 될 때에 깨이는 것이나 일반이다.

그자는 눈을 비비적비비적하며 사방을 둘러보다가 별안간 잠에 취한 목소리로

"공화 정치 만세"

하고 소리를 질렀으나 다시 원지라의 모양을 보고 대강이나 짐작이 나섰던지

"수령, 여보시오, 우리 약속한 대로 같이 죽읍시다"

원지라는 우스운 생각이 났던지 빙그레 웃는데 이때 관병의 지휘관은 일제 사격하라고 호령을 내리었다. 일시에 터진 수십 방의 총소리와 같이 구란타는 공중으로 불끈 솟았다가 떨어져 죽고 원지라는 웃는 얼굴대로 벽에 붙어서 죽었다. 한 사람은 우습고 한 사람은 당당하게 죽었다. 이윽고 원지라의 머리는 앞으로 푹 수그러지며 덜컥 넘어지니 완강히 저항하던 이 보루도 이와 같이 전멸이 되었다.

그러나 또 한 사람은 어찌 되었는가 하고 독자의 궁금하게 여길 사람이 있다. 그는 〈불쌍타, 장팔찬〉이라고 제목을 하여서 이다음부터 기록하리다.

132. 불쌍타, 장팔찬 (1)

홍만서가 넘어졌을 때에 누구인지 달려와서 그를 안아 간 사람이 있은 것은 독자의 아는 바이다. 그때에 홍만서는 미처 죽지 아니하고 꿈속같이 생각하였다.

'아아, 나는 적군에게 사로잡히었구나. 살아나는 때에는 다시 총살되겠지. 차라리 그대로 죽어 버리었으면'

하고. 그는 그 소원과 같이 죽어 버리었던지 그다음에 어찌 된 것은 알지 못하였다.

과연 그는 포로가 되었다. 그러나 적군의 포로는 아니었다. 그를 안아 간 사람은 적군이 아니라 장팔찬이다. 그는 장팔찬의 포로가 된 것이다.

아아, 장팔찬은 무슨 목적으로 이 보루에 왔던가. 그는 싸움을 할지라도 결코 사람은 아니 죽인다. 그는 어려서부터 유명한 포수로서 귀족의 산림에 들어가서 비밀히 사냥한 까닭으로 경한 죄도 중하게 처벌되었다는 사실은 이 이야기의 처음에 기록한 바와 같다. 만일 그 정밀한 수단으로 적군을 죽일 생각만 있으면 몇십 명의 생명을 뺏었을 것이다. 그러나 그는 하지 않는다. 아주 부득이하여 지붕에 있는 적병 세 사람에게 총을 놓았을 때에도 세 사람을 다 같이 모자만 쏘아 떨어트릴 뿐이었다. 그는 사람을 살리는 이외에는 다른 목적이 없나. 그는 과연 자선가일다. 이 보루에 들어온 것도 사람을 살리기 위하여 온 것이다. 죽이러 온 것은 아니다.

여기를 온 뒤로부터 무슨 일을 하였는가. 그는 아는 이가 없다. 여러 사람들은 싸움에만 정신이 팔리어서 장팔찬의 하는 일을 보지 못하였다. 그러나 장팔찬은 다른 사람의 못 할 일을 제일 많이 하였다. 그는 사람이 넘어질 때마다 곧 쫓아가서 한겻진 곳으로 안아다 놓고 아직 목숨이 붙어 있으면 상처에다 붕대를 감아 준다, 아픈 데를 문질러 준다 하며 또 아주 여망이 없는 시체는 따로 한편에다 쌓아 놓아서 지금 야전 병원에서 하는 일을 자기 혼자 손으로 다 하였다. 이 보루가 함락된 뒤에 관병들이 놀라고 탄복한 것은 죽고 상한 군사를 잘 구완하고 잘 치워 놓은 한 일이었으며 지금까지라도 유명한 이야깃거리가 되어 왔다.

이와 같이 분주한 동안에도 그의 눈은 항상 홍만서를 떠나지 아니하였다. 그의 첫째 목적은 홍만서를 구원하러 온 것이다.

그의 몸이 되어서 홍만서를 구원하다니 인정에 할 수 있는 일인가. 지공무사한 하느님이 아니면 못 하는 일이라고 하여도 과한 말이 아니다. 홍만서는 어떠한 사람인가. 그의 원수일다. 원수인 바에는 그의 장중보옥같이 길러서 자기 목숨보다도 귀중하게 여기는 고설도의 마음을 뺏어 간 원수일다. 그는 이를 위하여 울기도 하고 한하기도 하였으며 노하기도 하고 투기도 하였다. 투기하는 마음에 눈이 어두워서 설도에게 전할 홍만서의 편지를 가로차게까지 되었다. 그러나 그의 마음에는 맑고 맑은 영혼이 붙어 있었다. 그는 그 편지를 무릎 밑에 집어넣고 홍만서를 전사케 한 뒤에 예정과 같이 고설도를 영국으로 데리고 가서 아무 거리낌 없는 세상에서 설도를 데리고 남은 나이를 안락하게 보내겠다…… 하는 생각은 털끝만치도 일어나지 아니하였다. 만일 그것이 보통 사람 같으면 이러한 마음을 일으키는 것이 당연한 일이며 그와 고설도가 지금까지 지내어 오던 일을 생각하여 보면 그가 그러한 마음을 일으킨다 하기로 누가 그를 악인이라고 하리오. 하느님도 나무라실 리가 없을 것이다. 모든 사정이 이러한 마음을 일으켜라, 일으켜라 하고 그더러 권고하는 데야 어찌하리오. 그러나 그는 이러한 마음을 일으키지 아니한다. 홍만서의 편지를 방 안에 들어가서 두 번째 내리 보는 동시에 그만 깨달았다. 마룻전이 흔들리도록 깨닫고 느끼었다. 이 편지를 보면 설도와 홍만서 사이에 백년언약까지 맺은 모양이다. 모르는 동안에는 어찌 되었든지 이미 알고 본 다음에야 고설도를 딸같이 길러 온 처지에 어찌 모르는 체하고 지내어 갈 수가 있으랴. 아무렇든지 홍만서는 살려야 한다. 살려 내어서 고설도와 부부를 만들어야 한다. 자기 사정으로 말하면 난감한 일이지마는 만일 이대로 홍만서를 죽이면 설도의 일평생 행복을 죽이는 셈이다. 이 몸이 정말 설도를 사랑하는 이상에는 설도의 마음으로 내 마음을 만들어야 할 것이라. 설도가 홍만서의 죽음을 슬퍼하느니만큼 이 몸도 홍만서의 죽음을 슬퍼하고 설령 살려 내다 못 하는 일이 있을지라도 살려 내도록은 힘을 써 보아야 할 것이다. 그를 피할 경우는 아니다.

이 마음이 하느님의 마음이라고도 할 수가 있을 것이라. 인간의 마음으로는 이처럼 거룩할 수가 없다.

그는 잠시 동안에 이러한 결심을 하고 곧 준비를 한 후에 전장으로 달려갔다.

그러나 잘 생각하여 보아라, 장팔찬이여. 너무 경솔하지는 아니하였는가. 전장에서 만일 총을 맞아서 자기 몸이 홍만서와 같이 죽게 되면 어찌하려는가. 고설도는 이 세상에 무의무탁한 고아가 되지 않는가. 그 누구가 고설도의 장래를 보아주리오. 실상 그도 이러한 일을 생각하지 못한 것은 아니다. 그러나 만일 잘못되면…… 하는 생각으로 핑계를 삼아 가지고 당연히 할 일에 주저하는 것은 정말 의 있는 사람이 아니요 정말 참한 사람이 아니다. 그는 굳게 믿었다. 자기 몸에 조금도 사사로운 마음이 없이 일단 선심으로만 용맹스러이 나가면 반드시 하느님이 구호하여 주신다. 총을 맞는 것은 마음에 검은 구석이 있는 까닭이라고 생각하였다.

그러나 그는 혹 자기가 죽을지라도 고설도가 고생을 아니 할 만큼은 준비를 하여 놓았다. 인제는 만사가 태평이다. 만일 자기 마음이 결백하면 총을 맞을 리가 없고 만일 컴컴한 구석이 있으면 죽어도 당연하다고 아주 마음을 탁 놓았다.

133. 불쌍타, 장팔찬 (2)

항상 홍만서의 행동만 주의하고 있던 장팔찬이는 홍만서가 넘어지자 곧 쫓아가서 끌어안았다. 어떻게 이대로 데리고 가서 구완할 수는 없을까 하여 분주하게 사방을 둘러보았다.

그저 오 분간이라도 일렀던들 혹 빠져서 나갈 구멍이 있었을는지 모르겠으나 지금은 개미 하나 기어 나갈 틈도 없다. 또 이것이 보통 시체 같으면 집 안으로 끌어들여다가 한편 구석에 놓아둘 수가 있을 것이나 이것은 아직 시체라고 할 수가 없다. 아직 목숨이 붙어 있을는지도 알 수 없는 터인즉 어디든지 조용한 곳으로 데리고 가서 잘 구완을 하여 보아야 하겠다. 이 사람을 집 안으로 데리고 들어가면 금방 또 적군의 손으로 들어갈 것이다. 아아, 어찌하나. 어떻게든지 적군의 틈을 타서 에워싼 바깥으로 빠져나가야 하겠다. 그 외에는 도리가 다시없다. 장팔찬은 생각할 틈도 없이 덮어놓고 뒷골목으로 달아났다. 다행히 여기는 아직 적군이 없었으나 그도 겨우 한 도막뿐이요 역시 골목 밖에는 적군이 늘어서서 도저히 빠져나갈 도리는 없었다. 그뿐 아니라 여기 한 도막에 사람이 없는 것도 지금 당장뿐이다. 앞대문으로 쳐들어오는 적군이 뒷골목으로도 쳐들어올 것은 물론이며 그러하려니 하고 듣는 까닭인지는 몰라도 장팔찬의 귀에는 벌써 적군의 사관이

"뒷문으로 들어가거라. 뒷문으로 들어가거라"

하고 지휘하는 소리가 들리는 것 같았다. 아아, 정말 죽을 지경이로

구나.

어떻게 하든지 빠져나가야 하겠는데 그나마 지금 어떻게 하지 못
하면 더구나 어림이 없다. 장팔찬은 앞뒤를 돌려 보았다. 앞에는 여섯
층의 높은 집이요 그 집 너머에서는 구름같이 모여 선 관병들의 떠드
는 소리가 물결같이 들린다. 그는 지금부터 팔 년 전에 경관 차보열에
게 쫓기어서 마치 이러한 경우를 당하여 보았으나 그때에는 고설도를
데리고 있었는데 시금은 시체나 다름없는 장정 하나를 안고 있다.

그때는 모면하기가 어려웠는데 지금은 아주 모면할 도리가 없다.
그때는 새끼를 얻어서 담을 넘었는데 지금은 새끼조차 없으며 그뿐만
아니라 앞길은 승방 모양으로 조용한 곳도 아니다. 하늘을 나는 새가
아니요 땅을 뚫는 두더지가 아닌 다음에는 다시 어떻게 하여 볼 도리
가 없이 되었다.

아아, 이 몸의 운수가 지금 이곳에서 다하는가 하고 장팔찬은 원한
이 골수에 사무쳐서 눈물도 나오지 못하는 마른 눈으로 땅만 들여다보
고 있었다. 이때 땅에서는 이상한 것이 나타났다.

나타난 것이 아니라 본래부터 있었지마는 별안간 나타난 것같이
그의 눈에는 비치었다. 이 뒷골목의 길가에도 큰 골목이나 일반으로
혁명당들의 벗기어 가고 남은 벽돌이 흩어져 있는데 그 벽돌 밑으로
튼튼한 쇠창살 같은 것이 보였다.

이 창살은 무엇인가. 땅속으로 통하는 개처 구멍이다. 그 창살의 넓
이는 겨우 두 자 사방쯤이나 될까. 그는 이것을 물끄러미 들여다보았다.

보통 사람 같으면 이것이 눈에 보인대도 아무 생각도 날 리가 없지
마는 장팔찬은 보통 사람이 아니다. 옛날 옥중에서 탈옥을 하려고 갖
은 연구를 다 하여 보던 터이라 이때에 문득 무슨 생각이 났다. 그는 곧
그 앞으로 달려가서 그 쇠창살에다 손을 대고 잡아 일으키는데 제아무
리 무거운 쇠라도 그의 기운에야 어찌하리오. 그 쇠창살은 번쩍 들리

어 올라왔다.

이때에 장팔찬은 마치 미친 사람과 같았다. 자기가 하는 일을 자기도 알지 못한다. 만일 성한 정신을 가지고 있으면 이러한 기운이 나올 수는 없다. 모든 일을 잊어버리고 아주 꿈속같이 날뛰는 고로 사람이라고는 할 수 없는 기운도 나는 것이다.

그는 두 팔로 가를 짚고 두 다리를 뻗어서 그 구멍으로 반쯤이나 들어가더니 다리를 벌리어서 양편 벽에다가 뻗디디고 시체같이 늘어진 홍만서를 어깨에다 메고 땅속으로 들어가 버리었다. 들어가는 동시에 그 철창은 제 무게에 눌리어서 처음과 일반으로 덮여져 버리었다. 아아, 장팔찬은 큰 개천의 은구 속으로 들어갔다. 이렇게 하면 도망을 할 수가 있을 줄로 아는가. 혹 시중에서 뒤를 쫓기는 악한들이 개천 구멍으로 들어가는 수도 있으나 개천은 빠져나갈 길이 못 된다. 필경은 진퇴유곡이 되는 것이다.

그러한 까닭으로 파리의 경찰서는 이 개천 구멍을 악인들 잡는 그물과 같이 안다. 잡을 사람이 있는 데에는 개천을 살펴보며 뒤를 밟다가 간 곳이 없으면 그 근처의 철창을 열고 그 아래에 쭈그려 앉은 것을 찾아서 끌어 올린다. 아무렇든지 개천 속에를 들어가면 거기 쭈그려 있을 수밖에 없이 되었다. 장팔찬은 그것을 아는가 모르는가. 그러나 그의 처지가 알고 모르고 간에 개천 속으로밖에 당장 피신할 도리가 없는 것이다. 다만 그러한 처지를 당하게 된 그의 신세만 불쌍하다 하겠으며 그도 자기 몸을 위하여서 그러하는 것이 아니라 다만 사람을 살리기 위하여, 다만 착한 일을 위하여 이러한 위험한 일을 하는 것이다.

그뿐 아니라 파리의 개천은 파리의 골목이 엉클어진 것처럼 땅속에서 엉클어졌다. 파리의 골목은 밝은 낮에 물어물어 다녀도 길을 잃는 일이 많은데 하물며 땅속의 개천으로 들어가서 사방을 둘러볼 햇빛도 없고 길을 물을 도리도 없음이리오. 혹 이 개천에 숨었다가 나올 수

가 없는 까닭으로 죽어 버리는 일도 있어서 대소제 때에 그러한 시체
가 발견된다. 인제 장팔찬은 시체가 되기 전에는 세상 밖에 나오지 못
할 사람으로 생각할 수밖에 없다.

134. 불쌍다, 상팔찬 (3)

이것이 지옥이 아니고 무엇일까. 깊이 땅속에 파묻혀 있는 캄캄한
개천 구멍. 들리는 것도 없고 보이는 것도 없고 다만 악취가 코를 찌를
뿐이다.

그러나 장팔찬은 그 악취도 나는 줄을 몰랐다. 다만 자기 몸이 땅속
으로 들어온 생각밖에는 나는 것이 없으며 아아, 인제는 살았다고 휘유
하고 숨을 내쉬었다. 옳다, 살아났다고 할 만도 하다. 지금까지 천둥 지
둥이 한꺼번에 몰린 것같이 들리던 사람의 소리, 총소리가 다만 꿈속같
이 들릴 뿐이다. 여기는 인간이 아니고 다른 세계일다. 그러나 한 가지
의심나는 것은 살아서 다시 인간에를 나가게 될는지 못 될는지. 그는
양편 벽을 더듬어서 구멍의 좁은 줄을 알았고 머리가 걸리는 것으로
천장의 낮은 줄을 알았다. 밟는 발이 힘졌지 아니한 것은 바닥이 진흙
인 까닭이요 발이 치근치근하는 것은 진흙 위에 물이 흐르는 까닭이다.

그는 엉거주춤한 채로 한참 있었다. 홍만서의 시체는 그 어깨 위에
얹힌 대로 있는데 원체 산천이 무너지는 듯한 부산한 곳으로부터 별안
간 캄캄한 구멍에 빠진 까닭으로 그는 정신이 아득하여서 어찌 된 셈
을 몰랐다. 그러나 그의 눈은 잠시 있는 동안에 좀 밝아졌다.

아무리 밝아진다 하여도 햇빛도 불빛도 아주 없는 곳에서는 아무
것도 볼 수가 없지마는 다행히 지금 자기가 들어오던 그 창살 틈으로

희미한 광선이 새어 들어왔다. 그는 어렴풋이 구멍 속을 볼 수 있게 되었다. 그러나 아무리 보아도 빠져 날 길은 없는 지옥 속이었다.

눈이 좀 밝아짐을 따라서 마음도 좀 움직이었다. 아아, 어디로든지 달아나야 하겠다. 이대로 있다가는 아니 되겠다. 만일 어떤 사람이 저 창살을 보고 여는 때에는 이 목숨이 다하는 날이다. 이와 같이 생각을 한즉 머리 위에서 새어 오는 희미한 광선까지도 큰 화근같이 생각이 되었다. 어디로 달아날까. 어디로 가면 좋은가.

어디로 갈 것을 임의대로 고를 만한 경우만 같으면 좋겠지마는 길은 외곬 속이다. 이 개천 은구를 따라서 가는 수밖에는 없다.

파리의 골목 수는 그때만 하여도 이천이백 골목이 있었다. 개천의 가지 수도 그 골목과 같이 수효가 많고 그 골목과 같이 엉클어졌다. 골목의 길이가 도합 일백사십 마일이요 개천의 길이도 일백사십 마일이니 이 길고 이 어지러운 길을 이 캄캄한 속에서 어떻게 찾아 나가며 어떻게 염려 없는 곳을 찾아간단 말인가. 나갈 구멍이 있다 하여도 구멍이 있는 데는 사람의 눈도 있을 것이니 어디를 가든지 소용이 없다. 그러나 소용이 없다고 아니 달아날 수는 없다.

이러한 경우가 되면 장팔찬의 몸에는 측량할 수 없는 용맹이 생긴다. 그는 단연히 홍만서의 시체를 다시 고쳐 메고 허리를 구부린 채로 개천 속을 어정어정 걸어 나가기 시작하였다. 걷기 시작하여서 겨우 다섯 발쯤 떼어 놓은즉 길은 꺾이어졌다. 이 꺾어진 굽이에가 그 희미하던 광선이나마 없어지는 곳이다. 마치 컴컴한 기운으로 벽을 쌓은 것처럼 아주 지경이 나뉘어서 이 지경을 들어가는 것은 어찌 검은 벽을 뚫고 들어가는 것 같다.

비상한 결심을 한 그도 몸서리가 쳐졌다.

정말 캄캄한 속으로 들어가는 것은 사람의 할 일이 되지 못한다. 사람은 밝은 데서 나 가지고 밝은 데서 살게 마련된 것이다. 캄캄한 것은

다만 무서울 뿐만 아니라 어떠한 위험이 그 속에 숨어 있을는지를 알
수 없는 것이다. 그러나 장팔찬이는 이 위험을 무릅쓸 수밖에 없다. 잠
시 동안 주저를 하였으나 마침내 진흙보다도 되고 벽보다도 두꺼운 캄
캄한 속으로 들어갔다. 혹 발이 빠질 구멍이나 없는가. 발이 걸릴 돌이
나 없는가. 걸음마다 더듬고 자취마다 더듬어서 공기조차 잘 통하지
못하는 곳을 시체를 둘러멘 채 허리를 구부린 채 미적미적 나가는 것
은 장팔찬이니까 하는 재수이다.

걸어 나가면서 그는 생각하였다. 어찌 되었든지 바닥의 기울어진
편으로만 나가면 된다고. 개천 물도 기울어진 편으로 흘러갈 터이니까
기울어진 편이 아래일다. 아래로 찾아가면 큰 개천에 나가질 것이니
큰 개천에만 나가면 위선 허리는 펼 것이다.

아무리 기운이 장사인들 구부린 채로 언제까지든지 견딜 수는 없
는 것이다.

135. 불쌍타, 장팔찬 (4)

이때 장팔찬의 고생은 살피어서나 짐작할 일이지 붓이나 입으로는
다 할 수가 없다.

그는 몸도 임의대로 펴지를 못하고 좁다란 개천 구멍을 기어 나간
다.

몸에는 홍만서라 하는 무거운 짐을 지고 눈앞은 캄캄하여 어디로
가야 좋을는지 방향을 모르는데 다만 그는 기울어진 편만 향하고 더듬
더듬 기어 나간다. 기울어진 편으로만 기어 나가면 설마 큰 개천이 나
오겠지, 큰 개천이 나오면 위선 몸이나 좀 펴 보겠다는 생각만 하였지

몸을 편 뒤에는 어디로 어떻게 나가서 어떻게 살아나겠다는 예산은 조금도 못 하였다.

그러나 그는 쉬지 않고 걸어 나갔다. 이와 같이 못 참을 고생을 억지로 참고 걸어 나가노란즉 과연 개천은 차차 넓어졌다. 인제는 일어서도 걸어 다닐 만큼은 되었다. 그는 위선 살겠다고 허리를 잡아 폈다. 만일 여기서 펴지를 못하였으면 그의 허리는 아주 꾸부러졌거나 부러져 버리었을는지도 알 수 없다. 부러질 지경은 아니라고 할지라도 홍만서를 둘러멘 채로 참아 갈 수는 없었다. 그는 위선 안심을 하였다. 몸이 마음대로 펴기만 하면 아직 얼마간은 참아 갈 수가 있다고.

그러나 이 참아 가는 동안에 어디로든지 빠져나가야만 하겠는데 어디로 나간단 말인가. 땅속으로 몇 길이 되는 개천 속에 가로세로 무수한 개천이 한데 얼크러졌으니 아무리 간대도 다 같은 개천 구멍뿐일다. 더구나 그는 허리가 펴지는 동시에 별안간 배고픈 생각이 났다. 어제 저녁밥을 먹은 뒤로 벌서 열다섯 시간이 지났으며 면보 한 덩이도 먹지 못하고 다른 것보다 갑절이나 활동을 하였으니 그러한 생각을 하면 별안간 허리가 도로 꼬부라지는 듯하고 사지에 맥이 풀리었다. 그와 동시에 또 한 가지 곤란한 일은 개천 속에 공기가 부족한 일이다. 어디로든지 다소간의 공기가 들어오기는 들어오겠지마는 몇 차례나 숨이 막히는 경우를 지났다. 지금까지는 그다지 곤란한 줄을 몰랐으나 자기 호흡이 가빠짐을 따라서 더욱이 곤란함을 깨달았다.

배는 고프고 숨은 막히어 핑핑 내둘리는 중에도 오히려 쉬지 않고 걸어 나갔다. 다행히 새 공기는 가다가다 새어 들어오는 데도 있었으나 광선은 새어 오는 곳이 없었다. 캄캄한 속에서 더듬어 나가는 걸음이 아무리 바쁘게 걷는다 하여도 눈 뜨고 달음질하는 것처럼 속할 수는 없는 일이라. 한 걸음 또 한 걸음, 자기 마음에는 몇 시간 몇십 시간이나 걸은 듯한 때에 발아래의 개천 수렁이 차차 깊어졌다. 아아, 그는 정말 위험한 곳을 만난 것이다.

개천 속에는 여기저기 진흙이 깊이 모여서 수렁 진 곳이 있었다. 이는 물이 잘 빠지지 아니하는 까닭으로 자연히 개천 바닥이 물러져서 꿀렁꿀렁한 수렁이 되어 버리는 것이다. 개천을 소제하는 인부들도 때때 그 수렁 속에 빠져서 다른 사람의 손으로 건져 내게 되는 것이다. 만일 옆에 사람이 없이 홀로 빠지는 때에는 도저히 헤어 나올 도리가 없다. 그러나 장팔잔은 그러한 곳이 있는 줄은 알지 못하였다. 진흙이 차차 깊어지는 줄을 알면서도 새삼스럽게 돌아설 수는 없다. 한 발을 빼어서는 앞으로 던지고 또 한 발을 빼어서 앞으로 던지며 허덕지덕 나가는 중에도 그는 생각하였다. 이와 같이 물이 깊고 진흙이 많이 고여 있을 때에는 얼마 아니 가서 이 개천이 어떤 강물에 합수될 모양이다. 아무리 어려워도 여기만 지나서면 넓은 강가에 나서게 될 것이다. 공기도 있고 광선도 있고 인간에 나가는 길도 있을 듯하다. 그는 이 마음에 기운이 새로 나서 깊이 진흙 속으로 걸어 들어갔다. 처음에는 물 깊이가 두 자가량이요 진흙은 그 밑으로 일고여덟 치가량밖에 아니 고여 있더니 물은 어느 틈에 석 자가 되고 넉 자가 되어서 필경에는 겨드랑 밑에까지 빠지게 되었으며 진흙 깊이도 한 자가 활씬 넘게 되었다.

차차 앞으로 나감을 따라서 물 깊이보다도 진흙 깊이가 늘어 간다. 한편 발을 뽑고자 하면 다른 발이 몸무게에 눌리어 깊이 들어가서 겨우 한 발을 뽑고 나면 다른 발은 더구나 뽑기가 어렵게 된다. 그는 이와 같이 하여서 한 걸음 한 걸음 진흙 속으로 빠져 들어갔다. 어디까지 나가면 이 고생을 면하는가. 그는 알지 못하였다. 마침내 바닥없는 수렁이 앞에 있는 줄을.

밑바닥이 있는 동안에는 고생은 될지라도 발을 뽑을 수가 있거니와 바닥이 아주 없어지면 허덕거리면 허덕거릴수록이 가라앉아 버리는 것이다. 그는 이 무서운 운명 가운데에 빠져 있다.

136. 불쌍타, 장팔찬 (5)

세상에 무서운 일도 많이 있지마는 바닥없는 수렁에 빠진 것처럼 무서운 일은 그리 많지 못하다. 허덕거리면 허덕거릴수록이 그 몸은 가라앉는 것이다.

불란서의 노르망디 해안에는 이러한 바닥없는 수렁이 많이 있다. 혹 행인이 여기 빠지는 일도 있고 짐을 실은 채로 말과 수레가 빠지는 일도 있는데 한 번 빠져만 놓으면 살아 나올 도리는 없다. 바른발을 뽑고자 하면 왼발이 가라앉고 왼편을 뽑고자 하면 바른편이 가라앉아서 한 치 한 치씩 가라앉다가 필경은 온몸이 머리끝까지 쏙 들어가 버리고 만다. 지금 장팔찬이가 그 바닥없는 수렁에 빠진 것이다.

다만 노르망디 근처의 바닥없는 수렁은 겉으로 보기에 수렁이 아니라 훌륭한 백사장이다. 그 까닭으로 말하면 바람이 해변의 모래를 불어서 수렁 위에다 한 켜를 덮어 놓는 것인데 그러한 까닭으로 정말 백사장과 바닥없는 수렁의 구별을 알 수가 없다. 백사장을 걸어가는 셈만 잡고 마음을 놓고 걸어간즉 차차 바닥이 물러져서 다리가 타박타박하여지나 그도 졸지에 변하는 것이 아니라 차차로 달라 가는 고로 걸어가는 사람은 알지를 못하는 것이다. 아주 그러한 줄을 알게 되는 때에는 벌써 어찌할 수 없는 때이다.

조금씩 조금씩 바닥이 물러져서 마침내 발이 빠지게 되는 때에 아아, 큰일 났다, 바닥없는 수렁에 빠진 것이 아닌가 하고 놀라서 발을 돌리고자 하는 때에는 벌써 진흙에 붙들리어서 어찌할 수 없게 된다. 그 모양이 마치 파리약에 붙는 파리와 같은데 수렁의 진흙은 파리약보다도 끈끈하고 파리약보다도 기운이 있다.

그리고 진흙은 밑으로 들어갈수록이 부드러워서 모래 덮인 거죽만 뚫어지는 때에 아주 하잘것없이 가라앉아 버린다. 이것이 만일 물 같으면 헤엄이라도 치려니와 진흙 속에서는 헤엄을 칠 수가 없다. 어떻게 하든지 빠져나가야 하겠다고 누구든지 애를 쓴다. 깊이 들어가기 전에 빠져나가야 하지 깊이 들어간 뒤에는 더욱이 어렵겠다 하여서 죽을 기운을 다 들이나 기운은 아무 소용도 없는 것이다. 강한 사람이나 약한 사람이나 애쓰는 사람이나 애를 쓰지 아니하는 사람이나 다 같이 가라앉아 버린다. 조금씩 또 조금씩. 이처럼 기막힌 죽음은 없다.

발목이 빠지고 무릎이 빠지고 허리까지 빠진다. 이와 같이 되면 위선 자기 몸의 무게를 줄이는 수밖에 없다고 하여서 돈지갑을 내던진다, 시계를 떼어 버린다, 조금이라도 무게를 줄이려고 애를 쓴다. 마치 풍랑 맞는 배가 짐을 풀어 버리는 모양이다. 그러나 슬프다, 이는 아무 소용없는 일이다. 허리까지 빠졌던 것이 배꼽을 지나 젖가슴에까지 오면 아주 절망이 되어서 목이 터지도록 사람을 부르나 부른대도 오는 사람은 없다. 세상에 없는 자선가가 이 소리를 들을지라도 이것 한 가지는 뻔히 보고 죽일 수밖에 없다. 살리러 가다가는 같이 죽는 것이다.

젖을 지나 겨드랑 밑까지 빠지게 되면 아주 절망이 되어서 하느님만 부르나 하늘도 대답이 없다. 그때에는 분이 나서 하늘을 보고 욕설을 한다. 그러한 중에 어깨도 빠지고 턱도 빠지게 되어서 고개를 위로 젖히며 얼굴만이라도 내놓으려고 애를 쓰나 역시 소용이 없고 진흙은 미구에 얼굴까지 덮어 버린다. 다만 머리털만 무판에 비쭉 나오듯이 남아 있으나 잠시 뒤에는 그것조차 없어져 버린다.

이 근처에 사는 사람들은 때때 수렁 위에 모자만 떠 있는 것을 본다. 사람은 가라앉고 모자만 떠 있는 것이다. 이러한 때마다 그네들은

“또 누구인지 빠졌구나. 가엾어라”

하고 빈말로라도 조상을 하나 모자 아래 몇십 길 되는 땅속에 가라앉은 모자 임자가 이 말을 들을 리는 없다. 이러하게 죽은 사람의 영혼을 어떻게 위로하리오.

이보다 기막힌 죽음은 다시없다고 할지나 만일 있을 것 같으면 그는 장팔찬의 지금 죽게 된 그 형편이다. 그는 햇빛조차 볼 수 없는 캄캄한 개천 속에서 바닥없는 수렁에 가라앉아 버린다. 벌써 수렁은 허리에 닿았고 물은 턱밑에 찼으나 그는 오히려 짐을 버리지 아니하였다. 버리고 싶어도 버릴 수가 없는 것이다. 살리기 위하여 여기까지 메고 온 시체인 까닭으로. 아아, 장팔찬의 이 위대한 정신을 누가 알리오. 그는 자기의 원수를 이같이 위하여 준다. 원수와 한가지로 죽으려고 한다. 그는 원망도 아니 하고 욕설도 아니 하고 다만 운명이라고 단념을 하여 홍만서의 시체만 죽을 기운을 다하여 들고 있었다.

그러한 중에 그는 더욱더욱 가라앉았다. 겨우 얼굴만 물 위에 떠 있는데 만일 이때에 그 얼굴을 본 사람이 있었으면 다만 나무로 새긴 가면이 물 위에 떠 있는 것같이 보였을 것이다.

그러나 여기서 장팔찬을 죽이는 것은 너무 참혹하다. 장팔찬은 오히려 하느님만 믿고 아주 죽을 때까지는 살아날 도리를 하였다. 그는 거의 움직일 수 없는 발로써 진흙 속을 미적미적 밀어 나갔다.

그는 발끝에서 무엇인지 단단한 물건이 거칫한 것같이 생각하였다. 이것이 하느님의 구제가 아니면 무엇을 하느님의 구제라고 하리오. 만일 이것만 놓치면 도저히 살아날 도리가 없다고 그는 전신의 기운을 모아서 그 물건을 디디었다.

그러나 그는 이것을 디디기 전보다도 디딘 뒤가 더 어려웠다. 디디기 전에는 자연히 가라앉는 대로 내버려 두었으나 디딘 뒤에는 자기 몸을 끌어내고자 애를 쓰는 고로 더욱 기운이 들었다. 얼마나 기운이 들고 얼마나 고생이 되었는가는 기록할 수 없는 일인즉 다만 독자의 추측에 맡기는 바이라. 좌우간에 그는 마침내 자기 몸을 살려 내었다. 단단한 물건을 잡아 디디어 본즉 이것은 단단한 바닥이었다. 조금씩 조금씩 몸을 밀어서 필경은 진흙 속의 귀신을 면하고 단단한 바닥 위에 나섰으나 기운은 아주 다하여 버리었다. 홍만서의 시체와 같이 개천에 의지하여서 아무 정신없이 한참을 섰었다.

137. 불쌍타, 장팔찬 (6)

장팔찬이가 바닥없는 수렁 속에서 죽지 아니한 것은 참 이상한 일이다. 그는 진흙투성이가 되어서 살아났다. 그러나 기운은 아주 시진하여 버리었다.

얼마 동안은 정신이 없이 개천 벽만 의지하고 있었으나 이윽고 정신이 번쩍 났다. 이렇게 하고 있어서는 아니 되겠다 하여서 그는 곧 홍만서의 시체를 만져 보았다. 죽었는가. 아직 살아 있는가. 죽은 사람과 다를 것은 없으나 다행히 아직 숨은 붙어 있는 모양이라. 더구나 한 걸음이라도 속히 나가서 치료를 하여야 되겠다.

그는 걷기 시작을 하였다. 얼마나 가면 인간 구경을 할는지 캄캄한 굴속이 되어서 도무지 알 수가 없으나 그대로 있을 수도 없는 터이다. 그러나 그는 허기지고 지쳐서 벽에 기대어 쉬기를 몇 번 하였다. 어떠한 때에는 도저히 살아날 수가 없다고 아주 절망한 일도 있었다.

다시는 발 하나 움직이지 못하게 된 때에 저 앞에서 희미한 햇빛이 비지었다. 이 햇빛이야말로 바닥없는 수렁 속에서 발끝에 거치던 땅바닥 같은 것이다. 이것이 없었더라면 그는 그대로 주저앉아 버리었을 것이다. 다만 이 햇빛에 새 기운이 나서 그는 지친 것도 잊어버리게 되었다.

그뿐 아니라 그 깊은 수렁을 지나온 뒤로는 개천 바닥이 얼마큼 고와져서 더러운 물과 발에 걸리는 쓰레기가 없었던 고로 그는 얼마 아니 하여서 햇빛 있는 곳에를 당도하였다. 여기는 과연 밖으로 뚫린 구멍이었으며 둥근 돌문이 서 있었다. 그는 돌문 앞에까지 당도하였으나 튼튼한 쇠창살 문이 닫히어 있다. 이 문을 열 수 있을는지 그는 창살을 손에 잡고 흔들어 보았으나 꼼짝도 아니 하였다. 자물쇠를 단단히 채워 놓은 까닭으로 밀어 보아도 소용이 없고 두드려 보아도 효험이 없었다. 이때 그의 절망이 어떠하였으리오. 정말 죽을힘을 다하여서 여기까지 대어 왔는데 인간에 나갈 도리가 없구나. 일이 다 되어 가지고 틀어졌구나.

다시 돌아설 수밖에 없으나 그는 도저히 할 수 없는 일이다. 다시 그 깊은 수렁을 건너갈 힘도 없고 설령 건넌다고 할지라도 어디를 가면 어렵지 않게 나갈 도리가 있을까. 어디든지 바깥으로 뚫린 구멍은 이 모양일 것이다. 지금까지 개천 구멍으로 들어간 악인들이 대개 나오지를 못하고 귀신이 된 것은 다 이러한 까닭이다.

'나만 당하는 일은 아니다'

하고 장팔찬은 단념을 하려고 하였으나 차마 단념을 하여 버릴 수가 없었다. 창살 밖에는 멀지 아니한 곳에 돌층계가 보이며 멀지 아니한 곳에서 물 흐르는 소리도 들린다. 그 층계만 올라가면 바깥은 넓은 인간이요 물소리를 들으면 개천 물이 빠져나가는 강물 근처인가 보다. 그러하고 보면 파리 근처이라도 아주 한적한 곳일 것이니 이 돌문만 빠져나가면 염려 없이 살아날 것이다.

그는 하도 기가 막히고 세상이 무정하여서 넋을 잃고 땅바닥에 가앉아 있었다. 돌문만 시름없이 바라보고 있으나 아무 도리도 생각이 나지 않는데 이때 별안간 등 뒤에서 장팔찬의 어깨에 손을 대는 자가 있었다.

"흥, 벌이가 있었구나. 나하고 반분하여야 한다"

하는 소리가 들리었다.

장팔찬은 깜작 놀라서 뒤를 돌려다 보니 웬 흉악한 위인 하나가 서 있다. 이러한 개천 속에 자기 이외에 또 사람이 있으려니는 생각도 못 하던 일이다. 이자는 필경 세상에 나가지 못하고 숨어 사는 악인일 것이다. 장팔찬은 어이가 없어서 그 얼굴을 쳐다보고 더한층 기가 막히었다. 이 사람은 다른 사람이 아니라 바로 태날추였다.

이러한 곳에서 또 이러한 놈을 만나서 싸움을 하게 되는가. 좌우간에 내 얼굴을 알리어서는 재미없다 하여서 장팔찬은 곧 외면을 하였다. 태날추는 또 재촉을 하였다.

"얼마나 생겼나. 그것은 으레 반분하는 격식이다"

"무엇이야"

"시치미를 떼면 되나. 이 개천 속으로 송장을 둘러메고 다니는 놈이면 다 알 지 자가 아니냐. 필경 외국 신사나 무엇을 개천 속으로 끌어들여다 죽인 것이지. 요사이 개천 청결을 시작하였다니까 개천 속에다 버려두었다가는 곧 발각이 되어서 다 재미없을 예산을 하고 지금 강물로 버리러 가는 길이지. 야, 귀신은 속이어도 나는 못 속인다. 그렇지마는 수렁을 건너온 재주는 나보다도 선생님인걸. 그는 그렇다 하고 대관절 이 문은 어떻게 열 모양이냐. 자아, 반만 내놓아라. 그러면 내게 곁쇠가 있으니 이 문을 열어 주마"

재미는 없는 위인이지마는 열쇠를 가졌다는 말을 듣고 장팔찬은 하느님께 감사를 하였다. 이것이야말로 하느님께서 태날추외 같은 악인을 시키셔서 나를 살려 내시는 일이 아닌가 하고. 태날추는 또 말을 이어

"내게 새끼줄도 있다"

장팔찬은 비로소 입을 열어서

"새끼줄은 무엇에 쓰게"

"시체를 물에 던질 때에 새끼줄로 돌을 붙들어 매지 아니하면 곧

떠올라 와서 말썽을 일으키지 않나. 그렇게 눈치 없고서 도적질은 어떻게 하여 먹니. 자아, 반분부터 하자"

장팔찬은 주머니에 손을 넣었으나 진흙이 하나 가득하였다. 태날추는 갑갑증이 났던지 허리를 구부리어서 제 손으로 뒤기 시작하였다.

장팔찬의 호주머니에는 흙 묻은 금전과 은전이 얼마간 있었다. 태날추는 다시 시체라고 하던 홍만서의 주머니를 뒤었다. 주머니를 뒤는 중에도 그는 어느 겨를에 홍만서의 외투 끝을 한 조각 찢어 가졌다. 이것은 요다음 무엇에 쓰든지 좌우간에 제 몸의 증거는 없애어 버리고 남의 증거를 보존하는 것이 악인들의 으레 쓰는 수단이다.

그러모은 돈은 이것저것 하여서 한 삼십 프랑쯤 되었다.

"겨우 이것뿐이야. 이 자식, 사람을 그렇게도 헐하게 죽였단 말이냐"

하더니 반분하자던 말은 잊어버리었는지 그 돈은 전부 제 품에다 집어넣고

"이 열쇠를 좀 보아라"

하고 한번 자랑을 시킨 뒤에 아주 용이하게 문을 열었다. 장팔찬은 하느님의 은혜를 감사하고 무사히 돌문 밖에 나섰다.

138. 불쌍타, 장팔찬 (7)

장팔찬이 돌문을 나온 때에 해는 이미 서산을 넘게 되었다. 그는 개천 속에서 대개 네 시간을 고생하였다.

인제는 홍만서의 시체를 어디로 가지고 갈까. 그는 시체의 주머니를 뒤어 보았다. 아니, 홍만서는 시체가 아니라 아직도 맥이 있는데 그

호주머니에서 수첩을 꺼내어 본즉

　내 시체는 길 후작 집으로 보내어 주시오.

　하고 쓴 것이 있었다. 인제 갈 곳은 생기었다.

　그러나 가지고 갈 것이 또 걱정이다. 진흙투성이 된 사람이 진흙투성이 된 시체를 메고 가다가 중로에서 어떠한 일을 당할는지 알 수 없는 일이라. 이 근처에서 어떻게 살리어 낼 도리는 없는가 하고 생각하여 가면서 돌사다리를 올라왔다. 그는 비로소 인간 구경을 하였다. 이 근처는 과연 생각하던 바와 같이 한적한 강변인데 위선 홍만서의 얼굴에 묻은 피라도 씻어 버리지 아니하여서는 남들이 더욱 수상히 여길 것이요 경관에게 조사를 당하겠다 하여서 그는 강변으로 내려갔다. 그 수건에 물을 축이어 홍만서의 얼굴을 씻어 내었다.

　이러한 일을 하는 동안에도 그는 마음이 놓이지 아니하며 어찌 자기 등 뒤에 사람이 있어서 자기 하는 거동을 살피는 것 같았다. 그는 등 뒤를 돌아다보았다. 과연 사람이 있구나. 키 크고 무서운 사람이 서 있구나.

　잠시 동안에 두 번이나 사람에게 들킨 것이 이상하다고 할 것은 없을지라도 우연한 일이라고두 생각할 수 없다. 아까 돌문 안에서 만난 사람은 태날추였다. 그는 도리어 나를 도왔거니와 지금 만나는 사람은 누구인가. 이것은 차보열이다. 장팔찬이는 자기가 잘못 보았나 하고 놀라운 중에도 의심을 하였으나 분명한 차보열이었다.

　차보열이는 보루에 들어가서 공을 이루지 못한 고로 달리 공을 세워서 그 속죄를 하려고 벌써 여기 와서 지키고 있던 것이다. 그는 태날추의 떼가 이 근처에 출몰하는 눈치를 짐작하였다.

　그는 침착한 중에도 날카로운 목소리로

“너는 웬 놈이냐”

하고 물었다.

장팔찬은 아주 단념을 하였다. 이곳에서 차보열이를 만난 것이 불행이지 만나 놓은 이상에는 단념을 아니 할 수가 없는 형편이다. 지금까지 몇 해 동안에 갖은 고생을 다 한 것은 차보열에게 잡히지 아니하려고 한 것이다. 그 까닭으로 하여서 승방의 높은 담도 넘었고 그 까닭으로 하여서 태날추의 집 이 층에서도 도망을 하였다. 그러나 지금은 면할 수 없다. 도망할 도리가 없이 만난 이상에는 할 수 없이 다시 종신 징역을 할 수밖에 없다. 이 뒤의 남은 목숨을 옥중에서 보내는 것이다. 아아, 장팔찬이라는 이놈은 옥중에서 늙고 옥중에서 죽으라고 아주 팔자에 작정된 일인가. 아아, 너무도 무정하다.

자기 몸은 단념을 하여 버린다고 할지라도 고설도는 어찌 되나. 고설도의 생각을 하면 속 편하게 단념도 할 수 없다.

그렇지마는 단념하지 않을 수가 없다. 그는 대답하였다.

“나는 장팔찬이오”

차보열이는 장팔찬의 어깨를 두 손으로 붙들고 그 얼굴을 바싹 가까이 들여다보는데 이때 차보열의 얼굴은 정말 무서웠다. 장팔찬은 도리어 태연하였다. 그러나 어찌 들으면 원망하는 듯한 목소리로

“보루 안에서 노형께 말씀한 주소는 거짓말 주소가 아니오. 아주 잡혀가려 하고 말씀한 것이오. 이와 같이 되면 잡힌 것이나 다름이 없는 터이니 꼭 한 가지만 청을 들어주시오”

한 가지 청이라는 것은 무엇인가.

차보열이도 다른 때의 차보열이와는 좀 달랐다. 그는 털끝만치라도 법을 어기는 일이 없으며 참새를 쫓는 새매와 같이 무엇이든지 한 줌에 집어 없애고자 하는 성질인데 지금은 난처한 마음이 있는 것처럼 깊이 생각을 하다가

"너는 지금 무엇을 하는 셈이냐. 그 시체는 무슨 시체냐"

"네, 내가 청을 한다는 것은 이 사람 까닭이오. 이 사람을 그 부모에게 갖다 주려고 합니다. 그 뒤에는 어떠한 처분에든지 다 복종을 할 터이니 그때까지만 좀 참아 주시오"

차보열은 남이 청을 하는 때에 '안 된다' 고밖에 대답할 줄을 모르는 사람이련마는 지금은 한단 말도 못 한단 말도 대답을 아니 하고 위선 수건을 꺼내어서 장팔찬이와 같이 홍만서의 얼굴을 씻긴 뒤에

"이것은 보루 안에 있는 자로구먼. 홍만서라든가 하는"

"지금은 보신 바와 같이 다 죽게 된 사람이오"

"시체가 아니고"

"아니요, 아직 숨은 붙어 있습니다"

"그러면 보루에서 여기까지 네가 데리고 왔구나"

데리고 왔다고 하면 데리고 온 것이지마는 정말 어렵게 데려온 사람이다. 누구든지 이때에 여기까지 빠져나온 재주가 별일이라고 의심을 하련마는 차보열의 가슴속에는 지금 그러할 여가도 없다.

139. 불쌍타, 장팔찬 (8)

차보열이가 이상스럽게 동심을 하는 것도 괴이치 아니한 일이다. 그는 장팔찬의 손에 목숨이 살아난 터이라.

장팔찬은 차보열의 태도를 살피고 있을 틈이 없었다. 곧 홍만서의 수첩을 꺼내어

"이 사람의 주소도 알았습니다"

하고 내밀었다. 차보열이는 말없이 받아 들고 어두운 중에서 살펴보

았다. 다른 사람 같으면 벌써 해가 어두워서 글씨를 볼 수가 없을 때이지마는 그의 눈은 오랫동안 단련이 된 까닭으로 비상한 안력을 가졌다.

"아아, 길 후작 집으로 갈 터이로구먼"

하고 혼잣말로 하더니 곧 그 입으로

"어자, 어자"

하고 불렀다. 그는 오늘 밤에 잡힐 사람이 있으려니 하고 병문 마차를 세내어다 놓았던 모양인지 곧 대답 소리가 들리며 마차 한 채가 둑성이 뒤에서 나타났다. 차보열이는 위선 홍만서를 안아서 마차에 싣고 그다음에 장팔찬을 태우고 맨 뒤에 자기가 올라탔다. 이 동안에는 피차에 말이 없었다. 말없이 길 후작 집을 도착하였다. 아직 초저녁이련마는 벌써 닫힌 문을 두드리어 나오는 사람을 보고

"이 댁 자제 되시는 이를 데리고 왔소"

하고 차보열은 말을 하였다.

"자제라니요"

하고 그 사람의 얼굴을 보고

"아아, 홍 서방님일세"

하고 놀라서 안으로 뛰어 들어갔다. 문지기는 그 연유를 청직에게 말하고 청지기는 집사에게 말하고 집사는 하님에게 전하고 하님은 안으로 여쭙고 안에서는 대감에게 여쭈어서 온 집안이 법석을 하기 시작하였다. 그러한 중에 장팔찬은 위선 홍만서를 청직에게 안고 가서 집안사람에게 전하였다.

법석하는 것이 좀 진정된 뒤에는 필경 여러 가지를 물어보러 오려니 하여서 장팔찬은 좀 주저하고 있는데 별안간 등 뒤로부터 두 어깨를 잡는 사람이 있었다. 이는 물론 차보열의 손이다. 그는

'볼일을 다 보았으면 어서 가자'

하고 입으로는 말을 하지 아니하나 그러한 눈치를 보인 것이다. 장

팔찬은 하릴없이 고개를 숙이고 말없이 차보열을 따라서 문밖으로 나갔다. 아아, 인제는 종신 징역을 하러 감옥서에 갈 때가 온 것이다. 그의 가슴속이야 오죽하겠느냐.

그는 차보열이와 같이 다시 마차를 탔다. 그렇지마는 아무리 단념을 한 몸이라 하여도 마침내 단념할 수 없는 한 일이 있었다. 그는 고설도의 일이다. 자기가 이 길로 감옥서를 가고 보면 고설도는 넓은 세상에 하나밖에 없는 외로운 신세가 될 터이니 이 세상을 어찌 살아간단 말이냐. 어젯밤 집을 떠날 때에 혹 불행한 일이 있을까 하여서 총총한 중에도 먹고살 만한 것은 마련하고 나왔으나 그까짓 것이 무슨 소용이랴. 하다못해 홍만서의 있는 곳이라도 가르쳐 주었으면 혹 의지가 될 수도 있으련마는. 세상없어도 이 일 한 가지는 하고 가야 하겠다 하여서 그는 눈물이 나올 듯한 목소리로

"경관이시여, 대단히 미안합니다마는 어찌할 수 없는 볼일이 있으니 가는 길에 이 마차를 우리 집 앞에 대어 놓으시고 꼭 삼 분 동안만 집에 좀 다녀 나오게 하여 주시오. 그 뒤에는 아무 여한이 없이 하라시는 대로 복종을 하겠습니다"

아무리 차보열이라도 목숨을 살려 준 은인의 청을 이것도 못 한다고는 할 수가 없는 터이다. 그러나 그는 아직도 말이 없다. 이상스럽게 얼굴을 찌푸리고 생각한 끝에 꼭 한마디 어자를 향히어

"아르메 거리 칠 번지"

하고 일렀다. 그는 장팔찬의 집을 꼭 기억하였던 모양이다.

이와 같이 하여서 아르메 거리 칠 번지까지 가는 동안에 깊이 생각을 하고 있는 장팔찬이보다도 못지않게 차보열이도 무슨 생각을 하는 모양 같더니 이윽고 마차가 그 골목 병문을 당도하매 골목이 좁고 더구나 길을 뜯어 고치는 중인 까닭으로 마차는 딱 섰다. 차보열이는 위선 먼저 내리어서 어자를 보고

“인제 다 왔네. 삯전은 얼마인가”

하고 묻더니 어자가

“새로 만든 요에다가 피 칠을 하여서 좀 비쌀는지도 모르겠습니다마는”

하고 달라는 삯전을 많다는 말도 없이 치러 주었다.

뒤를 따라서 내려온 장팔찬은 좀 이상하게 생각하였다. 여기서 마차를 돌려보내는 까닭은 무엇인고. 여기서부터는 경찰서까지 걸어가려나 하고 의심을 하였다. 그러나 그러한 일을 생각하고 있을 때가 아니라. 그는 곧 자기 집을 향하여 들어간즉

“칠 번지는 이 집이지”

하고 차보열이는 장팔찬의 대신으로 문을 두드렸다. 문은 곧 열리었다.

“나는 여기서 기다리리다”

하고 차보열은 문 앞에 서 있었다. 어떻게 들으면 ‘어서 볼일을 보고 나오너라’ 하는 말같이도 들린다. 장팔찬은 한 번 고개를 숙이어 경례를 하고 안으로 들어갔다.

140. 불쌍타, 장팔찬 (9)

장팔찬은 집 안에 들어가서 곧 이 층으로 올라갔다. 층계 위에 있는 바깥으로 난 창문이 열리어 있는 고로 우연히 그 창으로서 바깥을 내다본즉 이것이 웬일이냐, 밖에 서 있을 차보열이가 보이지 아니한다.

차보열은 어디를 갔는가. 어찌 보이지 않는가. 다름이 아니라 차보열이는 서 있을 기운이 없는 것이다.

그의 가슴이 얼마나 산란하였는지 그를 아는 사람은 없으려니와 실상 그는 지금 평생에 처음 당하는 일을 당한 것이다. 그 장팔찬이라고 하는 법률상의 큰 죄인에게 자기 목숨이 살아 있으니 이것이 첫째 그 사람의 못 견디는 사정이다. 죄인에게 은혜를 받으면 자기 몸은 그만도 못한 셈이 되고 그렇다 하여서 은혜를 갚는대도 그와 동등밖에는 될 수가 없다. 그는 법률을 신성한 것으로 알며 그러한 까닭으로 그의 일부분을 집행하는 자기도 역시 신성한 것으로 생각하는데 대죄인에게 한 번 은혜를 받은 사람이 신성하다고 할 수 있을까, 신성한 직무를 처리할 수 있을까. 나파륜에게는 두 가지 태도밖에 없었다고 하나 차보열에게는 한 가지밖에 없었다. 두 가지라고 하는 것은 꼭 마음이 결정되어서 팔짱을 끼고 서 있는 것이 한 가지요 결심을 하기까지에 뒷짐을 지고 왔다 갔다 거니는 것이 하나이다. 곧 결심된 것과 결심되지 못한 것의 두 가지 태도밖에 없었다고 하는데 차보열에게는 결심되지 아니한 것이라는 태도는 없었다. 언제든지 법률을 법률대로만 시행하기로 결정되어 있었다. 그러나 지금만은 그렇지 못하였다. 벌써 장팔찬으로 인하여서 법률의 체가 얼마쯤 눅어진지라. 그는 그 생각을 하고서 한곳에 붙어 있지 못하도록 애를 썼다.

대체 무슨 까닭으로 장팔찬이가 나에게다 인정을 쓰는가. 죄인이 경찰관에게 대하여서 인정을 썼다는 일에 그는 기가 막히었고 또 경찰관 된 자기가 죄인에게 인정 쓴 일을 생각하는 때에 그는 아주 미칠 지경이었다.

아무리 생각하여도 그는 자기가 법률을 문란히 하였다는 생각을 할 수밖에 없었다. 장팔찬이로 말하면 아무리 제 손으로 잡았다 하여도 실상은 법률이 잡은 것인데 법률이 잡은 사람으로 제 사정에 끌리어서 법률의 허락 없이 길 후작 집에를 가게 하고 자기 집에를 들르게 한 것이니 벌써 자기 가슴속에는 신성한 혼신이 들지 아니하였다. 혼신이 없는 이상에는 죽을 수밖에 도리가 없다.

그는 완고요 외고집이다. 이때까지 남을 책망하던 모양으로 지금은 자기를 책망한다. 그는 죽는 수밖에는 이 책임을 면할 길이 없다고 생각하였으며 인제 자기는 법률을 다루는 사람도 아니요 경찰관도 아니요 사람까지라도 될 수 없다고 생각하였다. 그는 고개를 숙이고 길 잃은 마귀와 같이 여기를 떠나서 캄캄한 강가에 이르렀다. 한참 동안 물소리만 듣고 있더니 마침내 강물에다 몸을 던져서 무거운 신체는 가라앉아 버리었다.

이 모양으로 경관 차보열이는 자살을 하였다. 오랫동안 장팔찬이를 괴롭게 굴던 사냥개 같은 위인은 이 세상에 없어졌다. 다음 날에 그 시체는 물 위에 떠올랐으나 그 자살한 까닭을 아는 사람은 없었으며 잘못하다가 떨어져 죽은 줄로 돌려보내었다. 이와 같이 되고 본즉 도리어 측은도 하다.

* * *

이와 반대로 차보열이가 시체로 보던 홍만서는 깨어났다. 그는 길 후작 노인의 지휘 아래에서 완전한 치료를 받으며 한 달 이상이나 고생을 할 제 입만 열면 고설도를 찾더니 혈기 방장한 덕으로 마침내 신열도 내리고 상처도 합창되어 차차 소성이 되었다. 그런데 그가 병상에 누워 있는 동안에는 날마다 문간에 와서 병세를 묻고 가는 백발노인이 있었다. 이는 물론 장팔찬이다.

병은 반년 만에야 겨우 쾌차가 되었는데 그의 경상을 측은히 여기어서 마침내 길 후작 노인이 고설도와 혼인을 허락하기로 하고

"고설도라는 것은 어떤 사람이냐"

하고 물어보게까지 되었다. 그는 무론 자기 알 데까지는 대답을 한

까닭에 길 후작은 마침내 홍 노인에게 청첩을 보내어 영양과 같이 자기 집으로 청하여 왔다. 홍 노인이라는 것은 홍만서의 아는 장팔찬의 성일다.

청첩을 받은 장팔찬이는 고설도와 같이 이 집에 왔었다. 집안사람들은 이왕부터 날마다 문간에까지 문병 다니던 노인인 줄을 알았으나 마침내 홍만서를 살려 오던 사람인 줄은 몰랐다.

그날 안에 홍만서와 고설도의 혼약은 노인과 노인끼리 정당하게 면약이 되었다. 길 후작 노인은 비상히 기뻐하고 홍 씨 역시도 기뻐하였으며 당자들의 기뻐하는 모양은 이루 형언할 수가 없었다.

기뻐하던 끝에 길 후작 노인은 도리어 탄식하는 모양으로

"속담에 지각이 나자 죽는다던지 내가 이 나이 되도록 지각이 없었었어요. 길 후작 집이라 하면 상당한 재산도 있던 것을 내손으로 다 없애어 버리고 지금은 이 집밖에 남은 것이 없소. 오늘날까지 이만큼이나 살아가는 것은 내 몸에 붙은 종신 연금이 있는 까닭이지마는 내 나이 벌써 구십을 넘었으니 지금은 튼튼하다 한들 춘한노건이지 이십 년을 더 살겠소, 삼십 년을 더 살겠소. 나만 가는 날이면 연금이 없어질 터이니 저 아이들은 한 푼 건지 없구려. 그 뒤에는 홍 소저 아니, 그때의 홍 남작 부인도 저 고운 손길로 밥벌이를 하겠으니 딱한 일이 아니오"

하고 홍 노인을 향하여서 이야기하였다. 홍 노인은 그 말을 듣더니

"아니요, 홍 소저는 그렇게 구차하지는 않습니다. 칠십만 금의 재산이 있어요"

하고 손에 가졌던 책보를 끄르더니 그 속에서 천 프랑 지폐 백 장씩 묶은 것 일곱 개를 내놓았다. 칠십만 금의 재산을 지고 오는 새 며느리를 싫다고 할 사람이 어디 있으리오.

구차한 줄 알았던 새 며느리에게 칠십만 금이 있다는 것은 참 의외의 일이다. 그렇지마는 이러한 의외는 아무리 있어도 상관은 없다. 고설도는 이와 같이 많은 재산이 어디서 났는가. 이것은 조금도 의심할 것이 없다. 장팔찬이가 옛날 마대련 시장으로 공업을 성대히 경영할 때에 남겨 둔 돈이다. 그는 이 돈과 미리엘 승정의 촉대를 감추어 두었었다.

그는 시장을 지낸 경험이 있어서 민적법에는 자세한 사람이라. 고설도를 이왕 승방에 같이 있던 홍술환의 딸이라 하고 칠십만 금의 재산은 어떤 사람의 유산이라고 하였으며 그 위에 고설도의 몸에는 명예 높은 승방의 총섭으로부터 보내어 준 증명서까지 있어서 귀족의 부인 되기 부끄럽지 아니할 만한 신분을 만들었다. 장팔찬은 과연 정성껏 고설도를 위하였다. 그러나 이와 같이 하는 동안에도 장팔찬의 가슴속에는 무슨 깊은 설움이 있는 것은 그 얼굴에 웃음이 없는 것을 보아도 가히 알겠다.

고설도는 지금까지 장팔찬이를 부친인 줄만 알고 있다가 연전에 병들어 죽은 홍술환 노인이 저의 부친이라는 말을 듣고 좀 이상하게 생각을 하였다. 그런 이상한 일만 보고 자라나는 몸인 까닭으로 깊이 의심 아니 하고 여전히 장팔찬을 부친이라고 불렀다. 그런 데다가 고설도의 가슴 가운데에는 다만 기쁜 생각이 가득하여서 의심이라는 다른 생각은 일어날 여가가 없다. 고설도는 날마다 장팔찬을 따라서 길 후작 집에 가며 시간을 정하여 가지고 홍만서와 이야기하는 것이 더할 수 없는 즐거운 일이었다. 그리고 홍만서는 어떠하였나. 기쁜 마음은 고설도보다도 더할 지경이었으나 그는 남자의 몸이라 마음을 쓰는 곳이 많이 있었다. 그는 자기 장인이라고도 할 만한 이 홍 노인의 성품과 신분을 자세히 알고자 하였다. 별로 수상히 여기어서 그리하는 것은 아니나 이러한 노인이 이왕 혁명군의 보루에 들어와서 목숨을 아끼지 아니하고 활동한 까닭은 무엇인가. 그는 자기를 살리어 내고자 한 일이런마는 그러한 줄은 알지 못한다. 칠십만 금의 큰 재산과 무의무탁한 남의 딸을 맡은 책임 있는 몸으로 까닭 없이 전장에 나올 리는 없다. 더구나 으레 패전될 줄까지 아는 전쟁인데. 혹 그때 그 노위은 지금 이 노인이 아니던가. 자기가 병들어 앓는 동안에 그러한 꿈을 꾸었단 말인가. 도무지 의심이 아니 풀리는 까닭으로 하루는 그 노인을 향하여서 그때 전쟁 이야기를 비치어 보았다. 그러나 그 노인은 아주 감감한 모양인 고로 그러하면 아주 딴 사람인가 보다 하고 생각하여 버리었다.

그 이외에도 홍만서의 걱정되는 일은 그 보루에서 자기를 살려 낸 사람이 누구인가 하는 것이 한 가지요 이왕부터 자기 부친의 은혜를 갚으려고 생각하던 태날추의 거처를 알고자 하는 것이 두 가지였다. 사람이라는 것은 자기 앞이 펴이면 빚부터 갚을 생각이 나는 것이며 더구나 독신과도 달라서 장가를 든 뒤에는 자기 몸의 진 빚이 아내에게까지도 미치는 것인 고로 아무쪼록 혼인을 하기 전에 이 두 사람을 찾아내어서 은혜를 갚아 버리겠다고 생각을 하고 비밀히 사람을 놓아서 찾아보았으나 그날 밤에 시체나 다름없는 사기 몸을 길 후작 집으로 실어다 주던 마차꾼까지는 알았다. 그 마차 어지의 이야기를 들으면 자기를 살려 내던 사람이 개천 속으로 기어 나온 일과 네 시간 이상을 고생한 일은 분명히 알겠는지라. 그는 더욱더욱 그 은혜가 무거운 줄을 깨닫고 한번은 길 후작과 홍 노인이 같이 앉아 있는 앞에서 이 일을 이야기하였다.

"참 역사상에도 별로 전례가 없을 일 아닙니까. 나는 그 사람을 자선가라고 하느니보다 영웅이라고 합니다. 나는 생각이 아니 나도 필경 아주 모르는 사람은 아닐 듯한데 아무렇든지 송장이나 다름없는 이 몸뚱이를 끌고 개천 속으로 빠져나와서 그렇다는 말 한마디가 없는 것은 참 놀라운 일이여요. 그때 형편을 생각하여 보면 하기는 개천 속밖에 빠져나올 길이 없었을 터이여요. 나는 그 사람을 찾아내어서 이 목숨을 아주 바치기 전에는 마음을 편안히 할 수가 없습니다”

하고 그는 말끝마다 열심이 발리었다. 길 후작도 매우 감동이 되어서 홍만서와 같이 칭찬을 하였으나 홍 노인은 유독히 들은 체도 아니하고 지나쳐 버리었다. 홍만서는 생각을 하였다.

‘노인은 생각하더니보다 무정한 사람이다’

고.

그러나 그 은인이 누구인 줄은 종시도 알지 못하였으며 태날추의 간 곳은 더구나 망연하였는데 그러한 중에 날 가고 달 가서 아주 혼인을 하게 되었다.

경사로운 혼인날이 되었다. 이날은 마침 파리의 제일이 되어서 거리에는 이상한 복색을 입고 탈을 쓴 사람들이 왕래하는데 새색시를 태운 꽃마차는 그 가운데로 지나갔다. 이때 길가에 지나가던 탈 쓴 사람 하나가 그 마차 안을 들여다보고 옆에 있는 조그마한 사람을 향하여

“설매야, 설매야”

하고 불렀다. 설매가 누구인 줄은 짐작을 할 것이다.

“왜 그러우, 아버지”

“이 마차를 따라가서 어디서 어떠한 사람과 혼인을 하는지 자세히 알고서 저녁에 나 있는 굴속으로 오너라”

설매는 그 말을 듣고 마차 뒤를 쫓았다. 이 아버지라는 사람이 태날추인 것은 다시 말할 필요도 없을 것이다.

142. 불쌍타, 장팔찬 (11)

　혼례는 아무 연고 없이 지내었다. 신랑 신부의 좋아하는 모양은 말할 것도 없거니와 누구 하나 기뻐하지 아니하는 사람이 없었다. 길 후작 집에서는 신부의 거처할 방 이외에 넓은 방 한 칸을 따로 치우고 도배장판을 위시하여 문방제구며 금침 범절까지 훌륭하게 차리어 놓았다. 이것은 장팔찬의 거처할 방이다.

　장팔찬으로 말하면 새색시의 부친이나 다름없는 터이며 그뿐 아니라 칠십만 원의 큰돈을 무사히 보관하였다가 내놓아 준 은인인 까닭으로 길 후작 집에서는 홀대를 아니 한다. 혼인이 지난 뒤에는 신부와 같이 들어와서 주인이나 다름없는 거처를 하고 주인이나 다름없는 대접을 받아 춘풍화기로 다 같이 지내게 되었다. 정말 장팔찬에게 대하여서는 앞길이 활싹 열리었다고 할 수밖에 없겠다.

　장팔찬은 몇십 년 동안의 신산한 고생이 이에 끝나고 비로소 원만한 경우를 만났다고 할 것이다. 만날 때가 되었다고 하여도 좋을 것이다.

＊＊＊

　지루한 이 이야기는 이에 끝났다. 아니, 끝나지 아니하였을지라도 끝을 내어 버리는 것이 좋을 듯하다. 만일 이 뒤의 이야기를 하면 이야기하는 사람도 어렵고 듣는 사람도 무정하다고 하겠다. 그렇지마는 이만 하고 말아서는 용을 그리고 눈을 아니 그리는 셈이라 어려워도 이야기할 수밖에 없고 들어 줄 수밖에 없다.

＊＊＊

예식을 마친 뒤에 여러 사람들은 예배당에서 길 후작 집으로 무사히 돌아갔다. 해는 이미 저물었고 이로부터 성대한 잔치가 벌어질 터이다. 다만 손님은 그리 많이도 청하지 아니하고 신랑 신부가 주인이며 장팔찬과 길 후작이 손님 되어 집안 식구와 일가들만 모였는데 급기 상을 받게 된 때에 좌석을 둘러본즉 정작 새 사돈은 간 곳이 없다. 어찌 된 일인가 하고 알아본즉 아까 문간에까지 와서는 몸이 아파 실체한다고 하인에게만 이르고 돌아갔다고 한다.

이와 같은 경사로운 잔치에 정한 손님이 한 사람만 빠져도 재미가 적은데 더구나 새 사돈이 없어서 섭섭하나 수일 전부터도 몸이 불편하다는 말은 들은 터이므로 아마 몸살이 더쳤나 보다 하고 그리 이상하게도 여기지 아니하였다. 그 대신으로는 길 후작 노인이 기쁨이든지 이야기든지 웃음이든지 두 사람 몫을 떠맡겠다고 하여서 우선 한번 좌중을 웃기고 잔치도 경사롭게 치렀으며 그다음 일은 말을 아니 하여도 으레 하는 절차가 다 있는 것이다.

그러나 장팔찬은 어찌하였나. 그는 정말 몸이 불편하다고 아르메거리의 자기 집으로 돌아갔다. 그는 신랑 신부의 좋아하는 모양을 차마 볼 수가 없으며 그 외에도 여러 가지 사정이 있으며 생각하여 볼 일도 있는 것이다. 겉으로는 가라앉아 보이나 속으로는 삼거웃같이 심사가 흐트러졌다.

그 집에는 인제 문지기밖에 남은 사람이 없다. 그는 문직에게 말도 아니 하고 그대로 이 층으로 올라가서 램프에 불을 켰다. 지금까지는 억지로 참아 왔으나 자기 할 일을 다 하고 나서 본즉 일시에 설움이 북받쳐서 장의자에 몸을 던지고 울기 시작하였다.

방 한편에는 그의 항상 가지고 다니는 가방이 있다. 이윽고 그는 눈물을 진정하고 일어서서 등불 아래에서 그 가방을 열었다. 그 속에 있는 것은 조그마한 계집아이의 의복인데 이것은 그가 이왕에 고설도를 데리러 문화리에 가지고 갔던 물건이다. 말하자면 고설도의 기념품이다.

그때로부터 지금까지 근심하고 고생한 것은 과연 누구를 위함인가. 아아, 고설도, 고설도. 누구를 주려고 고설도를 곱게 길렀던가. 이와 같이 절망이 되어서 울고자 한 일은 분명히 아니었다. 오늘날 고설도와 홍만서의 기뻐하는 모양이 오히려 장팔찬의 눈앞에 있다. 아아, 그만하면 위선 설도의 몸은 조처가 되었다. 저의 두 내외는 만 리 같은 전정이 끝끝내 안락할 것이다. 이 안락은 누구가 만들었나. 모두 이 몸으로 만든 것이다. 그도 이만저만하게 만든 것이 아니라. 이를 위하여는 내 피가 마르고 이를 위하여는 목숨을 줄이었다. 안락의 자본 되는 재산까지라도 이 몸이 만든 것이다. 그리고 이 몸은 아아, 이 몸은 넓은 세상에 외로운 인생이 되어 버리었다.

그다음에는 어떻게 살아갈까. 무엇을 바라고 무엇을 믿고. 남은 것이라고는 다만 이 기념품의 옷 한 가지뿐이다. 그는 야속한 모양으로 그것을 들여다보더니 또 반가운 모양으로 그것을 집어 들었다. 자기 얼굴을 그것에다 파묻고 그는 또 울기 시작하였다. 그는 언제나 고개를 들려나. 시간은 부질없이 가는데 그는 엎드린 채로 일어나지 않는다. 죽었나. 죽은 것 같다. 아니, 죽지는 아니하였다. 이윽고 그는 벌떡 일어섰다.

"이렇게 하여서는 아니 되겠다"

하고 그는 소리를 지르더니 다시 방 안을 둘러보아 그 기념의 옷을 그전과 같이 집어넣고 자기 침대 위에 가 누워 있었다. 누우면 잠이 올까. 천장만 바라고

'내일부터는 어찌할까'

하는 생각에 속을 끓이었다. 신랑 신부의 청하는 대로 길 후작 집에 이사를 하는 것은 어렵지 아니한 일이다. 내 신상으로는 제일 편한 일이다. 그러나 이 몸이 무슨 몸인데 저러한 귀족의 틈에 가 편안히 끼어

앉아서 무사히 지내어 갈까.

만일 혹 세상사를 몰라도 이 몸의 밑천이 드러나면 어찌하나. 전과자. 탈옥 죄수. 지금도 잡히기만 하면 종신 징역이다. 차보열이는 죽었어도 경찰은 없어지지 아니하였는데 만일 발각되어 잡히는 날이면 신랑 신부는 무엇이 되나. 더욱이 신부의 모양은 무엇이 되나.

이와 같이 마음을 졸이는 것도 탓을 하자 보면 다 고설도의 탓이다. 고설도를 기르기 위하여 생긴 일이다. 고설도만 없었더라면 도리어 마음이나 편하게 옥중에서 남은 나이를 보낼 것이다. 인제 그러한 말을 한대도 소용이 없거니와 위선 이 일을 어찌하면 좋은가. 아무렇든지 길후작 집에는 가 있을 수 없는 일이려니와 다른 집에 있을지라도 발각될 염려는 다 일반이며 신랑 신부의 체면을 상하기는 다 일반이다. 그런 줄을 알고도 그대로 있을 수는 없다. 이 몸이 되어서 밟아 갈 도리는 그러나마 고설도와 남편 홍만서에게 내 몸의 비밀을 이야기하여 두는 일이다. 위선 그 이야기부터 한 뒤에 어떻게든지 할 수밖에 없다.

그는 새벽녘에서야 겨우 결심이 되었다. 이왕 재판소에 가서 자현을 할 때보다도 더욱이 어려우나 할 수 없는 일이다. 마침내 그는 이 결심을 가지고 홍만서에게 찾아갔다.

143. 불쌍타, 장팔찬 (12)

장팔찬은 홍만서의 집 대문간을 넘어설 때까지도 오히려 마음을 정치 못하였다.

이런 이야기를 하면 어떻게 될까. 지금까지 받아 오던 대접도 못 받게 될 것이요 천대와 괄시를 당할는지도 알 수 없는 일이다. 그는 정말 어려운 일을 하려고 한다. 이 일을 하느니보다는 차라리 목을 베이는 것이 마음에 편하지 아니할까.

장팔찬의 들어옴을 보고 홍만서는 반가이 뜰에 내려와 조용한 안사랑으로 맞아들이며

"어제저녁에는 어찌 바로 가셨어요. 여러분이 다 섭섭하게 지내었습니다. 병환이 나셨다고 하더니 오늘은 아주 쾌차되셨습니까"

하고 아주 무간히 이야기를 한다. 그리고 홍만서는 또 말을 이어서

"오늘부터 아주 집으로 와 주시겠습니까. 저도 인제부터는 변호사의 사무를 열심으로 보겠습니다. 그러하게 되면 자연 재판소에도 가야 하겠고 집에 없는 때가 많겠으니 그러한 때에는 설도를 데리시고 이왕과 같이 산보라도 시키어 주십시오"

이보다 더 정다운 말은 없을 것이라. 이러한 말을 들으면 더욱이 자기 이야기를 하기가 어렵다. 그러나 이 계제를 놓치면 다시는 말을 못하겠다 하여서 장팔찬은 아주 죽자구나 하고 말을 꺼내었다.

"아니, 나는 그런 일을 할 수가 없소. 나는 법률의 죄인이오. 전과자요"

너무 의외의 일이 되어서 홍만서는 알아듣지 못하였다.

"예, 무슨 말씀이셔요"

이와 같이 되짚어 묻는 때에는 더구나 말을 하기가 어렵나. 이때를 당하여서 장팔찬의 마음에는 그 말을 그만두고 꾸미어다 델 생각이 일어났다. 그러나 분명한 말소리로

"나는 다른 사람과 같이 섞이어 지내지를 못할 사람입니다. 남의 물건을 훔치고 징역을 살아서"

홍만서는 이 말을 듣고

"에"

하고 깜짝 놀랐다.

“으레 놀라시겠지요. 그래서 열아홉 해 동안 있었습니다”

“아—, 장인께서요”

“네, 내가 그리하였어요”

“그뿐 아니라 둘째 번에 종신 징역에 처벌되었는데 바로 말하면 지금도 징역을 하고 있을 사람이 탈옥을 하여 가지고 이 모양으로 숨어 있습니다”

그 말하는 태도가 아무리 보아도 거짓말도 아니요 미친 사람도 아니다.

홍만서는 곧이듣지 아니하려고 혼자 애를 썼으나 사실 있는 이상에는 억지로 아니 믿을 수도 없는 일이라. 그는 얼굴이 푸르락붉으락 하였다.

그는 할 수 없이 믿었다. 믿는 동시에 자기 몸의 결딴 날이 돌아온 것같이 생각하였다. 어제 날에 성례한 자기 아내의 부친 아니, 바로 부친은 아니라고 할지라도 부친이나 다름없는 사람이요 또 같은 홍 씨의 집안사람이 종신 징역의 탈옥 죄인이라니 그러한 창피가 어디 있을까. 그는 몹시 속은 것같이 생각하였다. 혼인을 할 때까지는 일언반사가 없다가 혼인을 한 바로 이튿날에 이러한 말을 할 지경이면 이다음에 어떠한 말이 나올는지도 알 수 없는 일이라고 그의 가슴에는 여러 가지 무서운 생각이 머리를 들고 일어났다. 그는 또 소리를 질렀다.

“좌우간에 자세한 이야기를 하여 주시오. 자세한 이야기를”

하고.

장팔찬은 조용한 말로

“이야기하지요. 나는 재판소에 가서도 선서할 자격이 없는 사람이요마는 거짓말은 아니 합니다. 첫째, 나와 노형 실내의 고설도와는 아무 관계도 없는 사람이오. 그것 한 가지는 염려 마시오. 나는 아무 관계도 없는 장팔찬이라는 사람이오”

장팔찬이라는 이름은 처음 듣는 이름도 아니요 홍만서의 귀에는 과연 악한의 이름같이 들리었다.

"내 성이 홍가는 아니여요"

장팔찬은 또 발명을 하였다.

"그러한 증인이 있습니까. 증거가 있어요"

"내가 증명하지. 조금도 의심하실 일은 없어요"

홍만서는 장팔찬의 얼굴을 바라보았다. 아아, 어찌하면 저러한가. 태연한 그 얼굴에는 슬픈 빛과 정직한 빛을 띠었을 뿐이었다. 거짓말을 함 직한 얼굴은 아니었다.

"말씀을 믿습니다"

하고 홍만서는 그 말을 신용하였다.

장팔찬은 말을 이었다.

"나와 고설도가 무슨 관계가 있겠습니까. 지금부터 근 십 년 전에는 이 세상에 고설도라는 인간이 있는 줄도 몰랐습니다. 아주 상관없는 딴 사람입니다. 고설도를 사랑하기는 하지요. 나는 자식도 없고 손자도 없어요. 그러한 까닭으로 어린아이를 보면 내 자식이나 내 손자로 압니다. 사랑하지 아니할 수가 있습니까. 고설도는 부친도 없고 모친도 없는 외로운 아이였습니다. 내가 보호하지 아니하면 보호할 사람이 없었습니다. 그러한 까닭으로 친부녀나 다름없이 지내어 온 것이여요. 그렇지마는 오늘에 이르러서는 고설도는 훌륭한 홍 남자 부인인즉 나는 나대로 다른 길로 걸어갈 수밖에 없습니다. 오늘부터 나는 고설도에게 대하여서 아무 권리도 없고 아무 일도 보아줄 수 없습니다. 벌써 맡았던 돈은 건네어 버리었고 그 위에 이와 같이 본성명까지 이야기한 이상에는 나는 발이 빠졌습니다. 아주 책임이 없습니다"

말은 알겠으나 까닭을 알 수가 없다. 홍만서는 세 번 소리를 질렀다.

“그런데 그러한 말씀을 어찌하십니까. 아무도 모르는 비밀을 왜 말씀하십니까. 말씀만 아니 하시면 아무 일 없을 것을”

이도 당연한 질문이다.

144. 불쌍타, 장팔찬 (13)

‘징역’이라니. 참 무서운 말이다. 아무리 공경하던 사람이라도 한 번 징역 간 일이 있는 줄만 알면 별안간 사람 같지도 아니 보인다.

하물며 장팔찬이같이 열아홉 해나 징역을 하였다는데 그 누가 아니 놀라리오. 더구나 종신 징역을 하다 말고 탈옥을 하여 나와서 숨어 있다는 말에는 기가 막히어 벌어진 입을 다물 수가 없다. 홍만서가 ‘왜 그러한 일을 이야기하느냐’고 묻는 것도 당연한 말이다.

“왜, 왜”

하고 장팔찬은 홍만서의 말을 되받아 씹다가

“예, 나는 뒤를 쫓기었어요. 고발되었어요”

“누구에게”

“내 양심에게 쫓기었어요. 경관에게 쫓기면 달아날 수나 있지마는 양심에게 쫓기어서는 달아날 길도 없어요. 제 마음으로 제 몸을 포박하고 있습니다”

하고 자기 손으로 자기 옷가슴을 잔뜩 붙들어서 죄인을 잡아가는 형용을 하면서

“이러하게 잡은 손을 잡아 떼칠 수도 있으나 양심에게 붙들리어서는 떼칠 도리가 없어요. 홍만서 씨, 홍만서 씨, 말만 아니 하고 있으면 나는 이 집에서 장인 소리를 듣고 팔자 좋게 남은 나이를 보낼 수가 있

을는지도 모르겠소마는 그리하여서 노형이나 고설도나 후작 노인과 같이 산보도 다니고 연극장 같은 데를 구경 갔다가 만일 그 자리에서 탄로가 되어 탈옥 죄인의 장팔찬이라고 붙들리어 가게 되면 여러분의 모양은 무엇이 되며 명예는 어떻게 되겠소. 그때에는 노형도 나를 원망하시겠지요. 그 일을 생각하면 내 신분을 숨기어 둘 수가 없소. 이야기 아니 할 수가 없소”

이 말을 듣고 탄복하지 아니할 사람이 있으리오. 홍만서는 탈옥 죄인이라는 말에 몸서리가 나도록 싫은 생각이 들었으나 장팔찬의 이 말에 탄복되어 옆으로 가까이 오며 손을 내밀었다. 이것은 정답게 악수를 하자는 뜻이다. 그러나 장팔찬은 그 손을 잡으려고 하지 않는 고로 홍만서는 부득이 장팔찬의 손을 들어서 악수하였는데 장팔찬의 손은 얼음같이 차다. 홍만서는 말하였다.

“아니, 우리 외조부께서 다소 그러한 방면에도 세력 있는 친구가 있으시니 한번 특별 사면을 하도록 청을 하여 봅시다”

장팔찬은 잡히었던 손을 떼면서

“아니, 그러할 필요는 없소. 경찰서의 장부에는 장팔찬은 죽은 줄로 적히어 있으니까 인제 뒤를 쫓을 사람도 없고. 그뿐 아니라 나는 경찰서보다도 내 양심이 무서워요”

이러한 말은 장팔찬이나 되고서야 비로소 할 자격이 있는 말이다.

이 말에 대하여 홍만서가 무엇이라고 대답을 하려 할 때에 방문이 열리면서 설도의 웃는 얼굴이 나타났다.

“에그, 두 분이 무슨 이야기를 그렇게 하셔요. 양심이라는 것이 무엇이여요. 그런 어려운 이야기는 그만두시고 저 같은 사람도 알아듣는 이야기를 하셔요”

지금 들어와서는 아니 되겠다고 하여서 홍만서는 가로막는 모양으로

“아니, 지금 무슨 어려운 일을 의논하는 중이오. 조금만 있으면 끝 나겠소”

고설도는 그러한 내용이 있는 줄을 알 까닭이 없다.

“어찌 저를 따돌리시는 모양 같습니다마는 그래도 저는 들어가요, 아버지”

하고 아양을 부리면서 그대로 들어왔다. 춘풍 같은 그 얼굴을 반갑 지 않다고야 할 사람이 있으랴마는 장팔찬은 벙벙하니 말을 못 하였다.

“에그, 아버지, 어찌 말씀을 아니 하셔요”

하면서 옆으로 가까이 가다가 깜짝 놀라서 한 걸음을 물러섰다.

“아버지, 웬일이셔요. 신관이 말 아니십니다. 몸이 편치 않으셔요”

“아니”

“그러면 간밤에 잠을 못 주무셨어요”

“잠은 잘 잤다”

“그러면 웬일이셔요. 무슨 불편한 일이 있습니까”

“아니”

“그러면 웬일이셔요”

장팔찬은 할 수 없이 웃는 시늉을 하여 보았다. 울기보다도 어려운 일을 하였다.

“나도 여기 있어 상관이 없겠지요”

하고 홍만서를 돌려다 보면서 의자에 기대고자 하였다. 홍만서는

“아니요, 잠깐만 하면 이야기가 끝날 터이니”

하고 말하기 어려운 것처럼 말을 한즉 설도는 할 수 없이 바깥으로 나가 버리었다.

설도가 나간 뒤에 방 안은 별안간에 캄캄하여진 것 같았다. 그러나 고설도는 다시 문을 열고 들여다보면서

“오오, 사람을 그렇게들 박대하셨겠다요. 나는 성낼 터이여요”

하고 이번에는 정말 가 버리었다. 잠시 후에 홍만서는 혹 몰라 문을 한 번 열어서 바깥에 아무도 없는 것을 본 뒤에 다시 자리에 앉아서 슬픈 목소리로 혼잣말을 하였다.

"가엾어라, 만일 설도가 알면 얼마나……"

이 말소리에 장팔찬은 바늘에 찔린 것같이 놀라서 벌떡 일어서면서

"오오, 가만히 계시오. 가만히 계시오. 내가 거기까지는 생각을 못 하였구려. 노형께는 실토의 이야기를 할지라도 설도에게는 말을 할 수가 없소. 아아, 징역꾼, 탈옥 죄인인 줄을 고설도가 알면 나는 어떻게 하나, 아아, 야야"

하고 그는 두 손으로 얼굴을 싸면서 푹 엎드리어 울기 시작하였다. 그는 아주 절망의 대 끝에 올랐다.

"인제는 죽는 수밖에 도리가 없다"

하는 말이 마침내 느끼는 소리와 같이 들리었다.

홍만서는 위로를 하여서

"아니, 그 일은 염려 마셔요. 결코 고설도의 귀에는 들어가지 않게 하지요"

하였다. 그러나 이와 같이 하여서 점점 시간이 오래될수록 징역꾼이니 탈옥 죄인이니 하는 말이 더욱 깊이 홍만서의 귀에 배어서 지금까지 존경할 노인으로 보던 홍 노인과는 아주 딴사람같이 보였다. 사람의 마음이라는 것은 이러한 것이다. 어떻게 하여서 이 무서운 죄인이 지금까지 훌륭한 신사와 같이 보였는가. 죄인이라 하는 그 죄 아래에 묻혀서 죄 없다는 사람보다도 더 청백하고 착한 마음을 가지고 있건마는 그러한 것은 보이지 않는다. 다만 죄라 하고 감옥이라 하는 말이 모든 것을 휩싸고 덮어 버리는 것이다. 홍만서는 말하였다.

"이 뒤에는 어떻게 하실는지요"

장팔찬이는 겨우 마음을 진정하여서

"그는 염려 마시고 이 말 한마디만 대답을 하여 주시오"

하고 거의 목소리를 이루지 못하는 목소리로

"노형은 인제 설도의 임자가 되었으니 말씀이거니와 인제 나는 설도를 만나 보지 마는 것이 좋을까요"

홍만서는 쌀쌀하게

"예, 그렇지요"

하고 대답하였다.

"그러면 다시 설도의 얼굴은 아니 보지요"

하고 일어서서 문 앞으로 나갔다.

145. 불쌍타, 장팔찬 (14)

고설도조차 만나 보지도 못하게 되었다. 장팔찬은 이 세상에 무슨 낙이 있는가.

그는 '설도의 얼굴을 다시 아니 보지요' 하고 문 앞에까지 걸어 나갔으나 차마 문을 열지 못하고 잠시 머뭇머뭇하다가 비쓸비쓸하며 다시 홍만서의 앞으로 돌아왔다.

"아아, 그렇게는 참 못 하겠소. 만일 설도를 아니 보고도 살 것 같으면 나는 이러한 말을 자백할 것도 없이 소문 없이 외국으로 달아났을 터이오. 늙어 가는 이 몸이 친자식이나 다름없이 기르던 설도를 이별하고 어디 가서 어떤 사람에게 마음을 붙인단 말이오. 이 뒤에라도 설도의 재미있게 살아가는 모양을 보고 싶은 까닭으로 쇠가죽을 무릅쓰고 내 몸의 비밀까지 자백하는 것이 아니오. 홍만서 씨, 홍만서 씨, 그저 설도나 좀 가끔 만나 보게 하여 주시오. 그렇게도 못 하시겠습니까"

그것이 정말 장팔찬의 진정이다. 그는 고설도의 장래를 위하여 얼마나 애를 썼는가. 차마 못 할 고생도 사양하지 아니하였고 목숨도 아끼지 아니하였고 개천 속으로 들어가서 홍만서를 살려 내기도 하였으며 또 칠십만 금의 큰돈을 자기 물건이라는 눈치도 아니 보이고 물려주기도 하였다. 이와 같은 공로는 알아주는 사람도 없고 다만 징역꾼, 탈옥 죄인이라는 한 말로 하여서 설도의 재미있게 살아가는 모양조차 보지 못한다. 정말 기막힌 일이 아닌가. 그는 거의 정신을 놓고 홍만서의 앞에 서 있다.

이만한 청을 어떻게 거절할 수 있으랴. 그러나 홍만서의 대답은 쌀쌀하였다.

"예, 아침저녁으로라도 찾아오시지요. 영감께서 별안간 아니 오시게 되면 설도도 이상하게 여길 터이니"

하고 겨우 허락은 하였으나 이는 장팔찬을 위하여 허락하는 것이 아니라 설도를 위하여 허락한 것이다. 그러나 장팔찬은 만족히 여기었다. 고설도를 만나 보기만 하면 누구를 위하여든지 다 일반이라. 그는 고마운 치사를 하고 가서 그 뒤로는 날마다 설도를 만나 보러 왔다. 그러나 어떠한 모양으로 만났을까.

장팔찬이가 간 뒤에 홍만서는 깊이깊이 생각하여 보았다. 대체 장팔찬이는 어떠한 사람이며 무슨 사정으로 인하여 징역을 히었는가. 아니, 도적질을 한 까닭이라고 하였다. 탈옥을 한 까닭이라고 하였다. 처음 작죄에 열아홉 해 징역이면 물론 중한 죄를 범한 모양인데 설도가 그러한 악한의 손에 자라나서 물이나 들지 아니하였을까. 아니, 그러한 걱정은 할 것이 없다. 설도의 태도만 볼지라도 그 정숙한 법이 양가의 깊은 안방에서 곱게 자라난 사람보다 나으며 그뿐 아니라 설도가 장팔찬의 혈통을 받은 것도 아니요 십 년 전까지는 설도라는 아이가 이 세상에 있는 줄도 몰랐다 한즉 그 일에 대하여는 염려할 것이 없다고 안심을 하였다.

이와 같이 생각을 돌리어 겨우 안심은 하였으나 아직도 알 수 없는 구석이 많이 있다. 도적질까지 하는 사람이 칠십만 금이나 되는 큰돈을 곱게 맡았다가 내놓는 것은 무슨 까닭인가. 인제 후회를 하여서 착한 사람이 되었단 말인가. 아마 그런가 보다. 나에게 자백하는 것을 보아도 뜻밖에 생각이 바로 들었나 보다.

이러한 일을 생각하면 무던한 일이라고 하여 보면 그렇지 못한 일도 있다. 지금까지는 그때 보루에 들어왔던 노인이 다른 사람인 줄로만 알았더니 그가 경관 차보열이를 자원하여서 총살하던 일을 생각하여 보면 차보열에게 자기의 구악을 들킨 까닭은 아니던가. 도적질을 하는 사람이 전쟁에 참가할 리는 없다. 그는 어떻게 알았던지 차보열이가 그 보루에 잡히어 있는 줄을 알고서 그 사람을 죽일 욕심으로 보루 안에 들어왔던지도 알 수 없다. 또 그전에 그가 태날추의 집 이 층에서 여러 악한들과 다투던 대담한 거동이며 차보열이가 들어온 뒤에 줄사다리를 타고 도망하던 일이며 인제 생각하여 본즉 도적 같으면 썩 큰 도적이다. 이러한 생각을 하고 홍만서는 몸서리를 쳤다.

아무렇든지 징역까지 가는 사람들의 하는 일은 보통 사람의 알 바가 아니라 더 사실을 조사하여야 하겠으나 방법이 없다고 생각하고 말았다.

그는 그만두고, 장팔찬은 이튿날 저녁때에 설도를 찾아보러 갔었다. 하인은 말하기를

"주인 서방님 말씀에 영감께서 오시거든 안으로 들어오실는지 바깥 응접실에 계실는지 여쭈어 보라셔요"

하고 안방에는 들어오지 말라는 말보다도 더한 말을 하였다. 그러나 장팔찬은 조금도 사색에 나타내지 아니하고

"바깥 응접실에 있겠다"

하고 대답하였다. 곧 그 '응접실'이라는 데로 인도하는데 그 방에 들어가 본즉 이곳은 이왕에 장팔찬이가 송장이나 다름없는 홍만서를 업어다 놓던 방이었다. 종잇장도 새로 바르고 난로에 불도 피우고 의자도 두 개를 준비하여 놓은 것을 보면 장팔찬이를 이 방으로 불러들이기로 작정한 모양인데 그 모양으로 준비까지 하여 놓고 '안방으로 들어오려느냐, 바깥 응접실에 있으려냐' 하고 묻는 것은 문간에서 쫓아 보내는 것이나 조금도 다를 것이 없다.

장팔찬은 이러한 눈치를 모르는 것도 아니지마는 그러한 중에 고설도가 웃는 낯으로 뛰어 들어온 고로 얼마큼 위로가 되었다. 방이야 좋든지 그렇든지 고설도만 만났으면 그만이라고 생각하였다.

146. 불쌍타, 장팔찬 (15)

반가이 들어온 고설도는 좀 불쾌한 모양으로 방 안을 둘러보면서

"아버지는 왜 이러한 방으로 저를 불러내셔요. 지금 홍만서의 말에 안으로 들어가느니보다 이 방에서 만나 보고 가겠다고 말씀하셨다니"

말인즉 옳은 말이다. 이 방이 좋다고 하기는 히였지마는 징말 좋아서 좋다고 한 것이 아니라 그렇게 말할 수밖에 없이 되어서 한 말이다. 인제 장팔찬은 이 집 안사랑으로 들어갈 신분이 되지 못한다. 고설도는 재촉하는 모양으로

"자아, 아버지, 안사랑으로 들어가셔요"

"아니, 이 방이 낫다"

"낫기는 무엇이 나아요. 왜 다른 방 다 제쳐 놓고 이 수청방 구석에서 이야기를 한단 말씀이오. 성미도 이상하십니다"

“설도야, 용서하여 다오. 나는 버릇이 이러하니”

버릇이라는 말이 설도의 의심을 풀어 버리었다.

물론 고설도는 기쁜 낯으로 여러 가지 이야기를 하며 장팔찬이도 기뻐하여서 오래 앉아 이야기를 하였는데 이 뒤에도 거의 날마다 만났다. 고설도를 만나서 기쁜 이야기를 듣는 이외에는 이 세상에 낙이 없는 터이다. 아니, 이 세상에 일이 없는 터이다. 그러한 중에 차차 고설도도 살림에 재미를 붙이는 모양 같으며 더욱이 장팔찬의 눈에 뜨이는 것은 이 집의 규모가 버쩍 줄어 가는 일이었다.

칠십만 금이라는 큰돈을 가지고 시집간 새색시가 이렇게 검소하여지는 무슨 까닭인가 하고 장팔찬은 의심하였다. 혼례 뒤에 곧 사들인다고 하던 마차도 그만두고 연극장 구경도 가는 일이 없으며 하인까지도 줄이었다. 도무지 까닭을 알 수가 없으나 장팔찬이는 그러한 눈치도 아니 보이었다. 그러나 고설도가 장팔찬을 반가워하는 모양은 날마다 깊어져서 조금만 시간이 늦으면

“오늘은 어찌 늦으셨어요”

하고 시간을 맞추어 기다리는 모양인 고로 다른 일은 상관할 것도 없다고 생각하였으나 그러하여도 모르는 체할 수 없는 것은 이 집의 괄시가 점점 심하여 가는 일이다. 당초에도 그리 후대를 받은 바는 아니지마는 하루는 날마다 만나 보는 그 방에 들어간즉 난로에 불도 아니 피웠고 불 피울 석탄도 아니 놓았다. 이것이 다시 오지 말라는 말이나 아닌가. 고설도는 방 안에 들어와서 깜짝 놀랐다.

“이 추운 날에 난로를 아니 피우다니”

장팔찬은 대답하였다.

“응, 언제 내가 하인에게 일렀어. 요사이 갑갑증이 좀 있으니 난로를 피우지 말라고”

그리고 그다음 갔을 때에는 쓴 차도 한 잔 아니 내었다. 이러한 것

은 결코 규모를 부리는 것이 아니다. 그러나 장팔찬은 자기야 어떠한 대접을 받든지 그는 불계하고 다만 고설도를 위하여 염려하였다.

'혹 집안사람의 눈에 나지나 아니하였나'

하고. 다행히 그러한 걱정은 없었다. 홍만서와도 의초가 좋고 외조부의 눈에도 들어서 아무 일 없이 잘 지내어 갔다.

그러나 하루는 고설도가 이상한 말을 물었다.

"아버지, 일 년에 삼천 프랑을 가지고 살아가려면 좀 어려울까요"

"삼천 프랑이면 우연만한 살림은 넉넉히 하여 가지. 그런데 그것을 왜 물어보니"

"여기 할아버님이 홍만서에게 일 년에 삼천 프랑씩을 주신답니다"

"그는 나도 안다. 혼인하기 전부터 한 말이니까"

"홍만서는 꼭 그것만 가지고 살아가라고 한답니다"

장팔찬은 더욱 의심이 들었다.

"이러한 큰집 살림에 삼천 프랑만 가지고야 되겠니. 네 수입만 하여도 일 년에 이만 칠천 프랑은 되는데"

"그 수입은 쓰지 않기로 한다는데요"

장팔찬은 별안간에 얼굴빛을 변하였다.

인제는 알겠다. 홍만서는 고설도의 돈 칠십만 금을 부정한 돈으로 아는 모양이다. 도적질이나 하여 모은 돈으로 알고서 그 돈에 손을 대지 아니하려고 하는 모양이다. 그 돈으로 말하면 장팔찬이가 이미에 땀 흘리고 모은 돈이며 자선 사업에 쓰고 남은 돈인데 그와 같이 의심을 받다니 참 무정한 일이다. 장팔찬이는 이날에 다른 날과 같이 이야기도 잘 하지 않고 일찍이 돌아가 버리더니 집에 돌아가서는 고만 병이 들어서 일어나지 못하였다.

하루 이틀 기다리어 보아도 부친이 오지 아니하는 고로 고설도는 야속하다고 편지를 보내어 청하였다. 장팔찬은 병중에도 차마 떼치지 못하여서 또 그럭저럭 찾아다니기를 한 달 동안이나 하였으나 괄시는 점점 심하여 필경에는 그 방에 의자도 놓이지 않게 되었다. 들어온 고설도가 깜짝 놀라는 것을 장팔찬이가 또 가로막으면서

"아니다. 내가 치우라고 일렀다"

하고 대답하였다. 그러나 자기 역시도 다시는 이 집에 올 재미가 없이 되었다.

그는 집에 돌아가는 길로 그저

"그것은 부정한 돈이 아닌데. 부정한 돈이 아닌데"

하고 헛소리를 하더니 자리에 누워서 다시는 일어나지 못하였다.

문지기 노파가 며칠을 두고 보아도 장팔찬의 조석 상이 고스란히 그대로 있는 고로 너무도 가엾어서

"영감마님, 구미가 없으시면 무엇이고 생각나는 것을 말씀하여 주십시오"

하고 물어보았다. 장팔찬은 다만 물, 물 하고 물만 찾았다. 아아, 그는 화병이 난 것이다. 노파는 또 물었다.

"의사를 청하여 올까요"

"아니, 아무 데도 아픈 데는 없으니까 의사를 청할 것은 없어"

추후에 그는 일어났다. 지금까지는 몇 사람의 기운을 겹쳐 가졌던 사람이 지금은 혼자 걷지도 못하게 되었다. 한 걸음 옮겨 놓고 쉬고 두 걸음 떼어 놓고 헐떡이며 겨우 가방이 있는 데까지 가서 열고 꺼낸 것은 고설도의 어렸을 때 옷이다. 그는 자기 얼굴에다 그것을 대고 한참 울다가 또 미리엘 승정의 촉대를 꺼내었다. 그리고 대낮이지마는 거기다가 초를 붙이고 불을 켰다. 그는 이 촛불에 비춰어서 이 세상을 하직할 생각이다. 그는 인제 이 촉대 이외에 마음 붙일 곳이 없다. 고설도도 남의 물건이 되었다. 친구도 없다. 집도 없다. 돈도 없다. 수명도 없다. 아아, 어찌하여서 하늘은 장팔찬 한 사람에게 이러한 팔자를 태웠는가.

147. 이 세상의 하직 (1)

미리엘 승정에게 받은 촉대 이외에는 장팔찬의 의지할 곳이 없다. 이 촉대의 촛불 밑에서 죽어 가는 것이 그나마 위로가 될 것이다.

그는 다시 정신을 수습하여서 이왕에 입던 직공의 복장을 꺼내어 입었다. 그의 몸을 살린 것도 노동이요 위로할 것 없는 그의 마음을 다소간 위로한 것도 노동이다. 그는 죽을 때에도 노동자로 죽을 생각인가 보다.

그러나 그는 아직 눈을 감지 못할 일이 있다. 그는 소리를 질렀다.

"에에, 기막힌 일도 많다. 그 돈을 부정한 돈으로 알다니. 그 의심 한 가지만 풀어 주었으면"

참, 그렇다. 이 의심 한 가지를 풀어 주지 아니하면 이다음이라도 고설도가 고생을 할 것이라. 그는 이윽고 지필묵을 꺼내었다.

마음은 급하나 손이 돌아가지 않는다. 그의 몸에는 벌써 글씨도 쓸 기운이 남지 아니하였다. 한 자를 쓰고 쉬고 두 자를 그리고는 붓을 멈추어 거의 죽게 된 기운으로 억지로 쓰는 것은 무슨 글인가. 송진으로써 검정 구슬을 만드는 법이다. 그가 저러한 큰돈을 모은 것은 검정 구슬을 만든 덕이다. 지금은 쓰지 아니하여도 그 법을 배운 사람이 많이 있지마는 그는 그것을 쓴 뒤에 나시 자기가 몽트뢰유에서 어떻게 지내던 내력까지 써 두고자 하는 모양이다.

자기 한 사람만 같으면 애써서 발명을 할 생각도 없다. 남이야 도적놈으로 알거나 부정한 놈이라고 하거나 자기 양심에 부끄러울 것이 없는 이상에는 조금도 관계가 없지마는 다만 고설도를 위하여서 원통한 발명을 하는 것이다.

그는 아직 자기 생각하는 일의 반도 못 쓰고 사분지 일도 못 써서 기운은 다하였다. 다시는 손가락 하나 움직일 수 없으며 눈이 희미하여서 보이는 것도 없이 되었다.

아아, 살아생전에 저렇듯이 고생하던 장팔찬이는 죽을 때에도 이 모양으로 애를 쓰는구나. 그의 평생에는 바늘 끝만큼 편안한 틈이 없구나.

그는 자기 목숨이 다 된 줄을 알았다.

"아아, 설도야, 설도야"

하고 불렀다.

"인제 이 세상에서는 다시 설도를 못 보는구나. 나는 이 모양으로 죽는다"

하고 또 소리를 질렀다. 그리고 방바닥에 쓰러졌다.

이 모양으로 장팔찬은 죽어 가는데 고설도는 어찌하고 있나. 두 사람 다 막연히 모른다. 아아, 아아, 불쌍타.

*　*　*

저녁상을 물리고 홍만서가 서재로 나가고자 할 때에 그 집 하인은 편지 한 장을 가지고 들어와서

"편지 임자가 지금 응접실에서 기다리고 있습니다"

하고 물러 나갔다. 홍만서는 무심히 피봉을 떼어 본즉 괴악한 담뱃진 내가 코를 찔렀다. 이 담뱃진 내를 맡을 때마다 홍만서는 봉인이 부녀를 생각한다. 또 구걸을 하러 왔는가 하고 내리 본즉 끝에는 과연 날추라는 이름이 씌어 있었다. 태날추라는 성자가 빠졌다. 아니, 일부러 빼어 버리었다. 그리고 사연에

중대한 비밀을 가르쳐 드리겠소.

한 것은 입을 좀 씻기라는 말이다.

응당코 다 들어 버리고 말 것이지마는 다만 온 사람이 태날추인 줄을 아는 까닭으로 곧 자기 방으로 들어가서 서랍을 열고 지전 한 주먹을 덤뻑 집어넣은 뒤에 응접실로 나갔다.

지금까지 홍만서가 태날추를 만나서 자기 부친의 은혜를 갚으려고 애쓰던 일은 독자들의 아는 바이다. 그 찾던 사람이 제 발로 걸어온 것은 부친의 유언을 시행힐 날이 놀아온 것이다.

응접실에 나가 본즉 기다리고 있는 사람은 태날추가 아니요 궁한 선비와 같이 보이는데 눈에는 캄캄한 연경을 가리었다. 이 연경이 수상한 것이다. 홍만서는 벌써 눈치를 짐작하고

"어찌 찾았소"

하고 핀잔 비스름히 물어보았다.

안경 쓴 사람은 찾아온 까닭을 이야기하기 전에 위선 먼저 미국의 지리부터 설명하기 시작하는데 그 이야기를 다 듣고 본즉 이러한 뜻이었다. 미국 어떠한 곳에서는 금덩이가 흙덩이같이 굴러다니는데 자기는 자기 아내와 딸과 세 식구가 그 지방으로 이사를 가려고 한다, 여비가 없으니 좀 보태어 달라는 말이었다. 그리고 그 여비를 청구하는 이유는

"아니, 이것은 나를 위하여서 하는 것이 아니라 실싱 노형을 위하여서 하는 일이오. 헤헤, 노형의 명예에 관계되는 일을 아는 니 같은 사람이 이 나라에 있어서는 마음을 놓을 수가 없을 터이니 여비를 조그만큼 주어서 미국같이 먼 나라로 쫓아 보내는 것이 좋지 않소"

하는 말이다. 그 수작을 보면 궁한 선비는 고사하고 바로 한골 가는 파락호이다. 그는 또 말을 이어서

"그도 많이 달라는 것은 아니오. 세 사람의 여비로 이만 프랑만 주시오. 이만 프랑이오"

이만 프랑을 얕잡아서 '만'이라고 한다.

홍만서는 그저 간단한 말로

"이야기하시오"

하고 재촉을 하였다. 이러한 말을 들을 때에 어찌 좀 놀라는 기색이 있다든지 불안한 모양이 있어야만 일이 될 터인데 주인이 시치미를 떼는 까닭으로 재미는 적으나 이야기를 아니 하여서는 목적을 이룰 수가 없는 고로 그자는 먼저 이 집의 명예부터 추켜세우고 말을 하였다.

"명예가 높으신 이 댁 집안에 경찰서의 주목을 받는 악인이 들어와 있습니다"

하고 홍만서의 눈치를 살펴보았다. 홍만서는 여전히

"그래서"

하고 다음 말만 재촉한다.

"그 사람의 본이름을 들으면 누구든지 놀랄 만한 도적놈의 장팔찬이오"

"네, 압니다"

안다는 것처럼 헛심 쓰는 것은 없다.

"그뿐 아니라 그자는 탈옥 죄인이여요"

"네, 압니다"

148. 이 세상의 하직 (2)

홍만서는 그저 '압니다, 압니다' 대답만 하고 조금도 놀라지 않는 데는 찾아온 손이 도리어 놀라서 잠시 동안 어찌할 줄을 몰랐다.

이 일을 생각하여 보면 장팔찬이가 자기 신분을 자백한 것이 매우 필요한 일이었다. 만일 그가 자백을 하지 아니하였더라면 지금 내가 얼마나 놀랐을는지 모른다고 홍만서는 바쁜 가운데에서도 장팔찬의 주밀한 주의를 깨달았다.

손은 컴컴한 연경 뒤에서 독기가 가득한 눈을 깜작깜작하고 있었다. 만일 안경이 가리지 아니하였더라면 홍만서는 이 눈 하나를 보고도 이 사람이 누구인 줄을 알았을 것이다. 아니, 안경이 있어도 벌써 눈치를 채었다. 그 손은 또 말을 하였다.

"아시는지도 모르겠소마는 내가 아는 비밀은 아무도 모르는 큰 비밀이오. 이 댁 명예에 매우 관계되는 일인즉 이만 프랑이면 너무 싸지요"

홍만서는 나무라는 모양으로

"아무도 모른다고 하는 그 비밀을 나는 다 알고 있소. 장팔찬이가 어떠한 사람인지, 그 비밀을 알았다는 노형이 어떠한 사람인지 다 알고 있소"

손은 도리어 휘끄름한 생각이 들었다. 그러나 시치미를 떼고

"내가 누구인 줄이야 아시겠지요. 지금 내 편지에 씌어 있는 것을 보셨으니까. 날추라는 이름까지"

"날추라는 성명이 어디 있겠소. 그 위에 태 자가 더 있어야 하지요. 노형 성명은 태날추요"

고슴도치가 놀라면 밤송이가 되고 딱정벌레가 놀라면 죽은 시늉을 한다. 다 각기 제 버릇이 있는데 이 악한은 놀란 때에 어떻게 하였나. 큰 소리를 내어서 허허 웃었다.

"하하하하, 내 성명이 태날추라고요. 당치도 않소"

홍만서는 소리를 버럭 지르면서

"본래는 태날추로서 어떠한 때에는 나강환이라고도 하고 어떠한 때에는 하만국이라고도 하고 어떠한 때에는 서반아 군인이니 이태리

의 학자이니 하고 함부로 성명을 가는 사람이 아니오. 그리고 이번에는 날추로라고. 나는 그렇게 속지 않소. 그리고 또 이왕에는 문화리에서 군인 여관이라는 여관을 하던 태날추 아니오”

그자는 다시 웃음도 나올 경황이 없도록 놀라서 할 말이 없으니까 겨우

“그것은 당치 아니한 말이오”

하고 어름어름한다. 홍만서는 또 엄숙한 태도로

“노형은 분명한 태날추요. 탈옥 죄인이오. 악한이오. 자아, 이것이 상당하오”

하고 호령을 하면서 태날추의 얼굴을 무엇으로 훔쳐때리었다.

맞아도 아프지가 않다. 태날추는 그것을 집어 보고 두 번째 놀랐다.

“야야, 이것은 오백 프랑짜리 지전이로구나. 참, 탄복할 수밖에 없습니다. 영감 같은 어른 앞에서는 숨겨도 소용이 없습니다”

하면서 안경과 탈을 벗어 버리더니 정말 태날추의 얼굴을 내놓으면서

“천천히 이야기나 하십시다”

하였다. 그러나 오백 프랑짜리의 지전을 집어넣을 때에는 결코 천천하지 아니하였다. 위선 한번 살펴보고

“정말 지전인걸”

하더니 놓칠까 무서워하는 것처럼 급히 집어넣고 겉으로 손을 대어서 두어 번 꾹꾹 눌렀다.

그러나 기쁜 중에도 놀란 마음은 풀리지 아니하였다. 어찌하여서 이 주인이 나의 신분을 이다지 자세히 아는가. 그 까닭을 알지 못하는 고로 다시는 입을 열지 못하였다. 그는 이왕에 홍만서와 같은 집에 있었건마는 홍만서의 이름도 모르고 얼굴도 자세히 본 일이 없었다.

홍만서는 이다음을 경계하는 모양으로

"여보, 이 태날추야. 네가 알고 다니는 비밀은 나도 다 알고 있다. 장 팔찬이가 탈옥 죄인이란 말이지"

태날추는 뒤를 받아서

"그뿐 아니라 도적질을 하고 또 살인까지 한 자입니다"

홍만서는 좀 생각을 한 후에

"그도 다 아는 일이야. 도적질을 하였다는 것은 이왕에 장팔찬이가 몽트뢰유 시장 마대련 씨의 돈을 훔쳐서 아주 마대련 씨를 망한 일 말이지. 또 살인을 하였다는 것은 경관 차보열이를 총살하였다는 말이지"

태날추는 홍만서의 아는 사실이 실상 생각하더니보다 대단치 아니한 줄을 알고 좀 용기가 회복되어서

"영감의 하시는 말씀은 도무지 알 수가 없습니다"

과연 홍만서는 장팔찬의 내력을 자세히 알지 못할 것이다. 그러나 다소 조사한 일도 있는 고로 그는 또 말을 이어서

"자세히 모르겠으면 자세히 이야기하지. 일천팔백이십이년에 몽트뢰유에 마대련이라고 하는 유명한 시장이 있었는데 이 사람인즉 당초에는 경찰서와 무슨 좋지 못한 관계가 있었다 하나 그 뒤에 아주 마음을 고쳐 가지고 세상에 드믄 착한 사람이 되어서 그 시의 공업을 일으키고 시민에 대하여 애를 많이 쓴 까닭으로 정부에서 훈장을 내리었으나 그것도 사퇴하고 마침내 여러 사람의 추천으로 시장에 천망되었으나 지재지삼 사퇴한 뒤에 부득이 취직하였으니 설령 이 사람이 이왕에는 어떠한 죄가 있었던지 간에 정말 공경할 만한 큰 인물인데 어떤 악한이 그 죄 밑천을 알고서 경찰서에 고발하여서 일을 만들어 놓고 저는 그 틈을 타서 마대련이 행세를 하고 그 시장의 맡기었던 칠십여 만금을 다 꺼내어 가지고 달아났는데 이 밀고하던 사람이 곧 장팔찬이었으니 이것이 도적질한 죄요 또 살인죄라는 것은 보루 안에서 경관을

총살한 일이겠지마는 그것은 바로 내 눈으로 본 일이다"

태날추는 정말 새 기운이 났다.

"영감이 하시는 말씀은 그럴 듯하고도 다 틀리었습니다. 첫째, 영감 눈으로 보셨다는 차보열이 일절부터 틀리었으니 더구나 소문만 들은 마대련이 일절이야 말은 하여 무엇 하겠습니까. 내가 영감의 잘못 아시는 일을 바로 가르쳐 드리려고 온 것은 아닙니다마는 이렇게 무간하게 이야기가 난 이상에는 나 아는 대로 이야기를 하오리다"

하고 아까 '알았다' 는 말에 두 번이나 움찔하였던 되갚음을 할 생각이 든 모양이다.

"차보열이가 보루 안에서 총살되지 아니한 일은 보루가 함락된 뒤에 그자가 바로 이 태날추를 잡으러 왔던 것만 보아도 분명합니다. 그자가 죽은 것은 자살이여요. 물에 빠져 죽었어요. 경찰서에서 검시까지 하여 본 것이니까 틀림없지요"

홍만서는 인제야 좀 궁금증이 나서

"그 증거는, 그 증거는"

하고 달려들었다.

"증거 없는 말은 아니 합니다. 증거는 차차 보여 드리지요. 그다음에 장팔찬이가 마대련 시장의 돈을 훔치었다는 것은 더구나 말이 아니 되어요. 그것은 근처에도 아니 갔습니다. 영감, 여보시오, 더 할 말 없이 마대련이가 곧 장팔찬이요 장팔찬이가 곧 마대련입니다. 다른 사람이 아니라 같은 한사람이여요"

홍만서는

"에, 에, 무엇이야"

149. 이 세상의 하직 (3)

마대련 시장과 장팔찬이가 같은 사람이라는 말은 정말 홍만서의 생각도 못 하던 바이다. 그는 고설도와 혼인을 한 뒤로 장팔찬의 내력을 알고자 매우 애를 썼으나 필경 자세한 일은 알지 못하고 마대련의 돈을 맡았던 라피트 은행의 회계 보던 사람을 만나서 '마대련 시장의 칠십만 금을 찾아간 사람은 실상 장팔찬이었다' 는 말만 듣고 꼭 장팔찬이가 시장의 돈을 훔친 줄로만 알았다.

그러한 까닭으로 고설도의 재산 칠십만 금은 그 훔친 돈인 줄로 생각하여 그 돈에 손대기를 싫어하고 또 아무쪼록 장팔찬이를 멀리하려고 한 것이다. 그러한데 지금 장팔찬이와 시장이 같은 사람인 줄을 알고야 어찌 놀라지 아니하리오.

이 까닭으로 하여서 홍만서의 마음은 별안간 변하였다. 장팔찬이라는 악한이 홍만서의 눈에는 차차 굉장한 사람으로 보이기 시작하였다.

홍만서는 또 소리를 질렀다.

"장팔찬이가 차보열이를 죽이지 아니하고 장팔찬이와 시장이 같은 사람이라는 일은 증거가 없이는 믿을 수 없다. 증거를 내놓으라"

태날추는 증거를 다 가지고 있었다. 그는 지금까지 몇 차례를 두고 장팔찬에게 돈을 뺏어 먹으려다가 번번이 실패를 한 까닭으로 그 사람의 내력을 한번 분명히 알아 가지고 필경 목적을 한번 이루어 보겠다는 생각으로 여러 달을 두고 조사한 결과에 장팔찬이로 있던 때부터 시장을 지내던 때의 일까지 조사하였다. 그는 물론 문화리에서도 살았고 몽트뢰유에서도 살아 본 까닭으로 그 일을 조사하기가 그리 어렵지도 아니하였다. 그뿐 아니라 차보열이로 말하면 항상 저희들의 뒤를 밟아 오던 사람인 고로 그가 물에 빠져 죽었다는 말이 너무도 반가워서 그 사실이 기재되어 있는 신문까지 가지고 있었다.

그는 자기가 가지고 왔던 가방 속에서 묵은 신문, 새 신문을 섞어서 너덧 장이나 꺼내어 놓았다. 묵은 신문에는 마대련 시장이 장팔찬인 줄로 발각되어서 재판되던 선고문이 기재되었고 새 신문에는 차보열이가 보루에서 나와서 경찰서에 보고한 것과 그의 시체를 검사한 검시 보고가 기재되어서 다시 의심할 곳이 조금도 없었다.

홍만서는 그것을 보고 나서 정말 놀란 소리를 질렀다.

"이러한 의외가 또 어디 있을까. 장팔찬은 차보열이를 죽이지 아니 하였다. 장팔찬과 마대련은 같은 사람이다. 그의 돈은 부정한 돈이 아 니다. 그는 자선가이다. 그는 개과천선한 착한 사람이다. 군자이다. 영 웅이다"

아주 정신없이 칭찬하는 모양을 보고 태날추는 조소를 하였다.

"아니, 그렇게 탄식하실 것은 없어요. 장팔찬은 군자도 영웅도 아니 고 역시 도적이요 살인범이지요. 영감께서 모르시는 일이 또 있습니 다"

하고 매우 힘젓게 말하였다.

홍만서는 노한 것 같은 목소리로

"너는 장팔찬이가 시장 되기 전에 지은 죄를 말하는 것 아니냐. 그 전에는 어떠한 일이 있던지 상관이 없다"

"아니요, 그전이 아니여요. 아주 멀지 아니한 사실이고 또 이 태날 추밖에는 아는 사람이 없으니까 더욱 가치가 있지요. 분명한 증거를 보여 드릴 터이니 그때에는 우리 세 식구의 미국 건너갈 여비를 대어 주시오"

하고 위선 값부터 정한 뒤에

"때는 작년 유월 육일, 파리 전시에 혁명이 일어났던 때입니다. 아 니, 그 혁명군이 거의 다 패하여 들어가던 때입니다. 장소는 큰 개천의 수문통 속이여요"

이 말만 듣고도 홍만서는 부지중 태날추의 앞으로 가까이 달려들었다. 그는 자기 몸이 그와 같은 시간에 그와 같은 개천 속을 지나서 살아난 일을 그날 밤에 고용되었던 마차 어자에게 들은 터이라 앞으로 다가앉는 것도 괴이치 아니한 일이다.

자기 이야기에 비상히 감동 되는 모양을 보고 태날추는 더한층 신이 나서

"그닐 어싯 시사량에 그전부터 그 개천 속에 세상을 피하여 숨어 있던 한 사람이 그 개천 속에서 사람의 발자취 소리가 있는 것을 알았습니다. 이상한 일이라고 자세히 살펴본즉 키가 구 척은 되는 장정 한 사람이 시체를 둘러메고 오더랍니다. 어떻게 지나왔는지 바로 거기서 얼마 되지 않는 곳에 사람의 재주로는 건널 수 없는 깊은 수렁 구멍이 있는데 그자는 거기를 건너왔는지 전신에 진흙투성이를 하였더래요. 그것을 본 나는 아니, 그전부터 숨어 있는 사람은 이상하게 여기었습니다. 저놈이 왜 그 구렁 속에다 시체를 처넣지 아니하였는가. 아아, 알겠다. 개천을 칠 날이 멀지 아니한 까닭으로 그곳에다가 버리어서는 일주일 이내에 발각될 터이니까 그것이 겁이 나서 센 하까지 끌고 나가서 물속에 가라앉힐 경륜이로구나. 이와 같이 생각하며 그 하는 모양을 보고 있노란즉 그자는 개천 수문통까지 오기는 왔으나 그곳에는 쇠창살 문이 닫혀 있고 그 문의 열쇠는 먼저 숨어 있던 그 사람이 기지고 있었습니다. 그자는 먼저 숨어 있던 사람에게 열쇠를 빌리려고 청하였습니다. 그 사람은 이왕부터 그자의 얼굴도 짐작하고 기운이 장사인 줄을 아는 까닭으로 말을 아니 듣다가는 으슥한 속에서 어떠한 일을 당할는지도 모르겠다 하여서 그 쇠문을 열어 본즉 그자는 시체를 둘러멘 채로 빠져나가서 시체는 강물에 돌을 매어서 집어 던졌습니다. 영감, 그 도적은 장팔찬이고 숨어 있던 사람은 이 태날추입니다. 무슨 까닭으로 장팔찬이가 시체를 둘러메고 다니겠습니까. 나 보기에는 분명히 부자

의 젊은 신사인데 그는 그 신사를 죽이고 큰돈을 뺏은 것이 분명합니다. 요사이 들은즉 그자는 칠팔십만 금의 거액을 영감 댁에다 맡기었다니 그자의 하는 일이 용하지 않습니까. 앞길이 멀지 아니한 자기가 가지고 있다가는 필경 탄로가 될 터이니까 그 돈을 댁에다가 맡기어 놓고 자기는 댁에 와 있어서 대접을 극진히 받고 안전하게 지내자는 말이지요. 그렇지마는 내가 있는 동안에는 마음을 못 놓지요. 나는 문을 열어 줄 때에 그자 모르게 그 시체의 외투를 이만큼 찢어 두었습니다. 이것 보시오. 이 천 조각이 진흙은 묻었을망정 큰 증거물입니다"

하면서 가방 속에서 사방 두어 치쯤 되는 천 조각 하나를 내놓았다.

숨도 크게 못 쉬고 열심으로 앉아 듣던 홍만서는 얼굴빛을 변하고 황망히 뛰어 나가더니 곧 진흙투성이가 되어 있는 헌 외투를 가지고 와서 지금 태날추의 내놓은 천 조각과 대어 보았다. 과연 외투에도 그만큼 뚫어진 데가 있어서 그 구멍과 그 조각과는 빈틈없이 꼭 들어맞을 뿐 아니라 진흙 묻은 모양까지도 조금도 틀릴 것이 없었다.

150. 이 세상의 하직 (4)

태날추의 가져온 천 조각과 홍만서의 내온 외투의 구멍이 이와 같이 들어맞는 이상에는 다시 의심할 것이 없다.

홍만서를 살려 낸 사람은 분명한 장팔찬이다. 그는 보루에서부터 강가에까지 십여 리나 되는 캄캄한 개천 속을 지나며 무서운 수렁을 건너서 시체나 다름없는 홍만서를 업어 낸 것이다. 이것이 사람의 재주로 능히 할 일인가. 이와 같이 생각을 한 때에 홍만서의 가슴은 물 끓듯 하였다. 그는 태날추를 꾸짖었다.

496

"이것 보아라, 태날추야. 이보다 더 분명한 증거가 어디 있느냐. 장팔찬은 사람을 죽인 것이 아니라 사람을 살려 낸 것이다. 그때에 장팔찬의 업었던 사람은 시체가 아니라 이 홍만서였다. 너는 그를 모함하려 하고 도리어 그 사람의 착한 일 한 사실을 증명한 셈이다"

태날추는 어안이 벙벙하여 다시는 말도 못 하였다. 홍만서는 또 말을 이어서

"나는 네가 나강환이로 행세하고 처자들과 같이 살 때에 바로 이웃방에 있은 까닭으로 (태날추는 이 말만 듣고도 "에, 에" 하고 놀란 소리를 질렀다.) 네가 하던 일을 다 알았다. 위선 네가 장팔찬이를 꾀어 들여다가 돈을 뺏으려고 하던 일만 하여도 이야기를 하자면 지금 네가 장팔찬의 죄를 주워섬기더니보다는 많을 것이다. 곧 순사를 불러오면 네 생명은 없어질 것이지마는 특별히 용서하는 것이니 곧 미국으로 건너가거라. 너는 지금 세 식구라고 하지마는 네 처는 벌써 죽었고 네 작은딸 설매 하나밖에 없으니까 두 사람의 여비로는 이만하면 넉넉하리라"

하고 또 큰 지전 한 장을 내놓으며

"네가 미국에 건너가서 찾아 쓰도록 환전을 부쳐 줄 터이니 이 나라에 이틀도 머무르지 말고 곧 떠나가거라. 그렇지 아니하면 네 생명이 없을 것이다"

태날추는 꿈속의 꿈을 꾸는 무양이다. 제가 알아 가지고 온 일은 하나도 소용없이 되고 도리어 제 죄가 발각되어서 실컷 몰러 댄 후에 돈은 또 돈대로 생기다니. 이러한 일은 처음 당하는 일이며 도무지 이치에 당치 아니한 일이다. 홍만서는 다만 한 말로

"이것은 워털루의 공로 값이다"

태날추는 비로소 까닭을 알았다.

"아아, 워털루에서 사관을 살려 낸, 아아, 영감은 홍……"

홍만서는 호령을 하여서 그 말을 무질러 버리었다.

"무슨 여러 말이니. 내일 안으로 곧 배를 타거라"

홍만서는 문을 열고 나가 버리매 태날추 역시 돌아가 버리었다. 이 뒤에 태날추는 미국에서 홍만서에게 편지를 부쳐서 자기가 워털루에서 홍 정령에게 하던 일을 자백 모양으로 기록하여 보내었다. 그자는 실상 홍 정령을 살려 내고자 한 것도 아닌데 살려 낸 체하고 적지 아니한 돈을 먹은 것은 자기 수단이라 하여서 한 자랑거리를 삼은 것이다. 홍만서는 자기 부친이 그자에게 속은 것을 도리어 다행히 여기었다. 자기 부친이 태날추 같은 악한에게 은혜 입은 것은 도리어 부끄럽게 생각하던 터에 은혜를 입은 것이 아닌 줄을 알고 본즉 무거운 짐 벗은 것같이 시원하게 생각하였다. 그리고 그 뒤로는 태날추의 소식을 다시 듣지 못하였다.

그는 각설하고, 홍만서는 태날추를 꾸짖고 응접실을 나올 때에 벌써 장팔찬을 공경하는 생각이 조수 밀듯 하였다. 그는 곧 안방으로 들어가서 고설도를 보고

"자아, 급히 갈 데가 있으니 어서 옷을 갈아입으시오"

하고 자기는 곧 자기 방으로 가서 나갈 채비를 차리었다. 이윽고 고설도가 채비를 차리고 나온 때에는 벌써 문 앞에는 마차가 등대하고 있었다. 두 사람이 마차에 올라앉자 홍만서는 어자에게

"아르메 거리 칠 번지로 가는데 말을 급하게 몰아라"

하고 분부하였다. 고설도의 얼굴에는 일시에 웃음이 나타나며

"에그, 아버님을 뵈오러 가셔요. 이런 좋을 데가 어디 있어. 인제 말씀이지요, 저거번부터 아버님께서 아니 오시기에 하인을 몇 차례 보내어 보았으나 늘 시골 출입을 하셨다고 하여서 오늘쯤은 내가 좀 가 뵈올까 하던 차이여요"

151. 이 세상의 하직 (5)

홍만서는 가슴에 가득한 반가운 소식을 고설도에게 아니 말할 수 없었다.

"내가 보루 안에서 보낸 편지를 부인은 못 보았다고 하였지"

"언제인가도 한번 그러한 말씀을 물어보십더이다마는 나는 그러한 편지를 받은 생각이 아니 나요"

"그 까닭을 오늘이야 알았소. 그 편지는 장인께서 받으셨습디다그려, 설도"

하고 감격한 목소리로 설도를 부르더니

"세상에 장인같이 갸륵한 어른이 또 어디 있겠소. 그 편지를 본 까닭으로 곧 나를 살려 낼 생각이 나서 위험을 무릅쓰고 보루에 오셨구려. 지금 생각을 하니까 보루에 들어오셨을 때에도 다른 사람의 못 할 일을 많이 하시더니 내가 총을 맞고 넘어지자 곧 끌어안고 위지삼잡으로 둘러싼 관병의 틈을 타서 개천 구멍으로 가라앉아 가지고 그 캄캄한 굴속을 십여 리나 걸어 나오고 한없이 깊다는 수렁 구멍까지 건너서 필경 나를 살려 내셨구려"

하고 여러 가지로 자기가 아는 장팔찬의 공덕을 이야기하여서

"만일 이 세상에 성인이 있다고 하면 장인밖에 될 이가 없다"

고까지 칭찬을 하였다.

이러한 동안에 장팔찬은 어떻게 지내어 가는가. 지금까지 살아 있기나 한가. 홍만서나 고설도는 그러한 영문도 모르고 있다. 밥 잘 먹고 잠 잘 자고 있는 줄로만 안다. 그러한 중에 마차는 아르메 거리에 도착하였다.

홍만서는 급한 마음에 하인을 부르고 어찌하고 할 것 없이 그대로 이 층으로 뛰어 올라갔다. 방문을 똑똑 두드린즉 안에서

“들어오시오”

하고 대답이 들리는 고로 곧 문을 열고 내외가 한데 걷묻어 들어갔다.

만일 한 시간만 아니, 삼십 분만 늦었더라면 홍만서의 내외는 그 은인의 임종도 못 하였을 것인데 마침 이때에 그 내외가 찾아오게 된 일을 생각하면 정말 하늘이 시키신 일이라고 하겠다. 장팔찬은 이때에 자기 앞에다가 고설도의 어렸을 때 옷을 내놓고 한편에는 미리엘 승정의 촉대에다가 불을 밝혀 놓고 처량하게 홀로 앉아 있었다. 문이 열리는 동시에

“아버지”

하고 반가이 들리는 설도의 목소리가 그의 귀에 어떻게 들리었을까.

“오오, 설도, 설도, 참 잘 왔다”

하고 또 홍만서의 얼굴을 바라보더니

“인제 설도라고 함부로 부를 수 없는 터이지마는 용서하시오, 홍만서 씨”

하고 사과를 하였다. 홍만서는 이 말을 듣고 가슴이 막히어서 말을 못 하다가 겨우 입 안의 말로

“용서하십시오. 제가 모두 잘못하였습니다”

장팔찬의 귀에는 이 말이 들어가지 않고 다만 고설도를 이 방에서 다시 보는 일만 반가워서 죽어 가는 얼굴에 웃음을 띠었다. 다만 고설도가 무릎에 기대고 어깨에 매달리는 것을 기뻐하였다. 이 모양을 보고 있던 홍만서는 이러한 갸륵한 어른을 어떤 한때라도 모르고라도 악인으로 생각을 하였단 말이냐, 열 번 사죄를 하여도 시원치 않다고 생각하여서 그 앞에 가 엎드리며 다시 사과를 하였다.

“장인, 용서하십시오. 한량없으신 공덕과 은혜를 오늘이야 알았습니다. 저를 개천 속으로 업어 내어 살리어 주시던 일을 알았습니다. 그

러하시고도 어찌 제가 이야기할 때에 모르는 체하셨습니까. 도리어 잘
못되신 일만 이야기하여서 저의 미거한 생각에 작죄를 하게 하셨습니
까. 왜 한 말씀만, 내가 너를 살렸다고 말씀하시지 않습니까. 왜 내가
차보열이를 살려 주었노라고 말씀하시지 않습니까. 왜 내가 마대련 시
장이로라고 말씀하시지 않습니까. 인제는 다 알았습니다. 오늘은 사죄
도 할 겸 아주 뫼시러 왔습니다. 제 죄를 용서하실 터이면 마차를 타시
고 제 집으로 가 주십시오"

　　장팔찬의 얼굴에는 비로소 만족한 웃음이 나타났다. 그는 가는 목
소리로 말하였다.

　　"그 마음은 고맙소. 곧이라도 가고는 싶소마는 인제는 할 수 없소.
나는 인제 곧 죽겠소. 이렇게들 와 주어서 반가운 마음에 좀 정신을 차
리었으나 그렇지 아니하였으면 벌써 죽었겠소. 지금 곧 운명이 되겠소"

　　정말 금방 숨이 넘어가는 것 같다. 설도와 홍만서는 일시에 황망 실
색하였다.

152. 이 세상의 하직 (6)

　　과연 장팔찬은 금시로 운명이 된다. 아무리 고선도외 홍민시가 슬
퍼한들 가는 길을 머물 수 있으랴.

　　그러나 그의 얼굴에는 웃음을 띠었다. 그는 이 세상에 남은 한이 없
는 것이다. 길러 낸 딸은 시집을 갔고 자기 몸의 내력과 애쓰던 공로도
홍만서가 알게 되었으니 이 위에는 마음에 걸릴 것이 없다.

　　이러한 때에 의사가 왔다. 홍만서는 신명께 축원을 하면서 무사하
기를 바랐으나 의사는 진단을 마친 뒤에 홍만서의 귀에다 입을 대고

"인제 할 수 없소"

불이 꺼지려고 할 때에 반짝하는 모양으로 사람이 죽으려고 할 때에는 잠시 동안 정신이 나는 것이라. 장팔찬은 그때가 돌아온 모양이다. 지금까지 침상에 의지하여 정신을 못 차리던 사람이 별안간에 벌떡 일어서며 고설도의 어깨에 의지하여 어디를 걸어가고자 하였다. 고설도는 눈물을 흘리면서 장팔찬의 지팡이가 되어서 그리 가고자 하는 곳으로 인도한즉 장팔찬은 방 한편 구석으로 가서 선반 위에 얹혀 있는 십자가를 내리어 가지고

"아아, 여기 도를 위하여 죽은 이가 있다. 애매한 죄로 말없이 돌아가신 이가 있다"

고 말하였다. 참, 장함이여. 장팔찬이야말로 도를 위하여 죽는 사람이다. 자기가 먼저 자기 이상으로 도를 지키다가 애매히 죽은 이가 있는가 하면 그것이 더할 수 없는 위로일다. 그러고 나서 그는 자리로 갔다. 인제 그의 하는 일은 낱낱이 거룩하다. 인간의 하는 일은 아닌 것같이 보인다.

그는 홍만서를 보고

"홍만서 씨, 설도의 재산은 분명한 설도의 물건이오. 부정한 돈이 아니오"

그가 마음에 걸리는 일은 이것밖에 없다. 홍만서는 고개를 숙이고

"저도 알았습니다. 용서하옵시오. 용서하옵시오"

이밖에는 말이 나오지 아니하였다.

이때에 문지기 노파는 의사를 따라서 올라왔었다가 의사의 하는 말을 귀넘어듣고 나가려고 하다가 뒤를 돌아보면서

"목사를 청할까요"

하고 물었다. 사람이 운명할 때에 위로하여 주는 것은 목사의 직책이다. 장팔찬은 이 말을 듣고서

"그럴 것 없네. 여기 승정께서 계시니까"

하고 대답하였다.

아아, 승정이 어디 있는가. 다른 사람의 눈에는 아니 보이나 장팔찬의 눈에는 보일 것이다. 저 미리엘 승정이 장팔찬을 맞으러 온 것이다. 장팔찬은 정말 승정에게 손을 잡힌 것처럼 안심하고 있었다. 그는 조용히 고설도와 홍만서를 불러서

"소자들이여"

하고 말하였다. 인제 그 두 사람은 분명한 딸이요 사위일다. 그는 지금 딸과 사위에게 유언을 한다. 그러나 그 목소리는 장팔찬의 입에서 나오는 것 같지 않고 멀리 격한 높은 곳에서 내려오는 것같이 들리었다. 벌써 장팔찬과 인간 사이에는 범치 못할 경계가 있다. 이것이 성인과 범인의 경계일다. 장팔찬은 말하였다.

"설도야, 이 촉대 한 쌍을 기념으로 준다. 이것은 옛날에 남에게서 얻은 것인데 은으로 만든 것이나 나에게는 황금보다 중하고 금강석 물린 것보다도 중한 물건이다. 이것을 주시던 어른은 지금 하늘 위에 계셔서 나의 행동을 만족하게 여기시는지 아니 여기시는지. 나는 그래도 사람 노릇을 하노라고 내 힘껏은 애를 썼다"

과연 그는 자기 일신의 힘을 다하였을 뿐 아니라 사람의 힘으로 할 만한 일은 다 하여 왔다. 그 누가 이보다 낫기를 바라리오. 장팔찬은 말을 이어서

"소자들이여, 이내 몸이 가난한 사람이라 하는 것을 잊어버리어서는 아니 된다. 빈민과 같이 장사 지내어라. 빈민들 가는 삼등 묘지 한편에다가. 그리고 석비 같은 것도 세우지 말고 다만 표적으로 돌멩이나 하나만 놓아두었다가 지나가는 길에라도 들여다보아 주면 내 소원은 만족하다. 설도야, 설도야, 너의 모친은 황애련이라 하였으며 지금 너의 팔자가 좋으니만큼 너의 모친은 고생을 하셨더니라. 네가 지금 호

강하는 것도 너의 모친이 고생을 하신 값이다. 하나님의 하시는 일은 공평한 것이라 고생의 끝에는 낙이 돌아오나니 너는 너의 모친을 생각할 때마다 공경하는 마음을 가져야 한다. 그렇지 아니하면 불효가 되리라. 자, 소자들아, 가까이 오너라"

두 사람은 아까부터 고개를 들지 못하고 눈물을 흘리며 울고 있다가 그대로 장팔찬의 앞으로 다가들었다. 장팔찬은 두 사람의 머리에다가 한 손씩을 얹고서 어루만지는 중에 이 세상을 떠났다. 살아서는 웃음이 없던 사람이지마는 죽어서는 얼굴에 광채가 났다. 이와 같이 하여서 장팔찬은 이 세상을 떠났다.

* * *

그는 유언과 같이 삼등 묘지의 한편 구석에 검소하게 묻히었다. 다만 한 덩이 돌멩이는 춘풍추우에 쓸쓸하게 씻기는구나.

낱말 풀이

ㄱ

가량(假量)없다: 사람이 자기 능력이나 처지 따위에 대한 어림짐작이 없다. 어림짐작도 할 수 없을 만큼 정도가 심하다.

가려(可慮): 걱정이 되어 마음이 편하지 못함.

가로들다: 물체를 가로로 비스듬히 들다.

가로맡다: 남의 할 일을 가로채서 맡거나 대신해서 맡다. 남의 일에 참견하다.

가로쇠: 무엇을 막거나 움직이지 못하게 하기 위하여 가로로 댄 쇠.《애사》에서는 바퀴의 축이 꿰인 바퀴통에 물려 있는 막대기 즉 '심봉(心棒)'을 가리키는 말로도 쓰였다.

가로차다: 가로채다.

가미(加味): 본래의 것에 다른 요소를 보태어 넣음.

가사(袈裟): 중이 장삼(長衫) 위에, 왼쪽 어깨에서 오른쪽 겨드랑이 밑으로 걸쳐 입는 법의(法衣).

가석(可惜): 몹시 아까움.

가용(家用): 집안 살림에 드는 비용. 집에서 필요하여 쓰는 물건

가위(可謂): 한마디의 말로 이르자면. 그런 뜻에서 참으로.

가지(可知): 알 만함. 알 수 있음.

가칭(假稱): 어떤 이름을 임시나 거짓으로 정하여 부름. 또는 그 이름.

각골난망(刻骨難忘): 남에게 입은 은혜가 뼈에 새길 만큼 커서 잊히지 아니함.

각설(却說): 이제까지 다루던 내용을 그만두고 화제를 다른 쪽으로 돌림. 화제를 돌려 다른 이야기를 꺼낼 때 앞서 이야기하던 내용을 그만둔다는 뜻으로 다음 이야기의 첫머리에 쓰는 말. 차설(且說). 화설(話說).

각시: 조그맣게 색시 모양으로 만든 여자 인형.

간구(艱苟): 가난하고 구차함.

간담(肝膽): 간과 쓸개. 속마음을 빗대어 이르는 말.

감로(甘露): 천하가 태평할 때에 하늘에서 내린다고 하는 단 이슬. 생물에게 이로운 이슬. 도리천(忉利天)에 있다는 달콤하고 신령스러운 액체. 한 방울만 먹어도 온갖 번뇌와 고통이 사라지며 죽지 않고 오래 살 수 있다고 한다.

감수(減壽): 수명이 줆.

감옥서(監獄署): 1894년 갑오개혁 때 고려 · 조선 시대의 '전옥서(典獄署)'를 개칭하여 경무청(警務廳) 아래에 편성한 관청. 1907년 내부(內部)에서 법부(法部)로 이관되면서 '감옥'으로 개칭되었다.

감찰(鑑札): 관청이나 동업 조합(同業組合) 따위의 공적(公的)인 기관에서 일정한 영업이나 행위를 허가한 표시로 내어 주는 증표(證票).

강림(降臨): 신이 하늘에서 인간 세상으로 내려옴. 낙강(落降). 내리(來莅). 하림(下臨).

강시(**僵屍, 殭屍**): 얼어 죽은 송장. 동시(凍屍).

강작(强作): 억지로 기운을 냄. 억지로 지어냄.

갖은소리: 쓸데없는 여러 가지 말. 아무것도 없으면서 온갖 것을 다 갖추고 있는 체하는 말.

개정(開廷): 법정을 열어 재판을 시작하는 일.

객설(客說): 객쩍게 말함. 또는 그런 말. 객담(客談). 객론(客論). 객소리.

거거익심(去去益甚): 갈수록 더욱 심함.

거동(擧動): 임금의 나들이. 거가(車駕). '거둥'의 본딧말.

거미 새끼 헤어지듯: 알에서 막 나온 거미 새끼들이 흩어지는 모양으로 많은 사람이나 물건이 일시에 흩어짐을 빗대어 이르는 말. 거미 새끼 풍기듯. 거미 새끼 흩어지듯.

거미줄(을) 치다: 피의자나 죄인을 잡기 위하여 여러 방면에 수사망을 널리 펴 놓다. 거미줄(을) 늘이다.

거사(擧事): 큰일을 일으킴. 사거(事擧).

거조(擧措): 말이나 행동 따위를 하는 태도. 어떤 일을 꾸미거나 처리하기 위한 조치. 큰일을 저지름.

거주성명(居住姓名): 주소와 성명.

거취(去就): 사람이 어디로 가거나 다니거나 하는 움직임. 어떤 사건이나 문제에 대하여 밝히는 태도.

거치다: 무엇에 걸리거나 막히다. 마음에 거리끼거나 꺼리다.

거칫하다: 살갗 따위에 자꾸 닿아 걸리다. 순조롭지 못하게 자꾸 방해가 되다. 거 칫거리다. 거칫대다.

건몸: 공연히 혼자서만 애쓰며 안달하는 일.

건몸(을) 달다: 공연히 혼자서만 애쓰며 안달하다.

건지: '건더기'의 변한말.

걷묻다: 시간적으로나 공간적으로 사이 없이 무엇에 덧붙다.

걷어들다: 거두어서 손에 들다.

걷어안다: 거두어서 품에 안다. 소중히 품어 주거나 거느리다.

걷다: 불, 볕, 바람 따위에 거칠어지고 빛이 짙어지다.

걸어앉다: 높은 곳에 궁둥이를 대고 두 다리를 늘어뜨려 앉다.

걸어잡다: 그물이나 줄 따위에 걸리게 하여 잡다.

걸음(을) 죄다: 목적지에 빨리 가려고 길을 빨리 걷다. 길(을) 죄다.

검불: 가느다란 마른 나뭇가지나 마른 풀, 낙엽 따위.

검시(檢屍): 사람의 사망이 범죄로 인한 것인가를 판단하기 위하여 수사 기관이 변사체를 조사하는 일.

검열(檢閱): 어떤 행위나 사업 따위를 살펴 조사하는 일. 군대에서 군기(軍紀), 교 육, 작전 준비, 장비 따위의 군사 상태를 살펴보는 일.

겨룸: 서로 버티어 힘이나 승부를 다투는 일.

격(隔)하다: 시간적으로나 공간적으로 사이를 두다.

견대(肩帶)팔: 어깻죽지와 팔꿈치 사이의 부분.

견장(肩章): 군인이나 경찰관 제복의 어깨에 붙여 직위나 계급을 밝히는 표장(標 章).

결딴: 어떤 일이나 물건 따위가 아주 망가져서 도무지 손을 쓸 수 없게 된 상태. 살림이 망하여 거덜 난 상태.

결딴나다: 어떤 일이나 물건 따위가 아주 망가져서 도무지 손을 쓸 수 없는 상태 가 되다. 살림이 망하여 거덜 나다.

경(黥)치다: 혹독하게 벌을 받다. 아주 심한 상태를 못마땅하게 여겨 이르는 말.

경각(頃刻): 눈 깜빡할 사이. 아주 짧은 시간. 경각간(頃刻間).

경국(傾國): 나라의 힘을 다 기울임. 나라를 위태롭게 함. 임금이 혹하여 나라가 기울어져도 모를 정도의 미인, 즉 뛰어나게 아름다운 미인. 경국지색(傾國之 色). 경성(傾城). 경성지색(傾城之色).

경륜(經綸): 일정한 포부를 가지고 일을 조직적으로 계획함. 또는 그 계획이나 포부.

경상(景狀): 좋지 못한 몰골. 경광(景光). 경치(景致). 효상(爻象).

경시(警視): 대한 제국 때 경시청(警視廳)과 각 도(道)의 관찰부(觀察府)에 속한 경찰 고등관(高等官). 또는 오늘날의 총경(總警)에 해당하는 식민지 시대 경찰관의 계급.

경첩(輕捷): 움직임이 가뿐하고 날쌤. 차림새가 단출하고 홀가분함.

곁쇠: 원래 열쇠가 아니면서 자물쇠를 여는 데 대신 쓰는 열쇠.

계(契): 주로 경제적인 도움을 주고받거나 친목을 도모하기 위하여 만든 전래의 협동 조직.

계원(契員): 계(契)에 든 사람.

계제(階梯): 사닥다리, 즉 일이 되어 가는 순서나 절차. 어떤 일을 할 수 있게 된 형편이나 기회.

고래: 무렵. 바로 그때.

고비판: 가장 중요한 단계나 대목 가운데에서도 가장 아슬아슬한 때나 형세.

고상고상: 잠이 오지 않아 누운 채로 뒤척거리며 애를 쓰는 모양. 생각이 번갈아 나거나 풀리지 않아 애를 쓰는 모양.

고용병(雇傭兵): 지원한 사람에게 봉급을 주어 병력에 복무하도록 고용한 병사. 고병(雇兵). 용병(傭兵).

고정(孤貞): 마음이 외곬으로 곧음. 마음과 품성이 바름.

골똘하다: 한 가지 일에 온 정신을 쏟아 딴생각이 없다.

골몰(汨沒): 다른 생각을 할 여유도 없이 한 가지 일에만 파묻힘. 몰두(沒頭).

곱: 부스럼이나 헌데에 끼는 고름 모양의 물질.

공것: 힘이나 돈을 들이지 않고 얻은 물건. 공득지물(空得之物). 공물(空物). 공짜.

공교(工巧): 솜씨나 꾀 따위가 재치가 있고 교묘함. 생각지 않았거나 뜻하지 않았던 사실이나 사건과 우연히 마주치는 것이 매우 기이함.

공권(公權): 공법(公法)의 규정에 따라 국가와 법인체나 개인 사이에서 인정되는 권리.

공변되다: 행동이나 일 처리가 사사롭거나 한쪽으로 치우치지 않고 공평하다.

공전(工錢): 물건을 만들거나 어떤 일을 하는 데 드는 품삯. 공가(工價). 공은(工銀).

공중누각(空中樓閣): 공중에 떠 있는 누각, 즉 아무런 근거나 토대가 없는 사물이나 생각을 빗대어 이르는 말. 신기루(蜃氣樓).

공증인(公證人): 당사자나 관계자의 부탁을 받아 민사(民事)에 관한 공정 증서(公

正證書)를 작성하며, 사인(私人)이 서명한 사서 증서(私署證書)에 인증(認
	證)을 주는 권한을 가진 사람.
공판(公判): 기소된 형사 사건을 법원이 심리하는 일. 또는 그런 절차. 검사, 피고
	인, 변호인 들이 입회하여 증거를 제출하면 법원이 유죄와 무죄를 판단하는
	형사 소송의 중심 절차다.
공판정(公判廷): 공판(公判)을 행하는 법정. 공정(公廷).
공황(恐慌): 생산이나 공급의 과잉 또는 부족 따위로 인하여 생산과 소비의 균형
	이 깨지고 산업 침체와 금융 혼란이 지속되며 파산이 속출하여 인심이 안정
	되지 못하는 경제 혼란 현상.
과객(過客): 지나가는 나그네.
과단성(果斷性): 일을 딱 잘라서 결정하는 성질.
과즉(過則): ‘기껏해야’를 예스럽게 이르는 말.
관골(顴骨): 뺨과 관자놀이 사이에 내민 뼈. 광대뼈. 뺨뼈. 협골(頰骨).
관내(管內): 어떤 기관이 관할하는 구역의 안.
관등(官等): 관리나 벼슬의 등급. 관계(官階). 관위(官位). 관차(官次). 관품(官品).
관병(官兵): 국가에 소속되어 있는 정규 군대. 관군(官軍).
관자놀이: 귀와 눈 사이의 맥박이 뛰는 곳. 그곳에서 맥박이 뛸 때 관자(貫子)가
	움직인다는 데서 나온 이름이다.
광(光): 빛. 광경(光景).
광중(壙中): 시체가 놓이는 무덤의 구덩이 부분. 광내(壙內). 광혈(壙穴). 묘혈(墓
	穴). 장혈(葬穴). 지실(地室). 지중(地中).
괘종(掛鐘): 시간마다 종이 울리는, 벽에 걸어 두는 시계. 괘종시계(掛鐘時計). 벽
	시계(壁時計).
괴걸(魁傑): 생김새나 재수가 뛰어난 사람. 으뜸가는 호걸(豪傑).
괴벽(怪癖): 괴이한 버릇.
괴악(怪惡): 말이나 행동이 이상야릇하고 흉악함.
괴(怪)하다: 이상야릇하다.
교회사(敎誨師): 잘 가르치고 타일러서 지난날의 잘못을 깨우치게 하는 스승.《애
	사》에서는 그러한 교도(矯導) 일을 맡아보는 성직자를 가리킨다.
구들: 고래를 켜고 구들장을 덮어 흙을 발라서 방바닥을 만들고 불을 때어 난방을
	하는 구조물.
구라파(歐羅巴): ‘유럽(Europe)’을 음역(音譯)한 이름.

구락부(俱樂部): '클럽(club)'의 일본식 음역어(音譯語).

구료소(救療所): 병을 치료할 능력이 없는 가난한 병자(病者)를 구원하여 치료해 주는 곳. 재해나 재난 따위로 어려움에 처한 사람을 돕는 일을 맡아보는 곳. 구호소(救護所).

구루마(車, くるま): 수레. 달구지.

구류(拘留): 죄인을 1일 이상 30일 미만의 기간 동안 교도소나 경찰서 유치장에 가두어 자유를 속박하는 형벌. 구류형(拘留刑).

구류(句留): 피고인 또는 피의자를 구치소나 교도소 따위에 가두어 신체의 자유를 구속하는 강제 처분. 형이 확정되지 않은 사람에 대하여 집행하며, 형이 확정되면 구금 일수를 계산하여 형을 집행한 것과 동일하게 취급한다. 구금(拘禁).

구쓰(靴, くつ): 가죽으로 만든 서양식 신을 가리키는 일본 말. 구두.

구완: 아픈 사람이나 해산한 사람을 잘 돌보아 줌.

구처(區處): 사물을 따로따로 구분하여 처리함. 변통하여 처리함.

구치감(拘置監): 식민지 시대에 미결수(未決囚)를 가두어 두던 감옥.

구휼(救恤): 사회적 또는 국가적 차원에서 재난을 당한 사람이나 빈민에게 금품을 주어 구제함. 증휼(拯恤). 휼구(恤救).

국적(國賊): 나라를 어지럽히는 역적. 나라에 해를 끼치는 자.

국축(跼縮): 황송하여 몸을 굽힘. 국척(跼蹐). 국천척지(跼天蹐地).

국태민안(國泰民安): 나라가 태평하고 백성이 편안함.

군도(軍刀): 군인이 허리에 차는 칼.

군색(窘塞): 필요한 것이 없거나 모자라서 딱하고 옹색함. 자연스럽거나 떳떳하지 못하고 거북함.

군조(軍曹, ぐんそう): 오늘날의 '중사(中士)'에 해당하는, 구(舊) 일본 육군의 부사관 계급.

군호(軍號): 서로 눈짓이나 말 따위로 몰래 연락하는 신호.

굴혈(窟穴): 바위나 땅 따위에 깊숙하게 팬 굴. 나쁜 짓을 하는 도둑이나 악한 따위의 무리가 활동의 본거지로 삼고 있는 곳. 굴(窟). 소굴(巢窟). 소혈(巢穴). 와굴(窩窟).

굽적거리다: 잇따라 머리를 숙이거나 몸을 굽히다. 굽적대다.

굽적굽적: 잇따라 머리를 숙이거나 몸을 굽히는 모양.

권업 박람회(勸業博覽會): 산업의 장려를 목적으로 베푸는 박람회.

궐(闕): 마땅히 해야 할 일을 빠뜨림. 참여해야 할 모임 따위에 빠짐. 여러 자리 가운데 일부 자리가 비거나 차례가 빠짐.

궐자(厥者): 그 사람. 그자. 궐(厥).

귀넘어듣다: 주의하지 아니하고 흘리며 듣다.

귀약: 화승총(火繩銃) 옆에 재는 화약.

귀어허지(歸於虛地): 버려둔 빈 땅에 돌아감, 즉 수고롭기만 하고 헛노릇이 됨.

그들먹하다: 일정한 범위 안에 거의 그득하다.

그러넣다: 사방에 흩어져 있는 것을 그러모아 안으로 집어넣다.

그러덮다: 한데 모아서 덮다.

그러모으다: 흩어져 있는 사람이나 사물 따위를 거두어 한곳에 모으다. 이러저러한 수단과 방법으로 재물을 모아들이다.

그러붓다: 흩어져 있는 것을 거두어 한곳에 모아 붓다.

그러안다: 두 팔로 싸잡아 껴안다.

그물그물: 불빛 따위가 밝게 비치지 않고 자꾸 침침해지는 모양. 연기나 김 따위가 천천히 자꾸 움직이는 모양. 날씨가 활짝 개지 않고 자꾸 흐려지는 모양.

근왕당(勤王黨): 임금이나 왕실을 위하여 충성을 다하는 당파나 정당.

금고(禁錮): 노역(勞役) 없이 교도소에 가두어 두는 형벌.

금법(禁法): 어떤 행위를 하지 못하게 하는 법령. 금령(禁令).

금새: 물건의 값이나 물건 값의 비싸고 싼 정도. 시세나 흥정에 따라 결정되는 물건의 값. 금.

금새(를) 치다: 어떤 물건의 시세나 값이 얼마 정도라고 정하다.

금시(今時): 바로 지금.

금(을) 놓다: 물건을 사고팔 때에 값을 부르다. 어떤 대상의 수준이나 정도를 평가하여 규정하다.

금치 훈장(金鵄勳章): 훈일등욱일동화대수장(勳一等旭日桐花大綬章). 군인에게 주어지는, 구(舊) 일본의 무공 훈장 가운데 하나다.

금침(衾枕): 이부자리와 베개. 침구(寢具).

금패(金牌): 금으로 만든 상패.

급기(及其): 마침내.

급자기: 미처 생각할 겨를도 없이 매우 급히.

기롱(欺弄): 남을 속이거나 비웃으며 놀림.

기본금(基本金): 어떤 목적이나 사업, 행사 따위에 쓸 기본적인 자금. 또는 기초가 되는 자금. 기금(基金).

기엄기엄: 가만히 자꾸 기어가는 모양.

기이다: 어떤 일을 숨기고 바른대로 말하지 않다.

기지(基地): 자리를 잡은 곳. 터전.

기착(氣着): '차렷'에 해당하는 구령(口令). 기척.

기필(期必): 꼭 이루어지기를 기약함.

길나장이: 군아(郡衙)에 속한 사령(使令)으로서 수령이 외출할 때에 길을 인도하
는 나장(羅將). 갓을 쓰고 짙은 옥색 철릭을 입되 두 앞자락을 뒤로 걸쳐 매
고 거기에 큰 방울을 하나나 두셋을 달고 다녔다. 쓸데없이 길거리를 돌아
다니는 사람을 놀림조로 이르는 말로도 쓰인다. 길을 인도해 주는 사람이나
사물을 가리키는 '길라잡이'의 어원이며,《애사》에서는 이 뜻으로 쓰였다.

까바치다: 비밀 따위를 속속들이 들추어내어 일러바치다.

깔딱하다: 눈까풀이 힘없이 열려져 있고 눈알이 푹 들어가 있다. 조금 얼이 빠져
있다.

꺼두르다: 움켜쥐고 함부로 휘두르다.

께름칙하다: 매우 꺼림하다. 꺼림칙하다.

꽃단: 유행성 열병을 일컫는 이름 가운데 하나.《애사》에서는 '속립열(粟粒熱)'
을 옮긴 말로 쓰였다.

꼭뒤: 뒤통수의 한가운데.

꽃봉: 꽃봉오리.

끄덩이: 머리털이나 실 따위의 뭉친 끝. 일의 실마리.

낄낄 소리: 숨이 차서 목구멍이 벅찼다가 터져 나오는 소리. 깩소리. 끽소리.

ㄴ

나쎄: '그만한 나이'를 속되게 이르는 말.

나파륜(拿破崙): '나폴레옹(Napoléon: 1769~1821)'을 음역(音譯)한 이름. → 나
폴레옹.

나폴레옹(Napoléon): 나폴레옹 보나파르트(Napoléon Bonaparte: 1769~1821).
나폴레옹 일세. 1804년 프랑스 황제의 자리에 올라 제일 제정을 수립하고
유럽 대륙을 정복하였으나 에스파냐(España)의 트라팔가르(Trafalgar) 해

512

전에서 넬슨(Horatio Nelson) 제독이 이끄는 영국 해군에 패하고 러시아 원
정에도 실패하여 퇴위하였다. 1815년 3월 유배지 엘바(Elba) 섬을 탈출하
여 이른바 '백일천하(Les cent jours)'를 실현하였으나 다시 세인트헬레나
(Saint Helena) 섬으로 유배되어 그곳에서 죽었다.

낙송자칭원(落訟者稱冤): 송사(訟事)에 진 사람이 원통함을 들어 말함, 즉 지거나
　　잘못한 사람이 억지 변명을 늘어놓는 것을 빗대어 이르는 말.

낙치(落齒): 늙어서 이가 빠짐.

난군(亂軍): 규율이 잡히지 아니한 군대. 난병(亂兵). 반란을 일으킨 군대. 반군(叛
　　軍). 반란군(叛亂軍).

난만(爛漫): 꽃이 활짝 많이 피어 화려함. 광채가 강하고 선명함. 주고받는 의견이
　　충분히 많음.

난봉: 허랑방탕한 짓. 그런 짓을 일삼는 사람. 난봉꾼.

날파람: 빠르게 날아가는 결에 일어나는 바람. 바람이 일 정도로 날쌔게 움직임을
　　빗대어 이르는 말.

남대문입납(南大門入納): 주소를 알 수 없는 편지 또는 주소나 이름을 모르고 집
　　을 찾는 일을 빗대어 이르는 말. 줄거리나 골자를 알 수 없는 말을 빗대어 이
　　르는 말. 삼가 편지를 드린다는 뜻으로 봉투에 쓰는 말을 '입납(入納)'이라
　　한다.

남복(男服): 여자가 남자의 옷을 입음.

낭하(廊下): 복도(複道).

낱돈: 돈머리를 이루지 못한 한 푼 한 푼의 돈. 낱푼.

내둘리다: 갑자기 정신이 아찔하여 어지러워지다.

내리조기다: 냅다 두들기거나 때리다. 냅다 쳐부수다. 심하게 비판하다. 일의 성
　　과가 느리나게 세차게 해치우다. 내려조기다.

내박치다: 힘껏 집어 내던지다.

내솟다: 땀이나 눈물, 힘줄 따위가 몸 밖으로 솟아 나오다. 느낌이나 기운이 힘차
　　게 생겨 나오다.

내쏘다: 총, 화살 따위를 안에서 밖으로 향하여 쏘거나 마구 쏘다. 불빛 따위를 앞
　　이나 밖을 향하여 내보내다.

내응(內應): 내부에서 몰래 적과 통하거나 적의 내부에서 몰래 아군과 통함.

내자(內子): 남 앞에서 자기의 아내를 이르는 말. 실인(室人).

노랑전: 예전에 쓰던 노란 빛깔의 엽전. 몹시 아끼는 많지 않은 돈을 낮잡아 이르

는 말. 노랑돈.

노래(老來): 늘그막.

노르망디(Normandie): 프랑스 북서부에 있는 지방. 동쪽으로 센(Seine) 강이 흐르고, 서쪽으로는 코탕탱(Cotentin) 반도가 영국 해협에 돌출해 있다.

노병환(老病患): 늙고 쇠약해지면서 생기는 병. 노병(老病). 노질(老疾).

노비(路費): 먼 길을 떠나 오가는 데 드는 비용. 노수(路需). 노자(路資).

노성(老成): 많은 경험을 쌓아 세상일에 익숙함.

노옹(老翁): 늙은 남자. 노수(老叟). 노야(老爺).

노자(路資): 먼 길을 떠나 오가는 데 드는 비용. 노비(路費). 노수(路需).

녹록(碌碌, 錄錄): 평범하고 보잘것없음. 만만하고 호락호락함.

논고(論告): 자기의 주장이나 믿는 바를 논술하여 알림. 형사 재판에서, 증거 조사를 마치고 검사가 피고의 범죄 사실과 그에 대한 법률 적용에 관한 의견을 진술하는 일.

논박(論駁): 어떤 주장이나 의견에 대하여 그 잘못된 점을 조리 있게 공격하여 말함. 박론(駁論). 박설(駁說). 반박(反駁).

뇌다: '놓이다'의 준말.

누누중총(纍纍衆塚): 다닥다닥 잇닿아 있는 많은 무덤들.

누지(陋地): 누추한 곳. 자기가 사는 곳을 겸손하게 이르는 말.

눈(을) 밝히다: 무엇을 찾으려고 신경을 집중하거나 힘을 넣다.

능준하다: 역량이나 수량 따위가 표준에 미치고도 남아서 넉넉하다.

ㄷ

다좇다: 일이나 말을 섣불리 하지 아니하도록 매우 단단히 주의를 주다. 일이나 말을 매우 바짝 재촉하다. '다좇치다'의 준말.

단(單)거리: 오직 그것 하나뿐인 물건이나 재료. 오직 한 벌의 옷. 단벌. 단건(單件).

닫치다: 열린 문짝, 뚜껑, 서랍 따위를 꼭꼭 또는 세게 닫다.

달막거리다: 말할 듯이 입술이 자꾸 가볍게 열렸다 닫혔다 하거나 그렇게 되게 하다. 가벼운 물체라든가 어깨, 엉덩이 따위가 자꾸 가볍게 들렸다 놓였다 하거나 그렇게 되게 하다. 마음이 자꾸 조금 설레거나 그렇게 되게 하다. 달막대다.

달포: 한 달이 조금 넘는 기간. 월여(月餘).

담략(膽略): 담력(膽力)과 꾀. 대담하고 꾀가 많음.

당년(當年): 일이 있는 바로 그해. 또는 올해.

당혼(當婚): 혼인할 나이가 됨.

대갈일성(大喝一聲): 크게 외쳐 꾸짖는 한마디의 소리. 대규일성(大叫一聲).

대대기(大隊旗): 대대(大隊)를 표시하는 기.

대도(大道): 큰길.

대뜰: 댓돌에서 집채 쪽으로 있는 좁고 긴 벽 밖의 뜰.

대명(代命): 횡액(橫厄)에 걸려 남의 죽음을 대신함.

대서(代書): 남을 대신하여 글씨나 글을 씀. 또는 그 글씨나 글. 대필(代筆). 대서를
    직업으로 삼는 사람. 대서사(代書士). 대서인(代書人). 남을 대신하여 관청
    행정이나 법률 행위에 필요한 서류를 작성함.

대서인(代書人): 남을 대신하여 공문서를 작성하는 사람. 대서(代書). 대서사(代書
    士).

대소제(大掃除): 대규모의 소제. 대청소(大淸掃).

대장 대신(大藏大臣): 재정, 통화, 금융에 관한 일을 관장하는 일본 행정 기관의 장
    관.

대전(代錢): 물건 대신으로 주는 돈. 물건의 값으로 치르는 돈. 대금(代金).

대하(臺下): 대(臺)의 아래.《애사》에서는 고위 인사에 대한 경칭 가운데 하나인
    '각하(閣下)'보다 높여 부르는 뜻으로 쓰인 호칭이다.

더뻑: 앞뒤를 헤아리지 않고 불쑥 행동하는 모양.

도로 아미타불(阿彌陀佛): 중이 평생을 두고 아미타불을 외우지만 아무 효과도 없
    음, 즉 고생만 하고 아무 소득이 없게 됨.

노박도막: 도막 하나하나나 여러 개의 도막. 여러 도막으로 끊어지거나 잘린 모양.

도임(到任): 지방의 관리가 근무지에 도착함. 부임(赴任). 상관(上官).

도적 등(燈): 가지고 다닐 수 있는 작은 전등. 전지를 넣으면 불이 들어오게 되어
    있다. 손등. 손전등. 손전지. 회중전등(懷中電燈). 플래시. 도둑 등(燈).

도회처(都會處): 사람이 많이 살고 상공업이 발달한 번잡한 지역. 도회(都會). 도
    회지(都會地).

독려(督勵): 감독하며 격려함. 검독(檢督). 책려(策勵).

독실(篤實): 믿음이 두텁고 성실함.

돈변(邊): 빌린 돈에 대한 이자. 돈변리(邊利).

돈절(頓絶): 소식이나 편지 등이 딱 끊어짐. 두절(杜絶).

돌라보다: '둘러보다' 의 작은말.

돌려내다: 한패에 넣지 않고 따돌리다. 남을 그럴듯한 말로 꾀어 있는 곳에서 빼 돌려 내다.

돌림성: 일을 주선하거나 변통하는 솜씨. 두름성. 주변성.

돌샘: 돌 틈에서 흘러나오는 샘.

돌차간(咄嗟間): 눈 깜짝할 사이. 돌차(咄嗟). 삽시간(霎時間). 순간(瞬間). 순식간(瞬息間). 찰나(刹那).

돌창: 지저분하고 더러운 도랑. 매우 좁고 작은 개울. '도랑창' 의 준말.

동념(動念): 마음이 굳지 못하여 흔들림.

동동걸음: 발을 가까이 자주 떼며 급히 걷는 걸음. 종종걸음.

동록(銅綠): 구리의 거죽에 슨 푸른 녹. 동청(銅靑). 녹(綠).

동록(이) 오르다: 동록(銅綠)이 생겨서 퍼렇게 되다.

동류(同類): 같은 종류나 부류. 같은 무리.

동심(動心): 자극을 받아 마음이 움직임.

동심합력(同心合力): 마음을 같이하여 힘을 합침. 동심동력(同心同力).

동아리: 같은 뜻을 가지고 모여서 한패를 이룬 무리. 당배(黨輩). 필우(匹偶, 匹耦).

되돌아들다: 떠나온 곳으로 되짚어서 다시 돌아들다.

되우: 아주 몹시. 되게. 된통.

두류(逗留, 逗遛): 객지에서 오랫동안 머물러 묵음. 체류(滯留).

두리다: '두려워하다' 의 옛말.

두방망이질: 두 손에 방망이를 하나씩 들고 서로 바꾸어 가며 하는 방망이질. 두 주먹을 쥐고 번갈아 가며 때리거나 두드리는 일. 가슴이 매우 크게 두근거림을 빗대어 이르는 말.

둑성이: 둑.

뒤다: 뒤지다.

뒤를 거두다: 뒷일을 수습하다. 《애사》에서는 '뒤를 캐다', 즉 드러나지 않은 속이나 행동을 알아내려고 은밀히 뒷조사를 한다는 뜻으로 쓰였다.

뒤를 사리다: 뒷일이 잘못될까 보아 미리 발뺌을 하거나 조심하다.

뒤를 싸다: 보호하거나 두둔하여 주다.

뒤어쓰다: 이불이나 옷 따위를 위에서 아래까지 덮어쓰다. 모자 따위를 되는대로 머리에 얹거나 쓰다. 물이나 먼지 따위를 온몸에 흠뻑 받다. 책임이나 허물

따위를 억지로 넘겨 맡다. 둘러쓰다. 뒤쓰다. 뒤집어쓰다. 들쓰다.

드난살이: 남의 집에서 드난으로 지내는 생활. 임시로 남의 집 행랑에 붙어살며 그 집의 일을 도와주며 지내는 일.

드니(Denis) → 생드니(Saint-Denis).

들거니 놓거니: 무슨 일을 하는 데에 서로 죽이 잘 맞는 모양.

들이뜨리다: 안쪽으로 아무렇게나 막 집어넣다.

등대(等待): 미리 준비하고 기다림. 대령(待令).

등대: 등(燈)을 달아매는 긴 대.

등더리: '등' 의 사투리.

등속(等屬): 앞에 나열한 사물과 같은 종류의 것들을 몰아서 이르는 말.

디뉴(Digne): 프랑스 남동부의 알프드오트프로방스(Alpes-de-Haute-Provence) 주의 주도(州都). 나폴레옹이 유배지였던 엘바(Elba) 섬에서 탈출하여 리비에라(Riviera)의 칸(Cannes)에 상륙, 그르노블(Grenoble)에 입성할 때 경유했던 도시 가운데 하나다. 디뉴를 거쳐 알프스 산맥을 넘어가는 이 험로를 '나폴레옹 루트(Route Napoléon)' 라 일컫는다.

따다: 찾아온 사람을 핑계를 대고 만나지 않다. 싫거나 미운 사람을 돌려내어 일에 관계되지 않게 하다. 뒤따르는 것을 딴 데로 떼어 버리다. 따돌리다.

땅거미: 해가 진 뒤 어스레한 동안. 박야(薄夜). 석음(夕陰). 훈일(曛日).

땅뜀: 무거운 물건을 들어 땅에서 뜨게 하는 일.

때물: 툭 트이거나 미끈하게 잘생기지 못한 때깔.

떠들다: 가리거나 덮인 물건의 한 부분을 걷어 젖히거나 쳐들다. 물건을 떠서 들다.

뚝뚝하다: 바탕이 거세고 단단하다. 말이나 행동, 표정 따위가 부드럽고 상냥스러운 면이 없어 정답지가 않다. 무뚝뚝하다.

뚱하나: 말수가 적고 묵직하며 붙임성이 없다. 못마땅하여 시무룩하다.

ㄹ

라파예트(Marie-Joseph-Paul-Yves-Roch-Gilbert du Motier, marquis de Lafayette: 1757~1834): 프랑스의 진보적 귀족으로 군인이자 정치가. 미국 독립 전쟁에 참전하여 영국에 대항해서 식민지 아메리카 편에서 싸웠으며, 귀국 후에는 '전국 삼부회(全國三部會)' 소집을 주창하고 국민 공회(Convention

nationale)에 참여하여 '인권 선언안'을 제출하는 등 프랑스의 혁명적 부
르주아들과 손을 잡음으로써 프랑스 혁명 초기에 파리 국민국 사령관으
로서 큰 영향력을 발휘했다. 그러나 입헌 군주제를 주장하여 공화파와 대
립하였으며, 1830년 7월 혁명에서 시민군 지도자가 되고 뒤에 국민군 사
령관으로 활약하면서 입헌 왕정 성립에 진력했다.
루이 십팔세(Louis ⅩⅧ: 1755~1824): 나폴레옹 일세(Napoléon: 1769~1821)가
　　실각하여 엘바(Elba) 섬으로 유배된 1814년에 즉위한 프랑스 부르봉
　　(Bourbon) 왕조의 왕. 1815년 3월 나폴레옹이 파리에 진군하자 벨기에
　　(België)로 탈출했다가 나폴레옹이 워털루(Waterloo) 전투에서 참패하고
　　'백일천하(Les cent jours)'가 종식되면서 복위했다. 새 헌법을 제정하고 입
　　헌 정치를 시행하였으나 과격 왕당파가 정권을 장악하면서 반동적인 정치
　　체제로 복귀하였다.

□

마구(馬廄): 마구간(馬廄間).
마늘모: 마늘쪽처럼 세모진 모양.
마루방: 구들을 놓지 아니하고 마루처럼 널을 깔아서 꾸민 방. 청방(廳房).
마루청(廳): 마룻바닥에 깔아 놓은 널조각. 마루판. 마룻널. 마룻장.
마룻장: 마룻바닥에 깔아 놓은 널조각. 마루청(廳). 마루판. 마룻널.
마룻전: 마루의 가장자리.
마바리집: 말을 두고 삯짐 싣는 일을 업으로 하는 집. 짐을 실은 말이나 그 짐을
　　'마바리'라 한다. 마방(馬房)집.
마장: 오 리나 십 리가 못 되는 거리를 이르는 단위.
마침몰라: 그때를 당하면 어찌 될지 모르나.
막마침: 마지막. 죽음. 마지막으로 끝마침.
막역(莫逆): 허물이 없이 아주 친함.
만구일담(萬口一談): 많은 사람의 의견이 일치함.
만 리(萬里) 같은 전정(前程): 젊은이의 희망이 가득 찬 앞길. 만리전정(萬里前程).
만수 장림(萬水長林): 여러 갈래의 많은 내와 길게 뻗쳐 있는 숲.
만작만작: '만지작만지작'의 준말.

만첩청산(萬疊靑山): 겹겹이 둘러싸인 푸른 산. 수첩청산(數疊靑山).

말공대(恭待): 말로써 상대편을 잘 대접함.

말굽: 말의 발톱.

말꾼: 짐을 싣는 말을 몰고 다니는 것을 직업으로 하는 사람. 구부(驅夫). 말몰이. 말몰이꾼.

말눈치: 말하는 가운데에 은근히 드러나는 어떤 태도.

말미: 일정한 직업이나 일 따위에 매인 사람이 다른 일로 말미암아 얻는 겨를. 방가(放暇).

말속: 말의 깊숙한 내면에 담긴 뜻.

말참례(參禮): 다른 사람이 말하는 데 끼어들어 말하는 짓. 말참견(參見).

망상스럽다: 요망하고 깜찍한 데가 있다.

망연(茫然): 매우 넓고 멀어서 아득함. 아무 생각이 없이 멍함.

맞돈: 현찰(現札).

맞매다: 마주 잡아매다.

매가(妹家): 시집간 누이가 사는 집.

매달고 치면 아니 맞을 장사가 없다: 아무리 장사라도 달아매 놓고 치는 데는 안 맞을 재간이 없다. 아무리 강한 사람도 여럿이 함께 몰아대면 당할 수 없다. 달고 치는데 안 맞는 장사가 있나.

매득(買得): 물건을 싼값으로 삼.

매씨(妹氏): 남의 손아래 누이를 높여 이르는 말. 영매(令妹).

맨드리: 어떤 물건이 만들어진 모양새나 맵시. 옷을 입고 매만진 맵시.

맹랑(孟浪): 생각하던 바와 달리 허망함. 처리하기가 매우 어렵고 묘함. 하는 짓이 만만히 볼 수 없을 만큼 똘똘하고 깜찍함.

맹랑(孟浪)스럽다: 보기에 생각하던 바와 달리 허망한 데가 있다. 보기에 처리하기가 매우 어렵고 묘한 데가 있다. 보기에 하는 짓이 만만히 볼 수 없을 만큼 똘똘하고 깜찍한 데가 있다.

머리악: '기(氣)'를 속되게 이르는 말.

머주하다: 무안을 당하거나 흥이 꺾여 어색하고 열없다. 머쓱하다.

메다붙이다: 어깨 너머로 둘러메어 바닥에 힘껏 내리치다. 메어붙이다.

면보: 빵. 포르투갈 어인 '팡(pão)'의 중국식 역어(譯語)를 한자 독음(讀音)대로 읽은 '면포(麵麭)'가 변형된 말.

면약(面約): 직접 만나서 약속함.

명담(名談): 사리에 꼭 맞게 뜻이 깊고 멋있는 말. 유명한 격담(格談).

명부(名簿): 어떤 일에 관련된 사람의 이름과 그 밖의 신상에 관한 사항을 적어 놓은 장부.

모로: 해나 달에 어리는 무리. 구름이 태양이나 달의 표면을 가릴 때 태양이나 달의 둘레에 생기는 불그스름한 빛의 둥근 테. '무리' 의 옛말.

모룻돌: 대장간의 모루와 같이 석기를 만들 때에 받치는 돌. 대석(臺石). 받침돌.

모물(毛物): 털가죽. 털로 만든 물건.

모판(板): 들어가서 손질하기 편리하게 하기 위하여 못자리 사이를 떼어 직사각형으로 다듬어 놓은 구역. 못자리판. 씨를 뿌려 모를 키우기 위하여 만들어 놓은 곳. 묘판(苗板).

목: 통로 가운데 다른 곳으로는 빠져나갈 수 없는 중요하고 좁은 곳.

목맺히다: 목메다.

목사장(牧師丈): 목사를 부를 때 '어른'이나 '어르신' 의 뜻으로 높여 부르는 말.

목척(木尺): 목수가 쓰는 자. 영조척(營造尺).

몸단속(團束): 위험에 처하거나 병에 걸리지 않도록 미리 조심함. 옷차림을 제대로 함. 몸닦달.

몹시굴다: 학대(虐待)하다.

몽글다: 낟알이 까끄라기나 허섭스레기가 붙지 않아 깨끗하다. 가루 따위가 미세하고 곱다. 겉으로 보기보다 내용이 실속이 있다.

몽트뢰유(Montreuil): 몽트뢰유수부아(Montreuil-sous-Bois). 프랑스 일드프랑스 (Ile de France) 레지옹(Region)의 센생드니(Seine-Saint-Denis) 데파르트망 (Department)에 있는 도시.

무간(無間): 서로 허물없이 가까움. 무관(無關).

무관(無關): 서로 허물없이 가까움. 무간(無間).

무느다: 쌓여 있는 것을 흩어지게 하다.

무던하다: 정도가 어지간하다. 성질이 너그럽고 수더분하다.

무론(無論, 毋論): 물론(勿論).

무뢰한(無賴漢): 성품이 막되어 예의와 염치를 모르며 일정한 소속이나 직업이 없이 불량한 짓을 하며 돌아다니는 사람. 뇌자(賴子). 무뢰(無賴).

무무(貿貿, 瞀瞀): 교양이 없어 말과 행동이 서투르고 무식함.

무비(無非): 그러하지 않은 것이 없이 모두.

무시(無時)로: 특별히 정한 때가 없이 아무 때나.

520

무여지(無餘地): 다시 더 할 여지가 없음. 무부여지(無復餘地).

무의무탁(無依無托): 몸을 의지하고 맡길 곳이 없음. 몹시 가난하고 외로운 상태.

무지르다: 한 부분을 잘라 버리다. 말을 중간에서 끊다. 가로질러 가다.

문돌쩌귀: 문짝을 문설주에 달아 여닫는 데 쓰는 한 쌍의 쇠붙이. 암짝은 문설주
　　에, 수짝은 문짝에 박아 맞추어 꽂는다. 돌쩌귀. 문쩌귀.

문밖: 성문(城門)을 벗어난 곳. 사대문 밖.

문직(門直): 드나드는 문을 지키는 사람. 문지기.

문쩌귀: '문돌쩌귀' 의 사투리. → 문돌쩌귀.

문칫문칫: 일을 결단성 있게 하지 못하고 자꾸 어물어물 끌어가기만 하는 모양.
　　문치적문치적.

문표(門標): 궁궐이나 병영 따위의 문에 드나드는 것을 허락하는 뜻으로 주는 표.
　　문감(門鑑). 문적(門籍). 문첩(門帖).

물끄럼말끄럼: 말없이 서로 물끄러미 보다가 말끄러미 보다가 하는 모양.

물욕(物慾): 재물을 탐내는 마음.

물 찬 제비: 물을 차고 날아오른 제비처럼 몸매가 아주 매끈하여 보기 좋은 사람.
　　동작이 민첩하고 깔끔하여 보기 좋은 행동을 하는 사람.

뭇: 짚, 볏단, 장작, 채소 따위의 작은 묶음을 세는 단위. 생선 열 마리나 김, 미역
　　따위의 열 장을 묶어 세는 단위. 속(束).

미거(未擧): 철이 없고 사리에 어두움.

미구(未久): 얼마 오래지 아니함.

미두(米豆): 현물 없이 쌀을 팔고 사는 일. 실제 거래를 목적으로 하는 것이 아니
　　고 쌀의 시세를 이용하여 약속으로만 거래하는 일종의 투기 행위다. 기미
　　(期米).

미룸미룸: 일을 자꾸 미루어 시간을 끌어가는 모양.

민부(民堡): 백성의 힘으로 쌓아 만든 보루(堡壘).

민요(民擾): 포악한 정치 따위에 반대하여 백성들이 일으킨 폭동이나 소요. 민란
　　(民亂).

민요군(民擾軍): 민요를 일으키거나 참여한 무리로 조직된 군대나 그 대원.

민적(民籍): 예전에 호적(戶籍)을 달리 이르던 말.

민적법(民籍法): 민적 즉 호적(戶籍)에 관한 법률. 대한 제국 때인 1909년에 공포
　　하여 시행되었다.

ㅂ

바느실: 바늘과 실을 아울러 이르는 말. 또는 바늘에 실을 꿴 것.

바닥없다: 밑이나 끝이 없다.

박색(薄色): 아주 못생긴 얼굴이나 그런 사람.

반밤: 하룻밤의 절반. 반소(半宵). 반야(半夜).

반분(半分): 절반 정도의 분량. 절반으로 나눔.

반색: 몹시 반가워함.

반석(盤石, 磐石): 넓고 평평한 큰 돌. 너럭바위. 반암(盤巖).

반자: 지붕 밑이나 위층 바닥 밑을 편평하게 하여 치장한 각 방의 천장.

반자가 낮다고 펄펄 뛰다: 성이 나서 펄펄 뛰다. 반자(를) 받다.

반하다: 어두운 가운데 밝은 빛이 비치어 조금 환하다.

받자: 남이 괴로움을 끼치거나 여러 가지 요구를 하여도 너그럽게 잘 받아 줌. 자백을 받거나 그런 일.

발: 두 팔을 양옆으로 펴서 벌렸을 때 한쪽 손끝에서 다른 쪽 손끝까지의 길이를 세는 단위.

발기: 사람이나 물건의 이름을 죽 적어 놓은 글. 건기(件記).

발명(發明): 변명(辨明).

밤들다: 밤이 깊어지다.

방색(防塞): 들어오지 못하게 막음. 틀어막거나 가려서 막음. 무엇을 하지 못하게 막음. 남의 청(請)을 받아들이지 않고 막음. 방알(防遏).

방세간: 방 안에 갖추어 놓고 살림하는 데 쓰는 갖가지 물건. 방세간붙이.

방장(方壯): 바야흐로 한창임.

방장(方將): 방금(方今).

방장(房帳): 방문이나 창문에 치거나 두르는 휘장.

방풍(防風): 바람을 막는 일이나 그런 데에 쓰는 물건. 바람막이.

배를 채우다: 속내를 드러내지 않고 일부러 감추다. 배(를) 내밀다.

배승(陪乘): 높은 사람을 모시고 탐. 임금을 모시고 수레에 타는 일. 참승(驂乘).

배착거리다: 몸을 한쪽으로 약간 배틀거리거나 가볍게 잘록거리며 계속 걷다. '배치작거리다'의 준말. 배착대다.

배착배착: 몸을 한쪽으로 약간 배틀거리거나 가볍게 잘록거리며 걷는 모양. '배치작배치작'의 준말.

배틀어지다: 물체가 곧바르지 않게 어느 한쪽으로 조금 쏠리거나 꼬이거나 돌려
　　지다. 여위거나 물기가 말라서 한쪽으로 조금 쏠리거나 모이거나 돌려지다.
　　일이 꼬여서 순조롭지 않게 되다. 비위에 맞지 않아 마음이 틀어지다.

백계무책(百計無策): 어려운 일을 당하여 온갖 계교를 다 써도 해결할 방도를 찾
　　지 못함. 계무소출(計無所出).

백년언약(百年言約): 젊은 남녀가 부부가 되어 평생을 같이 지낼 것을 굳게 다짐
　　하는 아름다운 언약. 백년가기(百年佳期). 백년가약(百年佳約). 백년지약(百
　　年之約).

백두(白頭): 허옇게 센 머리. 백수(白首).

백두옹(白頭翁): 머리털이 허옇게 센 늙은 남자.

백주(白晝): 대낮.

백주(白酒): 빛깔이 흰 술. 백차(白醝). 고량주(高粱酒).

백차일(白遮日): 햇볕을 가리려고 치는 하얀 빛깔의 포장(布帳).

백차일(白遮日) 치듯: 흰옷 입은 사람들이 매우 많이 모인 모양.

버르적거리다: 고통스러운 일이나 어려운 고비에서 벗어나려고 팔다리를 내저으
　　며 큰 몸을 자꾸 움직이다.

버지다: 칼이나 날카로운 물건에 베이거나 조금 긁히다.

번고(煩苦): 번민하여 괴로워함.

벌거벗고 은장도: 격에 전혀 어울리지 않아 매우 어색하게 보임을 이르는 말. 벌
　　거벗고 환도(環刀) 차기.

벌이줄: 물건이 버틸 수 있도록 이리저리 얽어매는 줄. 버팀줄. 과녁의 솔대를 켕
　　겨 매는 줄. 연의 두 편 머리 귀퉁이로부터 비스듬히 올라와 가운뎃줄과 한
　　데 모이게 매는 줄.

벌이터: 벌이를 하는 일터, 벌잇자리.

범범(泛泛): 꼼꼼하지 않고 데면데면함.

범절(凡節): 법도에 맞는 모든 질서나 절차.

베르트랑(Bertrand. comte Clausel: 1772~1842): 프랑스의 육군 대원수. 나폴레
　　옹(Napoléon) 일세의 친위대 대장이었으며, 많은 전투에서 큰 전공을 세
　　웠다. 나폴레옹의 실각 이후 엘바(Elba) 섬과 세인트헬레나(Saint Helena)
　　섬에 함께 따라갈 정도의 측근이었으며, 부르봉(Bourbon) 왕조의 왕정복
　　고 이후 망명 중에는 사형 판결을 받기도 했다.

벽창호: 고집이 세며 완고하고 우둔하여 말이 도무지 통하지 아니하는 무뚝뚝한

사람.

변괴(變怪): 이상야릇한 일이나 재변. 도리를 벗어난 악한 짓.

변론(辯論): 사리를 밝혀 옳고 그름을 따짐. 소송 당사자나 변호인이 법정에서 주
　　장하거나 진술함. 또는 그런 주장이나 진술.

변복(變服): 남이 알아보지 못하도록 평소와 다르게 옷을 차려입음. 또는 그런 옷
　　차림.

변통(變通): 형편과 경우에 따라서 일을 융통성 있게 잘 처리함. 돈이나 물건 따위
　　를 융통함.

병구완: 앓는 사람을 잘 돌보아 줌.

병대(兵隊): 군대(軍隊). 병사(兵士).

병문(屛門): 골목 어귀의 길가.

병문 마차(屛門馬車): 골목 어귀의 길가에 모여 기다리고 있다가 손님의 청에 따
　　라 승객이나 짐을 싣는 마차.

보루(堡壘): 적의 침입을 막기 위하여 돌이나 콘크리트 따위로 튼튼하게 쌓은 구
　　축물. 보채(堡砦). 영루(營壘).

보시기: 김치나 깍두기 따위를 담는 반찬 그릇의 하나. 모양은 사발 같으나 높이
　　가 낮고 크기가 작다.

보지라르(Vaugirard): 프랑스 파리에 있는 거리 이름. 예술가 거주지인 라뤼슈(La
　　Ruche)가 있는 곳이다.

보짱: 마음속에 품은 꿋꿋한 생각이나 요량.

보행객주(步行客主): 걸어서 길을 가는 나그네만을 치르는 객줏집. 보행집.

복(服): 상중(喪中)에 있는 상제(喪制)나 복인(服人)이 입는 예복. 삼베로 만들며
　　바느질을 곱게 하지 않는다. 상복(喪服). 효복(孝服). 흉복(凶服).

복발(復發): 병이나 근심, 설움 따위가 다시 일어남.

복색(服色): 신분이나 직업에 따라서 다르게 맞추어서 차려 입는 옷의 꾸밈새와
　　빛깔.

본관(本官): 관직에 있는 사람이 공식적인 자리에서 자기를 이르는 일인칭 대명사.

본치: 남의 눈에 띄는 태도나 겉모양.

봉(鳳): 상서로움을 상징하는 상상의 새 봉황(鳳凰), 즉 어수룩하여 이용해 먹기
　　좋은 사람을 빗대어 이르는 말. 호구(虎口).

봉죽: 일을 꾸려 나가는 사람을 곁에서 거들어 도와줌.

봉죽꾼: 남의 일을 거들어서 도와주는 사람.

봉죽들다: 남의 일을 거들어서 도와주다.

부대(富大): 몸뚱이가 뚱뚱하고 큼.

부등가리: 아궁이의 불을 담아내어 옮길 때 부삽 대신에 쓰는 도구. 흔히 오지그
　　릇이나 질그릇의 깨진 조각으로 만들어 쓴다.

부랑패류(浮浪悖類): 일정하게 사는 곳과 하는 일 없이 떠돌아다니며 못된 짓이나
　　하는 무리.

부지거처(不知去處): 간 곳을 모름.

부지불각(不知不覺): 자신도 모르는 겨.

부지중(不知中): 알지 못하는 동안.

북망산(北邙山): 무덤이 많은 곳이나 사람이 죽어서 묻히는 곳. 중국 허난 성(河南
　　省)의 뤄양(洛陽)에 있는 베이망 산(北邙山)에 역대 제왕과 귀인 명사(貴人名
　　士)의 무덤이 많았다는 데에서 유래한 말이다. 북망산천(北邙山川).

북풍 설한(北風雪寒): 북쪽에서 불어오는 바람과 눈이 내리는 때나 그 뒤에 닥치
　　는 추위. 북풍한설(北風寒雪).

분단장(粉丹粧): 얼굴에 분을 발라서 예쁘게 꾸미는 일.

불가불(不可不): 하지 아니할 수 없어. 마음이 내키지 아니하나 마지못하여. 부득
　　불(不得不).

불계(不計): 옳고 그른 것이나 이롭고 해로운 것 따위의 사정을 가려 따지지 아니
　　함.

불고염치(不顧廉恥): 염치를 돌아보지 아니함.

불공(不恭): 공손하지 아니함. 불손(不遜).

불긴(不緊): 꼭 필요하지 아니함.

불등걸: 불이 이글이글하게 핀 숯등걸.

불란서(佛蘭西). '프랑스(France)'를 음역(音譯)한 이름.

불복(不服): 남의 명령이나 결정 따위에 대하여 복종, 항복, 복죄(服罪) 따위를 하
　　지 아니함.

불의지변(不意之變): 뜻밖에 당한 변고.

불 편(佛便): 불란서(佛蘭西) 편짝, 즉 프랑스 편짝.

불평당(不平黨): 어느 일이든 늘 못마땅하게 여기거나 또는 그것에 대하여 늘 투
　　덜거리는 사람. 불평가(不平家). 불평객(不平客).

붓장난: 붓으로 글을 쓰거나 그림을 그리는 일을 낮잡아 이르는 말. 글씨나 그림
　　을 아무렇게나 내갈기는 짓.

브리(Brie): 프랑스 북부의 센(Seine) 강 유역과 마른(Marne) 강 유역 사이에 있는
미개간 지역. 생우유를 연하게 숙성시켜 만드는 흰색 치즈 브리 드 모(Brie
de Meaux)로 유명한 곳이기도 하다.

비쓸거리다: 힘없이 자꾸 비틀거리다. '비슬거리다' 의 센말.

비쓸비쓸: 힘없이 자꾸 비틀거리는 모양. '비슬비슬' 의 센말.

비위(脾胃): 지라와 위. 어떤 음식물이나 일에 대하여 먹고 싶거나 하고 싶은 마
음. 어떤 음식물이나 일을 삭여 내거나 상대하여 내는 성미.

비위(脾胃)가 동하다: 어떤 음식물을 먹고 싶거나 어떤 일을 하고 싶은 마음이 일
어나다.

비조(飛鳥): 날아다니는 새.

뻐드러지다: 끝이 밖으로 벌어져 나오다. 굳어서 뻣뻣하게 되다.

뻗정다리: 구부렸다 폈다 하지 못하고 늘 벋어 있는 다리. 또는 그런 다리를 가진
사람. '벋정다리' 의 센말.

뺑뺑매다: 어쩔 줄을 몰라 쩔쩔매면서 돌아다니다.

ㅅ

사가(私家): 개인이 살림하는 집. 개인 소유의 집. 사갓집. 사삿집.

사관(士官): 장교(將校).

사관(私館, 舍館): 일정한 방세와 식비를 내고 남의 집에 머물면서 숙식하는 집. 하
숙(下宿). 정부 고관의 개인 소유의 저택. 사저(私邸).

사기(史記): 역사적 사실을 기록한 책. 사적(史籍).

사랑(舍廊): 집의 안채와 떨어져 있어서 바깥주인이 거처하며 손님을 접대하는
곳. 객당(客堂). 외당(外堂).

사리: '살림', '생애(生涯)' 의 옛말.

사리: 국수, 새끼, 실 따위를 동그랗게 포개어 감은 뭉치. 또는 그 뭉치를 세는 단위.

사리다: 짐승이 겁을 먹고 꼬리를 다리 사이에 구부려 끼다. 어떤 일에 적극적으
로 나서지 않고 살살 피하며 몸을 아끼다.

사면(辭免): 맡아보던 일자리를 그만두고 물러남. 사임(辭任). 사직(辭職).

사색(辭色): 말과 얼굴빛을 아울러 이르는 말.

사생자(私生子): 법률적으로 부부가 아닌 남녀 사이에서 태어난 아이. 사생아(私生

兒).

사은(謝恩): 받은 은혜에 대하여 감사히 여겨 사례함.

사잇골목: 양옆에 담이 늘어선 좁은 골목.

사적(史籍): 역사적 사실을 기록한 책. 사기(史記).

사첫방: 손님이 객지에서 묵는 방.

사환꾼: 관청이나 회사, 가게 따위에서 잔심부름을 시키기 위하여 고용한 사람.
　　　사역(使役). 사환(使喚).

삯마차: 삯을 주고 빌려 타는 마차.

삯전: 삯으로 받는 돈. 삯돈.

살붙이: 부모와 자식의 관계처럼 가까운 혈육. 일가붙이. 피붙이.

삼간초가(三間草家): 세 칸밖에 안 되는 초가, 즉 아주 작은 집. 삼간초옥(三間草
　　　屋). 초가삼간(草家三間).

삼거웃: 삼 껍질의 끝을 다듬을 때에 긁혀 떨어진 검불. 찰흙으로 사람의 형상을
　　　만들 때 흙에 넣어 버무려 쓴다.

상고(上告): 제이심 판결에 대한 상소(上訴). 원심(原審)의 판결에 불복하여 판결
　　　의 재심사를 상급 법원에 신청하는 일. 불복상고(不服上告).

상급(賞給): 상으로 줌. 상으로 주는 돈이나 물건.

상련(相連): 서로 잇닿음. 잇대어 붙음.

상사불견(相思不見): 서로 그리워하면서도 만나지 못함.

상상봉(上上峰): 여러 봉우리 가운데 가장 높은 봉우리.

상처(喪妻): 아내의 죽음을 당함.

상치(相馳): 일이나 뜻이 서로 어긋남. 공교로이 어그러짐.

새매: 수릿과의 새. 수컷을 '난추니', 암컷을 '익더귀'라 하며, 김들여 작은 새나
　　　토끼 따위를 잡는 데 쓰기도 한다.

새새틈틈: 모든 사이와 무든 틈.

색시꼴: 새색시다운 용모나 태도.

샛골목: 큰 골목들 사이에 난 작은 골목.

생급스럽다: 뜻밖이거나 갑작스럽다. 터무니없고 엉뚱하다.

생드니(Saint-Denis): 프랑스 중북부 일드프랑스(Ile de France) 레지옹(Region)의
　　　센생드니(Seine-Saint-Denis) 데파르트망(Department)에 있는 도시. 파리의
　　　북쪽 외곽 지대이며, 센(Seine) 강 우안(右岸)에 자리 잡고 있다.

생의(生意): 어떤 일을 하려고 마음을 먹음. 생심(生心).

생질(甥姪): 누이의 아들.

서기(瑞氣): 상서로운 기운. 가기(嘉氣).

서반아(西班牙): '에스파냐(España)'를 음역(音譯)한 이름.

서사왕복(書辭往復): 편지가 오고 감.

석비(石碑): 돌로 만든 비석. 돌비(碑). 석갈(石碣).

석수(石手): 돌을 다루어 물건을 만드는 사람. 돌장이. 석각장이. 석공(石工). 석장
(石匠).

선견(先見): 어떤 일이 일어나기 전에 미리 앞을 내다보고 앎. 역도(逆睹). 예견(豫
見).

선돈: 무엇을 사거나 세낼 때에 먼저 치르는 돈. 선금(先金). 전금(前金).

선셈: 어떤 일이 되기 전이나 기한 전에 미리 돈을 치름.

선술집: 술청 앞에 선 채로 간단하게 술을 마실 수 있는 술집.

선지피: 짐승을 잡아서 받은 피. 다쳐서 쏟아져 나오는 피. 생생한 피. 선지. 선혈
(鮮血).

설렁줄: 설렁을 울릴 때 잡아당기는 줄. 처마 끝 같은 곳에 달아 놓아 사람을 부를
때 줄을 잡아당기면 소리를 내는 방울을 '설렁'이라 한다.

설시(設始): 처음으로 설비(設備)를 베풂.

설한(雪寒): 눈이 내리는 때나 내린 뒤에 닥치는 추위.

성복 후 약방문(成服後藥方文): 초상이 나서 이미 상복을 입은 후의 약방문, 즉 뒤
늦게 이러니저러니 다시 말함.

성탄제일(聖誕祭日): 성탄제(聖誕祭). 성탄절(聖誕節).

성화(星火): 몹시 급한 일.

성화(星火)같다: 남에게 해 대는 독촉 따위가 몹시 급하고 심하다.

섶을 지고 불로 들어가려 한다: 당장에 불이 붙을 섶을 지고 이글거리는 불 속으
로 뛰어든다는 뜻으로, 앞뒤 가리지 못하고 미련하게 행동함을 놀림조로 이
르는 말.

세궁역진(勢窮力盡): 기세가 꺾이고 힘이 다 빠져 꼼짝할 수 없게 됨.

세쇄(細瑣): 시시하고 자질구레함.

센(Seine) 하(河): 센 강. 프랑스 북서부를 지나며 파리 분지를 거쳐 영국 해협으
로 흘러드는 강.

센대가리: 털이 희어진 머리. '센머리'를 속되게 이르는 말.

센머리: 털이 희어진 머리.

528

셈을 닦다: 셈을 정확히 하다.

소꿉: 아이들이 자질구레한 그릇 따위를 가지고 살림살이하는 흉내를 내는 짓이
　　　나 그럴 때 쓰는 장난감.

소성(蘇醒): 중병을 치르고 난 뒤에 다시 회복함. 까무러쳤다가 다시 깨어남.

소실(小室): 정식 아내 외에 데리고 사는 여자. 첩(妾).

소요(騷擾): 여럿이 떠들썩하게 들고일어나거나 그런 술렁거림과 소란. 여러 사
　　　람이 모여 폭행이나 협박 또는 파괴 행위를 함으로써 공공질서를 문란하게
　　　하거나 그런 행위.

소자(小子): 어린아이. 자식.

소저(小姐): '아가씨' 의 한문 투 말.

소제(掃除): 청소(淸掃).

소첩(少妾): 나이 어린 첩.

속량(贖良): 종의 신분을 면하여 양민이 되게 함. 속신(贖身). 지은 죄를 물건이나
　　　다른 공로 따위로 비겨 없앰. 속죄(贖罪).

속없다: 악의가 없다. 생각에 줏대가 없다.

속(을) 뽑다: 일부러 남의 마음을 떠보고 그 속내를 드러나게 하다.

속절없다: 단념할 수밖에 달리 어찌할 도리가 없다.

속침: '속마음' 의 사투리.

손그릇: 반짇고리 등 손이 자주 가 거처하는 자리 가까이 놓는 잔 세간.

손이 붉다: 가진 것이라고는 하나도 없다. 손에 아무것도 쥔 것이 없다. 주먹이 붉
　　　다.

손짝: 마주치기 위한 두 손의 한 짝과 다른 한 짝.

손짝(이) 맞다: 함께 일을 하는 데에 마음이나 의견, 행동 방식 따위기 서로 맞다.

쇠가죽을 무릅쓰다: 부끄러움을 생각하거나 체면을 돌아보지 않다.

쇠메: 쇠로 만든 메.

수들수들: 풀이나 뿌리, 열매 따위가 시들고 말라서 생기가 없는 모양.

수라장(修羅場): 싸움이나 그 밖의 다른 일로 큰 혼란에 빠진 곳. 또는 그런 상태.
　　　수라도장(修羅道場). 아수라장(阿修羅場).

수문통(水門桶, 水門筩): 성(城)이나 방죽 따위의 수문에서 물이 빠져나오는 통.

수쇄(收刷): 흩어진 물건이나 재산을 거두어 정돈함. 수습(收拾).

수응(酬應): 요구에 응함.

수의(壽衣): 염습(殮襲)할 때에 송장에 입히는 옷. 세제지구(歲製之具).

수조(守操): 지조를 지킴. 수지(守志). 조수(操守).

수죄(數罪): 범죄 행위를 들추어 세어 냄.

수직(守直): 건물이나 물건 따위를 맡아서 지킴. 또는 그런 사람.

수직(守直)군: 수직(守直) 임무를 맡아 수행하는 사람. '수직원(守直員)'을 낮잡아
　　이르는 말.

수청방(守廳房): 양반집에서 잡일을 맡아보거나 시중을 드는 청지기가 있는 방.

숙마줄: 숙마(熟麻) 즉 잿물에 삶아 희고 부드럽게 만든 삼 껍질로 꼬아 만든 줄.
　　숙마바.

숙직(宿直): 관청, 회사, 학교 따위의 직장에서 밤에 교대로 잠을 자면서 지키는
　　일. 또는 그런 사람. 야직(夜直). 직숙(直宿).

순경(巡警): 여러 곳을 돌아다니며 사정을 살핌. 순찰(巡察).

순배(巡杯): 술자리에서 술잔을 차례로 돌림. 또는 그 술잔.

순사(巡査): 식민지 시대의 경찰관 계급 가운데 가장 낮은 계급. 오늘날의 순경(巡
　　警)에 해당한다.

순사 부장(巡査部長): 식민지 시대의 경찰관 계급 가운데 하나. 순사(巡査)의 위다.

순탄(順坦): 성질이 까다롭지 않음. 길이 험하지 않고 평탄함. 아무 탈 없이 순조
　　로움.

술부대(負袋): 술을 아주 많이 마시는 사람. 술고래.

숫보기: 순진하고 어수룩한 사람. 숫총각이나 숫처녀.

숯등걸: 숯이 타다 남은 굵은 토막.

습작(襲爵): 작위(爵位)를 물려받음. 승습(承襲).

승방(僧房): 여승들이 사는 절. 이사(尼寺).

승석(僧夕): 중이 저녁밥을 먹을 때, 즉 이른 저녁때.

승정(僧正): 승단(僧團)을 이끌어 가면서 중의 행동을 바로잡는 승직(僧職). 《애
　　사》에서는 주교(主敎)를 가리킨다.

승차(陞差): 한 관청 안에서 윗자리의 벼슬로 오름.

승천입지(昇天入地): 하늘로 오르고 땅속으로 들어감, 즉 자취를 감추고 없어짐.

시면(始面): 문서나 책 따위의 첫머리.

시진(澌盡): 기운이 아주 쏙 빠져 없어짐.

시체(時體): 그 시대의 풍습이나 유행을 따르거나 지식 따위를 받음. 또는 그런 풍
　　습이나 유행.

시체방(屍體房): 시체를 넣어 놓은 방. 병원에서 시체를 넣어 두는 곳. 시체실(屍體

室). 시실(屍室).

시하(侍下): 부모나 조부모를 모시고 있는 처지. 또는 그런 처지의 사람.

시회(市會): 시의원으로 구성된 시의 의결 기관.

식(式): 일정한 방식이나 투.

식불감미(食不甘味): 근심과 걱정으로 음식을 먹어도 맛이 없음. 식불감(食不甘).

신고(辛苦): 어려운 일을 당하여 몹시 애씀. 또는 그런 고생.

신관: '얼굴'의 높임말.

신달(申達, しんたつ): 상급 관청이나 윗사람의 명령, 지시, 결정 및 의사 따위를
    하급 관청이나 아랫사람에게 내리거나 전달한다는 뜻의 '하달(下達)'에 해
    당하는 일본 말.《애사》에서는 이와 반대로 관하(管下)의 공문 서류를 상급
    관청으로 올려 보낸다는 뜻을 지닌 '진달(進達)'의 의미로 쓰였다.

신병(身病): 몸에 생긴 병. 신양(身恙).

신산(辛酸): 세상살이가 힘들고 고생스러움. 신고(辛苦).

신색(神色): 안색(顔色). '낯빛'의 높임말.

신수(身數): 한 사람의 운수.

신열(身熱): 병으로 인하여 오르는 몸의 열.

신(神)익다: 일에 경험이 많아서 어떤 일에도 익숙하다.

신장(神將): 귀신 가운데 무력을 맡아보며 사방의 잡귀나 악신을 몰아내는 장수
    신.

신지무의(信之無疑): 조금도 의심하지 아니하고 믿음.

신칙(申飭): 단단히 타일러서 경계함.

실내(室內): 남의 아내를 점잖게 이르는 말.

실색(失色): 놀라서 얼굴빛이 달라짐

실심(失心): 근심 걱정으로 맥이 빠지고 마음이 산란하여짐. 상심(喪心).

실연(實演): 실제로 하여 보임.

실쭉하다: 어떤 감정을 나타내면서 입이나 눈이 한쪽으로 약간 실그러지게 움직
    이다. 마음에 차지 않아서 약간 고까워하는 마음이 있다.

실체(失體): 체면이나 면목을 잃음.

실토(實吐): 거짓 없이 사실대로 다 말함.

심문(審問): 자세히 따져서 물음. 법원이 당사자나 그 밖에 이해관계가 있는 사람
    에게 서면이나 구두로 개별적으로 진술할 기회를 주는 일.

심복(心服): 마음속으로 기뻐하며 성심을 다하여 순종함. 심열성복(心悅誠服).

싹수: 막 움트기 시작하는 현상 따위의 시초. 어떤 일이나 사람이 앞으로 잘될 것
　　　같은 낌새나 징조. 싹.
싼흥정: 싼값으로 사고파는 일.

ㅇ

아라스(Arras): 프랑스 북부 노르파드칼레(Nord-Pas-de-Calais) 지방 파드칼레
　　　(Pas-de-Calais) 데파르트망(Department)의 주도(州都)이자 옛 아르투아
　　　(Artois)의 중심 도시.
아력산 대왕(亞歷山大王): '알렉산드로스 대왕(Alexandros the Great: 기원전
　　　356~323)'을 음역(音譯)한 이름. 알렉산드로스 삼세. 알렉산더(Alexander)
　　　대왕. 기원전 336년부터 323년에 재위한 마케도니아(Macedonia)의 왕으로
　　　서 그리스, 페르시아, 인도에 이르는 동방 원정을 통해 대제국을 건설했다.
　　　그 정복지에 많은 도시를 건설하여 동서 교통과 경제 발전에 이바지하였으
　　　며, 그리스 문화와 오리엔트 문화를 융합시킨 헬레니즘(Hellenism) 문화를
　　　이룩하였다.
아뢰다: 말씀드려 알리다. 윗사람 앞에서 풍악을 연주하여 드리다.
아름아름: 말이나 행동을 분명히 하지 못하고 우물쭈물하는 모양. 일을 적당히 하
　　　고 눈을 속여 넘기는 모양.
악식(惡食): 맛없고 거친 음식. 또는 그런 음식을 먹음. 초구(草具).
악증(惡症): 못된 짓. 악의가 있는 나쁜 성질이나 버릇.
악지: 잘 안될 일을 무리하게 해내려는 고집.
안돈(安頓): 사물이나 주변 따위를 잘 정돈하거나 또는 잘 정돈되어 있음. 마음이
　　　나 생각 따위를 정리하여 안정되게 함. 안둔(安屯).
안수(眼水): 궁중에서 '눈물'을 높여 이르던 말.《애사》에서는 종교적 의례에 쓰
　　　기 위하여 놓는 물을 가리키는 '성수(聖水)' 또는 '신수(神水)'의 뜻으로 쓰
　　　였다.
안청: 집의 안채에 있는 대청(大廳). 안대청.
알은체: 어떤 일에 관심을 가지는 듯한 태도를 보임. 사람을 보고 인사하는 표정
　　　을 지음. 알은척.
알 지 자: 한자 '지(知)'를 가리키는 말. 묻거나 보고 듣지 않아도 뻔한 일.

알팔: 옷가지 따위를 꿰어 입지 않아 맨살이 드러난 팔.

압령(押領): 죄인을 맡아서 데리고 옴. 물건을 호송함.

압송(押送): 피고인이나 죄인을 어느 한 곳에서 다른 곳으로 호송하는 일.

압지(押紙, 壓紙): 잉크나 먹물 따위로 쓴 것이 번지거나 묻어나지 아니하도록 위에서 눌러 물기를 빨아들이는 종이. 빨종이. 흡묵지(吸墨紙).

앙당하다: 모양이 어울리지 아니하게 작다.

앙화(殃禍): 어떤 일로 인하여 생기는 재난. 지은 죄의 앙갚음으로 받는 재앙. 앙구(殃咎). 앙얼(殃孼).

애절을 하다: 견디기 어렵도록 애가 타는 마음이 있다. 애절하다.

야시(夜市): 밤에 벌이는 시장. 밤장. 밤 저자. 야시장(夜市場).

약방문(藥方文): 약을 짓기 위해 약 이름과 약의 분량을 적은 종이. 방문(方文).

약수(略綬, りゃくじゅ): 정식으로 된 정장(正章) 대신에 약식으로 다는 훈장(勳章), 휘장(徽章), 기장(記章, 紀章) 따위를 통틀어 이르는 일본 말. 약장(略章).

약(藥)시시: 앓는 사람을 위하여 약을 쓰는 일.

약차(若此)하다: 이렇다.

양지(洋紙): 주로 목재 펄프를 원료로 하여 서양식으로 만든 종이. 또는 서양에서 들여온 종이. 신문 용지, 필기 용지, 인쇄용지, 포장용지 따위로 쓰인다. 서양지(西洋紙).

어깻바람: 신이 나서 어깨를 으쓱거리며 활발히 움직이는 기운.

어룽지다: 어룽어룽한 점이나 무늬가 생기다. 어룽어룽한 점이나 무늬가 있다. '아롱지다'의 작은말.

어르다: '어우르다'의 준말.

어름대다: 말이나 행동을 똑똑하게 분명히 하지 못하고 우물쭈물하다. 일을 대충 적당히 하고 눈을 속여 넘기다. 어름거리다.

어릿어릿: 어렴풋하게 자꾸 눈앞에 어려 오는 모양. 말과 행동이 활발하지 못하고 생기 없이 움직이는 모양.

어슬어슬: 날이 어두워지거나 밝아질 무렵에 둘레가 조금 어두운 모양.

어자(御者, 馭者): 마차를 부리는 사람. 사람이 탄 말을 부리는 사람.

어차어피(於此於彼): 어차피(於此彼).

어한(禦寒): 추위를 막거나 추위에 언 몸을 녹임.

억(臆): 가슴이나 마음속.

억설(臆說): 근거도 없이 억지로 고집을 세워서 우겨 대는 말.

얼리다: '어울리다' 의 준말.

얼큼하다: 이리저리 얽혀서 얼마간의 관련이 되다.

얼풋: 얼른. 후딱. 어서.

업원(業冤): 전생에서 지은 죄로 말미암아 이승에서 받는 괴로움.

엎어누르다: 위에서 억지로 내리눌러 일어나지 못하게 하다. 덮어놓고 억누르다. 엎누르다.

엎칠뒤칠: 엎치락뒤치락.

에기: 음에 마땅치 않거나 무엇에 싫증이 나서 그만둘 때 내는 소리. 엣.

ABC(에이비씨) 계(契): 비밀 결사 'ABC의 벗' 을 옮긴 이름. ABC는 '아베세' 로 읽는데, 비천하다는 뜻을 지닌 'abaissé'와 발음이 같아서 민중을 가리킨다.

엘바(Elba) 섬: 이탈리아 반도와 코르스(Corse, Corsica) 섬 사이에 있는 작은 섬. 나폴레옹 일세(Napoléon: 1769~1821)가 이 섬에 유배되었다가 탈출하여 리비에라(Riviera)의 칸(Cannes)에 상륙했다.

여북: 얼마나. 여북이나. 오죽, 작히나. 주로 언짢거나 안타까운 마음을 나타낼 때에 쓰는 말이다.

여의(如意): 일이 마음먹은 대로 됨.

여필종부(女必從夫): 아내는 반드시 남편을 따라야 함.

여행권(旅行券): 외국을 여행하는 사람의 신분이나 국적을 증명하고 상대국에 그 보호를 의뢰하는 문서. 여권(旅券).

여황(女皇): 여자 황제. 여제(女帝).

역사(役事): 토목이나 건축 따위의 공사.

역정스럽다: 역정(逆情)이 난 듯하다.

연경(煙鏡): 알의 빛깔이 검거나 누런색으로 된 색안경.

연극장(演劇場): 배우가 연극하는 곳. 희대(戲臺).

연만(年晩, 年滿): 나이가 아주 많음. 연로(年老).

연명(連名, 聯名): 두 사람 이상의 이름을 한곳에 죽 잇따라 씀. 열명(列名). 합명(合名).

연연(蜒然): 눈에 보이는 것처럼 아주 뚜렷함. 모양이 서로 비슷함. 완연(宛然).

연첩(連疊): 잇따라 겹쳐 있음.

연통(連通, 聯通): 연락하거나 기별함. 또는 그런 통지.

연해연방: 끊임없이 잇따라 자꾸.

염염(焰焰): 활활 타고 있음.

영관(領官): 위관(尉官)보다 높고 장성(將星)보다 낮은 계급인 소령, 중령, 대령을
　　통틀어 이르는 말.

영문(營門): 병영의 문. '군대'를 빗대어 이르는 말. 군문(軍門).

영성(零星): 수효가 적어서 보잘것없음.

영양(令孃): 윗사람의 딸을 높여 이르는 말. 영랑(令娘). 영애(令愛).

오금: 무릎의 구부러지는 오목한 안쪽 부분. 곡추(曲瞅). 다리오금. 뒷무릎.

오붓하다: 살림 따위가 옹골지고 포실하다. 홀가분하면서 아늑하고 정답다.

오스테를리츠 다리(Pont d' Austerlitz): 프랑스 파리의 센(Seine) 강을 가로지르
　　는 다리 가운데 하나. 1805년 12월 이른바 삼제 회전(三帝會戰)으로 불리
　　는 아우스터리츠(Austerlitz) 전투에서 나폴레옹(Napoléon) 일세의 군대가
　　오스트리아-러시아 연합군에 대승을 거둔 것을 기념하여 건설된 다리다.
　　그 격전지가 된 오스테를리츠는 지금의 슬로바키아 공화국(The Slovak
　　Republic) 중동부의 브루노(Brno) 동쪽에 있는 슬라프코프(Slavkov)를 가
　　리키며, 독일어로는 아우스터리츠라 불린다.

오장(五臟): 간장, 심장, 비장, 폐장, 신장의 다섯 가지 내장.

오장 육부(五臟六腑): 오장(五臟)과 육부(六腑), 즉 내장(內臟)을 통틀어 이르는
　　말. 부장(腑臟).

온자(溫慈): 성격이 온화하고 인자함.

올무: 새나 짐승을 잡기 위하여 만든 올가미. 사람을 유인하는 잔꾀. 덫. 함정(陷
　　穽, 檻穽).

올씬갈씬: 서로 옳으니 그르니 하며 다투는 모양. 번잡스럽게 자꾸 왔다 갔다 하
　　는 모양. 옥신각신.

옷주제: 옷을 입은 모양새.

와사(瓦斯): '가스(gas)'의 일본식 음역어(音譯語).

완구(完久): 어떤 상태가 완전하여 오래 견디거나 오래갈 수 있음.

완인(完人): 병이 완전히 나은 사람.

완축(完築): 집이나 축조물 따위를 완전히 다 짓거나 쌓음.

왕림(枉臨): 남이 자기 있는 곳으로 찾아옴을 높여 이르는 말. 내림(來臨).

외골수: 단 한 곳으로만 파고드는 사람.

외곬: 단 하나의 방법이나 방향. 단 한곳으로만 트인 길. 외통.

외다: 같은 말을 되풀이하다.

왼 글씨: 거울에 비치듯이 좌우가 뒤바뀌어 나타난 글씨.

왼새끼: 왼쪽으로 꼰 새끼.

왼새끼(를) 꼬다: 일이 꼬여 어떻게 될지 몰라 애를 태우다. 심히 우려하거나 조심하여 말하고 행동하다. 비비 꼬아서 말하거나 비아냥거리다. 속으로 딴마음을 먹거나 은근히 딴 꾀를 꾸미다.

요나(嫋娜): 부드럽고 날씬하여 간드러짐. 요뇨(嫋嫋).

요량(料量): 앞일을 잘 헤아려 생각함. 또는 그런 생각.

요부(饒富): 살림이 넉넉함. 요실(饒實). 요족(饒足).

요시찰인(要視察人): 사상이나 보안 문제 따위와 관련하여 행정 당국이나 경찰이 감시하여야 할 사람. 요시찰(要視察). 요시찰 인물.

요해처(要害處): 생명과 직접적인 연관을 맺고 있는 몸의 중요한 부분.

욧잇: 요의 몸에 닿는 쪽에 시치는 흰 헝겊. 욧거죽.

용기병(龍騎兵): 16~17세기 이래 유럽에 있었던 기마병(騎馬兵). 갑옷을 입고 용 모양의 개머리판이 있는 총을 들고 있었다.

용신(容身): 방이나 장소가 비좁아 겨우 무릎이나 움직일 수 있음. 이 세상에 겨우 몸을 붙이고 살아감. 용슬(容膝).

우거(寓居): 남의 집이나 타향에서 임시로 몸을 부쳐 삶. 또는 그런 집. 자기의 주거(住居)를 낮추어 이르는 말. 우숙(寓宿).

우로(雨露): 비와 이슬. 비가 내린 뒤에 맺힌 이슬. 비이슬.

우연만하다: 정도나 형편이 표준에 가깝거나 그보다 약간 낫다. 허용되는 범위에서 크게 벗어나지 아니한 상태에 있다. '웬만하다'의 본딧말.

우준(愚蠢): 생각이나 행동 따위가 어리석고 굼뜸.

울분(鬱憤): 답답하고 분함. 답답하고 분한 마음.

움씰: 깜짝 놀라서 몸을 뒤로 움츠리는 모양.

워털루(Waterloo): 벨기에(België) 중부 브뤼셀(Brussel)의 동남쪽에 있는 읍. 엘바(Elba) 섬에서 탈출하여 다시 정권을 장악한 나폴레옹 일세(Napoléon: 1769~1821)가 이곳에서 영국과 프로이센 군대에 참패했다. 이로써 나폴레옹의 '백일천하(Les cent jours)'가 종식되었으며, 나폴레옹은 아프리카의 고도(孤島) 세인트헬레나(Saint Helena) 섬에 유배되었다.

원력(原力): 본디부터 가지고 있는 기운.

월궁(月宮): 달 속에 있다는 전설 속의 궁전. 월궁전(月宮殿).

월부(月賦): 물건 값이나 빚 따위의 일정한 금액을 다달이 나누어 내는 일이나 그런 돈. 달붓기. 월부불(月賦拂). 월불(月拂).

월전(月前): 달포 전.

위석(委席): 몸져누워서 일어나지 못함.

위선(爲先): 우선(于先).

위지삼잡(圍之三匝): 여러 겹으로 둘러쌈. 삼지위(三之圍)겹.

유공(有功): 공로가 있음.

유명(幽冥): 깊숙하고 어두움. 저승.

유명(幽明): 어둠과 밝음. 저승과 이승. 유현(幽顯).

유출유기(愈出愈奇): 점점 더 기이함.

육군성(陸軍省): 육군과 관련된 업무를 관장하는, 구(舊) 일본의 행정 기관.

육례(六禮): 우리나라의 전통 혼인에서 행하는 납채(納采), 문명(問名), 납길(納
    吉), 납폐(納幣), 청기(請期), 친영(親迎)의 여섯 가지 예법(禮法).

육혈포(六穴砲): 탄알을 재는 구멍이 여섯 개 있는 회전식 연발 권총. 리볼버
    (revolver).

으스름달: 침침하고 흐릿한 빛을 내는 달. 농월(朧月). 암월(暗月).

은구(隱溝): 땅속에 묻은 수채.

은정(隱釘): 아래위를 뾰족하게 깎아 만든 나무못. 대가리가 작아서 박으면 겉으
    로 잘 드러나지 않는다. 양끝못. 은혈못.

은택(恩澤): 은혜와 덕택. 인택(仁澤).

은행(銀行) 딱지: '은행 수표(銀行手票)'를 일컫는, 범죄자들의 변말.

은행권(銀行券): 중앙은행에서 발행하여 현금으로 쓰는 지폐. 은행 지폐(銀行紙
    幣).

음충맞다: 마음이나 성질이 매우 음흉하고 불량한 데가 있다. 암특(暗慝)히다.

의장병(儀仗兵): 의장대(儀仗隊)에 속한 병사.

의중인(意中人): 마음속에 있어서 잊을 수 없는 사람. 마음속으로 지목한 사람. 심
    중인(心中人). 의중지인(意中之人).

의지간(倚支間): 원래 있던 집채에 더 달아서 꾸민 칸. 원채의 처마 끝에 잇대어
    늘여 짓거나 차양을 달아 잇대어 지은 칸. 달개. 달개집.

의초: 부부 사이의 정의(情誼).

이기다: 칼 따위로 잘게 썰어서 짓찧어 다지다.

이약: 그토록 대단한 ~(누구)도. 일본어의 'さすがの~も'를 옮긴 말이다.

이인(異人): 재주가 신통하고 비범한 사람.

이태리(伊太利): '이탈리아(Italia)'를 음역(音譯)한 이름.

인사불성(人事不省): 제 몸에 벌어지는 일을 모를 만큼 정신을 잃은 상태. 사람으로서 예절을 차릴 줄 모름. 불성인사(不省人事).

인사정신(人事精神): 신상에 벌어지는 일을 살피거나 예절을 차릴 수 있는 제정신.

인수(人數): 사람의 수효. 명수(名數). 원수(員數). 인명수(人名數). 인원수(人員數).

인적부도처(人跡不到處): 사람이 사는 곳에서 멀리 떨어져 있어서 사람의 발자취가 이르지 아니하는 곳.

일구월심(日久月深): 날이 오래고 달이 깊어 감, 즉 세월이 흐를수록 더함.

일급(日給): 하루를 단위로 하여 지급하는 급료나 그런 방식.

일망타진(一網打盡): 한 번 그물을 쳐서 고기를 다 잡음, 즉 어떤 무리를 한꺼번에 모조리 다 잡음. 《송사(宋史)》의 〈범순인전(范純仁傳)〉에 나오는 말이다. 망타(網打).

일순(一瞬): 아주 짧은 시간. 일순간(一瞬間).

일신(一新): 아주 새로워짐. 아주 새롭게 함.

일언반사(一言半辭): 한 마디 말과 반 구절, 즉 아주 짧은 말. 일언반구(一言半句).

일정일동(一靜一動): 하나하나의 동정. 모든 동작. 일동일정(一動一靜).

일희일비(一喜一悲): 한편으로는 기쁘고 한편으로는 슬픔. 기쁨과 슬픔이 번갈아 일어남. 일비일희(一悲一喜).

임금(林檎): 능금나무의 열매. 능금. 사과(沙果, 砂果)와 비슷한 모양이지만 훨씬 작다.

임석(臨席): 행사 따위의 일이 벌어지는 자리에 참석함.

입귀: 입의 양쪽 구석. 입아귀.

입(을) 씻기다: 돈이나 물건 따위를 주어 자기에게 불리한 말을 못 하도록 하다.

ㅈ

자객(刺客): 사람을 몰래 암살하는 일을 전문으로 하는 사람.

자국눈: 겨우 발자국이 날 만큼 적게 내린 눈. 박설(薄雪).

자그럽다: 날카로운 소리가 신경을 자극하여 몹시 듣기에 거북하다.

자끈: 작고 단단한 물건이 갑자기 세게 부러지거나 깨지는 소리 또는 그 모양. 세

게 한 번 때리는 소리나 그 모양.

자세(藉勢): 어떤 권력이나 세력 또는 특수한 조건을 믿고 세도를 부림.

자애지정(慈愛之情): 아랫사람을 인자하게 사랑하는 마음.

자약(自若): 큰일을 당하고도 아무렇지도 않은 듯 침착함.

자취소리: 발자국 소리.

자현(自現): 자기 스스로 범죄 사실을 관아(官衙)에 고백하는 일.

작살: 완전히 깨어지거나 부서짐. 아주 결딴이 남.

작일(昨日): 어제.

작자(作者): 나 아닌 다른 사람을 낮잡아 이르는 말.

작죄(作罪): 죄를 지음. 지은 죄.

잔돈푼: 얼마 안 되는 돈. 자질구레하게 쓰는 돈.

잔(盞)술집: 낱잔으로 술을 파는 집.

잔약(孱弱): 가냘프고 약함.

잘자리: 잠을 자려는 방이나 장소. 잠자리.

잠착(潛着): 한 가지 일에만 골똘하게 정신을 씀. '참척'의 본딧말.

잡아낚다: 잡아서 낚아채다.

잡쥐다: 단단히 잡아 틀어쥐다.

장거리: 장(場)이 서는 거리.

장광(長廣): 길이와 넓이를 아울러 이르는 말.

장력(壯力): 씩씩하고 굳센 힘.

장렬(葬列): 영구(靈柩)를 따라 장사 지내러 가는 행렬.

장렬(壯烈): 의기(意氣)가 씩씩하고 열렬함. 장엄하고 비장함.

장막(帳幕): 한데에서 볕 또는 비바람을 피할 수 있도록 둘러치는 막.

장명등(長明燈): 대문 밖이나 처마 끝에 달아 두고 밤에 불을 켜는 등.

장비(葬費): 장사를 지내는 데 드는 비용. 장례비(葬禮費) 장수(葬需).

장의자(長椅子): 여러 사람이 앉을 수 있게 가로로 길게 만든 의자. 장교의(長交椅).

장전(欌廛)장이: 장롱 따위의 세간을 만들어 파는 일을 업으로 하는 사람.

장중보옥(掌中寶玉): 손안에 있는 보배로운 구슬, 즉 귀하고 보배롭게 여기는 존재. 장중주(掌中珠).

장지: 방과 방 사이 혹은 방과 마루 사이에 칸을 막아 끼우는 문.

저거번(去番): 저번(這番). 지난번.

저당(抵當): 맞서서 겨룸.

저저(這這)이: 있는 사실대로 낱낱이 모두. 저저(這這).

적공(積功): 공을 쌓음. 많은 힘을 들여 애를 씀.

적수공권(赤手空拳): 맨손과 맨주먹, 즉 아무것도 가진 것이 없음. 척수공권(隻手空拳).

적신(赤身): 벌거벗은 알몸뚱이.

적적 요요(寂寂寥寥): 매우 적적하고 고요함.

전고(前古): 지나간 옛날. 왕고(往古).

전공(戰功): 전투에서 세운 공로. 전훈(戰勳).

전권 대사(全權大使): 나라를 대표하여 다른 나라에 파견되어 외교를 맡아보는 최고 직급이나 그런 사람. 주재국(駐在國)에 대하여 국가의 의사를 전달하는 임무를 가지며 국가의 원수와 그 권위를 대표한다. 대사(大使). 특명 전권 대사(特命全權大使).

전례(典例): 전거(典據)가 되는 선례(先例).

전수가결(全數可決): 회의에 모인 모든 사람이 찬성하여 결정함.

전옥(典獄): 교도소의 우두머리.

전임(轉任): 다른 관직이나 임무로 옮김. 이임(移任). 천임(遷任).

전자(前者): 지난번.

전정(前程): 앞길.

전좌우(前左右): 앞쪽과 왼쪽, 오른쪽을 아울러 이르는 말.

전쾌(全快): 병이 완전히 나음. 완쾌(完快).

절륜(絶倫): 본뜻은 아주 두드러지게 뛰어남. 절등(絶等).《애사》에서는 혈육의 인연이나 관계를 완전히 끊는다는 뜻으로 쓰였다.

점고(點考): 명부에 일일이 점을 찍어 가며 사람의 수를 조사함.

정경부인(貞敬夫人): 정일품과 종일품 문무관의 아내에게 주던 조선 시대의 봉작(封爵).

정교(正校): 오늘날의 '상사(上士)'에 해당하는, 대한 제국 때의 부사관 계급.

정령(正領): 오늘날의 '대령(大領)'에 해당하는, 대한 제국 때의 영관 계급.

정리(情理): 인정과 도리.

정신기(精神氣): 사물을 느끼고 생각하며 판단할 수 있는 기운이나 기색.

정정(廷丁, 庭丁): 식민지 시대에 법원의 사환(使喚)을 이르던 말.

정지(情地): 딱한 사정에 있는 처지.

제겨디디다: 발끝이나 발뒤꿈치만으로 땅을 디디다.

제관(祭官): 제사를 맡은 관원. 향관(享官). 제사에 참례(參禮)하는 사람.

제구(諸具): 여러 가지의 기구.

제돌이: 저절로 돎. 제자리로 돌아옴. 《애사》에서는 간밤부터 만 스물네 시간이 지났다는 뜻으로 쓰였다.

제반악증(諸般惡症): 여러 가지 악한 증세나 나쁜 짓.

제일(祭日): 제삿날. 젯날. 《애사》에서는 '참회 화요일'인 마르디 그라(Mardi Gras)를 가리키는 '축제일(祝祭日)'의 뜻으로 쓰였다. 부활절 47일 전의 화요일이사 사순절(四旬節, Lent)의 첫날인 '재의 수요일(Ash Wednesday)' 전날인 이날은 사육제(謝肉祭, Fasching)의 마지막 날로 거리에서 화려한 가장 무도회를 펼치며 술과 육식을 즐긴다.

조강(燥剛): 메마르고 거칢.

조급증(躁急症): 조급해 하는 버릇이나 마음.

조기다: 써서 없애 치우거나 또는 사정없이 들이다.

조막: 주먹보다 작은 물건의 덩이를 빗대어 이르는 말.

조상(弔喪): 남의 죽음에 대하여 슬퍼하는 뜻을 드러내어 상주(喪主)를 위문함. 조문(弔問).

조섭(調攝): 건강이 회복되도록 몸을 보살피고 병을 다스림. 조리(調理).

조수(潮水): 밀물과 썰물. 또는 아침에 밀려들었다가 나가는 바닷물. 미세기. 조석(潮汐). 조석수(潮汐水). 해조(海潮).

조지다: 짜임새가 느슨하지 않도록 단단히 맞추어서 박다. 일이나 말이 허술하게 되지 않도록 단단히 단속하다.

족대기다: 다른 사람을 견디지 못할 정도로 볶아치다. 마구 두들겨 패다.

족치다: 견디지 못하도록 매우 볶아치다.

졸지(猝地): 갑작스러운 판국.

종시(終是): 끝내.

종신 연금(終身年金): 권리자가 죽을 때까지 매년 일정한 금액을 받을 수 있는 연금.

종짓굽: 종지뼈가 있는 언저리. 무릎 앞 한가운데에 힘줄로 둘러싸여 있어 무릎마디를 보호하는 역할을 하는 작은 종지 모양의 오목한 뼈를 '종지뼈' 즉 무릎뼈라 한다.

좌수우봉(左授右捧): 왼손으로 주고 오른손으로 받음, 즉 바로 그 자리에서 거래함.

주달(奏達): 임금에게 아뢰는 일.

주막거리: 주막(酒幕)이 있는 길거리.

주막(酒幕)쟁이: 주막을 경영하는 사람을 낮잡아 이르는 말.

주밀(周密): 허술한 구석이 없고 세밀함.

주변: 일을 주선하거나 변통함. 또는 그런 재주. 두름손.

주인(主人) 잡다: 잠시 머물러 잘 수 있는 집을 정하다. 하숙할 집을 정하다. 품팔이꾼이나 머슴 등이 한동안 일하여 주면서 거처할 집을 정하다.

주장(主掌): 어떤 일을 책임지고 맡음. 또는 그런 사람. 기본이 되거나 으뜸이 되는 것.

주장(主張)삼다: 무엇을 위주로 하다. 유일한 근거나 명분으로 믿고 툭하면 그것을 내세우다.

줄달다: 끊임없이 줄을 지어 잇따르다.

중과부적(衆寡不敵): 적은 수효로 많은 수효를 대적하지 못함.

중늙은이: 젊지도 아니하고 아주 늙지도 아니한, 조금 늙은 사람. 반늙은이. 중노인(中老人). 중로(中老).

중로(中路): 오가는 길의 중간.

중절거리다: 수다스럽게 중얼거리다. 중절대다. 중절중절하다.

중절중절: 수다스럽게 중얼거리는 소리나 그런 모양.

즐비(櫛比): 빗살처럼 줄지어 빽빽하게 늘어서 있음.

증: 노엽거나 언짢게 여겨 일어나는 불쾌한 감정. '성'의 사투리.

증험(證驗): 실지로 사실을 경험함. 증거로 삼을 만한 경험. 시험해 본 효험.

지공무사(至公無私): 지극히 공정하여 사사로움이 없음. 지공(至公).

지남철(指南鐵): 자석(磁石). 자침(磁針).

지대석(址臺石): 건축물을 세우기 위하여 잡은 터에 쌓은 돌. 지댓돌.

지댓돌: 건축물을 세우기 위하여 잡은 터에 쌓은 돌. 지대석(址臺石).

지렛목: 물체를 떠받치는 지렛대를 괴는 물건. 또는 그런 고정된 점. 받침점. 지점(支點).

지세(地勢): 땅의 생긴 모양이나 형세.

지재지삼(至再至三): 두 번 세 번, 즉 여러 차례.

지정(地釘): 집터 따위의 바닥을 단단히 하려고 박는 통나무 토막이나 콘크리트 기둥.

지필묵(紙筆墨): 종이와 붓과 먹.

직권(職權): 직무상의 권한. 맡은 권한. 공무원이나 법인 따위의 기관이 그 지위나 자격으로 행할 수 있는 사무나 그런 사무의 범위.

진세(陣勢): 진영(陣營)의 형세. 군진(軍陣)의 세력.

진중(陣中): 군대나 부대의 안.

진퇴유곡(進退維谷): 이러지도 저러지도 못하고 꼼짝할 수 없는 궁지. 진퇴양난(進退兩難).

진휼(賑恤): 흉년을 당하여 가난한 백성을 도와줌. 섬휼(贍卹). 주진(賙賑). 진구(賑救). 진제(賑濟).

질감맞다: 견디기 매우 지루한 데가 있다. 지루감스럽다. 질감스럽다.

질 부등가리: 질그릇의 흙바탕이 되는 흙으로 만든 부등가리. → 부등가리.

집뒤짐: 사람이나 물건 따위를 찾기 위하여 남의 집을 뒤지는 일.

집안용: 집안 살림에 드는 비용. 가용(家用).

집어세다: 체면 없이 마구 먹다. 말과 행동으로 마구 닦달하다. 남의 것을 마음대로 가지다.

찌긋: 남에게 눈치를 채게 하려고 눈을 슬쩍 찌그리는 모양. 남에게 주의를 주느라고 남의 옷자락을 슬며시 잡아당기는 모양.

찌부러지다: 물체가 눌리거나 부딪혀서 우그러지다. 기운이나 형세 따위가 꺾이어 매우 약해지다. 못마땅하여 얼굴 근육을 펴지 아니하고 잔뜩 우므리다. 망하거나 허물어지다.

ㅊ

차꼬: 죄수를 가두어 둘 때 쓰던 형구(刑具). 두 개의 기다란 나무토막을 맞대어 그 사이에 구멍을 파서 죄인의 두 발목을 넣고 자물쇠를 채우게 되어 있다.

차입(差入): 교도소나 구치소에 갇힌 사람에게 음식, 의복, 돈 따위를 들여보내는 일이나 그런 물건.

차치(且置): 내버려 두고 문제 삼지 아니함. 차치물론(且置勿論).

착명(着名): 문안(文案) 따위에 이름을 적어 넣음. 착서(著署).

찬미(讚美): 아름답고 훌륭한 것이나 위대한 것 따위를 기리어 칭송함.

찬수(饌需): 반찬거리가 되는 것. 반찬의 종류. 찬물(饌物). 찬품(饌品).

참령(參領): 오늘날의 '소령(少領)'에 해당하는, 대한 제국 때의 영관 계급.

참바: 삼이나 칡 따위로 세 가닥을 지어 굵다랗게 드린 줄. 바.

참예(參預): 참여(參與).

창(艙): 물가에 다리처럼 만들어 배가 닿을 수 있게 한 곳. 부두(埠頭). 선창(船艙).
　　선창다리.

창가(唱歌): 갑오개혁(甲午改革) 이후에 발생한 근대 음악 형식의 하나. 서양 악곡
　　의 형식을 빌려 지은 간단한 노래다. 영가(詠歌).

창망(滄茫, 蒼茫): 넓고 멀어서 아득함.

창생(蒼生): 세상의 모든 사람. 창맹(蒼氓). 창민(蒼民).

창칼: 작은 칼.

채롱: 껍질을 벗긴 싸릿개비나 버들가지 따위의 오리를 결어서 함(函) 모양으로
　　만든 채그릇.

책사(冊肆): 책을 갖추어 놓고 팔거나 사는 가게. 서점(書店).

책서(冊書): 책글씨. 책을 베끼어 씀.

책(責)잡다: 남의 잘못을 들어 나무라다.

천개(天蓋): 관(棺)의 뚜껑.

천거(薦擧): 어떤 일을 맡아 할 수 있는 사람을 그 자리에 쓰도록 소개하거나 추천
　　함.

천고(千古): 아주 먼 옛적. 아주 오랜 세월 동안. 오랜 세월을 통하여 그 종류가 드
　　문 일.

천둥 지둥: 천둥과 지둥. 우레와 지진(地震). 각각 '천동(天動)'과 '지동(地動)'의
　　변한말이다.

천량: 개인 살림살이의 재산.

천망(薦望): 벼슬아치를 윗자리에 천거하는 일. 망(望). 천의(薦擬).

천방지축(天方地軸): 못난 사람이 종작없이 덤벙이는 일. 너무 급하여 허둥지둥
　　함부로 날뜀. 또는 그런 모양. 천방지방(天方地方).

천여(天與): 하늘이 줌. 천수(天授).

천품(天稟): 타고난 기품. 천자(天資).

철공장(鐵工場): 쇠로 갖가지 기구를 만드는 공장. 철공소(鐵工所).

철장(鐵杖): 쇠로 만든 막대기나 지팡이.

첨지(僉知): 조선 시대의 중추원(中樞院)에 속한 정삼품 무관의 벼슬을 이르는 첨
　　지중추부사(僉知中樞府事) 혹은 첨지사(僉知事). 나이 많은 남자를 낮잡아
　　이르는 말.

첫밗: 일이나 행동의 맨 처음 국면.

청결(淸潔): 맑고 깨끗함. '청소(淸掃)'의 사투리.

청백(淸白): 재물에 대한 욕심이 없이 곧고 깨끗함. 청렴(淸廉).

청지기: 양반집 수청방(守廳房)에서 잡일을 맡아보거나 시중을 드는 사람. 청직(廳直).

청직(廳直): 양반집 수청방(守廳房)에서 잡일을 맡아보거나 시중을 드는 사람. 청지기.

체경(體鏡): 몸 전체를 비추어 볼 수 있는 큰 거울. 몸거울.

체중(體重): 지위가 높고 점잖음. 만삭이거나 살이 쪄서 몸을 가누기가 어렵게 몸이 무거움.

초군(樵軍): 나무꾼.

초상집 개 모양: 먹을 것이 없어서 이 집 저 집 돌아다니며 빌어먹는 사람이나 궁상이 끼고 초췌한 꼴을 한 사람을 빗대어 이르는 말. 초상난 집 개. 초상집의 주인 없는 개.

초종장사(初終葬事): 초상이 난 뒤부터 졸곡(卒哭)까지 치러지는 온갖 일이나 예식. 초종(初終). 초종장례(初終葬禮).

촉대(燭臺): 초를 꽂아 놓는 기구. 촉가(燭架). 촛대.

총냥이: 여우나 이리 따위처럼 눈이 툭 불거지고 입이 뾰족하며 얼굴이 마른 사람을 빗대어 이르는 말.

총섭(總攝): 교종(敎宗)의 법계(法階) 가운데 가장 높은 등급. 승통(僧統).

총(銃)열: 총알이 나가는 방향을 정하여 주는, 긴 원통 모양의 강철로 되어 있는 총의 한 부분. 열. 총신(銃身).

총중(叢中): 한 떼의 가운데. 떼를 지은 뭇사람.

추천(鞦韆): 그네.

축수(祝手): 두 손바닥을 마주 대고 빎.

춘절(春節): 봄철.

춘풍추우(春風秋雨): 봄바람과 가을비, 즉 지나간 세월.

춘풍화기(春風和氣): 봄날의 화창한 기운.

춘한노건(春寒老健): 봄추위와 늙은이의 건강, 즉 사물이 오래가지 못함을 빗대어 이르는 말.

출관(出棺): 출상(出喪)하기 위하여 관(棺)을 집 밖으로 내어 모심. 출구(出柩).

출신(出身): 처음으로 벼슬길에 나섬. 또는 출세(出世).

충복(忠僕): 주인을 충심으로 섬기는 사내종. 어떤 사람을 충직하게 받드는 사람.

충비(忠婢): 충실히 주인을 섬기는 계집종.

충천(衝天): 하늘을 찌를 듯이 공중으로 높이 솟아오름. 분하거나 의로운 기개, 기
　　세 따위가 북받쳐 오름. 탱천(撑天).

취인(取引, とりひき): '거래(去來)'에 해당하는 일본 말.

취조(取調): 범죄 사실을 밝히기 위하여 혐의자나 죄인을 조사함. 문초(問招).

측량(測量)없다: 한이나 끝이 없다.

층절(層節): 일의 많은 가닥이나 곡절 또는 변화.

층집: 여러 층으로 지은 집. 층옥(層屋).

치가(置家): 첩을 얻어 따로 살림을 차림. 첩치가(妾置家).

치곧아오르다: 추위가 몸의 아래쪽에서 위쪽으로 치밀어 오르다. 치곧다.

치근치근하다: 끈기 있는 물건 따위가 맞닿아서 불쾌한 느낌이 있다.

치부책(置簿册): 돈이나 물건이 들고 나고 하는 것을 기록하는 책. 치부장(置簿帳).
　　장부(帳簿).

치사(致謝): 고맙고 감사하다는 뜻을 표시함.

침공(針工): 재단하여 바느질함. 또는 그런 일을 하는 사람.

침불안석(寢不安席): 걱정이 많아서 잠을 편히 자지 못함. 침불안(寢不安).

침중(沈重): 병세가 심각하여 위중함.

침책(侵責): 간접적으로 관계되는 사람에게 책임을 추궁함. 책침.

침침칠야(沈沈漆夜): 아주 가까운 거리도 분간할 수 없을 정도로 아주 어두운 밤.

ㅋ

칸(Cannes): 프랑스 남동부와 이탈리아 북서부의 지중해 연안 지역에 있는 관광
　　휴양 도시. 엘바(Elba) 섬에 유배되었던 나폴레옹 일세(Napoléon:
　　1769~1821)가 이곳에 상륙한 뒤 파리로 진격했다.

칸통: 넓이의 단위. 한 칸통은 집의 몇 칸쯤 되는 넓이다.

켕기다: 단단하고 팽팽하게 되다. 맞당기어 팽팽하게 만들다. 마주 버티다. 마음
　　속으로 겁이 나고 탈이 날까 불안하다.

켕기다: 핏줄이 이어진 골육(骨肉) 사이에 남다른 친화력이 있다.

콩: 콩알. '총알'을 속되게 이르는 말.

546

타관(他官): 자기 고향이 아닌 고장. 객지(客地). 이향(異鄕). 타역(他域). 타향(他鄕).

탁방(坼榜): 과거에 급제한 사람의 성명을 게시하던 일. 어떤 일 따위의 결말을 빗대어 이르는 말.

탁성(濁聲): 쉬거나 흐린 목소리. 타목.

탁지대신(度支大臣): 대한 제국 때 국가 전반의 재정을 맡아보는 중앙 관청인 탁지부(度支部)의 으뜸 관직. 탁대(度大).

탄자(彈子): 잘게 만들어 엽총 따위에 쓰는 총알. 처란. 철탄. 철탄환. 탄알.

탄평(坦平): 땅이 넓고 평평함. 근심이 없이 마음이 편함.

탄하다: 남의 일을 아랑곳하여 시비하다. 남의 말을 탓하여 나무라다.

탱중(撑中): 화나 욕심 따위가 가슴속에 가득 차 있음.

턱찌끼: 남이 먹다 남긴 음식. 어떤 대상에 빌붙었을 때 받는 혜택이나 이익을 빗대어 이르는 말. '턱찌꺼기'의 준말. 함하(頷下). 함하물(頷下物). 함하지물(頷下之物).

털찝: 돈을 주책없이 함부로 쓰는 방탕한 기질. 돈을 주책없이 함부로 쓰는 방탕한 사람을 그 돈을 먹는 편에서 이르는 말.

토색(土色): 흙의 빛깔과 같은 색. 흙색.

통기(通寄): 기별을 보내 알게 함. 통지(通知).

통래(通來): 왕래(往來).

통지기: 물통이나 밥통 따위를 지키는 사람, 즉 반찬을 만드는 일을 맡아 하던 여자 하인인 '반빗', '반빗아치', '찬비(饌婢)'를 빗대어 이르는 말, 서방질을 잘하는 계집종.

통첩(通牒): 어떤 사실이나 사항을 문서로 알리거나 통지함. 또는 그런 문서. 행정 관청이 관하(管下)의 기관이나 직원 또는 공공 단체 따위에 대하여 어떤 사항을 통지하는 일이나 그런 방식. 국가 간의 합의 혹은 일방적 의사 표시를 내용으로 하는 문서.

통투(通透): 사리를 꿰뚫어 환히 앎.

퇴락(頹落): 낡아서 무너지고 떨어짐. 지위나 수준 따위가 뒤떨어짐. 퇴당(頹唐).

퇴축(退縮): 움츠리고 물러남. 축퇴(縮退).

툴롱(Toulon): 프랑스 남쪽, 지중해에 면하여 있는 항구 도시. 프랑스 해군 기지

가 있는 군항이자 공업 도시다. 이곳에 있던 형무소는 1873년에 폐지되었
　　다.

트레바리: 이유 없이 남의 말에 반대하기를 좋아하는 성격이나 그런 성격을 지닌
　　사람.

특별 사면(特別赦免): 형(刑)의 선고를 받은 특정인에 대하여 형의 집행을 면제하
　　거나 유죄 선고의 효력을 상실하게 하는 사면 조치. 특사(特赦).

특사(特赦): 형(刑)의 선고를 받은 특정인에 대하여 형의 집행을 면제하거나 유죄
　　선고의 효력을 상실하게 하는 사면(赦免) 조치. 특별 사면(特別赦免).

특파(特派): 특별히 파견함.

ㅍ

파겁(破怯): 익숙하여 두려움이나 부끄러움이 없어짐.

파락호(破落戶): 재산이나 세력이 있는 집안의 자손으로서 집안의 재산을 몽땅 털
　　어먹는 난봉꾼.

파란(波蘭): '폴란드(Poland)'를 음역(音譯)한 이름.

파르족족하다: 칙칙하고 고르지 아니하게 파르스름하다. '푸르죽죽하다'의 작은
　　말.

파사(罷仕): 그날의 일을 끝냄. 정한 시각에 사무를 마치고 물러 나옴. 사퇴(仕退).
　　퇴사(退仕).

파쇠붙이: 쇠붙이 그릇의 깨어진 조각 또는 녹이 슬거나 깨어져 못 쓰게 된 쇠붙
　　이를 통틀어 이르는 말. 설철(屑鐵). 파철(破鐵). 헌쇠.

파약(破約): 약속이나 계약 따위를 깨뜨림. 해약(解約).

판나다: 끝장이 나다. 재산이나 물건이 모조리 없어지다.

판사장(判事長): 합의제 법원에서 합의체를 대표하는 법관. 소송 사건의 심리, 진
　　행, 판결에 이르기까지 지도하고 감독한다. 재판장(裁判長).

판장(板牆): 널빤지로 친 울타리. 널판장.

팔면부지(八面不知): 어느 면으로 보나 전혀 모름.

패(覇): 남을 교묘히 속이는 꾀.

패장(牌將): 관청이나 일터에서 일꾼을 거느리는 사람. 패(牌)의 우두머리. 패두
　　(牌頭).

편짝: 상대하는 두 편 가운데 어느 한 편.

폐다: '펴이다'의 준말.

폐일언(蔽一言): 이러니저러니 할 것 없이 한마디로 휩싸서 말함.

포학(暴虐): 몹시 잔인하고 난폭함.

퐁타를리에(Pontarlier): 프랑스 동부 프랑슈콩테(Franche-Comté) 레지옹 (Region)의 두(Doubs) 데파르트망(Department)에 있는 도시.

퐁투아즈(Pontoise): 프랑스 일드프랑스(Ile de France) 레지옹(Region)의 발두아 즈(Val-d' Oise) 데파르트망(Department)의 주도(州都). 파리 북서쪽 우아 즈(Oise) 강 우안(右岸)에 있다.

표적(表迹): 겉으로 드러난 자취. 표(表).

풍상(風霜): 바람과 서리, 즉 많이 겪은 세상의 어려움과 고생.

풍설(風雪): 눈과 함께, 또는 눈 위로 불어오는 차가운 바람. 심한 고난을 빗대어 이르는 말. 눈바람. 설풍(雪風). 설한풍(雪寒風).

풍편(風便): 바람결.

피골상련(皮骨相連): 살가죽과 뼈가 맞붙을 정도로 몹시 마름. 피골상접(皮骨相 接).

피봉(皮封): 겉봉.

픽푸스(Pipus) 승방(僧房): 프랑스 파리의 픽푸스(Picpus) 거리에 있던 예수 마 리아 성심회(Congregation of the Sacred Hearts of Jesus and Mary) 소속의 수도원.

핑구: 위에 꼭지가 달린 팽이.

ㅎ

하감(下鑑): 아랫사람이 올린 글을 윗사람이 봄.

하관 승(下官繩): 시체를 묻을 때에 관을 광중(壙中)에 내릴 때 쓰는 줄.

하님: 여자 종을 대접하여 부르거나 여자 종들이 서로 높여 부르는 말. 하전(下 典).

한갓지다: 한쪽으로 잘 정돈되어 있다.

한겻지다: 으슥하고 구석지다.

한골(骨): 썩 좋은 지체.

한골 가다: 썩 좋은 지체로 드러나다. 한골 나가다.

한란계(寒暖計): 사람이 일상생활을 할 수 있는 범위 내의 온도를 측정하도록 눈
　　금을 설정한 온도계. 온도계(溫度計).

한사(限死): 죽기를 각오함. 결사(決死). 수사(殊死).

한지잠: 한지 즉 한데에서 자는 잠. 노숙(露宿). 노차(路次). 한뎃잠.

한통: 서로 마음이 통하여 같이 모인 동아리. 한통속.

한판씨름: 단 한 번에 승부를 내는 씨름. 일의 성사를 가르는 결정적 대목에서 힘
　　을 모아 마지막으로 하여 보는 일. 단판씨름.

함함하다: 털이 보드랍고 반지르르하다. 소담하고 탐스럽다.

합수(合水): 여러 갈래의 물이 한데 모여 흐름. 또는 그렇게 흐르는 물.

합장 배례(合掌拜禮): 두 손바닥을 마주 대고 절함.

합창(合瘡): 종기나 상처에 새살이 돋아나서 아묾.

항용(恒用): 흔히 늘.

해면(海綿): 가장 원시적인 다세포 동물로서 몸의 기본형은 항아리 모양이고 밑
　　부분의 끝이 다른 물체에 부착하는 해면동물. 몸은 부드럽고 골편(骨片)이
　　나 섬유 따위로 이루어져 있어 몸 벽에 있는 많은 구멍으로 물이 들어가서
　　위강(胃腔)을 지나 몸 위에 있는 구멍으로 나온다. 후생동물(後生動物)의 한
　　문(門)이다. 또는 목욕해면(沐浴海綿)을 볕에 쬐어 섬유상(纖維狀)의 골격만
　　남긴 것. 미세한 구멍이 많이 뚫려 있고 부드러우며 탄력이 좋아서 수분을
　　잘 빨아들인다. 갯솜.

해장(該掌): 그 직무를 맡은 사람. 해색(該色).

해전: 해가 지기 전. 해가 떠 있는 동안. 해안.

핵실(覈實): 일의 실상을 조사함.

행내기: 만만하게 여길 만큼 평범한 사람. 보통내기.

행보(行步): 목적한 곳으로 장사하러 다님.

행실(行實)을 내다: 사람으로 행하여야 할 마땅한 도리를 가르치기 위하여 잘못
　　한 사람을 징계하여 본(本)이 되게 하다. 본보기를 내다.

행위 불명(行位不明): 간 곳이나 방향을 모름. 행방불명(行方不明). 행불(行不).

행하(行下): 심부름을 하거나 시중을 든 사람에게 주는 돈이나 물건. 품삯 이외에
　　더 주는 돈.

허덕지덕: 정신을 못 차릴 정도로 힘에 부쳐 자꾸 쩔쩔매거나 괴로워하며 애쓰는
　　모양.

550

허우룩하다: 마음이 텅 빈 것같이 허전하고 서운하다.

헌털뱅이: '헌것'을 속되게 이르는 말.

헐가방매(歇價放賣): 헐값으로 마구 팔아 버림.

헐수할수없다: 어떻게 해 볼 도리가 없다. 매우 가난하여 살아갈 길이 막막하다.

협협하다: 활발하고 융통성이 있으며 대범하다. 규모는 없으나 인색하지 아니하
여 잘 쓰는 버릇이 있다.

헛가게: 때에 따라 벌였다 걷었다 하는 가게.

헛심: 보람 없이 쓰는 힘. 헛되이 들인 힘. 공력(空力). 누빙(鏤氷).

헛힘: 보람 없이 쓰는 힘. 헛되이 들인 힘. '헛심'의 변한말. 공력(空力). 누빙(鏤
氷).

현몽(現夢): 죽은 사람이나 신령이 꿈에 나타남. 꿈에 나타난 것.

혈혈단신(孑孑單身): 의지할 곳이 없는 외로운 홀몸. 고독단신(孤獨單身). 단독일
신(單獨一身).

혐의(嫌疑): 꺼리고 미워함.

혐의(嫌疑)쩍다: 꺼리고 미워할 만한 데가 있다. 범죄를 저질렀을 것으로 의심할
만한 데가 있다. 혐의스럽다.

협기(俠氣): 호방하고 의협심이 강한 기상. 호탕한 기상. 기협(氣俠).

협문(夾門): 대문이나 정문 옆에 있는 작은 문.

협착(狹窄): 차지하고 있는 자리가 매우 좁음. 처하여 있는 사정이나 형편이 매우
어려움.

형적(形跡, 形迹): 사물의 형상과 자취. 남은 흔적. 영적(影迹).

호구(糊口, 餬口): 입에 풀칠을 함, 즉 겨우 끼니를 이어 감.

호사(豪奢): 호화롭게 사치함. 또는 그런 사치. 분사(紛奢).

혼곤(昏困): 징신이 흐릿하고 고달픔.

혼신(魂神): 영혼과 정신.

홀대(忽待): 소홀히 대접함. 푸대접.

홀싹: 날씬하고 상큼한 모양.

홍도화(紅桃花): 홍도나무의 꽃. 홍도(紅桃).

홍바지: 형이 확정된 기결수(旣決囚)가 입는 감빛 수의(囚衣).

화수분: 재물이 계속 나오는 보물단지. 그 안에 온갖 물건을 담아 두면 끝없이 새
끼를 쳐 그 내용물이 줄어들지 않는다는 설화상의 단지를 이른다.

화젓가락: 화로에 꽂아 두고 불덩이를 집거나 불을 헤치는 데 쓰는 쇠로 만든 것

가락. 부젓가락. 화저(火箸).

화톳불: 한데다가 장작 따위를 모으고 질러 놓은 불.

환거(鰥居): 홀아비로 삶.

환골탈태(換骨奪胎): 뼈대를 바꾸어 끼고 태를 바꾸어 씀, 즉 고인(古人)의 시문의
형식을 바꾸어서 그 짜임새와 수법이 먼저 것보다 잘되게 함. 사람이 보다
나은 방향으로 변하여 전혀 딴사람처럼 됨. 중국 남송(南宋)의 승려 혜홍(惠
洪)의 《냉재야화(冷齋夜話)》에 나오는 말이다. 탈태(奪胎). 환골(換骨). 환탈
(換奪).

환전(換錢): 환표(換標)로 보내는 돈. 환(換).

활싹: 썩 넓게 벌어지거나 열린 모양.

황겁(惶怯): 겁이 나서 얼떨떨함.

황지(黃紙): 누런 빛깔의 종이. 귀리의 짚으로 만든 고정지(藁精紙). 경서(經書)나
그 밖의 서적을 만드는 데 쓰는, 황벽색(黃蘗色)으로 물들인 종이.

회목: 손목이나 발목의 잘록한 부분. 강이나 길 따위에서 꺾이어 방향이 바뀌는 곳.

회박: 석회(石灰)를 되거나 담는 데에 쓰는 됫박.

후견인(後見人): 역량이나 능력이 부족한 사람의 뒤를 돌보아 주는 사람. 친권자
(親權者)가 없는 미성년자나 한정 치산자(限定治産者), 금치산자(禁治産者)
등을 보호하며 그의 재산 관리 및 법률 행위를 대리하는 직무를 행하는 사
람. 후견자(後見者).

후두들기다: 함부로 막 두드리다.

후의(厚意): 남에게 두터이 인정을 베푸는 마음.

후지다: 무엇에 시달려 기운이 빠지고 쇠하여지다. '휘지다' 의 옛말.

훔척훔척: 보이지 아니하는 데 있는 것을 찾으려고 이리저리 자꾸 더듬어 뒤지는
모양. 눈물 따위를 이리저리 자꾸 훔쳐 씻는 모양. 움켜잡듯이 거칠게 자꾸
긁적이는 모양.

훔쳐때리다: 들이덤비어 여무지게 때리다. 훔치다.

훔치개질: 남몰래 물건을 슬그머니 훔쳐 가지는 짓.

훔켜잡다: 세게 움켜잡다.

훔키다: 손가락을 안으로 구부리어 물건을 매우 세게 쥐다. 새나 짐승 따위가 발
가락으로 무엇을 놓치지 아니하도록 매우 세게 쥐다.

훗훗하다: 약간 갑갑할 정도로 훈훈하게 덥다. 마음을 부드럽게 녹여 주는 듯한
훈훈한 기운이 있다. 온온(溫溫)하다.

휘뚝거리다: 넘어질 듯이 자꾸 한쪽으로 쏠리거나 이리저리 흔들리다. 일이 위태
　　위태하여 마음을 놓을 수 없게 되다. 휘뚝대다.

휘뚝휘뚝: 넘어질 듯이 자꾸 한쪽으로 쏠리거나 이리저리 흔들리는 모양. 일이 위
　　태위태하여 마음을 놓을 수 없게 된 모양.

휘휘하다: 무서운 느낌이 들 정도로 고요하고 쓸쓸하다. 휘하다.

흉한(凶漢, 兇漢): 흉악한 짓을 하는 사람. 악당(惡黨). 악한(惡漢).

흑의(黑衣): 검은 빛깔의 옷.

흠썩: 조금도 남김없이 골고루 품 젖은 모양. 지나칠 정도로 푹 익은 모양. 마음에
　　들도록 매우 많은 모양.

흠절(欠節): 부족하거나 잘못된 점. 흠점(欠點). 흠처(欠處).

힘젓다: ‘힘이 되다’ 라는 뜻의 옛말. 또는 ‘힘지다’ 의 옛말. 힘이 있다. 힘이 들 만
　　하다.

《애사(哀史)》 연재 예고

신소설 예고 《애사(哀史)》
우보 민태원 씨 역(譯)

오랫동안 본지에 연재되어 독자의 호평을 받던 하몽 이상협 씨의 《무궁화》 소설은 일백이십여 회로써 끝을 마치게 되고 그다음에는 우보 민태원 씨의 《애사》를 연재하게 되었습니다.

이 《애사》라 하는 소설은 지금부터 삼십사 년 전에 이 세상을 떠난 불란서의 문호 빅토르 마리 위고 선생의 저작한 바로 지나간 백 년 동안에 몇백 명의 소설가가 몇천 질의 소설을 지었으나 이 소설 위에 올라가는 소설이 다시없다고 하는 《레미제라블》이라는 소설을 번역한 것이라.

위고 선생은 불란서의 다정다한한 소설가로 그 십사 세의 소년 때부터 이름이 높았으며 그 중년에 이르러서는 글 잘하는 공으로써 귀족의 반열에까지 올랐는데 이 소설은 오십 세 이상 한참 무르녹은 때에 지은 것이라 고금에 없는 유명한 소설이라는 이름을 듣는 것이 또한 용이치 아니한 줄을 알 것이라.

이 세계적 대걸작이 우보 민태원 씨의 영롱한 붓끝으로 번역되어 우리 〈매일신보〉에 연재되며 우리 여러 독자에게 소개됨은 본사의 자랑으로 생각하는 바이오. 독자 제군이여, 그 소설이 얼마나 재미있는가를 알고자 하는가. 잠깐 이삼일만 참으라.

— 〈매일신보〉, 1918년 7월 10일 및 24일, 3면.

《애사(哀史)》를 읽고

연재소설 애독자

독자의 소리

장팔찬은 무슨 죄인가요. 배고파 우는 생질들을 차마 보다 못하여 면보 한 조각을 훔친 죄가 무엇이 그리 크오리까. 만일 장팔찬에게 큰 죄가 있다고 하면 그는 다만 좋은 계제를 타고나지 못한 한 가지 일밖에 없다고 생각합니다. 만일 장팔찬이가 나는 길로 비단보에 싸이며 입에다 은술을 물게 되었던들 그러한 죄명을 쓰고 그러한 고생을 하였을 리가 없습니다. 이 세상에서는 만인계를 탄 사람이 제일 재주 있는 사람이요 제일 위대한 사람이라고 합니다. 어떤 노인의 탄식한 말과 같이 이 세상 사람은 아무것보다도 제일 먼저 좋은 운수를 타고나야만 하겠습니다. 이 세상의 모든 제도는 잘되는 나무에 부룻 주고 못 되는 나무를 뽑아 버리는 셈입니다. 그저 운수만 잘 타면 무슨 일이든지 뜻같이 될 것이요 팔자만 좋으면 겁날 일이 없다고 합니다.

—〈매일신보〉, 1918년 8월 16일, 4면. 16회와 함께 게재.

《애사(哀史)》를 독(讀)하고

평강(平康) 불학생(不學生)

《애사》여—, 나는 위선 네의 명이 장수하기를 축수한다. 강호에 천만 독자가 너를 보고 슬퍼할 이도 많을 것이요 너를 보고 기뻐할 이도 적지 아니하리라. 그러한 중에 나도 너를 사랑하는 사람 중의 한 사람이다. 그러므로 붓을 잡고 두어 자 적으려 하나 너의 실정을 말하기에는 만일도 및지 못할 것이다.

장팔찬의 기구한 팔자는 어찌 그다지 심한지 너무도 과한 듯하다. 천성이 본래부터 악하지도 아니하였고 따라서 착한 일을 하려 하였었다. 아니, 착한 일을 하려 한 것만 아니다. 진실로 착한 일을 하였다. 그의 지금까지 하여 온 것이 모두 착한 일이라고 할 것이요 설혹 부정한 일이 있다 하면 이도 역시 천성이 착한 중에서 발하는 것일 것이다. 최초에 기한에 못 견디어 울고 부르짖는 아이들을 위하여 면보를 훔치려 한 것이 그의 실상은 무론 인자한 마음에서 난 것이다. 그로부터는 십구 년 간 감옥 생활에 천성이 불량하여지고 세상을 대하여 비관하였으며 디뉴의 미리엘 승정의 집에서 도적질을 하였고 어린아이의 은전을 빼앗은 것이다. 이러한 말을 낱낱이 기록할 수 없는 바에 대강을 논단하려 한다. 지금의 난처한 경우에 있어서 좋은 방침을 찾는 홍만서의 가슴에는 정말 불이 붙었을 것이다. 부친의 유언을 어기는 것도 할 수 없는 일이요 혹의 미인의 부친인 백두 노인이 참혹하게 악인의 손에 죽는 것을 보고 무심하게 있을 수도 없는 일이다. 보통 사람 같으면 자기가 사랑하는 미인의 부친을 구하기 위하여 벌써 군호를 하였을 것이

거늘 자기의 조부 앞에서 '나폴레옹 당 만세'라고 부르고 쫓겨난 이 홍만서이기로 '아버님, 용서하시오' 하고 육혈포를 들었다가 다시금 좋은 도리를 구하는 것이다. 그의 의지는 참으로 심상치 아니하다. 그러나 악한들은 이 백두 노인을 죽이기로 결심하고 번쩍번쩍하는 식도를 내들고 바로 겨냥을 대고 푹 찌르려 하는 경우를 당하여서도 군호의 육혈포를 놓지 아니한 것은 너무도 매몰한 듯하다. 이러한 일이 어디 또 있으랴마는 만일 곤란을 당하는 사람이 아니요 칼을 잡은 사람이 태날추가 아니고서 이러한 경우를 당하여 좋은 도리를 찾는다 하면 그는 사람이 아닐 것이다. 그 악한은 벌써 찔렀을 터이요 백두 노인은 벌써 칼끝에 꿰여 황천으로 아니―, 천당으로 갔을 것이다. 어느 겨를에 좋은 도리를 찾으며 연구하리오.

지금 이 백두 노인은 참담하도다. 시뻘겋게 단 철장을 빼어 자기 팔에 문지르고 철천의 위세를 나타내었도다. 어쩌면 사람이 그다지 용감하고 기개가 센지? '제비 같으면 나도 한몫 끼자' 하고 들어서는 사람이 있는 것도 이 노인의 용맹으로 얻은 기회가 아니라 할 수 없다. 대체 이 세상에 무엇이 크냐, 무엇이 세차냐 하면 나는 반드시 '사람의 힘, 사람의 정성'이라고 한다. 사람의 힘이면 못 할 것이 없고 사람의 정성이면 안 될 일이 없다. 흉기를 가진 아홉 명의 악한도 맨손으로 있는 이 노인을 어찌하지 못하였다. 지금 이 마당에 경관 차보열이가 들어왔으니 이 노인의 운명이 또한 어찌될는지 우리 독자는 궁금증이 없을 수 없다. 장필찬 아니―, 이 백두 노인과 이 경관 차보열이와 본래부터 인연이 깊은지 옅은지는 우리도 다 아는 바이다. 이에 당하여 종달새의 부친과 참 못된 일 많이 행한 태날추의 부부와 또 경찰에 능란치 못한 차보열이와 태날추의 은혜로 자기 부친이 살았다는 유언을 받은 홍만서와 여러 악한이 모인 이 결말이 어떻게 순서로 귀정이 될는지 이는 참 우보 선생의 날카로운 붓끝만 바라볼 일이지마는 백두 노인이나 아

《애사(哀史)》를 읽고   559

무 연고 없이 되면 우리 독자는 기뻐 춤추리로다.

장팔찬의 말은 그만두고자 하여도 잡았던 붓대가 놓이지 아니한다. 미리엘 승정의 착한 훈계를 받아 악마 같은 못된 마음을 씻고 천사 같은 착한 마음을 얻어 몽트뢰유 시장이 되기까지 착한 사람이 되려고 노력한 것은 추상적으로 생각할지라도 여간이 아닐 것이다. 황애련의 중한 병을 고치기 위하여 어떠한 뇌심을 하였으며 자기 대명에 걸려들어 고생할 심하수를 위하여 어떠한 방침을 취하였는가. 말이 딴 길로 가는 듯하지마는 황애련의 말이 났으니 좀 더 생각하여 볼 것이 있다. 황애련이가 지금 병에 걸려서 애쓴 것이 다른 일일까. 제 딸 고설도를 위하여 천신만고를 다 겪다가 그리운 정을 못 이기어 병이 들어 죽어 버렸다. 사람의 부모는 자식을 지극히 사랑하건마는 사람의 자식 된 자는 제 손으로 밥 먹을 만큼 자라면 무슨 큰 수나 내는 듯이 부모의 사랑을 전연히 몰라보는도다. 이러한 자식들은 황애련의 이야기를 들어서 해로울 것이 없을 것이다.

황애련은 제 딸을 문화리 군인 여관에 맡겨 두고 식비를 보내느니 병 고칠 약값을 보내느니 하느라고 밥 한술 맛나게 못 먹고 옷 한 벌 따뜻하게 못 입었도다. 그뿐일까. 여자의 생명보다 못지않게 사랑하는 머리털을 다 빼었고 이빨을 다 빼었도다. 그가 머리털을 빼기와 이빨을 빼기까지 어떤 뇌심이 있으며 어떤 결심이 있었으랴. 이는 다만 자기 딸을 위하여서는 나의 생명이라도 아까울 것이 없다는 결심에서 나선 것이 아닌가. 그만하면 부모의 애자지정은 가히 알 것이다.

장팔찬의 이야기 중에 독자의 감상을 제일 많이 일으킨 곳은 아까 말하던 하수를 구하던 일이다. 몽트뢰유 시장으로 있어서 세상의 영화는 부러울 것이 없는 처지에 있음을 상관치 아니하고 또는 종신 징역이나 혹은 사형에 처할 것도 두려워하지 아니하고 오직 하늘에 대한 의무를 다하느라고 백여 리나 되는 재판소를 찾아가서 '내가 장팔찬이오. 저 사람은 무죄한 사람이오. 나를 포박하시오. 저 사람은 해방하시오' 한 그의 행위야 참 가상도 하다. 어쩌면 사람이 그다지도 착하단 말인고.

재판소에서 말하는 중에 만고에 금언이 될 것이 있다. '나는 죄인이라'고 자백한 후에 '지금의 장팔찬이는 아까 이 일을 숨기려 하던 마대련보다는 팔자 좋은 사람입니다' 참 그렇다. 자기의 죄로 다른 사람을 잡아 놓고 저는 그대로 영화를 누린다 하면 그 몸에 벼락은 안 맞는다 하더라도 모든 원혼이 그의 살과 피를 빨아먹을 것이요 나중에 뼈까지 부수어 먹을 것이다. 지금의 나의 몸은 고생할지라도 또는 죽을지라도 나의 영혼은 만고에 늘 있어서 무궁한 복락을 누릴 것이다. 이로 보면 지금의 장팔찬이가 팔자 좋다 아니 할 사람이 누구 있을까. 이 글을 기록하며 다시금 생각하니 손이 떨리고 가슴이 아프도다. 지금 우리들은 우리 마음 가운데에 선한 일을 하려 하는가? 악한 일은 버리려 하는가?……

남을 해하고라도, 남을 죽이고라도 내 몸에 털끝만 한 이익만 있으면 능히 잘하는 우리인저. 아—, 너희야 참 가련도 하다. 너희야 참 참혹도 하다. 서로서로 도와는 못 준다 하더라도 해할 것이야 무엇이냐. 내 몸이 잘되기를 힘쓸지라도 남을 망하라고 도모할 것이야 무엇이냐.

세상에 사람이란 참으로 귀한 동물이다. 남을 잘 도와준다. 서로 사랑한다…… 이야말로 귀한 보람이다. 아아, 우리에게 이러한 행위가 있어서 사람이라는 이름이 부끄럽지 아니한가.

성현의 말씀에 내가 서고 싶으면 남을 세우고 내가 달하고 싶으면 남을 달하게 하라는 말씀도 있거니와 장팔찬의 행위를 보고도 좀 짐작이 나설 것이다.

그런데 흑의 미인과 홍만서 사이에 어떠한 관계가 있게 될는지 또 모든 악한은 얼마나 잘될는지 그는 이다음에 알아볼 날이 있지마는 지

《애사(哀史)》를 읽고　　561

금에 차보열이를 만난 백두 노인의 신세는 심상할 것 같지 않다. 그렇지마는 하느님이 위에 게셔서 이 세상 선악을 상벌하시나니 설마 또 고생이야 하랴.

나중에 우보 선생께 한마디 고할 것은 건강한 체도로 항상 게셔서 《애사》의 명이 길도록 붓끝으로 약을 잘 복용시켜서 우리 독자의 다정한 부부 사이에 〈매일신보〉를 맞잡고 서로 먼저 보겠다고 싸움하는 광경을 자꾸자꾸 일으키시오. (십이월 이일 자정)

—〈매일신보〉, 1918년 12월 5일, 4면.

《아아, 무정(噫無情)》 머리말

구로이와 루이코(黑巖淚香)

여기에《이이, 무징(噫無情)》이라고 제목을 붙여 번역하여 내는 소설은 빅토르 마리 위고 선생의 걸작《레미제라블》이다.

원작자 위고 선생은 많은 사람들이 알고 있듯이 불국(佛國: 프랑스)의 다한 다루(多恨多淚)한 문학자이며 또한 강개(慷慨)가 많은 정치가이며 시, 소설, 희곡, 논문 등에 세계적인 걸작이 많다. 선생은 1802년에 태어났고 84세의 나이로 1885년(메이지(明治) 18년)에 돌아가셨다.

《레미제라블》은 선생이 국왕 루이 나폴레옹(Louis Napoléon: 나폴레옹 삼세)이 행한 1850년의 비상 정책 때문에 국외로 추방을 당하였고 백이의(白耳義: 벨기에)로 유찬(流竄)을 갔을 때에 완성되었다고 하니 즉 50세가 넘었을 때의 작품으로 가장 성숙한 저작이라 할 만하다 (선생이 처음 문학자로 세상에 나온 것은 그 나이 14세 때의 일이다).

'레미제라블'이란 영국에서는 차마 눈 뜨고 볼 수 없는 불행한 상태를 가리키는 말이며, 프랑스 어에서는 대개 '몸 둘 데 없는 사람'이라는 뜻으로 쓰인다. 말하자면 사회로부터 핍박 받는 괴로움을 당하여 마치 상갓집 개처럼 되는 상태와 잘 들어맞는다. 우리나라(일본—편자 주)의 문학자가 대개《애사(哀史)》로 일컫는 것은 어떤 의미를 선택했는지는 모르겠으되 선생이 이를 저술할 때의 경우로 짐작하자면 앞의 의미보다도 뒤의 의미로 쓴 것으로 보인다.

나는 이전에 알렉상드르 뒤마의《몽테크리스토 백작》을《암굴왕(巖屈王)》이라는 제목으로 옮겼는데, 어떤 이는 '간쿠츠오우(巖屈王)'

라는 발음이 원음과 비슷하다고 대단히 칭찬해 주었다. 나는 그렇게까지 깊이 생각한 것이 아니었으니 요행이라고나 해야 할 것이다. 지금 《레미제라블》을 '아아, 무조우(噫無情)'라고 제목을 붙였는데, 이 또한 발음이 비슷하다고 하는 이가 있다. 그렇지만 이번에도 거기까지 생각한 것은 아니다. 단지 사회의 무정함으로부터 한 개인이 어떻게 고통을 받는가를 알리는 것이 원작자의 뜻인 줄 믿기 때문에 다른 적당한 문자를 찾아내기 어려워서 이렇게 이름 붙인 것이다.

원작은 위고 선생의 생존 중에 몇 번이나 판을 거듭했기 때문에 선생 스스로 여러 번이나 개정한 것으로 보인다. 영어 번역판도 몇 가지가 있고 내가 가지고 있는 것만 해도 네 가지에 이른다. 그리고 듣기는 했어도 아직 보지 못한 것들도 없지 않다. 이들을 비교하여 보니 어떤 것은 고승 미리엘 전(傳)을 맨 앞에 놓고 어떤 것은 장 발장을 처음에 놓은 것이 가장 두드러진 차이점이다. 생각건대 미리엘은 선생이 이상으로 삼은 사람이기에 맨 앞에 내세우는 것이 당연하겠지만 만년에 이르러 독자에게 끼치는 감각 여하에 따라 두 번째 장으로 옮긴 것이 아닌가 한다. 나는 (신문에 연재하기에는) 후자의 순서가 재미있을 것이라 믿고 이에 따르기로 했다.

역술(譯述)의 체재는 내가 지금까지 옮긴 여러 책과 마찬가지로 원작을 읽고 스스로 느낀바 그대로 나의 뜻에 따라 서술해 나아간 것이다. 그러므로 번역이라 하기보다는 남에게서 들은 이야기를 내가 아는 이야기로 남에게 이야기하는 것 같은 것이다. 만약 이를 읽고 원작과 대조하면서 독해력을 얻고자 하는 사람이 있다면 실망할 것이다. 이러한 사람들에게 나는 사우(社友) 야마가타 이소(山縣五十雄)의 영문 연구록(英文研究錄)('영문학 연구' 시리즈—편자 주)을 간절히 추천하는 바이다(내외출판협회(內外出版協會) 간행, 각 권 정가 20전, 영미 유명 작가의 시가와 짧은 이야기를 친절하게 번역하고 주석을 단 책이다).

564

만약 원작을 한 구절 한 구절 옮긴다면 500여 회에 이를 것이며, 적어도 300회 이하로는 불가능하다. 그러나 나는 가능하면 일반 독자들이 시작 부분을 기억할 수 있는 정도를 한도로 삼아 150회 내지 200회 이내로 번역하고자 한다.

불민한 나로서는 위고 선생이 이 책에 어떤 뜻을 담았는지 잘 알지 못한다. 이를 여러 학우들에게 물어보았더니, 사회 조직이 불완전하여 한 개인이 뜻하지 않는 경우에 덫에 걸려든 것을 개탄한 것이라고 말하는 이가 많다. 다분히 그러할 것이리라. 선생이 스스로 덧붙인 머리말은 다음과 같다.

― 법률과 관습이라 불리는 사회의 가책(呵責)이 이 문명 한가운데에 인공 지옥을 만들어 사람이 하늘로부터 부여 받은 숙명을 인위적인 불운으로 훼방하는 일이 있는 한은
― 지금 이 시대의 삼대 문제 즉 노동 세계의 조직의 불완전함에서 비롯된 남자의 타락, 기아에서 비롯된 여자의 멸륜(滅倫), 양육 부족에서 비롯된 아동의 쇠잔(衰殘)을 구출해 내는 방법을 아직 얻지 못하는 한은
― 마음의 기아 때문에 시들어 죽는 자들이 사회의 어떤 부분에 있는 한은
― 넓게 말하자면 세계가 빈곤과 무지를 만들어 내는 한은
즉 이와 같은 책이 필요 없다고는 말할 수 없으리라.

아무튼 루이 나폴레옹이 비상 정책을 펴기 전의 프랑스에서는 사회주의가 발흥하여 정부와 조정을 은근히 놀라게 했다. 선생은 이보다 전에 이미 문장의 공헌으로 귀족의 반열에 올랐지만 사회당 운동에 깊이 동정을 보내고 왕당파를 탈퇴하여 공화당에 들어가 크게 꾀하는 바

가 있었다. 그래서 사회 하층의 무지와 빈곤을 제도와 습관의 죄로 생각했으며 그것이 얼마나 처참한지를 제시하고자 했던 사람이다. 선생이 유찬이라는 화를 당했던 것도 필경 이와 같은 정치상의 견해 때문이다. 만약 우리나라(일본―편자 주)에 《레미제라블》 한 권을 번역할 필요가 있다 하면 사람의 힘으로 사회에 지옥을 만들고 남자는 노동 때문에 건강을 해치고 여자는 굶주림 때문에 덕조(德操)를 잃고 도처에 무지와 빈곤이라는 재해가 있는 지금이야말로 꼭 그 필요가 있을 것이다. 다만 내가 빅토르 위고 그분이 아님을 슬퍼할 뿐이다.

―《아아, 무정(噫無情)》, 후쇼샤(扶桑社), 1915; 1919(26판).

〈ABC 계(契)〉 머리말과 목차

육당(六堂) 최남선(崔南善)

역사 소설(歷史小說) ABC(에이비시) 계(契)
(The Friends of the ABC)

여름 동안 완람(玩覽)의 재료(材料)로
이로써 본 권(本券)의 후반(後半)을 삼다.

프랑스 국 빅토르 위고 원작(原作)
《미제라블》에서 적역(摘譯)

빅토르 위고(Victor Hugo)는 십구 세기(十九世紀) 중(中) 최대(最大) 문학가(文學家)의 일(一)이요 《미제라블》(Les Misérables)은 위고 저작(著作) 중(中) 최대(最大) 걸작(傑作)이라. 나는 불행(不幸)히 원문(原文)을 읽을 행복(幸福)은 가지지 못하였으나 일찍부터 그 역본(譯本)을 읽어 다대(多大)한 감흥(感興)을 얻은 자로니, 그 성신(聖神)의 의(意)를 체행(體行)하는 미리엘의 숭고(崇高)한 덕행(德行)과 사회(社會)의 죄(罪)를 편피(偏被)한 장 발장의 기이(奇異)한 행적(行蹟)은 다 백지장(白紙張) 같은 우리 머리에 굳세고 굳센 인상(印象)을 준 것이라. 나는 그 책(冊)을 문예적(文藝的) 작품(作品)으로 보는 것보다 무슨 한 가지 교훈서(教訓書)로 읽기를 지금(只今)도 전(前)과 같이 하노라.

여기 역재(譯載)하는 것은 모(某) 일인(日人)이 그중(中)에서 'ABC

계(契)’에 관(關)한 장(章)만 전재(剪載) 적역(摘譯)한 것을 중역(重譯)한 것이니, 이는 결(決)코 이 일연(一臠)으로써 그 전미(全味)를 알릴 만한 것으로 앎도 아니요 또 태서(泰西)의 문예(文藝)란 것이 어떠한 것이다를 알릴 만한 것으로 앎도 아니라. 다만 일이 혁신 시대(革新時代) 청년(靑年)의 심리(心理)와 및 그 발표(發表)되는 사상(事象)을 그려서 그때 역사(歷史)를 짐작하기에 편(便)하고 또 겸(兼)하여 우리들 노 보고 알 만한 일이 많이 있음을 취(取)함이라. 우리나라 일반(一般) 청년(靑年)에게는 사실(事實)이 좀 어려운 중(中) 더욱 역문(譯文)이 생경(生硬)하여 읽기가 편(便)치 못할 듯하나 면강(勉强)하여 한두 번 읽으시면 삼복홍로(三伏洪爐) 중(中)에 땀 흘린 값은 있으리라 하노라.

— 《소년(少年)》3권 7호, 1910년 7월, 31~32면.

〈ABC〉계 목차
1. ‘적기(赤旗)’
2. 1832년(一千八百三十二年)! (上)
3. 1832년(一千八百三十二年)! (中)
4. 1832년(一千八百三十二年)! (下)
5. 계원(契員) (上)
6. 계원(契員) (中)
7. 계원(契員) (下)
8. 파괴래(破壞來)
9. 어허, 요란(擾亂)
10. 술집
11. 〈상사가(相思歌)〉

〈너 참 불쌍타〉 머리말

육당(六堂) 최남선(崔南善)

세계 문학 개관(世界文學槪觀)

너 참 불쌍타

빅토르 위고 저(著)

Les Misérables

by Victor Marie Hugo

　빅토르 위고(1802~1885)는 일대(一代)의 대교사(大敎師)요 《미제라블》은 그 일생(一生)의 대강연(大講演)이라. 소설(小說)로 그 정취(情趣)가 탁발(卓拔)함은 무론(毋論)이거니와 성세(醒世)의 경탁(警鐸)으로 그 교훈(敎訓)이 위대(偉大)함을 뉘 부인(否認)하리오. 여기 역재(譯載)하는 것은 그 경개(梗槪)를 딴 것이니 천(千) 혈(頁) 원문(原文)의 층출(層出)하는 변환(變幻)과 오묘(奧妙)한 사지(辭旨)를 전(傳)하기에 너무 부족(不足)함을 자분(自分)하지 못함이 아니나 다민 차편(此篇)으로 유(由)하여 여러분이 그 대문호(大文豪)의 대저작(大著作)을 친적(親炙)하는 계제(階梯)를 득(得)하게 되시면 지행(至幸)일까 하노라. (ABC 계(契)에 관(關)한 부분(部分)은 일찍 《소년(少年)》 제삼 년(第三年) 제칠 권(第七卷)에 상역(詳譯)을 담재(膽載)한 일이 있나니라.)

— 《청춘(靑春)》 창간호, 1914년 10월, 부록 1면.

단행본 번역 소설의 머리말

난파(蘭坡) 홍영후(洪永厚)

《애사(哀史)》 머리의 말

《애사(哀史)》는 원명(原名)을 《레미제라블(Les Misérables)》이라 하여 불국(佛國) 문호(文豪) 위고(Victor Hugo)의 대표적(代表的) 걸작(傑作)이다. 이것을 우리의 말로 전역(全譯)하려면 원고지(原稿紙) 사천여(四千餘) 매(枚)를 초과(超過)하는 일대(一大) 서사시적(敍事詩的) 작품(作品)인바, 작자(作者)가 육십(六十) 세(歲) 되던 시(時), 예술가(藝術家)로서의 수완(手腕)이 가장 난숙(爛熟)한 때에 지은 것이다. 그는 본서(本書) 중(中)에서 사회 문제(社會問題), 정치 문제(政治問題), 부인 문제(婦人問題), 기타(其他)의 제(諸) 방면(方面)에 미쳐서 여지(餘地) 없는 견해(見解)를 술(述)하고 당시(當時)를 비평(批評)하였다. 두옹(杜翁: '톨스토이(Aleksei Konstantinovich Tolstoi)'를 음역(音譯)한 이름—편자 주)은 본시(本書)를 추상(推賞)하여 십구 세기(十九世紀)의 제일(第一) 양서(良書)라 하였으니 이 어찌 우연(偶然)한 일이리오. 역자(譯者)는 낭일(曩日)에 시엔키에비치(Henryk Adam Aleksandr Pius Sienkiewicz—편자 주)의 《쿠오바디스(Quo Vadis, 1896년 작—편자 주)》를 소개(紹介)할 때에도 말한 바이지마는, 우리 출판계(出版界)의 어찌할 수 없는 사정(事情)에 구애(拘碍)되어 이 전문(全文)을 완전(完全)히 소개(紹介)하지 못하고 원작(原作)의 경개(梗槪)를 발수(拔粹)함에 지나지 못하게 됨은, 심(甚)히 유감(遺憾)으로 생각하는 바이다. 그러나 다행(多幸)

히 원작(原作)의 제(儕)를 방불(髣髴)할 수 있다면 역자(譯者)의 본의(本意)는 다한 줄로 아노라.

1921년(一九二一年) 크리스마스 날에.

역자(譯者)로부터.

— 박문 서관, 1922년 6월.

《장 발장의 설움》 머리말

특별히 한문을 알지 못하시는 여러 부인네들을 위하여 지금 다시 이 세계적 명저를 순전한 우리의 말로 번역하노라.

— 박문 서관, 1923년 2월.

해설

살아 있는 역사에 바치는 영혼의 노래

박진영

허름한 술집 앞에 피로 물든 깃발이 올랐다. 총을 든 시민들이 하나둘 모여들었다. 거리에서 동냥을 비는 소년부터 처자식이 눈앞에 아른대는 가장과 살날 머지않은 팔십 노인까지. 바리케이드를 쳤다고는 하나 금세 정부군이 몰려와 촘촘히 에워쌌으니 실상 독 안에 든 쥐나 다름없다.

총알을 아끼느라 남겨 둔 적의 끄나풀을 처형할 때가 되었다. 이름 모를 백발노인이 쑥 나섰다. 경찰 앞잡이의 목숨이 노옹의 수중에 떨어진 꼴. 별쭝맞은 늙은이, 만사가 결딴나다시피 한 때에야 부랴사랴 바리케이드에 뛰어들었다. 저격수의 모자에 백발백중 바람구멍을 내놓는 솜씨가 일품인 명사수이니 신비롭기까지 할 지경이다. 그런데 시체를 한갓진 곳으로 치운다는 둥 부상자를 돌본다는 둥 애면글면하던 노인이 막상 사형 집행인으로 나선 곡절은 좀체 헤아리기 어렵다.

바리케이드는 무참하게 허물어졌고 혁명가들도 하나 둘 쓰러졌다. 한데 백발노인의 시체가 없다. 그의 손아귀에 들었던 먹잇감 역시 감쪽같이 사라졌다. 반란군의 수괴 가운데 하나도 종적이 묘연하다. 하늘로 솟거나 땅속으로 내려앉거나 양단간에 한쪽이 아니라면 있을 리 없는 일.

기실 백발노인은 땅속으로 푹 꺼졌다. 고꾸라진 시체 하나를 둘러메고 기어들어 간 곳은 인간 세상의 시궁창이자 복마전(伏魔殿). 인생살이의 갈림길만큼이나 가리가리 얼크러진 곳이요 언제 어디에서 바닥 없는 수렁을 만날지도 알 수 없는 암흑천지, 대도회의 지하 수로다. 자칫 물길을 잃어도, 한 발만 헛디뎌도 그길로 끝장이다. 그렇게 한나절.

간신히 빛이 보인다. 저 빛만 쫓아가면 필경 무저갱(無底坑)을 벗어나 인간 세상으로 올라갈 수 있으리라. 그러나 하데스(Hades)의 문일진저. 충견 케르베로스(Cerberus)가 이빨을 번득이며 막아선다. 피에 굶주린 아귀를 간신히 따돌렸다고 여긴 찰나 이번에는 명부(冥府)의 주인이 몸소 나선다. 한 입 거리 먹잇감이 느닷없는 두억시니로 되살아난 것. 그악스럽다 못해 소름 끼치는 악연이다. 휘뚝휘뚝 밀려온 떠돌이 한세상, 하필이면 여기가 그토록 기나긴 여로를 끝마칠 자리란 말인가?

운명의 표정, 몸부림치는 야누스

돌이켜 보건대 질감스럽기 짝이 없는 인생이다. 떠돌이는 한평생 제 거처를 갖지 못했다. 그저 속주머니 두 개만 여무지게 부여잡고 가리산지리산 헤맸을 뿐. 한 편짝에는 복자(福者)가 물려준 위대한 유산을, 맞은편짝에는 삶의 터전에서 배워 얻은 장물(臟物)을 감추어 넣었다. 언제 어디에서 어떤 송곳이 비어져 나올는지는 알 수 없어도 꼭 짝 패처럼 내내 들붙어 있어 한 몸이나 다름없다.

어느 쪽이 자루고 어느 쪽이 날인지도 알 수 없는 송곳. 그래서 이 물건을 다루기란 여간 까다로운 게 아니다. 함부로 내던져 버릴 수조차 없는 노릇. 송곳의 주인은 프로메테우스(Prometheus)의 간처럼 마냥 앙칼진 고문에 시달릴 수밖에 없고 시시때때로 뒤끓어 터질 듯한 한바탕 분란과 열병도 도무지 피할 길 없는 운명이다.

거슬러 올라가자면 기껏해야 빵 한 조각에서 비롯된 일. 그러나 젊음을 죄다 바쳐 갚아야 했다. 꼬박 십구 년. 죗값에 넘친다고 바락바락 악도 써 보지만 하릴없는 짓일 뿐이다. 고작 지상의 율법이 옳은 시험에 들었건만 마치 삼도내라도 건너다시피 했다. 그렇다고 시험이 멈춘 것도 아니며 형벌이 끝난 것은 더더욱 아니다.

짜장 기다리고 있는 건 십구 년의 유폐보다도 더 몸서리쳐지는 가시밭길. 그 모질고 험한 운명에 늘 곁붙어 다닌 반려라고는 여린 종달새와 냉혈의 사냥개뿐이다. 한 마리 작은 새는 의지가지없는 영혼의 둘도 없는 안식처이자 수호천사가 되어 주었다. 고아의 몸에서 사생아로 나 개구멍받이로 버려진 아스트라이아(Astraea)는 떠돌이의 영혼을 비추는 맑고 깨끗한 샘물이다. 그런가 하면 외로운 순례자의 그림자를 빨아먹고 사는 사단(Satan)이자 뱀파이어(Vampire)도 따라붙었다. 제 어미라도 잡아간 듯한 눈을 부라리며 나폴레옹이 팔짱을 끼고 선 검질긴 추적자 역시 짝이라면 짝이다.

자기 안에도 또한 자기 밖에도 야누스(Janus)를 거느린 사내. 빵 한 조각이 아쉬운 사람도 하고많고 그 때문에 불행하고 비참한 인생을 살아갈 수밖에 없는 사람도 드물지는 않을 터이다. 그러나 일평생 위태롭고 치명적인 순간순간을 견뎌 내야 하는 운명을 타고난 사람을 찾아보기란 쉽지 않다. 대체 이 야누스는 누구의 아들인가?

장팔찬이라는 이름과 세계 문학

청춘을 잃어버리고 곧장 반늙은이가 된 낙오자에게 아름다운 기억은 물론이거니와 새로운 기약도 있을 리 없다. 십구 년의 세월을 건너 뛰어 놓고 보니 나폴레옹의 시대가 떠올랐다가는 저물었다. 새 세기의 영웅이 스러진 영광을 재연하기 위해 걸었던 길을 그는 추레한 몰골로 곱밟아 디딜 뿐이다. 종내 그가 이른 곳이라고는 아무런 표석도 세우지 않은 땅속이다. 하지만 그의 행보야말로 새로운 역사를 예고하는 시대사상 그 자체요 혁명의 소용돌이 맨 밑바닥에서 숨쉬는 인간성과 사랑의 대서사시가 되었다.

비극적 영웅의 운명을 물려받지 못한 주인공은 한낱 땔나무나 팔아 먹고사는 몸으로 태어나 평생 징역꾼이자 도망자에 지나지 않았으되 성스럽고 숭고한 은촉(銀燭) 아래에서 눈감은 사람이다. 저주 걸린 운명을 짊어지고 왔다가 축복 받은 영혼으로 떠나간 자. 한국 문학 가운데로 걸어 들어온 그 사내의 이름은 꽤나 거칠고 강파른 울림의 장팔찬이다.

어쩌면 첫밧부터 까탈 많고 숨 가쁜 인생행로가 엿보이기로는 장발장(Jean Valjean)이라는 본명보다 장팔찬이라는 이름이 윗수인지도 모르겠다. 장 발장의 이름이 격동의 프랑스를, 그리고 장팔찬이라는 이름은 파란에 휩싸인 한국을 바람처럼 스쳐 갔건만 살별의 꼬리만큼이나 긴 자국을 남기기는 마찬가지였다. 장팔찬이라는 이름은 그렇게 세계 문학의 주인공이자 한국 문학의 주인공이 되었다.

쉬 잊을 수 없는 고전의 반열에 오르면서 또한 폭넓고 강렬한 대중적 힘을 지닌 작품을 가리켜 우리는 세계 문학이라 부른다. 어느 무엇과도 견주기 어려운 걸작이자 세계 문학의 대명사가 된《레미제라블(Les Misérables)》(1862). 19세기 프랑스가 낳은 대문호 빅토르 위고

(Victor Marie Hugo: 1802~1885)의 대표작이자 곧 세계 문학의 본령이라고도 할 만한 이 소설은 한국의 전문 번안 작가 우보(牛步) 민태원(閔泰瑗: 1894~1934)의 붓을 타고 한국 문학이 되었으며, 한국 문학은 비로소 '순 한글의 한국어 문장'으로 된 세계 문학을 품게 되었다.

식민지 한국에서 《레미제라블》이라는 것

번안 소설 《애사(哀史)》는 일재(一齋) 조중환(趙重桓: 1884~1947)과 하몽(何夢) 이상협(李相協: 1893~1957)의 뒤를 잇는 신예 전문 번안 작가 민태원의 데뷔작인 동시에 출세작이다. 《애사》역시 1910년대를 번안 소설의 전성시대로 이끈 당대 유일의 한국어 중앙 일간지 〈매일신보〉를 통해 등장했으며, 1918년 7월 28일부터 이듬해 2월 8일까지 총 152회에 걸쳐 연재되었다.

물론 《애사》는 빅토르 위고의 원작을 고스란히 옮긴 것은 아니다. 다만 일본의 전문 번안 작가 구로이와 루이코(黑巖淚香: 1862~1920)의 신문 연재소설 《아아, 무정(噫無情)》(1902~1903)을 바탕으로 삼아 다시 번안했을 뿐이다. 구로이와 루이코의 번안 소설은 이상협이 발굴해 낸 득의의 영역이기도 하면서 한국의 번안 소설에 지대한 영향력을 행사한 세계 문학의 통로이기도 하다. 그러나 일본의 번안 소설을 충실하게 완역했다는 점만 하더라도 결코 소소한 문제는 아니다. 1910년대의 〈매일신보〉 연재 번안 소설이 아니고서는 아직 필적할 만한 전례도 없었고 그 후로도 오랫동안 그러했기 때문이다. 원작에 대한 완역이라면 더 말할 나위도 없어서 아주 최근인 2002년에야 비로소 가능했다는 점을 잊어서는 안 된다. 그만큼 민태원의 번안 소설 《애사》는 적어도 식민지 시대 내내 가장 높은 완성도를 자랑하는 《레미제라블》

이다.

기실 이상협이 전혀 새로운 감각의 번안 소설《정부원(貞婦怨)》(1914~1915)과《해왕성(海王星)》(1916~1917)을 내놓은 뒤로〈매일신보〉연재소설은 한동안 침체에 빠져 있다시피 했던 차다. 때마침 춘원(春園) 이광수(李光洙: 1892~1950)라는 걸출한 작가가《무정(無情)》(1917)과《개척자(開拓者)》(1917~1918)를 잇달아 발표하며 화려하게 등장한 것도 번안 소설이 약세로 돌아선 데에 한몫을 차지한다. 그런 참에 이제 세계 문학의 이름을 내걸고 나선《애사》는 번안 소설의 명성과 전통이 조금도 퇴색하지 않았음을 증명해 보이는 사건이 아닐 수 없다.

게다가 반년여의 연재가 마침표를 찍던 날은 공교롭게도 제국의 수도 도쿄(東京) 한복판에서 청년 유학생들을 중심으로 '2·8 독립 선언'이 터져 나오던 날. 아닌 게 아니라《레미제라블》이라면 해방 후의 오랜 군사 정권 아래에서도 함부로 무대에 올리기에는 어려운 장면들이 포함되어 있지 않던가? 하지만 그저 혁명과 관련된 내용을 담고 있기 때문에 의미심장한 것만은 아니다. 식민지 한국에서만이 아니라 제국 일본에서조차《레미제라블》이 갖는 의미는 유달랐기 때문이다.

그러고 보면《애사》가 갖는 의미란 그리 간단하지만은 않다. 무엇보다도 민태원의 번안 소설 이전과 이후를 좀 더 눈여겨보지 않을 수 없다.《애사》를 앞뒤로 하여, 육당(六堂) 최남선(崔南善: 1890~1957)이 이미 두 차례에 걸쳐《레미제라블》의 일부와 윤곽을 소개한 적이 있으며 얼마 뒤에는 난파(蘭坡) 홍영후(洪永厚: 1898~1941)가 연거푸 두 권의 단행본 번역 소설을 상재한 바 있기 때문이다. 말하자면 한국의 근대 문학 초창기에 다섯 가지 버전의《레미제라블》이 집중되어 있었다. 그 한복판에 민태원의 번안 소설《애사》가 가로놓여 있다.

폭풍 전야의 혁명 교과서

한국 문학사에 빅토르 위고와 《레미제라블》의 이름이 가장 먼저 새겨진 것은 최남선이 창간하여 이끈 계몽 기관지이자 종합 교양 잡지 〈소년(少年)〉을 통해서다. 한일 병합을 코앞에 둔 1910년 7월 호, 그러니까 한국의 식민지화 이전의 마지막 호를 장식한 〈ABC 계(契)〉는 '부록' 치고는 만만치 않은 분량과 말쑥한 편집 체재로 편성되었다. 또한 《레미제라블》의 일부를 번역했다는 사실을 명확히 밝히는 한편 '역사 소설'이라는 표찰을 달아 두기까지 했다.

그런데 〈ABC 계〉는 최남선 스스로 머리말에서 잘라 말한바 결코 서양의 문예라든가 세계 문학이라는 관념 아래에서 번역된 것이 아니다. 그 반대로 역사와 교훈이라는 가치를 전면에 내세운 일종의 정치 소설이며 혁명 교과서나 다름없다. 실제로 제목에서도 알 수 있듯이 지하 정치 결사 'ABC의 벗'과 관련된 부분만을 요약하고 발췌한 번역이니,《애사》로 치자면 117회부터 131회까지의 내용에 해당한다.

그런 데에다가 청년 마리우스도, 거리의 소년 가브로슈도, 심지어는 자베르와 장 발장조차도 모두 지워져 있다. 이를테면 《레미제라블》의 일부라고는 하지만,《레미제라블》가운데 무장 봉기 장면만을 가려 뽑아 재구성했다지만, 이 점이 그리 중요한 것은 아니다. 오히려 《레미제라블》과는 무관하게 존재하는 프랑스 혁명 역사의 교과서, 더 정확하게는 1832년 6월의 파리 시민 항쟁에 대한 생생한 현장 기록으로 성립된 셈이다.

최남선 번역의 원천 역시 프랑스가 아니라 일본이니, 하라 호이츠안(原抱一庵: 1866~1904)의 〈ABC 조합(組合)〉을 그대로 직역한 것이다. 〈ABC 조합〉은 격주로 간행되는 소년 잡지 〈쇼넨소노(少年園)〉에 연재(1894~1895)되다가 중도에 그쳤으며, 훗날 단행본(1902)으로 고쳐 낸 것이다. 그리고 단행본으로 출판할 때에는 소설적인 색채를 말끔 지우면서 봉기의 동인(動因)과 농성 과정, 그리고 장엄한 최후를 상세하게 덧보탰다.

일본 메이지 시대(明治時代) 초기의 프랑스 문학 번역, 그중에서도 각별히 빅토르 위고라는 이름은 정치 운동의 전개와 매우 밀접하게 닿아 있다. 자유 민권 운동의 지도자이자 자유당(自由黨) 당수가 파리에서 만년의 빅토르 위고와 대담(1883)한 일이 곧바로 메이지 정치 소설의 발양에 직접적이고도 큰 영향을 끼칠 정도였다. 하라 호이츠안 역시 자유당 계열의 정치 결사에 몸담은 바 있다. 〈ABC 조합〉은 비록 점진적 개혁론의 흔적을 남겨 두고는 있지만 바야흐로 일본이 청일 전쟁(1894~1895)에서 대승을 거두고 러일 전쟁(1904~1905)을 향해 박차를 가하고 있는 시점에 일본에서 분출된 다른 어떤 정치 소설보다도 국권 사상이라든가 군국 패권주의에 물들지 않은 급진성을 유지했다.

요컨대 최남선의 〈ABC 계〉는 병합 전야, 대한 제국(大韓帝國) 최후의 정치 소설로 성립했다. 그리고 하라 호이츠안의 〈ABC 조합〉을 별다른 가감 없이 직역함으로써《레미제라블》번역의 역사에서, 또한 한국 정치 소설의 역사를 통틀어 가장 진보적인 이념 지향성을 드러냈다.

황무지 위에 세운 교양의 깃발

한편 〈소년〉의 폐간(1911) 이후 명실 공히 종합 월간지로 거듭난 〈청춘(靑春)〉에 빅토르 위고와《레미제라블》이 다시 등장한다. 이번에는 창간호(1914년 10월 호)의 '특별 부록'인 데에다가 '세계 문학 개관'이라는 연속 기획의 맨 앞머리를 차지했으니, 역시 각별한 의미를 띠지 않을 수 없다. 하지만 흥미롭게도 〈ABC 계〉와의 연관성은 전혀 포착되지 않는다. 제목부터 〈너 참 불쌍타〉로 달라졌으며, 원작 전체의 줄거리를 요약하여 제시하고 있기 때문이다. 한일 병합 직전의 〈ABC 계〉에 비하자면 정치적인 색깔이 완전히 씻겨 나간 것은 물론이다.

〈너 참 불쌍타〉는 일단 소설이라는 기조를 흐트러뜨리지 않고 원작의 세계관과 주제를 전달하려고 애쓴 흔적이 역력하다. 그러나 방대한 규모의 원작을 불과 단편 소설 한 편 정도의 분량으로 고도 축약했을 따름이어서 〈ABC 계〉에 비해서도 턱없이 소략하기만 하다. 따라서 말 그대로 줄거리요 개관에 지나지 않으며, 문학적 가치를 따지기에는 아무래도 역부족이다.

그런데 이 기획은 애초부터 역사적 교훈이나 지식의 습득도 혹은 대중적인 읽을거리의 흥미도 초점으로 삼지 않았다. '세계 문학 개관'이라는 이름이 단적으로 드러내듯이 서양의 고전 명작을 소개하고 독자의 교양 수준을 끌어올리는 일이 〈너 참 불쌍타〉의 목표다. 이를테면 빅토르 위고의 뒤를 이어 톨스토이(Lev Nikolaevich Tolstoi: 1828~1910)와 밀턴(John Milton: 1608~1674), 세르반테스 사아베드라(Miguel de Cervantes Saavedra: 1547~1616), 초서(Geoffrey Chaucer: 1342~1400) 등이 '세계 문학 개관'의 다음 차례를 기다리고 있는 터였다. 달리 말하자면 〈너 참 불쌍타〉는 세계 문학을 진지하게 수용하고 감상하는 길잡이 구실을 자처한 셈이며, 독자에게 그러한 능력의 배양을 기대하고 있는 것이다.

따라서 최남선과 최남선이 주도한 근대 잡지가 겨냥하는 바는 한일 병합 이전과 썩 달라졌다고 할 수 있다. 새로운 시대에 걸맞은 근대적인 의미의 교양을 구축하는 일, 그리고 이를 통해 1910년대 문학 질서의 재편을 노리고 있는 셈이다. 그런데 전망과 지향이 값진 만큼 녹록한 것도 아니어서 건너다보는 지평은 아득했으나 막상 꽂아야 할 깃발은 초라하고 기반은 허약했다. 〈너 참 불쌍타〉 이후의 후속타가 갈수록

소락해지고 부실해지는 바람에 영 기대치에 미치지 못했던 것이다.

게다가 이러한 태도는 청년 지식인 계층, 적어도 학생층 이상을 중심으로 한 고급 독자층을 분할하고 고전의 영역을 한정한다는 것을 의미하기도 한다. 이 점은 동시대성과 열혈의 정치성을 주축으로 삼은 1900년대의 입장과 준별되는 것이면서 1910년대의 신문 연재소설과도 매우 이질적이다. 대중 일간지 〈매일신보〉 역시 부단한 암중모색을 거쳐 서양의 근대 문학, 그리고 세계 문학으로 나아가는 항로를 찾아냈으되 그 조종타를 쥔 것은 필연적으로 고급 문학이면서 동시에 대중문학일 수밖에 없었다. 그것이 바로 새 시대의 총아로 성장한 번안 소설이 감당해야 할 몫이었고 무명의 민태원 앞에 던져진 과제였다. 그런 점에서 《애사》의 등장은 탁월한 시대감각과 균형감의 소산이기도 할 터이다.

위기의 번안 소설과 우보 민태원

1910년대 후반에 접어들면서 번안 소설과 번안 소설을 둘러싼 여건은 가파른 변화를 타기 시작했다. 물론 신문 연재소설 독자들의 기대와 요구도 그만큼 달라졌다.

〈매일신보〉 연재 번안 소설은 조중환과 이상협의 전문적인 역량을 발판으로 내내 성장 가도를 달려왔다. 조중환의 번안 소설은 연애와 사랑이라는 매혹적인 관념을 맵시 있는 형식과 언어로 제시하며 왕성한 활력으로 독주하기 시작했다. 신소설을 역사의 무대에서 퇴출시킨 번안 소설은 이내 시대정신을 대표하는 문학 양식이 되었다. 이상협은 조중환의 성공과 인기에만 편승하지 않고 새로운 번안 모형을 세우는 한편 문학적 상상력의 지평을 넓히는 데로 나아갔다. 가정 소설 일색의 신문 연재소설에 남성적인 매력과 긴장감을 불어넣으면서 전혀 다른 갈래의 소설적 재미를 보여 주었으며, 한국의 번안 소설이 보유한 독창성과 잠재력을 한껏 과시했다.

이제 〈매일신보〉 연재소설로서는 안정적인 궤도 위에서 순항할 필요가 있었다. 하지만 막상 후속 번안 소설은 그리 마땅치 않았다. 휘문의숙(徽文義塾) 1회 졸업생이자 노량진 은로 학교(恩露學校) 교사 출신의 천풍(天風) 심우섭(沈友燮: 1890~1948), 와세다 대학(早稻田大學) 영문과 중퇴생이자 도쿄 외국어 학교(東京外國語學校) 러시아어과 재학생 순성(瞬星) 진학문(秦學文: 1894~1974), 중국 문학 전문 번역가 백화(白華) 양건식(梁建植: 1889~1944) 등이 차례로 가세했지만 그리 만족스럽지 못했다. 독자들이 원하는 것은 단지 통속적인 읽을거리만도, 낯설고 신기한 것만도 아니었기 때문이다. 번안 소설이 적어도 중앙 일간지 연재소설이라는 위상에 걸맞은 문학적 품격과 양질의 가치로 화답할 때가 온 셈이다.

게다가 이광수가 본격적인 근대 장편 소설을 연달아 들고 나와 주목 받기 시작했다는 점을 감안한다면 번안 소설로서는 한결 초조하지 않을 수 없다. 번안 소설이 다시 〈매일신보〉의 1면을 꿰차기에는 아무래도 버거운 처지였다. 한국의 번안 소설은 창작 신소설과의 경쟁에서 늘 확고부동한 우위를 치지해 왔지만 이러한 구도와 위계는 혜성처럼 나타난 이광수로 인해 단김에 역전될 수도 있었다. 아직 창작 역량이 넉넉지는 않았으나 번안 소설은 자칫 왕년의 신소설이 그러했듯이 자연스레 배각(排却)될지도 몰랐다. 번안 소설로서는 이 안팎의 위기를 정면 돌파해 나가지 않으면 안 되었다.

이때 이상협의 전폭적인 신임을 받으며 등판한 구원 투수가 바로 민태원이다. 선배 전문 번안 작가이자 타고난 대중적 감각의 소유자 이상협은 일찍이 민태원의 편집 능력과 문재(文才)를 높이 샀다. 민태원을 〈매일신보〉 기자로 발탁한 것도 이상협이다. 훗날 이상협이 〈동아일보〉를 창간하고 〈조선일보〉와 〈중외일보〉를 인수하여 운영하면서 민간 신문의 시대를 이끌어 갈 때에도 내내 민태원을 아껴 요직에 불러 앉혔다. 또한 민태원은 〈폐허(廢墟)〉를 비롯한 여러 동인지나 잡지에 시와 단편 소설, 수필 등을 발표하는 문학청년이기도 했다. 예컨대 한국에서 가장 널리 알려진 수필 가운데 하나인 〈청춘예찬〉(1929)의 문장은 민태원이 범상치 않은 언어 감각의 소유자라는 점을 여실히 드러내기도 했다. 이 점도 삼대 전문 번안 작가 가운데에서는 남다른 일면이다. 이상협은 민태원에게 번안 소설을 떠맡겼다.

민태원은 이미 이상협이 구축해 놓은 번안 경로를 십분 활용했다. 일본에서 큰 호평을 받은 구로이와 루이코의 번안 소설을 다시 충실하게 번안하여 서양 문학의 신선한 자극과 상상력을 최대한 되살리는 방법. 그것은《정부원》의 성공을 통해 모자람 없이 입증된 바였으며,《해왕성》에서도 결코 훼손되지 않은 부동의 자산이기도 했기 때문이다.

그러면서도 새로운 막을 열기 위해서는 다른 힘이 더 필요했다. 민태원은 '무엇을' 번안할 것인가, '왜' 번안해아 하는가에 눈을 돌렸고 필시 이상협과는 다른 길을 내다보았다. 본격적인 세계 문학의 기치를 들어야 한다는 것. 이제 한국의 번안 소설은 한국인의 교양과 문예의 지표가 되어야 하며, 그러기 위해서는 세계의 고전 명작을 당당히 한국어로 선보여야 한다는 것. 그것은 고급 문학의 격조와 대중적인 지향을 나란히 좇을 수 있는 시의 적절하고도 요령을 짚은 정석이었다.

번안 소설의 시대, '순 한글의 한국어 문장'의 승리

이미 최남선에 의해 지명도를 얻은 데에다가 사회적 성격과 인도 주의적 세계관을 두루 갖춘 《레미제라블》이라면 1910년대에 초대면 함 직한 '한국 문학 속의 세계 문학'으로 손꼽기에 마땅했다. 실제로 《애사》의 연재 이후 코제트나 미리엘 주교의 일화가 집중적으로 소개되고 널리 알려졌다. 또 여러 차례에 걸쳐 축약 번역되거나 희곡, 동화 등으로 각색되었으며 연극과 활동사진 무대에도 올려지는 파급 효과를 낳았다.

짐작건대 《애사》가 삼일 운동 전후의 정세나 사회 분위기와도 잘 맞아떨어졌겠지만 차분히 문학 경력을 쌓기 시작한 전문 번안 작가 민태원만의 감식안 덕분이었을 터이다. 어쨌든 민태원에 이르러 〈매일신보〉 연재소설은 비로소 한국어로 된 세계 문학과 만났다. 그것은 한국의 번안 소설이 '어떻게' 번안할 것인가와 함께 '무엇을' 번안하고 '왜' 번안해야 하는가의 물음에 대한 해답을 찾기 시작했음을 뜻하는 것이다. 그런 점에서 《애사》는 제 몫을 톡톡히 해냈으며, 민태원은 조중환과 이상협의 뒤를 잇는 정통의 후계자가 될 수 있었다.

그런데 《애사》라는 비장의 카드는 비단 번안 소설의 유효 기간을 연장하는 것으로만 그치지 않았다. 한국의 근대 문학이 안고 있는 두 가지 난제, 즉 독자층 통합의 문제와 언어의 근대성이라는 문제가 주어졌기 때문이다. 물음을 던진 것은 이광수였지만 숙제로 받아들이고 풀어 산 것은 민태원이었다.

도쿄에 머물고 있던 이광수가 《무정》의 원고를 보내올 때에는 신소설이나 번안 소설과 달리 '순 한글의 한국어 문장'이 아니었고 연재에 앞서서도 이 점을 분명히 밝혔다. 이광수는 단편 소설과 마찬가지로 지식인 계층을 독자로 상정했으며, 이에 따라 한자 혼용 표기에 기반을 둔 국한문 혼용의 문장을 소설의 언어로 삼고자 했다. 이것은 동인지나 잡지와 같은 매체, 그리고 초창기의 단편 소설이 일관되게 지켜 온 원칙이기도 하다. 그런데 막상 《무정》은 어떤 우여곡절을 거쳐 틀림없는 '순 한글의 한국어 문장'으로 발표되었다. 결과적으로 이광수는 자국어를 통해 독자 계층의 대통합을 이룬 근대 장편 소설 양식의 선구자가 되었다.

문제는 후속 연재소설 《개척자》가 전면적인 국한문 혼용 문장을 채용했다는 사실이다. 작가로서는 애초의 취지를 되살린 셈이고, 신문사로서는 지식인 독자 계층을 끌어들이면서 신문을 고급화하는 전략의 일환을 실현시킨 결과다. 그러나 이처럼 급격한 변동은 그리 과감하게 추진되지 못했다. 《개척자》와 동시에 연재된 번안 소설을 여전히 '순 한글의 한국어 문장'으로 유지했으며, 심지어 중국 소설을 번역할 때에도 그러했다. 또한 이광수와 〈매일신보〉 역시 《개척자》 이후로는 이러한 언어적 전환을 완전히 포기한다. 십여 년에 걸쳐 차곡차곡 쌓아 온 신문 연재소설의 전통 속에서 역사적 양식으로 성장해 온 장편 소설이 획득한 언어적 안정성을 순식간에 뒤흔드는 이 모험은 그래서 사실상 불발의 기획으로 그치고 말았다.

그렇게 본다면 《애사》는 신소설과 번안 소설의 독자층, 그리고 이광수 소설이 포획한 독자층을 동시에 매료시키고 통일시켜 낼 수 있는 대안이었던 셈이다. 그것은 신문 연재소설이자 장편 소설 양식의 언어로서 '순 한글의 한국어 문장'이 쟁취한 궁극적인 승리를 뜻한다. 한국의 근대 문학이 안고 있던 이중의 과제, 그리고 그 역사적 가치를 한층 적나라하게 드러내 준 《애사》는 '순 한글의 한국어 문장'이 지닌 역사적 정통성을 확립하면서 한국의 번안 소설이 도달한 꼭짓점이자 1910년대를 마감하는 실질적인 매듭이 된다.

삼일 운동 이후의 세계 문학 실험실

요컨대 민태원의 《애사》는 〈매일신보〉 연재소설을 통해 쌓아 올려진 근대 소설의 양식적 안정성, 독자층의 역사성, 그리고 '순 한글의 한국어 문장'이 지닌 언어적 정통성을 흡족히 소화한 승전비다. 그런데 1920년대에 들어서자 《레미제라블》이 새삼스레 다시 축약 번역되어 단행본으로 출판된다. 게다가 한자 혼용 방식과 한글 전용 방식으로 이원화된 번역이다. 1920년대 최대의 번역가이자 팔방미인 홍난파에 의해서다.

하지만 두 권 모두 민태원 번안 소설에 비해 삼분의 일에도 못 미치는 분량으로 줄어들었다는 점도 문제려니와 무엇보다도 소설 언어의 질이 뚜렷하게 저하되었다. 홍난파의 《애사》(1922)는 한자 혼용이라든가 국한문 혼용이라 부르기에도 민망할 정도로 거의 모든 어휘를 한자로 표기했으며 그나마 일본어식 한자어를 남용하거나 오용한 것이 대부분이다. 사정이 이렇다 보니 1920년대의 소설이라고는 믿기 어려울 정도로 어색하고 조악한 문장이 남발되는가 하면 등장인물의 생동감이나 흥미진진한 사건 진행 따위도 기대하기 어렵다. 결국 홍난파는 대대적인 개역(改譯)을 거쳐 한국어 통사 구조와 어법에 맞는 소설 문장으로 돌이간다. 그 산물이 바로 《장 발장의 설움》(1923)인데, 그나마 매끄럽고 생기 두는 한국어 문장으로 변화시킬 수는 없었다. 이 긴 우회는 어쩌면 필연적인 결과라 하겠으나 단지 홍난파 개인의 번역 역량이나 언어적 한계 탓만은 아니다.

1920년대에 들어서면서 번안이 아닌 번역으로 세계 문학과 대면하려는 노력이 서서히 고개를 들기 시작했다. 일본 유학생 출신의 번역가가 급속도로 늘었고 단행본 출판 시장이 조금씩이나마 확대될 기미를 보인 데에다가 〈매일신보〉의 독점 체제까지 붕괴되면서 사정이 썩 달라졌기 때문이다. 그러나 곳곳에 암초가 도사리고 있었다.

일단 단행본 출판은 출판사 규모와 시장이 영세성을 면치 못하고 있던 터라 쉽사리 완역을 시도할 엄두를 내지 못했다. 어차피 신문 연재를 거치지 않고 곧장 출판하는 일이 대부분이다 보니 과감한 축약 번역이 더 효율적이기도 했다. 그래서 대중적 흥행을 노리기보다는 세계 문학 번역이라는 차별화된 전략의 하나로서 제한적인 범위에서나마 한자를 혼용하거나 괄호 안에 병기하는 방법을 선택했다.

한편 신문 연재소설의 처지도 별다르지 않았다. 민태원의 《애사》를 전후로 〈매일신보〉에서는 긴 호흡의 연재소설이 눈에 띄게 줄어들었다. 전반적으로 독자들의 입맛에 맞는 연재소설은 나타나지 않았고 문장도 상당히 불안정했다. 급기야 〈매일신보〉는 서양 소설에 대한 대중적 취향을 포기하고 중국 소설 번역으로 치우치게 된다. 여기에는 작가의 전문성이 크게 떨어진 탓도 있는데, 특히 1920년대에 들어서면서 한층 더 어려움을 겪을 수밖에 없었다. 1920년 4월 이상협의 주도로 〈동아일보〉가 창간되면서 민태원과 진학문 등을 비롯한 많은 기자와 번안 작가들이 〈매일신보〉를 떠났기 때문이다.

여러모로 난처해진 〈매일신보〉는 유학생 출신의 신진 번역가들을 활용하여 단눈치오(Gabriele D'Annunzio: 1863~1938), 시엔키에비치(Henryk Adam Aleksandr Pius Sienkiewicz: 1846~1916), 아베 프레보(the Abbé Prévost, Antoine François Prévost: 1697~1763), 톨스토이, 투르게네프(Ivan Sergeevich Turgenev: 1818~1883), 괴테(Johann Wolfgang von Goethe: 1749~1832) 등으로 나아갔다. 번역 소설이 뚜렷하게 두각을 드러낸 것이다. 하지만 대개 일회성으로 그쳤을 뿐 전문적인 역량을 비축하지 못했고 독자들의 지속적인 관심을 촉발시키는 데에도 실패했다.

그 대신에 〈동아일보〉는 연재소설을 상설하면서 번안 소설을 선차

적으로 할애하고 '순 한글의 한국어 문장'을 원칙으로 삼을 수 있었다. 창간호부터 민태원과 천리구(千里狗) 김동성(金東成: 1890~1969)을 주축으로 엑토르 말로(Hector Malot: 1830~1907)의 《집 없는 아이(Sans famille)》(1878), 아서 베냐민 리브(Arthur Benjamin Reeve: 1880~1936)의 《일레인의 업적(The Exploits of Elaine)》(1915), 아서 코난 도일(Arthur Conan Doyle: 1859~1930)의 《주홍색 연구(A Study in Scarlet)》(1887), 포르튀네 뒤 보아고베(Fortuné du Boisgobey: 1821~1891)의 《생 마르 씨의 두 마리 티티새(Les Deux Merles de M. de Saint-Mars)》(1878) 등 독자들의 눈길을 잡아끌 만한 번안 소설을 연재해 간 것이다. 이 점에서도 〈동아일보〉의 연재소설은 1910년대 〈매일신보〉 연재소설의 정통성을 상속한 적자다.

어쨌든 양대 일간지 〈매일신보〉와 〈동아일보〉의 지면이 안정을 되찾을 무렵까지 세계 문학에 대한 관심은 쉬 사그라지지 않았다. 또한 양편 모두 경쟁적으로 한글 전용과 한자 혼용을 번갈아 시도해 보기도 하지만 결국 '순 한글의 한국어 문장'으로 수렴되었다. 특히 〈동아일보〉는 완역된 번안 소설 및 이광수와 나도향(羅稻香: 1902~1926)의 창작 장편 소설을 모두 한글 전용으로 연재하면서 1920년대 문학의 새 장을 열었다.

요긴대 민태원의 번안 소설에 힘입어 새로운 연대의 세계 문학 열기가 지펴졌으며, 장편 소설의 언어로서 '순 한글의 한국어 문장'이 획득한 힘과 정통성이 다시 한 번 확인된 셈이다. 이 점에서도 민태원의 《애사》는 세계 문학과 소통하는 데에서 '순 한글의 한국어 문장'으로 된 번안 소설이 여전히 유효할 뿐 아니라 최적의 통로라는 점을 입증했다.

세계 문학의 시대를 질러가는 지름길

세계 문학을 한국의 번안 소설로 읽는 시대. 그러고 보면 1910년대는 명실상부한 번안의 시대이자 소설의 시대였다. 또한 중앙 일간지라는 대중 매체를 통해 소설 언어의 정통성이 성공적으로, 그리고 확고하게 안착된 시대였다. 그 역로를 통틀어 번안 소설의 권위, 2,000매 안팎에 달하는 장편 소설 양식의 권위, 그리고 '순 한글의 한국어 문장'으로 된 신문 연재소설의 권위는 결코 흔들리지 않았다.

이런 점에서 한국의 번안 소설이 적어도 구로이와 루이코의 신문 연재소설을 성실하게 복기(復棋)하면서 다시 번안하고자 했던 것은 큰 힘이자 요긴한 무기가 되었다. 민태원의 《애사》는 그 진가와 효과를 거듭 확인해 준 전범이기도 하다.

구로이와 루이코의 《아아, 무정》은 그의 여느 번안 소설과 마찬가지로 이른바 '호걸 번역(豪傑譯)'을 주조로 삼았으며, 이 때문에 일본에서 각광 받을 수 있었다. 원작 《레미제라블》을 대담하게 축약하여 가공하되 결코 전체의 얼개를 흐트러뜨리지도, 세부의 분위기와 감성을 해치지도 않았기 때문이다. 이상협이 〈매일신보〉 연재소설을 내실화하기 위한 도구로 구로이와 루이코를 선택한 이유, 한국의 번안 소설이 외연을 확장해 가는 발판으로 구로이와 루이코에게 되돌아가곤 했던 이유 또한 여기에 있다. 따라서 민태원 역시 150회 안팎의 연재 규격을 따르면서 최대한 직역하고자 했던 것은 전혀 뜻밖의 일이 아니다.

웅장한 대서사시의 성격을 지닌 원작 《레미제라블》은 인간의 내면에 대한 섬세한 묘파와 사회에 대한 진지한 성찰을 두루 아우르고 있는바 말 그대로 천태만변의 인간상과 세태의 만화경이라 할 만하다. 《애사》는 등장인물의 이름 가운데에서도 일부만 한국식으로 바꾸고 대부분의 지명은 물론 시대적 배경이라든가 주변 정황들도 최대한 원작 《레미제라블》에 가깝게 유지했다. 따라서 몇몇 고유 명사만 다시 바꿔 놓는다면 번역 소설이라 해도 손색이 없을 정도다.

고독한 개인의 불행하고 슬픈 발자취

《애사》는 사회와 세계로부터 내쳐진 개인의 내적 성숙과 보편적 삶의 형식에 대한 교양 소설이다. 험난한 편력을 거쳐 마침내 성자가 된 이방인이자 불가촉천민. 고작해야 빵 한 조각의 시험에 들었건만 끊임없는 가책과 호된 담금질을 되풀이하며 자기 안의 악마를 천사로 키워 나간 아름다운 영혼, 장팔찬. 몸 둘 데 없는 사람, 차마 눈뜨고 볼 수 없는 그의 비참한 역사가 바로 《애사》다. 하지만 《애사》의 정수는 장팔찬의 역정이 단지 한 개인의 일대기로만 그치는 것이 아니라 근대 시민의 발견과 성장에 관한 역사라는 점에 놓여 있다.

장팔찬이 길 위로 내던져진 것은 바로 유럽의 괴물 나폴레옹의 퇴장과 함께다. 파멸한 황제가 적국의 군함에 태워져 서아프리카의 고도(孤島) 세인트헬레나(Saint Helena) 섬으로 향하는 순간. 그래서 장팔찬이 걷는 길은 막 새로운 삶의 질서를 향해 몸부림치기 시작하는 갖가지 전쟁터들을 가로실러 나 있다. 워털루(Waterloo)의 한복판에서부디 교외의 힌적한 소도시와 파리의 뒷골목을 거처 뤽상부르 공원(Jardin du Luxembourg)과 바리케이드를 지나 지하 수로에 이르기까지.

예컨대 그 가시밭길이 이리저리 뒤얽힌 끝에 결국 1832년 6월의 생드니(Saint-Denis) 거리로 뻗어 있다는 사실은 자못 뜻 깊다. 삼색기(Le drapeau tricolore)가 다시 등장한 칠월 혁명(1830)이 어디에서 비롯되었는지, 또한 이월 혁명(1848)이 왜 필연적이며 어떻게 예언되고 있는지 바로 그 거리에서 목도할 수 있기 때문이다. 말하자면 그것은 일찍이 헤겔(Georg Wilhelm Friedrich Hegel: 1770~1831)이 예나(Jena)에서 찬사를 바친 '백마를 타고 온 세계정신'에 대한 과감한 청산을, 그리고 한낱 이름 없는 시민의 힘으로 바스티유(Bastille)를 허무는 혁명 정신의 계승과 갱신을 의미하기 때문이다.

그래서 장팔찬을 비롯한《애사》의 온갖 군상들이 숨죽여 헤쳐 나가는 길은 마침내 자유(Liberté)와 평등(Égalité) 그리고 형제애(Fraternité)를 내세운 19세기의 근대정신으로 뻗어 있다. 자기 자신의 영혼을 끌어올려 어느새 성과 속의 경계까지 넘어서 버린 장팔찬. 그는 새 시대가 끝까지 지켜 내야 할 이념, 그리고 인간의 가치와 사랑이 무엇인가를 진지하게 묻고 있다. 요컨대《애사》는 장팔찬의 초상을 통해 보편성을 바탕으로 한 도덕적 진실의 위대한 힘을, 또한 사회적 진보의 가치와 시대적 전망을 찬찬히 담아내고 있다. 민태원의 번안 소설《애사》가 원작 고유의 향취와 세련미를 간직하면서도 시종일관 식민지 한국의 근대 소설일 수밖에 없는 비결도 여기에 있다.

감추어진 영혼의 드라마, 온갖 군상의 파노라마

이 소설 고유의 박진감과 흥미진진함에는 주인공을 둘러싼 추격과 도피가 자아내는 팽팽한 긴장미의 성격이 없지 않으나 그리 중요한 요소는 아니다. 이야기를 이끌어 가는 핵심 동력은 장팔찬의 내면 풍경, 그리고 주변 인물들이 역사와 제도 속에서 서로 맞부딪치면서 빚는 사회적 긴장감에서 우러나오기 때문이다.

《애사》의 등장인물 하나하나는 저마다의 내면을 감추고 있으며 또한 제가끔 다른 소망과 꿈을 버리고 있다. 주인공 장팔찬은 물론 비교적 비중이 작은 주변 인물들 모두 역사 속에서, 그리고 현실 속에서 살아 숨쉬는 인간상이기 때문이다. 등장인물 가운데 어느 누구라도 한곳에 머물지 않고 끊임없이 다른 얼굴과 다른 모습으로 탈바꿈하는 것도 그래서다.

장팔찬의 인생 유전(流轉)은 성장이라기보다는 변신이며, 변신이라기보다는 차라리 부활에 가깝다. 자신의 이름과 함께 정체성을 바꾸어 가면서 늘 새로운 인간으로 거듭나는 장팔찬. 중요한 것은 그의 변화가 아니라 그 속에 깃든 내면의 고뇌와 번민이다.

악명 높은 툴롱(Toulon) 감옥의 도형수(徒刑囚) 장팔찬이 디뉴(Digne)에서 미리엘 주교를 만나면서 맞닥뜨린 충격과 재생, 몽트뢰유(Montreuil)의 시장 마대련이 다시 툴롱 감옥의 장팔찬으로 되돌아가기 위해 겪는 기나긴 하룻밤, 수도원의 막일꾼이자 파리 뒷골목의 은둔자 홍윤환이 뒤늦게 사랑이니 질투니 하는 감정을 깨달으면서 겪는 혼돈의 나날, 그리고 미지의 백발노인이 다시금 본래의 이름을 되찾는 생의 마지막 순간까지. 그뿐이 아니다. 황애련의 눈을 감겨 주면서, 태날추에 맞서 불에 단 쇠막대기를 자신에게 돌리면서, 고설도에게 전할 편지를 가로채면서, 홍만서를 찾아 바리케이드로 향하면서, 차보열과 모진 인연을 되풀이하면서, 고설도를 놓아 보내면서, 자신의 마지막 진실을 밝히면서, 그리고 끝내는 미리엘 주교의 은 촛대 아래에서 자기 안의 친사를 마중히면서 장팔찬은 쉼 없는 내면의 진화와 부활을 보여 준다. 고독한 영혼의 번뇌와 심리적 카오스(chaos)를 숨김없이 드러내는 이러한 대목들이야말로 한국의 근대 문학이 거둔 또 하나의 값진 수확이 아닐 수 없다.

그런가 하면 《애사》는 각양각색의 인간을 비추는 거울이기도 하다. 그 안에는 구시대의 귀족과 신흥 부르주아 계급부터 몰락한 중산층, 그리고 밑바닥 인생에 이르기까지 다양한 계층과 계급에 속한 사람들의 삶이 망라되어 있으니 가히 풍속 박물지(博物誌)라 할 만하다. 그들

하나하나가 무간지옥 같은 현실의 심연에서 길어 올린 생생한 인간상인 동시에 한결같이 고독한 영혼들임에 틀림없다.

왕당파와 공화주의자가, 전과자와 경찰이, 군인과 시체를 뒤지는 도둑이, 자선가와 거지가, 방탕한 대학생과 문맹의 여공이, 시장과 거리의 여자가, 열혈 청년과 고아 처녀가, 귀족과 사기꾼이 마주쳤다가는 갈라지고 다시 만난다. 덕망 높은 주교가 있고, 처음이자 마지막으로 거짓말하는 수녀가 있다. 버림 받은 여자는 머리카락을 자르고 이를 뽑는다. 지하 수로에 숨은 범죄자와 뒷골목의 불한당패가 불쑥불쑥 나선다. 짝사랑에 빠진 처녀와 헐벗은 부랑아가 바리케이드를 지킨다. 몰락한 공증인도 있고, 화초쟁이로 생을 마친 공화파 장교도 있으며, 공동묘지의 매장꾼 문학청년도 있다. 혁명의 깃발과 목숨을 맞바꾸는 팔순의 노인, 빗발치는 총탄 속에서 술통을 끌어안는 청년, 가족을 버리고 총을 들고 나선 이름 없는 시민 등등 온갖 군상이 우글대며 살아 움직인다.

그래서 《애사》는 마치 기름 끓듯 하는 처참한 아수라도를 보는 듯하면서도 노상 동정과 연민을 품지 않을 수 없게 한다. 미상불 내몰고 짓밟는 자도, 쫓기고 찢기는 자도 모두 희생양이 아닌가? 예컨대 법과 자기 규율의 화신이라 할 차보열. 악마 사냥꾼을 자처하며 세상의 악과 대결하고자 했지만 그 자신 악마가 되어 간, 그 역시 똑같이 외로울 수밖에 없는 비극적인 숙명을 타고난 자가 아닌가? 아귀처럼 혐오스럽고 비천하기 그지없는 태날추의 악에 받친 말로는 다르대야 얼마나 다를 것인가? 짐작건대 장팔찬이 이들조차 한 점의 증오와 복수심 없이 감싸 안으려 애쓴 이유도 마찬가지였으리라.

그들이 한데 잘 어우러져야만 비로소 본모습을 드러내는 대하드라마이자 장대한 파노라마가 바로 《애사》다. 그 번잡한 풍경을 통해 19세기의 근대인은, 혹은 20세기의 한국인은 자신이 살아가는 세계의 과

거와 현재를 들여다볼 것이며 또한 미래를 내다볼 것이다.

인간학(人間學)의 대서사시 《애사》

　주인공의 내면을 휘도는 광풍과 격랑을 고스란히 그림으로써, 근대 세계의 인물 군상들이 내뿜는 거친 숨결과 욕망을 가차 없이 드러냄으로써 《애사》는 '한국 문학 속의 세계 문학'이라는 이름값을 해낼 수 있었다. 그것은 인간이라는 존재에 대한, 따뜻하면서도 동시에 한없이 냉정한 성찰이라 하겠다. 또한 그 성찰이 프랑스 혁명의 이념과 역사 속에서 탄생할 수 있었다는 점을 한 번 더 강조해 두어야 마땅하겠다.

　실은 빅토르 위고 역시 장 발장처럼, 그리고 장팔찬처럼 꼭 십구 년 만에야 프랑스로 돌아올 수 있었던 문제아였다. 노년의 빅토르 위고는 불우한 망명 생활 가운데 "자유가 돌아올 때 나도 되돌아갈 것"(1859)이라 말한 바 있다. 이 말이야말로 그가 맞서 싸우기를 망설이지 않았던 제이 제정(第二帝政: 1852~1870)의 황제 나폴레옹 삼세(Napoléon Ⅲ: 1808~1873)에게 던진 경고요 새 시대를 갈망하는 프랑스 시민에게 외친 절규다. 카를 마르크스(Karl Marx: 1818~1883)가 《루이 보나파르트의 브뤼메르 18일(Der Achtzehnte Brumaire des Louis Bonaparte)》(1852)에서 신랄하게 꼬집은 희극, 즉 보나파르티슴(Bonapartisme)의 망령(亡靈)에 대한 분명한 비판이자 저항이었던 것이다.

　그 실천은 메이지 시대 초기의 일본에서 자유 민권 운동으로 꽃핀 바 있으며, 곧 한국에서도 거대한 불길로 타오를 채비를 마친 참이다. 이런 점에서 《레미제라블》은, 그리고 《애사》는 보편적인 인간성과 위대한 사랑에 바치는 신성한 노래인 동시에 인간을 짓밟는 사회와 현실에 대한 가차 없는 응징의 깃발이다. 변혁과 희망을 향해 내달리던 삼일 운동 전야, 한국의 번안 소설《애사》는 한국 사회의 열망과 한국인의 간절한 바람을 담은 번안 소설이기도 했다.

세계 문학을 읽는다는 것은 단지 고전 명작이라 일컬어지는 작품을 접한다는 뜻만은 아니다. 세계인과 보편적으로 공유할 수 있는 문학을 통해 위대한 사상과 사유를, 그리고 그 형식과 방법을 자신의 것으로 내면화한다는 뜻이다. 그것이야말로 한국의 번안 소설이 지닌 진정한 가치다. 빅토르 위고와 그의 사상이 선언으로만 그치지 않고 장팔찬이라는 자유로운 영혼을 통해 한국 문학 가운데로 들어왔다는 사실은 그래서 복된 일이 아닐 수 없다.

한국의 번안 소설이 걸어온 길은 자신의 역사에 대한 끊임없는 갱신이자 혹독한 반성과 극복의 결과다. 조중환이 첫발을 내딛고 이상협에 의해 폭을 넓힌〈매일신보〉연재 번안 소설은 민태원에 이르러 깊이와 거리를 아울러 갖게 되었다. 근대 초창기의 한국인은 이제 '순 한글의 한국어 문장'을 무기로 세계 문학이라는 광야에 뛰어들어 자신이 발 딛고 선 세상을 돌아보고 진로를 가늠해 볼 수 있게 되었다. 머지않아 한국 문학은 민간 신문의 전성기로, 번역 소설의 시대로, 또한 본격적인 근대 문학의 발흥기로 한 발짝씩 다가서면서 더 다양한 갈래의 세계 문학으로 손길을 뻗쳤다. 그래서 과즉 몇 년 뒤면 지금 우리 시대의 명작 선집과도 맞먹는 세계 문학의 진풍경을 접하게 될 터였다.